전쟁과 평화 4

이 도서의 국립중앙도서관 출판예정도서목록(CIP)은
서지정보유통지원시스템 홈페이지(http://seoji.nl.go.kr)와
국가자료공동목록시스템(http://www.nl.go.kr/kolisnet)에서 이용하실 수 있습니다.
(CIP제어번호: CIP2017028347)

세계문학전집
148

Лев Толстой : Война и мир

전쟁과 평화 4

레프 톨스토이 장편소설

박형규 옮김

문학동네

일러두기

1. 톨스토이 탄생 150주년을 기념하여 1978~1981년 모스크바 예술문학출판사에서 발
   간한 톨스토이 저작집 전22권 중 4~7권을 번역 대본으로 삼았다. *Война и мир* (Л. Н.
   Толстой. Собрание сочинений. В 22-х т. т. 4~7. м., Худож. лит., 1979~1981)
2. 원주 표시가 없는 주석은 옮긴이의 것이다. 소설의 흐름과 밀접한 관련이 있는 주석은
   각주로, 작품 이해에 도움을 주는 상세한 주석은 미주로 처리했다.
3. 각권 서두의 '주요 등장인물'과 말미의 지도는 독자의 이해를 돕기 위해 옮긴이가 넣은
   것이다.
4. 외래어의 표기는 국립국어원 외래어 표기법에 준했으나, 일부는 현지 발음이나 관용에
   따랐다.
5. 원서의 프랑스어(또는 기타 언어) 부분은 이탤릭체로 처리했고, 강조 부분은 고딕체로
   처리했다.
6. 성서의 인용은 공동번역 개정판에 따랐다.

차례 ▊

제1부   011
제2부   107
제3부   187
제4부   267

에필로그
제1부   365
제2부   463

주   529
1812년 전역도 2   533

『전쟁과 평화』에 대한 몇 마디…레프 톨스토이   535
해설 | 서사시적 일대 장편소설 『전쟁과 평화』   549
레프 톨스토이 연보   587

1권
제1부
제2부
제3부

주
1805년 전역도

3권
제1부
제2부
제3부

주
1812년 전역도 1

2권
제1부
제2부
제3부
제4부
제5부

주
1807년 전역도

주요 등장인물

러시아의 인명은 이름, 부칭, 성으로 구성되며 다양한 별칭과 애칭이 있다.
괄호 안의 * 표시는 이름의 프랑스어 표기다.

볼콘스키가家

볼콘스키 공작(니콜라이 안드레예비치[안드레이치] 볼콘스키)

안드레이(안드레이 니콜라예비치[니콜라이치] 볼콘스키, 안드류샤, 앙드레*) 그의 아들.

마리야(마리야 니콜라예브나 볼콘스카야, 마샤, 마셴카, 마리*) 그의 딸.

리자(리자베타 카를로브나 볼콘스카야, 리즈 마이넨, 리즈*) '몸집이 작은 공작부인', 그의 며느리.

니콜라이(니콜라이 안드레예비치 볼콘스키, 니콜렌카, 니콜루시카, 코코) 그의 손자.

부리엔(아말리야 예브게니예브나 부리엔, 부리옌카, 아멜리*) 이 집안의 식객, 프랑스 처녀.

베주호프가

베주호프 백작(키릴 블라디미로비치 베주호프)

피예르(표트르 키릴로비치[키릴리치] 베주호프, 키릴, 페탸, 페트루샤, 피에르*) 그의 아들.

카테리나(카테리나 세묘노브나 마몬토바, 카티슈) 그의 조카딸.

로스토프가

로스토프 백작(일리야 안드레예비치 로스토프, 엘리*)

로스토바 백작부인(나탈리야 신시나 로스토바, 나탈리*) 그의 아내.

베라(베라 일리니치나[일리니시나] 로스토바, 베로치카, 베루시카) 그의 장녀.

니콜라이(니콜라이 일리치 로스토프, 니콜라샤, 니콜렌카, 니콜루시카, 코코, 콜랴, 니콜라*) 그의 장남.

나타샤(나탈리야 일리니치나 로스토바, 나탈리*) 그의 차녀.

페탸(표트르 일리치 로스토프, 페트루샤, 페티카) 그의 차남.

소냐(소피야 알렉산드로브나, 소뉴시카, 소피*) 그의 조카딸.

쿠라긴가

바실리 공작(바실리 세르게예비치[세르게이치] 쿠라긴, 바질*)

이폴리트(이폴리트 바실리예비치 쿠라긴) 그의 장남.

아나톨(아나톨 바실리예비치 쿠라긴) 그의 차남.

옐렌(옐레나 바실리예브나 쿠라기나, 롤랴, 헬레네, 엘렌*) 그의 딸.

마리야 드미트리예브나 아흐로시모바 사교계 부인.

바실리 드미트리예비치 데니소프(바샤, 바시카) 경기병 장교, 니콜라이의 친구.

보리스 드루베츠코이(보랴, 보렌카) 안나 미하일로브나의 아들.

빌라르스키 폴란드인, 젊은 프리메이슨.

빌리빈 외교관, 안드레이 공작의 친구.

안나 미하일로브나 드루베츠카야(아네트*) 몰락한 귀족가의 부인.

안나 파블로브나 셰레르(아네트*) 황태후의 여관 女官, 페테르부르크 사교계의 실력자.

알폰스 카를리치 베르그(아돌프) 근위대 장교.

이오시프(오시프) **알렉세예비치 바즈데예프** 프리메이슨의 핵심 인물.

쥴리 카라기나 마리야 공작영애의 친구.

투신 포병 장교.

표도르 이바노비치 돌로호프(페다) 경기병 장교, 아나톨의 친구.

플라톤(카라타예프, 플라토샤) 농민 보병.

역사상의 주요 인물

나폴레옹(나폴레옹 보나파르트, 1769~1821) 프랑스 황제.

라스톱친(표도르 바실리예비치 라스톱친, 1763~1826) 모스크바 총독.

뮈라(조아생 뮈라, 1767~1815) 프랑스 장군이자 후에 나폴리왕국의 왕, 나폴레옹의 매제.

바그라티온(표트르 이바노비치 바그라티온, 1765~1812) 러시아 사령관.

스페란스키(미하일 미하일로비치 스페란스키, 1772~1839) 알렉산드르 1세 때 개혁을 주도한 정치가.

아락체예프(알렉세이 안드레예비치 아락체예프, 1769~1834) 알렉산드르 1세의 총신으로 군인이자 정치가.

알렉산드르 1세(알렉산드르 파블로비치 로마노프, 1777~1825) 러시아 황제.

쿠투조프(미하일 일라리오노비치 쿠투조프, 1745~1813) 러시아 총사령관.

제1부

1

페테르부르크 상류사회는 루먄체프파와 프랑스인들파, 마리야 페오도로브나파, 황태자파, 그 밖의 파로 나뉘어 그들 사이의 복잡한 갈등이 여느 때처럼 궁중 수벌들의 잡음에 묻히면서도 여느 때보다 더 격렬하게 일어나고 있었다. 그러나 인생의 환영과 반영에만 노심하는 평온하고 화려한 페테르부르크의 생활은 종전과 다름없이 흘러갔으므로, 이러한 생활의 흐름 속에서 러시아 국민이 놓인 난국과 위기를 의식하기란 결코 쉬운 일이 아니었다. 황제의 외출도, 무도회도, 프랑스 극장도, 궁중의 이해관계도, 직무상의 이해와 음모도, 모든 것이 전과 조금도 다름없었다. 다만 최상층에서는 현재의 곤경을 상기시키려는 노력이 있었다. 이러한 곤경 속에서도 황후와 황태후가 상반된 행동을 한다는 소문이 은밀하게 퍼졌다. 황태후 마리야 페오도로브나는 자신이 관할하는 자선 및 교육 시설의 안전을 우려해 모든 시설을 카잔으로 옮기라고 지시했고, 시설의 물품들은 이미 짐이 꾸려져 있었다. 황후 엘리자베타 알렉세예브나는 어떤 지시를 내리겠느냐는 물음에 천성인 러시아적 애국심을 발휘해, 국가 시설은 황제의 권한에 속하는 것이므로 자신이 이래라저래라 지시할 수는 없다고 대답했고, 개인적으로 자신에게 달려 있는 일에 대해서는, 자신은 가장 마지막에 페테르부르크에서 떠나겠다고 말했다.

8월 26일, 보로디노 전투가 있던 날 안나 파블로브나의 저택에서는 야회가 열렸고, 이날 밤의 꽃은 황제에게 세르기 성상을 보낼 때 쓴 예하猊下의 서한을 낭독하는 일이었다. 이 서한은 애국심 넘치는 종교적 웅변의 본보기로 생각되었다. 서한은 낭독의 명수로 이름난 바실리 공작이 낭독하기로 되어 있었다. (그는 황후 앞에서도 낭독한 적이 있었다.) 그의 낭독은 절망적인 절규와 부드러운 속삭임을 섞어 말의 의미와 상관없이 큰 소리로 노래하듯 단어들을 쏟아내는 것인데, 그래서 때에 따라 어떤 말은 절규가 되고, 어떤 말은 속삭임이 되었다. 이 낭독에는 안나 파블로브나의 야회가 언제나 그렇듯 정치적 의미가 담겨 있었다. 이날 야회에는 프랑스 극장에 출입하는 것은 부끄러운 일이라는 것을 알려 애국심을 고무해야 한다고 말하는 주요 인사 몇이 참석할 예정이었다. 벌써 상당수가 모였지만 안나 파블로브나는 객실에 있어야 할 인물들이 아직 다 오지 않은 것을 보고 낭독을 시작하지 않은 채 일반적인 대화를 잇고 있었다.

페테르부르크에서 이날의 뉴스는 베주호바 백작부인의 병이었다. 백작부인은 며칠 전 갑자기 병이 나 그녀가 자리를 빛내주어야 할 몇

몇 모임에 불참했는데, 소문에 의하면 그녀는 아무도 만나려 하지 않고, 그동안 그녀를 진찰해오던 페테르부르크의 유명한 의사 대신 이탈리아인 의사에게 무언가 야릇한, 새로운 치료를 받고 있다고 했다.

아름다운 백작부인의 병이 동시에 두 남자와 결혼할 수 없다는 불편에서 생겨났고, 이탈리아인의 치료가 이 불편을 제거하는 것임을 모두가 알았지만, 안나 파블로브나 앞에서는 누구도 그것에 대해 생각할 엄두를 내지 못했고 전혀 모르는 체했다.

"백작부인은 가엾게도 병세가 매우 좋지 않으신가봐요. 의사 말로는 협심증이라더군요."

"협심증이요? 오, 무서운 병이잖아요!"

"하지만 그 병 덕분에 두 라이벌이 화해를 했다잖습니까……"

협심증이라는 말은 자못 즐거운 듯 되풀이되었다.

"노백작은 참으로 눈물겨운 모습을 보이셨답니다. 의사가 위독하다고 말하니까 어린애처럼 우셨대요."

"오, 만일에 일이라도 생긴다면 큰 손실이죠. 정말 아름다운 여성이니까요."

"가엾은 백작부인 이야기인가요?" 안나 파블로브나가 다가오며 말했다. "나도 그분의 병세가 어떤지 사람을 보내 알아보았어요. 조금 나아진 모양이더군요. 아, 정말이지 그분은 세상에서 누구보다 매력적인 여성이에요." 안나 파블로브나는 자신의 감격을 비웃듯 미소지으며 말했다. "우리는 서로 다른 진영에 속해 있지만, 그렇다고 그것이 그분의 공적에 대한 존경을 방해하지는 못합니다. 그분은 정말 불행해요." 안나 파블로브나는 덧붙였다.

경솔한 한 청년이 안나 파블로브나가 백작부인의 병을 감추고 있는 은막을 살짝 들추어 보여주었다고 짐작하고, 백작부인이 명의도 부르지 않고 위험한 약을 줄지도 모르는 엉터리 의사의 치료를 받는다는 사실에 놀라움을 드러냈다.

"당신의 정보가 내 것보다 나을 수도 있겠지만," 안나 파블로브나는 처세가 서툰 이 청년에게 갑자기 심술궂게 쏘아붙였다. "그러나 나는 그가 학식이 뛰어난 훌륭한 의사라는 걸 믿을 만한 데서 들었습니다. 그는 스페인 여왕의 시의예요." 안나 파블로브나는 이렇게 청년을 해치운 뒤 빌리빈 쪽을 향했는데, 그는 다른 그룹에 끼여 예의 명구를 말하기 위해 찌푸렸던 이마를 펴며 오스트리아인들에 대해 이야기하고 있었다.

"굉장한 것이었다고 생각합니다!" 그는 페트로폴*의 영웅(페테르부르크에서는 그를 이렇게 불렀다) 비트겐슈타인이 탈취한 오스트리아 군기를 빈으로 돌려보내며 동봉한 외교문서에 관해 이야기하고 있었다.**

"그게, 그게 뭐죠?" 안나 파블로브나는 자신은 이미 잘 아는 명구를 다른 사람들에게 들려주기 위해 일동을 침묵시키며 그에게 그것을 환기시켰다.

그래서 빌리빈은 자기가 작성한 외교문서의 다음과 같은 구절을 원문대로 되풀이했다.

---

* 페테르부르크를 부르는 다양한 명칭 중 하나로, Pétropol은 이 도시를 건설한 '표트르 (대제)의 도시'라는 뜻.

** 오스트리아가 프랑스의 동맹으로 싸운 클라스티츠 근교 전투를 말함.

"황제는 친애하는 오스트리아 군기가," 빌리빈은 말했다. "길을 잃고 정도正道가 아닌 곳에 있는 것을 발견하였기에 이를 반환하고자 합니다." 빌리빈은 말을 맺고 이마의 주름을 폈다.

"훌륭하다, 훌륭하다!" 바실리 공작은 말했다.

"아마 바르샤바 가도였을 겁니다." 이폴리트 공작이 별안간 큰 소리로 말했다. 모두 그 말의 의미를 몰라 의아한 눈으로 그를 바라보았다. 이폴리트 공작도 명랑한 놀라움을 띠고 주위를 둘러보았다. 그도 다른 사람들과 마찬가지로 자기가 한 말의 의미를 몰랐다. 그는 외교관으로 근무해오며 이렇게 불쑥 꺼낸 말이 몹시 기발하게 여겨진 적이 여러 차례 있었기 때문에 이번에도 그냥 입에서 나오는 대로 지껄여본 것이었다. '어떻게든 잘되겠지' 하고 그는 생각했다. '잘되지 않더라도, 모두가 잘 만들어줄 거야.' 아니나 다를까 어색한 침묵의 순간, 안나 파블로브나가 개심시켜야 한다며 기다리던 애국심이 부족한 사람이 들어왔고, 그녀는 미소지으며 이폴리트를 향해 손가락을 흔들어 살짝 위협을 하고, 바실리 공작을 탁자 옆으로 불러 앞에 초 두 자루와 원고를 놓고, 낭독을 시작해달라고 청했다. 사위가 조용해졌다.

"자비로우신 황제 폐하시여!" 바실리 공작은 엄숙하게 낭독을 시작하며 마치 이에 대해 이의가 없느냐고 묻는 듯 청중을 둘러보았다. 아무도 말이 없었다. "새 예루살렘인 수도 모스크바는 자기 아들들을 안은 어머니처럼 자신의 그리스도를 맞아," 그는 자신의라는 말에 갑자기 힘을 주었다. "피어오르는 안개 속으로 그대의 강대국의 찬연한 영광을 예견하고, 환희 속에 노래한다, '호산나, 앞으로 오실 그분은 찬미받으소서!'" 바실리 공작은 마지막 구절을 우는 듯한 목소리로 낭독했다.

빌리빈은 자기 손톱을 골똘히 들여다보고, 사람들은 자신들이 무슨 죄를 지었을까? 하고 묻는 듯 겁먹은 모습이었다. 안나 파블로브나는 영성체 기도를 올리는 노파처럼 "설령 오만불손한 골리앗이……" 하고 앞질러 한 구절을 작게 중얼거렸다.

바실리 공작은 계속했다.

"설령 오만불손한 골리앗이 프랑스 국경에서 러시아 땅으로 죽음의 공포를 가져오더라도 겸손한 신앙, 즉 러시아의 다윗의 투석기投石器는 곧 피에 굶주린 불손한 자의 머리를 부수리라. 옛날 우리 조국의 행복을 옹호한 성자 세르기의 상을 황제 폐하에게 바치리라. 나의 노쇠로 대면의 기쁨을 누리지 못함이 한탄스럽도다. 하늘에 뜨거운 기도를 바치고, 전능한 신이 옳은 자를 칭찬하시고, 좋은 이들 속에서 폐하의 소망이 성취되기를 기도하나이다."

"참으로 힘차다! 참으로 명문이다!" 낭독자와 필자에 대한 찬사가 들렸다. 이 낭독에 감격한 안나 파블로브나의 손님들은 오랫동안 조국의 현상을 이야기하고, 머지않아 있을 결전의 결과를 나름대로 예상했다.

"이제 아시게 될 겁니다." 안나 파블로브나는 말했다. "내일 폐하의 생신*에는 분명 소식이 있을 겁니다. 난 그런 예감이 들어요, 무슨 좋은 일이 있을 것 같은."

---

* 실제로 알렉산드르 1세의 생일은 12월 12일, 본명 축일은 8월 30일이다.

2

안나 파블로브나의 예감은 정말 적중했다. 다음날 황제의 생일을 축하하는 궁중 예배 때, 볼콘스키 공작은 교회에서 불려 나와 쿠투조프 공작에게서 온 봉서를 받았다. 전투 당일 타타리노보에서 쓴 보고서였다. 쿠투조프는 러시아군은 한걸음도 퇴각하지 않았고, 프랑스군은 아군보다 훨씬 큰 손실을 입었으며, 아직 최종적인 정보를 수집할 겨를은 없었으나 우선 전장에서 보고한다고 썼다. 요컨대 승리였다. 그래서 사원에서 나오지 않고, 그 자리에서 신의 가호와 승리를 감사하는 기도를 올렸다.

안나 파블로브나의 예감은 적중했고, 시중은 오전 내내 즐거운 축제 분위기였다. 누구나 승리가 틀림없다고 믿었고, 개중에는 벌써 나폴레옹이 포로가 되었다느니, 그가 퇴위되고 프랑스를 위해 새로운 원수가 선출되었다느니 말하는 자도 있었다.

세상과 동떨어진 궁중의 온갖 생활 조건 아래서 사건들이 완전한 모습과 힘으로 반영되기는 지극히 어렵다. 어쩔 수 없이 전체의 사건들은 하나의 특정 사건에 집중되어버린다. 그러므로 이때 궁중의 주된 기쁨은 아군의 승리도 승리지만 그 소식이 바로 황제의 생일에 도착했다는 것이었다. 참으로 시기적절한 뜻밖의 선물이었다. 쿠투조프의 보고서에는 러시아군의 손실에 대해서도 쓰여 있었고, 그중에 투치코프, 바그라티온, 쿠타이소프*의 이름이 열거되어 있었다. 이 사건의 슬

---

* A. I. 쿠타이소프(1784~1812). 러시아 제1군 포병 대장.

폰 일면도 페테르부르크 세계에서는 왜 그런지 어느덧 하나의 사건—쿠타이소프의 죽음에 집중되었다. 모두가 그를 알았고, 황제의 사랑도 받던, 젊고 흥미로운 인물이었다. 이날 사람들은 모두 만날 때마다 그 이야기를 했다.

"참으로 놀랐습니다. 기도식이 한창일 때 승전 소식이 도착하다니. 그건 그렇고 쿠타이소프를 잃은 건 정말 안타깝습니다! 아, 참으로 안타깝습니다!"

"내가 쿠투조프에 대해 여러분에게 뭐라고 했습니까?" 바실리 공작은 이제야 자신이 선지자인 양 자랑하듯 말했다. "나는 늘 나폴레옹에게 이길 수 있는 건 그 사람뿐이라고 말했잖습니까."

그러나 다음날은 군으로부터 소식이 없었기 때문에 여론은 불안을 띠기 시작했다. 조신들은 상황을 잘 알지 못해 고뇌에 빠진 황제를 동정했다.

"폐하의 심정은 어떠실까!" 조신들은 이렇게 말하며 이제는 그저께처럼 쿠투조프를 치켜세우지 않고, 오히려 황제를 불안하게 만든 원인으로 그를 비난했다. 바실리 공작도 이날은 자기의 프로테제*인 쿠투조프를 자랑하지 않고, 총사령관이 화제에 오를 때마다 침묵했다. 게다가 그날 저녁, 마치 페테르부르크 주민들을 불안과 혼란에 빠뜨리기 위해 온갖 일이 겹치기라도 하듯 또하나의 무서운 소식이 전해졌다. 옐레나 베주호바 백작부인이 그토록 사람들이 즐거운 듯 말하던 그 무서운 병으로 급사했던 것이다. 공식적으로 상류사회에서 베주호바 백

---

* 피보호자, 아끼는 사람 등의 뜻을 지닌 프랑스어.

작부인의 사망 원인은 협심증에 의한 무서운 발작이었지만, 가까운 사람들 사이에서는 스페인 여왕의 시의가 어떤 효력을 보기 위해 어떤 약을 조금씩 처방해주었는데, 옐렌이 노백작의 의심을 산데다 남편(그 불행한 방탕자 피예르)이 그녀의 편지에 답장을 주지 않아 고민하다 갑자기 그 약을 과다 복용하고 손쓸 겨를도 없이 고통스러운 죽음에 이르렀다는 소상한 사정이 이야기되고 있었다. 바실리 공작과 노백작은 이탈리아인을 추궁했지만, 이탈리아인이 불행한 죽음을 맞은 그녀의 수기를 내보이자 곧 그를 풀어주었다.

모두의 화제는 황제의 불안과 쿠타이소프의 전사, 옐렌의 죽음이라는 세 가지 슬픈 사건에 집중되었다.

쿠투조프의 보고서가 페테르부르크에 도착한 지 사흘째 되던 날 모스크바에서 한 지주가 왔고, 그를 통해 모스크바를 프랑스군에게 내주었다는 소식이 도시 전체에 퍼졌다. 무서운 일이었다! 황제의 심정은 어떠했을까! 쿠투조프는 배반자였고, 바실리 공작은 딸의 죽음을 애도하러 온 사람들에게 전에는 그토록 칭찬했던 쿠투조프에 대해(슬픔에 잠겨 있던 터라 전에 했던 말을 잊었다 하더라도 용서되었겠지만) 그따위 타락한 장님 노인에게 기대할 것은 이것밖에 없었다고 말했다.

"어떻게 그런 인간에게 러시아의 운명을 맡길 수 있었는지 그저 기가 찰 따름입니다."

이 소식은 아직 공식적인 것이 아니었기 때문에 다소 의심의 여지는 있었지만, 다음날 라스톱친 백작의 다음과 같은 보고서가 들어왔다.

"쿠투조프 공작의 부관이 제게 가져온 서한에 의하면, 그는 랴잔 가도로 군대를 이끌기 위해 경찰을 파견해달라고 요구하고 있습니다. 그는 유감스럽게도 모스크바를 포기한다고 합니다. 폐하! 쿠투조프의 행위는 수도와 폐하의 제국의 운명을 결정짓는 것입니다. 러시아의 위덕이 집중되어 있고 황조皇祖의 유골이 있는 이곳을 적에게 넘긴다는 것을 알면 온 러시아가 몸을 떨 것입니다. 저는 군대를 뒤따르겠습니다. 모든 것을 바친 지금 제게 남은 것은 제 조국의 운명을 슬퍼하는 일뿐입니다."

이 보고를 받은 황제는 볼콘스키 공작에게 다음의 조서를 들려 쿠투조프에게 파견했다.

"미하일 일라리오노비치 공작! 8월 29일 이래 나는 귀하에게서 아무런 보고도 받지 못했습니다. 그런데 9월 1일자 모스크바 총사령관이 야로슬라블 경유로, 귀하와 귀하의 군대가 모스크바 포기를 결정했다는 비통한 보고를 보내왔습니다. 이 소식이 나에게 얼마나 큰 충격이었을지 귀하도 상상하리라 생각하지만, 귀하의 침묵은 나의 놀라움을 더욱 키우고 있습니다. 내가 이 서면을 시종무관 볼콘스키 공작을 파견해 보내는 것은, 귀하가 그토록 비통한 결정을 내린 이유와 아군의 상황을 상세히 알기 위해서입니다."

3

모스크바가 포기되고 구 일 후, 쿠투조프가 보낸 사자使者가 모스크바 포기 공식 보고를 가지고 페테르부르크에 도착했다. 이 사자는 러시아어를 모르지만 그 자신의 말에 따르면 외국인이지만 마음과 영혼은 *러시아인인 프랑스인 미쇼*였다.

황제는 곧 카멘니 섬 궁전의 자기 서재로 그를 불렀다. 이번 전투 전까지 한 번도 모스크바를 본 일이 없고 러시아어를 모르는 미쇼도 *그의 앞길을 불꽃으로 밝히던 모스크바 화재 소식을 가지고 우리의 지극히 자애로운 군주*(그가 이렇게 썼다) 앞으로 나아가자 감동을 느꼈다.

미쇼 씨의 슬픔은 러시아인들의 슬픔과는 근원이 달랐겠지만, 황제의 서재로 안내됐을 때 황제는 그의 얼굴이 너무나 비통한 것을 보고 곧 물었다.

"안 좋은 소식을 가져온 것이오, 대령?"

"아주 안 좋은 소식입니다, 폐하." 미쇼는 한숨과 더불어 눈을 내리깔며 대답했다. *"모스크바 포기입니다."*

*"싸우지도 않고 나의 고도*古都*를 버린다는 것이오?"* 황제는 갑자기 얼굴을 붉히며 재빨리 말했다.

미쇼는 쿠투조프에게서 보고하라고 명령받은 것, 즉 모스크바 부근에서는 전투가 불가능하고, 군대와 모스크바를 잃든가 모스크바만 잃든가 오직 하나의 선택밖에 남지 않았기 때문에 원수는 후자를 택할 수밖에 없었다고 공손히 아뢰었다.

황제는 미쇼를 보지 않고 묵묵히 들었다.

"적은 시내로 들어왔습니까?" 그는 물었다.

"네, 폐하. 게다가 시가는 지금쯤 잿더미가 되었을 것입니다. 제가 떠날 때는 온통 불바다였습니다." 미쇼는 단호히 말했지만 황제를 힐끗 보자 자기가 한 말에 섬뜩했다. 황제의 숨결이 가빠지고 아랫입술이 떨리기 시작하더니 아름다운 파란 눈에 순간 눈물이 글썽였던 것이다.

그러나 그것은 순간뿐이었다. 황제는 자신의 약한 마음을 꾸짖듯이 갑자기 눈살을 찌푸렸다. 그리고 고개를 들어 단호한 음성으로 미쇼에게 말했다.

"대령, 지금 일어나고 있는 모든 일을 보니," 그는 말했다. "하느님은 우리에게 커다란 희생을 요구하고 계신 것 같군요…… 나는 그의 모든 뜻에 따를 작정이지만, 미쇼, 한 번도 싸우지 않고 나의 고도를 포기한 군대는 당신이 출발할 때 어떤 상태였는지 말해주겠소? 군의 사기가 떨어진 것 같지 않던가요?……"

지극히 자애로운 군주가 침착해진 것을 보자 미쇼도 마음이 가라앉았지만, 솔직한 대답을 요구하는 황제의 핵심을 찌르는 물음에 그는 미처 대답을 준비할 겨를이 없었다.

"폐하, 성실한 군인답게 숨김없이 아뢰어도 되겠습니까?" 그는 시간을 벌기 위해 이렇게 말했다.

"대령, 내가 항상 바라는 게 그것이오." 황제는 말했다. "아무것도 숨기지 마시오, 나는 모든 것을 사실대로 알고 싶으니까."

"폐하!" 미쇼는 가벼우면서도 예의에 벗어나지 않는 말의 유희 형식으로 대답을 준비할 여유를 얻고, 보일락 말락 한 미소를 입가에 띠며 말했다. "폐하! 제가 출발할 때 군대는 사령관에서 병졸에 이르기까지 한 사람도 예외 없이 극심하고 끔찍한 공포에 사로잡혀 있었습니다……"

"뭐요?" 황제는 엄중하게 눈살을 찌푸리며 말을 가로막았다. "우리 러시아 군대가 불행 때문에 사기가 떨어지다니…… 절대 그런 일은 없소!……"

이 말은 미쇼가 말의 유희 같은 대답을 위해 기다리던 것이었다.

"폐하," 그는 정중하면서도 익살스러운 표정을 지으며 말했다. "그들은 다만 폐하께서 그 어진 마음에 강화를 체결하실까봐 그것만 두려워하고 있습니다." 러시아 국민의 대표는 이렇게 말했다. "그들은 목숨을 희생함으로써 폐하에 대한 충성을 증명하고자 하는 열망에 불타고 있습니다……"

"아아!" 황제는 안심한 듯 상냥한 눈빛으로 미쇼의 어깨를 가볍게 두드리며 말했다. "당신이 날 안심시켰소, 대령."

황제는 고개를 숙이고 잠시 침묵했다.

"그럼 당신은 군대로 돌아가서," 그는 몸을 쭉 펴고 부드럽고 엄숙한 몸짓으로 미쇼를 향해 말했다. "지나는 곳곳에서 우리 용사들에게, 나의 선량한 국민들에게 만약 마지막 남은 병사까지 잃게 되더라도, 그때는 나 자신이 친애하는 귀족들과 선량한 농민들의 선두에 서서 국가의 마지막 재산을 다 쓸 때까지 싸울 거라고 전해주시오. 우리 제국의 재산은 적이 생각하는 것보다 훨씬 많으니까." 황제는 점차 흥분하며 말했다. "그러나 만약 하느님의 섭리가," 황제는 감격에 빛나는 아름답고 온화한 눈으로 하늘을 올려다보며 말했다. "황조 이래 연면히 이어온 우리 왕조가 조상의 옥좌에서 통치를 중단해야 할 운명이라면, 나는 내 수중의 재산을 모두 써버리고 여기까지(황제는 한 손으로 가슴 중간쯤을 가리켰다) 턱수염을 기르고 가장 가난한 농부와 함께 감자를 먹을지언정 나의 조국과 소중한 국민의 치욕에 서명하는 일은 절대 하지 않을 것이며, 나는 우리 국민의 희생을 고맙게 생각하오!……" 황제는 흥분한 목소리로 이렇게 말을 마치더니 눈에 맺힌 눈물을 미쇼에게 감추려는 듯 갑자기 몸을 돌려 서재로 들어갔다. 그는 잠시 거기 서 있다가 큰 걸음으로 미쇼에게 돌아와 힘찬 몸짓으로 그의 팔꿈치 아래쪽을 잡았다. 황제의 아름답고 부드러운 얼굴은 상기되고, 눈은 결의와 분노에 불타고 있었다.

"미쇼 대령, 지금 내가 여기서 당신에게 한 말을 잊지 마시오, 어쩌면 언젠가는 이 일을 유쾌하게 회상하게 될지도 모르지…… 나폴레옹이거나 나이거나……" 황제는 가슴에 손을 대며 말했다. "그와 나는 이제 동시에 제위에 있을 수 없게 되었소. 이제 나는 그의 됨됨이를 알았으니, 이 이상 나를 속일 순 없을 겁니다……" 그리고 황제는 눈살을 찌푸리며 침묵했다. 이런 말을 듣고 황제의 눈에서 빛나는 확고한 결의를 보자 외국인이지만 마음과 영혼은 러시아인인 미쇼는 이 엄숙한 순간에(그가 훗날 말했듯이) 자기가 들은 모든 것에 매혹되었음을 느꼈고, 자신의 감정과, 스스로 그 대표라고 자부하던 러시아 국민의 감정을 다음과 같은 말로 표현했다.

"폐하!" 그는 말했다. "폐하는 지금 이 순간 국민의 영광과 유럽의 구원을 위해 서명하셨습니다!"

황제는 고개를 끄덕이고 미쇼를 물러가게 했다.

4

러시아의 절반이 점령당하고, 모스크바 주민들도 멀리 여러 도道로 피란하고 민병이 조국 방위를 위해 잇달아 궐기했을 때, 아이에서 노인에 이르기까지 모든 러시아인이 다만 자신을 내던져 조국을 구하는 일과 조국의 멸망을 한탄하는 데만 골몰했을 거라고 당시를 살지 않았던 우리는 상상하기 쉽다. 당시의 이야기와 기록은 예외 없이 러시아 국민의 자기희생과 조국애, 절망과 슬픔과 영웅적 행위만을 이야기하고 있다. 하지만 실제로는 그렇지 않았다. 우리가 그렇게 상상하는 것은 과거의 사건 중에서 당시의 일반적인 역사적 관심만을 보고, 당시 사람들의 모든 개인적인 인간적 관심을 보지 않기 때문이다. 그러나 실제로는 현재의 개인적인 관심은 일반적인 관심과는 비교도 되지 않을 만큼 중대한 뜻을 지니며, 그렇기 때문에 일반적인 관심은 거의 느끼지 못할(전혀 눈에 띄지 않을) 정도라 할 수 있다. 당시 대부분의 사람들은 국가의 대세에는 아무런 주의도 기울이지 않고 눈앞의 개인적인 관심에만 지배되고 있었다. 게다가 그런 사람들이야말로 당시 가장 유익한 인물들이었다.

국가의 대세를 이해하려 노력하고 자기희생과 영웅적 행위로 거기에 참여하려 한 사람들은 오히려 사회의 가장 무익한 구성원이었는데, 그들은 만사를 거꾸로 보고 있었고, 그들이 유익하다고 생각하고 한 일은, 이를테면 러시아 마을들을 약탈하고 다닌 피예르나 마모노프의 민병대처럼, 귀부인들이 만들었으나 부상자들 손에는 한 번도 도달한 적 없는 린트 붕대 등처럼 실제로는 무익하고 부질없는 것들이었다. 똑똑한 체하고, 감정을 드러내길 좋아하고, 러시아의 현상에 대해 논하던 사람들까지도 어느새 자기도 모르게 자기 말 속에, 겉치레나 거짓말, 또는 누구에게도 책임이 없는 일로 책망을 받는 사람들에 대한 무익한 비난과 증오를 드러내고 있었다. 역사적 사건에서 무엇보다 뚜렷한 교훈은 지혜의 나무 열매를 먹지 말라는 것이다. 무의식적인 활동만이 열매를 맺을 뿐, 역사적 사건에서 어떤 역할을 하는 사람은 결코 그 사건의 의미를 이해하지 못한다. 의미를 이해하려 하면 그는 그 무익함에 놀랄 것이다.

당시 러시아에서 일어나고 있던 사건의 의미도, 사건에 가깝게 관련되어 있을수록 더 알 수 없었다. 그래서 페테르부르크에서도, 모스크바에서 멀리 떨어진 다른 여러 도에서도 귀부인들이나 민병 제복을 입은 남자들이 러시아와 수도의 비운에 슬퍼하고 자기희생이다 뭐다 운운했지만, 모스크바 밖으로 퇴각하는 군대에서는 모스크바에 대해 이야기하거나 생각하는 사람이 없었고, 모스크바 화재를 봐도 프랑스군에 대한 복수를 다짐하는 사람이 없었으며, 다만 다음 넉 달 치 봉급이니 다음 숙영지니 영내 매점의 여자 마트료시카 등등을 생각했다……

니콜라이 로스토프도 자기희생이라는 목적 같은 건 안중에도 없고, 다만 복무중에 우연히 전쟁이 났기 때문에 오랫동안 직접 조국 방위에 참가하고 있었던 것이고, 그렇기 때문에 절망도 우울한 추측도 하지 않으며 당시 러시아에서 일어나는 일을 바라보고 있었다. 만약 누군가 그에게 러시아의 현 상황을 어떻게 생각하느냐고 물었다면, 그는 분명 그런 건 자기가 생각할 문제가 아니다. 그래서 쿠투조프 같은 사람이 있는 것이다. 그러나 듣자니 각 연대가 보충이 되고 있다고 하니까 전쟁은 더 오래갈 것 같다, 지금 같으면 자기도 이삼 년쯤 후에는 연대를 맡게 될 거라고 대답했을 것이다.

사태를 이렇게 보고 있었기 때문에 사단의 군마 보충을 위해 보로네시 출장 명령을 받았을 때도 그는 마지막 전투에 참가할 수 없게 된 것을 애석해하긴커녕 무척 기뻐했고, 그것을 감추지도 않았으며, 동료들도 그 기분을 잘 알았다.

보로디노 전투가 있기 며칠 전 니콜라이는 돈과 서류를 받아들고, 경기병을 먼저 출발시킨 뒤 역마차를 타고 보로네시로 향했다.

사료 징발, 군량 수송, 야전병원 등 군의 활동이 미치는 지역에서 빠져나와 군인도 수송차도 야영한 더러운 흔적도 없고, 남녀 농민들만 있는 농촌과 지주의 저택들과 가축이 풀을 뜯고 있는 들판과 역장이 졸고 있는 역참을 보았을 때 니콜라이가 맛본 기쁨은 실제로 그것을 경험한 자가 아니면, 즉 몇 달 동안 줄곧 전선의 군대 분위기 속에서 지내온 사람이 아니면 이해할 수 없는 것이었다. 그는 마치 그런 것들을 처음 보는 듯한 기쁨을 느꼈다. 특히 오랫동안 그를 놀라게 하고 기쁘게 한 것은 젊고 건강한 여자들이었는데, 장교 열 명이 여자 한 명을 쫓아다니는 일도 없고, 오히려 여자들이 지나가는 장교와 농담하는 것을 반기고 즐거워했다.

더없이 유쾌한 기분으로 밤중에 보로네시의 여관에 도착한 니콜라이는 군대에서 오랫동안 먹지 못했던 것을 몽땅 주문했고, 다음날 말끔히 수염을 깎고 오랫동안 입지 않았던 예복을 입고 상관에게 갔다.

민병대 사령관은 문관 출신의 나이든 장군인데, 그는 새로 얻은 군인이라는 칭호와 계급을 분명 즐기는 듯했다. 그는 화난 듯(그러는 것이 군인답다고 생각하고) 니콜라이를 맞더니 자신에게는 그럴 권리가 있다는 듯 거드름 피우며 사뭇 시국의 전반적인 대세를 옳다 그르다 비판하며 이것저것 물어보았다. 니콜라이는 몹시 마음이 들떠서 그것마저 흥겨웠다.

그는 민병대 사령관과 헤어지고 도지사*에게 갔다. 도지사는 몸집이 작고, 활기차고, 무척 상냥하고 소탈한 사람이었다. 그는 니콜라이에게 말을 구할 수 있을 만한 양마장을 몇 곳 가르쳐주고, 좋은 말을 가진 시내의 말 상인, 시에서 20베르스타 떨어진 곳에 있는 지주를 소개해주고, 그 밖의 모든 지원도 약속했다.

"일리야 안드레예비치 백작의 영식입니까? 내 아내는 당신의 어머니와 무척 친한 사이였습니다. 우리집에서는 목요일마다 손님들을 모시는데 마침 오늘이 목요일이니 가벼운 마음으로 들러주십시오." 도지사가 그를 배웅하며 말했다.

니콜라이는 도지사 집에서 나와 역마차를 얻어 기병 상사를 데리고 20베르스타 떨어진 지주의 양마장으로 곧장 달려갔다. 니콜라이는 보로네시에 와 처음 얼마 동안은 모든 것이 즐겁고 간단했는데, 사람이 기분이 좋을 때 흔히 그렇듯 만사가 순조롭게 풀렸다.

니콜라이가 찾아간 지주는 기병 출신의 늙은 독신자인데, 말 전문가에 사냥꾼이고, 양탄자 공장을 운영하고, 백 년이나 묵은 자페칸카**와 오래된 헝가리 술과 훌륭한 말을 가지고 있었다.

니콜라이는 그와 몇 마디 주고받고는 이번에 보충할 군마 특품으로(그는 이렇게 말했다) 우수한 종마 열일곱 필을 6천 루블에 사들였다. 로스토프는 점심식사를 대접받고 오래된 헝가리 술을 좀 과하게 마신 뒤 이제 '너나들이하는' 사이가 된 지주와 작별 키스를 나누고 더없이 즐거운 기분으로 도지사의 야회에 늦지 않으려고 마부를 자꾸 재촉하며 지독하게 험한 길을 되돌아왔다.

---

* M. I. 브라빈(1761~1833).
** 향료가 첨가된 술의 일종.

옷을 갈아입고, 향수를 뿌리고, 찬물로 머리를 감은 니콜라이는 조금 늦었지만 늦어도 안 가는 것보다는 낫다는 문구를 생각하며 도지사한테 갔다.

무도회도 아니고 춤을 춘다는 말도 없었지만 카테리나 페트로브나가 클라비코드로 왈츠와 에코세즈를 연주하고 춤도 추게 되리라는 것을 다들 알았으므로, 모두 그것을 염두에 두고 무도복을 차려입고 모여 있었다.

1812년 이 도의 생활도 종전과 다름없었고, 다만 다른 점이라면 모스크바에서 부유한 가족이 잇따라 많이 피란해 와서 시중이 여느 때보다 활기를 띠었다는 것, 당시 러시아에서 일어나던 온갖 일에서 볼 수 있었듯 어떤 특유의 대담함, 즉 바닷물이 무릎까지 차올라도 쥐도 살아날 지푸라기가 있다는 듯한 태도가 보였다는 것이고, 사람들의 교제에서 빠지지 않는 시답잖은 세상 이야기가 전에는 날씨나 서로가 아는 사람에 대한 이야기 등이었는데 지금은 모스크바와 군대와 나폴레옹 이야기로 바뀐 정도였다.

도지사의 집에 모인 사람들은 보로네시의 상류층이었다.

여자들도 무척 많았고 니콜라이와 안면이 있는 모스크바의 지인도 몇 있었지만, 남자 중에는 게오르기 십자훈장을 단 군마 조달관인 경기병 장교이자 선량하고 집안이 좋은 로스토프 백작과 어깨를 견줄 만한 인물은 없었다. 그중 프랑스군 장교로 근무하다 포로가 된 이탈리아인이 있었는데, 니콜라이는 이 포로 덕에 러시아의 영웅이라는 자신의 가치가 더욱 높아진다고 느꼈다. 마치 전리품 같았다. 니콜라이도 그렇게 느끼고, 다른 사람들도 그런 눈으로 이탈리아인을 보고 있다고 느꼈기 때문에 그는 짐짓 품위 있고 겸손한 태도로 이 이탈리아인을 대했다.

경기병 예복을 입은 니콜라이는 향수와 와인 냄새를 풍기며 방에 들어가, 늦어도 안 가는 것보다는 낫다는 문구를 자신도 말하고 다른 이들에게도 몇 번이나 들으며 사람들에게 둘러싸였고, 모두의 시선이 집중되자 그는 곧 이 지방에서 자신에게 알맞은, 즉 어느 때나 유쾌한 일이긴 하지만 특히 지금처럼 오랫동안 자유를 박탈당한 뒤에는 더한층 만족감을 주는 모두의 총아라는 입장에 놓였다는 것을 느꼈다. 역참에도 여관에도 지주의 양탄자 공장에도 그의 주의를 끌어보려는 하녀들이 있었지만, 도지사의 야회에도 젊은 귀부인과 예쁜 영양들이 수없이 많고 모두가 그가 관심을 가져주길 애타게 기다리고 있었다(니콜라이는 그렇게 느꼈다). 부인들과 영양들이 그에게 애교를 부리고, 노부인들은 처음 만난 날부터 벌써 이 젊고 혈기왕성한 경기병을 결혼시켜 안정시켜주려고 마음을 쓰기 시작했다. 도지사 부인은 후자에 속했는데, 그녀는 로스토프를 가까운 친척처럼 대하며 '니콜라'니 '너'이니 하고 불렀다.

카테리나 페트로브나는 정말로 왈츠와 에코세즈를 연주했고 그러자 춤이 시작됐는데, 니콜라이는 경쾌한 춤 솜씨로 이 지방 사교계를 사로잡았다. 그의 독특하고 분방한 스타일의 춤에 모두가 놀랐다. 니콜라이 본인도 이날 밤 자신의 춤 스타일에 다소 놀랐다. 그는 모스크바에서는 이렇게 춰본 적이 없었고, 무엇보다 너무 분방한 춤은 예의를 벗어난 악취미로도 여겨졌을 텐데, 그는 두 수도에는 흔하지만 지방 사람들에게는 아직 알려지지 않았다고 생각되는 뭔가 색다른 행동으로 모두를 놀래주고 싶은 마음이 있었다.

그날 밤새도록 니콜라이는 도의 한 관리의 아내인 파란 눈의 통통하고 귀여운 금발 미인에게 가장 시선이 끌렸다. 남의 아내도 자기를 위해 만들어졌다는 들뜬 젊은이의 어수룩한 신념으로 로스토프는 그 부인의 곁에서 떠나지 않았고, 그녀의 남편에게도 짐짓 다정하게, 그러면서도 속에 뭔가가 있는 것처럼, 비록 입 밖에 내지는 않지만 자기들, 즉 니콜라이와 그의 아내가 아주 잘 맞는 한 쌍이라는 것을 서로 안다는 듯한 태도를 보였다. 하지만 그녀의 남편은 그 신념에 동의하지 않을뿐더러 로스토프에게 되도록 침울한 태도를 보이려 애썼다. 그러나 니콜라이의 사람 좋은 천진함은 한이 없었기 때문에 그 남편은 자기도 모르게 니콜라이의 쾌활한 분위기에 이따금 말려들곤 했다. 그러나 야회가 끝날 무렵 아내의 얼굴이 점점 더 상기되고 활기를 띠어가자 남편의 얼굴은 점점 더 침울하고 창백해졌는데, 마치 두 사람이 가진 생기의 양이 하나로 정해져 있어 아내 쪽이 증가하면 남편 쪽이 감소하는 것 같았다.

5

니콜라이는 줄곧 미소를 띠고 안락의자에 약간 몸을 구부리고 앉아 금발의 미인에게 얼굴을 가까이 댄 채 신화를 들먹이며 그녀를 칭찬했다.

꼭 맞는 승마 바지를 입은 두 다리의 자세를 힘차게 바꾸기도 하고, 향수 냄새를 발산하기도 하고, 상대방 부인과 그 자신, 그리고 꼭 맞는 승마 바지에 싸인 자기 다리의 아름다운 모양을 바라보기도 하며 니콜라이는 금발의 미인에게 자신은 이 보로네시에서 한 여인을 납치할 생각이라고 말했다.

"그게 누구예요?"

"매력적이고, 여신 같죠. 그녀의 눈은(하고 니콜라이는 상대방을 응시했다) 파랗고, 입술은 산호 같고, 하얀 살결에……" 그는 여자의 어깨를 보았다. "자태는 디아나* 같은……"

남편이 두 사람 옆으로 다가와 무슨 이야기를 하느냐고 침울한 어조로 아내에게 물었다.

"아아! 니키타 이바니치." 니콜라이는 정중하게 일어서며 말했다. 그러고는 니키타 이바니치도 자기 농담에 끼길 바라는 듯 금발의 여인을 납치하는 계획에 대해 그에게 이야기하기 시작했다.

남편은 쓴웃음을 지었지만, 아내는 쾌활하게 웃었다. 선량한 도지사 부인은 비난하는 듯한 표정으로 그들에게 다가왔다.

"안나 이그나티예브나가 당신을 만나고 싶어하세요, *니콜라*" 하고 그녀는 말했다. 안나 이그나티예브나라고 말할 때의 어조로 로스토프는 그녀가 무척 지체 높은 부인이라는 것을 알아챘다. "갑시다, *니콜라*. 당신을 이렇게 불러도 괜찮을까?"

"좋습니다, *아주머니*. 그런데 그분이 누구시죠?"

"안나 이그나티예브나 말빈체바예요. 조카딸에게서 당신이 그녀를 구해준 이야기를 들으셨다는데…… 짐작이 가죠?……"

_____

* 로마신화에 나오는 달의 여신.

"제가 구한 사람이 한두 사람이 아니라서요!" 니콜라이는 말했다.

"그분의 조카딸은 볼콘스카야 공작영애예요. 그녀는 지금 보로네시의 이모 댁에 와 있지. 어머나, 얼굴이 빨개졌네! 세상에! 왜 그래요, 혹시?……"

"그런 거 아닙니다. 그만하십시오, 아주머니."

"아, 좋아요, 좋아. 오! 순진하기는!"

도지사 부인은 이 도시의 일류 명사들과 방금 카드놀이 한 판을 끝낸, 챙이 없는 하늘색 모자를 쓴 아주 뚱뚱하고 키가 큰 노부인 옆으로 안내했다. 그녀는 공작영애 마리야의 이모 말빈체바로 보로네시에 사는, 자식이 없는 부유한 미망인이었다. 로스토프가 옆으로 다가갔을 때 그녀는 서서 카드놀이의 정산을 하고 있었다. 그녀는 엄격하고 거만한 눈빛으로 눈을 가늘게 뜨고 니콜라이를 흘끗 보고는, 카드놀이에서 자기를 이긴 장군에게 독설을 내뱉었다.

"정말 반가워요, 친구여," 그녀는 니콜라이에게 손을 내밀며 말했다. "우리집에도 들러줘요."

공작영애 마리야와, 말빈체바가 별로 좋아하지 않았던 듯한 공작영애의 죽은 아버지, 마찬가지로 별로 좋아하지 않았던 듯한 안드레이 공작에 관해 니콜라이도 아는 것들을 물은 뒤 거만한 노부인은 집에 들러달라고 되풀이하고 겨우 그를 놓아주었다.

니콜라이는 방문을 약속하고 말빈체바에게 인사할 때 또다시 얼굴을 붉혔다. 공작영애 마리야 이야기가 나오자 그는 자기도 모르게 수줍은 기분이 들고 심지어 두려움까지 느꼈던 것이다.

말빈체바 옆에서 물러나 로스토프는 다시 춤추는 쪽으로 돌아가려

했지만, 몸집이 작은 도지사 부인은 통통한 손을 니콜라이의 소매에 대고 할 이야기가 있다며 그를 소파가 있는 방으로 데려갔고, 그 방에 있던 사람들은 도지사 부인에게 방해가 되지 않으려고 나갔다.

"당신, *이봐요*," 작고 선량한 얼굴에 진지한 표정을 띠며 도지사 부인은 말했다. "이건 정말 어울리는 연분이에요, 괜찮다면 내가 중매를 해볼까?"

"누구 말입니까, *아주머니*?" 니콜라이는 물었다.

"공작영애 말이에요. 카테리나 페트로브나는 릴리가 좋다고 말하지만, 나는 공작영애 쪽이 좋다고 생각해요. 어때요? 그러면 당신 어머님도 감사하게 생각하실 거예요. 정말 좋은 아가씨지, 훌륭해! 게다가 용모도 나쁘지 않고."

"나쁘긴요." 니콜라이는 모욕이라도 당한 듯이 말했다. "아주머니, 저는 군인답게 아무것도 부탁하지 않고 또 사양하지도 않겠습니다." 로스토프는 자기가 하는 말을 생각해볼 겨를도 없이 내뱉고 말았다.

"그럼 잘 기억해둬요, 이건 농담이 아니니까."

"농담이라니요!"

"그렇지, 그렇지." 도지사 부인은 혼잣말처럼 말했다. "그건 그렇고, *이봐요*, 당신은 그 금발 여성에게 너무 열중해 있어. 남편이 가엾을 정도로, 정말……"

"아 아닙니다, 우리는 친구입니다." 니콜라이는 단순한 마음으로 말했다. 자기에게 그토록 즐거운 시간 때우기가 남에게 즐겁지 않을지도 모른다는 생각 따위는 전혀 떠오르지 않았다.

'그런데 나는 도지사 부인에게 왜 그런 바보 같은 소리를 지껄였을까!' 저녁식사 때 문득 니콜라이는 그것이 기억났다. '그녀는 정말 중매하려 할지도 모른다. 그럼 소냐는?……' 그래서 작별 인사를 할 때 도지사 부인이 미소를 머금고 거듭 그에게 "그럼 잘 기억해둬요" 하고 말하자 그는 부인을 한쪽으로 데리고 갔다.

"그런데 사실대로 말씀드리면 말입니다, 아주머니……"

"왜 그래요, 왜, 나의 친구. 여기 좀 앉을까."

니콜라이는 불현듯, 거의 남과 다름없는 이 부인에게 자기 마음의 비밀(어머니에게도, 누이에게도, 친구에게도 털어놓지 않았던 것들)을 모두 털어놓고 싶은 욕구와 필요를 느꼈다. 훗날 니콜라이는 아무 이유도 없이 일어난 이 설명할 수 없는 충동, 심지어 그에게 매우 중대한 결과를 가져온 고백의 충동을 상기할 때마다 (누구나 그렇게 생각하기 마련이지만) 그때 자신은 바보 같은 기분에 사로잡혔던 거라고 생각했지만, 이때의 충동은 다른 자질구레한 사건과 얽히며 그와 그의 가족에게 더없이 큰 영향을 미치게 되었다.

"그런데요, 아주머니. 어머니는 오래전부터 제가 부잣집 딸과 결혼하기를 원하시지만, 저는 그런 생각만 해도 반감이 듭니다, 돈을 보고 결혼하는 것은."

"아 그렇고말고, 알지." 도지사 부인은 말했다.

"그러나 볼콘스카야 공작영애만은 다릅니다. 우선 솔직히 말씀드리면 저는 그녀가 무척 좋고, 제 마음에 흡족한데다가 그런 상황에서 그렇게 이상하게 만난 뒤로 줄곧 그것이 운명이 아니었을까 하고 생각했습니다. 무엇보다, 한번 생각해보십시오. 어머니는 오래전부터 이 일을 생각하고 계셨지만, 어찌된 영문인지 그전까지 저는 그녀를 만날 기회가 없었습니다. 그리고 누이동생 나타샤가 그녀의 오빠와 약혼했을 당시에는 그녀와 결혼한다는 것은 생각할 수도 없었습니다. 그런데 나타샤는 파혼을 했고, 저는 그녀와 만나게 되었고, 게다가 모든 일이…… 그렇습니다, 그렇게 된 겁니다. 저는 아무한테도 이런 이야기를 하지 않았고, 앞으로도 하지 않을 겁니다. 오직 당신에게만."

도지사 부인은 고맙다는 듯 그의 팔꿈치를 잡았다.

"제 사촌 소피를 아십니까? 저는 그녀를 사랑하고, 결혼을 약속했고, 결혼할 생각입니다…… 그러니 아시겠지만, 이 일은 이야기할 여지도 없습니다." 니콜라이는 얼굴을 붉히며 어물어물 말했다.

"*이봐요, 이봐,* 무슨 말을 하는 건가? 글쎄, 소피는 무일푼이잖아, 게다가 지금 당신 아버님의 재정이 몹시 어렵고. 그리고 당신 어머님은? 그건 무엇보다 어머님을 죽이는 거나 다름없어. 그리고 소피도 그렇지, 인정 있는 아가씨라면 결혼 후의 생활이 어떻게 될지 정도는 알지 않겠어요? 어머님은 절망하고, 재정은 엉망이 되고…… 안 돼, *이봐요,* 당신도 소피도 그것을 이해해야 해요."

니콜라이는 침묵했다. 그는 이러한 결론을 듣는 것이 기뻤다.

"그러나 *아주머니,* 그건 역시 안 됩니다." 그는 잠시 말없이 있다가 한숨을 쉬며 말했다. "그리고 그 공작영애가 저에게 오겠습니까? 게다가 지금 그녀는 상중입니다. 그런 걸 생각할 수 있겠습니까?"

"당신은 내가 당신을 곧바로 결혼시키려 한다고 생각하는 건가? 모든 일에는 *절차*라는 게 있는 법이에요." 도지사 부인이 말했다.

"훌륭한 중매인이시군요, *아주머니*……" 그녀의 통통한 손에 키스하며 *니콜라*는 말했다.

6

로스토프와의 만남 뒤 공작영애 마리야는 모스크바에 도착해 조카와 가정교사를 만나고, 안드레이 공작의 편지를 전해 받았는데, 편지에는 보로네시에 있는 이모 말빈체바에게 가라는 것과 어느 길로 가야 하는 지까지 쓰여 있었다. 여행의 번거로움, 오빠에 대한 걱정, 새로운 집과 새로운 사람들, 조카의 교육 등 여러 가지 일이 그동안 아버지의 발병에서부터 죽음 이후까지, 특히 로스토프와 만난 후로 공작영애 마리야를 괴롭혀왔던 유혹과도 같은 감정을 덮어버렸다. 그녀는 슬펐다. 아버지의 상실이 준 인상은 그녀의 마음속에서 러시아의 멸망과 결합되어, 그후 줄곧 평온한 생활환경에서 한 달을 지낸 이제 와 점점 더 강렬하게 느껴지고 있었다. 그녀는 불안했고, 육친 중 유일하게 남은 오빠가 위험 속에 있다는 생각이 끊임없이 그녀를 괴롭혔다. 또 그녀는 조카의 교육이 우려되고 늘 자신은 그것에 적합한 사람이 아니라고 느끼고 있었지만, 마음 깊은 곳에는 로스토프의 출현으로 일어난 개인적 열망과 희망을 스스로 억제했다는 의식에서 생긴 이른바 내적 조화調和가 있었다.

도지사 부인은 자택에서 연 야회 다음날 말빈체바를 방문해 자기 계획을 상의했고(지금 상황에서 정식 중매는 생각할 수 없지만, 그래도 역시 두 젊은 사람에게 서로를 잘 알도록 기회를 주는 건 상관없다는 조건부로), 이모의 찬성을 얻자 공작영애 마리야 앞에서 로스토프 이야기를 꺼내 칭찬하고 그가 공작영애 이름을 듣고 얼굴을 붉혔다는 말을 했는데, 공작영애 마리야는 기쁘다기보다 왠지 고통스러운 감정을 느꼈고, 그것은 그녀가 이미 내적 조화를 잃고 마음속에서 또다시 열망과 의혹과 자책과 희망이 일어났기 때문이었다.

이 소식을 듣고 로스토프가 방문할 때까지 이틀 동안, 공작영애 마리야는 로스토프에게 어떤 태도를 취할지 줄곧 생각했다. 그가 이모를 찾아와도 객실에 나가지 않을 것이고, 상중에 손님을 맞는 건 예의에 맞지 않다고 생각하는 한편, 그에게 그렇게 신세를 졌는데 그런 태도를 보이는 것은 실례라는 생각이 들기도 했으며, 이모와 도지사 부인이 자기와 로스토프에 대해 무슨 계획을 하고 있다고 상상하고(두 사람의 시선과 말이 때때로 이 상상을 뒷받침하는 듯했다), 자기가 이런 생각을 하는 건 타락했기 때문이고, 아직 상장喪章도 떼지 않은 자기에게 혼담을 꺼내는 것은 자기뿐만 아니라 아버지의 기억마저도 모욕하는 일이라는 것쯤은 그녀들도 모를 리 없다고 혼잣말하기도 했다. 그의 앞에 나갈 경우를 예상하며 공작영애 마리야는 그가 자기에게 할 것 같은 말과 자기가 그에게 할 말을 생각해보았는데, 그 말은 지나치게 냉담하거나 지나치게 큰 의미를 가진 것만 같았다. 이 만남에서 가장 두려운 것은 그녀가 로스토프를 보자마자 당황해 그에게 자신의 마음을 들키지 않을까 하는 것이었다.

일요일, 예배 뒤에 하인이 객실로 와서 로스토프 백작의 방문을 알렸을 때 공작영애는 당황한 기색을 보이지 않았고, 다만 볼은 가벼운 홍조를 띠고 눈은 새로운 빛으로 반짝거렸다.

"그를 만난 적이 있으세요, 이모?" 공작영애 마리야는 침착한 음성으로 물었는데, 자신이 어떻게 이렇게 태연하고 자연스러울 수 있는지 스스로도 알 수 없었다.

로스토프가 방으로 들어오자 그녀는 이모에게 인사할 시간을 주려는 듯 잠시 고개를 숙였고, 니콜라이가 그녀 쪽으로 돌아섰을 때 마침 고개를 들고 반짝이는 눈으로 그의 시선을 맞았다. 그녀는 품위와 우아함이 넘치는 동작으로 기쁜 미소를 지으며 반쯤 몸을 일으켜 가늘고 화사한 손을 내밀고는 비로소 처음으로 가슴 깊은 곳에서 나오는 듯한 여성스러운 목소리로 이야기하기 시작했다. 객실에 있던 *부리엔 양*은 놀라 의아한 눈길로 공작영애 마리야를 바라보았다. 교태에 능란한 이 여자도 자신을 꼭 좋아해주길 바라는 남자를 만났을 때 이보다 더 훌륭한 태도를 취하기 어려울 것 같았다.

'검은 옷이 잘 어울려서일까, 아니면 저렇게 아름다워졌는데 내가 알아채지 못했던 걸까. 어쨌든 대단하다, 저 몸가짐과 우아함은!' *부리엔 양*은 생각했다.

만약 이 순간 공작영애 마리야가 생각을 할 수 있는 상태였다면 부리엔 양보다 더 자신에게 일어난 변화에 놀랐을 것이다. 그의 부드럽고 사랑스러운 얼굴을 본 순간부터 그녀는 일종의 새로운 생명력에 사로잡히고, 의지와 관계없이 말하고 행동하게 되었다. 로스토프가 들어오자 그녀의 얼굴은 갑자기 변했다. 색칠되고 조각된 초롱 안에 불을 켜면 그전까지 조잡하고 거무스름하고 무의미해 보이던 표면에 복잡하고 정교한 예술적인 도안이 홀연 놀라운 아름다움을 띠며 떠오르듯 공작영애 마리야의 얼굴도 갑자기 변했다. 지금까지 살아온 순결하고 영적인 그녀의 정신활동이 비로소 표면에 드러난 것이었다. 스스로는 불만스러웠던 자신의 정신활동, 즉 고뇌, 선에 대한 갈망, 순종, 사랑, 자기희생 같은 모든 것이 지금 반짝이는 눈에, 섬세한 미소에, 부드러운 이목구비 하나하나에서 빛나고 있었다.

로스토프는 마치 그녀의 생활을 전부 다 알았던 것처럼 이 모든 것을 뚜렷하게 알아챘다. 그는 자기 앞에 있는 존재가 지금까지 만나온 모든 사람과는 전혀 다른, 그들보다 훌륭하고, 무엇보다 자신보다 훨씬 훌륭한 존재라고 느꼈다.

대화는 몹시 단순하고 사소했다. 그들은 다른 사람들도 모두 그렇듯 무의식중에 자신의 슬픔을 과장하며 전쟁 이야기를 하고, 전에 두 사람이 만났던 일을 이야기했는데, 이 이야기가 나오자 니콜라이는 화제를 돌려 선량한 도지사 부인, 니콜라이나 공작영애 마리야의 친척에 대해 이야기했다.

이모가 안드레이 이야기를 꺼내자 공작영애 마리야는 곧바로 화제를 돌려 오빠 이야기를 하지 않으려 했다. 러시아의 불행에 대해서는 짐짓 꾸미며 말할 수도 있었지만, 오빠는 그녀의 마음에 너무나 가까운 대상이었기 때문에 가볍게 이야기하고 싶지도 않고 그럴 수도 없었다. 니콜라이는 그것을 눈치챘는데, 대체로 그는 그녀가 가진 성격의 모든 뉘앙스까지 평소의 그답지 않은 통찰력으로 간파했고, 그럴수록 그녀가 특별하고 보기 드문 존재라는 믿음은 굳어졌다. 니콜라이도 공작영애 마리야처럼 그녀에 대해 듣기만 해도, 생각하기만 해도 얼굴이 붉어지고 당황했지만, 막상 그녀 앞에 서자 오히려 마음이 느긋해지고, 준비해둔 것과 전혀 달리 순간순간 떠오르는 대로 이야기하게 되었다.

니콜라이의 방문 시간은 짧았지만, 침묵의 순간이 오자 그는 아이가 있는 곳에서 누구나 흔히 그렇듯 안드레이 공작의 어린 아들에게서 구원을 얻으려는 듯이 아이를 쓰다듬기도 하고 경기병이 되고 싶지 않니? 하고 묻기도 했다. 그는 두 손으로 아이를 안아들고 즐겁게 빙빙 돌려주며 공작영애 마리야를 돌아보았다. 부드럽고 행복하고 수줍은 듯한 그녀의 시선이 사랑하는 사람의 팔에 안긴 사랑하는 소년에게 쏠렸다. 이 시선을 발견한 니콜라이는 그 뜻을 알아챈 듯 만족에 차서 얼굴을 붉히고 자못 상냥하고 즐거운 듯이 아이에게 키스했다.

공작영애 마리야는 상중이라 외출하지 않았고 니콜라이도 이 집을 방문하는 것은 예의가 아니라고 생각했지만, 도지사 부인은 여전히 중매 역할을 하며 니콜라이에게 가서는 공작영애 마리야가 그에 대해 했던 칭찬을 전하고, 공작영애 마리야에게 가서는 그의 칭찬을 전했고, 니콜라이에게 빨리 공작영애 마리야에게 마음을 고백하라고 부추겼다. 이 고백을 위해 그녀는 예배 전에 주교의 집에서 두 젊은이가 만나도록 주선했다.

로스토프는 공작영애 마리야에게 아무것도 고백할 것이 없다고 도지사 부인에게 말했지만, 그래도 그곳에 가기로 약속했다.

틸지트에 있을 때도 로스토프는 모든 사람이 좋다고 인정하는 것에 대해서는 절대 좋고 나쁨을 의심하지 않았는데, 이번에도 역시 이성으로써 자신의 생활을 구축할 것인가, 얌전히 상황에 자신을 맡길 것인가 사이에서 짧지만 진지한 고투를 한 뒤 후자를 택하고, 자신을 어디론가 끌고 가려는(그는 그렇게 느꼈다) 거부할 수 없는 힘에 몸을 맡겼다. 그는 소냐에게 장래를 약속해놓고 공작영애 마리야에게 자신의 감정을 고백하는 것은 자신이 비열하다고 여기는 행위라는 것을 알았다. 그리고 자신이 절대 그런 비열한 행위를 하지 않으리라는 것도 알았다. 그러나 지금 자기를 이끄는 사람들과 사정에 몸을 내맡긴다면, 무엇인가 아주 중요한, 지금까지 자신이 한 번도 해본 적 없는 중요한 일을 하게 될지도 모른다는 것을 그는 알았다(알았다기보다 마음속 깊이 느끼고 있었다).

공작영애 마리야를 만난 뒤 그의 생활은 표면상으로는 예전과 똑같았지만, 지금까지의 즐거움은 모두 그에게 매력 없는 것이 되었고, 그는 자주 공작영애 마리야를 생각하게 되었는데, 그녀를 생각하는 것은 지금까지 사교계에서 만난 아가씨들에 대해 매번 예외 없이 생각하던 것과는 전혀 다르고, 또 오랫동안 환희에 차서 소냐를 생각하던 것과도 달랐다. 성실한 젊은이가 다 그렇듯 그는 지금까지 어떤 아가씨에 대해서나 전부 그녀들을 미래의 아내로서 상상해보고 결혼생활의 온갖 조건, 즉 하얀 실내복, 사모바르 앞의 아내, 아내의 유개마차, 아이들, 엄마와 아빠, 자기 부모님과 그녀의 관계 등등을 생각해보고 그런 미래에 대한 상상에 만족을 느꼈지만, 이번에 혼담이 오가는 공작영애에 대해서는 미래의 결혼생활을 전혀 상상할 수 없었다. 억지로 상상해보려 해도 전부 어색하고 가짜 같은 것이 되어버렸다. 그리고 무서운 마음이 들 뿐이었다.

7

보로디노 전투와 아군의 사상에 관한 무서운 보도와 모스크바 포기라는 더 무서운 보도는 9월 중순경 보로네시에 닿았다. 니콜라이는 공작영애 마리야가 오빠의 부상을 신문으로만 접하고 아무 소식도 얻지 못하자 직접 안드레이 공작을 찾으러 가려고 한다는 소문을 들었다(그는 그녀를 직접 만나지는 않았다).

보로디노 전투와 모스크바 포기 소식을 듣고도 로스토프는 절망이나 분노나 복수심 같은 기분은 별로 느끼지 않았고, 다만 보로네시에 있는 것이 갑자기 갑갑하고 지루해지기 시작하고 이상하게도 모든 것이 부끄럽고 거북하게 느껴졌다. 그는 모든 대화가 전부 조작된 것만 같았고, 이 모든 일을 어떻게 판단해야 할지 알 수 없었으며, 연대에 돌아가면 모든 일이 분명해질 거라 느꼈다. 그는 군마 구입을 서둘렀고, 종졸과 기병 상사에게 종종 이유도 없이 화를 냈다.

로스토프가 출발하기 며칠 전 대성당에서 러시아군의 승리를 축하하는 기도회가 있을 예정이었고, 니콜라이도 그 기도회에 나갔다. 그는 도지사 조금 뒤쪽에 서서 여러 가지 생각에 골몰하며 직무적인 성실한 태도로 끝날 때까지 서 있었다. 기도가 끝나자 도지사 부인이 그를 손짓으로 불렀다.

"공작영애를 만났나요?" 그녀는 성가대 뒤에 서 있는 검은 옷을 입은 여성을 턱으로 가리키며 말했다.

니콜라이는 모자 밑으로 보이는 옆얼굴로 그녀를 알아보았다기보다 느닷없이 그의 마음을 엄습한 경계와 공포와 연민의 감정으로 곧 그녀가 공작영애임을 알아보았다. 공작영애 마리야는 분명 생각에 잠긴 듯했고, 교회에서 나가기 전 마지막 성호를 긋고 있었다.

니콜라이는 놀란 눈으로 그녀의 얼굴을 보았다. 전에 보았던 같은 얼굴이고 섬세한 내면의 정신활동을 보여주는 같은 표정이었지만, 지금 그녀의 얼굴은 전혀 다르게 빛나고 있었다. 그것은 슬픔과 기원과 희망이 담긴 감동적인 표정이었다. 니콜라이는 그녀 앞에서 언제나 그 랬듯이 옆으로 가보라는 도지사 부인의 권유도 기다리지 않고, 이 교 회 안에서 말을 거는 것이 좋은지 나쁜지도 전혀 생각지 않고 그녀에 게 다가가 그녀의 슬픔을 듣고, 진심으로 동정한다고 말했다. 그의 음 성을 듣자 그녀의 얼굴에는 이내 밝은 빛이 떠올라 슬픔과 기쁨을 동 시에 비추기 시작했다.

"당신에게 꼭 하고 싶은 말이 있습니다, 공작영애" 하고 로스토프는 말했다. "그건 다름이 아니라, 만약 안드레이 니콜라예비치 공작이 살아 있지 않다면 연대장이기 때문에 신문에 곧 발표됐을 거라는 것입니다."

공작영애는 그의 말을 이해하지 못한 채 그의 얼굴에 나타난 동정의 빛을 기쁘게 느끼며 바라보았다.

"게다가 나는 많은 예를 알고 있습니다만, 탄환의 파편에 의한 부상 은(신문에는 유탄이라고 적혀 있었죠) 대개 즉사가 아니면 반대로 몹 시 가벼운 것입니다." 니콜라이는 말했다. "그러니 좋은 쪽으로 기대 해야 하고, 나는 확신하건대……"

공작영애 마리야는 그 말을 가로막았다.

"아아, 너무도 무서운……" 하고 그녀는 입을 열었으나 흥분으로 말을 잇지 못하고 우아한 몸짓으로(그 앞에서 그녀가 하는 몸짓은 모 두 그랬지만) 고개 숙이고 감사한 듯이 상대방을 보고는 이모를 뒤따 라 나갔다.

그날 저녁 니콜라이는 아무데도 손님으로서 가지 않고 말을 판 사람 들과 거래를 끝내기 위해 집에 남아 있었다. 일이 끝났을 때는 외출하기에는 이미 늦은 시간이었지만 그렇다고 잠자리에 들기에도 너무 일러서, 그에게는 드문 일이지만 지나온 인생을 곰곰이 생각하며 한참 동안 방안을 이리저리 거닐었다.

공작영애 마리야는 스몰렌스크 교외에서 그에게 좋은 인상을 주었다. 전에 그런 특별한 상황에서 만났다는 것도, 어머니가 한때 부유한 신붓감으로 지목한 사람이 그녀였다는 것도 그녀에게 특별히 주의를 쏟게 했다. 보로네시에서 그녀를 방문했을 때 받은 인상은 유쾌할 뿐만 아니라 강렬했다. 니콜라이는 그때 그녀에게서 특별한 정신적 아름다움을 발견하고 깊이 감동했다. 그러나 그는 그때 떠날 채비를 하고 있었고, 보로네시를 떠나면 공작영애를 만날 기회를 잃게 되지만 유감스럽지는 않았다. 그런데 오늘 교회에서 공작영애 마리야를 만난 것은 그의 예상보다 훨씬 깊은(니콜라이는 그것을 느끼고 있었다), 그가 마음의 안정을 위해 바라던 것보다 훨씬 더 깊은 인상을 주었다. 그 창백하고 가냘프고 슬픈 얼굴, 그 반짝이는 눈, 조용하고 우아한 몸짓, 특히 그녀의 몸 전체에 흐르는 뭐라 형언할 수 없는 깊고 부드러운 슬픔은 그를 불안하게 하고 연민을 불러일으켰다. 로스토프는 남자에게서는 이런 높은 정신적 생활의 발현을 보는 것이 싫었고(그래서 안드레이 공작을 좋아하지 않았다), 그런 것을 철학이다 공상이다 하며 멸시했지만, 공작영애 마리야에게서는 그 자신과 영 거리가 먼 정신세계의 깊이를 오롯이 드러내는 슬픔 속에서 거부할 수 없는 매력을 느꼈던 것이다.

'분명 훌륭한 아가씨일 것이다! 마치 천사 같다!' 그는 혼잣말을 했다. '왜 나는 자유로운 몸이 아닐까, 왜 소냐에게 그토록 서둘렀을까?'

그리고 마음속으로 자기도 모르게 두 사람을 비교하게 되었는데, 자신이 갖지 못했기 때문에 더욱 높이 평가하게 되는 정신적 자질로 보자면, 한쪽은 빈곤하고 다른 한쪽은 풍부했다. 그는 자신이 자유로운 몸이라면 어떨지 상상해보았다. 어떻게 공작영애에게 청혼을 하고, 어떻게 그녀가 그의 아내가 될까? 아니, 그는 상상할 수 없었다. 무서운 마음이 들고, 뚜렷한 그림은 떠오르지 않았다. 소냐와의 미래 그림은 벌써 한참 전에 그려보았고, 모두 머릿속에서 만들어지는데다 소냐 안에 있는 모든 것을 알고 있었기 때문에 단순하고 뚜렷했지만, 공작영애 마리야와의 미래는 그가 그녀를 이해하고 있는 게 아니라 다만 사랑하고 있었기 때문에 그릴 수가 없었다.

소냐에 관한 공상에는 어딘지 모르게 재미있는 소꿉놀이 같은 느낌이 있었다. 그러나 공작영애 마리야를 생각하는 건 늘 어렵고, 조금은 두렵기도 했다.

'기도하던 그녀의 모습은 어땠는가!' 그는 생각했다. '온 영혼을 기도에 쏟는 것 같았다. 그렇다, 그것이야말로 산이라도 움직일 것 같은 기도이며, 나는 그 기도가 반드시 실현되리라 확신한다. 나는 왜 나 자신에게 필요한 것을 기도로써 구하지 않을까?' 그는 생각했다. '내게 필요한 것은 뭘까? 자유다. 소냐와 이별하는 것이다. 그녀가 한 말이 옳다.' 그는 도지사 부인이 한 말을 상기했다. '그녀와 결혼한다면 불행뿐일 것이다. 혼란, 어머니의 슬픔…… 재정 문제…… 혼란, 무서운 혼란! 그리고 나는 그녀를 사랑하지 않는다. 그렇다, 진정으로 사랑하고 있지 않다. 아 하느님! 이 무섭고 출구도 없는 상황에서 저를 구해주소서!' 그는 갑자기 기도하기 시작했다. '그렇다, 기도는 산도 움직인다는데, 믿어야 한다. 어린 시절 나타샤와 함께 눈이 설탕이 되게 해달라고 기도하고 정말 설탕이 되었는지 맛보러 뜰로 뛰어갔던 것처럼 기도해서는 안 된다. 아니다, 나는 지금 그런 부질없는 기도를 하려는 것이 아니다.' 그는 파이프를 방 한쪽에 놓고, 두 손을 모으고 성상 앞에 서며 자신에게 말했다. 공작영애 마리야에 대한 회상에 감동한 그는 전에 없이 열심히 기도했다. 그의 눈과 목구멍에 눈물이 차올랐을 때, 하인 라브루시카가 서류를 가지고 들어왔다.

"바보! 부르지도 않았는데 왜 들어오는 거야!" 니콜라이는 급히 자세를 바꾸며 말했다.

"도지사님한테서," 라브루시카는 잠에 취한 목소리로 말했다. "급사가 왔습니다. 편지입니다."

"그래, 알았어, 고마워, 가봐!"

니콜라이는 두 통의 편지를 받았다. 한 통은 어머니에게서 온 것이었고 또 한 통은 소냐의 것이었다. 그는 필적으로 알아보고, 먼저 소냐의 편지를 뜯었다. 몇 줄 채 읽기도 전에 그의 얼굴은 창백해지고 눈은 놀라움과 기쁨으로 커졌다.

"아냐, 그럴 리가 없어!" 그는 큰 소리로 말했다. 그는 한곳에 가만히 앉아 있지 못하고 편지를 들고 읽으며 방안을 걷기 시작했다. 대강 읽은 뒤 한번 더 읽고, 또 한번 읽은 뒤 어깨를 추썩이고 양손을 벌리며, 입을 벌리고 시선을 한곳에 못박은 채 방 한가운데서 걸음을 멈췄다. 하느님이 반드시 들어주시리라는 믿음을 가지고 방금 그가 올린 기도가 실현된 것이었지만, 니콜라이는 그것이 뭔가 심상치 않고 전혀 예상하지 못했던 일인 양 놀랐고, 이토록 빨리 실현된 것은 그가 기도를 올린 하느님이 아니라 흔한 우연 때문이라는 증명처럼 느껴졌다.

로스토프의 자유를 속박하고, 도저히 풀 수 없을 것 같았던 매듭이 예기치 못한(니콜라이는 이렇게 생각했다), 갑작스럽게 받게 된 소냐의 편지로 풀리게 되었다. 소냐의 편지에는 최근의 불행한 사정과, 모스크바에서 로스토프가의 거의 전 재산이 상실되었다는 것, 백작부인이 니콜라이와 볼콘스카야 공작영애의 결혼을 바란다고 여러 번 표명했다는 것, 최근 그의 침묵과 냉담 등 이런 모든 것이 합쳐져 그와의 약속을 단념하고 그에게 완전한 자유를 주기로 결심했다고 쓰여 있었다.

"나는 내가 큰 은혜를 입고 있는 가정의 슬픔과 불화의 원인이 될지도 모른다고 생각하는 것이 너무도 고통스럽습니다." 그녀는 썼다. "내 사랑의 목적도 내가 사랑하는 사람들의 행복뿐이며, 그러니 니콜라, 부탁합니다. 부디 당신 자신을 자유로운 몸이라 생각하고, 무슨 일이 있더라도 당신의 소냐보다 더 열렬히 당신을 사랑할 수 있는 사람은 없다는 것을 알아주세요."

두 통 모두 트로이차에서 부친 것이었다. 나머지 한 통은 백작부인 것이었다. 이 편지에는 모스크바에서의 최근 며칠, 출발, 화재, 전 재산 상실 등에 대해 세세하게 쓰여 있었다. 또한 안드레이 공작이 부상자 무리에 끼여 그의 가족과 함께 이동중이라는 내용도 있었다. 공작은 한때 매우 위중했지만 지금은 군의관도 전보다 훨씬 희망적이라고 말하고 있고, 소냐와 나타샤가 간병인처럼 그를 돌보고 있다고 쓰여 있었다.

다음날 니콜라이는 이 편지를 가지고 공작영애 마리야에게 갔다. 니콜라이도 공작영애 마리야도 '나타샤가 그를 돌보고 있다'는 말의 의미에 대해서는 한마디도 하지 않았지만, 이 편지 덕분에 니콜라이와 공작영애는 갑자기 거의 친척처럼 가까워졌다.

다음날 로스토프는 공작영애 마리야를 야로슬라블까지 바래다주었고, 며칠 후 그도 연대로 떠났다.

8

니콜라이의 기도가 실현된 소냐의 편지는 트로이차에서 쓰였다. 그 경위는 이러했다. 니콜라이를 부유한 신붓감과 결혼시키려는 생각은 갈수록 노백작부인의 마음을 강하게 사로잡았다. 그녀는 소냐가 가장 큰 장애물이라고 생각했다. 그리고 백작 집에서의 소냐의 생활도 최근, 특히 보구차로보에서 공작영애 마리야와 만났다고 쓴 니콜라이의 편지가 온 후로 점점 더 괴로워졌다. 백작부인은 소냐에게 모욕적이거나 냉혹하게 빈정거릴 수 있는 기회를 한 번도 놓치지 않았다.

그러나 모스크바를 출발하기 며칠 전, 여러 가지 일로 마음이 괴롭고 흥분한 상태였던 백작부인은 소냐를 부르더니 책망하고 요구하는 대신에 그녀가 희생해달라고, 지금까지 그녀에게 베푼 은혜에 보답하는 뜻으로 니콜라이와의 관계를 끊어달라고 눈물지으며 애원했다.

"나는 네가 그것을 약속할 때까지 안심할 수가 없다."

소냐는 히스테릭하게 흐느끼면서, 무슨 일이든 하고 어떤 것도 각오한다고 대답했지만 확실한 약속은 하지 않았는데, 그녀의 요구대로 하겠다는 결심이 서지 않았기 때문이다. 길러준 가족을 위한 일이라면 자신을 희생해야 했다. 타인의 행복을 위한 희생은 소냐에게 습관 같은 일이었다. 집안에서 그녀의 입장은 그저 희생으로밖에는 자신의 가치를 보여줄 수 없었으므로 그녀는 희생에 익숙했고 또 그것을 좋아하기도 했다. 하지만 전에는 희생을 할 때마다 그 희생으로 자타의 눈에 비치는 자신의 가치가 높아지고, 세상 누구보다 사랑하는 *니콜라*에게 더욱 어울리는 여자가 된다는 기쁨을 의식했지만, 이번 희생은 희생의 모든 보상, 삶의 모든 의미를 포기하는 것이었다. 그녀는 자신에게 은혜를 베푼 이 사람들이 난생처음 원망스러웠고, 그들이 자신을 더욱 괴롭히기 위해 은혜를 베푼 것 같았으며, 한 번도 이런 괴로움을 느껴본 적 없고 희생을 강요당한 적도 없고 자신을 위해 남을 희생시키면서도 모든 사람의 사랑을 받는 나타샤에게 부러움을 느꼈다. 그리고 처음으로 소냐는 *니콜라*에 대한 조용하고 순수한 사랑이 갑자기 계율도 덕행도 종교도 초월한 열정적인 감정으로 자라기 시작한 것을 느꼈고, 타인 본위의 생활 속에서 자기 마음을 감추는 법을 배운 그녀는 이 감정에 지배되어 자기도 모르게 백작부인에게는 대충 불확실한 대답만 하고 되도록 대화를 피하며 니콜라이와 만날 기회를 기다리기로 결심했는데, 그를 만나 자유롭게 해주기 위해서가 아니라 반대로 자기와 그를 영원히 결부시키기 위해서였다.

로스토프가가 모스크바에서 머문 마지막 며칠간의 분주함과 공포는 소냐를 괴롭히던 어두운 생각을 지워버렸다. 소냐는 실제적인 활동 속에서 구원을 발견하고 기쁨을 느꼈다. 하지만 그들의 집에 안드레이 공작이 있다는 것을 알자 그녀는 그와 나타샤에 대해 진심으로 동정을 느끼면서도 한편으로는 하느님이 자신과 *니콜라*의 이별을 바라지 않는다는 기쁨과 미신적인 감정에 사로잡혔다. 그녀는 나타샤가 지금까지 안드레이 공작 한 사람만을 사랑했고 지금도 사랑한다는 것을 알았다. 지금과 같은 무서운 환경 속에서 만난 두 사람은 다시 서로 사랑하게 될 것이며, 그렇게 되면 두 집안은 친척관계가 되어 니콜라이와 공작영애 마리야가 결혼할 수 없게 된다는 것도 그녀는 알았다. 이 마지막 며칠과 여행 초반의 며칠에 일어난 무서운 사건에도 불구하고 이 감정이, 즉 자신의 개인적인 일에 섭리가 작용하고 있다는 의식이 소냐를 기쁘게 했다.

트로이츠카야 수도원에서 로스토프가는 이번 이동중 처음으로 하루의 휴식을 가졌다.

수도원의 숙박소에서는 커다란 방 세 개가 로스토프가에 제공되었고, 그중 하나는 안드레이 공작이 사용했다. 그는 이날 병세가 매우 좋았다. 나타샤는 그와 함께 있었다. 옆방에서는 수도원장이 오래된 지인이자 기부자인 백작 내외를 찾아와 정중하게 이야기를 나누며 앉아 있었다. 소냐도 거기 앉아 있었지만, 안드레이 공작과 나타샤가 무슨 이야기를 나눌까 하는 호기심에 안달했다. 그녀는 문 너머에서 두 사람의 대화를 듣고 있었다. 안드레이 공작의 방문이 열렸다. 나타샤는 상기된 얼굴로 나와, 그녀를 맞으러 일어나 오른쪽 넓은 소매를 잡은 수도사도 알아채지 못하고 소냐에게 다가가 손을 잡았다.

"나타샤, 무슨 일이니? 이쪽으로 오렴." 백작부인은 말했다.

나타샤가 축복을 받으러 다가가자 수도원장은 하느님과 성자의 도움을 구하라고 충고했다.

수도원장이 나가자마자 나타샤는 친구의 손을 잡고 빈방으로 데려갔다.

"소냐, 그렇지? 그는 살겠지?" 그녀는 말했다. "소냐, 난 정말 행복
하지만 정말 불행하기도 해! 소냐, 내 친구, 모든 게 예전대로 됐어.
그만 살아준다면, 그는 그렇게 되면 안 돼…… 왜냐면, 왜냐면……
그……" 나타샤는 울음을 터뜨렸다.

"그래! 난 그럴 줄 알았어! 감사하게도" 하고 소냐는 말했다. "그는
살 거야!"

소냐는 나타샤의 두려움과 슬픔 때문에, 또한 아직 아무에게도 말하
지 않은 자신만의 생각 때문에 친구 못지않게 흥분했다. 그녀는 울면
서 나타샤에게 키스하고 위로했다. '그가 살아주기만 한다면!' 그녀는
생각했다. 울기도 하고 이야기도 하다가 두 친구는 눈물을 닦고 안드
레이 공작의 방문으로 다가갔다. 나타샤는 조심스럽게 문을 열고 방안
을 들여다보았다. 소냐는 반쯤 열린 문 옆에 그녀와 나란히 서 있었다.

안드레이 공작은 베개를 세 개 포개놓은 위에 누워 있었다. 창백한
얼굴은 평온하고 눈은 감겨 있고 분명 호흡도 고른 것 같았다.

"아아, 나타샤!" 소냐는 갑자기 사촌동생의 손을 잡고 문에서 뒷걸
음치며 외치다시피 말했다.

"뭐야? 뭐야?" 나타샤는 물었다.

"저거였어, 저게, 바로……" 소냐는 창백한 얼굴로 입술을 떨며 말
했다.

나타샤는 조용히 문을 닫고 무슨 말인지 알아채지 못한 채 소냐와
함께 창문 쪽으로 물러섰다.

"너도 기억나지?" 소냐는 겁에 질린 엄숙한 얼굴로 말했다. "내가

너 대신 거울을 들여다봤었잖아…… 오트라드노예에서 크리스마스 때…… 그때 내가 뭘 봤다고 했는지 기억나?……"

"응, 응!" 나타샤는 그때 소냐가 안드레이 공작이 누워 있는 모습을 봤다고 했던 것을 어렴풋이 떠올리며 눈을 크게 뜨고 말했다.

"기억났어?" 소냐는 계속했다. "내가 그때 뭘 봤는지 너와 두냐샤, 모두에게 말했었잖아. 나는 그가 침대에 누워 있는 모습을 봤어." 그녀는 세부적인 사항을 말할 때마다 한 손가락을 세운 손으로 손짓하며 말했다. "그는 눈을 감고 분홍색 담요를 덮고 두 손을 깍지 끼고 있었어." 그녀는 방금 보았던 세부적인 사항을 말하면서, 그때도 그것과 똑같은 것을 보았다고 확신했다. 그러나 실은 그때 그녀는 아무것도 보지 못하고 다만 자신의 머리에 떠오른 것을 본 것처럼 말했던 것인데, 그때 그렇게 생각했던 것이 기억이란 것이 다 그렇듯 그녀에게는 사실처럼 느껴졌다. 그녀는 그때 그가 자기를 돌아보며 미소지었고, 빨간 뭔가를 봤다고 말한 것을 기억하고 있었을 뿐만 아니라 이미 그때 자신은 그가 분홍색, 분명 분홍색 담요를 덮고 눈을 감고 있는 것을 봤고 그렇게 말했다고 확신하고 있었다.

"그래, 그래, 분명 분홍색이었어." 나타샤는 자신도 분홍색이라고 들었다는 듯이 말했고, 이것이 바로 예언이라는 것의 기묘함과 신비라고 생각했다.

"하지만 그게 무슨 의미일까?" 나타샤는 생각에 잠겨 물었다.

"아아, 나도 모르겠어, 정말 모든 게 놀라워!" 소냐는 두 손으로 머리를 감싸며 말했다.

몇 분 지나 안드레이 공작이 벨을 울리자, 나타샤는 그 방으로 들어갔고, 소냐는 전에 느껴보지 못한 흥분과 감동에 젖어 지금 일어난 모든 일의 예사롭지 않은 의미를 곰곰이 생각하며 창가에 남아 있었다.

이날 군대에 편지를 보낼 기회가 있었으므로 백작부인은 아들에게 편지를 썼다.

"소냐." 백작부인은 조카딸이 옆을 지나갈 때 편지에서 고개를 들며 말했다. "소냐, 너도 니콜렌카에게 편지 쓰지 않을래?" 백작부인은 낮고 떨리는 음성으로 말했고, 소냐는 안경 너머로 자기를 응시하는 백작부인의 피로한 눈길에서 말로 하지 않은 모든 것을 읽었다. 이 눈길에는 간청, 거절에 대한 두려움, 애원해야 하는 부끄러움, 거절할 경우 가차없을 증오의 의지가 담겨 있었다.

소냐는 백작부인에게 다가가 무릎을 꿇고 손에 키스했다.

"쓸게요, 엄마." 그녀는 말했다.

소냐는 이날 일어난 모든 일 때문에, 특히 방금 본 점占의 신비로운 실현에 마음이 누그러지고 흥분과 감동에 사로잡혀 있었다. 나타샤와 안드레이 공작의 관계가 다시 시작되어 니콜라이와 공작영애 마리야의 결혼이 불가능해진 것을 알자, 소냐는 자신이 그 속에서 사는 것을 좋아하기도 하고 또 그녀에게 익숙하기도 한 자기희생의 기분이 되돌아오는 것을 기쁘게 느꼈다. 그녀는 눈물을 지으며, 관대한 행위를 수행한다는 기쁜 의식을 안고 벨벳처럼 까만 눈을 흐리는 눈물 때문에 몇 번이나 멈춰가며, 니콜라이가 받고 그토록 놀랐던 감동적인 편지를 썼다.

9

피예르가 투옥된 영창에서는 그를 체포했던 장교와 병사들이 적의
를 보이면서도 존중하는 태도로 대했다. 또한 그에 대한 장교와 병사
들의 태도에서는 이 사내는 대체 어떤 자일까(어쩌면 지체 높은 사람
이 아닐까) 하는 의아심과, 아직도 기억에 생생한 그와의 개인적 격투
로 생긴 적의도 느껴졌다.

그러나 다음날 아침 초병이 교체됐을 때 피예르는 이 새로운 초병
에게는—장교에게도 병사에게도—그를 체포한 사람들이 그에게 품
었던 감정 같은 것은 이미 없다는 것을 느꼈다. 사실 다음날 교대한 초
병들은 농민 카프탄을 입은 덩치가 크고 살찐 이 사내가 약탈병과 호
위병과 필사적으로 격투를 벌이기도 하고 아이를 구조했다고 의기양
양하게 말하던 사람인 것을 몰랐고, 그들에게는 다만 이유는 모르지만
최고 당국의 명령으로 구류된 러시아인들 중 하나인 포로 17호에 지
나지 않았다. 만약 피예르에게 뭔가 특별한 점이 있었다면 그것은 그
의 겁먹지 않은 듯한 태도, 생각에 골몰한 모습, 프랑스인도 놀랄 만큼
프랑스어가 유창한 것 정도였다. 그날 피예르는 독방이 필요해진 어느
장교 때문에 독방에서 나와 다른 용의자들과 합류했다.

피예르도 포함된 이 러시아인들은 모두 최하층의 사람들이었다. 그
들은 피예르가 귀족이라는 것을 알자, 또 그가 프랑스어를 사용하자 더
욱 멀리했다. 피예르는 그들이 자신을 빈정대며 하는 말을 씁쓸한 기
분으로 들었다.

다음날 밤 피예르는 수용자들이 모두(그를 포함해) 방화죄로 재판

받게 된다는 것을 알았다. 사흘째가 되자 피예르는 다른 사람들과 함께 어느 건물로 끌려갔고, 그곳에는 하얀 콧수염을 기른 프랑스 장군과 두 대령, 그 밖에 완장을 두른 프랑스인 몇이 앉아 있었다. 그들은 피예르에게도 다른 사람들을 대하는 것과 똑같이, 즉 통상적으로 피고를 대하는 것과 마찬가지로 마치 인간의 약점을 초월한 듯한 정확함과 엄정함으로, 당신은 누구인가? 어디에 있었는가? 무슨 목적이 있었는가? 등등을 질문했다.

　그 질문들은 재판소에서 행해지는 모든 질문과 마찬가지로 생생한 사건의 본질은 제쳐두고 또 본질을 해명할 가능성마저 없애버리고 하나의 홈통을 아래 받쳐두는 것만을 목적으로 삼았는데, 재판관들은 피고의 답변이 그들이 미리 만들어놓은 홈통으로 흘러가도록 해 소기의 목적, 즉 유죄로 끌고 가려 했다. 피고가 그 목적에 부합하지 않는 말을 꺼내기 시작하면 재판관들은 곧 이 홈통을 끌어다 원하는 방향으로 물이 흘러가도록 할 수 있었다. 그 밖에도 피예르는 모든 재판소에서 피고가 느끼듯, 대체 왜 이런 질문을 하는가라는 의혹을 느꼈다. 그는 이렇게 홈통을 설치하는 트릭을 사용하는 것은 그저 선심 혹은 의례의 표현에 불과하다고 생각했다. 그는 자신이 이 사람들의 권력에 잡혀 있다는 것을 알았고, 자기를 여기 데려온 것도 권력이고, 질문에 답변하도록 요구할 수 있는 권리를 그들에게 주는 것도 권력이며, 이 모임의 유일한 목적이 그의 유죄 선고라는 것도 알았다. 그러니 권력을 가졌고, 유죄로 정한 이상 질문들의 트릭도 재판도 다 부질없는 것이었다. 모든 답변이 유죄로 귀결될 것이 분명했다. 체포 당시 무엇을 하고 있었느냐는 질문에 피예르는 다소 비장한 어조로 불길 속에서 구한 어린애를 부모에게 데려다주러 가고 있었다고 대답했다. 왜 약탈병과 격투했나? 한 여성을 보호하려 했고, 모욕당한 여성을 보호하는 것은 만인의 의무이며…… 피예르는 대답했지만, 그런 일은 지금 사건과 아무 관계가 없었기 때문에 중지당했다. 불타던 집 뜰에서 당신을 목격한 증인이 있다. 왜 거기 있었는가? 그는 모스크바가 어떻게 되었는지 보러 갔다고 대답했다. 그는 다시 중지당했다. 어디를 갔는지가 아니라, 왜 화재 근처에 있었는가? 당신은 누구인가? 최초의 질문이 되풀이됐지만, 그는 대답하지 않았다. 또다시 그는 답변할 수 없다고 말했다.

"기록해, 좋지 않아. 정말 좋지 않아." 혈색 좋은 얼굴에 하얀 콧수염을 기른 장군이 엄숙히 말했다.

나흘째에는 주봅스키 성벽에서 화재가 발생했다.

피예르는 다른 열세 명과 함께 크림스키 브로트*의 어느 상인의 집 마차 창고로 옮겨졌다. 거리를 걸으며 피예르는 온 도시의 하늘을 뒤덮은 듯한 연기에 숨이 막힐 것 같았다. 사방에 불길이 보였다. 이때까지만 해도 피예르는 아직 모스크바 소각의 의미를 이해하지 못한 채 두려운 마음으로 불길을 보고 있었다.

피예르는 크림스키 브로트의 어느 집 마차 창고에서 나흘을 보냈고, 그 나흘 동안 프랑스병들의 이야기를 듣고 여기에 감금된 사람들 모두가 원수의 결정을 매일 기다리고 있다는 것을 알았다. 원수가 누구인지는 병사들의 이야기로는 알 수 없었다. 병사들에게 원수란 분명 권력의 가장 높은, 얼마쯤은 신비로운 한 고리로 여겨지는 것 같았다.

---

* 브로트는 걸어서 건널 수 있는 얕은 여울로, 후에 이곳에 니콜스키(크림스키) 다리가 세워졌다.

이 처음의 며칠, 즉 포로들의 이차 심문이 열린 9월 8일까지가 피예르에게는 가장 괴로운 시간이었다.

10

9월 8일, 포로들이 있는 창고에 한 장교가 들어왔고, 초병들의 공손한 태도로 보아 그는 지위가 상당히 높은 것 같았다. 장교는 사령부 소속인 듯 명부를 들고 러시아인 전원을 점호했고, 피예르에게는 이름을 *밝히지 않은 자*라고 불렀다. 그리고 무관심하고 귀찮은 듯이 포로들을 둘러보고는, 원수에게 데려가기 전 옷차림을 단정히 정돈하게 하라고 위병 장교에게 명령했다. 한 시간 후 1개 중대의 병사들이 와서 피예르와 열세 명을 데비치예 들판으로 끌고 갔다. 비가 개어 햇살이 밝고 대기는 보기 드물 만큼 청명했다. 연기는 피예르가 주봅스키 성벽의 영창에서 끌려나온 그날처럼 낮게 깔리지 않고 맑은 대기 속으로 기둥처럼 피어오르고 있었다. 불길은 아무데서도 보이지 않았지만, 사방에서 연기 기둥이 올라가고 피예르의 눈에 보이는 한 모스크바는 온통 불타버린 벌판이었다. 사방팔방에 난로와 굴뚝만 남은 불탄 자리가 보이고 군데군데 석조 주택의 불에 그슬린 벽도 보였다. 피예르는 불탄 자리를 주의깊게 보았지만, 익숙한 이 도시의 구획을 분간할 수 없었다. 여기저기 화재를 면한 교회들이 보였다. 파괴되지 않은 크렘린은 많은 첨탑과 이반 대제 종탑과 함께 저멀리 하얗게 내다보였다. 가까이에는 노보데비치 수도원의 둥근 지붕이 즐거운 듯 반짝거리고, 거기서 예배를 알리는 종소리가 유난히 크게 들려왔다. 종소리는 피예르에게 오늘이 일요일이고 성모 탄신 축일이라는 것을 상기시켰다. 그러나 이 축일을 축하하는 사람은 아무도 없는 것 같았는데, 곳곳이 화재로 황폐화되고, 가끔 마주치는 러시아인들은 해진 옷을 걸치고 겁에 질려 있었으며, 프랑스인을 보면 당황해 숨어버렸다.

러시아인의 보금자리는 분명 파괴되고 황폐화되었지만, 피예르는 러시아인의 생활 질서가 파괴된 그 황폐해진 보금자리 위에 전혀 다르지만 독자적이고 견고한 프랑스인의 생활 질서가 세워지고 있다는 것을 무의식중에 느꼈다. 그것은 다른 죄수들과 함께 피예르를 호송한 대오 정연한 병사들의 쾌활하고 즐거운 모습에서도, 병사가 모는 쌍두 포장마차를 타고 맞은편에서 와서 스쳐지나가는 프랑스 고관의 모습에서도 느껴졌다. 또한 들판 왼쪽에서 들려오는 군악대의 명랑한 소리에서도 느껴졌지만, 특히 그것을 느끼고 깨닫게 한 것은 오늘 아침에 온 프랑스 장교가 포로 점호를 하며 읽은 명부였다. 피예르는 병사들에게 체포돼 다른 십여 명과 함께 이리저리 끌려다녔기 때문에 그들이 이제는 그를 잊어버리고 다른 사람들과 뒤섞어버렸을 거라고 생각했다. 그러나 그렇지가 않았다. 심문 때 그가 한 답변은 *이름을 밝히지 않은 자*라는 호칭이 되어 그에게 돌아왔다. 그리고 피예르에게 두렵게 느껴진 이 호칭 아래 그는 지금 어디론가 끌려가고 있었는데, 병사들의 얼굴에는 다른 포로들과 함께 피예르도 그들에게 없어져서는 안 될 필요한 인간이며 데려갈 필요가 있는 곳으로 데려간다는 의심의 여지가 없는 확신이 떠올라 있었다. 피예르는 자신이 무언가 알 수 없지만 규칙적으로 움직이는 기계 바퀴에 걸린 보잘것없는 나뭇조각 같다고 느꼈다.

피예르와 다른 죄수들은 데비치예 들판 오른쪽에 있는 수도원에서 멀지 않은 넓은 정원이 딸린 커다란 흰색 저택으로 끌려갔다. 셰르바토프 공작*의 이 저택은 피예르도 예전에 주인을 만나기 위해 몇 번 방문했던 곳인데, 병사들 말을 들어보니 현재 원수 에크륄 대공의 숙사였다.

그들은 정면 현관 층층대로 끌려가 한 사람씩 안으로 들어갔다. 피예르는 여섯번째로 끌려들어갔다. 그는 눈에 익은 유리 회랑, 현관, 현관방을 지나 입구에 부관이 서 있는 길고 천장이 낮은 서재로 인도되었다.

다부는 안경을 코끝에 걸친 채 방 한구석에 있는 탁자 앞에 몸을 굽히고 앉아 있었다. 피예르는 그의 옆으로 다가갔다. 다부는 눈도 들지 않고 앞에 놓인 서류를 살펴보고 있었다. 그는 쳐다보지도 않고 피예르에게 나직이 물었다.

"당신은 누굽니까?"

피예르는 한마디도 말할 수 없었으므로 잠자코 있었다. 피예르에게 다부는 그저 일개 프랑스 장군이 아니라 잔인함으로 이름난 인간이었다. 엄격한 교사처럼 어느 만큼은 대답을 기다려주겠다는 듯한 다부의 냉정한 얼굴을 바라보며 피예르는 자신이 지연시키는 이 몇 초가 목숨을 좌우할지도 모른다고 느꼈지만 뭐라고 대답해야 할지 알 수 없었다. 첫 심문에서 말했던 것을 똑같이 말할 결심이 서지는 않았으나 신

* D. M. 셰르바토프(1760~1839). 당시 모스크바 도 세르푸호프 군 귀족회장.

분과 지위를 밝히는 것은 위험하기도 하고 겸연쩍기도 했다. 피예르는 잠자코 있었다. 그러나 피예르가 어떤 결심을 하기도 전에 다부는 고개를 들고 안경을 이마로 밀어올리더니 실눈을 뜨고 피예르를 쏘아보았다.

"나는 이자를 알아." 분명 피예르를 놀래줄 심산으로 그는 침착하고 차가운 음성으로 말했다. 소름끼치는 한기가 피예르의 등골을 스쳐가더니 바이스처럼 머리를 죄었다.

"장군, 당신이 저를 아실 리가 없습니다, 한 번도 만난 적이 없습니다……"

"이자는 러시아 스파이야." 다부는 피예르의 말을 가로막더니 피예르가 미처 알아채지 못한, 방안에 있던 다른 장군에게 말했다. 그리고 다부는 얼굴을 돌렸다. 피예르는 자기도 모르게 소리치듯 재빨리 말했다.

"아닙니다, 전하," 그는 문득 다부가 대공이라는 것을 생각해내고 말했다. "아닙니다, 전하, 당신이 저를 아실 리가 없습니다. 저는 민병 장교이고, 모스크바를 떠난 적이 없습니다."

"당신의 이름은?" 다부가 물었다.

"베주호프입니다."

"당신 말이 거짓이 아닌지 내게 무엇으로 증명하겠습니까?"

"전하!" 피예르는 화를 낸다기보다 애원하는 목소리로 외쳤다.

다부는 눈을 들고 피예르를 골똘히 보았다. 몇 초간 두 사람은 서로를 응시했고, 이 응시는 피예르를 구했다. 이 응시로 두 사람 사이에 전쟁이니 재판이니 하는 모든 조건을 초월한 인간적인 관계가 형성되었다. 이 순간 그들은 막연하지만 수많은 것을 느끼고 자신들이 인류의 자식이자 형제라는 것을 깨달았던 것이다.

인간의 행위와 목숨이 번호로 불리는 명부에서 고개를 들어 다부가 처음 피예르를 일별했을 때, 피예르는 한낱 상황에 지나지 않았으므로 다부는 악행을 한다는 일말의 양심의 가책도 없이 총을 쏠 수도 있었지만, 지금 그는 이 남자 속에서 일개의 인간을 보았다. 그는 잠시 생각에 잠겼다.

"당신 말이 사실인지 내게 무엇으로 증명하겠습니까?" 다부는 냉정하게 말했다.

피예르는 랑발이 떠올라 그의 이름과 소속 연대, 숙사가 있는 거리 이름을 댔다.

"당신은 당신이 말하고 있는 그런 사람이 아닙니다." 다시 다부가 말했다.

피예르는 끊기고 떨리는 목소리로 진술의 사실성을 증명할 증거를 대기 시작했다.

그러나 이때 부관이 들어와 다부에게 무엇인가 보고했다.

다부는 부관의 보고를 듣자 갑자기 표정이 밝아지더니 단추를 잠그기 시작했다. 그는 분명 피예르를 완전히 잊어버린 것 같았다.

부관이 포로에 대해 환기하자, 다부는 눈살을 찌푸리고 피예르 쪽으로 고개를 끄덕이더니 데려가라고 말했다. 그러나 피예르는 바라크로 되돌아가는 것인지, 데비치예 들판을 지날 때 동료들이 가리킨 완전히 준비된 형장으로 가는 것인지 알 수 없었다.

그가 돌아보았을 때 부관은 다부에게 무엇인가 되묻고 있었다.

"그래, 물론이지!" 하고 다부는 말했는데, 피예르는 '그래'가 무슨 뜻인지 알지 못했다.

피예르는 어떻게, 얼마나, 어디로 걸어갔는지 기억하지 못했다. 그는 완전한 무감각과 우둔의 상태로 주위의 것은 아무것도 보지 못하는 상태로 다른 사람들과 함께 발을 옮길 뿐이었는데, 일동이 걸음을 멈추자 그도 멈췄다. 그동안 피예르의 머릿속에는 내내 한 가지 생각만 떠올랐다. 그에게 최종적으로 사형을 선고한 것이 누구인가, 도대체 누구인가 하는 생각이었다. 위원회에서 그를 심문한 자들은 누구도 그것을 원하지 않았고 또 할 수도 없었던 것이 분명하므로 아닐 것이었다. 그토록 인간적인 눈빛으로 그를 바라보았던 다부도 아닐 것이었다. 만약 일 분만 더 있었다면 다부도 자신들이 하는 일이 나쁘다는 것을 깨달았겠지만, 그 순간에 부관이 들어와 방해를 했던 것이다. 그 부관도 분명 악의가 있었던 건 아니었고, 그때 들어오지 않을 수도 있었다. 대체 누가 최종적으로 사형을 명령하고, 그를 죽이려는 걸까—모든 기억, 갈망, 희망, 사상을 지닌 그의 생명을 빼앗으려 하는 걸까? 누가 그것을 했을까? 피예르는 그것을 한 사람이 아무도 없다는 것을 깨달았다.

그것은 질서이며, 온갖 상황의 집적이었다.

어떤 질서가 그를, 피예르를 죽이려고, 생명과 모든 것을 빼앗으려고, 말살하려고 하고 있었다.

11

포로들은 셰르바토프 공작 집에서 데비치예 수도원 왼쪽으로 데비치예 들판을 똑바로 내려가, 기둥 하나가 세워져 있는 채소밭으로 끌려 갔다. 기둥 뒤쪽에 커다란 구덩이가 파여 있었고, 그 옆에 갓 파낸 흙이 쌓여 있었으며, 구덩이와 기둥을 반원형으로 둘러싸고 많은 군중이 서 있었다. 군중은 소수의 러시아인들, 그리고 나폴레옹군의 실전 부대에 속하지 않은 독일인, 이탈리아인, 프랑스인 등 갖가지 제복을 입은 다수의 병사들이었다. 기둥 좌우 가장자리에는 푸른 제복을 입고 붉은 견장에 각반을 차고 키베르를 쓴 프랑스병들이 열을 짓고 있었다.

죄인들은 명부에 기재된 순서대로 세워지고(피예르는 여섯번째였다), 기둥 쪽으로 끌려갔다. 갑자기 양쪽에서 여러 개의 북을 울리기 시작했고, 북소리를 듣자 피예르는 영혼의 일부가 찢기는 기분이 들었다. 그는 사고하고 판단하는 힘을 잃어버렸다. 단지 보고 들을 수만 있었다. 유일한 바람이라면, 어차피 일어나고 말 그 무서운 일이 빨리 끝나버리는 것뿐이었다. 피예르는 동료들을 둘러보고 자세히 관찰했다.

맨 끝에 있는 두 사람은 머리를 깎인 죄수들이었다. 한 사람은 마르고 키가 크고, 또 한 사람은 납작코에 가무잡잡하고 털이 많고 체격이 컸다. 세번째는 희끗희끗한 머리에 살집이 좋은 마흔다섯 살쯤 되어 보이는 농노였다. 네번째는 덥수룩한 갈색 수염에 눈이 검은 아주 잘생긴 농민이었다. 다섯번째는 누런 얼굴에 마르고 몸집이 작고 긴 가운을 입은 열여덟 살쯤 되어 보이는 직공이었다.

피예르는 프랑스인들이 한 사람씩 쏠까, 두 사람씩 쏠까? 하고 의논하는 것을 들었다. "두 사람씩" 하고 수석 장교가 냉정하고 침착한 음성으로 말했다. 병사들은 열에서 이동했고, 분명 모두가 서두르는 것 같았는데, 납득이 가는 일을 하기 위해서가 아니라 꼭 해야 하지만 불쾌하고 납득이 가지 않는 일을 빨리 해치우려고 그러는 것 같았다.

견장을 단 프랑스인 관리가 죄수들의 열 오른쪽으로 다가가 러시아어와 프랑스어로 판결을 읽었다.

그러고는 둘씩 조를 이룬 프랑스병 두 조가 죄수들 옆으로 와 장교의 지시대로 맨 끝에 있던 죄수 둘을 붙잡았다. 죄수들은 기둥 옆으로 가서 멈췄고, 자루를 가져오는 동안 상처 입은 짐승이 다가오는 사냥꾼을 보는 것처럼 잠자코 주위를 둘러보았다. 한 사람은 연신 성호를 긋고, 또 한 사람은 등을 긁기도 하고 미소라도 짓듯 입술을 달싹거리기도 했다. 병사들은 다급하게 두 손을 움직여 죄수들의 눈을 가리고, 자루를 덮어씌우고, 기둥에 묶었다.

열두 명의 저격병이 총을 들고 규칙정연한 걸음걸이로 대열에서 나와 기둥에서 여덟 걸음 떨어진 곳에 멈췄다. 피예르는 앞에서 일어나는 일을 보지 않으려고 고개를 돌렸다. 갑자기 피예르에게는 어떤 천둥소리보다 무섭게 느껴지는 폭발 소리와 굉음이 들렸고, 그는 돌아보았다. 연기가 자욱하고, 얼굴이 창백한 프랑스인들이 떨리는 손으로 구덩이 옆에서 뭔가 하고 있었다. 다음 두 사람이 끌려갔다. 이 두 사람도 똑같은 눈으로 똑같이 사람들을 둘러보며 말없이 눈길로 부질없이 구원을 바랐고, 지금부터 일어날 일을 이해할 수도 믿을 수도 없는 것 같았다. 그들이 믿을 수 없었던 것은 자신의 목숨이 자신에게 어떤 것인지 아는 건 그들 자신들뿐이기 때문이고, 그렇기에 그 목숨을 누군가 빼앗을 수 있다는 것을 그들은 이해할 수도 믿을 수도 없었다.

피예르는 보지 않으려고 다시 고개를 돌렸지만, 무서운 폭발 소리가 또다시 그의 귀를 울렸고 이 소리와 함께 연기와, 누군가의 피와, 떨리는 손으로 서로 밀치락달치락하며 기둥 옆에서 뭔가를 하는 프랑스인들의 겁에 질린 창백한 얼굴이 보였다. 피예르는 괴롭게 숨을 몰아쉬며, 대체 무슨 일인가 하고 묻는 듯한 눈으로 주위를 둘러보았다. 피예르의 시선과 마주친 모든 시선에 똑같은 의문이 깃들어 있었다.

피예르는 러시아인들의 얼굴에서도 프랑스 장병들의 얼굴에서도 예외 없이 자신의 마음에 있는 것과 같은 두려움과 공포를 읽었고, '대체 누가 이런 짓을 하고 있는가? 그들도 나와 똑같이 괴로워하고 있다. 누구인가? 대체 누구인가?' 하는 생각이 그 순간 피예르의 마음속에 떠올랐다.

"제86연대 저격병, 전진!" 누군가 외쳤다. 피예르 옆에 서 있던 다섯번째 사내만 끌려갔다. 피예르는 자기가 남은 것도, 자기와 남아 있는 다른 사람들은 다만 사형에 입회하기 위해 끌려왔다는 사실도 깨닫지 못했다. 그는 더욱 심해지는 공포를 안고 기쁨도 안도도 느끼지 못한 채 눈앞에서 벌어지는 것만 바라보았다. 다섯번째는 긴 가운을 입은 직공이었다. 그는 자기 몸에 손이 닿자마자 공포에 사로잡혀 뛰어 물러서서 피예르에게 달라붙었다(피예르는 몸을 떨며 그를 뿌리쳤다). 직공은 걸어가지 못했다. 그는 겨드랑이를 잡혀 끌려가며 뭐라고 소리쳤다. 기둥까지 끌려가자 그는 돌연 입을 다물었다. 갑자기 뭔가를 깨달은 것 같았다. 울어봐야 부질없다고 깨달았는지, 아니면 자기를 죽일 리 없다고 생각했는지, 어쨌든 수건으로 눈이 가려지기를 기다리며 다른 사람들과 함께 기둥 옆에 서서 총상을 입은 짐승처럼 눈을 번득이며 사방을 둘러보았다.

피예르는 얼굴을 돌릴 수도 눈을 감을 수도 없었다. 그와 군중의 호기심과 흥분은 다섯번째 살인으로 극에 달했다. 다른 사람들처럼 다섯번째 사내도 마음이 가라앉은 듯, 가운을 여미기도 하고 한쪽 맨발로 다른 쪽 다리를 긁기도 했다.

그는 눈이 가려지자 뒤통수를 아프게 압박하는 매듭을 자신이 직접 매만졌고, 피가 흥건한 기둥에 기대 세워졌을 때는 뒤로 갸우뚱하더니 불편한 자세를 바로잡고 두 발을 가지런히 모아 조용히 기댔다. 피예르는 사소한 동작 하나라도 놓칠세라 그에게서 눈을 떼지 않았다.

호령이 들리고 뒤이어 여덟 발의 총성이 울렸을 것이다. 그러나 나중에 피예르는 아무리 그때를 떠올리려 해봐도 총성을 들은 기억이 나지 않았다. 다만 갑자기 직공이 새끼줄에 매달린 채 축 늘어졌고, 두 군데서 피가 흘렀고, 매달린 몸의 무게 때문에 새끼줄이 풀려 그가 부자연스럽게 고개를 수그리고 한쪽 다리를 구부린 상태로 주저앉는 것을 보았을 뿐이었다. 피예르는 기둥으로 달려갔다. 아무도 그를 말리지 않았다. 겁에 질려 창백해진 사람들이 직공 주위에서 뭔가 하고 있었다. 콧수염을 기른 나이든 프랑스인은 새끼줄을 풀며 아래턱을 덜덜 떨었다. 몸뚱이는 내려졌다. 병사들은 서툰 동작으로 서둘러 시체를 기둥 뒤로 끌고 가 구덩이에 처넣기 시작했다.

그들 모두가 자신들이 그 범행의 흔적을 재빨리 감춰야 할 범죄자라는 것을 아주 분명히, 명백하게 알고 있는 것 같았다.

피예르는 구덩이 속을 들여다보았고, 두 무릎이 머리 가까이로 올라

오고 한쪽 어깨가 다른 어깨보다 처들린 채 쓰러져 있는 직공을 보았다. 그의 어깨는 경련하며 규칙적으로 들썩였다. 그러나 벌써 삽의 흙이 온몸에 뿌려지고 있었다. 한 병사가 화난 듯이 악의와 고통에 찬 목소리로 피예르에게 자리로 돌아가라고 소리쳤다. 피예르는 알아듣지 못하고 기둥 옆에 서 있었지만, 아무도 그를 쫓아내지 않았다.

구덩이가 다 메워지자, 호령이 들렸다. 피예르는 제자리로 끌려왔고, 기둥 양쪽에 정렬해 있던 프랑스병들은 90도로 방향을 바꿔 정연한 보조로 기둥 옆을 지나갔다. 총알이 빈 총을 들고 원 한가운데에 서 있던 스물네 명의 저격병은 중대가 옆을 지나갈 때 각자 자기 위치로 들어갔다.

피예르는 그 원에서 둘씩 달려나오는 저격병들을 망연한 눈으로 바라보았다. 한 사람만 빼고 모두가 대열에 합류했다. 죽은 사람처럼 얼굴이 창백한 젊은 병사가 키베르를 젖혀 쓰고 총을 늘어뜨린 채 구덩이 앞, 자신이 사격했던 그 자리에 여전히 서 있었다. 그는 고꾸라질 것 같은 몸을 지탱하려고 몇 발짝 앞으로 가기도 하고 뒤로 가기도 하며 주정뱅이처럼 비틀거렸다. 나이든 하사관이 대열에서 달려나오더니 젊은 병사의 어깨를 붙잡아 중대로 데려갔다. 러시아인과 프랑스인 무리는 흩어지기 시작했다. 모두 고개를 숙인 채 묵묵히 걸었다.

"방화하면 어떻게 되는지 알려준 거야." 프랑스인들 중 누군가가 말했다. 피예르는 말한 사내를 돌아보았는데, 이 프랑스인이 지금의 사건에서 뭔가 위안을 찾아보려 했으나 잘되지 않았다는 것을 알아챘다. 그는 시작한 말을 끝맺지 않고 한 손을 흔들더니 다른 곳으로 가버렸다.

12

처형 후 피예르는 다른 피고들과는 떨어져, 황폐해지고 더러워진 작은 교회에 혼자 남게 되었다.

저녁 무렵 위병 하사관이 병사 둘을 거느리고 교회에 들어와 피예르에게 사면되었으니 이제부터 포로들의 바라크로 가게 될 거라고 말했다. 무슨 말인지 이해하지 못한 채 피예르는 일어나 병사들과 함께 걸어갔다. 그는 들판 위쪽, 불에 그슬린 널빤지와 통나무와 얇은 판자로 만든 바라크들 쪽으로 끌려가 그중 한 곳으로 들어가게 되었다. 어둠 속에서 스무 명쯤 되는 다양한 사람들이 피예르를 둘러쌌다. 피예르는 그들이 누구인지, 왜 여기 있는지, 또 자신에게 무엇을 원하는지 모른 채 바라보기만 했다. 그는 그들이 건네는 말을 들었지만 무슨 뜻인지 몰랐기 때문에 어떤 결론도 추측도 끌어낼 수 없었다. 그는 질문에 대답했지만, 질문한 사람이 누구이고, 자기가 한 대답이 어떻게 이해될 것인지 생각하지 않았다. 그는 사람들의 얼굴과 모습을 보았지만, 모두가 하나같이 무의미해 보였다.

하고 싶지 않은 사람들이 결행한 무서운 살인을 본 순간부터 피예르의 마음속에서는 모든 것을 지탱하고 살아 있다고 여겨지게 하던 용수철이 갑자기 빠져나가 모든 것이 무의미한 쓰레깃더미가 되어버린 것 같았다. 그 자신은 뚜렷이 의식하지 못했지만 세상의 개선에 대한 믿음도, 인간도, 자신의 영혼도, 신도 붕괴되어버렸다. 전에도 이런 상태를 경험한 일이 있지만 이만큼 강하게 느낀 적은 없었다. 피예르가 전에 이런 의혹에 사로잡혔을 때는 무엇보다 그 의혹의 근원은 자기 자신의 죄였다. 피예르는 절망과 의혹의 구원이 자신 속에 있음을 영혼 깊이 느꼈었다. 그러나 이제는 자신의 죄 때문에 세계가 눈앞에서 붕괴되어 무의미한 폐허만 남게 된 것이 아니라고 느꼈다. 그는 삶에 대한 믿음으로 되돌아가는 것은 자기 힘에 부치는 일이라고 느끼고 있었다.

주위의 어둠 속에 사람들이 서 있었고, 그들은 분명 그에게 큰 흥미를 느끼는 것 같았다. 그들은 말을 걸고 질문도 하더니 그를 어딘가로 데려갔고, 마침내 그는 많은 사람이 사방에서 이야기도 하고 웃기도 하는 어느 바라크 한구석에 있는 자신을 발견했다.

"그런데 말이야, 형제들…… 그 황태자야, 바로 그(이 말을 특히 강조하며)……" 바라크 저쪽 구석에서 누군가의 목소리가 들렸다.

피예르는 벽가의 짚 위에 말없이 앉아 눈을 감았다 떴다 하고 있었다. 눈을 감자마자 그 무서운, 소박해서 더 무서운 직공의 얼굴과, 불안한 빛 때문에 더 무서운, 타의에 의해 살인자가 된 사람들의 얼굴이 보였다. 그는 다시 눈을 뜨고 어둠 속에서 주위를 망연히 둘러보았다.

피예르 옆에는 몸집이 작은 사내가 쭈그려 앉아 있었는데 몸을 움직일 때마다 발산하는 강렬한 땀냄새 때문에 피예르는 처음부터 그의 존재를 의식하고 있었다. 이 사내는 어둠 속에서 자기 다리에 뭔가를 하고 있었는데, 피예르는 그의 얼굴이 보이지 않았지만 그가 줄곧 자신을 보고 있다는 것은 느꼈다. 어둠 속에서 들여다보자, 사내는 구두를 벗고 있었다. 피예르는 그가 어떤 식으로 그것을 하고 있는지 흥미를 느꼈다.

그는 한쪽 발에 감겨 있던 노끈을 풀어 꼼꼼히 감고, 피예르를 흘깃거리며 곧 다른 쪽 끈을 풀었다. 한 손에 푼 끈을 늘어뜨린 동안 다른 손은 이미 다른 쪽을 풀고 있었다. 그는 이렇게 지체 없이 잇따라 요령 있고 정확한 동작으로 구두를 벗어 머리 위쪽에 박아놓은 나무못에 걸더니 작은 칼을 꺼내 뭔가 자른 뒤 칼을 접어 베개 밑에 넣고 자세를 고치고는 세워 올렸던 무릎을 구부려 두 팔로 안고 피예르를 똑바로 바라보았다. 피예르는 이 사내의 요령 있는 동작에서도, 한구석에 잘 정돈해둔 일용품에서도, 또한 그의 체취에서도 뭔가 자신을 기분좋고 안심하게 하는 둥글둥글한 무언가를 느껴서 눈을 떼지 않고 바라보았다.

"꽤 고생하셨나봅니다, 나리? 그렇죠?" 갑자기 몸집이 작은 이 사내가 말했다. 그의 노래하는 듯한 목소리가 띤 다정함과 소박함에 피예르는 대답하고 싶었지만, 턱이 떨리고 눈물이 솟구치는 것을 느꼈다. 몸집이 작은 사내는 피예르가 당황한 것을 보일 틈도 주지 않고 여전히 유쾌한 목소리로 말했다.

"아아, 형씨*, 슬퍼할 것 없습니다." 그는 러시아의 늙은 시골 아낙처럼 노래하는 듯한 부드러운 목소리로 말했다. "슬퍼할 것 없습니다, 친구여, 고생은 한때, 사는 건 평생이니까! 정말 그렇습니다, 친구여. 여기서 이렇게 살고 있지만 다행히 험한 꼴을 당하진 않습니다. 같은 사람이라도 좋은 사람이 있고 나쁜 사람이 있으니까요." 그는 이렇게 말하고 계속 중얼거리며 부드러운 동작으로 무릎 위로 몸을 굽혀 일어나더니 기침을 하고 어디론가 갔다.

"어이, 장난꾸러기, 왔냐!" 피예르는 바라크 끝에서 들려오는 다정한 목소리를 들었다. "왔구나 요 장난꾸러기, 잊지도 않고! 그래, 그래,

---

* 원어는 소콜리크(соколик)로, 상대방을 조금 높여 친근하게 부르는 구어적 표현이다. 플라톤의 별명이기도 하다.

이제 그만." 병사는 달려드는 개를 밀치며 말하고 자기 자리로 돌아와 앉았다. 손에 누더기에 싼 뭔가를 들고 있었다.

"자, 들어보십시오. 나리." 사내는 다시 이전의 공손한 말투로 말하며 누더기를 펼쳐 구운 감자를 피예르에게 내밀었다. "점심때는 수프가 나왔지요. 감자가 아주 훌륭합니다!"

피예르는 온종일 아무것도 먹지 못해 감자 냄새가 유난히 맛있게 느껴졌다. 그는 병사에게 고맙다고 하고 먹기 시작했다.

"아니 왜 그렇게 먹습니까?" 사내는 싱긋거리며 말하고 감자 한 알을 집었다. "이렇게 하는 겁니다." 그는 다시 접이식 칼을 꺼내 손바닥에 올린 감자를 반으로 자르고 누더기 속에 있던 소금을 뿌려 피예르에게 내밀었다.

"감자가 아주 훌륭합니다." 그는 되풀이했다. "이렇게 한번 잡숴봐요."

피예르는 이렇게 맛있는 음식을 먹어본 적이 없는 것 같았다.

"아니, 나는 아무래도 상관없네." 피예르는 말했다. "그런데 그 불행한 사람들을 왜 쏴 죽였을까!…… 마지막 사람은 스무 살쯤으로밖에 안 보였는데."

"쯧, 쯧……" 몸집이 작은 사내가 말했다. "죄스러운 일입니다, 죄스러운……" 그는 빠르게 덧붙이더니, 마치 말이 항상 입속에서 준비되어 있다가 불쑥 튀어나오는 것처럼 말을 이었다. "그런데 나리는 어떡하다 모스크바에 남아 있었습니까?"

"나는 그들이 이렇게 빨리 올 거라고 생각하지 않았어. 어쩌다 보니 남은 거지." 피예르는 말했다.

"그런데 어쩌다 붙잡혔습니까, 형씨, 집에서?"

"아니, 불난 곳에 갔다가 붙잡혔고, 방화범으로 재판을 받게 됐어."

"재판이 있는 데는 어디든 거짓이 있는 법이죠." 몸집이 작은 사내가 끼어들었다.

"그런데 자네는 여기 오래 있었나?" 피예르는 마지막 감자를 마저 씹으며 물었다.

"나요? 일요일에 모스크바의 병원에서 붙잡혔습니다."

"자네는 뭐하는 사람인가, 병사인가?"

"아프셰론스키 연대 병사입니다. 열병으로 죽다 살아났죠. 우리는 아무 소식도 듣지 못했습니다. 우리 사람들이 스무 명쯤 누워 있었고 말입니다. 정말 이런 일은 꿈에도 생각지 못했습니다."

"어떤가, 여기는 답답하지 않나?" 피예르는 물었다.

"왜 안 답답하겠습니까, 형씨. 내 이름은 플라톤입니다, 별칭은 카라타예프고요." 그는 분명 피예르에게 자신을 부르기 편하게 해주려는 듯 이렇게 덧붙였다. "부대에서는 소콜리크라고 부릅니다. 왜 안 답답하겠습니까, 형씨! 모스크바는 러시아 모든 도시의 어머니잖습니까. 이런 꼴을 보고 안 답답할 수가 없습니다. 늙은이들이 말하길, 벌레는 양배추를 갉아먹지만 양배추보다 먼저 죽는다고 하죠." 그는 빠르게 덧붙였다.

"뭐, 뭐라고?" 피예르는 물었다.

"내가요?" 카라타예프는 반문했다. "내 말은, 모든 일은 우리 인간의 머리가 아니라 하느님의 심판으로 정해진다 이겁니다." 그는 했던 말을 반복하는 것처럼 말했다. 그리고 이내 말을 이었다. "어떤가요,

나리는 물려받은 땅을 가지고 있겠죠? 집도 있겠죠? 그러니 가득찬 잔이군요! 부인도 있나요? 늙은 부모님이 살아 계시고요?" 그는 이렇게 물었고, 피예르는 어두워서 잘 보이지 않았지만 병사의 다물었던 입술이 미소로 주름지는 것 같았다. 그는 피예르에게 부모님, 특히 어머니가 없다는 데 몹시 실망한 듯했다.

"의논은 아내와, 이야기는 장모와 하라지만, 친어머니처럼 좋은 건 없지요!" 그는 말했다. "그럼, 아이들은요?" 그는 계속해서 물었다. 피예르가 부정하는 대답을 하자 그는 또다시 실망한 듯했지만 재빨리 덧붙였다. "그야 뭐 아직 젊으니까 하느님이 내려주실 겁니다. 사이좋게 살기만 하면……"

"그러나 지금은 어떻게 되건 상관없네." 피예르는 자기도 모르게 말했다.

"아이고, 사랑하는 친구여," 플라톤은 반문했다. "동냥자루와 감옥은 거절할 수 있는 게 아니라고 하잖습니까." 그는 자세를 고쳐 앉고, 긴 이야기를 하려는 듯 기침을 했다. "사랑하는 친구여, 나도 집에서는 그럭저럭 좋았습니다." 그는 말하기 시작했다. "우리 지주의 영지가 대단하고 땅도 많아서 농민들도 우리집도 잘살았죠. 아버지도 우리와 함께 풀베기하러 다니셨죠. 잘살았습니다. 모두가 진짜 기독교도였죠. 그런데……" 그리고 플라톤 카라타예프는 남의 숲에 나무를 베러 갔다가 파수꾼에게 붙들린 일, 그리고 채찍질을 당하고, 재판을 받고 군에 입대하게 된 긴 사연을 이야기했다. "그런데요, 형씨." 그는 미소 때문에 달라진 목소리로 말했다. "불행이라고 생각한 것이 행복이 됐다 이겁니다! 만약 내게 죄가 없었다면 아우가 징병됐을 테니까요. 아우에게는 어린애가 다섯이나 딸려 있었지만 나는 아내밖에 없었거든요. 계집아이가 하나 있었지만 내가 입대하기 전에 하느님이 데려가셨습니다. 휴가 때 집에 가보니 말이죠, 글쎄, 전보다 더 편히 살고 있지 않겠어요. 가축이 마당에 가득하고, 집에는 여자들이 있고, 두 형제는 돈벌이하러 나가 있었습니다. 집에는 막내 미하일로만 남아 있었는데, 아버지는 '열 손가락 깨물어 안 아픈 손가락이 없는 것처럼, 자식은 다 똑같다. 만일 그때 플라톤이 징병되지 않았다면, 미하일로가 나가야 했을 거야'라고 하셨습니다. 그러고는 모두를 불러놓고—정말입니다—성상 앞에 세우셨지요. 그리고 말씀하셨습니다. 미하일로, 이리 와서 무릎 꿇고 절해, 며늘아기 너도, 손자들도 절해라. 알겠지? 그렇습니다, 사랑하는 친구여. 운명은 머리 위에 있습니다. 그런데도 인간은 이건 안 된다 저건 나쁘다 하며 불평만 하지요. 우리의 행복이란, 친구여, 그물 속 물 같은 거라서 잡아당길 때는 가득차 있지만, 올려보면 아무것도 없습니다. 그런 겁니다." 플라톤은 짚 위에서 자리를 옮겨 앉았다.

플라톤은 잠시 말없이 있다가 일어났다.

"어때요, 졸리지 않습니까?" 하고 그는 재빠르게 성호를 긋고 기도문을 외웠다.

"주여, 예수그리스도여, 성자 니콜라여, 프롤라와 라브라여, 주 예수그리스도여, 성자 니콜라여! 프롤라와 라브라여, 주 예수그리스도여—우리를 불쌍히 여기시고 구해주소서!" 그는 이렇게 끝맺더니 바닥에 머리가 닿도록 절하고 일어나 한숨을 내쉬며 짚 위에 앉았다. "자, 이제 됐군. 하느님, 돌처럼 자고 빵처럼 일어나게 해주소서." 그는 이렇게 말하고 외투를 뒤집어쓰며 누웠다.

"지금 외운 건 무슨 기도인가?" 피예르는 물었다.

"엉?" 플라톤은 말했다(그는 벌써 잠들기 시작했다). "뭘 외웠느냔 말입니까? 하느님께 기도했죠. 당신은 기도를 하지 않습니까?"

"아니, 나도 하지." 피예르는 말했다. "그런데 자네가 말한 프롤라와 라브라가 뭔가?"

"그거잖습니까" 하고 플라톤은 재빨리 대답했다. "말의 축일*. 가축들도 불쌍히 여겨줘야 하니까요." 카라타예프는 말했다. "요놈 봐라, 장난꾸러기, 돌돌 말고 누웠군. 따뜻하지, 요놈 자식." 그는 발치에 누운 개를 쓰다듬으며 중얼거리더니 이내 돌아누워 잠들었다.

밖에서는 어딘가 멀리서 울음소리와 비명이 들리고, 바라크 틈새로 불빛이 보였지만, 안은 조용하고 어두웠다. 피예르는 오랫동안 잠을 이루지 못하고 옆에서 잠든 플라톤의 규칙적인 코고는 소리를 들으며 어둠 속에서 눈을 뜬 채 자기 자리에 누워 있었고, 마음속에서는 조금 전에 붕괴되어버린 세계가 다시 새로운 아름다움을 가지고 전과는 다른 튼튼한 토대 위에 세워지는 것을 느꼈다.

13

피예르가 들어가 사 주일 동안 머문 바라크에는 포로로 잡힌 스물세

---

* 프롤라와 라브라는 말의 수호신으로 여겨졌던, 2세기의 순교자 형제다.

명의 병사와 세 명의 장교, 두 명의 관리가 수용되어 있었다.

홋날 그들에 대한 기억은 모두 안개에 싸인 것처럼 흐릿했지만, 플라톤 카라타예프만은 가장 강렬하고 귀중한 추억으로, 또 모든 러시아적인 선량함과 둥글둥글함의 화신으로 피예르의 마음에 영원히 남았다. 다음날 새벽 피예르는 자기 옆에 있는 사내를 보고 왠지 둥글다고 느꼈던 첫인상을 확인했는데, 프랑스병 외투에 새끼 띠를 동이고 군모를 쓰고 나무껍질 신을 신은 그의 모습은 전체적으로 둥글둥글했고, 머리도 완전히 둥글고, 등이며 가슴이며 어깨며 늘 뭔가를 안으려는 모양의 두 팔까지 둥글어 보이고, 기분좋은 미소와 크고 다정한 갈색 눈도 둥글었다.

아주 오래전에 병졸로 참가했던 여러 전쟁에 대해 이야기하는 걸로 보아 플라톤 카라타예프는 쉰 살이 넘은 게 분명했다. 그는 자기가 몇 살인지 모르고 짐작도 못했지만, 웃을 때(그는 곧잘 웃었다) 두 개의 반원을 그리며 나타나는 빛날 만큼 하얗고 단단해 보이는 이는 전부 튼튼하고 빠진 데도 없었으며, 턱수염과 머리털도 전혀 세지 않고, 온몸은 유연하고 특히 단단해 끈질긴 인상을 주었다.

얼굴에는 둥근 잔주름이 있었지만 표정은 순진하고 젊었고, 목소리는 유쾌하고 노래하는 것 같았다. 그러나 그의 말투의 주된 특징은 솔직함과 과단성이었다. 그는 분명 자기가 한 말이나 할 말을 한 번도 미리 생각해본 적이 없는 것 같았고, 그렇기 때문에 그 어조의 속도와 정확성에는 독특하고 반박할 수 없는 설득력이 있었다.

그의 체력과 민첩함은 포로생활 처음 얼마간은 그가 피로와 병을 모르는 것처럼 보였을 정도였다. 매일 아침과 밤마다 누울 때는 "하느님,

돌처럼 자고 빵처럼 일어나게 해주소서"라고 말하고, 아침에 일어나면 언제나 기지개를 펴며 "잘 때는 웅크리고, 일어나면 쭉 펴고"라고 말했다. 사실 그는 눕기만 하면 곧바로 돌처럼 잠들었고, 기지개를 펴면 조금도 지체 없이, 마치 어린애가 일어나자마자 장난감을 손에 쥐듯 곧바로 일을 손에 잡을 수 있었다. 그는 별로 잘하지도 않고 서툴지도 않았지만 무슨 일이든 해냈다. 빵을 굽고, 요리를 하고, 바느질과 대패질을 하는가 하면, 구두도 꿰맸다. 그는 늘 일에 바빴지만 밤에는 자신이 좋아하는 일인 이야기도 하고 노래도 불렀다. 그의 노래는 듣는 사람을 의식하고 부르는 가수의 노래와 달리 마치 새들의 노래처럼, 몸을 쭉 펴거나 걸어다니는 일이 필요하듯 그런 소리를 낼 필요가 있기 때문에 부르는 것 같았는데, 목소리는 언제나 가늘고 부드럽고 여성적이라 할 만큼 애조를 띠었고, 노래하는 그의 얼굴은 아주 진지했다.

포로가 된 뒤 턱수염이 자라자, 그는 원래 자신과 아무 인연도 없고 겉모습만 억지로 꾸민 군인의 모든 것을 벗어던지고 어느덧 이전의 농부다운 서민의 기질로 돌아갔다.

"휴가중인 군인은 바지로 만든 셔츠 같은 겁니다" 하고 그는 곧잘 말했다. 그는 자신의 군대생활에 대해서는 불평하지 않았지만, 근무중에 한 번도 얻어맞지 않았다는 이야기는 종종 했는데, 그 시절 이야기를 자진해서 꺼내지는 않았다. 그는 이야기할 때 과거 자신의 소중한 추억인 크레스티얀스키* 시절을, '흐리스티얀스키**'라고 발음하며 이야기했다. 그의 이야기에 잔뜩 튀어나오는 속담은 병사들이 흔히 쓰는

---

* 농민의.
** 기독교도의.

음란하고 방자한 것이 아니라 떼어놓고 생각하면 별다른 뜻이 없어 보이지만 알맞게 사용하면 돌연 깊은 뜻을 갖는 민간의 금언이었다.

종종 그는 전에 했던 말과 정반대되는 말을 하기도 했는데, 그래도 모두 맞는 말이었다. 그는 이야기하기를 좋아하고, 애칭과, 피예르가 느끼기에 그가 직접 만들어낸 것 같은 속담으로 이야기를 수식하는 데 능숙했는데, 그래도 그의 이야기의 최대 매력은 아무리 단순한 사건이라도, 때로는 피예르가 보고도 알아채지 못한 일이라도, 일단 그가 말하면 고귀한 아름다움을 띤다는 것이었다. 그는 한 병사가 밤에 들려주던 옛날이야기(늘 같은 것이었지만)를 듣는 것도 좋아했지만, 가장 좋아하는 것은 현재의 생활에 관한 이야기였다. 그는 그런 이야기를 들으며 즐거운 듯 웃고 말참견도 하고 질문도 했는데, 듣고 있는 이야기의 아름다움을 더 잘 이해하고 싶어서 그러는 것 같았다. 피예르가 보기에 카라타예프에게는 집착이니 우정이니 사랑이니 하는 것이 없는 것처럼 보였지만, 그는 삶이 연결해준 모든 것을 사랑하고, 모두와 화목하고, 특히 사람에 대해서는 특정인만이 아니라 눈앞에 있는 모든 사람과 화목했다. 그는 자기의 개를 사랑하고, 동료와 프랑스인을 사랑하고, 이웃인 피예르를 사랑했지만, 피예르는 카라타예프가 자신에게 이처럼 친절하고 상냥하지만(그 상냥함으로 피예르의 정신 생활에 대한 경의를 무의식중에 드러냈다), 자신과 헤어져도 그가 조금도 슬퍼하지 않으리라는 것을 느꼈다. 피예르 역시 카라타예프에 대해 같은 감정을 느끼기 시작했다.

다른 모든 포로에게는 플라톤 카라타예프도 평범한 일개 병사에 불과했으므로, 모두 그를 형씨니 플라토샤니 하고 부르며 악의 없는 농담을 하고 심부름을 보내기도 했다. 그러나 피예르에게 그는 첫날밤에도 느꼈듯, 불가사의하고 둥글둥글하고 단순함과 진실함의 영원한 화신으로 언제까지나 마음에 남았다.

플라톤 카라타예프는 기도 외에는 외우는 것이 아무것도 없었다. 이야기를 할 때도 그 이야기를 어떻게 끝낼지 모르고 하는 것 같았다.

이따금 피예르가 그의 이야기에 감동해 다시 말해달라고 부탁하면, 플라톤은 좀전에 했던 이야기도 기억하지 못했고, 마찬가지로 자기가 좋아하는 노래의 가사조차 피예르에게 가르쳐줄 수 없었다. '고향, 자작나무, 아픈 내 가슴' 하는 식으로 말하지만, 단어들만으로는 아무런 의미도 형성되지 않았다. 그는 이야기 속에서 나와 따로 떨어져버린 단어의 의미를 이해하지 못했고, 이해할 수도 없었다. 그의 말과 행동 하나하나는 전부 그 자신조차 알 수 없는 활동의 발로였고, 그것이 그의 삶이었다. 그의 삶은 자신도 그렇게 생각했듯 하나의 독립된 삶으로는 아무 의미가 없었다. 그가 언제나 느끼고 있었듯 전체의 일부로서만 의미가 있었다. 그의 말과 행동은 마치 꽃에서 향기가 풍겨나듯 균일하고 필연적으로, 또한 직접 그에게서 흘러나오는 것이었다. 그는 개별적으로 취해진 행위와 말의 의미와 가치를 이해하지 못했다.

14

공작영애 마리야는 니콜라이에게서 오빠가 로스토프가 사람들과 함께 야로슬라블에 있다는 소식을 듣자 이모가 말리는데도 곧 떠날 채비를 했고, 혼자 가는 것이 아니라 조카를 데려가려 했다. 그 일이 어려운지 쉬운지, 가능한지 불가능한지는 아무에게도 묻지 않고 알려고도 하지 않았는데, 그녀는 죽어가고 있을지도 모르는 오빠 곁으로 가는 것뿐만 아니라 그의 아들을 데려가기 위해 모든 노력을 다하는 것 역시 자신의 의무라고 생각했다. 공작영애 마리야는 안드레이 공작이 스스로 연락해주지 않은 것은 편지를 쓰지 못할 정도로 쇠약해졌거나 그가 긴 여행이 그녀와 아들에게 너무나 어렵고 위험하다고 생각했기 때문이라고 해석했다.

며칠 동안 공작영애 마리야는 떠날 채비를 했다. 탈것은 그녀가 보로네시에 올 때 타고 온 공작 일가의 대형 유개마차, 여러 대의 무개마차와 짐마차로 구성되었다. 부리엔 양, 니콜루시카와 가정교사, 늙은 유모, 세 명의 하녀, 티혼, 젊은 하인, 이모가 딸려 보내는 수행 하인이 동행하기로 했다.

통상적인 경로로 모스크바로 가는 것은 생각할 수도 없었으므로 리페츠크, 랴잔, 블라디미르, 슈야를 거쳐 돌아가는 길을 택해야 했는데 공작영애 마리야는 이 길이 너무 먼데다가 어느 역참에도 바꿀 말이 없었기 때문에 몹시 곤란했고, 또 랴잔 부근에 프랑스군이 출몰한다는 소문이 있어 위험했다.

이 어려운 여행 동안 공작영애 마리야가 보인 굳센 의지와 활동에 부리엔 양과 데살과 하녀들은 놀랐다. 그녀는 누구보다 늦게 자고 일찍 깨고, 어떠한 난관에도 굴하지 않았다. 그녀의 활동과 에너지가 동행자들을 격려한 덕에 일행은 이 주일이 끝날 무렵 야로슬라블에 가까워졌다.

떠나기 전 보로네시에서 보낸 며칠 동안, 공작영애 마리야는 인생 최고의 행복을 맛보았다. 로스토프에 대한 사랑은 이제 그녀를 괴롭히지도 동요시키지도 않았다. 그 사랑은 그녀의 영혼을 가득 채우고 떼어버릴 수 없는 자신의 일부가 되었기 때문에 그녀는 더이상 그 사랑과 싸우려 하지 않았다. 최근 그녀는—아직 말로 자기 자신에게 뚜렷이 표현하지는 않았지만—자신이 사랑하고 있고 사랑받고 있다고 확신하게 되었다. 그녀의 오빠가 로스토프가 사람들과 함께 있다고 알려주기 위해 니콜라이가 찾아와 마지막으로 만났을 때 그것을 확신했다. 그는 이번 일로(안드레이 공작이 회복한다면) 공작과 나타샤의 관계가 예전으로 돌아갈 수도 있다는 점에 대해서는 한마디도 하지 않았지만, 공작영애 마리야는 그의 안색으로 그가 그것을 알고 생각하고 있다는 것을 알아챘다. 그러나 공작영애 마리야에 대한 그의 조심스럽고 상냥하고 애정 어린 태도는 조금도 변하지 않았을 뿐만 아니라, 오히려 자신과 공작영애 마리야 사이의 새로운 친척관계로 인해, 공작영애 마리야도 이따금 생각했던 것이지만, 한층 더 자유롭게 자신의 우정 어린 애정을 표현할 수 있게 되어 기쁜 것 같았다. 공작영애 마리야는 자기 인생에서 처음이자 마지막 사랑을 하고 있다는 것을 느꼈고, 자신이 사랑받고 있다는 것도 느꼈기 때문에 마음이 차분해지고 행복했다.

그러나 마음 한편의 이 행복은 오빠를 걱정하는 슬픔을 방해하지 않았을 뿐만 아니라 오히려 어떤 면에서는 이 마음의 평화 때문에 오빠에 대한 감정에 더 온전히 자신을 내맡길 수 있었다. 이 감정은 보로네시를 출발한 처음에는 너무도 강렬해서, 동행인들은 그녀의 수척해진 절망적인 얼굴을 보고 틀림없이 도중에 병이 날 거라 생각했지만, 여행의 난관과 근심이 공작영애 마리야를 행동하게 하면서 잠시나마 그녀를 슬픔에서 구해주고, 힘을 주었다.

여행중에 흔한 일이지만 공작영애 마리야는 여행의 목적을 잊어버리고 여행 그 자체만 생각하고 있었다. 그러나 야로슬라블에 가까워지고, 며칠 후가 아니라 오늘밤 당장에라도 그것이 눈앞에 닥칠지도 모른다는 생각이 다시 떠오르자, 공작영애 마리야의 불안은 극에 달했다.

로스토프가가 어디서 머무는지, 안드레이 공작의 병세는 어떤지 알아보기 위해 먼저 야로슬라블로 떠났던 수행 하인은 관문으로 들어오는 대형 유개마차를 맞으며 마차 창문에서 자신을 바라보는 공작영애의 무섭도록 창백한 얼굴을 보고 소스라치게 놀랐다.

"모두 알아보았습니다, 마님. 로스토프가는 광장에 있는 브론니코프라는 상인의 집에 머물고 계십니다. 여기서 멀지 않은 볼가 강 바로 위쪽입니다." 수행 하인은 말했다.

공작영애 마리야는 오빠는 어떠냐는 가장 중요한 질문에 하인이 왜 대답하지 않는지 몰라 겁에 질려 의아한 눈으로 그의 얼굴을 바라보았고, 부리엔 양이 이 질문을 대신 했다.

"공작은 어떠시지?" 그녀는 물었다.

"각하는 그 집에 함께 계십니다."

'그럼 그는 살아 있다' 하고 생각하고 공작영애는 나직이 그는 어떠냐고 물었다.

"사람들 말로는 여전하시답니다."

'여전하다'가 무슨 뜻인지 공작영애는 물어보려 하지 않았고, 자기 앞에 앉아 도시에 온 것을 기뻐하는 일곱 살배기 니콜루시카를 흘낏

보았을 뿐, 고개를 숙이고는 무거운 유개마차가 덜거덕거리며 흔들리고 떨리다가 어딘가에서 멈출 때까지 머리를 들지 않았다. 이윽고 발판이 내려가는 소리가 났다.

마차 문이 열렸다. 왼쪽은 물―커다란 강이고, 오른쪽에는 현관이 있었다. 현관에는 하인들과 하녀들, 검은 머리를 크게 땋아 늘어뜨린 볼이 발그레한 처녀가 불쾌한 듯 꾸민 듯한 미소를 띠고 서 있었는데, 공작영애 마리야에게는 그렇게 보였다(그녀는 소녀였다). 공작영애가 층층대를 뛰어올라가자 꾸민 듯한 미소를 띤 그 처녀가 "이쪽이요, 이쪽이요!" 하고 말했다. 정신을 차린 공작영애 마리야는 감격 어린 표정을 띠고 빠른 걸음으로 그녀에게 다가온, 동방풍의 얼굴을 가진 노부인 앞에 서 있는 자신을 발견했다. 노백작부인이었다. 그녀는 공작영애 마리야를 껴안고 키스하기 시작했다.

"사랑하는 공작영애!" 그녀는 말했다. "나는 당신을 좋아하고, 오래전부터 당신을 알고 있었어요."

공작영애 마리야는 몹시 흥분해 있었지만, 이 사람이 백작부인이고 무슨 말이라도 건네야 한다고 깨달았다. 그녀는 정신없이 상대방과 같은 어조로 프랑스어로 공손하게 몇 마디 하고, 그는 어떠냐고 물었다.

"의사는 위험은 넘겼다고 말해요." 백작부인은 이렇게 말했으나 한숨과 함께 시선을 위로 들었고, 이 몸짓은 그녀의 말과 모순되는 표현이었다.

"오빠는 어디 계세요? 볼 수 있나요, 볼 수 있을까요?" 공작영애는 물었다.

"네, 공작영애, 지금 바로요, 나의 친구. 이 아이가 그분의 아드님인가요?" 데살과 함께 들어온 니콜루시카를 돌아보며 백작부인은 말했다. "다 같이 지내요. 집은 넓으니까. 아, 사랑스러운 소년이군요!"

백작부인은 공작영애를 객실로 안내했다. 소냐는 *부리엔* 양과 이야기를 나눴다. 백작부인은 니콜루시카를 쓰다듬었다. 노백작이 공작영애에게 인사하며 방으로 들어왔다. 노백작은 공작영애가 마지막 보았을 때와는 무척 많이 달라져 있었다. 활발하고 명랑하고 자신감 넘치는 노인이었지만 지금은 비참하고 버림받은 사람처럼 보였다. 그는 공작영애와 이야기하면서도 줄곧 자기가 잘못하고 있지 않은지 모두에게 묻듯 사방을 두리번거렸다. 모스크바와 함께 자기 전 재산을 잃어버린 후로 그는 익숙했던 생활의 궤도에서 탈락되어 자기 존재가치에 대한 의식을 잃고 더이상 이 세상에 몸 둘 곳이 없다고 느끼는 것 같았다.

공작영애는 몹시 흥분되고 조금이라도 빨리 오빠를 만나고 싶은 일념뿐이라서 자기를 붙잡아두고, 조카를 짐짓 칭찬하는 것이 화가 났지만, 그래도 역시 주위에서 일어나는 모든 것을 눈여겨보았고, 일단 발을 들인 이상 새로운 질서에 따라야 한다고 느꼈다. 그녀는 그 모든 일이 필요한 것임을 알고 있었기 때문에 괴롭기는 해도 그들을 못마땅하게 생각하지는 않았다.

"내 조카딸입니다." 백작은 소냐를 소개하며 말했다. "아직 모르셨죠, 공작영애?"

공작영애는 소냐를 돌아보고 마음속에 치미는 이 처녀에 대한 적대감을 가라앉히려 애쓰며 그녀에게 키스했다. 그러나 주위 사람들의 기분이 자신의 마음과는 동떨어져 있었기 때문에 점점 괴로워졌다.

"오빠는 어디 계시죠?" 그녀는 모두를 향해 또다시 물었다.

"아래층에, 나타샤와 함께 계십니다." 소냐는 얼굴을 붉히며 대답했다. "방금 알아보러 사람을 보냈어요. 피곤하시죠, 공작영애?"

공작영애의 눈에는 안타까움의 눈물이 차올랐다. 그녀가 얼굴을 돌리고, 그에게 가려면 어디로 가야 하는지 다시 백작부인에게 물으려고 했을 때, 입구에서 즐거운 듯 가벼운 발소리가 들렸다. 돌아본 공작영애의 눈에 거의 뛰다시피 오는 나타샤의 모습이 들어왔고, 오래전 모스크바에서 만났을 때 그토록 마음에 안 들었던 그 나타샤였다.

그러나 공작영애는 나타샤의 얼굴을 채 보기도 전에 그녀야말로 자기와 슬픔을 나눌 수 있는 진실한 동지이며, 그래서 자신의 친구라는 것을 깨달았다. 그녀는 나타샤에게 달려들듯 다가가 껴안고 어깨에 기대어 울기 시작했다.

안드레이 공작의 머리맡에 앉아 있던 나타샤는 공작영애 마리야가 도착했다는 말을 듣자, 공작영애에게 즐거운 것처럼 들렸던 그 걸음걸이로 방을 나와 재빨리 그녀에게 달려갔다.

방에 달려들어왔을 때 나타샤의 흥분한 얼굴에는 오직 하나의 표정이 떠올라 있었는데, 그것은 그에 대한, 공작영애 마리야에 대한, 그 밖의 사랑하는 주변의 모든 사람에 대한 무한한 사랑이었으며, 타인에 대한 연민, 동정, 그리고 그들을 돕기 위해 헌신하려는 열망의 표정이었다. 분명 이 순간 나타샤의 마음속에는 그와 자신의 관계나 그녀 자신에 대한 생각은 조금도 없는 것 같았다.

민감한 공작영애 마리야는 나타샤의 얼굴을 보는 것만으로 모든 것을 이해했고, 슬픔이 어린 기쁜 마음으로 나타샤의 어깨에 얼굴을 묻고 울었다.

"가요, 그에게 가봐요, 마리." 나타샤는 그녀를 다른 방으로 이끌며 말했다.

공작영애 마리야는 얼굴을 들어 눈물을 닦고 나타샤를 돌아보았다. 그녀는 나타샤에게 물어보면 모든 것을 알 수 있을 것 같았다.

"어떤가요……" 그녀는 물으려다 갑자기 말을 멈췄다. 말로는 물어볼 수도 대답할 수도 없다고 느꼈기 때문이다. 나타샤의 얼굴과 눈이 더 명백하고 더 심각하게 모든 것을 말해줄 것이었다.

나타샤는 그녀를 바라보고 있었고, 자기가 아는 모든 것을 말해야 할지 말지 두려워하고 망설이는 듯했지만, 마음속 깊은 곳까지 꿰뚫어 보는 듯한 공작영애 마리야의 반짝이는 눈을 보자 자기가 본 사실 그대로 모든 것을 정직하게 말하지 않을 수 없다고 느낀 것 같았다. 나타샤의 입술이 갑자기 떨리고 입가에 보기 흉한 주름이 잡히더니 와락 눈물을 터뜨리며 두 손으로 얼굴을 감쌌다.

공작영애 마리야는 모든 것을 깨달았다.

그래도 그녀는 한 가닥 희망을 걸고, 자신도 믿고 있지 않은, 말이라는 것으로 물었다.

"그런데 오빠의 상처는 어떤가요? 대체로 병세가 어떤 거죠?"

"당신이, 당신이…… 보면 아실 거예요." 나타샤는 간신히 이렇게만 말했다.

울음을 멈추고 침착한 얼굴로 들어가기 위해 그들은 잠시 아래층 안드레이 공작의 방 앞에 앉아 있었다.

"병의 경과가 어땠나요? 오래전부터 나빠졌나요? 언제 그것이 일어난 거죠?" 공작영애 마리야는 물었다.

나타샤는 그가 처음에는 고열과 통증 때문에 위험했지만 트로이차에서 그것은 사라졌고, 의사는 오직 괴저만을 염려했다고 이야기했다. 그러나 그 위험도 지나갔다. 야로슬라블에 도착한 뒤 상처가 곪기 시작했지만(나타샤는 화농 등에 대해 전부 알고 있었다), 의사는 화농 역시 정상적인 경과로 지나갈 거라고 말했다. 발열이 시작되었다. 의사는 이것 역시 그리 위험한 것은 아니라고 말했다.

"그런데 이틀 전에" 하고 나타샤는 말했다. "갑자기 그것이 시작됐어요……" 그녀는 복받치는 울음을 참았다. "나도 이유는 모르지만, 어떻게 됐는지 이제 보면 아시게 될 거예요."

"쇠약해졌나요? 야위었어요?……" 공작영애는 물었다.

"아니에요, 그런 게 아니에요, 더 나빠요. 이제 아시게 될 거예요. 아아, 마리, 마리, 그는 너무도 훌륭한 분이어서, 그래서 희망이 없어요, 살아 있을 수가 없어요…… 왜냐하면……"

15

나타샤가 익숙한 동작으로 방문을 열어 공작영애를 먼저 들여보냈을 때, 공작영애 마리야는 이미 목구멍까지 울음이 치밀어오른 것을 느꼈다. 아무리 마음의 준비를 하고 진정하려고 해도 눈물 없이 그를 볼 수 없다는 것을 그녀는 알았다.

이틀 전에 그것이 시작됐다는 말로 나타샤가 무엇을 말하려 했는지 공작영애 마리야는 이해했다. 그것은 그가 갑자기 누그러졌다는 뜻이었고, 이렇게 평온해지는 완화가 죽음의 전조임을 그녀는 알았다. 그녀는 문으로 다가가면서 이미, 그녀가 어릴 때부터 알았던, 여간해서는 보이지 않았던 얼굴이어서 그만큼 언제나 그녀에게 더 강렬했던 안드류샤의 상냥하고, 온화하고, 감동에 찬 얼굴을 상상하고 있었다. 그녀는 아버지가 임종 때 그랬던 것처럼 그가 자신에게 조용하고 상냥한 말을 해주리라는 것을, 자신은 참지 못하고 그의 위에 엎드려 울게 되리라는 것도 알았다. 조만간 그 일을 해야 하리라 생각하며 그녀는 방 안으로 들어갔다. 그녀가 근시의 눈으로 점점 더 뚜렷하게 그의 형체를 알아보는 동안 울음은 더욱 목구멍으로 치밀어올랐고, 마침내 그녀는 그의 얼굴을 보았고 그와 시선이 마주쳤다.

그는 쿠션을 둘레에 포개놓은 소파에 다람쥐가죽 가운을 입고 누워 있었다. 얼굴은 수척하고 창백했다. 마르고 투명해 보이는 한 손에 손수건을 쥐고, 다른 손 손가락을 조용히 움직여 가느다랗게 자란 콧수염을 만지고 있었다. 그의 눈은 들어오는 사람을 보고 있었다.

공작영애 마리야는 그의 얼굴을 보고 시선이 마주치자 갑자기 걸음을 늦췄고, 눈물이 말라버려 울음도 멈춘 것을 느꼈다. 그의 얼굴과 눈빛을 보자 그녀는 덜컥 겁이 났고 죄지은 듯한 기분이 들었다.

'내게 무슨 죄가 있단 말인가?' 그녀는 자신에게 물었다. '네가 살아 있고, 살아 있는 사람에 대해 생각하기 때문이다, 그러나 나는!……' 하고 안드레이의 차갑고 엄한 눈이 대답했다.

그가 천천히 누이동생과 나타샤를 바라보았을 때, 자기 내부에서 외부를 보는 것이 아니라 자기 내부만을 응시하는 듯한 깊은 눈빛 속에는 거의 적의에 가까운 것이 있었다.

그는 여느 때와 마찬가지로 누이와 서로의 손에 키스했다.

"안녕, 마리, 무사히 잘 왔니?" 그는 눈빛처럼 차분하고 무덤덤한 목소리로 말했다. 만약 그의 목소리가 필사적인 외침이었더라도 이보다 더 공작영애 마리야를 섬뜩하게 하지는 않았을 것이다.

"니콜루시카도 데려왔니?" 그는 여전히 차분하고 느린 어조로 말했지만, 이것을 상기하는 것조차 무척 힘이 드는 것 같았다.

"몸은 지금 어때요?" 공작영애 마리야는 자기가 한 말에 스스로 놀라며 말했다.

"그건 누이야, 의사한테 물어봐야지." 그는 상냥하게 말하려 더욱 애쓰는 것처럼 그저 입으로만 이렇게 말했다(그는 자기가 무슨 말을 하고 있는지 전혀 생각하지 않는 듯했다). "고맙다 누이야, 와줘서."

공작영애 마리야는 그의 손을 잡았다. 그는 누이가 손을 잡자 희미하게 얼굴을 찌푸렸다. 그가 말이 없자, 그녀는 무슨 말을 해야 좋을지 몰랐다. 그녀는 이틀 전 그의 몸에 일어난 일을 이해했다. 그의 말과 어조, 특히 눈빛에서는—냉정하고 적의에 가까운—살아 있는 인간에게는 무서운, 세상 모든 것으로부터의 소외가 느껴졌다. 그는 분명 살아 있는 모든 것을 이해하기가 힘든 것 같았지만, 그러나 동시에 그가 그런 것은 이해할 힘을 잃었기 때문이 아니라 살아 있는 존재가 이해하지 못하고 이해할 수도 없는 다른 어떤 것을 이해하고 그것에 완전히 사로잡혔기 때문인 것 같았다.

"그래, 정말 이상하게도 운명이 우리를 만나게 했어!" 그는 침묵을 깨고 나타샤를 가리키며 말했다. "이 사람이 내 곁에 있어줬다."

공작영애 마리야는 그의 말을 들으면서도 도무지 이해할 수 없었다.

민감하고 세심한 안드레이 공작이 그가 사랑하고 그를 사랑하는 여자 앞에서 어떻게 그런 말을 할 수 있을까! 만약 자신이 살 거라고 생각하고 있었다면, 그렇게 차갑고 모욕적인 어조로 말하지 않았을 것이다. 자기가 죽어가고 있다는 것을 모른다면 어떻게 그녀가 가엾지 않을 것이며, 어떻게 그녀 앞에서 그런 말을 할 수 있겠는가! 유일한 하나의 설명은, 그는 아무래도 상관없다는 것이고, 그것은 다른 더 중요한 것이 그에게 계시되었기 때문이었다.

대화는 냉담하고, 이어지지 않고, 자주 중단되었다.

"마리는 랴잔을 거쳐 오셨어요." 나타샤는 말했다. 안드레이 공작은 나타샤가 누이를 마리라고 부른 것을 알아채지 못했다. 나타샤도 그 앞에서 그녀를 그렇게 부르고 나서야 스스로 알아챘다.

"어땠니?" 그는 말했다.

"모스크바가 모두 불타버렸다는 이야기를 들었대요, 완전히, 그건 마치……"

나타샤는 말을 멈췄고, 그건 해선 안 될 말이었다. 그는 분명 들으려고 노력하는 것 같았지만, 역시 듣지 못했다.

"그래, 불타버렸군." 그는 말했다. "정말 유감이야" 하고 그는 멍하니 손가락으로 콧수염을 매만져 펴며 앞쪽을 응시하기 시작했다.

"니콜라이 백작을 만났었니, 마리?" 안드레이 공작이 그들을 기쁘게 해주려는 듯이 갑자기 말했다. "그는 네가 아주 마음에 든다고 여기로 편지를 써보냈다고 하던데." 그는 예사롭게 조용히 말을 이었고, 자신의 말이 살아 있는 사람들에게 얼마나 복잡한 의미를 띠는지 분명 전혀 이해하지 못하는 것 같았다. "너도 그를 사랑한다면 얼마나 좋을까…… 너희 두 사람이 결혼한다면" 하고 그는 오랫동안 찾다가 간신히 찾은 듯한 말에 기쁜 듯 약간 빠르게 덧붙였다. 공작영애 마리야는 그의 말을 듣고 있었지만 그 말은 지금 그가 살아 있는 모든 것으로부터 한없이 멀어져버린 것을 증명할 뿐 그녀에게는 아무런 의미도 지니지 않았다.

"내 얘기는 해서 뭐하겠어요!" 그녀는 조용히 말하고, 나타샤를 흘끗 보았다. 나타샤는 시선을 느꼈지만 마리야를 보지 않았다. 다시 모두가 침묵했다.

"앙드레, 저……" 공작영애 마리야는 갑자기 떨리는 목소리로 말했다. "니콜루시카 보고 싶지 않아요? 그애는 늘 오빠 얘길 해요."

안드레이 공작은 비로소 희미한 미소를 지었는데, 그의 표정을 아는 공작영애 마리야는 그것이 기쁨의 미소도 아니고 아들에 대한 애정의 미소도 아닌, 그녀가 나름대로 그의 감정을 회복시킬 마지막 수단이라 믿고 한 말에 대한 조용하고 부드러운 조소라는 것을 알아채고는 갑자기 오싹한 기분을 느꼈다.

"그래, 니콜루시카를 만난다니 아주 기쁘구나. 건강하니?"

니콜루시카는 안드레이 공작에게 안내되어 오자 놀란 듯이 아버지를 보았지만 아무도 울고 있지 않았기 때문에 그도 울지 않았고, 안드레이 공작은 니콜루시카에게 키스했지만, 무슨 말을 해야 할지 모르는 것 같았다.

니콜루시카를 데리고 나가자 공작영애 마리야는 다시 한번 오빠에게 다가가 키스했고, 더이상 참지 못하고 울음을 터뜨리고 말았다.

그는 누이를 찬찬히 보았다.

"니콜루시카 때문에 우는 거니?" 그는 물었다.

공작영애 마리야는 울면서 고개를 끄덕였다.

"마리, 너는 알잖니, 복음……" 그는 말하다가 갑자기 멈췄다.

"뭐라고 했어요?"

"아무것도 아냐. 여기서 울지는 마." 그는 여전히 차가운 눈으로 누이를 보며 말했다.

공작영애 마리야가 울었을 때, 그는 니콜루시카가 아버지 없는 아이가 되는 것이 슬퍼서 그녀가 운다는 것을 깨달았다. 그는 안간힘을 다해 삶으로 돌아가려 애썼고, 간신히 그들의 관점으로 옮아갈 수 있었다.

'그래, 그들에게는 가엾게 생각되겠지!' 그는 생각했다. '실은 너무도 간단한 일인데!'

'공중의 새들을 보아라. 그것들은 씨를 뿌리거나 거두거나 곳간에 모아들이지 않아도 하늘에 계신 너희의 아버지께서 먹여주신다.*' 그는 속으로 말하고, 이 말을 누이에게도 하려 했다. '아니, 하지 말자. 그들은 자기 방식대로 해석할 것이고, 이해하지 못할 것이다! 그들은 이해하지 못한다, 그들이 소중하게 생각하는 이 모든 감정이 그저 우리 인간의 것에 불과하고, 우리가 아주 중요하게 여기는 사상 또한 모두 쓸데없는 것임을 그들은 이해하지 못한다. 우리는 서로 이해할 수 없는 것이다!' 그리고 그는 입을 다물었다.

---

* 「마태복음」 6장 26절.

안드레이 공작의 어린 아들은 일곱 살이었다. 겨우 글자를 읽을 정도이고, 아무것도 몰랐다. 아이는 이날 이후 지식과 관찰과 경험으로 많은 것을 체득했지만, 설령 이때 이미 그런 능력을 가지고 있었다 하더라도 아버지와 공작영애 마리야와 나타샤 사이에서 본 광경의 전체적인 의미를 이때 이상으로 이해할 수는 없었을 것이다. 아이는 모든 것을 이해했기 때문에 울지 않고 방을 나온 뒤, 뒤따라 나온 나타샤 곁으로 말없이 다가가 생각에 잠긴 듯한 아름다운 눈으로 수줍게 그녀를 올려다보고, 약간 추켜진 빨간 윗입술을 떨더니 나타샤에게 머리를 기대고 울었다.

이날부터 아이는 데살을 피하고, 자기를 귀여워해주는 노백작부인도 피하고 혼자 앉아 있거나, 공작영애 마리야나, 이 고모보다 더 자기를 좋아하는 듯한 나타샤 곁으로 머뭇머뭇 다가가 조용히 수줍어하면서도 응석을 부렸다.

공작영애 마리야는 안드레이 공작의 방을 나오면서, 나타샤의 표정이 말해주던 모든 것을 깨달았다. 그녀는 나타샤에게 그의 생명이 구원될 희망에 대해서는 더이상 말하지 않았다. 나타샤와 교대로 그의 소파 곁을 지키며 더이상 울지는 않고, 죽어가는 자 위에서 그 현전이 더욱 뚜렷하게 느껴지는 영원하고도 알 수 없는 그것에게 끊임없이 기도했다.

16

안드레이 공작은 자기가 죽는다는 것을 알았을 뿐만 아니라, 지금 죽어가고 있으며 이미 절반은 죽었다고 느꼈다. 그는 지상 모든 것으로부터의 소외, 존재의 기쁘고도 이상한 가벼움을 느꼈다. 초조해하지도 걱정하지도 않으면서 그는 다가오는 것을 기다렸다. 그가 평생 끊임없이 그 현전을 느껴온 무섭고 영원하고 알 수 없는 아득한 그것이 지금 그에게는 가깝고─그가 느낀 존재의 이상한 가벼움으로 인해─거의 이해하고 감지할 수 있는 것이 되었다.

․․․

전에는 마지막을 두려워했다. 그는 죽음, 마지막에 대한 무섭고 괴로운 공포를 두 번이나 경험했기 때문에, 지금은 그 공포를 이해할 수도 없었다.

처음 그것을 경험한 것은 유탄이 눈앞에서 팽이처럼 돌고, 추수한 밭이며 관목이며 하늘을 보고 죽음이 자기 앞에 닥친 것을 알았을 때였다. 그는 부상 후 의식을 회복했을 때, 자신을 억제하던 삶의 압박에서 해방된 것처럼 이 세상에 얽매이지 않는 영원하고 자유로운 사랑의 꽃이 순식간에 마음속에서 피었을 때, 그는 이미 죽음을 두려워하지 않고 그것에 대해 생각하지도 않았다.

그는 부상 후 괴로운 고독과 혼미의 시간에 새로 발견한 영원한 사랑의 근원을 깊이 생각할수록 자신이 느끼지도 못하는 사이에 더욱 지상의 생활을 부정하게 되었다. 모든 것과 모든 사람을 사랑하고, 사랑을 위해 언제나 자기를 희생한다는 것은 곧 아무도 사랑하지 않는 것을 뜻하고, 지상의 생활을 영위하지 않는 것을 뜻했다. 그리고 이 사랑의 근원에 충실할수록 더욱더 삶을 부정하게 되고, 삶과 죽음 사이에 사랑 없이 서 있는 무서운 장벽을 더욱 완전히 파괴하게 되었었다. 처음 얼마 동안 그는 자기가 죽을 수밖에 없다는 것을 상기하고는 할 수 없다. 오히려 그편이 낫다, 라고 자신에게 말했다.

그러나 미티시에서 반의식 상태에 빠져 있을 때, 자신이 열망하던 여자가 눈앞에 나타나 그의 입술에 손을 대고 조용한 기쁨의 눈물을 흘리며 울었던 그 밤 이래, 한 여자에 대한 사랑이 자기도 모르는 사이에 마음에 스며들어 다시금 그를 삶에 결부시켰다. 그러자 기쁘고도 불안한 온갖 상념이 찾아들기 시작했다. 그는 붕대소에서 쿠라긴을 만난 순간을 돌이켜봤지만, 이제는 그때의 기분으로 되돌아갈 수 없었고, 그 사내는 살아 있을까? 하는 의문이 그를 괴롭혔다. 그리고 그것을 물어볼 용기도 나지 않았다.

그의 병은 육체적인 인과의 순서대로 진행되었지만, 나타샤가 그것이 시작됐다고 했던 일이 공작영애 마리야가 도착하기 이틀 전에 일어났다. 그것은 삶과 죽음 사이의 마지막 정신적 투쟁이었으며, 결국 죽음이 승리를 거둔 것이었다. 그것은 나타샤에 대한 사랑 속에서 그에게 제시된 삶을 그가 아직도 소중히 생각하고 있다는 뜻밖의 의식이었으며, 알 수 없는 그것에 대한 억눌렀던 공포의 마지막 발작이었다.

그 일은 저녁에 일어났다. 식후에 종종 그랬듯 그는 미열이 있었지만 의식은 아주 또렷했다. 소냐는 탁자 앞에 앉아 있었다. 그는 졸기 시작했다. 갑자기 행복감이 그를 사로잡았다.

'아아, 그녀가 들어왔군!' 그는 생각했다.

정말로 소냐가 있었던 곳에 방금 발소리를 죽이고 들어온 나타샤가 앉아 있었다.

나타샤가 간호해주기 시작한 이래 그는 그녀가 가까이에 있는 것을 늘 육감으로 감지했다. 그녀는 자기 몸으로 촛불을 가려주며 그에게 옆구리를 보이고 안락의자에 앉아 양말을 뜨고 있었다. (그녀가 양말 뜨기를 배운 것은 언젠가 안드레이 공작이 그녀에게 양말을 뜨고 있는 유모만큼 간호를 잘하는 사람은 없다, 양말 뜨는 모습은 왠지 모르게 마음을 진정시켜준다고 말한 뒤였다.) 가느다란 손가락으로 이따금 부딪치는 뜨개바늘을 날렵하게 움직이고, 생각에 잠긴 듯 숙인 그녀의 옆얼굴이 그의 눈에 또렷이 들어왔다. 그녀가 조금 움직이자 실뭉치가 무릎에서 굴러떨어졌다. 그녀는 놀라 그를 바라보고, 한 손으로 촛불을 가리면서 조심스럽고 부드럽고 정확한 동작으로 몸을 굽혀 실뭉치를 집어 다시 제자리에 앉았다.

그는 꼼짝도 하지 않고 그녀를 보고 있었는데, 그녀가 움직인 후 가슴 가득 크게 숨을 쉬고 싶을 텐데도 그러지 않고 조심스럽게 숨을 쉬는 모습을 보았다.

트로이츠카야 수도원에서 두 사람이 지난 일을 이야기했을 때, 그는 만약 자기가 살게 된다면 그녀를 다시 만나게 해준 이 부상에 대해 영원히 하느님에게 감사할 거라고 말했지만, 그후로 그들은 한 번도 미래에 대해 이야기하지 않았다.

'그건 있을 수 있는 일일까, 있을 수 없는 일일까?' 그는 지금 그녀를 바라보며, 뜨개바늘의 가벼운 강철 소리를 들으며 생각했다. '운명은 다만 나를 죽게 하기 위해 그녀와 나를 만나게 한 걸까?…… 내게 인생의 진리를 계시하기 위해 나를 허위 속에 살게 한 걸까? 나는 이 세상 누구보다 그녀를 사랑한다. 그러나 그녀를 사랑한다면 나는 대체 어떻게 해야 하는 걸까?' 그는 생각했고, 병중에 생긴 습관으로 불현듯 자기도 모르게 신음 소리를 냈다.

나타샤는 이 소리에 양말을 내려놓고 그에게로 가까이 몸을 굽혔고, 갑자기 그의 반짝이는 눈을 알아채고 가벼운 걸음으로 다가가 들여다보았다.

"잠든 것 아니었어요?"

"아니, 나는 아까부터 당신을 보고 있었고, 당신이 들어오는 걸 느꼈습니다. 내게 당신처럼 부드러운 고요와…… 빛을 주는 사람은 없어요. 나는 기뻐서 울음이 나올 것 같습니다."

나타샤는 더 가까이 다가갔다. 그녀의 얼굴은 감격 어린 기쁨으로 빛났다.

"나타샤, 나는 당신을 너무도 사랑해요. 세상 그 무엇보다."

"그럼 나는?" 그녀는 살짝 얼굴을 돌렸다. "왜 너무도라고 해요?" 그녀는 말했다.

"왜 너무도냐고요?…… 음, 당신은 어떻게 생각해요, 온 마음으로, 정말 내가 살 거라고 생각해요? 어떻게 생각해요?"

"믿어요, 난 믿어요!" 나타샤는 격렬한 몸짓으로 그의 두 손을 잡고 거의 외치듯이 말했다.

그는 잠시 침묵했다.

"그러면 얼마나 좋을까!" 그는 그녀의 손을 잡고 키스했다.

나타샤는 행복하고 흥분되었지만, 이내 이래서는 안 되며, 그에게는 안정이 필요하다고 생각했다.

"하지만 당신은 잠을 자지 못했잖아요," 그녀는 기쁨을 억누르며 말했다. "잠을 자야 해요…… 제발."

그는 그녀의 손을 힘껏 쥐었다가 놓았고, 그녀는 촛불 옆으로 가 아까의 자리에 앉았다. 그녀는 두 번 그를 돌아보았고 그의 눈은 그녀를 향해 빛나고 있었다. 그녀는 뜨개질을 어디까지 할지 정하고 끝날 때까지 그를 돌아보지 않겠다고 마음먹었다.

사실 그후 그는 곧 눈을 감고 잠이 들었다. 그러나 이내 식은땀을 흘리며 불안한 기분으로 갑자기 깼다.

잠이 들며 그는 자신이 끊임없이 생각하고 있었던 그것—삶과 죽음을 생각했다. 죽음에 대해 더 생각했다. 그는 자신이 그것에 더 가깝다고 느끼고 있었다.

'사랑? 사랑이란 무엇일까?' 그는 생각했다. '사랑은 죽음을 방해한다. 사랑은 생명이다. 내가 이해하는 모든 것은, 사랑하기 때문에 이해할 수 있는 것이다. 내가 사랑하기 때문에 모든 것이 있고, 모든 것이 존재하는 것이다. 모든 것은 사랑 하나로 연결되어 있다. 사랑은 신이고, 따라서 죽음은 사랑의 일부인 내가 보편적이고 영원한 근원으로 돌아가는 것을 의미한다.' 이런 생각이 그에게는 위안이 되는 것 같았다. 그러나 이것은 생각에 불과했다. 거기에는 뭔가 부족하고, 뭔가 일방적이고 개인적이고 이성적이며, 불분명한 것이 있었다. 불안과 모호함이 있었다. 그는 잠이 들었다.

그는 실제로 잠든 이 방에서 자기가 자고 있는 꿈을 꾸었는데, 그는 부상 없이 건강했다. 시답잖고 무관심한 온갖 사람이 안드레이 공작 앞에 나타났다. 그는 그들과 이야기도 하고, 쓸데없는 논쟁도 한다. 그들은 어디론가 가려 한다. 안드레이 공작은 이 모든 것이 쓸데없으며 자신에게는 더 중요한 문제가 있다고 막연히 상기하지만, 그들을 놀라게 하며 공허하면서도 기지 넘치는 말들을 계속한다. 사람들은 어느새 조금씩 사라지기 시작하고, 모든 화제는 닫힌 문이라는 하나의 질문으로 바뀐다. 그는 빗장을 걸어 닫기 위해 일어나 문 쪽으로 걸어간다. 문을 제때 닫느냐 못 닫느냐에 모든 것이 달려 있다. 그는 빨리 가려 서두르지만 발이 움직이지 않고, 제때 문을 닫을 수 없다는 것을 알면서도 여전히 힘겹게 있는 힘을 다한다. 괴로운 공포가 그를 사로잡는다. 이 공포는 죽음의 공포이고, 문밖에는 그것이 서 있다. 그러나 그가 힘없고 불편한 모습으로 문가로 기어갈 때, 무서운 무언가가 이미 반대쪽에서 문을 밀며 들이닥치려 한다. 인간적이지 않은 그 무언가―죽음―가 강제로 밀고 들어오려 하고, 그는 그것을 막아야 한다. 그는 문에 달라붙어 이미 닫지는 못해도 적어도 막아보려고 마지막 힘을 다하지만, 그의 힘은 약하고 서툴러서 무서운 그것에 밀린 문이 잠시 열렸다가 닫힌다.

다시 그것이 바깥쪽에서 밀어댄다. 마지막 초인적인 노력도 무의미하게 문은 소리도 없이 양쪽이 열렸다. 그것이 들어왔고, 그것은 죽음이었다. 그리고 안드레이 공작은 죽었다.

그러나 그 순간 안드레이 공작은 자기가 자고 있었다는 것을 상기했고, 그 죽음의 순간에 안간힘을 다해 눈을 떴다.

'그렇다, 그것은 죽음이었다. 나는 죽었다가 눈을 뜬 것이다. 그렇다, 죽음은—각성이다!' 갑자기 마음속이 밝아지고, 지금까지 그가 알지 못했던 것을 가리고 있었던 장막이 마음의 눈 앞에서 걷어올려졌다. 그는 지금까지 자신 안에 묶여 있던 힘이 해방되는 느낌을, 또 그후로 그를 떠나지 않았던 이상한 가벼움을 느꼈다.

그가 식은땀을 흘리며 잠에서 깨어 소파에서 몸을 움직이자, 나타샤가 다가와 왜 그러느냐고 물었다. 그는 대답하지 않았고, 또 상대방이 무슨 말을 하는지 알아듣지 못한 듯한 이상한 눈빛으로 그녀를 쳐다보았다.

이것이 공작영애 마리야가 도착하기 이틀 전에 일어난 일이었다. 의사는 이날부터 쇠약성 발열이 악성이 되었다고 했지만, 나타샤는 훨씬 더 의심의 여지 없는 그 무서운 정신적 징후를 보고 있었기 때문에 의사의 말에는 관심을 가지지 않았다.

그날부터 안드레이 공작은 잠에서 깨어나는 동시에 삶에서도 깨어나기 시작했다. 그리고 살아온 시간에 비해 삶에 대한 각성의 시간이, 꿈꾼 시간에 비해 잠으로부터의 각성의 시간보다 느리다고 생각되지 않았다.

이 비교적 느린 각성에는 무서운 것도 날카로운 것도 없었다.

안드레이 공작의 마지막 날과 시간은 평범하고 단조롭게 지나갔다. 그의 곁을 떠나지 않던 공작영애 마리야와 나타샤도 그것을 느꼈다. 그들은 울지도 떨지도 않았고, 임종이 다가오자 그것을 직감하며 이제 더는 그가 아니라(그는 이미 없었고, 그들을 떠나버렸다) 그에게 가장 가까운 추억인 그 육체를 돌보았다. 두 사람의 이런 감정이 너무도 강

렬했기 때문에 죽음의 무서운 일면도 영향을 미치지 않았고, 또한 그
들은 자신의 슬픔을 자극할 필요도 느끼지 않았다. 그들은 그의 앞에
서도 그가 없는 곳에서도 울지 않았고, 서로 그에 대해 아무 말도 하지
않았다. 자신이 이해한 것을 말로 표현할 수 없다고 느꼈기 때문이다.

그들은 안드레이 공작이 점점 더 깊이, 천천히, 조용히 그들을 떠나
어디론가 내려가는 것을 보았고, 그래야 하고, 그것이 좋다는 것을 알
았다.

그는 고해성사와 성체성사를 받았고, 모두 마지막 작별을 하기 위
해 그의 곁으로 갔다. 아들을 데려오자 그는 아들에게 입을 맞추고 고
개를 돌렸는데, 그것은 괴롭거나 슬퍼서가 아니라(공작영애 마리야와
나타샤는 그것을 알고 있었다) 자신에게 요구된 것이 그것뿐이기 때문
이었고, 아들을 축복해주라고 하자, 하라는 대로 한 뒤 또다른 할 일이
있는지 물어보듯 주위를 둘러보았다.

영혼이 떠나가는 육체의 마지막 경련이 일었을 때, 공작영애 마리야
와 나타샤는 그곳에 있었다.

"돌아가셨군요?!" 그가 몇 분 동안 아무 움직임도 없이 차가워지며
그들 눈앞에 누워 있자, 공작영애 마리야는 말했다. 나타샤는 다가가
서 생명을 잃은 눈을 잠시 보고, 서둘러 눈을 감겨주었다. 그녀는 눈을
감겨준 뒤 그의 눈에 키스하지 않고 그에 대한 가장 가까운 추억이 된
그의 몸, 그것에 입을 맞추었다.

'그는 어디로 갔을까? 지금 어디 있을까?……'

염을 하고 옷을 갈아입힌 유해가 탁자 위의 관에 입관되자 모두 마

지막 인사를 하러 다가가서 울었다.

니콜루시카는 마음을 찢는 듯한 괴로운 당혹감에 울었다. 백작부인
과 소냐는 나타샤에 대한 동정과 이제 그가 세상에 없다는 생각에 울
었다. 노백작은 자기도 머지않아 이 무서운 한걸음을 내디뎌야 한다는
생각에 울었다.

나타샤와 공작영애 마리야도 이제는 함께 울었는데, 자신들의 개인
적인 슬픔 때문에 운 것이 아니라, 눈앞에서 일어난 단순하고도 엄숙
한 죽음의 신비, 영혼을 사로잡은 그 경건한 감동 때문에 울었다.

제2부

1

온갖 현상의 원인을 종합한다는 것은 인간의 지혜로는 도저히 할 수 없는 일이다. 그러나 인간의 마음속에는 원인을 탐구하려는 욕구가 있다. 그래서 인간의 지혜는 각각이 개별적으로 원인이 될 수 있는 현상들의 수많은 조건과 복잡성은 깊이 탐구하지 않고, 가장 처음의, 가장 알기 쉬운 근접한 것을 포착해 그것을 원인이라 말한다. 역사적 사건에서(인간 활동을 관찰의 대상으로 하는) 태초에 있고 근접하다고 생각되는 원인은 하느님의 의지이고, 그다음은 가장 눈에 띄는 위치에 있던 사람들, 즉 역사상 영웅들의 의지다. 그러나 각 역사적 사건의 본질, 즉 사건에 참가한 인간 전체의 활동을 통찰해본다면, 역사상 영웅의 의지가 인간 전체의 활동을 지도하지 않았을 뿐만 아니라 오히려 반대로 그들에게 인도되었다는 것을 확신하게 될 것이다. 언뜻 역사적 사건의 의의는 어떻게 해석하더라도 결국 마찬가지라고 생각될지도 모른다. 그러나 서구 여러 민족이 동쪽을 향해 나아간 것은 나폴레옹이 그것을 바랐기 때문이라고 말하는 사람과, 그것은 당연히 일어나야 할 일이 일어났던 거라고 말하는 사람 사이에는, 마치 지구는 정해진 위치에 있고 행성들이 그 둘레를 도는 것이라고 주장하는 사람과, 지구가 무엇에 의해 지탱되는지는 모르지만 지구와 행성의 운행을 지배하는 법칙이 있다는 것을 안 사람들 사이에 존재했던 것과 같은 차이가 있다. 역사적 사건의 원인은, 모든 원인의 근저에 있는 유일한 원인 이외에는 있지도 않고, 있을 수도 없다. 그러나 갖가지 사건을 지배하는 법칙은 존재하고, 어떤 부분은 알 수 없지만 또 어떤 부분은 감지할 수 있다. 이 법칙을 발견하는 것은 한 인간의 의지에서만 원인을 구하는 것을 완전히 포기할 때 비로소 가능해지는데, 이는 행성 운행 법칙의 발견이 사람들이 지구 부동설을 버렸을 때 비로소 가능해진 것과 마찬가지다.

보로디노 전투, 적군의 모스크바 점령과 그 소실, 1812년 전쟁 최대의 에피소드로서 역사가들이 인정하는 것은 랴잔 가도에서 칼루가 가도로, 그리고 타루티노 진지로 향한 러시아군의 행동, 이른바 크라스나야 파흐라 후방에서의 측면 행진이었다. 역사가들은 이 천재적 공훈의 명예를 여러 사람에게 돌리고, 원래 이 명예가 누구 것인지를 논쟁한다.[1] 심지어 외국의 역사가, 특히 프랑스의 역사가들까지 이 측면 행진을 언급하며 러시아 지휘관들의 천재성을 인정한다. 그러나 왜 군사 평론가들과 그들을 뒤따라 모든 사람이 이 측면 행진을 어느 한 사람의 심오한 생각에서 나온 발명이라고 생각하고 이것이 러시아를 구하고 나폴레옹을 멸망시켰다고 생각하는지는 실로 이해하기 어렵다.

무엇보다도 우선, 이 행동에 심오한 생각과 천재성이 대체 어디에 있었는지 이해하기 어려운데, 군대에게 최적의 위치는(공격을 받고 있지 않은 경우) 가능한 한 식량이 풍부한 곳이라는 건 머리 쓸 필요도 없는 사실이기 때문이다. 1812년 모스크바 퇴각 후 군대에게 가장 유리한 위치가 칼루가 가도였다는 것쯤은 모두가, 심지어 어리석은 열세 살 소년이라도 쉽게 추측할 수 있다. 따라서 첫째, 어떠한 추론으로 역사가들이 이 군사행동 속에서 심오한 생각을 보았는지 이해가 가지 않는다. 둘째, 역사가들은 이 군사행동에서 대체 무엇이 러시아에게는 구원이고 프랑스에게는 파멸이었다고 인정하는지 더욱 이해할 수가 없는데, 왜냐하면 이 측면 행진은 그 이전, 혹은 이에 수반된, 또는 이후 계속된 다른 모든 사정에 따라서는 오히려 러시아군에게는 파멸을 초래하고 프랑스군에게는 구원이 되었을지도 모르기 때문이다. 설령 이 행동 후에 러시아군의 상태가 좋아졌다 하더라도, 그것만으로는 이 행동이 원인이라고 결코 말할 수 없다.

만일 그때 다른 여러 사정이 겹치지 않았다면 이 측면 행진은 아무런 이익도 가져오지 못했을 뿐만 아니라 러시아군을 파멸에 이르게 했을지도 모른다. 모스크바가 불타지 않았다면 어떻게 됐을까?[2] 뭐라가 러시아군을 시야에서 놓치지 않았다면 어떻게 됐을까? 나폴레옹이 무위한 날을 보내지 않았다면 어떻게 됐을까? 러시아군이 베니히센과 바르클라이의 조언대로 크라스나야 파흐라에서 전투를 했다면 어떻게 됐을까? 그들이 파흐라 후방을 행진할 때 프랑스군이 공격했다면 어떻게 됐을까? 그후 나폴레옹이 타루티노에 접근했을 때, 스몰렌스크 공격 때 보여준 정력의 십분의 일이라도 쏟아 러시아군을 공격했다면 어떻게 됐을까? 프랑스군이 페테르부르크로 향했다면 어떻게 됐을까?…… 이 모든 가정이 실현되었다면 측면 행진의 구원적 성격은 파멸적인 것으로 변했을지도 모른다.

셋째로 가장 이해할 수 없는 것은 역사 연구가들이 측면 행진은 어느 한 사람의 공로가 될 수 없고 아무도 결과를 예견하지 못했다는 사실을 인정하지 않으려 한다는 것인데, 이 군사행동은 필리에서의 퇴각과 마찬가지로 당시 누구도 전면적으로 예상하지 못했고, 한 걸음에서 한 걸음으로, 사건에서 사건으로, 순간에서 순간으로 이어지며 수없이 다양한 조건에서 흘러나온 것이었고, 그것이 실현되고 과거의 것이 되었을 때 비로소 전모가 드러났지만, 그들은 인정하지 않는다.

필리의 군사회의에서 러시아군 수뇌들 사이에서 지배적이었던 의견은 당연히 곧장 후방으로, 즉 니즈니노브고로드 가도를 따라 퇴각하는 것이었다. 회의석상에서 대다수가 이에 찬성했고, 특히 회의가 끝난 뒤 총사령관과 병참부장 란스코이*가 나눈 유명한 대화가 이 사실을 증명한다. 란스코이는 총사령관에게 군의 식량은 주로 오카 강변의 툴라와 칼루가 두 도에 모여 있어 니즈니로 퇴각한다면 식량은 큰 강인 오카 강에 의해 군과 격리되고, 게다가 초겨울 무렵이라 도강은 불가능하다고 보고했다. 이것이 지금까지 가장 자연스럽게 생각되던, 니즈니로의 직선 코스를 버리지 않을 수 없게 한 첫번째 징후였다. 그래서 군은 랴

---

* B. C. 란스코이(1754~1831). 원로원 의원.

잔 가도를 따라 조금 남쪽으로 돌아 식량에 접근했다. 그후 러시아군을 시야에서 놓쳐버리기까지 한 프랑스군의 태만함, 툴라의 공장*을 지키려는 배려, 특히 식량에 근접할수록 유리하다는 생각이 군을 툴라 가도를 향해 더욱 남쪽으로 이동시켰던 것이다. 파흐라 후방에서 필사적인 노력으로 툴라 가도로 이동하면서 러시아군 지휘관들은 포돌스크 부근에 머무를 것만 생각하고 타루티노 진지에 대해서는 전혀 생각하지 않았지만, 수많은 사정, 그때까지 러시아군을 놓쳐왔던 프랑스군의 출현, 전투 계획, 특히 칼루가에 있는 풍부한 식량이 러시아군을 더욱 남쪽으로 움직이게 해 툴라 가도에서 칼루가 가도로, 타루티노로, 즉 식량의 중심으로 이동하게 했던 것이다. 언제 모스크바가 포기되었느냐는 물음과 마찬가지로, 언제 누구에 의해 타루티노로 전진하라는 결정이 내려졌느냐는 물음에 대해서도 대답할 수 없다. 다만 그들은 군이 무수한 미분적 힘에 의해 이미 타루티노에 도착했을 때, 비로소 우리는 이것을 바랐고 예상했다고 스스로를 납득시켰다.

2

이 유명한 측면 행진은 러시아군이 진격과는 반대 방향으로 곧장 퇴각하다가, 프랑스군의 공격이 멈추자 처음의 직선 코스에서 벗어나 적의 추격이 없는 것을 확인하고 풍부한 식량이 끌어당기는 방향으로 자

---

* 제철, 무기 생산 공장.

연히 나아간 것에 불과했다.

설령 러시아군 수뇌부에 천재적인 장군이 없었다 하더라도, 지휘관이 없는 일개 군대뿐이었다 상상하더라도, 그런 군대 역시 식량이 풍부하고 좀더 풍요로운 지방으로 호狐를 그리며 모스크바로 되돌아가는 것밖에는 방법이 없었을 것이다.

니즈니노브고로드 가도에서 랴잔 가도, 툴라 가도, 칼루가 가도로 나아간 이 이동은, 러시아 약탈병들이 도망친 것도 이 방향이고, 페테르부르크에서 쿠투조프에게 군대를 움직이도록 요구한 것도 이 방향이었던 만큼 지극히 자연스러운 것이었다.[3] 쿠투조프는 군대를 랴잔 가도로 전진시킨 데 대해 타루티노에서 황제로부터 거의 견책에 가까운 서한을 받았고 이 서한에는 칼루가 정면에 진지를 치라는 지시가 있었지만, 황제의 서한을 받았을 때 쿠투조프는 이미 그 진지에 포진해 있었다.

지금까지의 모든 전투와 보로디노 회전에서 받은 충격의 추력에 계속 굴러온 러시아군이라는 공球은 충격의 힘이 빠졌을 때 다시 새로운 충격을 받지 않았기 때문에 극히 자연스러운 위치를 잡았던 것이다.

쿠투조프의 공로는 이른바 천재적인 전략적 행동이 아니라 일어나고 있던 사태의 의미를 그 혼자만 이해하고 있었다는 데 있다. 오직 그 한 사람만 당시 프랑스군이 활동을 멈춘 의미를 이해하고 있었고, 오직 그 한 사람만 보로디노 전투를 승리라고 계속 주장하고 있었다. 오직 그 한 사람만—총사령관이라는 위치에서 보더라도 그는 당연히 공격에 나서야 한다는 데 충동을 느꼈겠지만—쓸데없는 전투를 피하기 위해 러시아군을 저지하는 데 온 힘을 다했던 것이다.

보로디노에서 상처를 입은 야수는 달아나버린 사냥꾼이 내버린 그 자리에 쓰러져 있었으나, 살아 있는지, 아직 힘이 있는지, 잠시 숨어 있는 것인지 사냥꾼으로서는 알 길이 없었다. 그런데 갑자기 야수의 신음 소리가 들리기 시작했다.

상처 입은 야수 프랑스군의 신음, 즉 그 파멸을 폭로한 것은 쿠투조프 진영에 강화를 구하러 로리스통이 파견된 일이었다.

좋은 것이라 좋은 게 아니라 자기 머리에 떠오른 것이 좋은 거라는 예의 신념을 품고 나폴레옹은 처음 머리에 떠오른 아무 의미도 없는 말을 쿠투조프에게 써보냈다. 그는 이렇게 썼다.

므시외 쿠투조프 공작, ─그는 썼다─나는 중요한 많은 문제에 관해 각하와 협의하고자 부관 한 사람을 파견합니다. 공작 각하께서 는 부디 그의 말을 모두 믿어주시고, 특히 오래전부터 각하에게 품어온 나의 존경과 깊은 경의를 그가 표명할 때는 더욱 믿어주시길 바랍니다⋯⋯ 끝으로 므시외 쿠투조프 공작께 하느님의 거룩한 가호가 함께하기 를 빕니다.

모스크바, 1812년 10월 3일. 서명:
나폴레옹

"나는 어떠한 일에서든 내가 협정의 발기인으로 간주된다면 후세의 저주를 받게 될 것입니다. 이것은 우리 국민의 의지입니다." 쿠투조프는 이렇게 회답하고, 공세를 펴려는 군을 억누르는 데 계속 온 힘을 기울 였다.

프랑스군이 모스크바에서 약탈을 계속하고 러시아군이 타루티노에서 조용히 머무르고 있었던 한 달 사이 양군의 힘의 관계(사기와 병력)에 변화가 생겨, 그 결과 러시아측이 우세해졌다. 프랑스군의 병력과 상황이 러시아측에 알려지지 않았는데도[4] 힘의 관계가 변하자, 이내 공격의 필연성이 수많은 징후로 나타났다. 그 징후란 로리스통의 파견, 타루티노의 풍부한 식량, 프랑스군의 침체와 무질서에 관한 사방의 보고, 아군 각 연대의 신병 보충, 좋은 날씨, 러시아군의 긴 휴식, 보통 휴식의 결과로 군대 안에서 생겨나는 감정, 즉 모두가 모여 성취해야 할 일을 어서 수행해야겠다는 초조감, 오랫동안 모습을 보이지 않는 프랑스군 내부에 무슨 일이 일어나고 있나 하는 호기심, 현재 타루티노에 주둔한 프랑스군 주변에 출몰하는 러시아군 전초의 대담한 행동, 농민과 파르티잔이 프랑스군에게 손쉽게 이겼다는 정보, 그것으로 촉발된 부러움, 프랑스군이 모스크바에 주둔하는 동안 각자의 마음속에 서린 복수심, 그리고(특히 무엇보다) 막연하지만 모든 장병의 마음에 싹튼 의식, 즉 이제 힘의 관계가 변해 아군이 우세해졌다는 의식이었다. 본질적인 힘의 관계는 바뀌었다. 본질적인 힘의 관계가 변하자, 공격은 불가피해졌다. 그리고 시곗바늘이 한 바퀴 돌면 종이 울리고 음악이 연주되는 것과 마찬가지로, 본질적인 힘의 변화에 따라 군의 수뇌부에서도 곧바로 움직임이 강화되고, 차임과 음악소리가 울리기 시작했다.

3

러시아군은 쿠투조프와 그 막료들, 페테르부르크에 있는 황제에 의해 통솔되고 있었다. 아직 모스크바 포기 소식이 닿기 전, 페테르부르크에서는 모든 전역에 대한 세부 계획이 작성돼 지도 방침으로서 쿠투조프에게 보내졌다. 이 계획은 모스크바가 아직 우리 수중에 있다는 가정 아래 작성된 것이었지만, 사령부의 승인을 얻고 실행하기로 채택되었다. 쿠투조프는 언제나 원거리에서의 견제는 실행하기 어렵다고 써보낼 뿐이었다. 그러자 당면한 난관에 대처하기 위한 여러 가지 새 지침이 내려왔고, 그의 행동을 감시해 보고할 임무를 띤 사람들이 파견되었다.

또한 러시아군 사령부도 전체적으로 개편되었다. 전사한 바그라티온과 화를 내고 물러난 바르클라이[5]의 자리도 보충되었다. A를 B의 자리로, B를 D의 자리로 옮기는 것이 좋은가, 아니면 D를 A의 자리에 앉히는 것이 나은가 하며, 마치 A와 B의 만족 외에 다른 무언가가 거기에 걸려 있기라도 한 것처럼 몹시 진지하게 심의되었다.

사령부에서는 쿠투조프와 그의 사령부 상관인 베니히센의 반목, 황제의 뜻을 받고 파견된 자들의 존재와 이들의 경질로 여느 때보다 복잡한 파벌 놀이가 벌어졌고, A는 B의, D는 C의 함정을 파려는 등 온갖 이동과 결속이 행해졌다. 이 같은 온갖 계략을 도모할 때 음모의 대상이 되는 것은 대개 그들이 지휘하려고 노리는 전국이었지만, 이 전국은 그들의 의지와는 관계없이 진행되어야 할 방향으로, 즉 사람들의 계획과는 전혀 일치하지 않고 대세의 본질적 관계에 따라 흘러가고 있었다. 이 모든 고안은 교착하고 뒤얽히면서 당연히 일어날 일의 정확한 반영만을 그대로 수뇌부에 보여주었을 뿐이다.

"미하일 일라리오노비치 공작!" 타루티노 전투 뒤 도착한 10월 2일자 황제의 서한에 이렇게 쓰여 있었다. "9월 2일 이래 모스크바는 적의 수중에 있습니다. 귀하의 마지막 보고는 20일자인데, 그동안 귀하는 적에 대해 행동하지도, 고도古都의 해방을 위한 어떤 계획도 세우지 않고, 귀하의 마지막 보고에 따르면 더 퇴각만 했습니다. 세르푸호프는 이미 적의 지대에 점령되어, 아군에게 실로 없어서는 안 될 그 유명한 공장이 있는 툴라까지 위기에 처했습니다. 나는 빈친게로데 장군의 보고로 1만 명으로 이루어진 군단이 페테르부르크 가도로 진격하고 있다는 것을 알고 있습니다. 또한 수천의 병력을 지닌 다른 군단은 드미트로프로 다가서고 있습니다. 제3의 군단은 블라디미르 가도로 전진중입니다. 꽤 강력한 제4의 군단은 루자와 모자이스크 사이에 있습니다. 나폴레옹은 25일까지 모스크바에 있었습니다. 이 모든 정보가 말하는 바와 같이 적은 병력을 강력한 몇 개 지대로 분할했고, 나폴레옹 자신은 근위대와 함께 모스크바에 있었다는 것인데, 그렇다면 귀하 앞에 있는 적의 병력이 너무 우세해서 공세를 취할 수 없었다는 것이 있을 수 있는 일입니까? 오히려 그와는 반대로 적은 귀하에게 맡겨진 군대보다 훨씬 열세한 수개의 지대 혹은 일개 군단으로 귀하의 군대를 추격하고 있다고 볼 수 있습니다. 나는 귀하가 이 같은 상황을 이용한다면 열세한 적을 유리하게 공격해 전멸시키거나, 적어도 적을 퇴각시켜 현재 적에게 점령된 여러 도의 대부분을 우리 수중에 넣어 툴라와 그 밖의 국내 여러 도시에 닥친 위험을 제거할 거라고 생각했습니다.

많은 병력을 남겨놓을 수 없었던 페테르부르크를 위협하기 위해 만일 적군이 유력한 군단을 이 수도로 파견한다면, 그것은 귀하의 책임으로 남을 것인데 왜냐하면 귀하는 귀하에게 맡겨진 군대와 더불어 단호한 행동으로 이 새로운 불행을 제거할 수 있는 모든 수단을 가졌기 때문입니다. 귀하는 이미 모스크바의 상실로 모욕당한 조국에 대해 책임을 져야 한다는 것을 상기하십시오. 내가 귀하의 포상에 인색하지 않다는 것은 귀하도 많은 경험으로 알고 있을 것입니다. 앞으로도 이 생각은 조금도 변함없겠지만, 나와 우리 러시아는 귀하에게 온갖 열성과 불굴과 성공을 기대할 권리를 가지며, 이 모든 것은 귀하의 두뇌와 군사적 재능, 귀하가 통솔하는 군의 용맹으로 우리에게 예시될 것입니다."

그러나 힘의 본질적 관계가 이미 페테르부르크에서도 반영되고 있었다는 것을 증명하는 이 서한이 오는 도중, 쿠투조프는 그의 지휘 아래 있는 군대의 공세를 더이상 억누를 수 없었고, 전투는 이미 개시되고 있었다.

10월 2일, 샤포발로프라는 카자크가 정찰중에 토끼 한 마리를 쏘아 죽이고 다른 한 마리에게도 상처를 입혔다. 샤포발로프는 다친 토끼를 쫓다 길을 잃어 숲속 깊이 들어갔고 아무런 경계 없이 주둔중이던 뮈라군의 좌익과 맞닥뜨렸다. 카자크는 하마터면 프랑스군에게 잡힐 뻔했다고 웃으면서 동료에게 이야기했다. 카자크 기병 소위가 이 이야기를 듣고 대장에게 보고했다.

카자크는 불려 나가 심문을 받았고, 카자크 대장들은 이 기회를 틈타 말을 탈취하려고 생각했지만, 군 수뇌부와 친한 한 대장이 이 사실을 사령부 장군에게 알렸다. 최근 군 사령부는 극도로 긴장된 분위기 속에 있었다. 며칠 전 예르몰로프는 베니히센을 방문해 공격을 개시하도록 총사령관에 대한 그의 영향력을 행사해달라고 간청했다.

"내가 당신이란 사람을 잘 몰랐다면 나는 지금 당신이 자신이 요구한 것을 원하고 있지 않다고 생각했을지도 모릅니다. 어쨌든 내가 무슨 충고라도 하면 공작 각하는 결국 그것과 반대되는 일을 하니까." 베니히센은 대답했다.

곳곳의 정찰로 확인된 카자크들의 보고는 마침내 시기가 무르익었다는 것을 증명했다. 팽팽히 당겨진 활은 튕겨지고, 시간을 알리는 차임과 음악소리가 울리기 시작했다. 쿠투조프는 가상의 권력과 두뇌, 경험, 그리고 여러 사람에 대한 지식을 가지고 있었지만, 황제에게 직접 보고서를 보냈던 베니히센에게서 온 서한[6], 장군들 전원이 표명한 동일한 희망, 쿠투조프가 추측한 황제의 바람, 카자크들의 정보들을 고려한 끝에 이제 더이상 그 필연적인 움직임을 억누르지 못하고, 자신이 쓸모없고 유해하다고 믿고 있었던 것에 대해 명령을 내렸다―이미 일어나버린 일을 축복했던 것이다.

4

공격의 필요성을 주장한 베니히센의 서한과 프랑스군 좌익이 무방비 상태라는 카자크들의 보고는 공격 명령을 내릴 필연성의 마지막 징후에 불과했으며, 공격은 10월 5일로 정해졌다.

10월 4일 아침, 쿠투조프는 작전명령서에 서명했다. 톨리는 예르몰로프에게 이것을 낭독해주고, 앞으로의 지휘를 맡아달라고 제안했다.

"좋습니다, 좋습니다, 나는 지금 바쁘지만" 하고 말하고 예르몰로프는 농가에서 나갔다. 톨리가 작성한 작전명령서는 아주 훌륭했다. 아우스터리츠 때의 작전명령서와 같이 독일어는 아니었지만 이렇게 쓰여 있었다.

"제1종대는 어디 어디로, 제2종대는 어디 어디로 진출한다" 등등. 그리고 이들 종대는 모두 서면상으로는 정해진 시각 정해진 자기 위치에 도착해 적을 섬멸하도록 되어 있었다. 모든 작전명령이 그렇듯 이 작전명령도 전체가 훌륭하게 고안되었지만, 모든 작전명령이 그렇듯 지정된 시각, 지정된 장소에 도착한 종대는 하나도 없었다.

작전명령서가 필요한 부수만큼 준비되자 한 장교가 호출되어 예르몰로프에게 이것을 전달하고 실행시키기 위해 파견되었다. 쿠투조프의 전령인 젊은 근위 기병 장교는 부여된 임무의 중요성에 신이 나서 예르몰로프의 숙사로 갔다.

"나가셨습니다." 예르몰로프의 종졸이 대답했다. 근위 기병 장교는 예르몰로프가 자주 들르는 장군한테 가보았다.

"안 오셨습니다, 장군도 안 계십니다."

근위 기병 장교는 말을 타고 다른 장군한테 갔다.

"안 계십니다, 나가셨습니다."

'늦어진 책임을 지게 되면 큰일인데! 제기랄!' 장교는 생각했다. 그는 온 진영을 돌아다녔다. 예르몰로프가 다른 장군들과 함께 어디론가 가는 것을 보았다는 사람도 있고, 분명 숙사에 돌아가 있을 거라고 말하는 사람도 있었다. 장교는 점심도 거르고 저녁 여섯시까지 찾아다녔다. 예르몰로프는 어디에도 없었고, 어디 갔는지 아는 사람도 없었다. 장교는 동료에게 가서 급히 간단한 식사를 하고 다시 전위 부대의 밀로라도비치한테로 말을 몰고 갔다. 밀로라도비치 역시 숙사에 없었는데, 그가 키킨* 장군의 무도회에 갔고, 예르몰로프도 거기 있을 거라는 말을 들었다.

"그곳은 어딥니까?"

"바로 저기, 예치키노입니다." 카자크 장교가 멀리 보이는 지주의 저택을 가리키며 말했다.

"어떻게 저런 데서, 전초선 밖이잖습니까!"

"2개 연대가 전초선에 파견됐습니다. 지금 저기서 술판을 벌이고 떠들어대고 있을 겁니다. 거참! 군악대가 둘, 합창대는 셋입니다."

장교는 전초선을 넘어 예치키노로 갔다. 지주의 저택에 가까워지자 멀리서도 가락을 맞춰 부르는 명랑한 병사 무도가舞蹈歌 소리가 들렸다.

"풀-밭-에-서…… 풀-밭에서!……"노랫소리가 이따금 사람들이 외치는 소리에 묻히면서, 휘파람과 토르반** 소리와 함께 들려왔다. 그 소리에 장교도 마음이 들떴지만, 자신에게 부여된 중요한 명령 전달 임무를 이토록 지연한 실책을 떠올리자 두려워졌다. 벌써 아홉시가 가까워져 있었다. 그는 말에서 내려, 러시아군과 프랑스군 사이에 있어 아직 무사한 지주의 커다란 저택 현관으로 들어갔다. 식기방과 현관방은 술과 요리를 나르는 하인들로 몹시 혼잡했다. 창문 밑에는 합창대가 서 있었다. 문안으로 안내된 장교의 눈에 뜻밖에도 군의 수뇌인 장

---

* P. A. 키킨(1772~1834). 러시아 장군. 당시 당직 장군.
** 발랄라이카와 비슷한 우크라이나의 현악기.

군들이 한꺼번에 들어왔고, 그중 눈에 띄는 유난히 커다란 몸집의 예로몰로프도 있었다. 장군들은 모두 프록코트 단추를 풀고, 상기되고 활기찬 얼굴로 반원형으로 서서 큰 소리로 웃고 있었다. 홀 가운데에 서는 키가 크지 않은 잘생긴 장군이 상기된 얼굴로 힘차고 솜씨 좋게 트레파크를 추고 있었다.

"하, 하, 하! 그래, 니콜라이 이바노비치! 하, 하, 하!……"

장교는 이런 때 중요한 명령을 가지고 들어온 자신이 이중으로 죄를 짓는 듯한 기분이 들어 잠시 기다리려 했으나 한 장군이 그를 발견하고 용건을 듣더니 예르몰로프에게 전했다. 예르몰로프는 얼굴을 찌푸리며 장교 쪽으로 와서 이야기를 듣고, 아무 말 없이 명령서를 받았다.

"자네는 그 사람이 우연히 외출했다고 생각하나?" 그날 밤 사령부 동료가 근위 기병 장교에게 예르몰로프에 대해 말했다. "그건 책략이야, 전부 일부러 한 일이라고. 코노브니친*을 골탕 먹이려고 말일세. 두고 보게, 내일 어떤 소동이 벌어질지!"

5

다음날 아침 일찍, 노쇠한 쿠투조프는 잠에서 깨자 신에게 기도하고 옷을 갈아입은 뒤, 그 자신은 찬성하지 않는 전투를 지휘해야 한다는 불쾌한 의식을 품은 채 포장마차에 올라 타루티노 후방 5베르스타

---

* 총사령관 직속 당직 장교였다.

에 위치한 레타솁카에서 공격 종대가 집결하기로 한 곳으로 출발했다. 쿠투조프는 졸다 깨다 하면서, 오른쪽에서 총성이 들리지 않는지, 전투가 시작된 것은 아닌지 귀기울였지만, 주위는 여전히 고요했다. 축축하고 흐린 가을날 아침이 밝아오고 있었다. 쿠투조프는 타루티노에 가까워졌을 때, 말들에게 물을 먹이기 위해 그가 탄 마차 앞길을 가로질러 데려가는 기병대를 발견했다. 쿠투조프는 그들을 곰곰이 응시하다가 마차를 멈춰 세우더니 어느 연대인가? 하고 물었다. 기병들은 벌써 한참 전에 전방에 잠복하고 있어야 할 종대 소속이었다. '착오가 있었나보군.' 노지휘관은 생각했다. 그러나 더 앞으로 가자, 걸어총을 한 채 죽을 먹거나 속옷 차림으로 장작을 나르고 있는 보병 연대가 보였다. 그는 장교를 불렀다. 장교는 진격 명령 같은 것은 전혀 없었다고 보고했다.

"없었을 리가⋯⋯" 쿠투조프는 말하려다 곧 입을 다물고, 수석 장교를 불러오라고 명령했다. 그는 포장마차에서 내려 고개를 떨어뜨리고 괴로운 듯 숨을 쉬며 말없이 왔다갔다하며 기다렸다. 부름을 받고 총사령부 소속 장교 예이헨*이 오자 쿠투조프의 얼굴은 열화처럼 붉어졌지만, 질책하는 것이 아니라 이 장교가 울분을 터뜨리기에 알맞은 상대였기 때문이었다. 노인은 몸을 떨고 숨을 헐떡이며 마치 땅바닥에 쓰러질 것 같은 상태로 양손을 위협적으로 휘두르고, 소리지르고, 상스러운 욕지거리를 하며 예이헨에게 달려들었다. 마침 이 자리에 있던 브로진 대위까지 아무 죄도 없이 같은 운명에 처했다.

---

* F. Y. 예이헨(1779~1847). 러시아 장교.

"이 자식은 또 뭐하는 바보야? 이 악당들을 총살해버려!" 양손을 휘두르고 비틀거리며 그는 목쉰 소리로 외쳤다. 그는 육체적인 고통을 느꼈다. 총사령관이고, 공작 각하이고, 일찍이 러시아에서 그만큼 권력을 쥐었던 자가 없었다고 생각되는 그가 이런 입장에 놓여 전군의 웃음거리가 되었던 것이다. '그토록 걱정하고 오늘을 위해 기도한 것도, 뜬눈으로 밤새 이것저것 고민한 것도 모두 헛일이었다!' 그는 자기 자신에 대한 생각에 잠겼다. '내가 풋내기 장교일 때도 이렇게 나를 우롱한 자는 없었다…… 그런데 지금은!' 그는 체형體刑이라도 받은 듯 육체적인 고통을 느꼈고, 분노와 고통에 찬 외침이라도 표출해야 했지만 이내 힘이 빠졌고, 사방을 둘러보고 자신이 좋지 않은 말을 너무 지껄였다고 느끼면서 포장마차에 올라 묵묵히 되돌아갔다.

한번 분출해버린 분노는 다시 돌아오지 않았고, 쿠투조프는 힘없이 눈을 깜빡이며 베니히센과 코노브니친과 톨리(예르몰로프는 다음날까지 나타나지 않았다)[7]의 변명과 해명, 오늘 성공하지 못한 작전 행동을 내일 실행할 거라는 주장을 듣고 있었다. 그리고 쿠투조프는 그것에 다시 한번 동의하지 않을 수 없었다.

6

다음날 군대는 저녁때부터 지정된 장소에 집결해 밤중에 전진하기 시작했다. 보랏빛 먹구름에 덮인 가을밤이었지만 비는 오지 않았다. 대지는 젖었지만 진창은 아니어서 군대는 소리도 내지 않고 전진했고,

이따금 대포의 금속성만 희미하게 들릴 뿐이었다. 크게 이야기하거나 파이프를 빨거나 부싯돌로 불을 붙이는 것이 금지되고, 말도 울지 못하게 해놓았다. 비밀 행동이 흥미를 고조시켰다. 모두 유쾌하게 나아갔다. 이미 목적지에 도착한 줄 알고 멈춰 걸어총을 하고는 차가운 땅바닥에 누운 종대도 있었고, 밤새도록 행군했지만 목적지가 아닌 다른 곳으로 가버린 종대(대부분)도 있었다.

카자크들(전군 중 가장 미약한 부대)을 거느린 오를로프-데니소프 백작*만이 지정된 장소에 지정된 시각에 도착했다. 이 지대는 스트로밀로보 마을에서 드미트롭스코예로 통하는 숲의 오솔길에서 멈췄다.

날이 새기 전 졸고 있던 오를로프 백작은 눈을 떴다. 프랑스군 진지에서 탈주병이 끌려왔던 것이다. 그는 포니아토프스키 군단의 폴란드인 하사관이었다. 이 하사관은 자기가 탈주한 것은 근무상의 일로 부당한 대우를 받았기 때문이고, 자기는 벌써 장교가 되었어야 하고 누구보다 용감하다. 그래서 그들을 버리고 벌을 주고 싶다고 폴란드어로 설명했다. 그는 뮈라가 여기서 1베르스타 떨어진 곳에서 야영하고 있으며, 100명의 호위를 붙여주면 뮈라를 생포해 오겠다고 말했다. 오를로프-데니소프 백작은 동료들과 상의했다. 이 제안은 거절하기에는 너무도 강렬한 유혹이었다. 모두들 가겠다고 나서고, 모두가 해보자고 제안했다. 많은 논쟁과 고려 끝에 그레코프 소장이 카자크 2개 연대를 데리고 이 하사관과 함께 가기로 했다.

"자, 잘 기억해둬라." 오를로프-데니소프 백작은 하사관을 놔주며

---

* V. V. O. 데니소프(1775~1843). 러시아 시종무관장.

말했다. "만약 거짓말이면 개처럼 목을 달아 죽일 것이고, 사실이면 금화 100체르보네츠*다."

하사관은 이 말에는 대답하지 않고 결연한 표정으로 말에 올랐고, 급히 채비를 한 그레코프와 함께 출발했다. 그들은 숲속으로 사라졌다. 오를로프 백작은 동이 트는 아침의 냉기에 몸을 움츠리고, 자기 책임 아래 계획된 일에 흥분한 채 그레코프를 배웅하고 숲 밖으로 나와 밝기 시작한 아침의 빛과 꺼져가는 모닥불 빛 속에서 이제 어렴풋해 보이는 적진을 둘러보기 시작했다. 오를로프-데니소프 백작 오른쪽의 펼쳐진 사면에는 아군의 종대가 보여야 했다. 오를로프 백작은 그쪽을 돌아보았지만, 멀리서도 보여야 할 종대가 보이지 않았다.[8] 오를로프-데니소프 백작이 느끼기에도, 또 눈이 밝은 부관이 하는 말을 들어봐도, 프랑스 진영에서는 움직임이 시작되고 있었다.

"아, 너무 늦는데." 오를로프 백작은 적진을 바라보며 말했다. 믿었던 사람이 눈앞에서 사라졌을 때 흔히 깨닫게 되듯, 그는 문득 그 하사관이 사기꾼이고 거짓말로 자기의 2개 연대를 어디론가 빼돌려 공격 계획을 완전히 망가뜨리려 했다는 것을 갑자기 아주 분명하고 뚜렷이 깨달았다. 대관절 그런 대군 속에서 총사령관을 생포한다는 것이 말이 되는가!

"분명 거짓말이다, 악당 놈." 백작은 말했다.

"되돌아오게 할 수 있습니다." 적진을 보았을 때 오를로프-데니소프 백작과 마찬가지로 이 계획에 의심을 품었던 막료가 말했다.

---

* 1체르보네츠는 10루블에 해당한다.

"그래? 그렇소?…… 어떻게 생각하나, 당신이라면 중지하겠나? 아니면 내버려두겠소?"

"되돌아오게 할까요?"

"되돌아오게 하시오, 되돌아오게 해!" 오를로프 백작은 시계를 보며 갑자기 단호하게 말했다. "너무 늦었다. 날이 완전히 밝았어."

부관은 그레코프를 뒤좇아 숲으로 말을 달렸다. 그레코프가 돌아왔을 때, 이 계획이 중지된 것과 여전히 보이지 않는 보병 종대를 헛되이 기다리고 있다는 것, 그리고 적이 근처에 있다는 사실에 흥분한 오를로프-데니소프 백작은(그의 부대 전원이 같은 기분이었다) 마침내 진격을 결정했다.

그는 나직한 목소리로 호령했다. "타라!" 일동은 자기 위치로 돌아가 성호를 그었다……

"신의 가호를!"

"우라아아아아아!" 함성이 숲을 울리고, 백 명의 카자크가 꼬리를 물고 마치 포대에서 흘러나오듯 창을 옆에 끼고 개울을 넘으며 즐거운 듯 적진으로 달려들었다.

처음 카자크를 발견한 프랑스병이 질겁해 절망적인 비명을 지르자, 적 진영에 있던 모두가 잠이 덜 깬 채 옷도 입지 못하고, 대포도 소총도 말도 버리고 뿔뿔이 달아났다.

만약 카자크들이 자기들 후방과 주위에 있는 것에 눈을 돌리지 않고 그대로 프랑스군을 추격했다면, 뮈라와 거기 있던 모두를 잡을 수 있었을 것이다. 대장들도 그것을 원했다. 그러나 노획물과 포로들을 확보한 카자크들을 더 움직이게 할 수는 없었다. 아무도 명령에 귀기울

이지 않았다. 삽시간에 포로 1500명과 대포 38문, 군기, 그리고 카자
크에게 가장 중요한 말과 안장과 모포와 그 밖의 온갖 물건이 노획되
었다. 이것을 전부 처리해야 했기에 포로와 포를 나눠 맡고, 노획품을
분배하고, 서로 악쓰고 주먹다툼까지 벌이느라 카자크 모두가 정신이
팔렸던 것이다.

프랑스 병사는 더이상 추격이 없자 차차 정신을 차리고 부대별로 집
결해 사격을 개시했다. 오를로프-데니소프는 여전히 종대를 기다리며
그 이상의 공격은 하지 않았다.

한편 베니히센의 통솔 아래* 톨리가 지휘하던, 공격에 늦어버린 보
병 종대는 '제1종대는 진출한다' 등등의 그 작전명령에 따라 지정된 시
각에 출발해 어딘가에 도착했는데, 흔히 있는 일이지만 그곳은 지정된
장소가 아니었고, 그러자 여느 때처럼 유쾌하게 출발했던 그들은 지
체되고, 불만의 소리가 들리고, 혼란이 의식되고, 어딘가 후방으로 움
직이기 시작했다. 부관과 장군들이 말을 달려 지나며 소리치고 화내
고 다투고, 엉뚱한 곳으로 와서 늦어버렸다고 푸념하며 누군가를 욕했
지만, 결국 모두 단념하고 어디든 좋으니 가기만 하면 된다는 마음으
로 다시 걷기 시작했다. '어디에라도 도착하겠지!' 하는 마음으로 다다
른 곳은 예상대로 엉뚱한 곳이었고, 그중 지정된 장소에 도착한 종대
도 있었지만 이미 늦어버려 아무 도움도 되지 않고 적의 사격을 받기
위해 간 것이나 다름없게 되었다. 이 전투에서 아우스터리츠에서의 바
이로터 같은 역할**을 한 톨리는 부지런히 이리저리 뛰어다녔지만, 가

---

* 당시 우익을 지휘했다.
** 종대들의 행동을 지도했다는 의미다.

는 곳마다 모든 것이 뒤죽박죽된 것만 보았다. 그러다 그는 이미 날이 완전히 밝은 뒤에야 숲속에서 바고부트의 군단과 마주쳤는데, 이 군단은 한참 전에 전방에서 오를로프-데니소프 부대와 합류했어야 했다. 실패에 실망하고 흥분한 톨리는 누구에게든 책임을 물어야 한다고 생각하고 군단장에게 달려가, 이야말로 총살감이라며 심하게 비난하기 시작했다. 전장에서 단련된 침착한 노장군 바고부트 역시 거듭되는 정지와 혼란과 모순당착에 지쳐 있었기 때문에 모두가 놀랐을 만큼 평소 그의 성격과는 완전히 다르게 격분해서 톨리에게 불쾌한 말을 마구 퍼부었다.

"나는 누구의 설교도 듣고 싶지 않고, 부하들과 함께 죽는 일이라면 누구에게도 뒤지지 않습니다." 그는 이렇게 말하고 1개 사단을 이끌고 전진했다.

프랑스군의 총탄이 빗발치는 전장에 나서자 용감한 바고부트는 잔뜩 흥분해 겨우 1개 사단으로 전투에 참가하는 것이 유리한가 불리한가는 생각지도 않은 채 무턱대고 전진해 자기 군대를 적의 포화 속으로 끌어넣었다. 위험, 포탄, 총탄이야말로 격분한 그에게 필요한 것이었다. 첫번째 탄환 한 발이 그를 쓰러뜨렸고, 잇따라 쏟아진 총탄이 많은 병사를 죽였다. 그리고 그의 사단은 아무 소득도 없이 한동안 포화 속에 있었다.

7

한편 정면에서는 또하나의 종대가 프랑스군을 공격하기로 되어 있었는데, 이 종대에는 쿠투조프가 있었다. 그는 자신의 뜻과 달리 시작된 이 전투에서는 혼란 이외에 아무것도 얻을 수 없으리라는 것을 잘 알고 있었기 때문에 자기 힘이 미치는 한 군대를 억누르고 있었다. 그는 움직이지 않았다.

쿠투조프는 공격하자는 제안에 성가신 듯 대답하며 묵묵히 작은 회색 말을 몰고 있었다.

"당신들은 말끝마다 공격을 입에 올리는데, 지금 우리가 복잡한 기동작전을 펼칠 수 없다는 걸 모르는 것 같군." 그는 진격을 간청하는 밀로라도비치에게 말했다.

"오늘 아침 뮈라를 생포하는 데 실패했고, 지정된 시각 지정된 장소에 도착하지도 못했네. 이젠 어쩔 도리가 없어!" 그는 다른 사람에게 대답했다.

카자크들의 전갈에 따르면, 전에는 아무것도 보이지 않던 프랑스군의 배후에 현재 폴란드군 2개 대대가 나타났고, 이를 보고하자 쿠투조프는 예르몰로프를 곁눈으로 보았다(두 사람은 어제부터 말을 하지 않았다).

"그것 보시오, 모두가 진격하자고 요구하고 여러 가지 계획을 내놓지만, 막상 착수하면 아무 준비도 되어 있지 않고, 예고를 받은 적은 그동안 적당한 조치를 취해버린단 말이지."

예르몰로프는 이 말을 듣고 실눈을 뜨며 가볍게 미소지었다. 그는 자기를 향한 폭풍은 지나갔고, 쿠투조프가 이쯤에서 역정을 그만두리라는 것도 알아챘다.

"내 탓을 하며 분풀이하는 거야." 예르몰로프는 옆에 서 있는 라옙스키를 무릎으로 찌르고 나직이 말했다.

잠시 뒤 예르몰로프는 쿠투조프 앞으로 나아가 정중하게 말했다.

"아직 시기를 놓친 것은 아닙니다, 공작 각하, 적은 퇴각하고 있지 않습니다. 공격하는 게 어떻습니까? 그러지 않으면 근위병은 초연 한 번 보지 못하고 끝나버릴 것입니다."

쿠투조프는 아무 말도 하지 않았지만 뮈라의 군대가 퇴각한다는 보고를 받자 진격을 명령했고, 그러나 백 보 전진할 때마다 사오십 분 정지했다.

이 전투는 오를로프-데니소프의 카자크들이 한 것이 전부였고, 나머지 군대는 헛되이 수백 명의 장병만 잃었다.

이 전투로 쿠투조프는 다이아몬드 훈장을 받았고, 베니히센도 다이아몬드 훈장과 10만 루블, 다른 사람들도 관등에 따라 풍부한 포상을 받았으며, 이후 사령부에 또다시 새로운 이동이 있었다.

"우리는 늘 이렇지, 전부 거꾸로 하거든!" 타루티노 전투 뒤 러시아 장교들과 장군들은 이렇게 말했는데, 지금도 마찬가지로 그들은 어느 바보 같은 인간이 만사를 거꾸로 해버렸지만 자기라면 그런 짓은 하지 않았을 거라고 말했다. 하지만 그렇게 말하는 사람은 자기가 말하고 있는 사건을 잘 모르거나, 의도적으로 자기 자신을 속이려는 것이다. 모든 전투―타루티노의, 보로디노의, 아우스터리츠의―는 지휘관의 예상대로 수행되지 않는다. 이것이 본질적인 조건이다.

자유로운 힘들이(생사가 걸린 전투 때만큼 인간이 자유로워지는 때는 결코 없으므로) 전쟁의 방향에 영향을 미치고, 그 방향은 절대 미리 알 수 없으며, 또 어떤 하나의 힘과 방향이 절대 합치하지도 않는다.

온갖 방향을 가진 힘이 동시에 어떤 물체에 작용한다면 이 물체의 운동 방향은 이 힘들 중 어떤 것에도 합치하지 않고 항상 중간의 가장 짧은 방향, 즉 역학에서 힘의 평행사변형의 대각선으로 표시된다.

만약 역사가, 특히 프랑스 역사가들의 기술 속에서 그들의 전쟁과 전투가 미리 정한 계획대로 수행되었다는 글을 발견한다고 해도 거기서 얻어지는 유일한 결론은 그러한 기술은 옳지 않다는 것뿐이다.

타루티노 전투는 분명 톨리가 의도한 작전명령에 따라 군을 전투에 투입한다는 목적도, 오를로프 백작이 가졌던 뮈라를 생포한다는 목적도, 베니히센이나 다른 사람들이 가졌을지도 모르는 전 군단을 일순간에 섬멸한다는 목적도, 전투에 참가해 눈부신 공을 세우길 바랐던 장교의 목적도, 이미 얻은 것보다 더 많은 전리품을 얻으려던 카자크의 목적도, 기타 등등의 목적도 달성하지 못했다. 만약 실제로 일어난 것과 당시 모든 이들의 공통된 바람이었던 것(러시아에서 프랑스인을 몰아내고 그들의 군대를 전멸시키는 것)이 목적이었다면, 타루티노 전투야말로 그 그르친 결과 때문에 오히려 전쟁의 이 시기에 꼭 필요한 일전이었다는 것이 매우 명백해진다. 이 전투의 실제 결과보다 더 목적에 부응하는 결과는 생각해내기도 어렵고, 생각하는 것 또한 불가능하다. 최대의 혼란 속에서 최소의 노력과 아주 미미한 손실을 치렀을 뿐이며, 모든 회전을 통틀어 최대의 전과, 즉 러시아군은 퇴각에서 공격으로 전환되고, 프랑스군은 약점이 폭로되어 나폴레옹군이 다만 패주를 시작하기 위해 기다리고 있었던 그 일격이 가해졌기 때문이다.

8

나폴레옹은 모스크바 강에서의 혁혁한 승리 뒤 모스크바에 입성했고, 전장은 프랑스군 수중에 있었으므로 승리에는 의심의 여지가 없었다. 러시아군은 퇴각하고 수도를 넘겨주었다. 식량과 무기, 포탄, 수많은 물자로 가득한 모스크바는 나폴레옹의 손안에 있었다. 프랑스군 병력의 절반밖에 되지 않던 러시아군은 한 달 동안 단 한 번도 공격을 시도하지 않았다. 나폴레옹의 지위는 더없이 눈부셨다. 두 배의 병력으로 러시아군의 잔군을 습격해 섬멸하고 유리한 강화 조건을 제시해 만약 거절당하면 페테르부르크에 위협 공격을 가하거나, 또 만약 그것이 실패하더라도 스몰렌스크나 빌나로 돌아가든가 모스크바에 머물면 그만이어서 당시 프랑스군이 차지했던 빛나는 지위를 유지하기 위해서는 특별한 천재성도 필요치 않았던 것으로 생각된다. 이것을 위해서는, 군대에 약탈을 허용하지 않고, 모스크바에서 충분히 조달할 수 있었던 전군의 동복을 마련하고, 반년 이상 전군에 공급할 수 있을 만큼 풍부한(프랑스의 역사가는 이렇게 말한다) 모스크바 내 식량을 확실하게 수집하는 등의 극히 간단하고 쉬운 일만으로 충분해 보였다. 그러나 역사가들이 역설하듯, 천재 중의 천재이자 군의 통솔권을 쥐고 있던 나폴레옹은 그런 일을 전혀 하지 않았다.

그는 그중 어떤 일도 하지 않았을 뿐만 아니라 오히려 눈앞에 떠오르는 모든 행동 수단 중 가장 어리석고 위험한 수단을 선택하는 데 자신의 권력을 썼다. 나폴레옹이 할 수 있었던 모든 일 중에는, 가령 모스크바에서 겨울을 나든가, 페테르부르크나 니즈니노브고로드로 가든가, 더 북쪽 또는 남쪽으로 가서 나중에 쿠투조프가 통과한 길로 퇴각하든가, 그 밖에도 여러 가지가 있었지만, 나폴레옹은 군의 약탈을 방치한 채 10월까지 모스크바에 머물다가 마지못해 수비대만 남기고 모스크바를 나와 쿠투조프에게 접근하면서* 전투도 시작하지 않고 오른쪽으로 돌려 말로야로슬라베츠까지 갔고, 그동안에도 적중 돌파를 시도하지 않고, 쿠투조프가 통과한 길이 아니라 황폐해진 스몰렌스크 가도를 따라 모자이스크로 퇴각했는데, 결과를 봐도 명백하듯, 그가 실제로 행한 것만큼 군대에 어리석고 위험한 일은 생각할 수조차 없다. 가장 노련한 전술가들에게 나폴레옹의 목적이 자기 군대의 파멸이었다고 가정하고, 러시아군이 어떤 행동을 하건 일절 상관하지 않고, 나폴레옹이 했던 것보다 더 완전하고 확실하게 프랑스군을 전멸시킬 수 있는 다른 행동이 있을지 생각해보라고 하라.

천재 나폴레옹은 그것을 했던 것이다. 그러나 나폴레옹이 자기 군대를 파멸시킨 것이 그가 원했거나 혹은 그가 몹시 어리석었기 때문이라고 말하는 것은, 나폴레옹이 자기 군대를 모스크바까지 데려온 것이 그가 바랐거나 혹은 그가 몹시 현명하고 천재적이었기 때문이라고 말하는 것과 마찬가지로 옳지 않다.

어쨌든 그의 개인적인 행동은 병사들 각각의 개인적인 행동 이상의

---

* 러시아군은 타루티노 가까이에 있었다.

힘을 가지지 못했고, 다만 현상을 낳게 한 법칙에 맞아떨어진 데 지나지 않는다.

역사가들은 나폴레옹의 힘이 모스크바에서 약화되었다고 말하지만 (결과가 나폴레옹의 행동을 정당화해주지 않으므로), 그것은 전적으로 잘못된 말이다. 그는 그 이전이나 이후의 1813년 때와 마찬가지로 자신과 자신의 군대에 최선을 다하기 위해 모든 재능과 정력을 쏟아부었다. 이 시기의 나폴레옹의 활동은 이집트, 이탈리아, 오스트리아, 프로이센에서 했던 활동에 못지않았다. 우리 중 누구도 4천 년의 역사가 그의 위대함을 바라보았다는 이집트[9]에서 나폴레옹이 발휘한 천재성이 어느 정도까지 사실인지 정확히 알지 못하며, 그것은 그런 위업이 모두 프랑스인에 의해서만 기술되기 때문이다. 오스트리아와 프로이센에서의 그의 천재성에 대해서도, 이 나라들에서 했던 그의 활동에 관한 정보는 프랑스나 독일의 자료를 빌려야 하므로 정확히 판단을 내릴 수 없으며, 싸우지도 않고 몇 개 군단을 포로로 하고, 포위도 하지 않았는데 여러 요새가 항복했다는 납득하기 어려운 사실이, 독일에서 행해진 전쟁에 관한 유일한 설명으로 독일인들에게 나폴레옹의 천재성을 인정하게 했을 것이다. 그러나 우리는 다행히도 우리 자신의 수치를 감추기 위해 그의 천재성을 인정해야 할 이유가 없다. 우리는 사실을 정직하고 똑바로 볼 권리를 얻기 위해 대가를 치렀으므로 이 권리를 양보할 수 없다.

모스크바에서의 그의 활동은 다른 여러 곳에서와 마찬가지로 놀라울 만큼 천재적이었다. 그는 모스크바 입성부터 포기 때까지 잇따라 명령을 내리고 계획을 세웠다. 주민 퇴거, 사절단 불참, 모스크바 화재에도 그는 당황하지 않았다. 그는 자기 군대의 안녕도, 적의 행동도, 러시아 민족들의 안녕도, 파리의 정무政務도, 임박한 강화 조건에 관한 외교적 고려도 간과하지 않았다.

9

군사면에서도 나폴레옹은 모스크바에 입성하자마자 곧 세바스티아니 장군에게 러시아군의 움직임을 주시하라는 엄명을 내리고, 여러 가도에 군단을 파견하고, 뮈라에게 쿠투조프를 찾아내라고 명령했다. 그러고는 크렘린 방비 강화에 대해 열심히 지시하고 러시아 전도全圖를 바탕으로 향후 전쟁을 대비해 천재적인 작전을 세웠다. 외교면에서 보면, 약탈을 당하고 누더기를 걸친 채 모스크바에서 탈출할 엄두도 내지 못하던 야코블레프* 대위를 불러 자신의 정책과 관대함을 소상히 설명하고 나서, 모스크바에서 라스톱친이 행한 조치가 좋지 않았음을 벗이자 형제인 알렉산드르 황제에게 알리는 것이 자기 의무라고 생각한다고 쓴 서한을 페테르부르크로 전달하도록 했다. 또한 투톨민**에게도 자신의 견해와 관대함을 소상히 설명하고 역시 교섭을 위해 이 노인을 페테르부르크로 파견했다.

사법면에서는, 화재 직후 방화범을 색출해 처벌하라고 명령했다. 그리고 악한 라스톱친에 대해서는, 처벌로 그의 집을 불태우라는 명령을

---

* I. A. 야코블레프(1767~1846). 모스크바의 부호. 뮈라에게 탈출을 부탁하기도 했다.
** I. A. 투톨민(1752~1816). 모스크바양육원장.

내렸다.

　행정면에서는, 모스크바에 헌법이 주어지고, 시의회가 설치되고, 다음과 같은 것이 공표되었다.

　모스크바 주민들이여!

　여러분의 불행은 비참하지만, 황제이자 국왕이신 폐하는 이 상태가 끝나길 바라신다. 폐하가 불복종과 범죄를 어떻게 처벌하시는지는 무서운 실례가 여러분에게 가르쳐줄 것이다. 혼란을 일소하고 공공의 안전을 되찾기 위해 엄격한 조치가 내려졌다. 여러분 중에서 선출된 행정 대표는 여러분의 시의회와 시당국을 조직할 것이다. 그리고 여러분과, 여러분의 요구, 이익에 부응할 것이다. 시의회 의원은 어깨에 붉은 리본을 달고, 시장은 그 위에 흰 띠를 두를 것이다. 단 그들은 근무 시간 외에는 왼팔에 붉은 완장만 두를 것이다.

　시경찰은 종전의 규정대로 설치되고, 그 활동으로 이미 개선된 질서를 유지하고 있다. 정부는 두 명의 위원장, 즉 경찰총장과 위원 20명, 시의 각 구에 배치할 경찰서장을 임명했다. 그들은 왼팔에 두른 흰 완장으로 식별할 수 있다. 각 종파의 교회 몇 곳이 문을 열었고, 아무 지장 없이 예배를 올리고 있다. 여러분의 동포들도 나날이 자기 집으로 돌아오고 있고, 그들의 불행을 보상할 원조와 보호를 받을 수 있도록 이미 지령도 내려졌다. 이것들은 질서를 회복하고 여러분의 곤경을 덜어주기 위해 정부가 취한 조치이지만, 이것을 실현하기 위해서는 당국에 협력해야 하며, 되도록 자신이 당한 불행을 잊고, 이보다 가혹하지 않을 운명을 기대하고, 여러분의 신체와 남아 있

는 재산을 침해하는 자에게는 반드시 수치스러운 죽음이 뒤따른다
는 것을 믿어야 하며, 끝으로 이와 같은 것은 모두 세계의 군주 가운
데서도 가장 위대하고 공정한 폐하의 의지이므로 여러분의 신체와
재산이 보호된다는 것을 의심하지 말아야 한다. 국적을 불문하고 병
사들과 주민들이여! 국가의 복지의 원천인 공공의 신뢰를 회복하고,
형제처럼 살고 서로 도우며 보호하고, 악한들의 기도를 전복하는 데
단결하고, 군민軍民 당국에 복종한다면 눈물은 곧 멎을 것이다.

급량면에서는, 식량 조달을 위해 순번을 정해 모스크바로 약탈하러
가라고 전군에 지령을 내렸고, 이로써 군대의 향후가 보장되도록 했다.
종교면에서는, 사제들을 되돌아오게 해 다시 교회의 근행을 시작하
도록 명령했다.
상업면에서는, 군의 식량 확보 목적을 겸해 각처에 다음과 같은 포
고를 붙이도록 했다.

포고
재난으로 시내를 떠난 선량한 모스크바 주민들, 장인들, 노동자
들, 그리고 이유 없는 공포로 아직도 들판에 흩어져 머무르고 있는
농민들에게 고한다! 수도에 평온이 되돌아오고, 질서가 회복되고 있
다. 여러분의 동포들은 자신들이 정중한 대우를 받는 것을 보고 과
감히 은신처에서 나오고 있다. 그들과 그 재산에 가해지는 모든 폭
력은 즉시 처벌된다. 황제이자 국왕이신 폐하는 여러분을 보호하고,
명령에 따르지 않는 자를 제외하면 누구도 적대시하지 않으신다. 폐

하는 여러분의 불행을 일소하고, 각자 주거지와 가족에게 돌아오기를 원하신다. 폐하의 관대한 뜻에 보답해 모든 두려움을 떨치고 우리에게 돌아오라. 주민들이여! 신뢰를 가지고 각자 집으로 돌아가라, 곧 곤궁을 떨칠 방법을 찾게 될 것이다! 수공업자들과 근면한 장인들이여! 각자의 수공업으로 돌아오라, 집과 가게와 보안병이 여러분을 기다리고 있고, 여러분은 자신들의 일에 대해 마땅한 보수를 받을 것이다! 마지막으로 농민들이여, 공포 때문에 몸을 숨긴 숲에서 나와, 반드시 보호받는다는 확신을 품고 걱정 말고 각자의 집으로 돌아가라. 농산물과 저장 곡식을 반입할 수 있도록 시내에 곡물 시장을 설치했다. 정부는 농민들의 자유 판매를 보장하기 위해 다음과 같은 조치를 취한다. 1) 금일 이후 농민, 농업 관계자와 모스크바 근교 거주자는 종류를 불문하고 어떠한 저장 곡식도 아무 위험 없이 시중의 두 곳, 즉 모호바야 거리와 오호트니 랴트의 곡물 시장으로 반입할 수 있다. 2) 이 곡식은 구매자와 판매자 쌍방이 합의한 가격으로 거래되나, 만일 판매자가 자신이 요구한 정당한 가격으로 팔 수 없을 경우 곡식을 다시 자기 마을로 자유로이 가져갈 수 있으며, 어떠한 사람도 어떠한 이유도 이를 방해할 수 없다. 3) 매주 일요일과 수요일을 큰 장날로 정하고, 매주 화요일과 토요일에는 그 짐마차들의 수송을 보호하기 위해 시내 주요 거리에 상당수의 병력을 배치한다. 4) 농민과 짐마차와 말의 귀갓길에 장애가 없도록 전항의 조치를 취한다. 5) 정상적 상거래를 부활시키기 위해 신속히 적당한 방법을 강구한다. 국적을 불문하고 도시와 농촌 주민들, 노동자들과 장인들이여! 여러분은 황제이자 국왕이신 폐하의 자애로운 뜻을 실천에 옮기고 폐하와 함께 공공의 복지를 촉진하라. 폐하에게 존경과 신뢰를 바치고, 지체 없이 우리에게 협력하라!

군의 사기와 민심을 고무하기 위해 사열과 포상이 이어졌다. 황제는 말을 타고 거리를 돌며 주민을 위로했고, 국사 다난한 시기였음에도 직접 명령을 내려 짓게 한 극장들까지 친히 방문했다.

최고 군주의 미덕인 자선에서도 나폴레옹은 강구할 수 있는 모든 것을 했다. 그는 여러 자선 시설에 내 어머니의 집이라는 간판을 걸게 해 자식으로서의 상냥한 감정을 군주의 위대한 선행에 결부시켰다. 양육원을 방문해 자기가 구한 고아들에게 자기 하얀 손에 키스하도록 하고, 투톨민과 다정하게 이야기를 나누었다. 그리고 티에르의 웅변적인 서술에 따르면, 그는 자기가 만든 러시아 위조지폐로 군대의 봉급을 지급하라고 명령했다. "나폴레옹은 자신과 프랑스 군대에 어울리는 행동으로서 이러한 조치의 적용을 확대하면서 화재를 입은 이재민들도 구조하라고 명령했다. 그러나 식량은 이국의 국민들, 그것도 아직 대부분 적의를 품고 있는 그들에게 나누어주기에는 너무도 고가였으므로 돈을 줘서 다른 곳에서 직접 식량을 구하게 하는 것이 낫겠다고 생각하고 그들에게 루블 지폐를 나눠주었다."

군 규율면에서는, 군무를 수행하지 않은 자를 엄벌하고, 약탈 행위를 중지하라는 명령을 끊임없이 내렸다.

10

하지만 이상하게도 이 모든 지시와 배려와 계획은 이런 경우에 내려
진 다른 것에 비해 결코 뒤떨어지지 않았지만, 사태의 본질에는 닿지
도 못하고, 마치 기계장치에서 떨어져나간 시계 문자반의 바늘처럼 톱
니에 맞물리지 않고 제멋대로 목적도 없이 헛도는 것 같았다.

군사면에서 티에르가 "그의 천재성도 이 이상 심오하고, 이 이상 교
묘하고, 이 이상 놀라운 것을 생각해낸 적은 일찍이 없었다"고 말하고,
또 팽* 씨와 논쟁하면서 그것이 작성된 날이 10월 4일이 아니라 15일
이라고 증명하려 했던 예의 천재적인 작전 계획도 현실에 부합되는 데
가 전혀 없었기 때문에 절대 실행되지 않았고, 실행될 리도 없었다. 크
렘린 방비 강화도, 이를 위해 모스크(나폴레옹은 성 바실리 대성당을
이렇게 불렀다)까지 부숴야 했는데도 아무 소용도 없다는 것이 판명되
었다. 크렘린 지하에 지뢰를 부설한 것도 어린애가 넘어졌을 때 괜히
마룻바닥을 두들기듯, 모스크바에서 퇴거할 때 이것을 폭파하고 싶어
한 황제의 바람을 실행했던 것일 뿐이었다. 나폴레옹을 그토록 걱정하
게 만든 러시아군 추격도 전례 없는 형상을 띠었다. 프랑스군 사령관
들은 6만의 러시아군을 번번이 놓쳐버렸고, 티에르의 말에 의하면, 오
직 뮈라의 노련함, 아마 그것도 분명 천재성으로 여겨졌겠지만, 그것 덕
분에 6만의 러시아군을 바늘이라도 찾아내듯 발견했다.

외교면에서 나폴레옹은 투톨민에게도, 외투와 짐마차를 얻는 일에

---

* A. J. 팽(1778~1847). 나폴레옹의 비서로, 모든 전역에서 그를 수행했고, 후에 나폴레
옹 전쟁사를 여러 권 집필했다.

만 부심하던 야코블레프에게도 자신의 관대함과 공정함을 증명한 일이 아무 소용도 없었다는 것을 알게 되었는데, 알렉산드르는 이들 사자를 만나주지도 않았고, 이들의 사명에 대답을 주지도 않았다.

사법면에서는, 방화 용의자들이 처형된 후에도 모스크바의 남은 반이 타버렸다.

행정면에서는, 시의회의 설치도 약탈을 저지할 수 없었고, 다만 이 시의회에 들어가 질서 유지라는 구실로 모스크바의 물자를 약탈하고, 약탈에서 자기 재산을 지켰던 일부 사람들에게 이익을 안겨주었을 뿐이었다.

종교면에서는, 이집트에서는 회교 사원 방문*만으로 수월히 할 수 있었던 일이 여기서는 아무런 성과도 내지 못했다. 모스크바에서 찾아낸 두세 명의 사제는 나폴레옹의 의지를 실행하려고 했지만, 그중 한 사람은 예배 때 프랑스병에게 뺨을 얻어맞았고, 다른 한 사람에 대해서는 한 프랑스 관리가 다음과 같이 보고했다. *"내가 찾아내 근행을 재개시키기 위해 데려왔던 사제는 교회를 청소한 뒤 문을 닫아버렸다. 그날 밤 군중이 다시 와서 문과 빗장을 부수고 책을 찢는 등 온갖 난폭한 행동을 자행했다."*

상업면에서는, 근면한 수공업자들과 농민들에 대한 포고는 아무런 반응도 불러일으키지 못했는데, 근면한 수공업자들은 어디로 갔는지 보이지 않았고, 농민들은 이 포고를 가지고 너무 먼 곳까지 갔던 위원들을 붙잡아 죽이기도 했다.

---

* 나폴레옹은 이집트인들을 회유하기 위해 마호메트교, 코란에 경의를 표하고 회교 사원에 대한 불가침을 약속했다.

극장을 이용해 민중과 군대를 즐겁게 해주려던 계획 역시 잘되지 않았다. 크렘린과 포즈냐코프의 저택*에 설치된 극장은 남녀 배우들이 약탈당하자 곧바로 폐쇄되었다.

자선사업도 역시 소기의 성과를 내지 못했다. 위조지폐와 진짜 지폐가 모스크바에 범람해 가치를 잃어버렸던 것이다. 전리품을 끌어모으던 프랑스인들은 다만 금을 원했다. 나폴레옹이 그토록 관대하게 불행한 사람들에게 나누어준 위조지폐는 가치가 없었을 뿐만 아니라, 은은 금 대비 본래 가격보다 낮게 거래되었다.

하지만 당시 최고 명령이 무력했음을 가장 분명하게 보여주는 것은 약탈을 저지하고 군기 쇄신에 쏟은 나폴레옹의 노력이었다.

군 장성들은 다음과 같이 보고했다.

"약탈 중지 명령에도 불구하고 시중에서는 아직도 계속되고 있음. 질서도 회복되지 않고, 합법적으로 장사를 하는 상인은 전무함. 다만 영내 매점만은 예사로이 영업을 하고 있지만 전부 약탈한 물건임."

"본인 관구의 일부는 여전히 제3군단 병사들의 약탈을 받고 있고, 그들은 지하실에 숨어 있는 불행한 주민들의 얼마 남지 않은 재산을 약탈하는 것만으로 만족하지 않고 사브르로 무자비하게 해치고 있으며 이상은 본인이 누차 목격한 것임."

"병사들의 약탈과 절도 외에 새로운 사항 없음. 10월 9일."

"절도와 약탈이 계속되고 있음. 관구 내에 절도단이 활개치고 있으므로 강력한 힘으로 이를 억제해야 함. 10월 11일."

---

* 16세기 유명한 상인이자 여행가인 바실리 포즈냐코프 가문의 상가.

"약탈 중지 엄명에도 크렘린으로 귀환하는 근위대의 약탈병 무리만 눈에 띄는 것에 황제는 몹시 불만스러워하심. 구舊 근위대의 전에 없었던 무질서와 약탈이 어제, 어젯밤, 오늘에 걸쳐 다시 시작되었음. 친위親衛의 임무를 띠고 충성의 모범을 보여야 할 정예 병사들이 군대를 위해 확보한 저장고와 가게를 파괴할 지경으로 명령 위반을 자행하는 모습을 보고 황제는 몹시 유감스러워하심. 다른 병사들은 초병과 위병 장교의 명령에 불복하고, 그들을 매도하고 구타할 정도로 포악해지고 있음."

"의전장관은 크게 우려하고 있음." 모스크바 총독은 썼다. "거듭되는 중지 명령에도 불구하고 병사들이 궁정 안 도처를 배회하고 황제의 창 밑까지 가는 것도 서슴지 않고 있음."

이 군대는 마치 풀어놓은 가축떼처럼 자신을 굶주림에서 구할 수도 있는 먹이까지 짓밟으며 사방으로 흩어져 모스크바에서 무익한 주둔을 하는 동안 나날이 붕괴되고 멸망해갔다.

그러나 군대는 움직이려 하지 않았다.

군대는 스몰렌스크 가도에서 수송차를 빼앗기고, 타루티노 전투로 갑자기 더없는 공포에 사로잡혔을 때에야 비로소 도주하기 시작했다. 사열하던 중 뜻밖에 타루티노 전투에 관한 보고를 받은 나폴레옹은, 티에르의 말에 의하면, 러시아군을 응징하려는 마음에 사로잡혀 전군이 원하던 진격 명령을 내렸던 것이다.

이 군대의 장병들은 모스크바에서 달아날 때 약탈한 것을 모두 가져갔다. 나폴레옹도 자기의 보물을 가지고 떠났다. 군의 행동을 지연시키는 짐들을 본 나폴레옹은(티에르의 말에 의하면) 몹시 놀랐다. 그러나 그토록 전쟁 경험이 풍부한 그는, 모스크바에 가까이 갔을 때 어느 원수의 짐마차에 대해 명령했던 것처럼 불필요한 짐은 모두 소각하라는 명령을 내리지 않았고, 오히려 병사들이 탄 포장마차와 유개마차를 보고 이것은 좋은 물건이다, 이 마차는 물자나 부상자 운반에 쓸 수 있다고 말했다.

전군의 상태는 마치 파멸을 예감하면서도 자기가 뭘 하고 있는지 모르는 상처 입은 짐승과 비슷했다. 모스크바 입성에서부터 파멸까지 나폴레옹과 그 군대가 했던 노련한 기동작전이나 그 목적을 연구하는 것은 치명상을 입은 짐승의 죽기 전 몸부림과 경련을 연구하는 것과 같다. 상처 입은 짐승은 흔히 바스락하는 소리만 들려도 사냥꾼의 총성이 울린 쪽으로 뛰어나가 앞뒤로 날뛰다가 스스로 죽음을 재촉한다. 나폴레옹도 전군이 압박을 받자 그것과 똑같은 행동을 했다. 타루티노 전투의 바스락하는 소리에 짐승은 겁을 먹고 총성이 울린 쪽으로 뛰어나가 사냥꾼에게 달려들었다가 다시 돌아와, 마침내 모든 짐승과 마찬가지로 가장 불리하고 위험한 길인데도 자기가 잘 아는 그 길로 뒤돌아 옛 발자국을 더듬으며 달아났던 것이다.

이 모든 행동의 지도자로 여겨지는 나폴레옹은(야만인이 뱃머리에 새겨진 형상이 배를 움직이는 힘이라고 생각하듯) 이 행동의 전 기간 동안, 마차 안에 매어놓은 줄을 붙잡고 자기가 마차를 움직인다고 상상하는 어린애와도 같았다.

11

10월 6일, 피예르는 아침 일찍 바라크에서 나갔다가 돌아와 문가에서 걸음을 멈추고, 맴돌며 재롱을 부리는 긴 몸통에 다리가 짧고 굽은 청회색 개와 놀았다. 이 개는 그들의 바라크에서 살았고, 밤에는 카라타예프와 같이 잤지만, 이따금 시내 쪽으로 나갔다가 돌아오곤 했다. 원래부터 주인이 없는 것 같았고, 지금도 누구의 것도 아니고, 이름도 없었다. 프랑스인들은 아조르*라고 부르고, 옛날이야기를 즐겨 하는 병사는 펨갈카라고 부르고, 카라타예프나 그 밖의 병사들은 세리** 또는 비슬리***라고 불렀다. 주인도 이름도 없고, 종도 털 색깔도 분명하지 않지만 이 청회색 개는 아랑곳없었다. 부얼부얼한 꼬리는 깃털 장식처럼 꼿꼿이 말려 서 있었다. 굽은 다리도 충분히 쓸모가 있어서, 마치 네 다리를 다 쓰는 것이 경멸스럽다는 듯 뒷다리 하나를 우아하게 쳐들고 세 다리로 능숙하고 빠르게 달렸다. 이 개에게는 모든 것이 만족을 주는 것 같았다. 때로는 기쁨에 차 깽깽거리고 뒤로 발딱 드러누워 뒹굴기도 하고, 때로는 생각에 잠긴 듯한 의미심장한 낯으로 햇볕을 쬐고 나뭇조각이나 짚을 가지고 까불며 장난을 치기도 했다.

지금 피예르의 옷차림은 전에 입고 있었던 것 가운데 유일하게 남은, 해지고 더러운 루바시카와 카라타예프의 권유로 보온을 위해 발목을 새끼로 묶은 병사 바지와 농민 카프탄, 농민 모자였다. 이 무렵 피

---

* 개를 뜻하는 프랑스어.
** 회색을 뜻하는 러시아어.
*** 늘어진 귀를 뜻하는 러시아어.

예르는 육체적으로 많이 변했다. 조상에게 물려받은 크고 건장한 풍모는 여전하지만 전처럼 비만해 보이지 않았다. 턱수염과 콧수염이 하관을 뒤덮었고, 마구 자라 헝클어지고 이가 득실거리는 머리털은 모자라도 쓴 것처럼 덥수룩했다. 눈빛은 전에 없이 침착하고, 어떤 일도 각오한 듯 생기가 넘쳤다. 전에 그의 눈에서 자주 보이던 방심한 표정은 힘차고, 즉각 행동하고 반응할 듯한 빈틈없는 표정으로 바뀌어 있었다. 발은 맨발이었다.

피예르는 이날 아침 짐마차와 기마대가 지나간 들판을 내다보기도 하고, 아득한 강 저편을 바라보기도 하고, 장난이 아니라 진짜 물려는 시늉을 하는 개를 보기도 하고, 더럽고 굵고 커다란 손가락을 까닥거리기도 하고, 만족스럽게 이리저리 다리의 자세를 바꾸며 맨발을 바라보기도 했다. 자신의 맨발을 볼 때마다 그의 얼굴에는 생생한 자기만족의 미소가 피었다. 맨발을 보면 최근 자신이 경험하고 깨달은 모든 것이 기억났고, 그는 그 기억이 유쾌했다.

요 며칠 동안 아침에는 약간 냉기가 있지만, 맑고 화창한 이른바 인도여름 날씨가 계속되고 있었다.

바깥의 해가 드는 곳은 따뜻했고, 그 따뜻함이 아직 대기에서 느껴지는 몸을 죄는 듯한 신선한 아침의 냉기와 섞여 특히나 상쾌했다.

멀거나 가까이 있는 모든 사물은 가을에만 볼 수 있는 매혹적이고 수정 같은 반짝임을 띠고 있었다. 멀리 마을과 교회와 크고 하얀 집과 함께 보로비요비 고리가 내다보였다. 잎이 떨어진 나무들도, 모래와 돌도, 집집의 지붕들도, 교회의 녹색 첨탑도, 멀리 보이는 하얀 집의 모퉁이도, 모든 것이 투명한 대기 속에서 부자연스러우리만큼 선명하고 아주 섬세한 선을 새기고 있었다. 가까이에는 프랑스인에게 점령되고 절반이 타버린 눈에 익은 지주 집의 폐허가 보이고, 담장을 따라 아직 진녹색으로 무성한 라일락 관목들도 보였다. 잔뜩 흐린 날에는 추한 모습에 눈을 돌리게 되는 그 무너지고 더러워진 집도 지금은 움직임 없는 밝고 반짝이는 빛 속에서 왠지 마음을 가라앉혀주는 아름다운 것으로 보였다.

마치 자기 집에 있는 듯이 겉옷을 풀어 입고 실내모를 쓰고 입에 짧은 파이프를 문 프랑스 하사관이 바라크 모퉁이에서 나와 친근하게 윙크하고 피예르에게 다가왔다.

"해가 참 좋습니다, 므시외 키릴?(프랑스인들은 피예르를 모두 이렇게 불렀다) 꼭 봄 같네요." 하사관은 문에 몸을 기대며, 권할 때마다 항상 피예르가 거절하는데도 파이프를 권했다.

"이런 날씨에는 행군을 해야 하는데……" 그는 말하기 시작했다.

피예르가 진격에 대해 무슨 이야기가 있는지 묻자, 그는 거의 모든 부대가 진격할 것이며, 포로에 관한 명령이 오늘 있을 거라고 말해주었다. 피예르는 자기와 한 바라크에 수용된 소콜로프라는 병사가 중태이니 이 병사를 어떻게든 해야 한다고 말했다. 하사관은 안심해도 된다, 야전병원이나 상설 병원이 있고 병자에 대해서 지시가 있을 것이다, 지휘부는 일반적으로 일어날 수 있는 모든 일을 빠짐없이 미리 고려한다고 대답했다.

"그리고 므시외 키릴, 당신이 대위에게 한마디만 하면 됩니다. 아, 그는…… 무슨 일이든 잊지 않는 사람이니까요. 순찰할 때 오면 대위에게 말해봐요. 당신 일이라면 뭐든 해줄 테니까……"

하사관이 말한 대위는 종종 피예르와 오랫동안 이야기를 나누곤 하는, 그에게 여러 면에서 호의를 베풀어주는 사람이었다.

"그는 내게 언젠가 이런 말을 했습니다. 이봐, 성 토마를 두고 맹세컨대, 그 키릴은 아주 교양 있고 프랑스어도 할 줄 아는 사람이야. 전쟁으로 불행에 빠진 러시아 귀족인데, 아무튼 훌륭한 사람이야. 이야기가 통해…… 만약 그가 뭔가 부탁하면 거절하지 말게. 뭐라도 좀 배운 사람은 교양과 품위가 있는 사람을 좋아하죠. 이건 당신 얘깁니다, 므시외 키릴. 요전 일만 해도 만약 당신이 없었다면 좋게 끝나지 못했을 겁니다."

그리고 좀더 지껄인 뒤 하사관은 가버렸다. (하사관이 말한 요전 일이란 포로와 프랑스인 사이에 일어났던 다툼인데, 피예르가 나서서 동료들을 진정시켰다.) 몇몇 포로가 피예르와 하사관의 이야기를 듣고 있다가, 피예르에게 무슨 말을 했느냐고 이내 물었다. 피예르가 하사관에게 들은 진격에 관해 이야기할 때, 누더기를 걸친 여위고 얼굴이 누런 프랑스병이 바라크 문으로 다가왔다. 그는 피예르를 보고 인사 표시로 소심하고 재빠르게 손가락을 이마에 댄 뒤 얼굴을 돌리더니 자기가 셔츠를 지어달라고 부탁한 플라토슈라는 병사가 이 바라크에 있는지 물었다.

일주일 전 장화 재료와 천을 배급받은 프랑스병들은 포로 병사들에게 이것으로 장화와 셔츠를 지어달라고 부탁했었다.

"됐습니다, 됐습니다, 형씨!" 카라타예프가 단정히 접은 셔츠를 들고 나오며 말했다.

카라타예프는 날씨가 따뜻한데다 일하기에도 편해 흙처럼 검고 구멍이 숭숭 난 셔츠와 바지를 입고 있었다. 머리털은 장인들이 하듯 보리수껍질로 동여맸는데 둥근 얼굴이 더 둥글고 사랑스럽게 보였다.

"약속은 일의 형제죠. 금요일까지라고 했으니 금요일까지 했습니다." 플라톤은 미소짓고 자기가 만든 셔츠를 펼치며 말했다.

프랑스인은 불안한 듯 주위를 둘러보다 의심을 떨친 듯 재빨리 군복을 벗고 셔츠를 입었다. 그는 군복 밑에 셔츠를 입지 않고 누렇고 여윈 맨몸에 꽃무늬가 있는 기름에 전 기다란 실크 조끼를 입고 있었다. 프랑스인은 자기를 바라보는 포로들이 비웃을까봐 걱정되는 듯 급히 셔츠에 머리를 집어넣었다. 포로들은 아무도 입을 열지 않았다.

"어때요, 꼭 맞지요." 플라톤은 셔츠를 잡아당기며 말했다. 프랑스인은 머리와 손을 끼우자 눈도 들지 않고 자기 셔츠를 훑어보고 솔기도 살폈다.

"도리 없습니다, 형씨, 여긴 재봉소가 아니라 진짜 도구가 없으니까요, 연장 없인 이도 못 죽인다는 말이 있잖습니까." 플라톤은 사람 좋은 미소를 지으며 자기 솜씨에 만족한 듯 말했다.

"좋은데, 좋은데, 고마워, 그런데 천이 남았을 텐데?" 프랑스인은 말했다.

"조금 지나면 더 잘 맞을 겁니다." 카라타예프는 여전히 자기 결과물에 만족스러워하며 말했다. "그러면 더 보기 좋고 기분도 더 좋아질 겁니다……"

"고마워, 고마워, 영감, 그런데 남은 천은?" 프랑스인은 싱글벙글하며 되풀이하고, 지폐를 꺼내 카라타예프에게 주었다. "남은 천을……"

피예르는 플라톤이 프랑스인의 말을 짐짓 못 알아들은 척한다는 걸 알아채고, 끼어들지 않고 두 사람을 바라보았다. 플라톤은 돈을 받고 감사 인사를 하더니 계속해서 자기 솜씨에 감탄했다. 프랑스인은 남은 천을 끈질기게 요구하며 피예르에게 통역을 부탁했다.

"남은 천으로 뭘 하려는 걸까?" 카라타예프가 말했다. "우리에게는 훌륭한 각반이 될 텐데. 뭐, 할 수 없지." 카라타예프는 갑자기 침울한 얼굴을 하며 호주머니에서 천조각 뭉치를 꺼내더니 프랑스병을 쳐다보지도 않고 건넸다. "어휴!" 하고 내뱉고 카라타예프는 돌아갔다. 프랑스인은 천조각을 보며 생각에 잠겼다가 묻는 듯이 피예르를 바라보았고, 피예르의 눈이 그에게 뭔가 말한 것 같았다.

"플라토슈, 이봐요, 플라토슈" 하고 프랑스인은 갑자기 얼굴을 붉히며 날카롭게 소리쳤다. "*받아둬*" 하고 그는 천조각을 주더니 휙 돌아서서 가버렸다.

"그것 봐." 카라타예프는 머리를 흔들며 말했다. "이교도란 말을 듣지만 역시 영혼은 있는 거야. 늙은이들이 땀이 밴 손은 넉넉하고 건조한 손은 인색하다고 하는 건 이런 걸 두고 하는 말이거든. 자기도 알몸이면서 이렇게 주고 갔잖아." 카라타예프는 생각에 잠긴 듯 미소짓고 천조각을 바라보며 잠시 말이 없었다. "이봐, 모두에게 근사한 각반이 생긴다" 하고 그는 바라크로 돌아갔다.

12

피예르가 포로가 된 지 사 주가 지났다. 프랑스인들은 그에게 병사용 바라크에서 장교용 바라크로 옮기라고 권했지만, 그는 첫날 들어갔던 바라크에 남아 있었다.

황폐해지고 불타버린 모스크바에서 피예르는 인간이 견딜 수 있는 거의 극단의 궁핍을 경험했지만, 그때까지 의식하지 못했던 자신의 강한 체력과 건강 덕분에, 특히 그런 궁핍이 언제 시작됐는지도 모르게 엄습했기 때문에 그는 자기 처지를 쉽게 견뎠을 뿐만 아니라 기꺼이 참을 수 있었다. 그리고 그전부터 부질없이 갈망하던 평안과 자신에 대한 만족을 얻을 수 있었던 것도 바로 이 기간이었다. 그는 지금까지의 생애에서 오랫동안 온갖 방면에서 이 평안과 자기조화, 즉 보로디노 전투 때 병사들 속에서 발견하고 그토록 감동했던 그것을 자선속에서, 프리메이슨 속에서, 사교생활의 오락과 술과 영웅적인 자기희생과 나타샤에 대한 낭만적인 사랑 속에서, 또한 사색을 통해서 찾아보았지만 온갖 탐색과 시도는 전부 그를 기만했다. 그런데 의식하지도 못한 사이 다만 죽음의 공포를 통해, 궁핍을 통해, 카라타예프에게서 깨달을 수 있었던 것을 통해 평안과 자기조화를 얻었다. 처형장에서 경험했던 무서운 순간은 그때까지 그에게 중요하게 생각되었던 불안한 생각과 감정을 그의 상상과 기억 속에서 영원히 씻어버린 것 같았다. 러시아와, 전쟁과, 정치와, 나폴레옹에 대해서도 더이상 아무 생각도 떠오르지 않았다. 그 모든 것이 자신과 관계가 없고, 자신의 사명 또한 아니기 때문에 어떤 것에 대해서도 판단을 내릴 수 없다는 것이 뚜렷해졌다. '러시아와 여름은 아무 관련이 없다.' 그는 카라타예프가 했던 말을 떠올렸고, 이 말은 이상하게도 그의 마음을 가라앉혀주었다. 나폴레옹을 죽이려던 계획과 신비적인 숫자와 계시록의 야수에 관한 계산 같은 것도 지금 그에게는 이해할 수 없는 우스꽝스러운 것으로 생각되었다. 아내에 대한 증오, 자긍심을 잃을까봐 초조해했던 것도 이제는 부질없을 뿐만 아니라 우습게 느껴졌다. 그 여자가 어디서 제멋대로 살아간들 자기와 무슨 상관이란 말인가? 포로의 이름이 베주호프 백작이란 것이 알려진들 그것이 대체 누구에게, 특히 그 자신에게 무슨 상관이란 말인가?

요즘 피예르는 안드레이 공작과 나눴던 대화를 종종 떠올리고 그의 의견에 완전히 동감하면서도 그의 생각과는 조금 다른 해석을 하게 되었다. 안드레이 공작은 행복에 대해 부정적으로 말했지만, 그 말을 할 때의 어조에는 고통과 아이러니의 뉘앙스가 있었다. 그 말을 할 때 그는 다른 생각을 표명했는데, 우리에게 부여된 적극적인 행복에의 욕구는 우리를 만족시키지 못하고 괴롭히기만 할 뿐이라는 듯이 말했다. 그러나 피예르는 별뜻 없이 안드레이 공작의 말이 옳다고 인정했었다. 고통이 없고 욕구가 충족되고 그 결과 직업, 즉 생활 형태를 자유롭게 선택할 수 있는 것이 지금의 피예르에게는 의심할 나위 없는 인간의 최고 행복이라 생각되었다. 여기에 온 뒤 피예르는 비로소 먹고 싶을 때 먹고, 마시고 싶을 때 마시고, 자고 싶을 때 자고, 추울 때 따뜻하게 있고, 말을 하고 싶거나 사람의 목소리가 듣고 싶을 때 누군가와 이야기하는 기쁨의 가치를 사무치게 느꼈다. 욕구의 총족, 즉 좋은 음식, 청결, 자유 등은 이 모든 것을 완전히 박탈당한 지금의 그에게는 완전한 행복으로 여겨졌고, 직업의 선택, 즉 생활은, 역시 그 선택이 극도로 제한된 지금의 그에게는 너무나 가벼운 일로 느껴졌기 때문에 생활의 편의와 과잉이 욕구 충족의 행복감을 소멸시키고, 직업을 선택하는 자유보다 더 커다란 자유, 즉 그의 삶에서 교육과 부와 사회적 지위가 부여해준 자유가 오히려 직업 선택을 해결할 수 없을 정도로 어렵게 만들고 직업을 가질 필요성과 가능성마저도 소멸시켰다는 것을 잊게 할 정도였다.

지금 피예르의 공상은 전부 자신이 자유의 몸이 될 때로 집중되었다. 그러나 그는 이 한 달의 포로생활 동안 경험한 다시는 찾아오지 않을 강렬하고 행복했던 감각을, 무엇보다 이 시기에 처음으로 경험한 완전한 평안과 완벽한 내적 자유를 그후 평생 환희에 차서 생각하고 이야기하곤 했다.

피예르는 첫날 아침 일찍 일어나 새벽노을이 타오를 때 바라크를 나와 먼저 노보데비치 수도원의 검고 둥근 지붕들과 십자가들을 보고, 먼지가 뿌옇게 앉은 풀잎에 내린 차가운 이슬을 보고, 보로비요비 고리의 구릉을 보고, 강 위로 굽이치다 연보랏빛이 감도는 먼 저쪽으로 스러지는 숲이 우거진 강변을 보고, 상쾌한 공기의 감촉과 모스크바 쪽에서 들판으로 날아든 갈까마귀 소리를 들었을 때, 그리고 갑자기 동쪽 하늘에서 햇살이 비치고 구름 사이에서 태양이 장엄하게 떠오르며 둥근 지붕, 십자가, 이슬, 먼 경치, 강, 모든 것이 즐거운 햇살 속에서 약동하기 시작했을 때, 일찍이 경험하지 못했던 새로운 삶의 기쁨과 강건함을 느꼈다.

그리고 그 느낌은 포로생활을 하는 내내 마음속에서 떠나지 않았을 뿐만 아니라 그가 처한 환경이 힘들어질수록 더 커졌다.

어떠한 것도 각오한 이 정신적 긴장감을 피예르 안에서 더욱 지탱해준 것은 바라크에 들어와 얼마 지나지 않아 동료들 사이에서 굳어진 그에 대한 높은 평가였다. 외국어 지식, 프랑스인들이 보이는 존경, 부탁하면 뭐든 내주는 순박한 성정(그는 일주일에 3루블씩 장교 수당을 받고 있었다), 병사들 앞에서 바라크 벽에 맨손으로 못을 눌러 박은 무서운 힘, 동료들을 대하는 온화한 태도, 꼼짝도 하지 않고 앉아서 생각에 잠길 수 있는, 그들에게는 도저히 이해되지 않는 능력을 가진 피예르는 병사들에게는 얼마간 신비롭고 우월한 존재로 생각되었다. 그가 전에 생활하던 사회에서는 그에게 해로운 것은 아니었지만 거추장스러웠던 그의 완력, 생활의 안락함에 대한 경멸, 방심과 단순함 같은 것이 이곳 사람들 사이에서는 거의 영웅에 가까운 지위를 그에게 가져다주었다. 피예르는 그런 견해에 일종의 구속감을 느끼고 있었다.

13

10월 6일부터 7일에 걸친 밤중에 진격을 위한 프랑스군의 움직임이 시작되어 취사장과 바라크가 헐리고, 마차에 짐이 실리고, 군대와 수송차가 움직이기 시작했다.

아침 일곱시에는 프랑스군 호송대가 행군 복장에 군모를 쓰고 총을 들고 배낭과 커다란 자루들을 짊어지고 바라크 앞에 서 있었는데, 활기찬 프랑스어 대화 소리가 욕설과 섞여 대열 전체로 울려퍼졌다.

바라크 안에서는 모두가 준비를 마치고 옷을 입고 새끼줄을 매고 신발을 신고 출발 명령만 기다리고 있었다. 여위고 창백하고 눈 주위가 퍼렇게 그늘이 진 아픈 병사 소콜로프 혼자만 신발도 신지 않고 옷도 갈아입지 않고 자기 자리에 앉아, 여윈 탓에 더 튀어나와 보이는 눈으로 그에게 주의를 기울이지 않는 동료들을 묻는 듯이 바라보며 일정한 간격으로 낮은 소리를 내며 신음하고 있었다. 그는 분명 고통보다—그의 병은 이질이었다—홀로 남겨지는 두려움과 슬픔 때문에 신음하는 것 같았다.

피예르는 카라타예프가 프랑스병이 신발창 수리에 쓰기 위해 가져왔던 가죽 차※상자의 남은 가죽으로 지어준 단화를 신고, 새끼줄을 허리에 매고, 병자 앞으로 다가가 웅크려 앉았다.

"괜찮아, 소콜로프, 모두 가는 건 아니니까! 여기는 야전병원도 있잖아. 어쩌면 네가 우리보다 훨씬 나을지도 몰라." 피예르는 말했다.

"오 하느님! 나는 죽는다! 오 하느님!" 병사는 더욱 큰 소리로 신음하기 시작했다.

"그래, 내가 다시 한번 부탁해보지" 하고 피예르는 일어나 바라크 문 쪽으로 걸어갔다. 피예르가 문에 다가갔을 때, 어제 피예르에게 파이프를 권했던 하사관이 두 병사를 데리고 밖에서 들어왔다. 하사관도 병사들도 행군 복장에 배낭을 메고 황동 버클이 달린 턱끈이 있는 키베르를 쓰고 있었는데 그 때문인지 익숙한 얼굴이 달라 보였다.

하사관은 상관의 명령으로 문을 폐쇄하러 온 것이었다. 출발 전에 포로 인원을 점검해야 했다.

"하사관님, 병자는 어떻게 되는 겁니까?……" 피예르는 말하기 시작했는데, 그 순간 이 하사관이 자기가 알던 사람인지, 아니면 모르는 다른 사람인지 의심스러울 만큼 다른 사람처럼 보였다. 그뿐만 아니라 피예르가 이 말을 한 순간 갑자기 양쪽에서 터지는 듯한 북소리가 들렸다. 하사관은 피예르의 말에 얼굴을 찌푸리고 의미도 없는 욕을 내뱉으며 문을 꽝 닫았다. 바라크 안은 어두컴컴해지고, 양쪽에서 북소리가 귀청을 찢을 듯이 울리며 병자의 신음을 덮어버렸다.

'바로 그것이다!…… 또 그것이다!' 하고 피예르는 생각했고, 그러자 자기도 모르게 등골에 오한이 스쳤다. 싹 바뀐 하사관의 얼굴에서도, 그의 목소리에서도, 귀청을 찢을 듯이 요란하게 울리는 북소리에서도 피예르는 신비하면서 냉담한 힘, 사람들에게 자기 의지를 거슬러 자기와 같은 인간을 죽이게 하고, 사형이 집행될 때 그가 직접 그 작용을 목격했던 힘을 보았다. 그 힘을 두려워하고 피하려고 몸부림치면서도 그 힘의 도구가 되어버린 사람들에게 부탁이나 설득을 한다는 건 헛된 일이었다. 이제 피예르는 그것을 알았다. 꾹 참고 기다려야 했다. 피예르는 더이상 병자에게 다가가지 않았고, 그쪽을 돌아보지도 않았다. 그는 말없이 얼굴을 찌푸린 채 바라크 문가에 서 있었다.

바라크 문이 열리고 포로들이 양떼처럼 밀치며 출구에서 웅성거릴 때, 피예르는 사람들 사이를 뚫고 앞으로 나아가 하사관이 피예르를 위해서라면 무슨 일이든 해줄 거라고 말했던 대위에게 다가갔다. 대위 역시 행군 복장을 하고 있었고, 그의 냉담한 얼굴에도 역시 피예르가 좀전에 하사관의 말투와 북소리에서 알아챈 '그것'이 보였다.

"빨리 가, 빨리 가." 대위는 잔뜩 얼굴을 찌푸리고, 옆에 모여 있는 포로 무리를 바라보며 말했다. 피예르는 자신의 시도가 헛되다고 생각하며 대위에게 다가갔다.

"아, 무슨 일이오?" 대위는 냉정한 눈으로 돌아보고 마치 그를 알아보지 못한 듯이 말했다. 피예르는 병자에 대해 말했다.

"걸을 수 있겠지, 젠장!" 대위는 말했다. "빨리 가, 빨리 가." 그는 피예르를 보지 않고 말을 계속했다.

"아닙니다, 그는 죽어가고 있습니다……" 피예르는 말하기 시작했다.

"닥치지 못하나?!" 대위는 얼굴을 찌푸리고 악의에 차서 소리쳤다.

두둥, 두, 두, 둥, 둥, 둥 하고 북소리가 울렸다. 피예르는 신비스러운 그 힘이 이미 완전히 이들을 사로잡아버렸으므로 이제 무슨 말을 해도 소용없다는 것을 깨달았다.

장교 포로들은 병사들과 따로 먼저 출발하라는 명령이 내려졌다. 장교 포로는 피예르를 포함해 30명이고, 병사는 300명이었다.

다른 바라크에서 끌려나온 장교 포로들은 모두 낯선 사람들이고 피예르보다 훨씬 나은 옷차림을 하고 있었는데, 그들은 의심쩍고 서먹한 눈으로 피예르의 모습과 신발을 바라보았다. 피예르와 가까운 곳에서는 분명 모든 동료 포로에게 존경을 받는 듯한 살찐 소령이 수건으로 허리를 맨 카잔풍 가운을 입고 누렇게 부은 화난 얼굴로 걸어가고 있었다. 그는 담배쌈지를 쥔 한 손을 가슴에 넣고, 다른 한 손으로는 긴 담뱃대를 지팡이처럼 짚고 있었다. 소령은 숨을 헐떡이고 크게 내쉬면서, 사람들이 급히 갈 곳도 없으면서 그를 밀어대며 서두르고 놀랄 것이 없는데도 놀란다는 듯이 불평을 하고 화를 냈다. 몸집이 작고 야윈 또 한 장교는 모두에게 말을 붙이며, 지금 자기들이 어디로 끌려가는지, 오늘 하루에 얼마나 걸을 수 있는지를 예상했다. 펠트 장화를 신고 병참부 제복을 입은 관리는 이리저리 뛰어다니며 타버린 모스크바를 둘러보고는 뭐가 탔다, 지금 보이는 저곳은 원래 모스크바 어디였다 하면서 자기가 관찰한 것을 큰 소리로 말했다. 악센트로 보아 폴란드 태생인 듯한 세번째 또 한 장교는 병참부 관리의 모스크바 구역 추정이 잘못됐다고 증명하며 그와 언쟁을 벌였다.

"뭐 때문에 말다툼인가?" 소령은 화난 듯이 말했다. "니콜라건 블라스*건 다 매한가지야. 봐, 전부 탔어, 이제 끝났다고…… 왜 밀어대나, 길이 좁지도 않은데." 그는 뒤에서 걸어오던 그를 밀지도 않은 사내에게 돌아서서 화를 냈다.

"아, 아아, 이게 무슨 일인가!" 불탄 자리를 둘러보던 포로들의 목소리가 여기저기서 들렸다. "자모스크보레치예도, 주보보도, 크렘린 안도, 좀 봐, 절반은 없어졌어…… 그래서 내가 자모스크보레치예가 전부 타버렸다고 말했던 거야, 바로 그렇잖아."

"그래, 다 타버린 걸 알았으면 그만이야, 이러쿵저러쿵 할 거 없어!" 소령은 말했다.

하모브니키(모스크바에서 타지 않은 몇 안 되는 구역의 하나)를 지나며 어느 교회 옆에 이르렀을 때, 포로 전체가 갑자기 한쪽으로 몰렸고, 공포와 혐오의 외침이 들렸다.

"악당 놈들! 이교도가 틀림없어! 죽었어, 확실히 죽었어…… 뭔가를 칠해놓은 것 같은데."

피예르도 외침을 일으킨 뭔가가 있는 교회 담장으로 다가가 기대어져 있는 것을 어렴풋이 보았다. 그는 자신보다 더 뚜렷이 본 동료들의 말을 듣고 담장 끝에 기대어진 뭔가가 얼굴에 검댕이 잔뜩 묻은 인간의 시체라는 것을 알았다……

---

* 성자들의 이름. 모스크바에 이 이름의 교회가 많았다.

"걸어, 제기랄…… 빨리 걸어…… 이 악마들아……" 호송병들의
욕지거리가 들리고, 프랑스 병사들은 새삼 격분하며 죽은 사람을 보던
포로들을 단검을 휘둘러 쫓았다.

14

포로 무리는 호송병들과 뒤에서 오는 호송대 소유의 작은 짐마차,
수송차와 함께 하모브니키의 골목을 따라 걸었는데, 식량 창고가 있는
곳까지 오자 개인 짐마차들과 빽빽하게 뒤섞인 채 이동하는 긴 포차
대열 속으로 들어가게 되었다.
　다릿목에서 일동은 앞의 마차대가 지나가기를 기다리며 서 있었다.
포로들은 다리 앞뒤에서 움직여 가는 다른 수송대들의 끝없는 대열을
볼 수 있었다. 오른쪽의 칼루가 가도가 네스쿠츠니* 옆에서 꺾어지는
곳 부근에서 군대와 수송 대열이 끝없이 이어지며 아스라이 멀어지고
있었다. 가장 먼저 출발한 보아르네** 군단의 병사들이었고, 그 뒤쪽 강
변길에도 카멘니 다리에도 네의 군대와 수송 행렬이 줄을 잇고 있었다.
　포로들이 속한 다부의 군대는 크림스키 브로트를 건너 벌써 칼루시
스카야 거리에 들어섰다. 그러나 수송 대열이 너무 길어 아직 보아르
네의 수송대가 모스크바에서 칼루시스카야 거리로 들어서기도 전에
네의 군대의 선두는 벌써 볼시예 오르딘카에서 빠져나오고 있었다.

---

* 모스크바 한 귀족 저택의 정원으로, 현재는 공원이다.
** 나폴레옹의 의붓아들.

크림스키 브로트를 통과할 때 포로들은 댓 걸음마다 멈춰 섰다 다시 나아가다 했고, 사방에서 마차들과 사람들이 더욱 밀려들었다. 다리와 칼루시스카야 거리 사이 수백 걸음의 거리를 한 시간 이상이 걸려서 지나갔고, 자모스크보레치예의 거리들이 칼루시스카야 거리와 합쳐지는 광장에 이르자, 포로들은 한덩어리가 되어 멈춰 이 교차로에서 몇 시간을 서 있었다. 바퀴 소리, 발소리, 계속되는 성난 외침 소리와 욕 소리가 마치 바다의 밀물처럼 끊임없이 사방에서 들려왔다. 피예르는 머릿속에서 북소리와 뒤섞이는 이 소리를 들으며 불탄 어느 집 벽으로 떠밀린 채 서 있었다.

장교 포로 몇 사람이 더 잘 보려고 피예르가 서 있는 옆의 타다 남은 집 벽을 기어올라갔다.

"굉장한 인파군! 정말 굉장한 인파야!…… 대포 위까지 쌓여 있어! 봐, 저 모피들……" 장교들은 말했다. "봐, 나쁜 자식들, 긁어모았군…… 저 뒤에서 오는 짐마차 위에…… 저건 이콘에서 떼어낸 게 확실해!…… 저건 분명 독일놈들일 거야. 우리 농부도 있어, 정말이야!…… 아, 지독한 놈들! 저것 봐, 잔뜩 짊어지고 간신히 걷고 있잖아! 저기, 무개마차까지 훔쳐왔어!…… 좀 보라고, 트렁크 위에 앉아 있는 꼴을. 야단났군!…… 싸움이 붙었어!……"

"그래, 상판을 갈겨줘, 상판을! 이러다간 밤까지 기다려도 소용없겠어. 보게, 좀 봐…… 저건 분명 나폴레옹이야. 봤나, 말도 훌륭한데! 왕관이 있는 모노그램이 새겨져 있어. 저건 조립식 집이야. 저 녀석은 자루를 떨어뜨린 것도 모르고 있군. 또 싸움이다…… 갓난애를 안은 여자는 봐줄 만한데. 그래, 물론이지, 너는 분명 통과시켜줄 거야……

보게, 끝이 없어. 러시아 처녀들도 있어, 맞아, 정말 처녀들! 포장마차에 편히 타고 가는데!"

일동의 호기심의 물결이 하모브니키의 교회 부근에서처럼 다시 포로들을 모두 길 쪽으로 몰려들게 했는데, 키가 큰 피예르는 다른 사람들 머리 너머로 포로들의 호기심을 끈 대상을 볼 수 있었다. 탄약차 사이에 휩쓸려 들어간 세 대의 포장마차에 화려한 색 옷을 입고 빨갛게 연지를 칠한 여자들이 날카로운 목소리로 악다구니를 쓰며 서로 꼭 끼여 앉아 있었다.

피예르는 예의 그 신비스러운 힘의 출현을 의식한 순간부터, 장난처럼 얼굴에 검댕이 잔뜩 묻은 시체도, 어디론가 서두르며 가는 여자들도, 모스크바의 불탄 자리도, 어떤 것도 이상하거나 무섭지가 않았다. 지금 피예르의 눈에 보이는 모든 것은 그 자신에게 거의 아무런 인상도 주지 않았고, 마치 그의 마음은 어려운 투쟁을 준비하고 있고, 마음을 약하게 만들 수 있는 인상을 거부하는 듯했다.

여자들의 행렬은 지나갔다. 뒤이어 다시 짐마차, 병사들, 수송차, 병사들, 장갑판들, 유개마차, 병사들, 탄약 상자들, 병사들이 줄을 잇고, 간간이 여자들도 섞여 있었다.

피예르는 한 사람씩 따로 보지 않고 그들의 움직임만 보았다.

이 모든 사람과 말들은 눈에 보이지 않는 어떤 힘에 쫓기는 것 같았다. 피예르가 관찰하던 한 시간 동안 모두가 한시라도 빨리 통과하려는 똑같은 마음으로 여러 거리에서 흘러나와 누구나 똑같이 서로 부딪치고 화를 내고 싸움을 벌였고, 하얀 이를 드러내고 얼굴을 찌푸리고 똑같은 욕을 서로 퍼부었으며, 어느 얼굴에도 오늘 아침 피예르가 북소리를 들었을 때 하사관의 얼굴에서 보고 오싹했던 것과 같은 강하고 단호한, 그러나 잔인하리만큼 차가운 표정이 떠올라 있었다.

해가 지기 전에야 겨우 호송 대장은 부대를 집결시켜 고함치고 말다툼을 하면서 수송 대열 속으로 끼어들었고, 포로들은 사방으로 둘러싸인 채 칼루가 가도로 나갔다.

휴식도 없이 꽤 빠른 속도로 행군해 해질녘에야 멈췄다. 수송대는 꼬리를 물고 밀려오고, 사람들은 야영 준비를 시작했다. 모두 화난 듯이 불만스러운 얼굴을 하고 있었다. 욕설과 증오에 찬 외침 소리, 다투는 소리가 오랫동안 사방에서 들렸다. 호송대 뒤에서 따라온 유개마차가 호송대 짐마차를 들이받아 끌채를 부러뜨렸다. 수명의 병사가 사방에서 짐마차로 달려가, 마차에 매인 말을 돌리며 머리를 두드리기도 하고 자기들끼리 다투기도 했는데, 피예르는 한 독일인이 단검을 맞아 머리에 심한 부상을 입는 것을 보았다.

쌀쌀한 가을 저녁녘 들판 한복판에서 멈춘 지금 그들은 출발할 때 모든 사람을 사로잡았던 부산함과 어디론가 서둘러 가려 했던 충동에서 깨어난 듯 모두 불쾌한 감정을 느끼고 있는 것 같았다. 그들은 행군을 멈추고서야 비로소 자신들이 아직 어디로 가는지도 모르고, 여전히 많은 고생과 곤란이 앞에 가로놓여 있다는 것을 깨달은 듯했다.

이 휴식 때 호송병들은 출발 때보다 더 포로를 심하게 대했다. 이때 처음으로 포로의 급식이 말고기로 바뀌었다.

장교에서부터 병졸에 이르기까지 모두가 포로 한 사람 한 사람에게 개인적인 적의라도 품은 듯 이전의 우호적이었던 태도가 갑자기 달라졌다.

포로 인원 점검 때, 모스크바를 출발할 때 혼잡한 틈을 노려 배가 아
픈 척했던 한 러시아 병사가 달아난 것이 발견되자 적의는 더욱 심해
졌다. 피예르는 도로에서 너무 멀리 떨어졌다는 이유로 러시아 병사를
구타하는 프랑스 병사를 보았고, 그의 친구였던 대위가 러시아 병사를
탈출하게 한 하사관을 질책하며 군법회의에 넘기겠다고 위협하는 것
도 들었다. 하사관이 그 포로는 병으로 행군할 수 없었다고 변명하자,
장교는 낙오자를 사살하라는 명령이 떨어졌다고 말했다. 피예르는 사
형 집행 때 자신을 압박했던 힘이, 포로생활 동안 알아채지 못했던 숙
명적인 힘이 지금 또다시 자기 존재를 쥐고 있다고 느꼈다. 그는 무서
웠지만, 숙명적인 힘이 짓누르려 할수록 그것에 지배되지 않는 생명력
이 마음속에서 자라고 강해지는 것을 느꼈다.

피예르는 호밀 가루와 말고기로 만든 죽을 저녁으로 먹고 잠시 동료
들과 이야기를 나누었다.

피예르와 동료들은 모스크바에서 본 것도, 프랑스인들의 난폭한 태
도도, 그들에게 내려진 사살 명령에 대해서도 아무 말 하지 않았다. 모
두들 점점 악화되는 상황에 저항이라도 하듯 유달리 활기차고 명랑했
다. 개인적인 추억이나 행군중에 본 우스꽝스러운 광경을 이야기할 뿐
현재 상황에 대한 이야기는 피했다.

해는 오래전에 졌다. 하늘 여기저기서 밝은 별들이 반짝이기 시작하
고, 떠오르는 보름달의 불처럼 빨간 놀이 하늘 한끝에 가득 퍼져 거대
한 빨간 공이 잿빛 안개 속에서 묘하게 흔들렸다. 주위는 다시 밝아졌
다. 초저녁은 이미 지났지만, 밤은 아직 시작되지 않았다. 피예르는 새
동료들 옆을 떠나 모닥불 사이를 지나 포로 병사들이 있다고 하는 도

로 반대쪽으로 갔다. 그는 그들과 이야기해보고 싶었다. 그러나 도로
에서 프랑스 초병이 그를 저지하더니 돌아가라고 명령했다.

피예르는 돌아왔지만 동료들이 있는 모닥불 쪽이 아니라 말을 풀어
놓은 짐마차들이 있는, 아무도 없는 곳으로 다가갔다. 그는 발을 모으
고 고개를 떨어뜨리고 짐마차 바퀴 옆 차가운 땅바닥에 앉아 깊은 생
각에 잠긴 채 오랫동안 꼼짝도 하지 않았다. 한 시간 이상 지났다. 피
예르를 방해하는 사람은 없었다. 별안간 그는 특유의 굵고 선량한 목
소리로 웃기 시작했고, 사방에서 사람들이 이상하다는 듯이 분명 혼자
웃고 있는 듯한 그의 모습을 바라보았다.

"하, 하, 하!" 피예르는 웃었다. 그리고 자신에게 큰 소리로 말했다.
"저 병사는 나를 통과시켜주지 않았다. 그들은 나를 붙잡아 가두고 나
를 포로로 잡고 있다. 대체 내가 누구인데? 나를? 나를?—내 불멸의 영
혼을! 하, 하, 하!…… 하, 하, 하!……" 그는 눈물이 나올 만큼 웃었다.

누군가 일어나 이 괴상하고 몸집이 큰 남자가 왜 혼자 웃고 있는지
보려고 다가왔다. 피예르는 웃음을 멈추고 일어나 호기심 강한 그에게
서 조금 떨어져 자기 주위를 둘러보았다.

모닥불 튀는 소리와 사람들의 이야기 소리로 소란스러웠던 끝없이
광대한 야영지도 차차 조용해졌고, 모닥불의 빨간 불도 꺼지며 창백해
졌다. 밝은 하늘에 보름달이 높이 떠 있었다. 보이지 않던 야영지 밖의
숲과 들이 이제는 멀리까지 펼쳐져 보였다. 그리고 그 숲과 들 저멀리,
손짓하며 부르듯이 흔들리는 밝고 끝없는 원경이 내다보였다. 피예르
는 밤하늘과, 깜빡이며 멀어져가는 별들의 심연을 바라보았다. '이것
은 모두 내 것이고, 이 모든 것이 내 안에 있고, 이 모든 것이 나다!' 피

예르는 생각했다. '그리고 그들은 이 모든 것을 붙잡아 판자를 둘러싼 바라크 속에 가둔 것이다!' 그는 미소짓고, 잠을 자기 위해 동료들 쪽으로 걸어갔다.

15

10월 초순, 나폴레옹의 군사軍使가 서한과 강화 제안을 가지고 다시 쿠투조프에게 파견되었는데, 이때 나폴레옹은 이미 쿠투조프군 전방에서 조금 떨어진 구 칼루가 가도에 있었지만 모스크바 발신이라고 속였다. 쿠투조프는 이 서한에도 로리스통이 가져왔던 첫 서한과 똑같이, 즉 강화 같은 것은 당치도 않은 일이라고 회답했다.

그 직후, 타루티노에서 왼쪽으로 전진하던 돌로호프의 파르티잔 지대에게서 포민스코예에 적군이 나타났고 그들은 브루시에*의 1개 사단으로 구성되어 있고 다른 부대에서 고립되어 있으므로 쉽게 섬멸할 수 있을 거라는 보고가 날아들었다.[10] 병사들과 장교들은 또다시 출동을 요구했다. 타루티노에서 쉽게 거둔 승리에 흥분해 있던 사령부 장군들도 쿠투조프에게 돌로호프의 제안대로 실행할 것을 촉구했다. 쿠투조프는 공격이 필요하다고 생각하지 않았다. 따라서 당연한 결과로서 절충안이 나왔고, 브루시에의 부대를 공격할 임무를 띤 소규모 지대가 파견되었다.

---

* J. B. 브루시에(1766~1814). 프랑스 장군.

이상한 우연이지만, 나중에 알고 보니 가장 어렵고 가장 중대한 이 임무를 맡은 사람은 도흐투로프였다. 몸집이 작고 겸손한 그에 대해서는 전투 계획을 세웠다거나, 연대의 선두에서 돌격했다거나, 포대에 십자훈장을 내던졌다거나 하는 등의 기록이 거의 없을 뿐만 아니라, 오히려 사람들에게 우유부단하고 통찰력 없는 인물로 취급받았지만, 아우스터리츠 회전에서부터 1813년에 이르기까지 러시아-프랑스 전쟁의 전 기간 동안, 상황이 긴박한 전장에서는 언제 어디에서나 그가 지휘관이었던 것을 발견하게 된다. 아우스터리츠에서 전군이 패주하고 섬멸되어 후위에 장군이 한 명도 없었을 때도 도흐투로프는 끝까지 아우게스트의 제방에 남아 군을 집결한 채 구할 수 있는 모든 것을 구하려 했다. 나폴레옹 전군을 상대로 도시를 지키기 위해 열병에 걸린 몸으로 2만의 군대를 이끌고 스몰렌스크로 가기도 했다. 스몰렌스크에 다다라 그는 열병의 발작 때문에 졸렸지만 몰로홉스키예 문에서 잠깐 졸 겨를도 없이 들려온 스몰렌스크 포격 소리에 깨어 꼬박 하루 동안 스몰렌스크를 지켰다. 보로디노 전투에서 바그라티온이 전사하고, 아군의 좌익이 9 대 1의 비율로 섬멸당하고, 프랑스 포병대의 전력이 집중되었을 때 그곳으로 파견된 것도 바로 이 우유부단하고 통찰력 없는 도흐투로프였는데, 쿠투조프는 다른 사람을 그곳으로 파견하려고 하다가 곧바로 자신의 틀린 판단을 바로잡았다. 그래서 몸집이 작고 조용한 도흐투로프가 파견되었고, 보로디노 전투는 러시아군 최대의 영광이 되었다. 그러나 수많은 영웅이 시와 산문으로 묘사되지만, 도흐투로프에 관해서는 거의 한 줄도 기술되어 있지 않다.

또다시 그 도흐투로프가 포민스코예로 파견되고, 거기서 다시 프랑스군과의 마지막 전투가 벌어지고 이미 프랑스군의 파멸이 분명하게 시작되었던 말로야로슬라베츠로 파견된 것이었지만, 역시 이 전투 기간도 마찬가지로 많은 천재와 영웅에 대해 기술되었지만 도흐투로프에 관해서는 거의 한마디도 언급되지 않고, 언급이 되더라도 극히 적거나 회의적으로 기술될 뿐이다. 도흐투로프에 관한 이와 같은 침묵이야말로 무엇보다도 그의 진가를 증명하는 것이다.

기계의 움직임을 이해하지 못하는 사람이 움직이는 기계 속에 우연히 끼어들어 작동을 방해하며 삐걱거리는 나뭇조각을 기계의 가장 중요한 부분이라고 생각하는 것도 무리는 아니다. 기계의 구조를 모르는 사람은 삐걱거리며 작동을 방해하고 기계를 해치는 나뭇조각이 아니라 소리도 없이 돌고 있는 작은 톱니바퀴야말로 기계의 가장 본질적인 부분의 하나라는 것을 이해하지 못한다.

10월 10일, 즉 도흐투로프가 포민스코예로 가는 길을 절반쯤 지나 맡은 임무를 정확히 실행할 준비를 갖추며 아리스토보 마을에 멈췄던 바로 그날, 프랑스 전군은 다급한 행동을 하며 분명 전투를 시작할 목적인 듯 뮈라의 진지에 도착했으나, 갑자기 아무런 이유도 없이 신新 칼루가 가도를 향해 왼쪽으로 방향을 틀더니 그때까지 브루시에 지대만 주둔하고 있던 포민스코예로 들어가기 시작했다. 이때는 도흐투로프 지휘 아래 돌로호프 이외에 피그네르와 세슬라빈의 2개 지대만 있었다.[11]

10월 11일 저녁, 세슬라빈은 포로로 잡은 프랑스 근위병을 아리스토보에 있는 지휘관에게 끌고 갔다. 포로의 말에 의하면 오늘 포민스코예에 들어온 군대는 대군대의 전위이고, 나폴레옹도 거기 있으며, 이 대군은 이미 모스크바를 떠난 지 닷새째라고 했다. 같은 날 저녁, 보롭스크에서 온 농노로 보이는 한 사내도 굉장한 대군이 도시에 들어가는 것을 보았다고 말했다. 돌로호프 지대의 카자크들도 보롭스크를 향해 가도를 행진하는 프랑스 근위대를 보았다고 말했다. 이 온갖 정보를 통해 지금까지 프랑스 1개 사단밖에 없다고 생각했던 곳에, 모스크바에서 출발해 전혀 의외의 방향인 구 칼루가 가도를 따라 온 프랑스 전군이 있다는 것이 분명해졌다. 도흐투로프는 이제 자기 임무가 무엇인지 분명히 알 수 없었기 때문에 어떤 계획도 세우려 하지 않았다. 그는 포민스코예를 공격하라는 명령을 받았다. 그러나 포민스코예에는 지금 브루시에 지대만이 아니라 프랑스의 전군이 있었다. 예르몰로프는 자신의 판단으로 행동하려 했지만, 도흐투로프는 공작 각하의 명령이 있어야 한다고 주장했다. 결국 사령부에 보고하기로 결정했다.

이를 위해 볼호비티노프라는 명석한 장교가 선발되었고, 그는 서면 보고 외에도 모든 상황을 구두로 보고해야 했다. 밤 열한시가 지나 볼호비티노프는 보고서와 구두 명령을 받자 여분의 말들과 카자크 한 명을 데리고 총사령부로 말을 달렸다.

16

어둡고 따뜻한 가을밤이었다. 벌써 나흘째 가랑비가 내리고 있었다. 볼호비티노프는 도중에 두 번 말을 갈아타고 질퍽거리는 진창길을 한 시간 반 만에 30베르스타나 달려 밤 한시가 지나 레타솁카에 도착했다. 그는 나뭇가지로 엮은 울타리에 '총사령부'라는 표지가 걸린 오두막 앞에서 말을 내려 곧바로 어두운 현관으로 들어갔다.

"당직 장군을 빨리 불러주게! 매우 중요한 용건이네!" 그는 현관의 어둠 속에서 일어나 코를 훌쩍거리는 사내에게 말했다.

"저녁부터 몹시 편찮으십니다, 벌써 사흘 밤이나 못 주무셔서요." 종졸인 듯한 사내가 두둔하는 어조로 말했다. "대위님부터 깨우게 해주십시오."

"몹시 중요한 용건이야, 도흐투로프 장군으로부터." 볼호비티노프는 손을 더듬어 열린 문으로 들어가며 말했다. 종졸은 앞장서서 들어가더니 누군가를 깨우기 시작했다.

"나리, 나리, 급사입니다."

"뭐? 뭐야? 누구한테서?" 누군가가 잠이 덜 깬 목소리로 말했다.

"도흐투로프 장군과 알렉세이 페트로비치*입니다. 나폴레옹이 포민스코예에 있습니다." 볼호비티노프는 어두워서 누군지는 몰랐지만 목소리를 들어보니 코노브니친은 아닌 것 같다고 생각하며 말했다.

잠을 깬 남자가 하품을 하고 기지개를 켰다.

"나는 장군을 깨우고 싶지 않은데요." 그는 뭔가를 더듬으며 말했다. "몸이 좀 편찮으십니다! 혹시 그냥 뜬소문 아닙니까?"

"이것이 보고서입니다." 볼호비티노프는 말했다. "바로 당직 장군에게 전달하라는 명령을 받았습니다."

"잠깐, 불을 켜겠습니다. 넌 늘 어디다, 젠장, 어디다 치워버리는 거

---

* 예르몰로프 장군의 이름과 부칭.

냐?" 기지개를 켠 남자가 종졸에게 말했다. 코노브니친의 부관 셰르비
닌이었다. "있다, 있다" 하고 그는 덧붙였다.

종졸은 부싯돌을 치고, 셰르비닌은 손으로 더듬어 촛대를 찾았다.

"아아, 야비한 놈들!" 그는 불쾌한 듯이 내뱉었다.

볼호비티노프는 불빛으로 양초를 손에 든 셰르비닌의 젊은 얼굴과
앞쪽 구석에서 자고 있는 사람을 보았다. 그가 코노브니친이었다.

처음에는 파랗다가 이내 붉은 불꽃을 일으키며 부싯깃에서 유황이
타기 시작하자 셰르비닌은 우지 초에 불을 붙이고 사자를 흘낏 보았
다. 촛대에서 초를 갉아먹던 바퀴벌레가 달아났다. 볼호비티노프는 온
몸에 진흙이 묻어 있었는데 소매로 얼굴을 닦아 얼굴까지 진흙투성이
였다.

"누구의 보고입니까?" 셰르비닌은 봉서를 받으며 말했다.

"확실한 정보입니다." 볼호비티노프는 말했다. "포로들과 카자크들
과 척후들이 이구동성으로 말했습니다."

"어쩔 수 없이 깨워야겠군." 셰르비닌은 일어나 나이트캡을 쓰고 외
투를 덮고 있는 사람에게 다가가 말했다. "표트르 페트로비치!" 그는
불렀다. 코노브니친은 꼼짝도 하지 않았다. "총사령부로 가서야 합니
다!" 그는 이 말을 하면 틀림없이 그를 일어나게 할 수 있다는 것을 알
았기 때문에 빙긋이 웃으며 말했다. 실제로 나이트캡을 쓴 머리는 곧
처들렸다. 열병의 염증 때문에 볼이 달아오른 코노브니친의 아름답고
견실한 얼굴에 잠시 동안 아직 현실과 동떨어진 꿈결인 듯한 표정이
남아 있었지만, 마침내 그는 갑자기 움찔했고, 얼굴에는 여느 때의 조
용하고 견실한 표정이 떠올랐다.

"그래, 무슨 일이지? 누가 보냈나?" 그는 당황하지는 않았지만 불빛에 눈을 깜빡이며 곧바로 물었다. 장교의 보고를 들으며 코노브니친은 봉투를 열고 읽었다. 다 읽자마자 털양말을 신은 두 발을 흙바닥에 내리고 구두를 신기 시작했다. 그리고 나이트캡을 벗고 귀밑머리를 쓰다듬고는 군모를 썼다.

"급히 왔나? 공작 각하에게 가세."

코노브니친은 급사가 가져온 정보가 몹시 중요하고 일각도 지체할 수 없는 것임을 즉시 깨달았다. 이 보고가 좋은 것인지 나쁜 것인지 그는 생각하지도 않고 자문하지도 않았다. 그런 것에는 관심이 없었다. 그는 전쟁의 온갖 상황을 두뇌나 이론이 아니라 뭔가 다른 것으로 바라보았다. 그의 마음속에는 모든 일이 잘될 거라는 무언의 깊은 확신이 있었지만, 그것을 믿어서도 안 되고, 입 밖에 낼 필요도 없으며, 다만 자기 임무만 다하면 된다고 생각했다. 그래서 그는 온 힘을 기울여 자기 할 일을 했다.

표트르 페트로비치 코노브니친은 도흐투로프와 마찬가지로 이른바 1812년의 영웅들—바르클라이, 라옙스키, 예르몰로프, 플라토프, 밀로라도비치—의 명부에 명목상으로 이름을 올렸을 뿐이고, 도흐투로프와 마찬가지로 역시 능력이나 지식이 매우 한정된 인물이라는 평판을 들었고, 도흐투로프와 마찬가지로 전투 계획을 세워본 일도 없고, 언제나 가장 곤란한 장소에 세워졌고, 당직 장군에 임명된 후로 어떤 사자使者가 와도 반드시 깨우라고 명령하고 언제나 문을 열어놓은 채 잠을 잤고, 전투 때는 언제나 포화 밑에 몸을 드러내 쿠투조프가 그런 점을 책망하고 전장으로 파견하는 것을 망설일 정도였으며, 도흐투로프와 마찬가지로 삐걱거리지도 않고 소리도 내지 않으면서 기계의 가장 본질적인 부분을 이루는 톱니바퀴 중 하나였다.

코노브니친은 농가에서 어둡고 축축한 밤 속으로 나가며 얼굴을 찌푸렸는데, 그것은 다시 심해진 두통 탓도 있었지만, 이 보고가 전해지면 사령부 소속 수뇌들 모두가, 특히 타루티노 전투 이래 쿠투조프를 적대시하는 베니히센[12]이 흥분해 제안이니 논쟁이니 명령이니 변경이니 하며 떠들어대기 시작할 거라는 생각이 문득 떠올랐기 때문이었다. 물론 그도 그렇게 될 수밖에 없다는 것을 알았지만, 그래도 이 예감은 불쾌했다.

과연 그가 톨리에게 가서 이 새로운 정보를 전하자, 톨리는 같은 숙사에 묵는 장군에게 곧 자기 생각을 말하기 시작했고, 피로에 지쳐 묵묵히 듣고 있던 코노브니친은 속히 공작 각하에게 가야 한다는 것을 그에게 상기시켰다.

17

쿠투조프는 노인들이 그렇듯 밤잠을 잘 자지 못했다. 그래서 낮에 갑자기 졸곤 했지만, 밤에는 옷도 벗지 않고 침대에 누워 대개는 자지 않고 생각에 잠겼다.

지금도 그는 통통한 한 손에 무겁고 커다란 상처투성이 머리를 괴고 침대에 누워 외눈으로 어둠 속을 응시하며 생각에 잠겨 있었다.

황제와 서신을 주고받는 사령부에서 누구보다 큰 권력을 쥔 베니히센이 쿠투조프를 피하게 된 이래, 쿠투조프는 자신과 군대가 또다시 부질없는 공격에 불려 나가는 일은 없을 거라 생각했으므로 그 점에서는 한결 안심했다. 고통스러울 만큼 그의 기억에 아로새겨진 타루티노 전투와 그 전날의 교훈이 분명 그들에게도 영향을 미쳤을 거라 그는 생각했다.

'공격을 하면 질 뿐이라는 것을 그들도 분명 깨달아야 한다. 인내와 시간, 이것들이 나의 용사들이다!' 쿠투조프는 생각했다. 사과는 파랄 때 따면 안 된다는 것을 그는 알고 있었다. 사과는 익으면 저절로 떨어지고, 파랄 때 따면 사과도 나무도 상하고, 먹어도 이만 시릴 뿐이다. 그는 노련한 사냥꾼처럼 짐승이 부상을 입었다는 것을, 러시아군 전체가 할 수 있는 최대한의 부상을 입혔다는 것을 알았지만, 치명상인지 아닌지는 아직 분명하지 않은 문제였다. 지금은 쿠투조프도 로리스통과 베르테미*의 파견과 파르티잔들의 보고로 짐승이 치명상을 입었다는 것을 대략 알고 있었다. 그러나 아직 증거가 필요했고, 기다려야 했다.

'모두들 짐승을 어떻게 죽였는지 보러 달려가고 싶어한다. 조금만 기다리면 알게 될 것이다. 그런데 연신 행동이니 공격이니 하고 있다!' 그는 생각했다. '뭐 때문인가? 모두 공을 세우고 싶어서다! 분명 싸움에는 무언가 즐거운 것이 있다. 그들은 잘 싸우는 걸 보이고 싶을 뿐이고 실정을 물으면 아무것도 모르는 어린애 같다. 그러나 지금은 그것이 문제가 아니다.

그리고 그들은 참으로 교묘한 작전을 제안한다! 그들은 두세 가지

---

* P. A. 베르테미(1778~1855). 당시 나폴레옹의 사자(使者).

우연한 경우를 생각하고는(그는 페테르부르크에서 온 종합 작전 계획을 상기했다) 모든 것을 다 생각했다고 여기는 것 같다. 그러나 우연은 한이 없는 것이다!'

보로디노에서 입힌 상처가 과연 치명적이었느냐 아니냐 하는 풀리지 않는 의문은 이미 한 달 동안 쿠투조프의 머릿속에서 떠나지 않고 있었다. 한편으로는 프랑스가 모스크바를 점령한 상태였다. 또 한편으로는 자신과 러시아군 전체가 온 힘을 다해 가했던 무서운 일격이 틀림없이 치명적이었다고 그는 자신의 온 존재로 믿고 있었다. 그러나 어쨌든 증거가 필요했고, 그는 한 달이나 그것을 기다렸지만 시간이 갈수록 점점 더 견디기 힘들었다. 그는 잠 못 드는 밤 침대에 누워 젊은 장군들이 하는, 그가 늘 꾸짖던 똑같은 일을 했다. 어쩌면 이미 확실히 성취되었는지도 모르는 나폴레옹의 파멸을 나타내는 모든 가능성을 생각해보았던 것이다. 그러나 그들과 다른 점이 있었다면, 그는 그 가정 위에 아무것도 쌓지 않았다는 것, 그리고 우연을 둘이나 셋이 아니라 무수히 생각했다는 것이다. 생각할수록 우연의 가짓수도 많아졌다. 그는 나폴레옹의 전군 혹은 일부의 온갖 행동, 페테르부르크로 진격한 것이나 그에 대한 공격 또는 우회를 생각해보았고, 나폴레옹이 그와 같은 무기로 자기와 싸울 가능성, 즉 모스크바에 남아 쿠투조프를 기다리는 경우(이것이 가장 두려운 일이었다)도 생각해보았다. 쿠투조프는 나폴레옹군이 메딘* 혹은 유흐노프** 방면으로 퇴각하는 경우도 생각해보았으나 한 가지 그가 예견하지 못했던 일이 실제로 일어났고, 그

---

* 칼루가 도의 중심 도시.
** 스몰렌스크 도의 중심 도시.

것은 모스크바를 출발한 후 처음 열하루 동안 보인 나폴레옹군의 미친 듯한 발작적인 몸부림이었는데, 이 몸부림이 당시 쿠투조프가 생각지도 못했던 프랑스군의 궤멸을 가능하게 했던 것이다. 브루시에 사단에 관한 돌로호프의 보고, 나폴레옹군의 재난에 관한 파르티잔의 보고, 모스크바를 출발할 준비를 하고 있다는 소문 등은 모두 프랑스군이 타격을 받고 퇴각 준비를 하고 있다는 예상을 뒷받침하는 것이었다. 그러나 그것은 한낱 예상에 지나지 않았고, 젊은 사람들에게는 중요하게 생각되었지만 쿠투조프에게는 그렇지가 않았다. 그는 육십 년의 경험으로 세상의 소문에 어느 정도의 무게를 두면 되는지 알았고, 사람들이 뭔가를 바랄 때 자기 희망을 확증하고자 온갖 정보를 배합하고, 희망에 모순되고 반하는 정보는 흔히 간과해버린다는 것을 알고 있었다. 그래서 쿠투조프는 뭔가를 원할수록 오히려 믿지 않으려 했다. 이 문제는 그의 온 정신을 지배하고 있었다. 그 밖의 모든 것은 생활의 습관적 이행일 뿐이었다. 참모들과의 대화, 타루티노에서 *마담 스탈**에게 편지 쓰기, 소설 읽기, 포상의 분배, 페테르부르크와의 서신 교환 등은 모두 이러한 생활의 습관적 이행이자 타성이었고, 오직 그만이 예견하고 있던 프랑스군의 파멸은 그의 마음속 유일한 희망이었다.

10월 11일 밤, 그는 팔을 괴고 누워 그것에 대해 생각하고 있었다.

옆방에서 인기척이 나고, 톨리와 코노브니친과 볼호비티노프의 발소리가 들렸다.

---

* A. G. 스탈(1766~1817). 프랑스 비평가, 소설가. 나폴레옹과 적대관계였고, 1802년에 추방당하자 러시아 페테르부르크에 머물며 러시아 황제의 환대를 받았다. 쿠투조프가 총사령관에 임명되자 누구보다 먼저 축하하고 그의 승리를 예견했다.

"어이, 거기 누군가? 들어오게, 들어오게! 새로운 소식이라도 있나?" 육군 원수가 물었다.

하인이 촛불을 켜는 동안 톨리가 정보의 내용을 전했다.

"누가 가져왔나?" 쿠투조프는 촛불이 켜졌을 때 톨리가 보고 놀란 차갑고 엄격한 낯으로 물었다.

"의심의 여지가 없는 것 같습니다, 공작 각하."

"불러오게, 그를 이리 불러오게!"

쿠투조프는 한 다리를 침대에서 늘어뜨리고, 무릎을 구부린 다른 쪽 다리에 커다란 배를 기대듯이 앉아 있었다. 그는 자기 마음을 사로잡고 있었던 것을 사자의 표정에서 읽어보려는 듯 더 잘 보기 위해 보이는 한쪽 눈을 짜그렸다.

"말해보게, 말해보게, 친구." 그는 펼쳐진 셔츠 앞자락을 여미며 노인다운 낮은 음성으로 볼호비티노프에게 말했다. "더 가까이, 더 가까이 오게. 어떤 소식을 가져왔나? 응? 나폴레옹이 모스크바에서 나왔다고? 그게 정말인가? 응?"

볼호비티노프는 명령받은 모든 것을 다시 한번 자세히 보고했다.

"더 말해보게, 더 말해보게, 애태우게 하지 말고." 쿠투조프는 볼호비티노프의 말을 가로막았다.

볼호비티노프는 다 이야기하고, 입을 다물고 지시를 기다렸다. 톨리가 무엇인가 말하려 했지만 쿠투조프가 가로막았다. 그는 말을 하려다 갑자기 얼굴을 찌푸리고 주름투성이가 되어서는 톨리에게 한 손을 내젓고 휙 돌아앉아, 성상이 많아서 검게 보이는 아름다운 구석*을 향했다.

"주여, 우리 창조주여! 당신은 우리의 기도를 들어주셨나이다……"

그는 두 손을 깍지 끼고 떨리는 목소리로 말했다. "러시아는 구원되었습니다. 주여, 고맙습니다!" 하고 그는 울기 시작했다.

18

이 소식을 받은 후부터 전쟁이 종결될 때까지 쿠투조프의 모든 활동은 자신이 가진 권력, 술책, 요청 등의 모든 수단을 동원해 부질없는 공격과 이동, 파멸해가는 적과의 충돌이 없도록 자기 군대를 억제하는 일에 집중되었다. 도흐투로프는 말로야로슬라베츠를 향해 갔고, 쿠투조프는 전군을 데리고 지연하다가 칼루가로 가는 길을 비우라고 명령했는데, 그는 칼루가 후방까지 퇴각할 가능성이 충분히 있다고 생각했던 것이다.

쿠투조프는 도처에서 퇴각했으나, 적은 그들의 퇴각을 기다리지 않고 반대 방향으로 도주했다.

나폴레옹 역사가들은 타루티노와 말로야로슬라베츠에서의 나폴레옹의 교묘한 이동을 기술하며 만일 그가 풍요로운 남부의 여러 도로 통과했다면 어떤 결과가 되었을까를 추리한다.

그러나 그가 풍요로운 남부의 여러 도로 들어가는 것을 방해하는 것이 아무것도 없었다는 사실을 차치하더라도(러시아군은 그에게 길을 열어주었기 때문이다), 역사가들은 그때 이미 나폴레옹군은 피할 수

---

* 농가의 입구 맞은편, 성상을 모시는 구석을 가리킨다.

없는 파멸의 조건을 자기 안에 가지고 있었기 때문에 무엇으로도 구제될 수 없었다는 것을 간과한 것이다. 모스크바에서 풍부한 식량을 발견하고도 그것을 유지하지 못하고 발밑에 짓밟아버린 이 군대가, 또한 스몰렌스크에 갔을 때도 식량을 제대로 분배하지 않고 약탈에 내맡겼던 이 군대가, 모스크바와 마찬가지로 불타기 시작한 것은 끝까지 다 태워버리는 불같은 성질의 러시아인들이 사는 칼루가 도에서 어떻게 퇴세를 만회할 수 있었겠는가?

나폴레옹군은 어디에서도 퇴세를 만회할 수 없었다. 보로디노 회전과 모스크바의 약탈 이래 이미 이 군대는 해체의 화학적 조건 같은 것을 자체에 내포하고 있었다.

전에는 군대를 이루었던 이 사람들(나폴레옹과 모든 군인)은 막연하지만 누구나 알고 있던 막다른 상황에서 자신만이라도 가능한 한 빨리 빠져나가길 바라며 지휘관과 함께 어디로 가는지도 모르는 채 달아났다.

그래서 말로야로슬라베츠에서 열린 회의에서 장군들이 온갖 의견을 제시하며 사뭇 협의하는 시늉을 하고 있을 때, 솔직한 무통*이 가능한 한 빨리 달아나야 한다고 모두가 생각만 하던 것을 입 밖에 냄으로써 모두의 입을 봉해버렸고, 나폴레옹까지도 모두가 의식하고 있던 이 진실에 대해 아무 말을 할 수 없었다.

그들은 퇴각해야 하는 것을 알았지만, 아직은 도망쳐야 한다는 것에

---

* R. B. 무통 뒤베르네(1770~1816). 프랑스 원수, 로보 백작. 1812년 10월 13일 군사회의에서 나폴레옹이 마지막으로 묻자 무통은 익숙한 길인 모자이스크에서 니멘으로 퇴각해야 한다고 대답했다.

대한 수치심이 있었다. 그래서 이 수치심을 눌러버릴 외부적인 충동이 필요했다. 그것은 때마침 나타났다. 프랑스인의 이른바 황제 만세였다.

회의 다음날 아침 일찍 나폴레옹은 군대를 점검하고 이제까지와 앞으로의 전장을 시찰한다는 구실 아래 원수들과 호위대를 거느리고 군 배치선 가운데로 말을 타고 지나갔다. 마침 여기저기서 전리품을 찾아 어슬렁거리던 카자크들은 바로 이 황제와 맞닥뜨렸고 그를 사로잡을 뻔했다. 이때 카자크들이 나폴레옹을 잡지 않았던 것은 프랑스군을 멸망하게 한 것과 똑같은 것, 즉 타루티노에서도 여기에서도 카자크들이 달려들었던 전리품이 그를 구했기 때문이다. 그들은 나폴레옹에게는 조금도 주의를 기울이지 않고 전리품에 달려들었고, 나폴레옹은 그 틈을 타 탈출할 수 있었다.

황제가 자기 군대 한복판에서 돈 강의 아들들에게 하마터면 붙잡힐 뻔했을 때, 잘 알고 가장 빠른 길로 달아나는 수밖에 없다는 것이 분명해졌다. 마흔 살의 남자답게 배가 튀어나온 나폴레옹은 이미 이전과 같은 민첩함과 용기를 자기 안에서 느끼지 못했기 때문에 이 암시를 이해했다. 그리고 카자크들에게 느낀 두려움도 영향을 미쳤으므로 이내 무통의 의견에 동의하고, 역사가들의 말을 빌리면, 스몰렌스크 가도로 퇴각 명령을 내렸던 것이다.

나폴레옹이 무통의 의견에 동의해 군대가 퇴각했다는 것만으로는 그가 그것을 명령했다는 증명이 되지 않지만, 모자이스크 가도로 방향을 잡았다는 데서 전군에 작용하고 있던 힘이 동시에 나폴레옹에게도 작용했다고 할 것이다.

19

인간은 행동을 할 때 언제나 그 행동의 목적을 생각해내려고 한다. 천 베르스타의 길을 가기 위해서는 천 베르스타 앞에 뭔가 좋은 것이 있다고 생각하지 않을 수 없다. 움직이는 힘을 얻기 위해서는 약속의 땅*이라는 관념이 필요하다.

프랑스군에게 약속의 땅은 진격할 때는 모스크바였고 퇴각할 때는 조국이었다. 그러나 조국은 너무 멀기 때문에 천 베르스타의 길을 가는 사람은 아무래도 최종 목적을 잊고 '오늘 나는 40베르스타를 걸으면 휴식과 숙박을 할 수 있는 곳에 도착할 것이다'라고 자신에게 말할 필요가 있는데, 처음 한 행정을 가는 동안 이 휴식지가 궁극의 목적지를 가리고, 모든 희망과 기대를 그 자체에 집중시킨다. 개개인에게 나타나는 열망은 언제나 군중 속에서 증폭된다.

구 스몰렌스크 가도를 퇴각해 가는 프랑스군에게 조국이라는 궁극의 목적지는 너무나 멀었기 때문에, 모든 희망과 기대가 군중 속에서 큰 비율로 증폭되며 향했던 가장 가까운 목적지는 스몰렌스크였다. 그러나 병사들이 스몰렌스크에 풍부한 식량과 새로운 군대가 있다고 생각했기 때문도 아니었고, 그런 이야기를 들었기 때문도 아니었으며(그 반대로 군 수녀와 나폴레옹 자신은 그곳에 식량이 부족하다는 것을 알고 있었다), 그저 그것만이 그들에게 움직이는 힘과 당면한 재난을 견딜 힘을 주었기 때문이었다. 그들은 이러한 사정을 알든 모르든 모두

---

* 하느님이 이스라엘 백성에게 주겠다고 약속한 땅.

한결같이 자기 자신을 속이면서 약속의 땅을 향해 가듯 스몰렌스크로 열심히 나아갔다.

대★가도로 나서자 프랑스군은 놀라운 에너지와 전례 없는 속도를 올리며 그 가상의 목적을 향해 질주했다. 프랑스군을 하나의 집단으로 결합시키고 그들에게 에너지를 주었던 이 공통된 열망이라는 이유 외에도 그들을 결합시킨 또하나의 이유가 있었다. 그것은 그들의 수였다. 물리학에서 인력의 법칙과 마찬가지로 그들의 거대한 집단 자체가 개개의 원자인 인간을 끌어당겼던 것이다. 그들은 하나의 국가처럼 10만의 집단을 이루어 움직였다.

그들은 모두가 한결같이, 포로가 되어 모든 공포와 불행에서 벗어날 수 있게 되기만을 바랐다. 그러나 한편으로는 스몰렌스크라는 목적지를 향한 공통된 열망이 모든 사람을 같은 방향으로 끌어당겼고, 또 한편으로는 한 군단이 한 중대의 포로가 될 수는 없었기 때문에 프랑스군은 서로 떨어진 채 조금이라도 그럴듯한 구실이 생기면 투항하려고 끊임없이 기회를 노렸지만 그런 구실은 쉽게 생기지 않았다. 그들의 수와 신속한 밀집 행동이 그 가능성을 앗아갔고, 게다가 러시아군으로서도 프랑스군의 거대한 집단이 온 에너지를 집중하고 있는 이 운동을 저지하기 어려웠을 뿐만 아니라 거의 불가능했다. 물체를 물리적으로 분해하더라도 진행되고 있는 분해 작용을 일정 한도 이상으로 촉진시킬 수는 없었던 것이다.

눈덩이를 순식간에 녹이기는 불가능하다. 일정한 시간의 한도가 있기 때문에 아무리 열을 가하더라도 그보다 빨리 녹일 수는 없다. 오히려 열을 가할수록 남은 눈은 더 단단해진다.

러시아군 지휘관들 중 쿠투조프를 제외하고는 아무도 이것을 이해하고 있지 못했다. 프랑스군이 스몰렌스크 가도를 따라 퇴각하는 것으로 정해졌을 때, 10월 11일 밤중에 코노브니친이 예상했던 일이 실제로 일어나기 시작했다. 군 수뇌들은 모두 전공을 세우기 위해 프랑스군을 분단하고, 붙잡아 포로로 하고, 전복하려는 바람으로 일제히 공격을 요구했다.

오직 쿠투조프만이 공격을 반대하는 데 온 힘을(어떤 총지휘관도 그러기에는 힘이 크지 않다) 기울였다.

그는 지금 우리가 말하고 있는 것을 그들에게 말할 수 없었다. 전투를 하고, 도로를 차단하고, 부하들을 잃고, 불행한 자들을 무자비하게 죽일 이유가 대체 어디 있는가? 모스크바에서 뱌지마까지 가는 도중이 군대의 삼분의 일이 싸우지도 않고 소멸해버렸는데 대체 왜 그래야 하는가? 그는 말할 수 없었고, 노인다운 지혜 속에서 모두가 이해할 만한 것을 추려 황금의 다리* 이야기를 해주자, 그들은 그를 비웃기도 하고, 중상하기도 하고, 몹시 격분하기도 하고, 죽은 짐승을 앞에 두고 허세를 부리기도 했다.

예르몰로프, 밀로라도비치, 플라토프 등은 뱌지마 부근에서 프랑스군에게 접근했기 때문에 프랑스군 2개 군단의 퇴로를 차단해 전복하고 싶은 욕망을 억누를 수 없었다. 그들은 자신들의 계획을 쿠투조프에게 알릴 때, 보고서 대신 봉투 속에 백지 한 장을 넣어 보냈다.[13]

쿠투조프가 아무리 군대를 제지하려고 애써도, 아군은 적의 퇴로를

---

* '달아나는 적에게는 황금의 다리를 놓아주라'는 프랑스 속담이 있다.

차단하기 위해 공격을 가했다. 전하는 말에 의하면, 보병의 수개 연대
는 군악을 연주하고 북을 치면서 돌격을 감행해 수천의 목숨을 빼앗고
자기들 목숨도 잃었다.

그러나 이 차단은, 누구도 차단하지 못했고, 전복하지도 못했다. 프
랑스군은 위험 때문에 더욱 굳게 집결해 차차 소멸하면서 여전히 스몰
렌스크를 향해 파멸의 길을 계속 나아갔다.

제3부

1

보로디노 전투와 뒤이어 일어난 모스크바 점령, 그후 새로운 전투 한 번 없이 프랑스군이 달아났다는 것은 역사상 가장 교훈적인 현상 중 하나다.

역사가들은 모두, 국가들과 국민들의 대외활동은 상호간 충돌이 생겼을 때 전쟁의 형태로 나타나고, 전과戰果의 대소에 따라 직접적으로 국가와 국민의 정치적 힘이 증감한다는 데 의견을 같이한다.

왕이나 황제가 다른 국가의 왕이나 황제와 다투게 되어 군을 모으고 적군과 싸워 3천, 5천, 혹은 1만의 인간을 죽이고, 그 결과 한 국가의 수백만 국민 전체를 정복했다는 역사상의 기록이 아무리 기이하더라도, 또 국민 전체 힘의 백분의 일에 불과한 군대의 패배가 왜 국민 전체가 정복당한 것이 되는지가 아무리 불가해하더라도, 역사의 모든 사실은(지금까지 우리에게 알려져 있는 한에서) 한 국민의 군대가 다른 국민의 군대를 공격해서 얻은 전과의 대소가 국민의 힘이 증감하는 원인, 혹은 적어도 그것의 본질적인 징표가 된다는 설을 입증한다. 군대가 승리하자마자 승리한 국민의 권리는 증대하고, 패배한 국민의 권리는 상실된다. 군대가 패하면 그 정도에 따라 국민도 곧바로 권리를 상실하고, 군대가 완패하면 국민도 완전히 정복된다.

고대부터 현재에 이르기까지(역사상으로) 그랬고, 나폴레옹의 모든 전쟁도 이 원칙을 증명하고 있다. 오스트리아 군대가 패하자, 그 정도에 따라 오스트리아는 권리를 상실하고 프랑스는 권리와 세력이 증대했다. 예나와 아우어슈테트에서 프랑스군이 승리하자, 프로이센의 독립적 존재가 사라졌다.

그런데 갑자기 1812년에 프랑스군은 모스크바 부근에서 승리를 거뒀고, 모스크바가 점령되고 뒤이어 새로운 전투가 전혀 없었는데도 그 존재가 사라진 것은 러시아가 아니라 60만 프랑스 군대이며 나폴레옹의 프랑스였다. 역사의 법칙에 사실을 끼워 맞추려고 보로디노 전장은 러시아군 수중에 남아 있었다느니, 모스크바 포기 후에도 나폴레옹 군대를 파멸시킬 전투가 여러 번 있었다고 말하는 것은 어불성설이다.

프랑스군은 보로디노에서 승리한 후, 중대한 전투는 고사하고 다소나마 주목할 만한 전투도 한 번 없었는데 그 존재가 사라지고 말았다. 이것은 무엇을 의미하는가? 이것이 만약 중국의 역사에서 끌어낸 실례라면, 우리도 이것은 역사적인 현상이 아니라고 말할 수 있을지도 모른다(이것은 자기 척도에 맞지 않는 일이 생겼을 때 역사가들이 빠져나가는 구멍이다). 또한 소규모의 군대만 참가한 일시적인 충돌이라면 우리도 이 현상을 예외로 생각할 수 있었을 것이다. 그러나 이 사건은 우리 조상의 눈앞에서 벌어졌고, 또 그들에게는 조국의 생사가 걸린 대사건이었으며, 더구나 역사상 알려진 전쟁 중에서도 최대의 전쟁이었다……

보로디노 전투에서부터 프랑스군을 몰아내기까지에 이르는 1812년의 전쟁 기간에, 전쟁의 승리는 정복의 원인이 되지 않고, 반드시 정복이 뒤따른다는 징표도 되지 못하며, 국민의 운명을 결정짓는 힘은 정복자나 군대나 전투가 아니라 다른 어떤 것에 있다는 사실이 증명되었다.

프랑스 역사가들은 모스크바 철수 전 프랑스군의 상황을 묘사하면서, 이 위대한 군대는 기병과 포병과 수송 대열을 제외하고는 전부 질서정연했지만, 우마의 먹이가 없었다고 강조한다. 그리고 이 재난에는 아무런 구제 방법이 없었다고 말하는데, 그것은 근처 농민들이 가지고 있던 건초를 태워버리고 프랑스군에 넘겨주지 않았기 때문이다.

승리로 끝난 전투가 여느 때와 같은 결과를 가져오지 않은 이유는, 프랑스군의 공격 이후 농민들이 짐마차를 끌고 도시를 약탈하러 모스크바로 왔고, 딱히 개인적으로 영웅적인 감정을 드러내지는 않았던 카르프니 블라스니 하는 농민, 그들 같은 수많은 농민들이 아무리 후한 값을 불러도 모스크바로 건초를 운반하지 않고 태워버렸기 때문이다.

펜싱의 모든 규칙에 따라 결투하려고 하는 검을 든 두 사람이 있다고 상상해보자. 승부는 꽤 오랜 시간 계속된다. 갑자기 한쪽이 자신이 상처 입은 것을 알아채고, 이것은 장난이 아니라 목숨과 결부된 일이라 깨닫고는 검을 버리고 옆에 있던 몽둥이를 집어들고 휘두르기 시작한다. 그러나 그는 자신이 목적 달성을 위해 가장 확실하고 가장 단순한 방법을 합리적으로 사용했다고 하고, 또한 기사도 전설에 고무되어 사건의 진상을 감추고자 자신은 검도의 모든 규칙에 따라 검으로 승리를 얻었다고 주장한다. 실제로 일어난 결투를 이런 식으로 기술할 때 어떤 혼란과 모호함을 일으킬지 쉽게 상상할 수 있다.

규칙대로 결투할 것을 요구한 검객은 프랑스인들이고, 칼을 내던지고 몽둥이를 집어든 상대방은 러시아인들이고, 펜싱의 규칙에 따라 모든 것을 설명하려는 것은 이 사건을 기술한 역사가들이다.

스몰렌스크 화재 이래, 종래의 어떤 전쟁의 전설에도 적용되지 않는 전쟁이 시작되었던 것이다. 도시와 마을의 소실, 전투 후 후퇴, 보로디노의 타격과 재차 퇴각, 모스크바 포기와 화재, 약탈병 체포, 수송차 강탈, 유격전―이 모든 일이 규칙을 벗어난 것이었다.

나폴레옹도 그것을 느꼈고, 검객의 올바른 자세로 모스크바에 남아 있으면서 적이 검 대신에 쳐든 몽둥이를 본 순간부터 쿠투조프와 알렉산드르 황제에 대해 전쟁의 모든 방법이 규칙에 위반된다고(마치 사람을 죽이는 데도 규칙이 있다는 듯이) 계속해서 불만을 제기했다.[14] 프랑스 쪽에서 규칙 위반에 대한 불만을 제기하고, 러시아 쪽에서도 지위가 높은 사람들은 몽둥이로 싸우는 것을 부끄럽게 생각해 모든 것을 규칙대로, 즉 *제4자세*나 *제3자세*를 취하거나, *제1자세**로 요령 있게 찌르고 싶어했지만, 국민 전쟁이라는 몽둥이는 무서운 힘으로 번쩍 쳐들려 누구의 취향에도 규칙에도 아랑곳없이 우둔하리만큼 단순하지만

---

* 모두 펜싱의 자세를 가리키는 프랑스어.

목적에 알맞게 무턱대고 올려지고 내려지며 마침내 침입군이 전멸할 때까지 마구 두들겨졌던 것이다.

1813년의 프랑스인들처럼 펜싱의 규칙에 따라 절하고 검을 손잡이 쪽으로 돌려 우아하고 공손한 태도로 관대한 승리자에게 건네지 않았던 국민에게 축복 있으라. 또한 그와 같은 시련 때 다른 국민이 규칙대로 어떤 행동을 하는지 문제삼지 않고 솔직하고 단순하게 손에 잡히는 대로 몽둥이를 집어들고 마음속 분노와 복수심이 경멸과 동정심으로 변할 때까지 마구 휘두른 국민에게 축복 있으라.

2

이른바 전쟁의 규칙 위반 가운데 가장 확실하고 유리한 것 중 하나는 뿔뿔이 분산된 사람들이 한덩어리로 뭉친 사람들에 대해 행동하는 것이다. 이런 행동은 언제나 국민적 성격을 띤 전쟁에 나타난다. 즉 집단끼리의 대립이 아니라 뿔뿔이 분산한 사람들이 개별적으로 공격하고, 대규모 군대의 공격을 받으면 즉시 달아나고, 기회를 노려 다시 공격하는 것이다. 스페인의 게릴라들이 이 방법을 썼고*, 캅카스의 산민山民들도**, 1812년 러시아인들도 이 방법을 썼다.

이런 종류의 전쟁을 유격전이라 부르며, 이렇게 부름으로써 그 뜻을 명백히 했다고 생각된다. 그러나 이런 종류의 전쟁은 어떠한 규칙에도

---

* 1808~1814년 나폴레옹군에 대항했다.
** 톨스토이는 1851~1853년 캅카스 산민 토벌에 참가해 처음 군대 경험을 했다.

부합되지 않을뿐더러 완전무결하다고 알려진 유명한 전술상의 규칙에도 정면으로 대립한다. 왜냐하면 이 규칙에 의하면 공격군은 전투의 순간 적보다 우세하기 위해 자기 군대를 집중시켜야 한다고 말하기 때문이다.

그러므로 유격전은(역사가 말하듯, 언제나 성공했다) 이 규칙에 정면으로 대립한다.

이 모순은 군사학이 군대의 힘을 그들의 수와 같다고 여기는 데서 생기는 것이다. 군사학은 군사 수가 많을수록 힘도 크다고 말한다. 대군은 언제나 옳다.

이렇게 주장하는 군사학은 힘을 질량과의 관계로만 고찰해, 질량이 같은가 같지 않은가에 따라 힘이 대등하다 또는 대등하지 않다고 말하는 역학力學과 흡사하다.

힘(운동량)은 질량에 속도를 곱한 것이다.

군사軍事에 대해 말하자면, 군대의 힘은 그 질량에 뭔가를, 미지의 x를 곱한 것이다.

군사학에서는 군대의 질량이 힘과 일치하지도 않고, 소부대가 대부대를 이긴 역사 기록상 무수한 사례를 보고 막연하지만 미지의 승수乘數가 존재한다는 것을 인정하고, 기하학적 대형이나 무기에서, 혹은—가장 일반적으로는—지휘관의 천재성에서 그것을 발견하려 한다. 그러나 승수에 어떤 것을 대입해봐도 역사적 사실에 일치하는 결과는 얻어지지 않는다.

그러나 한편으로 이 미지의 x를 발견하기 위해서는 전쟁중 최고권의 명령이 미치는 효력에 대한, 영웅들에게 맞춰진 잘못된 고정관념을 버려야만 한다.

x는 군의 사기, 즉 군을 구성하는 각자의 싸우려는 의지, 자신을 위험 앞에 내놓으려는 열망이며, 그들의 지휘관이 천재이건 아니건, 전선이 이중이건 삼중이건, 무기가 몽둥이건 일 분에 삼십 발 발사되는 총이건 아무런 관계가 없다. 싸우려는 열망이 클수록 언제나 가장 유리한 조건에 있는 것이다.

군의 사기는 승수이고, 이것을 질량에 곱해 비로소 힘이라는 값을 얻을 수 있다. 군의 사기라는 이 미지의 승수의 뜻을 규정하고 이것을 표현하는 것이 바로 군사학의 과제다.

이 과제는 우리가 지휘관의 지시나 무기 등과 같이 힘이 나타나는 조건을 미지의 x 값으로 착각해 임의대로 대입하지 말고, 이 미지의 것을 전체로서, 즉 싸우려는 의지와 자신을 위험 앞에 내놓으려는 열망의 크고 작음으로 인식할 때 비로소 가능해진다. 그래야 비로소 이미 알려진 역사적 사실을 방정식으로 표현하고 이 미지수의 상대적 수치를 비교함으로써 미지수 그 자체를 정의할 수 있게 된다.

열 명 혹은 열 개의 대대나 사단이 열다섯 명 혹은 열다섯 개의 대대나 사단과 싸워서 이겼다고 하자. 그들을 한 명도 남기지 않고 죽이거나 포로로 붙잡고 자기 쪽은 네 명을 잃었다고 하자. 한쪽에서 네 명 잃을 때 다른 쪽에서는 열다섯 명을 잃었다면 넷은 열다섯과 맞먹는 셈이므로 $4x = 15y$이고, 따라서 $x : y = 15 : 4$다. 이 방정식으로는 미지수의 의의는 알 수 없지만, 두 미지수의 관계는 가르쳐준다. 그리고 여러 방법으로 취해진 역사상의 단위(전투, 회전, 전쟁 기간)를 이와 같은 방정식에 적용하면 일련의 수가 얻어지며, 이 수 가운데 법칙이 존재해야 하고 발견되어야 한다.

공격할 때는 집단적으로 행동하고 퇴각할 때는 분산해서 행동하라는 전술상의 규칙은 군대의 힘이 사기에 의해 결정된다는 진리를 다만 무의식적으로 증명할 뿐이다. 사람들을 포탄 속으로 이끌기 위해서는 공격군을 격퇴할 때 이상의 규율이 필요하며, 규율은 집단행동을 통해 비로소 얻어진다. 그러나 군의 사기를 간과하거나 빠뜨린 규율은 언제나 그 부정확함을 폭로하고, 특히 군의 사기가 현저히 앙양되거나 침체될 경우, 이를테면 온갖 국민 전쟁에서는 현실과 놀라우리만치 모순된다.

1812년에 퇴각하던 프랑스군은 전술상 각기 분산해서 방어해야 한다는 규칙을 무시하고 뭉쳐 다녔는데, 군의 사기가 떨어져 집단이 아니면 그들을 하나로 지탱할 수 없었기 때문이다. 그와 반대로 러시아군은 전술상 집단적으로 공격해야 한다는 규칙을 무시하고 분산 행동을 했다. 이는 각자가 명령도 기다리지 않고 프랑스군을 공격할 만큼 군의 사기가 높았고, 곤경과 위험에 뛰어들도록 강제할 필요가 없었기 때문이다.

3

이른바 유격전은 적이 스몰렌스크에 진입했을 때부터 시작되었다.

우리 정부가 유격전을 공식적으로 채택하기도* 전에 벌써 수천의 적병—낙오된 약탈병들, 징발대—이 카자크들과 농민들에게 섬멸되었는데, 마치 개떼가 길 잃은 미친개를 본능적으로 물어뜯는 것처럼 적들을 해치웠다. 데니스 다비도프는 러시아인 특유의 본능으로, 전술상의 규칙 따위는 무시하고 프랑스군을 섬멸한 그 무시무시한 몽둥이의 진가를 누구보다 먼저 깨달았고,[15) 이 전법을 합법화하는 데 첫걸음을 디딘 명예도 그의 것이었다.

8월 24일에 다비도프의 제1유격대가 편성되고, 뒤따라 다른 부대들도 편성됐다. 그리고 전국의 진전에 따라 이런 부대의 숫자는 점점 늘어났다.

유격대는 대군을 각개격파했다. 그들은 프랑스군이라는 시들어버린 나무에서 저절로 떨어지는 낙엽을 주웠고 때로는 나무를 흔들기도 했다. 프랑스군이 스몰렌스크를 향해 퇴각하던 10월에는 규모와 성격이 다른 이런 유의 유격대가 수백 개에 이르렀다. 그중에는 군대 방식 그대로 보병과 포병과 사령부 및 생활 설비까지 갖춘 부대도 있었고, 카자크 기병대로만 이루어진 부대도 있었고, 보병과 기병의 작은 혼성부대도 있었고, 아무도 모르는 농민과 지주의 부대도 있었다. 대장으로 한 달간 수백 명을 포로로 사로잡은 교회 집사도 있었고, 프랑스인 수백 명을 죽였다는 바실리사**라는 촌장의 아내도 있었다.

10월 하순은 유격전이 가장 치열한 시기였다. 이 전투의 초기, 즉 유격대가 자기들의 대담함에 놀라며 프랑스군에게 잡히거나 포위될까봐 늘 두려운 마음으로 안장도 풀지 않고 거의 말에서 내리지도 않고 매 순간 추격을 기다리며 숲속에 잠복했던 시기는 지나갔다. 이제 이 전

---

* 1812년 7월 6일 알렉산드르 1세는 농민들에게 무기 소지를 허락하는 칙령을 내렸다.
** 스몰렌스크 도 시춉카 출신의 바실리사 코지나.

투는 결정적인 것이 되어서 프랑스군에게 해야 할 것과 해서는 안 될 것이 누구에게나 명확해졌다. 그때까지도 이런 일들이 불가능하다고 생각한 것은 사령부와 함께 규칙대로 프랑스군으로부터 멀찍이 떨어진 곳을 진격하던 부대의 지휘관들 정도였다. 훨씬 이전부터 활동을 시작하고 프랑스군을 가까이에서 관찰해온 파르티잔 소부대는 대부대의 지휘관들이 감히 생각지도 않던 것들을 가능하다고 생각했다. 프랑스군 속으로 잠입한 카자크들과 농민들은 이미 이제는 어떤 일이라도 할 수 있다고 믿었다.

10월 22일, 파르티잔의 한 사람이던 데니소프는 부대를 거느리고 활동에 열중하고 있었다. 그는 부하들을 이끌고 아침부터 이리저리 뛰어다녔다. 그들은 대가도와 이어진 숲을 따라 기병용 물자와 러시아 포로들을 수송하는 프랑스군 대수송대를 하루종일 추적했는데, 척후와 포로들의 말에 의하면 이 수송대는 다른 군대들에게서 떨어져 강력한 원호를 받으며 스몰렌스크를 향해 가는 중이었다. 이 수송대에 대해서는 데니소프나 그와 가까운 곳에서 전진중이던 돌로호프(그 역시 소부대를 거느린 파르티잔이었다)뿐만 아니라 사령부가 있는 대부대의 지휘관들도 알았고, 모두 알 뿐만 아니라 데니소프의 말을 빌리면 그들을 해치우려 이를 갈고 있었다. 이들 대부대의 지휘관들 중 두 사람—하나는 폴란드인, 또하나는 독일인이었다—이 거의 동시에 데니소프에게 제각기 사람을 보내, 수송대를 공격하기 위해 자기 부대와 합류할 것을 제의했다.

"안 되겠는데, 형제, 나도 수염 난 어른이니까." 데니소프는 서류를 읽은 후 이렇게 말하고, 곧 독일인 장군에게 용감하고 명성 높은 장군의 지휘 아래 들어가길 진심으로 원하지만 이미 자신은 폴란드인 장군의 지휘를 받게 되어 이 행복을 단념할 수밖에 없다고 회답했다. 그리고 폴란드인 장군에게는 독일인 장군의 지휘를 받게 되었다고 같은 회답을 보냈다.

이렇게 처리하고, 그는 최고 지휘관에게 알리지도 않고 돌로호프와 함께 소수 병력으로 수송대를 습격해 노획할 생각을 하고 있었다. 수송대는 10월 22일에 미쿨리노 마을을 떠나 샴셰보 마을로 나아갔다. 미쿨리노에서 샴셰보로 통하는 길 왼쪽으로 커다란 숲이 이어지는데, 숲은 도로에 인접하기도 하고 1베르스타 이상 떨어져 있기도 했다. 데니소프는 이동중인 프랑스군을 놓치지 않으려고 숲 깊숙이 들어가기도 하고 도로 쪽으로 나오기도 하면서 부대를 이끌고 온종일 말을 몰았다. 오전에 미쿨리노에서 그리 멀지 않은, 숲과 도로가 인접한 곳에서 데니소프 부대의 카자크들이 기병용 안장이 실린 두 대의 수송차가 진창에 빠지자, 노획해 숲속으로 끌어들였다. 그러고는 밤까지 공격하지 않고 프랑스군의 동정을 살폈다. 프랑스군을 놀라게 하지 않고 무사히 샴셰보까지 도착하게 한 뒤, 저녁때 숲속의 초소(샴셰보에서 1베르스타 떨어진)로 오기로 약속한 돌로호프와 합류해 새벽에 눈이 머리 위로 쏟아지듯 양방향에서 단번에 때려부수고 전원을 사로잡겠다고 생각했기 때문이다.

미쿨리노에서 약 2베르스타 후방, 도로에 인접한 숲 근처에 프랑스군의 새 종대가 나타나면 곧바로 보고하도록 카자크 여섯 명을 남겨두었다.

샴셰보 마을 앞에 있었던 돌로호프도 다른 프랑스군이 어느 정도 거리까지 와 있는지 도로를 살펴 알아내야 했다. 수송대는 1500명으로 예상되었다. 한편 데니소프의 부하는 200명, 돌로호프의 부하도 그 정도였다. 그러나 적의 우세한 병력도 데니소프를 단념시키지는 못했다. 다만 하나 알아두어야 할 것은 그 병력이 어떻게 구성되어 있는가였다. 이 목적을 위해 데니소프는 반드시 혀(즉 적의 종대 중 한 명)를 붙잡아야 했다. 아침에 수송차를 습격했을 때는 너무 서두른 나머지 거기 있던 프랑스병을 모두 죽이고 생포한 것은 소년 고수鼓手뿐이었는데, 소년은 종대의 부대 구성에 대해서는 확실한 말을 하지 못했다.

다시 습격하면 그들 종대의 경계심만 높이는 결과가 된다고 생각했으므로 데니소프는 자기 부대의 티혼 셰르바티라는 농민을 샴셰보로 선발로 보내, 그곳에 먼저 도착한 프랑스군 숙영계를 가능하면 한 명이라도 붙잡아 오라고 명령했다.

4

비 내리는 따뜻한 가을날이었다. 하늘도 지평선도 흐린 물빛을 띠었다. 안개 같은 보슬비가 내리더니 갑자기 굵은 빗방울이 사선으로 떨어졌다.

데니소프는 여위고 허리를 졸라맨 순종 말을 타고, 부르카*에 파파하**를 쓰고 빗물을 떨어뜨리며 나아가고 있었다. 그는 비스듬히 목을

---

* 소매 없는 펠트 외투.
** 체르케스인이 쓰는 높은 털모자.

구부리고, 귀를 누인 그의 말처럼 옆으로 들이치는 빗물에 얼굴을 찡그리며 걱정스레 앞을 바라보고 있었다. 짧고 검은 턱수염이 잔뜩 자란 그의 여윈 얼굴은 화난 듯 보였다.

데니소프 옆에는 역시 부르카에 파파하를 쓴 카자크 대위 ― 데니소프의 부대원 ― 가 살찐 커다란 돈산産 말을 타고 가고 있었다.

역시 부르카에 파파하를 쓴 세번째 또다른 사람인 카자크 대위 로바이스키는 널빤지처럼 가슴이 편편하고 얼굴이 하얀 금발의 사내로, 가늘고 밝은 눈에서도 기마 자세에서도 침착하고 자기만족에 찬 빛이 보였다. 말과 기수의 특징이 무어라고 말할 수는 없었지만, 카자크 대위와 데니소프는 한눈에 봐도, 데니소프는 흠뻑 젖어 기분이 나쁘고 다만 말을 타고 있다는 느낌뿐이었지만, 카자크 대위는 여느 때처럼 태연하고 평온해서 말을 탔다기보다 사람과 말이 일체가 되어 힘이 두 배로 커진 하나의 존재로 보였다.

그들 조금 앞쪽에 회색 카프탄에 흰색 원추형 모자를 쓴 길잡이인 몸집이 작은 농민이 비에 흠뻑 젖은 채 걸어가고 있었다.

조금 뒤쪽에는 프랑스군의 푸른 외투를 입은 젊은 장교가 갈기와 꼬리가 유난히 크고 입술이 찢어져 피투성이가 된 야위고 가녀린 키르기스산 말을 탄 채 뒤따르고 있었다.

그와 나란히 말을 몰고 가는 경기병은 다 떨어진 프랑스 제복에 파란 모자를 쓴 소년을 뒤에 태우고 있었다. 소년은 추워서 빨개진 두 손으로 경기병에게 달라붙어 맨발을 녹이려는 듯 움직거렸고, 눈썹을 치켜세우고 놀란 듯이 사방을 둘러보고 있었다. 오늘 아침에 잡힌 프랑스군 고수였다.

그 뒤에 경기병들이 서너 명씩, 많이 다녀 질퍽거리게 된 숲길을 따라오고, 부르카나 프랑스군 외투, 또는 머리에서부터 언치를 둘러쓴 카자크들이 뒤따랐다. 말은 붉은 털이든 밤색 털이든 모두 퍼붓는 빗물에 젖어 검게 보였다. 갈기가 젖어 목은 이상하게 가늘어 보였다. 말의 몸에서 김이 피어오르고 있었다. 옷도 안장도 고삐도 모든 것이 젖어 흙처럼, 그리고 도로에 흩어진 낙엽처럼 미끄럽고 맥이 없었다. 사람들은 안까지 물이 스며든 몸을 따뜻하게 하려고, 또 앉은 자리 아래로 무릎으로 목덜미로 차가운 빗물이 더이상 흘러들지 않도록 움직이지 않으려 애쓰며 얼굴을 찌푸린 채 말을 타고 있었다. 길게 뻗은 카자크 대열 한가운데에서는 프랑스 말들과 안장을 얹은 카자크 말들이 끄는 두 대의 수송차가 그루터기와 나뭇가지에 걸려 덜컹덜컹하고, 물이 고인 수레홈에 빠져 절벅절벅거리고 있었다.

데니소프의 말이 도로의 물웅덩이를 피해 옆으로 비켜서자, 그의 무릎이 나무에 부딪혔다.

"으, 망할!" 데니소프가 화를 내며 소리치고 이를 드러낸 채 채찍으로 세 번쯤 말을 내리치는 바람에 그에게도 동료들에게도 진흙이 튀었다. 데니소프는 기분이 좋지 않았다. 비와 공복 탓이기도 했지만(모두 아침부터 아무것도 먹지 못했다), 가장 큰 이유는 아직 돌로호프에게서 아무 정보도 들어오지 않고 혀를 잡으러 간 사람도 돌아오지 않았기 때문이었다.

'수송대를 공격하기에 오늘 같은 기회는 아마 다시 없을 것이다. 나 혼자 공격하는 것은 너무 위험하고, 그렇다고 내일로 연기하면 큰 유격대에게 눈앞에서 노획물을 빼앗길 것이다.' 데니소프는 기다리고 있는 돌로호프의 사자가 보이는지 줄곧 앞을 응시하며 생각했다.

오른쪽 먼 곳까지 내다보이는 숲속 빈터까지 오자 데니소프는 말을 세웠다.

"누가 온다." 그는 말했다.

카자크 대위는 데니소프가 가리키는 쪽을 바라보았다.

"두 사람입니다―장교와 카자크. 그러나 그 소령이 맞는지 예견하긴 어렵습니다." 카자크들이 잘 모르는 단어를 사용하기를 좋아하는 대위가 말했다.

말 탄 두 사람은 내리막에서 사라졌다가 몇 분 후 다시 나타났다. 머리가 헝클어지고 몸이 흠뻑 젖고 바지가 무릎 위까지 말려 올라간 장교가 채찍을 마구 휘두르며 기진맥진한 구보로 앞장서서 왔다. 그 뒤에서 카자크가 등자 위에서 일어선 채 말을 달리고 있었다. 장교는 넓적하고 홍조를 띤 얼굴에 재빨리 움직이는 쾌활한 눈을 가진 아주 앳된 소년이었는데, 데니소프에게 달려와 빗물에 젖은 봉투를 건넸다.

"장군께서 보낸 것입니다." 장교는 말했다. "물에 젖어서 죄송합니다······"

데니소프는 얼굴을 찌푸리고 봉투를 받아 뜯기 시작했다.

"위험하다, 위험하다고 늘 말씀하셨습니다." 데니소프가 편지를 읽는 동안 장교는 카자크 대위에게 말을 걸었다. "하지만 저와 코마로프는," 그는 카자크를 가리켰다. "준비해두었습니다. 각자 권총 두 자루를······ 아, 저건 뭐죠?" 그는 프랑스군 고수를 보고 물었다. "포로인가요? 당신들은 이미 전투를 하셨습니까? 저 사람과 이야기해봐도 괜찮겠습니까?"

"로스토프! 페탸!" 전달받은 편지를 다 읽은 데니소프가 이때 소리
쳤다. "왜 네 이름을 대지 않았나?" 데니소프는 웃으며 돌아보고 장교
에게 한 손을 내밀었다.

이 장교는 페탸 로스토프였다.

이곳으로 오는 동안 페탸는 줄곧 데니소프를 만나도 그와 자신이 아
는 사이임을 내색하지 말고 어른으로서 또 장교로서 부끄럽지 않은 태
도를 취하겠다고 마음먹었다. 그러나 데니소프가 웃음을 보이자마자
페탸는 곧 얼굴 가득 미소를 띠고 기쁨으로 얼굴을 붉히며, 오면서 마
음먹었던 것은 잊어버리고 프랑스군 옆을 지나왔다느니, 이런 임무를
맡아 기쁘다느니, 이미 뱌지마 부근 전투에 참가했다느니, 그때 한 경
기병이 수훈을 세웠다느니 하고 이야기하기 시작했다.

"그래, 널 만나니 반갑다." 데니소프가 말을 가로막자, 페탸의 얼굴
은 다시 걱정스러운 빛을 띠었다.

"미하일 페오클리티치," 그는 카자크 대위에게 말했다. "이 편지도
그 독일인에게서 온 거야. 이 장교는 그 사람 소속이야." 데니소프는
방금 전달된 편지의 내용이 수송대 습격을 위해 합류하라는 독일인 장
군의 두번째 요구라는 것을 카자크 대위에게 말했다. "만약 내일 우리
가 노획하지 못하면, 그자가 우리 눈앞에서 노획물을 빼앗아갈 거야"
하고 그는 말을 맺었다.

카자크 대위와 이야기하는 데니소프의 냉정한 말투에 당황한 페탸
는 그 원인이 자기가 바지를 입은 꼴이 형편없어서라고 생각하고 말려
올라간 바지를 눈에 띄지 않게 외투 속에서 매만지고 되도록 전사다운
기개를 보이려고 애썼다.

"대장님은 무슨 명령을 내리시겠습니까?" 모자 창에 손을 얹고 페탸는 미리 마음먹었던 장군과 부관 놀이로 돌아가며 말했다. "아니면 저는 대장님 옆에 남아야 합니까?"

"명령?……" 데니소프는 깊은 생각에 잠긴 듯이 말했다. "너는 내일까지 여기 있을 수 있나?"

"아, 제발…… 저를 옆에 있게 해주십시오." 페탸는 소리쳤다.

"그런데 너는 장군한테서 어떤 명령을 받았지? 곧 돌아오라고 하던가?" 데니소프는 물었다. 페탸는 얼굴이 빨개졌다.

"장군은 아무 명령도 하시지 않았습니다. 안 가도 되는 거 아닙니까?" 그는 묻는 듯이 말했다.

"그래, 좋아." 데니소프는 말했다. 그리고 부하를 돌아보고 숲속 초소 부근에 정해둔 휴식 장소로 부대를 이동시키라고 명령하고, 키르기스산 말을 탄 장교에게는(이 장교는 부관 역할을 하고 있었다) 돌로호프를 찾아서 지금 그가 어디 있는지, 오늘밤 오는 것인지 확인하고 오라고 명령했다. 데니소프 자신은 카자크 대위와 페탸를 데리고 내일의 공격 장소로 정한 프랑스군 진지를 시찰하러 샴셰보로 나가는 숲 가장자리로 가려고 했다.

"어이, 수염," 그는 길잡이 농민에게 말했다. "샴셰보로 안내해."

데니소프와 페탸와 카자크 대위는 몇 명의 카자크와 포로를 뒤에 태운 경기병을 거느리고 골짜기를 넘어 숲 가장자리까지 말을 몰았다.

5

가랑비는 그쳤고, 지금은 안개가 끼고 나뭇가지에서 물방울이 떨어질 뿐이었다. 데니소프와 카자크 대위와 페탸는, 원추형 모자를 쓰고 나무껍질 신을 신고 휘어진 다리로 나무뿌리와 젖은 낙엽을 가볍게 밟으며 숲 가장자리로 그들을 안내하는 농민을 말없이 따라갔다.

완만한 언덕으로 나오자 농민은 잠시 발을 멈추고 사방을 둘러보더니 나무가 듬성듬성 있는 쪽으로 갔다. 그는 아직 잎이 다 떨어지지 않은 커다란 떡갈나무 옆에 멈춰 서서 비밀스럽게 손짓했다.

데니소프와 페탸는 그쪽으로 다가갔다. 농민이 멈춘 곳에서 프랑스군이 내다보였다. 숲 저쪽으로 봄에 파종한 밭이 아래로 완만한 경사를 이루며 이어져 있었다. 오른쪽 가파른 골짜기 사이로 작은 마을과 지붕이 무너진 지주 저택이 보였다. 마을과 지주 저택, 골짜기 전체, 뜰, 우물, 못 근처에서도, 또 다리에서 마을까지 200사젠쯤 되는 모든 산길에 가물거리는 안개 속으로도 사람들 모습이 보였다. 마차를 끌고 언덕길을 힘겹게 올라가는 말들을 몰아대는 러시아말이 아닌 외침과 서로를 부르는 소리가 또렷이 들렸다.

"포로를 이리 데려와." 데니소프는 프랑스군에게서 눈을 떼지 않고 나직이 말했다.

카자크는 말에서 내려 소년을 내려준 뒤 함께 데니소프에게 다가갔다. 데니소프는 프랑스군을 가리키며 저건 무슨 부대와 무슨 부대냐고 물었다. 소년은 언 두 손을 주머니에 집어넣고 눈썹을 치켜세운 채 겁먹은 듯 데니소프를 바라보았고, 분명 자신이 아는 모든 것을 말하고 싶은 듯했지만 대답은 두서없고 그저 데니소프가 묻는 말에 고개만 끄덕일 뿐이었다. 데니소프는 얼굴을 찌푸리며 소년에게서 얼굴을 돌리고, 카자크 대위에게 자기 생각을 말하기 시작했다.

페탸는 빠르게 고개를 움직이며 고수와 데니소프, 카자크 대위를 바라보았고, 마을과 도로의 프랑스군을 돌아보며 중요한 뭔가를 놓치지 않으려고 노력했다.

"돌로호프가 오든 오지 않든 저건 뺏어야 해!…… 응?" 데니소프는 유쾌하게 눈을 깜빡이며 말했다.

"위치가 좋습니다." 카자크 대위가 말했다.

"보병을 저지대 쪽으로 보내자…… 늪을 지나." 데니소프는 말을 이었다. "그리고 뜰로 숨어들게 해. 자네는 카자크들을 데리고 저쪽에서 오고." 데니소프는 마을 한쪽 숲을 가리켰다. "나는 경기병들을 데리고 여기서 가겠어. 그리고 총성을 신호로……"

"저지대로는 안 됩니다…… 진창이라." 카자크 대위가 말했다. "말이 빠질 테니, 더 왼쪽으로 돌아가야 합니다……"

두 사람이 낮은 목소리로 이야기하는 동안, 못 가까이의 저지대에서 한 발의 총성이 울리고, 뒤이어 또 한 발 울리고 하얀 연기가 일더니 언덕 위에 있는 수백 명의 프랑스병이 내지르는 마치 환성 같은 유쾌한 함성이 울렸다. 처음 순간 데니소프와 카자크 대위는 자기도 모르게 뒷걸음쳤다. 적과 가까이 있었기 때문에 이 총성과 함성이 자기들 때문이라고 생각했던 것이다. 그러나 총성과 함성은 그들과는 아무 상관이 없었다. 붉은색 뭔가를 걸친 한 사내가 저지대 쪽 늪을 달리고 있었다. 분명 프랑스인은 그를 겨누어 쏘고 그를 향해 소리치는 것 같았다.

"저건 우리 티혼입니다." 카자크 대위가 말했다.

"그래! 그가 틀림없어!"

"악당 놈 같으니." 데니소프가 말했다.

"달아날 겁니다!" 카자크 대위는 실눈을 뜨며 말했다.

그들이 티혼이라고 부른 사내는 강가로 달려가 갑자기 물구덩이로 뛰어들었고, 물보라를 튀기고 잠시 모습을 감췄다가 마침내 온몸이 젖어 새까매진 채 네발로 기어나와 앞으로 달아났다. 쫓아가던 프랑스병은 발을 멈췄다.

"잽싼데요." 카자크 대위는 말했다.

"교활한 놈!" 데니소프는 여전히 못마땅한 표정으로 말했다. "지금까지 뭘 하고 있었던 거야?"

"저건 누굽니까?" 페탸가 물었다.

"우리 플라스툰*이야. 혀를 잡아 오라고 보냈지."

"아, 그렇군요." 페탸는 데니소프의 첫 한마디를 듣고 마치 모든 것을 이해했다는 듯이 고개를 끄덕였지만, 사실은 한마디도 이해하지 못했다.

티혼 셰르바티는 부대에 가장 필요한 사람 중 하나였다. 그는 그자티 부근의 포크롭스코예 출신 농민이었다. 데니소프는 활동을 개시하기 전에 언제나 그랬듯, 이번에는 포크롭스코예로 가서 촌장을 불러내 프랑스군에 관해 아는 것이 있는지 물었고, 촌장은 다른 촌장들이 그랬듯 제 몸을 지키려고 아무것도 모른다, 전혀 모른다고 잡아뗐다. 그

---

* 카자크 전초 보병.

러나 데니소프가 자기 목적은 프랑스군을 치는 거라고 설명하고 프랑스병이 길을 잘못 들어 여기 오지 않았는지 묻자, 촌장은 약탈병들*이 분명 오기는 했지만 이 마을에서 그런 일에 관여하는 건 티시카 셰르바티뿐이라고 대답했다. 데니소프는 티혼을 불러 그가 한 일을 칭찬한 뒤 촌장 앞에서 차르와 조국에 충성을 다할 의무와 조국의 아들로서 당연히 가져야 할 프랑스인에 대한 적개심에 관해 몇 마디 했다.

"우리는 프랑스인들에게 나쁜 짓은 하지 않았습니다." 티혼은 데니소프의 말에 겁먹은 듯이 말했다. "우리는 젊은 사람들과 함께 그저 장난 좀 쳤을 뿐입니다. 분명 약탈자를 스무 명쯤 죽이긴 했지만 다른 짓은 안 했습니다⋯⋯" 다음날 데니소프는 이 농민에 대해 까마득히 잊어버리고 포크롭스코예를 떠났지만, 티혼이 일행 뒤를 붙어다니며 동료로 끼워달라고 부탁한다는 보고를 받았다. 데니소프는 그를 끼워주라고 명령했다.

티혼은 처음에 땔감을 모으고 물을 긷고 죽은 말의 가죽을 벗기는 등의 잡일을 했지만, 곧 유격전에 대단한 관심과 능력이 있다는 것을 인정받게 되었다. 그는 밤마다 노획물을 찾으러 나가 반드시 프랑스병의 옷가지나 무기 등을 가져왔고, 명령을 받으면 포로도 끌고 왔다. 데니소프는 티혼을 잡일에서 해방해주고, 정찰에 데려가고, 마침내 카자크대에 편입시켰다.

티혼은 말 타는 것을 싫어해 늘 걸어다녔지만 절대 기병에 뒤지지 않았다. 그의 무기는 웃음거리가 되기 위해 가지고 다니는 듯한 구식

---

* 약탈병은 마로됴르(мародёр)이나 미로됴르(миродёр)로 잘못 발음하고 있다.

총과 창, 도끼였는데 그는 도끼를 마치 늑대가 이빨로 털에 꼬인 이를 잡기도 하고 굵은 뼈를 잘게 씹기도 하듯 자유자재로 사용했다. 티혼은 도끼를 힘껏 쳐들어 정확하게 통나무를 쪼개고, 도끼등으로 가는 말뚝을 깎기도 하고 숟가락을 만들기도 하며 정교하게 사용했다. 데니소프의 부대에서 티혼은 특별하고 예외적인 위치를 차지했다. 감탕밭에 빠진 짐마차를 어깨로 밀어내거나, 늪에 빠진 말의 꼬리를 잡아당기거나, 말가죽을 벗기거나, 프랑스군 한가운데로 들어가거나, 하루에 50베르스타를 걷거나 하는, 하기 어렵고 하기도 싫은 일을 해야 할 때는 모두가 웃으며 티혼을 가리켰다.

"아무튼 저자는 무슨 일을 당해도 끄떡도 않는 것이 꼭 튼튼한 거세마 같아." 그들은 말했다.

한번은 티혼이 프랑스병을 잡으려다 그가 쏜 총에 등을 맞은 일이 있었다. 티혼이 먹는 약 겸 바르는 약으로 쓴 보드카만으로 상처가 낫자, 온 부대 사람들은 이것을 즐거운 농담거리로 삼았고, 티혼도 이에 기꺼이 장단을 맞췄다.

"어때, 형제, 이젠 그만할 건가? 골병이 들었겠지?" 카자크들이 그를 놀려대면, 티혼은 일부러 몸을 움츠리고 화난 듯 얼굴을 찡그리며 아주 우스꽝스러운 말로 프랑스병을 욕했다. 이 사건이 티혼에게 미친 영향이라면, 그후로는 좀처럼 포로를 데려오지 않게 되었다는 것이다.

티혼은 부대원 중 가장 쓸모 있고 용감한 사내였다. 누구도 그보다 더 많이 공격 기회를 발견하지 못했고, 누구도 그보다 더 많이 프랑스병을 사로잡거나 죽이지 못했다. 그래서 그는 카자크들이나 경기병들의 광대가 되었고, 기꺼이 이 역할을 맡았다. 이날도 티혼은 이미 밤중에 데니소프의 명령을 받고 혀를 잡아 오기 위해 샴셰보로 파견되었었다. 그런데 프랑스병 하나로는 성이 차지 않았는지 아니면 밤늦게 잠들어서 그랬는지 대낮에 프랑스병들 한가운데 있는 덤불 속으로 잠입했다가 데니소프가 언덕 위에서 목격했던 대로 프랑스병들에게 발견되었던 것이다.

6

프랑스군을 가까이에서 바라보며 데니소프는 마침내 결심을 군힌 듯 내일의 공격에 관해 카자크 대위와 좀더 이야기한 뒤 말을 돌려 되돌아갔다.

"자, 형제, 이제 가서 옷이라도 말릴까." 그는 페탸에게 말했다.

숲의 초소에 가까워지자 데니소프는 숲 안쪽을 들여다보며 말을 멈춰 세웠다. 짧은 재킷을 입고, 나무껍질 신을 신고, 카잔풍 모자를 쓰고, 어깨에 총을 걸고 허리에 도끼를 지른 한 사내가 긴 두 팔을 흔들고 긴 다리로 가볍게 성큼성큼 숲의 나무들 사이를 누비며 걸어오고 있었다. 그는 데니소프를 보자 급히 덤불에 뭔가를 던져버렸고, 차양이 늘어지고 흠뻑 젖은 모자를 벗어들고 대장 쪽으로 걸어왔다. 티혼이었다. 작고 가느다란 눈이 반짝이는 마맛자국투성이에 주름진 그의 얼굴은 자기만족의 기쁨으로 빛나고 있었다. 그는 고개를 높이 쳐들고 마치 웃음을 참는 것처럼 데니소프를 빤히 바라보았다.

"너는 어디로 사라졌었나?" 데니소프는 말했다.

"어디로 사라졌었느냐고요? 프랑스병을 잡으러 갔었죠." 티혼은 목이 쉬긴 했지만 노래하는 듯한 저음으로 대담하고 재빠르게 대답했다.

"어쩌자고 대낮에 들어가? 망할 놈! 그래 어떻게 됐어, 못 잡았나?"

"잡긴 잡았죠." 티혼은 말했다.

"어디 있는데?"

"날이 새자마자 한 놈 잡았습니다." 티혼은 나무껍질 신을 신은 편평하면서도 구부정하게 휜 다리를 한층 더 넓게 벌리며 말을 계속했다. "그리고 숲속으로 끌어들였죠. 그런데 신통치가 않아 보였습니다. 한번 더 나가서 좀 나은 놈을 끌고 오려고 했습니다."

"허, 악당 놈 같으니, 역시 그랬군." 데니소프는 카자크 대위에게 말했다. "왜 그놈을 데려오지 않았나?"

"하지만 그런 녀석을 끌고 와서 뭐하겠습니까?" 티혼은 화난 듯이 황급히 말을 가로막았다. "아무짝에도 쓸모없습니다. 이래 봬도 제가 어떤 놈이 쓸모 있는 놈인지도 모르겠습니까?"

"악당 놈 같으니!…… 그래서?……"

"다른 놈을 잡으러 갔죠." 티혼은 계속했다. "이렇게 숲속으로 들어가서 엎드려 있었습니다." 티혼은 어떻게 했는지 보이려고 갑자기 유연하게 배를 땅에 깔고 엎드렸다. "갑자기 한 놈이 나타나길래," 그는 계속했다. "그놈을 이렇게 덮쳐서," 티혼은 재빨리 가볍게 일어났다. "저는 대장한테 가자고 말했습니다. 그놈은 고래고래 소리쳤습니다. 그놈들은 네 명이었습니다. 모두 칼을 빼들고 저한테 덤벼들었습니다. 저는 이렇게 도끼를 휘두르며 이봐 이놈들아, 각오해라 하고 말했습니다." 티혼은 두 팔을 휘두르고 얼굴을 사납게 찌푸리고 가슴을 내밀며 소리쳤다.

"우리가 언덕 위에서 본 건 네가 물구덩이를 넘어 달아나는 거였는데." 카자크 대위는 반짝이는 눈을 가늘게 뜨며 말했다.

페탸는 웃음이 터지려 했지만 모두가 웃음을 참는 것을 보자 웃을 수 없었다. 그는 이 모든 것이 무엇을 뜻하는지 이해되지 않았고, 티혼의 얼굴에서 카자크 대위와 데니소프 얼굴로 급히 시선을 돌렸다.

"딴전 부리지 마." 데니소프는 화난 듯이 기침을 하며 말했다. "왜 처음 잡은 놈을 끌고 오지 않았나?"

티혼은 한 손으로는 등을, 또 한 손으로는 머리를 긁기 시작했고, 갑자기 얼굴 전체가 환해지고 멍청한 미소가 퍼지면서 이가 빠진 곳까지 드러났다(이것 때문에 셰르바티*라고 불렸다). 데니소프가 웃자 페탸도 유쾌하게 웃었고, 티혼도 함께 웃었다.

"글쎄 그것이, 완전히 쓸모없는 놈이었습니다." 티혼은 말했다. "옷도 형편없고, 그런 놈을 어디로 데려가겠습니까. 게다가 진짜 버릇없는 놈이었습니다, 나리. 자기는 장군**의 아들이다, 안 가겠다, 그러지 않겠습니까."

"빌어먹을 자식!" 데니소프는 말했다. "그놈을 심문했어야 하는데……"

"뭐 제가 그놈에게 물어봤습니다." 티혼은 말했다. "그놈은 잘 모른다고 했습니다. 그런데 그놈이 하는 말이, 자기 쪽이 수는 많지만 모두보잘것없고 그저 이름뿐인 군대니까 크게 소리만 질러도 모두 잡을 수

---

* '이가 빠진', '얼굴이 얽은' 등의 뜻이 있다.
** 장군인 게네랄(генерал)을 아나랄(анарал)로 잘못 발음하고 있다.

있을 거라고 했습니다." 티혼은 유쾌하고 결연한 눈빛으로 데니소프의 눈을 바라보며 말을 맺었다.

"네놈에게 백 대쯤 뜨거운 채찍을 후려쳐줄까, 그래도 딴전을 부릴 수 있는지." 데니소프는 엄하게 말했다.

"뭐 그렇게 화내실 건 없잖습니까." 티혼은 말했다. "제가 프랑스 병사를 못 봤다고 말씀하시는 겁니까? 이제라도 날만 어두워지면 원하시는 대로 세 놈이라도 끌고 오겠습니다."

"됐어, 가자" 하고 데니소프는 초소에 도착할 때까지 화난 듯이 얼굴을 찌푸리고 말없이 말을 몰았다.

티혼이 그 뒤를 따랐고, 페탸는 티혼이 덤불에 버렸다는 장화 이야기에 카자크들이 킬킬대고 놀려대는 소리를 들었다.

티혼의 말과 미소에 사로잡혔던 일행의 웃음소리가 사그라졌을 때, 페탸는 티혼이 사람을 죽였다는 것을 순간적으로 떠올리고는 불편한 마음이 들었다. 그는 포로가 된 고수를 돌아보았고, 그러자 뭔가가 가슴을 찔렀다. 그러나 이 불편함은 잠시뿐이었다. 그는 지금 자기가 새로이 속한 세계에 어울리지 않는 인간이 되지 않기 위해 더욱 고개를 높이 들고, 용기를 내고, 내일의 계획에 대해 당당한 낯으로 카자크 대위에게 물어봐야 한다고 느꼈다.

파견되었던 장교가 도중에 데니소프를 만나, 돌로호프가 직접 이곳으로 올 것이며 그쪽도 만사가 순조롭게 되어가고 있다고 보고했다.

데니소프는 갑자기 활기를 띠며 페탸를 곁으로 불렀다.

"자, 네 이야기 좀 들어볼까." 그는 말했다.

7

페탸는 가족들과 헤어지고 모스크바를 떠나 연대에 합류했지만, 얼마 후 곧 대부대를 지휘하는 어느 장군의 전령으로 전속되었다. 장교임관 이래, 특히 실전부대에 들어가 뱌지마의 전투에 참가한 이래 그는 자기가 어른이 되었다는 행복감에 두근대는 기쁜 흥분 상태에 있었고, 참된 영웅 행위를 보여줄 기회를 놓치지 않으려고 계속해서 열광적인 초조감에 사로잡혀 있었다. 그는 군대에서 보고 경험한 것만으로도 몹시 행복했지만, 그러는 동시에 머릿속에서는 지금 자기가 있지 않은 장소에서 그야말로 참된 영웅 행위가 이루어지고 있을 거라는 생각이 떠나지 않았다. 그래서 그는 언제나 지금 자기가 있지 않은 장소로 늦지 않게 달려가고 싶어 안달했다.

10월 21일, 그의 장군이 데니소프의 부대로 누군가를 보내야겠다는 말을 꺼냈을 때, 페탸는 자기를 보내달라고 간절히 요청했고, 장군은 거절할 수가 없었다. 그러나 장군은 뱌지마의 전투 때 파견된 목적지로 가는 도로가 아니라 프랑스군의 포화가 퍼붓는 전선으로 말을 달리며 두 번이나 총을 쏘았던 페탸의 무분별했던 행동이 기억났고, 그래서 페탸를 보내면서, 어떤 일이 있더라도 절대 데니소프의 군사행동에 참가하지 말라고 엄금했다. 이런 일이 있었기 때문에 데니소프가 남아도 되느냐고 물었을 때 페탸가 얼굴을 붉히며 당황했던 것이다. 숲 가장자리에 이를 때까지는 페탸도 자기 임무를 충실히 수행하고 속히 돌아가야 한다고 생각했다. 그러나 프랑스군과 티혼을 보고 오늘밤 분명히 공격이 있다는 것을 알자, 한 견해에서 다른 견해로 쉽사리 옮아가는 젊은 사람답게 그는 그토록 존경해온 장군도 보잘것없는 독일인에 지나지 않는다, 데니소프야말로 영웅이다, 카자크 대위야말로 영웅이 고 티혼이야말로 영웅이다 하고 생각하고 이런 어려운 순간에 그들을 떠나는 것은 부끄러운 일이라고 혼자 정해버리고 말았다.

데니소프가 페탸와 카자크 대위를 데리고 초소에 접근했을 때는 벌써 날이 저물고 있었다. 어스름 속에 안장을 놓은 말들, 카자크들, 빈 터에 임시 막사를 지어놓고 숲의 골짜기에서 빨갛게 불을 붙이고 있는 (프랑스 병사들이 연기를 보지 못하게) 경기병들 모습이 보였다. 작은 농가의 현관에서 카자크가 소매를 걷어올리고 양고기를 썰고 있었다. 농가 안에서는 데니소프 부대의 장교 세 명이 덧문으로 식탁을 준비하 고 있었다. 페탸는 젖은 옷을 벗어 말리도록 병사에게 건네고 곧 식탁 을 준비하는 장교들을 돕기 시작했다.

십 분 뒤 냅킨이 덮인 식탁이 차려졌다. 식탁에는 보드카, 물통에 든 럼주, 흰 빵, 소금으로 구운 양고기가 놓였다.

장교들과 함께 식탁에 앉아 기름지고 향기 좋은 양고기를 기름이 흘러 떨어지는 손으로 찢으며 페탸는 모든 사람에 대해 상냥하고 애정을 느끼는 어린애 같은 감격에 잠겼고, 그래서 다른 사람들도 자기에 대해 똑같은 애정을 느낀다고 자신하게 되었다.

"그런데 바실리 표도로비치, 당신은 어떻게 생각하십니까?" 그는 데니소프에게 말을 걸었다. "하루쯤 제가 여기 남아 있어도 괜찮겠 죠?" 하고 그는 대답도 기다리지 않고 자신에게 대답했다. "저는 상황 을 보고 오라는 명령을 받았고 지금 그걸 보고 있으니까요…… 다만 저를…… 가장 중요한 곳으로 보내주십시오. 저는 포상 같은 건 바라지도 않습니다…… 제가 바라는 건……" 페탸는 이를 악물고, 쳐든 머리를 젖히고 한 손을 휘저으며 주위를 둘러보았다.

"가장 중요한 곳이라……" 데니소프는 웃으며 되받았다.

"다만, 제발 제가 지휘할 수 있게 완전히 맡겨주십시오." 페탸는 말을 이었다. "그런 일쯤은 당신에게는 아무것도 아니지 않습니까? 아, 칼이 필요한가요?" 양고기를 자르려는 한 장교에게 페탸가 말했다. 그는 자기의 접이식 칼을 내밀었다.

장교는 이 칼을 칭찬했다.

"그럼, 넣어두십시오. 저는 그런 게 많으니까……" 페탸는 얼굴을 붉히며 말했다. "맙소사! 까맣게 잊고 있었네." 그는 갑자기 소리쳤다. "제게 훌륭한 건포도가 있는데, 아시다시피 씨가 없어 먹기 좋은 놈입니다. 우리 부대에 새로 영내 매점이 생겨 좋은 물건이 잔뜩 있거든요. 10푼트 샀죠. 단걸 먹는 버릇이 들어서요. 좀 드시겠습니까?……" 페탸는 말하고 통로에 있는 자기 카자크에게 달려가 건포도가 5푼트쯤 든 자루를 가지고 돌아왔다. "드세요, 여러분, 드십시오."

"커피포트는 필요 없습니까?" 그는 카자크 대위에게 말했다. "저는 우리 영내 매점에서 괜찮은 걸 샀거든요! 그 상인에게는 여러 가지 좋은 물건이 많습니다. 그리고 정직한 사람입니다. 이게 무엇보다 중요하죠. 나중에 꼭 보내드리겠습니다. 그런데 부싯돌은 안 떨어졌나요, 다 떨어졌을 텐데, 그건 늘 그러니까요. 제가 가져왔습니다, 여기 있습니다……" 하고 그는 자루를 가리켰다. "백 개쯤 있습니다. 아주 싸게 샀죠. 얼마든지 가져가십시오, 전부라도……" 갑자기 페탸는 자신이 허풍을 떤 것 같은 기분에 움찔해 입을 다물고 얼굴을 붉혔다.

그는 자신이 또 무슨 어리석은 짓을 하지 않았는지 생각해보았다. 그리고 이날 있었던 일을 돌이켜보다가 프랑스인 고수를 떠올렸다. '우리는 이렇게 유쾌한데, 그는 어떤 기분일까? 어디로 끌려갔을까? 뭘 먹긴 했나? 모욕을 당하진 않았을까?' 그는 생각했다. 그런데 부싯돌이니 하며 큰소리친 걸 생각하자 두려워졌다.

'물어봐도 괜찮을까?' 그는 생각했다. '그들은 이렇게 말하겠지, 내가 어린애라 같은 어린애를 동정한다고. 내일 나는 내가 어린애가 아니라는 걸 보여줄 것이다! 하지만 그런 걸 물어보는 건 부끄러운 일이겠지?' 페탸는 생각했다. '뭐, 아무래도 상관없다!' 그러고는 곧 얼굴을 붉힌 채 그는 장교들 얼굴에 조소의 빛이 떠오르지 않았는지 머뭇머뭇 살피며 말했다.

"그 포로 소년을 불러와도 될까요? 먹을 것을 좀 주고 싶은데…… 아마도……"

"응, 불쌍한 아이야." 데니소프는 이런 말을 하는 것이 조금도 부끄러운 일이 아닌 듯 말했다. "이리로 불러줘. 뱅상 보스가 그애 이름이야.[16] 불러와."

"제가 불러오겠습니다." 페탸가 말했다.

"불러와, 불러와. 불쌍한 아이야." 데니소프는 되풀이했다.

데니소프가 이렇게 말했을 때 페탸는 이미 문가에 서 있었다. 페탸는 장교들 사이를 누비듯 데니소프 옆으로 다가갔다.

"당신에게 입맞춤하는 것을 허락해주십시오, 친구여." 그는 말했다. "아, 정말 훌륭합니다! 정말 훌륭합니다!" 그는 데니소프에게 입맞춤하고 밖으로 뛰어갔다.

"보스! 뱅상!" 페탸는 문에서 발을 멈추고 소리쳤다.

"누구를 부르십니까, 나리?" 어둠 속에서 목소리가 들렸다. 페탸는 오늘 붙잡힌 프랑스 소년이라고 대답했다.

"아! 베센니 말입니까?" 카자크가 말했다.

뱅상이라는 그의 이름은 이미 카자크들에게는 베센니, 농민들과 병사들에게는 비세냐로 고쳐 불리고 있었다. 달라진 두 이름 다 봄*을 연상시켰고, 어린 소년의 이미지와도 꼭 맞았다.

"저쪽에서 모닥불을 쬐고 있습니다. 어이, 비세냐! 비세냐! 베센니!" 어둠 속에서 부르는 소리와 웃음소리가 들렸다.

"여간 재빠른 게 아닙니다." 페탸 옆에 서 있던 경기병이 말했다. "아까 먹을 것을 줬습니다. 무척 배가 고팠던가봅니다!"

어둠 속에서 발소리가 들리고, 맨발로 진창을 철벅거리며 고수가 문가로 다가왔다.

"아, 당신이군요!" 페탸는 말했다. "배고프지 않은가요? 걱정할 것 없습니다. 아무도 당신을 해치지 않을 테니까." 페탸는 머뭇머뭇하면서도 상냥하게 그의 손을 만지며 덧붙였다. "들어와요, 들어와요."

"고맙습니다, 므시외." 앳되고 떨리는 목소리로 대답하고 소년은 흙 묻은 발을 문지방에 문지르기 시작했다. 페탸는 고수에게 할 말이 많았지만 말을 꺼낼 용기가 나지 않았다. 페탸는 통로에서 머뭇거리며 그의 옆에 서 있었다. 그리고 어둠 속에서 그의 손을 꼭 잡았다.

"들어와요, 들어와요." 그는 부드럽게 이 말만 되풀이했다.

---

* 봄은 러시아어로 베스나(весна)다.

'아아, 내가 뭘 어떻게 해줘야 좋을까?' 하고 생각하며 그는 문을 열
어 소년을 먼저 들여보냈다.

고수가 농가 안에 들어가자 페탸는 그에게 정신을 파는 건 체면 깎
이는 일이라 생각했기 때문에 조금 떨어진 곳에 앉았다. 그는 호주머
니 속에 있는 돈을 만지작거리며, 이것을 고수에게 주면 그가 모욕을
느끼지 않을까 하고 망설이고 있었다.

8

데니소프의 명령으로 고수에게 보드카와 양고기가 주어지고 다른
포로들과 함께 호송하지 않고 이 부대에 남겨두기 위해 러시아식 카프
탄도 입혔지만, 그에 대한 페탸의 주의는 돌로호프가 도착하자 흩어졌
다. 페탸는 군에 들어왔을 때부터 돌로호프의 뛰어난 용기와 프랑스인
에게 한 잔인한 행동에 대해 많은 이야기를 들어왔기 때문에 돌로호프
가 농가에 들어온 순간부터 눈을 떼지 않고 바라보며, 점점 고무되어
꼿꼿이 세운 머리를 흔들면서, 돌로호프 같은 인물과 한자리에 있어도
부끄럽지 않은 모습을 보이려고 노력했다.

페탸는 돌로호프의 외모가 평범하다는 것이 이상하게도 놀라웠다.

데니소프는 체크멘*을 입고, 턱수염을 기르고, 가슴에 기적을 만드
는 성인 니콜라이 상을 걸고 있었으며, 말투나 모든 태도로 그가 지닌

---

* 옷자락이 긴, 카자크 장교복.

지위의 특징을 드러냈다. 돌로호프는 그와 반대로 전에 모스크바에 있을 때는 페르시아풍 옷을 입고 있었는데 지금은 아주 잘난 체하는 근위 장교 같은 차림을 하고 있었다. 얼굴은 말끔히 면도하고, 단춧구멍에 게오르기 십자훈장을 단 솜을 누빈 근위 제복을 입고, 정식 군모를 단정히 똑바로 쓰고 있었다. 그는 젖은 부르카를 한구석에 벗어던지고 데니소프에게 다가가 누구에게도 인사하지 않고 곧바로 상황에 관해 물었다. 데니소프는 그 수송대에 대한 대부대의 계획이며, 페탸가 파견된 것이며, 두 장군에게 자신이 어떤 회답을 보냈는지를 돌로호프에게 이야기했다. 그러고는 프랑스군 부대의 상황에 대해 알고 있는 전부를 이야기했다.

"그건 그렇지만, 어떤 군대인지, 병력이 얼마인지는 알아야 해." 돌로호프는 말했다. "역시 가봐야겠군. 병력도 정확히 모르면서 실행에 옮길 수는 없으니까. 나는 일을 빈틈없이 하는 걸 좋아해. 어떤가, 자네들 중 나와 함께 적진으로 가고 싶은 사람 있나. 군복도 한 벌 있는데."

"제가, 제가…… 제가 함께 가겠습니다!" 페탸가 소리쳤다.

"너는 전혀 그럴 필요 없어." 데니소프는 돌로호프를 돌아보며 말했다. "이 사람은 절대 가면 안 돼."

"얼마나 멋진 일입니까!" 페탸는 소리쳤다. "왜 저는 가면 안 된다는 겁니까?……"

"갈 필요가 없으니까."

"아니, 죄송합니다만, 왜냐하면…… 왜냐하면…… 저는 가겠습니다, 그뿐입니다. 데려가주실 거죠?" 페탸는 돌로호프 쪽으로 몸을 돌렸다.

"대체 왜……" 돌로호프는 프랑스인 고수의 얼굴을 유심히 보며 건성으로 대답했다.

"이 젊은이는 언제부터 여기 있었나?" 그는 데니소프에게 물었다.

"오늘 잡았는데, 아무것도 몰라. 내 옆에 그냥 두기로 했네."

"음, 나머지 놈들은 어디로 보낼 거지?" 돌로호프는 말했다.

"어디라니? 인수증 쓰고 보내버려야지!" 데니소프는 갑자기 얼굴을 붉히며 말했다. "나는 당당하게 말하지만, 누구한테도 양심에 꺼릴 만한 짓은 하지 않았네. 솔직히 말하면 나는 군인의 명예를 더럽히기보다는 30명이든 300명이든 호위를 붙여 도시로 보내버리는 편이 낫다고 생각해."

"여기 이 열여섯 살 애송이 백작이라면 그런 듣기 좋은 소리를 할 수 있겠지만," 돌로호프는 냉소하며 말했다. "자넨 이미 그런 말을 할 때는 지났어."

"왜 그러십니까, 저는 아무 말도 하지 않았고, 따라가고 싶다고 말했을 뿐입니다." 페탸는 소심하게 말했다.

"그런 듣기 좋은 소리는 그만할 때야, 형제." 돌로호프는 데니소프를 자극하는 이 주제에 관해 이야기하는 것이 유난히 즐거운 듯 말을 이었다. "자네는 왜 이 아이를 곁에 두려고 하지?" 그는 고개를 저으며 말했다. "불쌍한 마음이 들기 때문인가? 자네가 말하는 인수증 같은 건 우리도 다 아는 거야. 자네가 100명을 보내더라도 도착하는 건 기껏 30명일 거야. 굶어 죽든 맞아 죽든 할 테니까. 그럴 바에야 처음부터 잡지 않는 편이 낫지 않았나?"

카자크 대위는 맑은 눈을 가늘게 뜨며 찬성하듯 고개를 끄덕였다.

"다 상관없어, 이러쿵저러쿵할 거 없네. 나는 다만 양심에 꺼릴 짓을 하고 싶지 않을 뿐이야. 자네는 어차피 죽는다고 말하지만, 나는 그래도 그편이 나아. 그것이 내 탓만 아니라면."

돌로호프는 웃음을 터뜨렸다.

"그놈들도 나를 스무 번이라도 잡으라고 명령을 내리지 않았을까? 그러나 붙잡히면 나나 기사도 정신을 아는 자네나 아랑곳없이 사시나무에 목이 매달리는 거야." 그는 잠시 말을 멈췄다. "어쨌든 일을 시작해야겠어. 내 카자크에게 짐을 가져오라고 해주게! 프랑스 군복을 두 벌 가져왔어. 어때, 나와 함께 가겠나?" 그는 페탸에게 물었다.

"저 말입니까? 네, 네, 꼭." 페탸는 눈물이 나올 정도로 얼굴을 붉힌 채 데니소프를 바라보며 소리쳤다.

다시 돌로호프와 데니소프가 포로 처분을 놓고 논쟁하는 동안 페탸는 불편함과 초조감을 느꼈지만 이번에도 그들이 주고받는 이야기를 제대로 이해할 만한 여유가 없었다. '이름난 어른들이 그렇게 생각한다면 아마 그래야 하는 거겠지, 아니 그것이 옳은 거겠지.' 그는 생각했다. '하지만 무엇보다 중요한 것은 내가 데니소프에게 순종하고 그가 날 지시할 수 있다고 생각하지 않게 해야 한다는 것이다. 나는 반드시 돌로호프와 함께 프랑스군 진지로 갈 것이다. 그가 할 수 있는 일이라면 나도 할 수 있다.'

가면 안 된다는 데니소프의 거듭된 설득에 페탸는 자기에게도 모든 일을 분명하게 하는 습관이 있기 때문에 적당히 하지는 않을 것이고, 자신의 위험은 생각해본 적도 없다고 대답했다.

"왜냐하면—당신도 동의하시겠지만—적의 병력을 정확히 모를 때는, 그것 때문에 우리 수백 명이 죽을 수도 있으니까요. 그런데 지금 우리는 두 사람뿐입니다. 그리고 저는 정말 가고 싶습니다, 무슨 일이 있어도 꼭 가고 말 거니까, 붙잡아도 소용없습니다." 그는 말했다. "오히려 역효과만 낼 뿐입니다······"

9

프랑스군 외투를 입고 키베르를 쓴 페탸와 돌로호프는 데니소프가 적의 진지를 내려다보았던 그 숲속 빈터로 갔고, 캄캄한 어둠 속에서 숲에서 나와 저지대로 내려갔다. 밑으로 내려가자 돌로호프는 따라온 카자크에게 여기서 기다리라고 말하고, 길을 따라 다리 쪽으로 구보로 달렸다. 페탸는 숨이 막히는 것 같은 흥분으로 두근거리며 그와 나란히 말을 몰았다.

"만약 발각되면, 그들이 나를 생포하도록 놔두지 않을 겁니다, 권총을 가지고 있으니까요." 페탸가 속삭였다.

"러시아어로 말하지 마." 돌로호프가 재빨리 속삭인 순간 어둠 속에서 "거기 누구야?" 하고 총을 잘가닥하는 소리가 들렸다.

페탸의 얼굴에 피가 몰리고, 그는 권총을 움켜잡았다.

"제6연대 창기병이다." 돌로호프는 말을 재촉하지도 늦추지도 않으며 말했다. 보초의 그림자가 다리 위에 서 있었다.

"암호는?" 돌로호프는 고삐를 죄며 평보로 몰기 시작했다.

"제라르 대령은 여기 있나?" 그는 물었다.

"암호!" 보초는 그 물음에는 대답하지 않고 길을 가로막고 서서 말했다.

"장교가 전선을 시찰하는데 감히 보초가 암호를 물어……" 돌로호프는 벌컥 화를 내고 말을 보초에게로 몰아대며 소리쳤다. "대령이 여기 있는지 묻잖아!"

그리고 돌로호프는 옆으로 비켜서는 보초의 대답도 기다리지 않고 유유히 언덕을 올라가기 시작했다.

길을 가로질러가는 검은 그림자가 보이자 돌로호프는 그를 불러 연대장과 장교들은 어디 있느냐고 물었다. 자루를 짊어진 병졸은 걸음을 멈추더니 돌로호프의 말 옆으로 다가와 한 손으로 말을 어루만지며 소박하고 정다운 말투로, 연대장과 장교들은 언덕을 더 올라간 오른쪽 농장(그는 지주 저택을 이렇게 불렀다)의 뜰에 있다고 말했다.

양쪽 모닥불가에서 프랑스어로 이야기하는 소리가 들려오는 길을 좀더 간 뒤 돌로호프는 지주 저택 쪽으로 말 머리를 돌렸다. 문에 들어서자 그는 말에서 내려 활활 타고 있는 커다란 모닥불 쪽으로 걸어갔다. 그 주위에서 사람들이 둘러앉아 큰 소리로 이야기하고 있었다. 가장자리에 걸어놓은 냄비에서는 뭔가가 끓고 있고, 푸른 외투에 두건을 쓴 병졸이 밝은 불빛을 받으며 무릎을 꿇은 채 탄약 재는 쇠꼬챙이로 그 안을 젓고 있었다.

"오, 단단해서 익질 않아." 모닥불 반대쪽 그늘에 앉아 있던 한 장교가 말했다.

"그 녀석이라면 해낼 텐데……" 다른 사람이 웃으며 말했다. 말을 끌고 모닥불 쪽으로 다가오는 돌로호프와 페탸의 발소리를 듣자, 두 사람은 어둠 속을 응시하며 입을 다물었다.

"안녕하시오, 여러분!" 돌로호프는 큰 소리로 뚜렷이 말했다.

장교들은 모닥불 뒤에서 움직이기 시작하고, 목이 길고 키가 큰 장교가 모닥불을 돌아 돌로호프 쪽으로 다가왔다.

"클레망인가요?" 그가 말했다. "이런, 어디서 오시는 건지……" 하지만 사람을 잘못 보았다고 알아채자 말을 끝맺지 않고 얼굴을 찡그린 채 초면인 돌로호프와 인사하며 무슨 볼일로 왔는지 물었다. 돌로호프는 동료들과 함께 자기 연대를 찾아가는 길이라고 말하고, 일동을 향해 제6연대에 대해 뭐라도 아는 것이 있는지 물었다. 아는 사람은 아무도 없었다. 페탸는 장교들이 적의와 의혹을 품은 눈으로 자기와 돌로호프를 보기 시작하는 것을 느꼈다. 몇 초 동안 모두 말이 없었다.

"저녁을 기대하고 오셨다면 너무 늦었습니다." 모닥불 뒤에서 웃음을 참는 듯한 목소리로 누군가 말했다.

돌로호프는 우리는 배가 부르고 밤사이 더 앞으로 가야 한다고 대답했다.

그는 냄비를 젓는 병사에게 말을 맡기고, 목이 긴 장교와 나란히 모닥불가에 웅크려 앉았다. 이 장교는 돌로호프에게서 눈을 떼지 않은 채 어느 연대입니까? 하고 또다시 물었다. 돌로호프는 이 물음을 못 들은 척 대답하지 않고 호주머니에서 꺼낸 짤막한 프랑스제 파이프에 불을 댕기더니 앞으로 이 길에서 카자크들의 습격을 받을 위험이 얼마나 있는지 장교들에게 물었다.

"그 강도들은 어딜 가나 있습니다." 모닥불 뒤에서 한 장교가 대답했다.

돌로호프는 카자크가 자기들 같은 낙오자에게나 무섭지, 아무리 카자크라도 대부대를 습격하지는 못하지 않겠느냐고 묻는 투로 덧붙였다. 아무도 대답하지 않았다.

'자, 이쯤 했으면 그도 떠나겠지.' 페탸는 모닥불 앞에 선 채 그의 말을 들으며 계속 생각했다.

그러나 돌로호프는 일단 끝난 이야기를 다시 꺼내고, 그들의 대대는 몇 명인지, 몇 개의 대대가 있는지, 포로가 몇이나 되는지 노골적으로 묻기 시작했다. 그들의 부대에 있는 러시아군 포로에 대해 물으며 돌로호프는 말했다.

"그런 송장들을 끌고 다니는 건 정말 싫습니다. 그런 것들은 차라리 쏴 죽이는 편이 낫습니다." 그는 이렇게 말하고 크고 이상한 소리를 내며 웃기 시작했고, 페탸는 프랑스인들이 그의 속임수를 당장이라도 알아챌 것 같아 자기도 모르게 모닥불가에서 한 걸음씩 뒤로 물러섰다. 돌로호프의 말과 웃음에 아무도 답하지 않았고, 그때까지 보이지 않았던(외투를 둘러쓰고 누워 있던) 한 프랑스 장교가 몸을 일으키더니 동료에게 속삭였다. 돌로호프는 일어나서 말을 맡겨두었던 병사를 불렀다.

'말을 내줄까 안 내줄까?' 페탸는 돌로호프에게 다가가며 자기도 모르게 이렇게 생각했다.

말을 내주었다.

"안녕히 계십시오, 여러분." 돌로호프가 말했다.

페탸도 안녕히 계십시오라고 말하고 싶었지만 입 밖으로 나오지 않았다. 장교들은 속삭이고 있었다. 말이 짓까부는 통에 돌로호프는 올라타는 데만 한참 걸렸으나 이윽고 천천히 문밖으로 나왔다. 페탸는 프랑스인들이 뒤따라오는지 돌아보고 싶었지만 용기를 내지 못하고 돌로호프와 나란히 말을 몰았다.

길로 나서자 돌로호프는 올 때의 들판으로 가지 않고 마을을 거쳐서 갔다. 한 곳에서 그는 말을 세우고 귀를 기울였다.

"들리나?" 그가 말했다.

페탸는 러시아인의 말소리를 알아듣고, 모닥불 근처에 있는 러시아 포로들의 그림자를 보았다. 다리 쪽으로 내려간 페탸와 돌로호프는 말도 없이 침울한 낯으로 다리 위를 왔다갔다하는 보초 옆을 지나 카자크들이 기다리고 있는 골짜기로 빠졌다.

"자, 여기서 헤어지지. 데니소프에게 가서 새벽녘에 울리는 첫 총성이 신호라고 전하게." 돌로호프는 말하고 가려 했지만 페탸는 그의 손을 움켜잡았다.

"안 됩니다!" 그는 소리쳤다. "당신은 정말 영웅입니다. 아, 훌륭합니다! 정말 훌륭합니다! 당신이 정말 좋습니다."

"좋아, 좋아" 하고 돌로호프는 말했지만, 페탸는 놓아주지 않았고, 그는 어둠 속에서 페탸가 자기 쪽으로 몸을 굽히는 것을 보았다. 입을 맞추려 했던 것이다. 돌로호프는 그에게 키스해주고 웃으며 말 머리를 돌려 어둠 속으로 사라졌다.

10

초소로 돌아온 페탸는 현관에 나와 있던 데니소프와 마주쳤다. 데니소프는 페탸를 보낸 것을 후회하며 흥분과 불안 속에서 그가 돌아오기를 기다리고 있었다.

"다행이다!" 그는 외쳤다. "그래, 정말 다행이다!" 그는 페탸의 감격에 넘치는 이야기를 들으며 되풀이했다. "제기랄, 난 너 때문에 한숨도 못 잤어!" 데니소프는 말했다. "그래, 하지만 다행이다. 이제 자둬. 아침까지는 한잠 잘 수 있어."

"네…… 아니요" 하고 페탸는 말했다. "아직 자고 싶지 않습니다. 전 저 자신을 알죠, 한번 잠들면 끝입니다. 그리고 전투 전날은 자지 않는 데 익숙합니다."

페탸는 이날의 정찰을 즐거운 마음으로 세세하게 상기하면서 잠시 막사에 앉아 있다가, 이윽고 데니소프가 잠든 것을 보자 일어나 밖으로 나갔다.

밖은 아직 캄캄했다. 가랑비는 그쳤지만 나무에서 아직 물방울이 떨어지고 있었다. 초소 근처에는 카자크의 막사와 한데 매어놓은 말들의 검은 그림자가 보였다. 그 뒤에 말과 나란히 두 대의 수송차가 거뭇하게 보이고, 골짜기에는 꺼져가는 빨간 불빛이 보였다. 카자크와 경기병 모두가 잠든 것은 아닌지 물방울 떨어지는 소리, 가까이에서 말이 풀을 씹는 소리와 함께 여기저기서 낮은 목소리로 이야기하는 소리가 들렸다.

페탸는 현관에서 나가 어둠 속에서 사방을 둘러보고 수송차 쪽으로 다가갔다. 수송차 밑에서 누군가 코를 골고 있고, 그 근처에서 안장이 놓인 말이 귀리를 씹고 있었다. 페탸는 어둠 속에서 자기 말을 알아보고 다가갔다. 소러시아산이지만 그는 카라바흐*라고 불렀다.

"이봐, 카라바흐, 내일은 일해야 한다." 말의 콧잔등 냄새를 맡아보고 키스하며 페탸는 말했다.

"웬일입니까, 나리, 안 주무셨습니까?" 수송차 밑에 앉아 있던 카자크가 말했다.

"응, 그런데…… 너는 리하쵸프라고 했나? 나는 방금 돌아왔어. 우린 프랑스인들이 있는 곳에 다녀왔거든." 페탸는 이 카자크에게 정찰 이야기뿐만 아니라 거기 왜 갔는지, 또 자기가 왜 적당히 일을 하기보다 목숨을 걸고 모험하는 편이 낫다고 생각하는지 자세히 들려주었다.

"그건 그렇고, 한잠 자두시죠." 카자크가 말했다.

"아냐, 버릇이 돼버려서." 페탸는 대답했다. "그런데 네 권총 부싯돌은 닳지 않았나? 내가 가지고 왔는데. 필요한가? 가져가."

카자크는 수송차 밑에서 고개를 내밀어 페탸의 얼굴을 더 가까이에서 살펴보았다.

"나는 모든 일을 빈틈없이 하는 버릇이 있어서" 하고 페탸는 말했다. "준비도 제대로 하지 않고 나중에 후회하는 사람이 있는데, 난 그런 건 싫거든."

"물론 그렇죠." 카자크는 말했다.

"그리고 미안한데 이봐 친구, 내 사브르 좀 갈아줘. 날이 무뎌져

* 캅카스의 유명한 말 산지, 또는 거기서 난 말.

서…… (그러나 페탸는 거짓말하는 것이 두려웠다) 이 칼은 아직 한 번도 간 적이 없어. 해주겠나?"

"물론, 해드려야죠."

리하쵸프는 일어나 자루 속을 뒤졌고, 페탸는 곧 강철과 숫돌이 마찰하는 기세 좋은 소리를 들었다. 그는 수송차에 올라 한끝에 앉았다. 카자크는 수송차 밑에서 사브르를 갈았다.

"그래, 모두들 자나?" 페탸가 물었다.

"자는 사람도 있고, 이러고 있는 사람도 있죠."

"그런데 그애는 뭐하지?"

"베센니 말입니까? 그 녀석은 현관에서 잡니다. 두려움은 잠을 부르죠. 기뻐했습니다."

페탸는 숫돌 소리에 귀를 기울이며 오랫동안 침묵했다. 어둠 속에서 발소리가 들리고, 검은 형체가 나타났다.

"뭘 갈고 있어?" 사내가 수송차에 다가서며 물었다.

"나리의 사브르를 갈아드리고 있네."

"좋은 일이군." 사내는 말했다. 페탸가 보기에 경기병 같았다. "남은 찻잔은 없나?"

"저기 바퀴 옆에 있어." 경기병은 찻잔을 집어들었다.

"곧 날이 새겠군." 그는 하품하며 말하고 어디론가 가버렸다.

페탸는 자기가 지금 도로에서 1베르스타쯤 떨어진 숲속 데니소프의 부대에 있다는 것도, 프랑스군에게서 빼앗은 수송차 위에 앉아 있다는 것도, 그 주위에 말이 매여 있다는 것도, 마차 밑에 카자크 리하쵸프가 앉아 자기 사브르를 갈고 있다는 것도, 오른쪽에 보이는 커다란 검은 점은 초소이고 왼쪽 아래에 보이는 빨갛고 환한 점은 꺼져가는 모닥불이라는 것도, 찻잔을 가지러 온 사내는 물을 마시려는 경기병이었다는 것도 알아야 했을 테지만 실은 그런 것을 통 모르고 또 알고 싶지도 않았다. 그는 현실과 닮은 데가 조금도 없는 마법의 나라에 있었기 때문이다. 커다란 검은 점은 분명 초소인지도 모르지만 어쩌면 땅속 깊이 통하는 동굴인지도 모른다. 빨간 점은 불인지도 모르지만 어쩌면 거대한 괴물의 눈인지도 모른다. 지금은 확실히 수송차 위에 앉아 있는지도 모르지만 어쩌면 수송차가 아니라 아주 높은 탑 위에 앉아 있는 것인지도 모른다. 그리고 거기서 떨어진다면 온종일을 날아도, 어쩌면 꼬박 한 달을 날아도 절대로 땅에 닿지 못할지도 모른다. 수송차 밑에 앉아 있는 것은 카자크 리하쵸프인지도 모르지만 어쩌면 아무도 모르는, 세상에서 가장 선량하고 용감하고 가장 훌륭하고 뛰어난 사람인지도 모른다. 그 경기병은 확실히 물을 마시러 골짜기로 내려갔는지도 모르지만 어쩌면 방금 사라져 그대로 완전히 종적을 감추었는지도 모른다.

지금의 페탸는 어떤 것을 보든 절대 놀라지 않을 것이다. 그는 모든 것이 가능한 마법의 나라에 있었다.

그는 하늘을 쳐다보았다. 하늘도 땅만큼이나 마법적이었다. 하늘은 맑고 나무 우듬지들 위에는 감추었던 별을 활짝 열어 보여주려는 듯 구름이 빠르게 흘러갔다. 때로는 구름 없는 검은 하늘이 보였다. 때로는 그 검은 점들이 비구름처럼 보였다. 하늘이 머리 위로 높이 올라가는 것 같기도 하고, 손이 닿을 만큼 아주 낮게 내려오는 것 같기도 했다.

페탸는 눈을 감고 몸을 흔들흔들하기 시작했다.

232

물방울이 떨어지고 있었다. 조용한 이야기 소리가 들렸다. 말들이 울어대고 서로 투닥거렸다. 누군가는 코를 골았다.

"쓱싹, 싹, 쓱싹, 싹……" 사브르 가는 소리가 들렸다. 그리고 페탸는 갑자기 장엄하고도 감미로운 찬가를 연주하는 조화로운 합주 소리를 듣기 시작했다. 페탸는 나타샤만큼, 그리고 니콜라이 이상으로 음악적 소질이 있었지만 한 번도 음악을 배운 일이 없고 음악에 대해 생각해본 적도 없었기 때문에 갑자기 머리에 떠오른 모티프는 그에게 특히 새롭고 매력적이었다. 음악은 점점 더 또렷이 들려왔다. 멜로디가 확대되고, 한 악기에서 다른 악기로 옮아갔다. 그것은 푸가였지만, 페탸는 푸가가 무엇인지 전혀 알지 못했다. 바이올린이나 트럼펫보다 훨씬 아름답고 맑은 악기가 각기 멜로디를 연주하고, 하나의 주제가 끝나기도 전에 거의 비슷한 다른 주제가, 제3의, 제4의 주제가 합쳐지고 나중에는 악기 전체가 합쳐지기도 하고 흩어지기도 하면서 다시 장엄한 성가가 되기도 하고, 밝은 개선가가 되기도 했다.

'아, 그래, 나는 꿈을 꾸고 있어.' 페탸는 몸이 앞으로 쑥 기운 순간 생각했다. '내 귀에 들릴 뿐이다. 어쩌면 나의 음악인지도 모른다. 그래, 또 들린다. 시작해라, 나의 음악! 자!……'

그는 눈을 감았다. 그러자 어딘가 멀리서인 듯 사방에서 음악 소리가 떨리는 것처럼 흘러들고, 합쳐지기도 하고 흩어지기도 하다가 또다시 모든 것이 감미롭고 장엄한 찬가로 합쳐졌다. '아, 정말 훌륭하다! 얼마든지, 내가 원하는 대로 되는구나.' 페탸는 생각했다. 그는 이 악기들의 거대한 합창을 지휘해보려 했다.

'그래, 약하게, 약하게, 소리를 죽이며.' 그러자 음악 소리는 그의 지휘를 따라갔다. '자, 이번에는 세게, 유쾌하게. 좀더 즐겁게.' 어느 미지의 심연에서 힘차고 장엄한 소리가 일어났다. '자, 목소리를 넣어서!' 페챠는 지시했다. 그러자 처음에는 멀리서 남성의 목소리가, 이어 여성의 목소리가 들렸다. 목소리들은 규칙적이고 장엄한 힘으로 절정에 이르렀다. 페챠는 이 놀라운 아름다움에 도취되는 것이 두렵기도 하고 기쁘기도 했다.

노랫소리는 장엄한 개선행진곡에 합쳐지고, 물방울이 떨어지고, 사브르 가는 쓱싹, 싹, 싹 하는 소리도 들렸다…… 그리고 말이 서로 투 닥거리고 울어댔지만 이 소리는 합창을 방해하지 않고 오히려 그것에 녹아들었다.

페챠는 그것이 얼마나 오래 계속되었는지 모른 채 계속 도취되어 있었고, 끊임없이 자신의 도취에 놀라고 또한 그것을 누구에게도 전하지 못하는 것을 아쉬워했다. 리하쵸프의 상냥한 목소리가 그를 깨웠다.

"다 됐습니다, 나리, 이 정도면 흐랑스인을 두 동강 낼 수 있습니다."

페챠는 눈을 떴다.

"벌써 날이 밝았구나, 정말, 날이 밝았어!" 그는 외쳤다.

그때까지 보이지 않던 말이 꼬리까지 보이고, 잎이 다 떨어진 나뭇가지들 사이로 물기를 머금은 빛이 비쳐들었다. 페챠는 몸을 떨고 벌떡 일어나, 호주머니에서 1루블 은화를 꺼내 리하쵸프에게 주고, 사브르를 한바탕 휘둘러보고 칼집에 넣었다. 카자크들이 말을 풀고 뱃대끈을 매고 있었다.

"대장께서 나오셨습니다." 리하쵸프는 말했다.

초소에서 데니소프가 나와 페챠를 부르더니 채비하라고 명령했다.

11

어슴푸레한 어둠 속에서 재빨리 말을 풀어 뱃대끈을 다시 매고 각자 명령에 따라 움직였다. 데니소프는 초소 옆에 서서 마지막 명령을 내렸다. 부대의 보병은 수백 개의 발로 물웅덩이를 철벅이며 도로를 전진해 새벽녘 안개에 싸인 나무들 사이로 빠르게 사라졌다. 카자크 대위는 카자크들에게 무엇인가 명령을 내렸다. 페탸는 승마 명령이 내리기를 초조하게 기다리며 말고삐를 잡고 있었다. 차가운 물에 씻긴 그의 얼굴은, 특히 눈은 불처럼 타오르고 있었고, 오한이 등골을 스치며 온몸이 왠지 빠르고 규칙적으로 떨렸다.

"자, 모두 준비됐나?" 데니소프는 말했다. "말들을 가져와."

말들이 끌려왔다. 데니소프는 뱃대끈이 헐겁다고 카자크에게 화내며 마구 욕을 퍼붓고 말에 올라탔다. 페탸는 등자에 발을 걸었다. 말은 여느 때의 버릇대로 발을 물려고 했지만, 페탸는 자기 체중을 느끼지 않는 듯이 가뿐하게 올라타 뒤쪽 어둠 속에서 움직이기 시작한 경기병들을 돌아보며 데니소프 쪽으로 다가갔다.

"바실리 표도로비치, 무슨 일이든 맡겨주시면 안 됩니까? 제발……부탁입니다……" 페탸는 말했다. 데니소프는 페탸의 존재를 잊어버린 듯 보였다. 그는 페탸를 돌아보았다.

"네게 한 가지 부탁이 있다." 그는 엄격하게 말했다. "내 명령에 복종하고 함부로 나서면 안 돼."

행군하는 동안 데니소프는 페탸에게 더이상 말하지 않고 묵묵히 말을 몰았다. 숲 가장자리에 이르렀을 때 들판은 눈에 띄게 환해졌다. 데니소프는 카자크 대위와 무엇인가 속삭였고, 카자크들은 페탸와 데니소프의 옆을 지나가기 시작했다. 그들이 모두 지나가자 데니소프는 말을 몰아 언덕을 내려가기 시작했다. 말들은 엉덩이를 빼고 미끄러지듯이 기수를 태우고 골짜기로 내려갔다. 페탸는 데니소프와 나란히 갔다. 온몸이 더 심하게 떨렸다. 사위가 밝아지고, 다만 안개가 먼 곳의 사물을 가릴 뿐이었다. 다 내려오자 데니소프는 뒤를 돌아보고 옆에 있는 카자크에게 고개를 끄덕여 보였다.

"신호!" 그가 말했다.

카자크가 한 손을 들자, 한 발의 총성이 울렸다. 그 순간 앞쪽에서 달리기 시작한 말굽 소리와 사방에서 일어나는 함성과 몇 발의 총성이 들렸다.

말굽 소리와 함성이 처음 울린 순간 페탸는 채찍으로 말을 치고 고삐를 늦추고, 데니소프가 자기에게 뭐라고 소리치는 것도 듣지 않고 앞으로 돌진했다. 페탸는 총성을 들은 순간 별안간 주위가 대낮처럼 환해진 것 같았다. 그는 다리를 향해 질주했다. 카자크들이 앞쪽에서 도로를 따라 달리고 있었다. 다리 위에서 뒤처진 카자크와 부딪쳤지만 그대로 앞질러 달렸다. 앞쪽에서 사람들이―프랑스인이 틀림없었다―길 오른쪽에서 왼쪽으로 달려갔다. 한 사람이 페탸의 발밑에서 진창에 쓰러졌다.

한 농가 옆에서 카자크들이 모여 뭔가 하고 있었다. 이 무리 속에서 무서운 비명이 들려왔다. 페탸는 그 군중 속으로 달려갔다. 그가 처음 본 광경은 들이대진 창 자루를 붙잡고 턱을 덜덜 떨고 있는 프랑스병의 창백한 얼굴이었다.

"우라!…… 여러분…… 우군이다……" 페탸는 이렇게 외치고 날 뛰는 말의 고삐를 당기고 앞으로 도로를 달렸다.

앞쪽에서 총성이 들렸다. 도로 양쪽에서 카자크들과 경기병들과 누더기 옷을 걸친 러시아 포로들이 달려와 모두 제각기 큰 소리로 외쳐 댔다. 푸른 외투를 입고 군모를 쓰지 않은 건장한 프랑스병은 붉은 얼굴을 찌푸린 채 총검을 들고 경기병들과 싸우고 있었는데, 페탸가 달려갔을 때 그는 이미 쓰러져 있었다. 또 늦었다는 생각이 머리를 스쳤고, 그는 총성이 잦은 곳으로 내달렸다. 총성이 들리는 곳은 어젯밤 돌로호프와 함께 갔던 지주 저택의 뜰이었다. 프랑스병들은 관목이 무성한 뜰의 엮은 울타리 뒤에 숨어, 문 옆에 모여든 카자크들을 쏘고 있었다. 문 옆에 이른 페탸는 초연 속에서 돌로호프가 녹색에 가까운 창백한 얼굴로 부하들에게 소리치고 있는 것을 보았다. "우회해! 보병을 기다려!" 페탸가 다가갔을 때 그는 이렇게 소리쳤다.

"기다리라고?…… 우라아아아!……" 페탸는 소리치고 잠시도 지체하지 않고 총성이 들리는 초연이 더 짙은 쪽으로 달려갔다. 일제사격 소리가 들리고, 유탄이 윙윙 날아와 뭔가에 부딪혀 픽 하고 터졌다. 카자크들과 돌로호프는 페탸를 뒤따라 문안으로 뛰어들었다. 프랑스병들은 흔들리는 짙은 초연 속에서 무기를 버리고 관목 뒤에서 카자크들에게 달려드는 자도 있었고, 연못을 향해 언덕을 달려내려가는 자도 있었다. 페탸는 지주 저택의 뜰을 말을 타고 달렸는데, 고삐를 쥐어야 할 두 손을 묘하고 재빠르게 휘두르더니 차차 안장 위에서 한쪽으로 미끄러졌다. 아침 햇살 속에서 스러져가는 모닥불까지 다가가자 말은 앞발을 버티고 섰고, 페탸는 젖은 땅 위로 무겁게 떨어졌다. 카자크들은 그의 머리는 움직이지 않는데 손발이 빠르게 경련하는 것을 보았다. 총알이 그의 머리를 관통했던 것이다.

총검에 손수건을 묶고 집 뒤쪽에서 나와 항복을 표명한 프랑스 수석 장교와 교섭을 끝내자 돌로호프는 말에서 내렸고, 양팔을 펼친 채 꼼짝도 하지 않고 쓰러져 있는 페탸 옆으로 다가갔다.

"단발에 끝장났군." 그는 얼굴을 찌푸리며 말하고, 말을 몰고 오는 데니소프를 맞으러 문 쪽으로 걸어갔다.

"죽었나?!" 데니소프는 분명 죽은 듯한 자세로 쓰러져 있는 낯익은 페탸의 시신을 멀리서 보고 소리쳤다.

"단발에 끝장났어." 돌로호프는 이 단어를 발음하는 것이 마치 즐겁기라도 한 듯 되풀이하고는, 말에서 내린 카자크들에 둘러싸여 있는 포로들 쪽으로 빠르게 걸어갔다. "포로들을 데려가지는 말게!" 그는 데니소프에게 외쳤다.

데니소프는 대답도 하지 않고 페탸 옆으로 다가가 말에서 내렸고, 피와 진흙으로 얼룩지고 이미 창백해진 페탸의 얼굴을 떨리는 두 손으로 잡고 자기 쪽으로 돌렸다.

'단걸 먹는 버릇이 들어서요. 훌륭한 건포도입니다. 여러분, 모두 드세요'라고 그가 했던 말이 떠올랐다. 카자크들은 개가 짖는 것 같은 소리에 깜짝 놀라 돌아보았다. 데니소프는 그 소리에 재빨리 몸을 돌려 엮은 울타리로 달려가 그것을 붙잡았다.

데니소프와 돌로호프가 되찾은 러시아 포로 중에는 피예르 베주호프도 있었다.

12

피예르가 끼여 있던 포로 집단에 대해서는 모스크바를 출발한 후 프랑스 사령부로부터 새로운 명령은 없었다. 이 포로 집단은 10월 22일에는 모스크바에서 함께 출발했던 군대나 수송대와도 같이 있지 않았다. 이동하며 처음 얼마 동안은 건빵을 싣고 뒤에서 따라오던 수송대 절반은 카자크들의 습격을 당했고, 절반은 앞으로 가버렸고, 말에서 내려 앞장서서 걸어가던 기병들은 이미 한 명도 남지 않고 모두 어디론가 사라졌다. 처음 몇 행정 동안 앞쪽에 보였던 포병대는 베스트팔렌 병사들의 호위를 받는 쥐노* 원수의 대규모 수송대로 바뀌어 있었다. 포로들 뒤에서는 기병 수송대가 나아가고 있었다.

세 종대를 이루어 행군하던 프랑스군도 뱌지마부터는 한 집단이 되었다. 모스크바를 출발한 뒤 첫 휴식을 가진 곳에서 피예르가 보았던 무질서의 징후가 이제 극에 달해 있었다.

그들이 걸어가는 길 양쪽에는 죽은 말이 여기저기에 쓰러져 있었다. 찢어진 옷을 입은 각 부대 낙오자들이 끊임없이 바뀌며 대열에 합류하기도 하고 뒤처지기도 했다.

행군중 몇 차례 잘못된 적습 경보가 내려 호송병이 총을 들고 사격하기도 하고 서로 밀치며 도망치기도 했는데, 곧 다시 모여 괜히 겁을 주었다고 서로에게 욕지거리를 했다.

함께 행군하는 세 집단—기병 물자 수송대, 포로 집단, 쥐노의 수송

---

* J. A. 쥐노(1771~1813). 프랑스 원수. 1812년 베스트팔렌 군단을 지휘했다.

대―은 모두 눈에 띄게 줄어들었지만, 그래도 아직은 독립된 한 집단을 이루고 있었다.

처음에 120대의 수송차가 있던 부대에 지금은 60대밖에 남지 않았다. 나머지는 약탈되거나 버려졌다. 쥐노의 수송대에서도 몇 대가 버려지거나 약탈되었다. 세 대는 다부 군단 낙오병들에게 약탈되었다. 피예르는 독일인들이 하는 이야기를 듣고 이 수송대에 포로들보다 호위병이 많으며, 그들의 동료인 한 독일병이 원수의 은수저를 가지고 있다 발각돼 원수의 명령으로 총살되었다는 사실을 알게 되었다.

이 세 집단 중 가장 인원이 많이 줄어든 것은 포로 집단이었다. 모스크바를 떠난 330명 중 남은 사람은 채 100명이 되지 않았다. 포로들은 호송병들에게 기병 물자 수송대의 안장이나 쥐노의 수송차보다 더 거추장스러웠다. 안장이나 쥐노의 수저라면 어디 쓸 데가 있을지도 모른다는 것을 그들도 잘 알았지만, 추위와 굶주림에 시달리는 병사들이 자신들과 똑같이 춥고 굶주린, 도중에 죽거나 낙오하고, 낙오하면 명령대로 총살되는 그들을 대체 뭐 때문에 감시하고 호위해야 하는지 이해할 수 없었을 뿐만 아니라 정말 불쾌했기 때문이다. 그래서 호송병들은 자신들이 비참한 상태에 놓인 만큼, 포로들에 대한 동정심에 이끌려 자기들의 상황을 더욱 악화시키게 될까 두려운 나머지 그들을 더욱 음울하고 가혹하게 다뤘다.

도로고부시에서는 호송병들이 포로들을 마구간에 가두고 우군의 영내 매점으로 약탈하러 나간 틈을 타 포로병 몇이 벽 밑을 파고 도망쳤다가 프랑스병들에게 잡혀 총살당했다.

같은 포로라도 장교와 병사는 따로 걸으라고 했던 모스크바 출발 때의 명령은 이미 오래전부터 무시되었다. 걸을 수 있는 사람은 모두 함께 걸었기 때문에 피예르도 세번째 행정부터는 다시 카라타예프와, 카라타예프를 주인으로 선택한 다리가 굽은 청회색 개와 함께 걸었다.

모스크바를 출발한 지 사흘째 되던 날, 카라타예프는 전에 모스크바의 병원에서 치료했던 열병이 재발했고, 카라타예프가 쇠약해지자 피예르는 점점 그와 멀어졌다. 피예르는 스스로도 이유는 알 수 없었지만, 카라타예프가 쇠약해지기 시작한 후로 그의 곁에 가기 위해서는 왠지 노력을 해야 했다. 그리고 곁에 가더라도 그가 언제나 휴식 장소에 누워서 내는 나직한 신음 소리를 듣고 점점 심해지는 체취를 맡을 뿐이었으므로 피예르는 되도록 그를 피하고, 생각하지 않으려 했다.

피예르는 포로로 바라크에 수용되어 지내는 동안 인간이란 행복을 위해 만들어진 존재이며 그 행복은 자신 안에, 즉 자연스러운 인간 욕구를 만족시키는 데 있다는 것을, 그리고 모든 불행은 부족보다 과잉에서 생긴다는 것을 이성이 아닌 자기 전 존재, 자기 삶을 통해 깨달았는데, 이 행군의 마지막 삼 주 동안 그는 이 세상에 무서운 것은 아무것도 없다는 또하나의 새롭고 위안이 되는 진리를 배우게 되었다. 그는 이 세상에 인간이 행복하고 완전히 자유로울 수 있는 상태가 없는 것과 마찬가지로, 완전히 부자유스러운 상태도 없다는 것을 깨달았다. 그는 고통에도 한계가 있고, 자유에도 한계가 존재하며, 이 한계가 매우 근접해 있다는 것을 알게 되었고, 장미 침상에서 꽃잎이 한 개 떨어졌다고 고민하는 사람이나, 지금 축축한 맨땅에 누워 한쪽 옆구리는 따뜻하고 다른 한쪽은 차가워서 고민하는 피예르나 고민한다는 점에서는 마찬가지이며, 전에 곧잘 꼭 끼는 무도화를 신었을 때나, 지금처

럼 부스럼투성이의 맨발(신발은 벌써 오래전에 해져버렸다)로 걸을 때
나 그 고통은 마찬가지라는 것을 깨달았다. 그는 자신의 의지로, 당시
그렇게 생각하고 아내와 결혼했지만, 마구간에 갇혀 잠을 자는 지금보
다 그때가 더 자유롭지 못했다는 것을 깨달았다. 나중에는 그도 그것
을 고통이라고 부르게 되었지만 당시에는 거의 느끼지 못했던 많은 것
중에서 가장 중요하게 생각되었던 것은 벗겨지고 부스럼이 생긴 맨발
이었다. (말고기는 맛도 영양도 좋았고, 소금 대신 쓰는 화약의 초석
냄새도 오히려 좋았고, 심하게 춥지도 않았고, 낮 행군 때는 더울 정도
이고 밤에는 모닥불이 있었으며, 피를 빠는 이도 오히려 몸을 따뜻하
게 해주었다.) 다만 처음에 그를 힘들게 한 것은—발이었다.

　행군 이틀째 피예르는 모닥불가에서 발의 부스럼을 살펴보고 이 상
태로는 도저히 걸을 수 없다고 생각했지만, 모두가 일어나자 그도 절
뚝거리며 걷기 시작했고, 그러는 동안 열이 나면서 고통 없이 걷게 되
었으나 그날 저녁 발을 살펴보니 훨씬 악화돼 있었다. 그래서 그는 그
것을 보지 않고 다른 것을 생각했다.

　피예르는 이제야 비로소 인간의 생명력과, 주의를 전환할 수 있는 인
간의 능력이 지닌 구원의 힘을 깨달았고, 그것은 마치 증기 압력이 한
계를 넘어섰을 때 여분을 방출하는 증기기관의 안전판 같은 것이었다.

　낙오된 포로가 이미 백 명 이상 총살되었지만, 피예르는 그것을 보
지도 듣지도 않으려 했다. 그는 나날이 쇠약해져 머지않아 같은 운명
에 처할 것이 분명한 카라타예프에 대해서도 생각하지 않았다. 자기
자신에 대해서는 더더욱 생각하지 않았다. 처지가 힘들수록, 또 미래
가 무서울수록 그의 머릿속에서는 지금의 처지와는 점점 더 무관한,

즐겁고 마음을 가라앉혀주는 상념과 추억과 상상이 떠올랐다.

13

22일 정오경 피예르는 자기 발과 울퉁불퉁한 길을 내려다보며 질퍽거리고 미끄러운 언덕길을 올라가고 있었다. 이따금 그는 자신을 둘러싼 낯익은 무리를 바라보고, 다시 자기 발을 내려다보았다. 어느 것이나 다 자기의 것, 낯익은 것이었다. 다리가 굽은 청회색 개 세리는 길가를 즐겁게 달리며 이따금 자기의 민첩함과 만족스러움을 자랑하려는 듯 뒷다리 하나를 들고 세 다리로 뛰기도 하고, 네 다리로 뛰면서 죽은 말 위에 앉은 갈까마귀에게 짖으며 덤벼들기도 했다. 세리는 모스크바에 있을 때보다 더 쾌활하고 털도 반질반질해졌다. 사방에 인간에서부터 말에 이르기까지 온갖 동물의 살덩이가 굴러다니고, 늑대들은 사람들 때문에 접근하지 못했으므로 세리만 마음껏 먹을 수 있었다.

아침부터 가랑비가 내리다가, 당장 그치고 하늘이 갤 것 같더니 잠시 후 전보다 더 심하게 퍼부었다. 비를 빨아들인 길은 더이상 물을 받아들이지 못하고 수레홈을 따라 시내처럼 물이 넘쳐흘렀다.

피예르는 사방을 둘러보며 세 걸음마다 손가락을 구부려 세며 걸어가고 있었다. 그는 비를 보며 속으로 되풀이했다. 그래, 그래, 더, 더 내려라.

그는 아무것도 생각하지 않는 것 같았다. 그러나 마음속 깊고 깊은 곳에서 중요하고 위안이 되는 뭔가를 생각하고 있었다. 그것은 어제 카라타예프와 나눈 대화에서 나왔던 아주 미묘하고 영적인 것이었다.

어젯밤 노영 때 꺼진 불 옆에서 추워진 피예르는 일어나 잘 타는 다른 모닥불 옆으로 다가갔다. 그가 다가간 모닥불 옆에서는 외투를 제의처럼 머리에 덮어쓴 플라톤이 쾌활하지만 힘없고 아픈 목소리로 피예르도 알고 있는 이야기를 병사들에게 들려주고 있었다. 벌써 자정이 지나 있었다. 카라타예프가 언제나 열병의 발작에서 깨어나 생생해지고 활발해지는 시각이었다. 모닥불로 다가가 플라톤의 힘없고 아픈 목소리를 듣고 밝은 불에 비친 비참한 얼굴을 보자 피예르는 심장을 찔린 듯한 불쾌감을 느꼈다. 그는 이 사내에 대한 연민에 자기도 모르게 놀라 자리를 뜨려 했지만, 다른 모닥불이 없었기에 가능하면 그를 보지 않으려고 애쓰며 모닥불가에 앉아 있었다.

"몸은 어떤가?" 그는 물었다.

"몸이 어떠냐고요? 병에 걸렸다고 울고불고하면 하느님이 제대로 죽게 해주시지 않습니다" 하고 말하고 카라타예프는 하던 이야기로 돌아갔다.

"……그래서 말이야, 이보게 형제들," 플라톤은 여위고 창백한 얼굴에 미소를 띠고, 유난히 즐거운 듯 눈을 반짝이며 말을 이었다. "그래, 이보게 형제들……"

피예르도 익히 아는, 카라타예프가 그에게 벌써 여섯 번이나 언제나 특별히 기쁜 듯이 들려주었던 이야기였다. 피예르는 아주 잘 아는 이야기지만 마치 처음 듣는 듯이 열심히 귀기울였고, 그러자 카라타예프가 이야기하며 느끼고 있는 듯한 조용한 환희가 피예르에게도 전해졌다. 가족과 함께 착실하고 경건하게 살아가던 늙은 상인이 어느 날 동

료인 부유한 상인과 함께 마카리*에 갔을 때의 이야기였다.[17]

두 상인은 여관에 들어가 함께 잤는데, 다음날 일어나 보니 동행인은 살해되고 소지품은 도둑맞았다. 피 묻은 칼이 늙은 상인의 베개 밑에서 발견되었다. 상인은 재판에 회부돼 태형을 받고 콧구멍을 찢긴 후―규율에 따라, 라고 카라타예프는 말했다―징역을 살러 보내졌다.

"그래서 말이야, 형제들(피예르는 여기서부터 카라타예프의 이야기를 듣기 시작했다), 그로부터 십 년도 더 지났을 거야. 노인은 징역을 살았어. 규율을 잘 지키고, 나쁜 짓도 하지 않고. 다만 하느님께 죽음만 빌었을 뿐이지―훌륭한 일이야. 그런데 어느 밤, 지금 우리가 모여 있는 것처럼 죄수들이 모두 모여 있었거든, 그 노인도 함께. 사람들이 나는 무슨 벌을 받고 있다, 하느님께 어떤 죄를 지었다 하며 이야기하기 시작했어. 누구는 사람 하나를 죽였다고 하고, 누구는 둘을 죽였다고 하고, 누구는 방화, 누구는 탈주했을 뿐 죄는 짓지 않았다고 했지. 누군가 노인에게 물었네. 영감은 무슨 죄로 고생하고 있소? 나 말인가, 사랑하는 형제들, 나는 나 자신과 세상 사람들의 죄 때문에 고생하는 중이네. 나는 사람을 죽인 일도 없고, 남의 물건을 빼앗은 일도 없어, 가난한 사람에게 물건을 나누어준 일은 있지만. 나는 말이야, 사랑하는 형제들, 나는 상인이고 재산도 많았어. 그는 말했네. 그러니까 무슨 일이 있었는지 순서대로 다 이야기했단 말이지. 그는 이렇게 말했지, 나는 내 일에 대해 슬퍼하지 않네. 나는 하느님이 찾아주신 인간이거든. 그저 내 늙은 아내와 아이들만 불쌍할 뿐이지. 그리고 노인은 울

---

* 볼가 강 연안의 항구도시로, 정기적으로 큰 시장이 열렸다.

기 시작했어. 그런데 때마침 그 동료들 중에 그 사내, 즉 그 상인을 죽인 자가 있었어. 영감, 그건 어디서 있었던 일입니까? 언제, 몇월이었습니까? 그 사내가 꼬치꼬치 물었지. 사내는 가책을 느꼈던 거야. 그는 노인에게 다가가 발밑에 털썩 몸을 던졌네. 그는 이렇게 말했어, 불쌍한 노인네, 당신은 저 때문에 한평생을 망쳤습니다. 결코 거짓말이 아닙니다, 여보게들, 이 사람은 죄도 없이 고생하고 있는 겁니다. 그 일은 제가 했고, 잠든 당신의 베개 밑에 칼을 넣은 것도 저입니다. 용서해주십시오, 영감, 제발, 그는 이렇게 말했네."

카라타예프는 기쁜 듯이 미소짓고, 모닥불을 바라보며 입을 다물더니 장작을 고쳐 놓았다.

"하느님이 용서하실 거야, 우리는 누구나 하느님께 죄를 짓고, 나도 내 죄 때문에 고생하는 걸세 하고 노인은 자기도 뜨거운 눈물을 흘리기 시작했지. 어떻게 생각하나, 형씨들?" 카라타예프의 얼굴은 더욱더 생기를 띠고 환희에 찬 미소로 빛났고, 마치 이제부터 하려는 이야기에 이 이야기의 가장 중요한 흥미와 모든 의미가 있다는 것을 암시하는 듯했다. "어떻게 생각하나, 형씨들, 이 살인자는 당국에 자수를 했네. 그리고 말했지, 나는 여섯 명을 죽였지만(대단한 악당이었지) 가장 가엾은 건 그 노인입니다. 그 사람이 날 원망하지 않도록 어떻게든 해주십시오. 그러자 당국은 서류로 만들어 규율대로 보냈어. 멀리 떨어진 곳이라 재판이다 조사다 할 때마다 형식대로 온갖 서류를 만들어 여러 관청에 내야 했지. 마침내 폐하에게 닿았네. 어느덧, 상인을 석방하고 판결대로 배상금을 지불하라는 폐하의 명령이 도착했어. 서류가 오자 모두 노인을 찾기 시작했어. 죄 없이 고생하는 노인은 어디 있지?

폐하의 서류가 왔어. 찾기들 시작했지." 카라타예프의 아래턱이 떨렸다. "그러나 하느님은 이미 그를 용서해주셨어―죽었거든. 그게 전부야, 형씨들" 하고 카라타예프는 말을 맺고 한참 동안 말없이 미소지으며 앞쪽을 응시했다.

이야기 자체가 아니라 그 신비로운 의미, 이야기할 때 카라타예프의 얼굴에 감돌았던 환희의 신비로운 의미가 지금 피예르의 마음을 막연하지만 기쁨으로 채워주고 있었다.

14

"각자 위치로!" 갑자기 외침 소리가 들렸다.

포로들과 호송병들 사이에 즐거운 혼란과 행복하고 엄숙한 뭔가에 대한 기대가 일었다. 사방에서 호령 소리가 들리고, 훌륭한 말을 탄 멋진 복장의 기병대가 왼쪽에서부터 빠른 걸음으로 포로들을 우회하며 나타났다. 모두의 얼굴에 최고 권력자를 가까이에서 맞을 때 같은 긴장된 표정이 떠올랐다. 포로들은 한덩어리가 되어 길 바깥쪽으로 밀려났다. 호송병들은 정렬했다.

"황제다! 황제다! 원수다! 공작이다!" 잘 먹어 살이 찐 호송병들이 말을 타고 지나가고, 회색 말들이 두 줄로 끄는 유개마차가 요란한 소리를 내며 달려지나갔다. 삼각모를 쓴, 침착하고 잘생기고 살찐 하얀 얼굴이 힐끗 피예르의 눈에 들어왔다. 원수들 중 한 사람이었다. 원수의 시선은 사람 눈에 잘 띄는 커다란 피예르에게 쏠렸고, 피예르는 얼굴을 찡그리고 외면하는 이 원수의 표정에서 동정과 이것을 감추려 하는 기색을 동시에 느꼈다.

수송대를 지휘하는 장군은 놀란 듯한 붉은 얼굴로 여윈 말을 몰면서 유개마차를 뒤따라 달리고 있었다. 장교 몇 명이 모이자 병사들이 곧 그들을 둘러쌌다. 모두 흥분으로 긴장된 얼굴이었다.

"그 사람이 뭐라고 말했어? 뭐라고 말했어?" 하는 소리가 피예르에게도 들렸다.

원수가 지나가는 동안 포로들이 한데로 몰리자, 피예르는 이날 아침부터 보지 못했던 카라타예프를 보게 되었다. 카라타예프는 늘 입는 외투를 입고 자작나무에 기대앉아 있었다. 그의 얼굴에는 어젯밤 죄도 없이 고생한 상인 이야기를 할 때와 같은 환희에 찬 표정 외에도 조용한 엄숙함이 떠올라 있었다.

카라타예프는 눈물이 고인, 여느 때와 같은 그 선량한 둥근 눈으로 피예르를 보았고, 분명 그를 가까이로 불러 무언가 말하고 싶어하는 것 같았다. 그러나 피예르는 자신의 나약함을 너무나 두려워하고 있었다. 그는 그 시선을 못 본 척하며 서둘러 물러섰다.

포로들이 다시 움직이기 시작했을 때 피예르는 뒤를 돌아보았다. 카라타예프는 길가의 자작나무 옆에 앉아 있고 프랑스병 두 명이 그 위에서 말을 하고 있었다. 피예르는 더이상 돌아보지 않았다. 그는 다리를 절뚝거리며 언덕길을 올라갔다.

카라타예프가 앉아 있던 뒤쪽에서 총성 한 발이 울렸다. 피예르는 그 소리를 분명히 들었지만, 그것이 울린 순간, 원수가 지나가기 전에 이미 시작했던 스몰렌스크까지 남은 거리가 얼마인가 하는 계산이 아직 끝나지 않았다는 것을 깨달았다. 그는 계산하기 시작했다. 프랑스병 두 명이, 하나는 아직 연기가 나는 총을 든 채 피예르의 옆을 달려갔다. 둘 다 창백했고, 그들의 표정은—그중 한 명이 겁에 질린 얼굴로 피예르를 쳐다보았다—전에 피예르가 처형장에서 보았던 젊은 병사의 표정과 비슷했다. 피예르는 그중 한 병사가 그저께 모닥불로 셔츠를 말리다가 태워 모두의 웃음을 샀던 일이 떠올랐다.

카라타예프가 앉아 있던 뒤쪽에서 개가 짖고 있었다. '바보 같은 놈, 짖긴 왜 짖어?' 피예르는 생각했다.

피예르와 나란히 걸어가던 동료 병사들 역시 총성이 들리고 개 짖는 소리가 들려오는 쪽을 돌아보려 하지 않았지만, 모두의 얼굴에는 엄중한 표정이 서려 있었다.

15

수송차도, 포로 집단도, 원수의 수송대도 모두 샴셰보 마을에서 멈췄다. 모두 모닥불가로 몰려들었다. 피예르도 모닥불가로 가 구운 말고기를 먹고 불에 등을 돌리고 눕자마자 잠이 들었다. 그는 또다시 보로디노 전투 뒤 모자이스크에 갔을 때와 같은 잠에 곯아떨어졌다.

다시 현실의 사건이 꿈과 뒤섞이며 누군가가, 그 자신 혹은 다른 사람이 그에게 어떤 사상을 들려주었고, 더구나 그것은 모자이스크에서 들은 것과 똑같았다.

'삶은 모든 것이다. 삶은 신이다. 모든 것은 변하고, 움직이며, 이 움직임은 신이다. 삶이 있는 한, 신을 자각하는 기쁨이 있다. 삶을 사랑하는 것은 신을 사랑하는 것이다. 세상의 고통 속에서, 죄 없이 받는 고통 속에서 이 삶을 사랑하는 것이야말로 가장 어렵고 가장 커다란 기쁨이다.'

'카라타예프!' 피예르는 그를 상기했다.

그러자 스위스에서 피예르에게 지리학을 가르쳤던, 이미 오랫동안 잊고 있었던 온화한 노교사의 모습이 머릿속에 뚜렷이 떠올랐다. "잠깐만" 하고 그 노인은 말했다. 그러고는 피예르에게 지구본을 보여주었다. 그 지구본은 크기가 확실하지 않은, 살아서 움직이는 공이었다. 공의 표면 전체에 물방울들이 밀착해 있었다. 이 물방울들이 모두 움직이고 이동하며 몇 개가 합쳐지기도 하고 하나에서 여러 개로 갈라지기도 했다. 물방울 하나하나가 더 큰 공간을 차지하려고 하지만, 같은 것을 원하는 다른 물방울이 그것을 압박하고, 때로는 부숴버리기도 하고 때로는 하나로 합쳐지기도 했다.

"이것이 삶이야." 노교사는 말했다.

'참으로 간단명료하다.' 피예르는 생각했다. '나는 왜 지금까지 이걸 몰랐을까?'

"이 중심에 신이 있고, 그래서 어느 물방울이나 되도록 신을 크게 투영하기 위해 퍼지려고 노력하는 거야. 그리고 커지기도 하고, 합쳐지기도 하고, 작아지기도 하고, 표면에서 사라진 것은 깊숙이 가라앉았다가 다시 떠오르지. 봐, 이것이 카라타예프야, 흘러넘치다가 사라졌어. 알겠지, *얘야*" 하고 교사는 말했다.

"알겠지, *이 자식아*." 고함치는 목소리에 피예르는 눈을 떴다.

그는 몸을 일으켜 앉았다. 방금 한 러시아병을 밀치고 모닥불가에 쪼그려 앉은 프랑스병이 꽂을대에 꽂은 고기를 굽고 있었다. 그는 소매를 걷어올리고, 손가락이 짧고 털이 무성한 빨간 손으로 솜씨 좋게 꽂을대를 돌렸다. 눈썹을 찌푸린 침울한 갈색 얼굴이 숯불 빛에 선명히 보였다.

"그런 놈은 어떻게 되든 상관없어." 그는 뒤에 서 있는 병사를 돌아보며 재빨리 중얼거렸다. "······강도야. 정말!"

프랑스병은 꽂을대를 돌리며 침울한 눈으로 피예르를 힐끗거렸다. 피예르는 그림자 쪽으로 눈을 돌려 외면했다. 프랑스병에게 떠밀린 포로 러시아병은 모닥불가에 앉아 한 손으로 뭔가를 토닥거리고 있었다. 피예르가 가까이 가서 보니, 청회색 개가 병사 옆에 앉아 꼬리를 흔들고 있었다.

"아, 왔니?" 피예르는 말했다. "저어, 플라······" 그는 말하려다 그만두었다. 문득 그의 머릿속에 나무 밑에 앉아 그를 쳐다보던 플라톤의 시선과, 거기서 들린 총성, 개 짖는 소리, 그의 옆을 달려간 두 프랑스병의 죄지은 듯한 얼굴, 손에 들고 있던 아직 연기가 나는 총, 이 휴식 장소에 카라타예프가 없다는 등의 상념이 얽히며 동시에 떠올랐고, 그는 카라타예프가 살해되었다는 것을 깨달을 수도 있었으나 그 순간 머릿속에 어디서 연유했는지 갑자기 어느 여름 키예프에 있는 그의 집 발코니에서 폴란드 미인과 보낸 밤의 기억이 떠올랐다. 결국 피예르는 오늘 하루의 기억을 연결시켜 어떤 결론을 내릴 새도 없이 눈을 감고 말았고, 그러자 여름의 자연 풍경은 멱감던 기억과 액체로 된 진동하는 공의 회상과 뒤섞이고 그는 어딘가 물속으로 가라앉았고 머리 위로

물이 차올랐다.

피예르는 해가 뜨기 전 귀청을 울리는 총성과 외침 소리에 잠에서 깼다. 프랑스 병사들이 피예르 옆을 지나쳐 달려갔다.

"카자크들이다!" 그중 하나가 외쳤고, 일 분 뒤 많은 러시아인의 얼굴들이 피예르를 에워쌌다.

피예르는 자신에게 무슨 일이 일어났는지 한참 동안 이해할 수 없었다. 사방에서 동료들이 기쁨에 겨워 우는 소리가 들려왔다.

"형제들! 동포들이여, 친구여!" 나이든 병사들은 카자크와 경기병을 껴안고 울며 소리쳤다. 경기병들과 카자크들은 포로들을 둘러싸고 옷과 장화와 빵을 분주히 권했다. 피예르는 그 한가운데에 앉아서 흐느껴 울었을 뿐 한마디도 하지 못하고, 처음 자기 옆으로 다가온 병사를 껴안고 울며 입을 맞추었다.

돌로호프는 무너진 집 대문가에 서서, 무장해제 당한 프랑스 병사 무리를 통과시키고 있었다. 프랑스 병사들은 방금 일어난 일에 완전히 흥분해 큰 소리로 떠들어댔다. 그러나 채찍으로 자기 장화를 두들기며 유리알처럼 차가운 눈으로 좋은 일은 조금도 없을 거라는 듯 프랑스 병사를 바라보는 돌로호프 옆을 지나갈 때는 말을 뚝 그쳤다. 다른 쪽에서는 돌로호프의 부하 카자크가 포로 수를 세어 100명씩 백묵으로 대문에 표시했다.

"몇 명인가?" 돌로호프가 포로 수를 세는 카자크에게 물었다.

"200명쯤 됩니다." 카자크가 대답했다.

"빨리 걸어, 빨리." 돌로호프는 프랑스인에게 배운 말투로 이렇게 말했고, 지나가는 포로들과 눈이 마주치면 악독한 눈빛이 되었다.

데니소프는 침울한 얼굴로 털모자를 벗고, 페탸 로스토프의 시체를 뜰에 파놓은 구덩이로 나르는 카자크들 뒤를 따라 걸어갔다.

16

10월 28일부터 혹한이 시작되며 프랑스군의 패주는 병사들이 동사하고 모닥불 옆에서 타죽는데도 황제와 왕들과 공작들은 털외투로 몸을 둘러싸고 약탈한 재물을 가지고 포장마차를 달리면서 더욱 비극적인 성격을 띠었다.[18] 그러나 본질적으로 프랑스군의 패주와 붕괴 과정은 모스크바 철수 이후와 전혀 다르지 않았다.

모스크바에서 뱌지마로 가는 동안 7만 3천의 프랑스군 중 남은 것은 근위대를 제외하고(근위대는 전쟁의 전 기간 동안 약탈 외에는 아무것도 하지 않았다) 3만 6천이었다(이중 낙오자는 5천을 넘지 않았다). 이것이 급수級數의 제1항이고, 다른 모든 항은 이에 의거해 수학적으로 정확히 결정된다.

프랑스군은 모스크바에서 뱌지마, 뱌지마에서 스몰렌스크, 스몰렌스크에서 베레지나, 베레지나에서 빌나로 철수하는 사이 추위와 추격과 퇴로 차단, 기타 일일이 열거할 수 있는 온갖 조건의 대소에 관계없이 같은 비율로 감소하고 스러져갔다. 프랑스군은 뱌지마 이후 그때까지의 3개 종대 대신 한덩어리로 뭉쳐 그대로 끝까지 나아갔다. 베르티에는 황제에게 보고서를 보냈다(사령관이 군의 실정을 보고할 때 얼마

제3부 253

나 진실에서 멀어지는지는 주지의 사실이다). 그는 이렇게 썼다.

본관은 지난 사흘간의 몇 차례 행정중에 견문한 각 군단의 상황을 폐하께 보고하는 것을 의무로 생각합니다. 각 군단은 거의 해산된 상태로, 군기軍旗 밑에 남아 있는 자는 사분의 일에 불과하며 다른 자들은 멋대로 아무 방향으로 나아가 오직 식량만을 구하며 군규에 벗어난 일에 골몰하고 있습니다. 모두들 휴식을 취할 수 있기를 희망하는 스몰렌스크에 대해서만 생각하고 있습니다. 최근 며칠 동안 많은 병사가 탄약과 총을 내던지는 것을 목도했습니다. 이러한 상황에서는 금후 폐하가 어떠한 배려를 하시든, 군무 수행을 위해서는 스몰렌스크에서 각 군단을 집결시켜 전투에 부적당한 자, 즉 말을 잃은 기병과 무기를 지니지 않은 보병, 불필요한 짐, 실질적인 병력에 상응하지 못하는 포병 장비를 분리해야만 하며, 굶주림과 피로에 지친 병사들에게 식량과 며칠의 휴식을 주어야 합니다. 최근 며칠 동안 노상과 야영지에서 많은 자가 사망하는 상황입니다. 이 같은 비참한 상태가 나날이 악화되고 있으며, 만일 이 재난을 예방할 조치를 조속히 강구하지 않는다면, 금후 전투 때 군을 지휘할 수 없게 되리라 염려되는 바입니다. 11월 9일, 스몰렌스크로부터 30베르스타 지점에서

약속의 땅으로 생각되었던 스몰렌스크로 쇄도한 프랑스군은 식량 때문에 서로를 죽이기도 하고 우군의 영내 매점을 약탈하기도 했고, 모조리 약탈하자 앞으로 달려갔다.

모두가 어디로 무엇 때문에 가는지도 모르는 채 걸었다. 특히 천재 나폴레옹은 누구의 명령도 받지 않았으므로 다른 이들보다 훨씬 몰랐다. 그러나 그와 그의 측근들은 오랜 습관을 지켜 서로 '폐하, 경, 에크 밀 공, 나폴리 왕' 등등 하고 부르며 명령과 편지와 보고와 일과표를 쓰고 있었다. 그러나 명령도 보고도 다만 서면상일 뿐이고 실행될 수 없었으므로 아무것도 실행되지 않았고, 서로 폐하니 전하니 경이니 부르면서도 서로는 모두가 많은 악행을 저질렀기 때문에 지금부터 그 첫 값을 받아야 하는 가엾고 더러운 인간들이라고 느꼈다. 그리고 군대를 걱정하는 척하면서도 실상은 누구나 자신만을, 어떻게 해야 한발이라도 먼저 달아나 구원될 수 있을 것인가만 생각했다.

17

모스크바에서 네만 강까지의 퇴각에서 러시아군과 프랑스군이 했던 행동은 두 사람이 눈을 가리고 한쪽이 이따금 방울 소리를 울려 술래에게 자기 위치를 알리는 소경놀이와 흡사했다. 처음에는 잡히는 쪽이 술래를 두려워하지 않고 방울 소리를 울리다 상황이 악화되면 소리내지 않고 걸으려 애쓰며 달아나다가 오히려 적의 수중에 곧장 뛰어들곤 했다.

처음에는 나폴레옹군도 자기들의 위치를 알렸다. 칼루가 가도로 퇴각하던 초기였는데, 이후 스몰렌스크 가도로 나서면서는 소리가 나지 않게 방울 추를 움켜쥐고 달아났고, 잘 달아났다고 생각했을 때 종종 러시아군과 마주치곤 했다.

프랑스군의 도주와 러시아군의 추격이 모두 빨랐기 때문에 말은 몹시 지쳤고, 따라서 적의 상황을 대강 파악하는 주요 수단인 기병 척후가 없어졌다. 게다가 두 군대의 위치가 빈번히 급변해 설령 정보를 얻는다 해도 활용할 수가 없었다. 첫째 날 적이 어느 지점에 진을 치고 둘째 날 그 정보가 들어오고 뭔가 대책을 강구하려는 셋째 날이 되면 적은 이미 두 행정쯤 전진해 전혀 다른 위치에 있었다.

한쪽은 달아나고, 한쪽은 추격했다. 스몰렌스크부터는 프랑스군이 전진할 수 있는 여러 갈래의 길이 있었고, 그들은 이미 나흘이나 여기 머물렀으므로 적의 위치를 파악해 유리한 계획을 세우고 새로운 방법을 강구할 수도 있었다. 그러나 그들은 나흘이나 머문 뒤 다시 한 무리가 되어 오른쪽도 왼쪽도 아닌 크라스노예와 오르샤를 향해 아무 작전도 고려도 없이 가장 불리한 구가도로 이미 짓밟힌 발자국을 따라 달아났다.

적이 전방이 아니라 후방에 있다고 생각한 프랑스군은 서로에게서 24시간은 걸릴 정도의 거리에 걸쳐 길게 늘어선 채 뿔뿔이 달아났고, 가장 먼저 황제가, 다음은 왕들이, 다음은 공작들이 달아났다. 러시아군은 나폴레옹이 가장 합리적인 방향, 즉 오른쪽으로 가서 드네프르강을 건널 거라 예상했고, 그는 역시 오른쪽으로 방향을 바꿔 크라스노예로 통하는 큰길로 나섰다. 그리고 여기서 소경놀이하듯 아군의 전위부대 속으로 뛰어들게 되었다. 적과 갑자기 마주친 프랑스군은 당황하고 뜻밖의 일에 놀라 멈췄지만 이윽고 뒤따라오는 우군을 버리고 다시 달아나기 시작했다. 이후 사흘 동안 프랑스 각 부대는 먼저 부왕,

뒤이어 다부, 그리고 네의 순서대로 러시아군 대열 속을 슬그머니 빠져나갔다. 그들은 모두 자기편을 버리고, 무거운 짐과 포와 병사의 절반을 버리고, 야음을 틈타 오른쪽에서 반원들을 그리며 러시아군을 우회해 달아났다.

네는 마지막으로 달아났고(우군의 불행한 상황에도 불구하고, 혹은 그랬기 때문인지, 그들은 자기가 넘어져놓고 애꿎은 마룻바닥을 때리고 싶어져서 스몰렌스크 성벽 등을 폭파하느라), 1만의 군단을 인솔한 그가 맨 뒤에 퇴각해 오르샤에 있는 나폴레옹에게 달려갔을 때는 천 명으로 줄어 있었는데, 그는 병사도 대포도 다 버리고 야밤에 몰래 숲을 빠져나가 드네프르 강을 건넌 것이었다.

오르샤에서도 이들은 추격군과 소경놀이를 하며 빌나를 향해 가도를 달렸다. 도중에 베레지나 강에서 다시 혼란이 일어나고 수많은 익사자와 투항자가 생겼지만, 강을 건넌 자들은 계속 더 멀리 달아났다. 총지휘관은 털외투를 입고, 썰매를 타고, 동료를 버리고 혼자 내달렸다. 달아날 수 있는 자는 달아나고, 달아날 수 없었던 자는 투항하거나 죽었다.

18

프랑스군이 스스로를 파멸시키기 위해 온갖 방법을 동원한 것 같았던 이 도주전에서는, 칼루가 가도로 방향을 바꾼 초기부터 지휘관이 군대를 버리고 패주하기까지 이 군중의 행동에서는 아무런 의미도 찾을 수 없을 것 같고, 또 군중의 행동을 한 인간의 의지로 돌리고 싶어 하는 역사가들도 전쟁의 이 시기, 즉 이 퇴각을 그런 식으로 기술할 수 없다고 생각했을 것 같다. 하지만 그렇지 않다. 역사가들은 이 전쟁에 관해 산더미같이 많은 책을 썼고, 어떤 것을 보더라도 나폴레옹의 지휘와 심오한 계획, 군을 지도한 술책, 휘하 원수들의 탁월한 지휘에 대해 기술되어 있다.

풍요로운 지방으로 통하고, 나중에 그를 추격한 쿠투조프가 택했던 직선상으로 뻗은 도로가 있었는데도 불구하고 나폴레옹이 말로야로슬라베츠에서 황폐해진 구가도로 퇴각한 데는 여러 가지 심오한 의미가 있었다고 그들은 기술한다. 스몰렌스크에서 오르샤에 이르는 퇴각에도 심오한 이유가 있었다고 기술한다. 그리고 크라스노예에서 했다는 나폴레옹의 영웅적 행위를 묘사하며, 그는 응전해 스스로 지휘하겠다고 각오하고 자작나무 단장을 들고 걸으며 이렇게 말했다고 기술한다.

"황제로서는 충분히 했다, 장군으로 임할 때다." 그럼에도 불구하고 그는 그 직후, 후방에 있던 뿔뿔이 흩어진 각 부대를 운명의 변덕에 내맡긴 채 더욱 앞으로 달아났다.

그다음으로 원수들, 특히 네 원수의 위대한 정신을 묘사하는데, 그 정신이란 밤중에 숲을 빠져나가 드네프르 강을 건너고 군기도 대포도 내던지고 군의 9할을 잃으며 오르샤로 달려간 것을 말한다.

그리고 마지막으로 역사가들은 위대한 황제가 영웅적인 군대를 버린 것*을 무슨 위대하고 천재적인 것처럼 설명한다. 인간의 말로 하면

---

* 나폴레옹은 1812년 12월 5일, 자기 군대를 뮈라에게 맡기고 파리로 떠났다.

258

최저의 비열이고, 또 어떤 어린애에게도 부끄러운 일이라고 가르치는 도주라는 마지막 행동조차 역사가들의 말로써 변호되는 것이다.

역사적 판단이라는 매우 탄력 있는 실을 더이상 늘일 수 없을 때, 그리고 어떤 행동이 전 인류의 선이나 정의라고 불리는 것과 명확히 상반될 때, 역사가들에게 구원이 되는 위대함이라는 개념이 등장한다. 위대함은 선악의 척도를 벗어난 것 같다. 위대한 인간에게 악이란 존재하지 않는다. 위대한 사람 탓으로 돌릴 수 있는 공포는 없다.

역사가들이 '이것은 위대하다!'고 할 때는 이미 선도 악도 없고 '위대한 것'과 '위대하지 않은 것'이 있을 뿐이다. 위대한 것은 선이고, 위대하지 않은 것은 악이다. 그들의 관념에 따르면 위대함이란 그들이 영웅이라고 부르는 특수한 동물들의 특질이다. 그래서 나폴레옹은 파멸하는 동지들은 고사하고 (그의 의견에 의하면) 자기가 여기까지 데리고 온 사람들까지 버리고 혼자 따뜻한 털외투를 입고 돌아오면서도 이것은 위대하다고 느끼고 마음이 평온했던 것이다.

"숭고(나폴레옹은 자기 안에서 숭고한 무언가를 보았다)와 우스꽝스러움은 겨우 한 발짝 차이다" 하고 나폴레옹은 말했다. 그리고 온 세계는 오십 년에 걸쳐 "숭고하다! 위대하다! 나폴레옹은 위대하다! 숭고와 우스꽝스러움은 겨우 한 발짝 차이다" 하고 되풀이했다.

그리고 선악의 척도로 잴 수 없는 위대함을 인정하는 것이 자신의 무가치함과 한없는 나약함을 인정하는 것에 지나지 않는다는 것을 아무도 깨닫지 못할 뿐이다.

그리스도가 우리에게 준 선악의 척도로 우리가 잴 수 없는 것은 없다. 또한 단순함, 선함, 정의가 없는 곳에는 위대함도 있을 수 없다.

19

러시아인 중에 1812년 회전 말기에 관한 기술을 읽으며 분함과 불만과 석연치 않은 답답함을 느끼지 않는 사람이 있을까. 러시아 삼군三軍이 우세한 병력을 가지고 프랑스군을 포위하고, 붕괴한 프랑스군이 굶주림과 추위에 떨다 항복하고, (역사가 우리에게 이야기하듯) 러시아군의 목적은 프랑스군을 저지하고 차단하고 전군을 포로로 하는 것이었는데도, 왜 프랑스군을 포로로 하지도 섬멸하지도 않았는지 반문하지 않는 사람이 있을까.

프랑스군보다 수적으로 열세한 상황에서도 보로디노에서 싸움을 걸었던 러시아군이 삼면에서 프랑스군을 포위하고, 더구나 그들을 사로잡는다는 목적을 갖고도 왜 그 목적을 달성하지 못했을까? 우리가 우세한 병력으로 포위하고도 격멸할 수 없었을 만큼 프랑스군이 러시아군보다 우월한 힘을 가지고 있었을까? 어떻게 그런 일이 일어날 수 있었을까?

역사는(이 단어로 불리는 그것은) 이 질문들에 대해 쿠투조프와 토르마소프와 치차고프*와 그 밖의 이러저러한 사람들이 이러저러하게 적절히 기동하지 못했기 때문이라고 대답한다.

그러면 왜 그들은 그렇게 기동하지 못했을까? 만일 예정한 목적을 달성하지 못한 책임이 그들에게 있다면, 왜 그들을 재판에 부쳐 처벌하지 않았을까? 러시아측이 실패한 책임이 쿠투조프와 치차고프와 그

---

* P. V. 치차고프(1767~1849). 러시아 원수. 1812년 제3서부군을 지휘하며 프랑스군을 추격했으나 그들이 베레지나 강을 건너버리자 비난받았다.

밖의 사람들에게 있다 하더라도, 왜 러시아군은 크라스노예나 베레지나에 있을 때 그런 조건에서(어느 경우나 러시아군의 병력이 우세했다), 이것은 아무래도 이해할 수가 없는데, 최초의 목적대로 프랑스군을 원수와 왕과 황제와 함께 포로로 삼지 못했을까?

이 기묘한 현상을 말할 때 (러시아의 군사 역사가들처럼) 쿠투조프가 공격을 저지했기 때문이라고 말하는 것은 근거가 없으며, 그것은 쿠투조프의 의지가 뱌지마나 타루티노에서 공격을 억제할 수 없었던 것을 우리는 이미 알고 있기 때문이다.

보로디노에서 가장 열세한 힘을 가지고도 최대 전력을 발휘하던 적에게 승리를 거둔 러시아군이 왜 크라스노예나 베레지나에서는 우세한 병력을 가지고도 혼란에 빠진 프랑스군에게 패했을까?

만일 러시아군의 목적이 나폴레옹과 원수들의 퇴로를 끊고 포로로 삼는 것이었다면, 이 목적은 달성되지 못했을 뿐만 아니라 이것을 달성하려는 모든 시도가 번번이 몹시도 무참히 실패했기 때문에 이 회전의 말기는 프랑스인들에게 승리의 연속으로 여겨지는 것이 마땅하고, 러시아 역사가들이 이쪽의 승리라고 하는 건 전혀 그릇된 생각이다.

러시아의 군사 역사가들도 논리에 따르는 한 무의식적으로 이 결론에 도달하게 되고, 용기와 충성 등을 서정적으로 찬미하면서도 프랑스군의 모스크바 퇴각은 나폴레옹의 승리와 쿠투조프의 패배의 연속임을 인정하지 않을 수 없게 된다.

그러나 국민적인 자부심을 떠나 이 결론은 그 안에 모순을 담고 있는데, 왜냐하면 프랑스군의 승리의 연속은 그들을 완전히 파멸시킨 반면 러시아군의 패배의 연속은 적을 섬멸하고 조국에서 적을 일소시켰기 때문이다.

이 모순의 근원은 황제와 장군들의 서한, 전투 보고, 계획 들로 사건을 연구하는 역사가들이 1812년 전쟁 말기에 존재한 적도 없었던 거짓 목적을, 즉 나폴레옹과 원수들, 그리고 군대를 차단해 그들을 포로로 삼는다는 목적을 가정했다는 데 있다.

그와 같은 목적은 결코 있지 않았고 있을 리도 없었는데, 그것은 그런 목적이 의미가 없고 달성하는 것 자체가 도저히 불가능했기 때문이다.

그 목적이 아무 의미가 없었던 이유는 첫째, 나폴레옹의 붕괴된 군대가 전속력으로 러시아에서 달아났기 때문인데, 말하자면 모든 러시아인이 바라고 있던 일이 이루어지고 있었기 때문이다. 온 힘을 다해 달아나는 프랑스군에 대해 군이 갖가지 작전을 수행할 필요가 있었을까?

둘째, 달아나는 데 온 힘을 기울이는 자들을 도중에서 저지하는 것은 무의미했다.

셋째, 외부적인 원인이 없더라도, 파멸해가는 프랑스군을 섬멸하기 위해 자기 군대를 잃는 것은 무의미했고, 실제로 프랑스군은 퇴로를 차단당하지 않았더라도 12월에 러시아에서 빠져나간 인원, 즉 전군의 백분의 일 이상이 국경을 넘지 못했을 정도로 자멸하고 있었다.

넷째, 황제와 왕들과 대공들을 포로로 한다는 희망은 무의미했는데, 그들을 포로로 삼는 것은 당시 가장 노련한 외교가들(J. 메스트르와 그 밖의 사람들)도 인정했듯이 러시아군의 행동을 극도로 곤란하게 했을 것이다. 프랑스 군단들을 포로로 삼는다는 희망은 훨씬 더 무의미했는데, 크라스노예까지 가는 도중 병력의 반을 잃은 러시아군은 포로 군단 때문에 수개 사단을 호송에 할당해야 했고, 또 아군 병사들에게도 식량이 늘 충분했던 것이 아니며 이미 수용되었던 포로들은 굶주림에 죽어가던 상태였기 때문이다.

퇴로를 차단하고 군과 함께 나폴레옹을 잡는다는 심원한 계획은 채소밭을 짓밟은 가축을 몰아내며 문 쪽으로 달려가 머리를 갈겨주려는 밭주인의 생각과 같다. 다만 이 밭주인에게 자신을 변호할 수 있는 말이 있다면, 몹시 화가 났다는 정도일 것이다. 그러나 작전 계획을 작성하는 사람에게는 이를 적용할 수 없는데, 왜냐하면 그들은 짓밟힌 밭 때문에 피해를 입은 자가 아니기 때문이다.

게다가 나폴레옹과 그의 군대를 차단한다는 것은 무의미할 뿐 아니라 불가능했다.

그것이 불가능했던 이유는 첫째, 경험상으로 알 수 있듯, 한 전투에서 5천 베르스타에 걸친 종대의 행동은 절대 계획과 일치되지 않는 것이므로, 치차고프나 쿠투조프나 비트겐슈타인이 지정한 시각에 지정한 장소에서 합류한다는 가정은 거의 불가능했기 때문이다. 쿠투조프가 작전 계획을 받았을 때 원거리에서의 전환은 바라는 결과를 얻을 수 없다고 말한 것은 바로 이것을 염두에 두었던 것이었다.

그것이 불가능했던 이유는 둘째, 나폴레옹군이 퇴각하는 그 관성의 힘을 마비시키기 위해서는 당시 러시아군이 가진 것과는 비교도 할 수 없을 만큼 훨씬 많은 병력이 필요했기 때문이다.

그것이 불가능했던 이유는 셋째, 차단이라는 군사 용어는 아무런 의미도 없기 때문이다. 빵조각이라면 잘라버릴 수도 있지만 군대는 그럴 수 없다. 군대를 자른다는 것, 즉 군의 퇴로를 차단하는 것은 절대 불가능한데, 그것은 우회해서 갈 수 있는 곳은 얼마든지 있고, 또 군사학자들이 크라스노예와 베레지나의 실례에서도 확인했듯 아무것도 보이지 않는 밤이 있기 때문이다. 포로로 삼는 것도 잡히는 상대방이 동의하지 않는 한, 마치 제비가 손에 앉아 있으면 잡을 수 있지만 그렇지 않으면 잡을 수 없는 것과 마찬가지로 불가능한 일이다. 독일인처럼 전략과 전술의 규칙에 따라 투항한다면 포로로 잡을 수 있다. 그러나 프랑스군은 지극히 당연한 이유 때문에 포로가 되는 것을 형편상 유리하다고 생각하지 않았는데, 달아나든 포로가 되든 아사와 동사가 그들을 기다리고 있었기 때문이다.

그것이 불가능했던 가장 주된 넷째 이유는, 세상이 존재한 이래 1812년만큼 끔찍한 조건 아래 벌어진 전쟁은 없었고, 러시아군은 프랑스군을 추격하는 데 전력을 기울였기 때문에 그 이상을 했다면 분명 자멸했을 것이기 때문이다.

타루티노에서 크라스노예까지 이동하는 중에 러시아군은 질병과 낙오로 5만 명, 즉 도의 큰 도시의 인구와 맞먹는 병력을 잃었다. 전투도 없이 병력의 절반을 잃은 것이다.

전쟁의 이 시기, 즉 군대가 장화도 털외투도 없고 식량도 부족하고 보드카도 없이 몇 달 동안 영하 15도나 되는 눈밭에서 야영하던 시기, 하루 중 낮은 겨우 일고여덟 시간이고 그 외의 시간은 군규도 미치지 않는 밤이었던 시기, 전투 때처럼 사람들이 몇 시간만 이미 군규도 없는 죽음의 세계로 끌려들었던 것이 아니라 몇 달 동안 매 순간 아사와 동사와 맞서며 살았던 시기, 한 달 동안 군의 반수가 줄어들었던 시기, 이 같은 시기에 관해 역사가들이 말해주는 것은 밀로라도비치가 어디로 측면 행진을 했어야 한다느니, 토르마소프는 어디로 갔어야 한다느니, 치차고프는 어디로 전진했어야 한다느니(무릎이 눈 속에 파묻히는 전진이었다), 또 누가 어떻게 적을 격파하고 잘랐어야 한다느니 같은 것뿐이다.

거의 반죽음 상태였던 러시아군은 국민에게 가치 있는 목표를 성취한다는 신념 아래 할 수 있는 일과 당연히 해야 할 모든 일을 했던 것이며, 따뜻한 방안에 앉아 있는 다른 러시아인들이 예상했던 것을 다하지 못했다고 하더라도 그것은 불가능한 일이었으므로 그들의 잘못이 아니다.

기묘한 사실과 역사 기술 사이의 오늘날 이해할 수 없는 이 같은 모순은 이 사건을 쓴 역사가들이 사건들의 역사를 쓴 것이 아니라 여러 장군의 고귀한 감정과 그들이 한 말만을 썼다는 데 기인한다.

그들은 밀로라도비치의 말이나, 어느 장군이 받은 논공행상, 그들의 예상 같은 것만을 대단히 흥미롭게 여겼고, 병원과 무덤에 남겨진 5만 명은 자신들의 연구 대상이 아니었기 때문에 관심도 갖지 않았다.

그러나 잠시 그와 같은 보고와 종합 계획의 연구에서 떠나 직접 사건에 관계한 수십만의 행동을 탐구한다면, 지금까지 해결할 수 없다고 생각되던 모든 문제에 대해 당장이라도 무척 쉽고 간단하고 의심의 여지 없는 해결을 얻을 수 있다.

나폴레옹과 그의 군대를 차단한다는 목적은 열 명쯤 되는 사람들의 공상 속 외에는 절대 존재하지 않았던 것이다. 그런 목적은 의미도 없었고, 달성하는 것도 불가능했기 때문에 존재할 수 없었다.

국민의 목적은 단 한 가지, 자신들의 땅에서 침략자들을 소탕하는 것이었다. 이 목적은 첫째, 프랑스군의 도주로 저절로 이루어져 이후로는 이 움직임을 막지만 않으면 되었다. 둘째, 이 목적은 프랑스군을 섬멸시킨 국민 전쟁의 힘으로 달성되었고, 셋째, 러시아 대군이 만일 프랑스군이 움직임을 멈추면 힘을 쓰려는 태세로 추적함으로써 이루어졌다.

러시아군은 달아나는 짐승에게 채찍처럼 행동하면 되었다. 그리고 노련한 몰이꾼은 가장 유효한 방법이 채찍을 치켜든 채 위협하는 것이지 달아나는 짐승의 머리를 때리는 것이 아니라는 것을 알고 있었다.

제4부

1

사람은 죽어가는 동물을 볼 때 그 자신인 것, 즉 그의 본질이 눈앞에서 분명히 소멸하고 존재하기를 멈추기 때문에 공포를 느낀다. 그러나 죽어가는 그것이 인간이면, 더욱이 자신이 사랑하는 인간이면, 생명의 소멸에 대한 공포 외에도 단절감과 정신적인 아픔을 느끼며, 그것은 육체적인 상처와 마찬가지로 때로는 생명과 결부되기도 하고 때로는 치유되기도 하지만, 어떠한 경우에도 그 상처는 아프고, 외부의 자극적인 접촉을 두려워하게 만든다.

안드레이 공작이 죽은 뒤 나타샤와 공작영애 마리야도 똑같이 그것을 느꼈다. 그들은 자신들의 머리 위에 드리운 무서운 죽음의 구름에 정신적으로 위축되어 삶을 똑바로 바라보지 못했다. 그들은 자신들의 벌어진 상처를 모욕적이고 고통스러운 접촉으로부터 애써 지키고 있었다. 빠르게 거리를 달리는 승용마차, 식사 알림, 어떤 옷을 준비해야 하느냐는 하녀의 물음, 무엇보다 나빴던 속 빈 동정의 말 등 모든 것이 고통스럽게 상처를 자극하고 모욕처럼 느껴져 마음속에서 아직 다 끝나지 않은 무섭고도 엄숙한 합창에 귀기울이는 데 필요한 정적을 깨뜨리고, 이따금 순간적으로 눈앞에 펼쳐지는 신비롭고 무한한 저쪽을 응시하는 것을 방해했다.

단둘이 있을 때만 그런 모욕감과 고통이 없었다. 그들은 거의 말을 나누지 않았다. 하더라도 아주 사소한 이야기만 했다. 둘 다 똑같이 미래에 관한 이야기는 가능하면 피했다.

미래의 가능성을 인정하는 것은 그들에게 그의 기억을 모욕하는 것처럼 생각되었다. 고인과 관련될 수 있는 모든 이야기는 더욱 조심스럽게 피했다. 그들은 자신들이 체험하고 느낀 것은 도저히 말로는 표현할 수 없는 것이라고 생각했다. 그의 생전에 있었던 일을 자세하게 말하는 것은 눈앞에서 벌어진 신비의 위엄과 신성을 침범하는 것 같았다.

언제나 말을 삼가고, 그에 관한 이야기로 이어질 수 있는 모든 것을 부단히 피하고, 그 이상 말하면 안 되는 경계에서 멈추는 일은 그들이 느끼는 것을 더욱 분명하고 더욱 순수하게 상상에 반영해 보여주었다.

그러나 순수하고 완전한 기쁨이 없는 것과 마찬가지로 순수하고 완전한 슬픔 또한 없다. 공작영애 마리야는 자기 운명에 대한 유일한 주인이자, 조카의 후견인이고 양육자라는 처지 때문에 처음 이 주일 동안 잠겨 있던 슬픔의 세계에서 삶으로 먼저 불려 나왔다. 그녀는 친척들이 보내온 편지에 답장해야 했고, 니콜루시카는 쓰는 방이 눅눅해 기침을 하기 시작했다. 알파티치가 집안일도 보고하고 모스크바 브즈드비젠카의 집이 무사해서 조금만 손보면 되니 그곳으로 옮기면 어떠냐는 제안과 조언을 하기 위해 야로슬라블로 왔다. 삶은 잠시도 멈추지 않았으므로 살아가야 했다. 지금까지 살아온 고독한 명상의 세계에서 나가는 것이 아무리 괴롭더라도, 또 나타샤를 혼자 남겨두는 것이 아무리 가엾고 마음에 걸리더라도, 공작영애 마리야는 실생활의 성가신 일들이 참여를 요구하자 자기도 모르게 그것에 지고 말았다. 그녀는 알파티치와 회계를 살펴보고, 조카 일에 관해 데살과 의논한 뒤 모스크바로 옮기기 위한 지시를 내리고 준비를 시작했다.

나타샤는 홀로 남겨졌고, 공작영애 마리야가 출발 준비를 시작하자 그녀까지 피하게 되었다.

공작영애 마리야는 백작부인에게 나타샤를 자기와 함께 모스크바로 가게 해달라고 부탁했는데, 어머니도 아버지도 딸이 체력이 떨어지고 날로 쇠약해지는 것을 알고 있었기 때문에 장소를 옮겨 모스크바의 의사들에게 보이는 것도 좋겠다고 생각하고 기꺼이 동의했다.

"전 아무데도 가지 않을 거예요." 이 제안을 들은 나타샤가 대답했다. "제발, 그냥 내버려두세요" 하고 그녀는 슬픔이라기보다 분함과 노여움을 띤 눈물을 간신히 참으며 방에서 뛰어나갔다.

나타샤는 공작영애 마리야에게 버림받고 홀로 슬픔 속에 남겨졌다고 느낀 후로 대부분의 시간을 자기 방에서 보냈는데, 소파 구석에 다리를 모으고 앉아 가느다란 손가락에 힘을 줘 뭔가를 찢기도 하고 구기기도 하면서 움직이지 않는 시선으로 눈길이 머무는 뭔가를 골똘히 바라보았다. 이 고독은 그녀를 지치고 괴롭게 했다. 그러나 그녀에게는 그것이 필요했다. 누가 방에 들어오면 그녀는 급히 일어나 자세와 눈빛을 바꾸고 책을 들거나 자수를 놓으며 방해한 사람이 나가주기를 초조하게 기다렸다.

그녀는 견디기 어려울 만큼 무서운 의문을 품은 채, 마음의 시선을 붙든 어떤 것이 이제 곧, 지금이라도 이해될 것 같다고 느끼고 있었다.

12월 말, 여위고 창백한 얼굴의 나타샤는 검은 모직 옷을 입고 머리를 대충 감아올린 채 소파 구석에 다리를 모으고 앉아 초조한 손짓으로 허리끈 끝을 말았다 폈다 하며 문 한구석을 바라보고 있었다.

그녀는 그가 가버린 삶의 저쪽을 보고 있었다. 전에는 생각해본 적도 없고, 아주 멀고, 있는 것 같지도 않았던 삶의 저쪽이 지금은 모든 것이 공허와 파탄의 고통과 모욕뿐인 삶의 이쪽보다 더 가깝고 친숙하고 이해하기 쉬웠다.

그녀는 그가 거기 있다고 자신이 알고 있는 저쪽을 바라보았지만, 그가 이 세상에 있었을 때와 다른 모습은 상상할 수 없었다. 그녀는 전에 미티시와 트로이차와 야로슬라블에 있을 때의 그의 모습을 보고 있었다.

그녀는 그의 얼굴을 보고, 그의 목소리를 듣고, 그가 했던 말과 자신이 그에게 했던 말을 되풀이하고, 전에 말할 수도 있었던 자신과 그의 새로운 말을 생각해내기도 했다.

그는 벨벳 반외투를 입고 앙상하고 파리한 손을 얼굴에 괴고 안락의자에 기대앉아 있었다. 가슴은 푹 꺼지고 어깨는 튀어나와 있었다. 입술은 굳게 다물어져 있고, 눈은 반짝이고, 창백한 이마에 한 가닥 주름이 잡혔다가 사라졌다. 한쪽 다리가 겨우 눈에 보일 정도로 빠르게 떨리고 있었다. 나타샤는 그가 심한 고통과 싸우고 있다는 것을 알아챘다. '이 아픔은 뭐지? 뭐 때문에 아픈 걸까? 그는 무엇을 느끼고 있을까? 얼마나 아픈 걸까!' 나타샤는 생각했다. 그는 나타샤의 관심을 알아채자 눈을 들고, 미소를 짓지 않고 말하기 시작했다.

"한 가지 두려운 건," 그는 말했다. "고통받는 사람과 자신을 영원히 결부시키는 거예요. 그것은 영원한 고통입니다." 그는 말하고 탐색하는 시선으로—나타샤는 지금도 그 눈이 보였다—그녀를 응시했다. 나타샤는 늘 그렇듯이 할말을 생각하기도 전에 대답해버렸다. 그녀는 이렇게 말했다. "그리 오래 계속되지는 않을 거예요. 절대 그럴 리 없어요. 당신은 건강해질 거예요—완전히."

지금 그녀는 먼저 그의 모습을 보고, 그 당시에 느꼈던 것을 전부 또다시 느꼈다. 그가 그 말을 했을 때의 슬프고도 엄격했던 긴 응시가 떠올랐고, 그 길었던 응시에 담긴 비난과 절망의 의미를 깨달았다.

'나는 동의했다.' 지금 나타샤는 자신에게 말했다. '그가 계속해서 고통 속에 살아가는 건 무서운 일이라고 동의했던 것이다. 내가 그런 말을 했던 건 그것이 그에게 무서운 일이라고 생각했기 때문이지만, 그는 다르게 이해했다. 그는 나에게 무서운 일이라고 생각했던 것이다. 그는 그때까지만 해도 여전히 살기를 원했고, 죽음을 두려워했다. 그런데도 나는 그렇게 난폭하고 어리석은 말을 하고 말았다. 나는 그런 생각을 해본 적도 없었는데. 전혀 다른 것을 생각하고 있었는데. 만일 내가 생각하는 것을 말하라면 나는 이렇게 말할 것이다. 만약 당신이 위독하다 해도 내 눈앞에서 죽는다 해도 지금보다는 행복했을 거라고. 지금은…… 아무것도, 아무도 없다. 그는 이것을 알고 있었을까? 아니다. 그는 몰랐고, 영원히 알지 못할 것이다. 이제 다시는 절대, 절대 돌이킬 수 없는 일이다.' 그때 그는 그녀에게 다시 같은 말을 했었지만, 지금 그녀는 상상 속에서 전혀 다른 대답을 생각해냈다. 그녀는 그의 말을 가로막고 말했다. '당신에게 무섭다는 것이지 내게 그렇다는 게 아니에요. 알아줘요. 당신이 없다면 내 삶에는 아무것도 없고, 당신과 함께 고통받는 것은 내게 가장 행복한 일이에요.' 그러자 그는 죽기 나흘 전 그 무서웠던 밤에 했듯 그녀의 손을 꼭 쥐었다. 그리고 그녀는 상상 속에서 그때 자신이 그에게 할 수 있었을 온갖 부드럽고 사랑이 담긴 말을 속삭였다. '나는 당신을 사랑해요…… 당신을…… 사랑해요, 사랑해요……' 그녀는 경련하듯 주먹을 쥐고 힘껏 이를 악물며 말했다.

감미로운 슬픔이 그녀를 휘감고, 벌써 눈물이 흘렀지만, 문득 그녀는 자신에게 물었다. 내가 누구에게 이런 말을 하고 있는 걸까? 그는 어디에 있고 지금 그는 누구일까? 그러자 다시 모든 것은 메마르고 단단한 의혹에 덮여버리고, 그녀는 다시 잔뜩 얼굴을 찌푸리고 그가 있었던 곳을 응시했다. 그리고 이제, 이제 그녀는 신비를 통찰할 수 있을 것 같았다…… 그러나 그 이해할 수 없는 것이 당장 계시될 것 같다고 생각한 순간, 문손잡이가 움직이는 큰 소리가 그녀의 귀를 때렸다. 하녀 두냐샤가 급하고 부주의하게, 겁먹은 얼굴로 방안으로 들어왔다.

"아버님한테 가보세요, 얼른이요." 두냐샤가 유난히 상기된 표정으로 말했다. "불행이, 표트르 일리치 일로…… 편지가." 그녀는 갑자기 흐느끼며 말했다.

2

모두에게서 소외되어 있다는 전체적인 기분 외에도 요즘 나타샤는 가족과도 떨어져 있고 싶은 특별한 기분을 느끼게 되었다. 아버지도 어머니도 소냐도 모두 그녀와 너무도 가깝고 친숙하고 평범해서, 그들의 말과 감정은 그녀가 최근 살고 있는 세계를 모욕하는 것처럼 느껴졌기 때문에 그들에 대해 무관심할 뿐만 아니라 적대적으로 바라보게 되었다. 그래서 표트르 일리치니 불행이니 하는 두냐샤의 말을 듣고도 뜻을 알아챌 수 없었다.

'저들에게 어떤 불행이 일어났다는 거지, 어떤 불행이 있을 수 있다는 걸까? 저들은 모두 고루하고 타성적이고 태평스럽기만 한데.' 나타샤는 속으로 생각했다.

그녀가 홀에 들어갔을 때 아버지가 백작부인의 방에서 빠르게 걸어나왔다. 그의 얼굴은 눈물에 젖고 잔뜩 찌푸려져 있었다. 솟구치는 통곡을 마음껏 터뜨리기 위해 방을 나온 것이 분명했다. 그는 나타샤를 보자 절망적으로 두 손을 내젓고 둥글고 부드러운 얼굴을 보기 흉하게 일그러뜨리며 고통스럽게 경련하듯 울음을 터뜨렸다.

"페…… 페탸가…… 가봐라, 가봐, 어머니가…… 어머니가…… 부르신다……" 그는 말하고 아이처럼 흐느끼며 쇠약한 다리로 빠르게 걸어가 두 손으로 얼굴을 감싸고 쓰러지듯 의자에 몸을 던졌다.

갑자기 전류 같은 것이 나타샤의 온몸을 스쳐갔다. 무서운 어떤 힘이 그녀의 심장을 아프도록 쳤다. 극심한 아픔을 느꼈다. 뭔가 몸을 찢고 나오는 것 같고 자신이 죽어가는 것만 같았다. 그러나 그 아픔에 이어 그녀는 지금까지 자신에게 가해졌던 삶의 금제(禁制)에서 즉시 해방되는 기분을 느꼈다. 아버지를 보고 문 안쪽에서 울리는 어머니의 무서우리만큼 거친 외침 소리를 듣자, 그녀는 곧바로 자신의 슬픔을 잊어버렸다.

그녀는 아버지에게 달려갔지만, 그는 힘없이 한 손을 젓고 어머니의 방문을 가리켰다. 공작영애 마리야가 창백한 얼굴로 아래턱을 떨며 문에서 나와 무슨 말을 하고 나타샤의 손을 잡았다. 나타샤는 그것을 보지도 듣지도 못했다. 그녀는 빠른 걸음으로 방안으로 들어가, 자기 자신과 싸우듯 잠시 발을 멈추었다가 이내 어머니에게 달려갔다.

백작부인은 이상하고 어색하게 몸을 편 자세로 안락의자에 누워 벽에 머리를 부딪치고 있었다. 소냐와 하녀들이 그녀의 손을 붙잡고 있었다.

"나타샤, 나타샤를!……" 백작부인은 소리쳤다. "사실이 아냐, 사실이 아냐…… 그가 거짓말한 거야…… 나타샤를!" 그녀는 주위 사람들을 밀치며 외쳤다. "모두 나가, 사실이 아니야! 전사했다니!……하-하-하-하!…… 거짓말!"

나타샤는 안락의자에 한쪽 무릎을 기대고 몸을 굽혀 어머니를 끌어안았고, 뜻밖의 힘으로 그녀를 일으키더니 얼굴을 자기 쪽으로 돌리고 몸을 가까이 댔다.

"엄마!…… 내 사랑!…… 저 왔어요, 나의 친구. 엄마!" 그녀는 잠시도 쉬지 않고 어머니에게 속삭였다.

나타샤는 어머니를 놓지 않고 상냥하게 그녀와 실랑이했고, 베개와 물을 가져오게 해 어머니의 옷 단추를 풀고 가슴의 천을 찢었다.

"나의 친구, 사랑하는…… 엄마, 내 사랑." 나타샤는 그녀의 머리와 손과 얼굴에 키스하고, 눈물이 코와 뺨을 간질이며 시내처럼 쉼없이 흐르는 것을 느끼며 계속해서 속삭였다.

백작부인은 딸의 손을 잡고 눈을 감은 채 잠시 말이 없었지만, 갑자기 평소와 다른 속도로 일어나 주위를 둘러보다가 나타샤를 알아채자 그녀의 머리를 힘껏 그러안았다. 그러고는 아픔에 일그러진 그녀의 얼굴을 자기 쪽으로 돌려 오랫동안 들여다보았다.

"나타샤, 너는 날 사랑하지." 그녀는 굳게 믿는 듯한 나직한 목소리로 말했다. "나타샤, 너는 날 속이지 않겠지? 사실을 말해주겠니?"

나타샤는 눈물이 넘쳐흐르는 눈으로 어머니를 바라보았고, 그 얼굴에는 용서와 사랑만 어려 있을 뿐이었다.

"나의 친구, 엄마." 그녀는 어머니를 짓누른 슬픔의 과잉을 어떻게든 자신에게 옮겨보려는 듯 사랑의 온 힘을 기울이며 되풀이했다.

그러자 어머니는 다시 현실과 무력한 싸움을 하며, 꽃다운 나이의 사랑하는 아들이 죽어도 자신은 살 수 있다는 것을 믿지 않으려고, 현실에서 벗어나 광기의 세계에서 구원을 얻으려고 했다.

나타샤는 이날과 밤이, 다음날과 그 밤이 어떻게 지나갔는지 기억하지 못했다. 그녀는 한숨도 자지 않고 어머니 곁을 지켰다. 집요하고 인내심 있는 나타샤의 사랑은 설득과 위로가 아니라 삶으로 돌아오라는 요구로서 줄곧 백작부인을 사방에서 에워싸는 것 같았다. 사흘째 밤에 백작부인은 잠시 안정되었고, 나타샤는 안락의자 팔걸이에 머리를 기대고 눈을 감았다. 침대가 삐걱거렸다. 나타샤는 눈을 떴다. 백작부인은 침대에 앉아 나직이 말했다.

"네가 집에 돌아와서 정말 기쁘구나. 피곤할 텐데, 차 마실래?" 나타샤는 그녀에게 다가갔다. "이제 인물이 나고 어른이 다 되었구나." 백작부인은 딸의 손을 잡고 말을 이었다.

"엄마, 무슨 말씀 하시는 거예요!⋯⋯"

"나타샤, 그애는 없다. 이제 돌아오지 않아!" 하고 말하고, 백작부인은 딸을 껴안고 비로소 울기 시작했다.

3

공작영애 마리야는 출발을 연기했다. 소냐와 백작은 나타샤와 교대하려 했지만 그럴 수 없었다. 어머니를 광적인 절망 상태에 빠지지 않게 할 사람은 나타샤밖에 없다는 것을 알았기 때문이다. 나타샤는 삼 주 동안 한 발짝도 나가지 않고 시중을 들고, 안락의자에서 잠을 자고, 음식을 먹이고, 어머니와 끊임없이 이야기를 나눴고, 그녀의 부드럽고 어루만져주는 듯한 목소리만이 백작부인을 가라앉혀줄 수 있었다.

어머니의 마음의 상처는 아물지 않았다. 페탸의 죽음은 그녀의 생명 절반을 앗아갔다. 페탸의 전사 소식을 들은 당시만 해도 생생하고 쾌활한 쉰 살의 여성이었던 그녀가 한 달 뒤 방에서 나왔을 때는 삶과는 아무 관계도 없는 사람처럼 절반은 죽은 듯한 노파가 되어 있었다. 그러나 백작부인을 반쯤 죽인 것과 다름없는 이 새로운 상처가 나타샤를 삶으로 돌아오게 했다.

정신의 몸이 찢겨 생긴 마음의 상처도 육체의 상처와 똑같아서, 그것이 아무리 이상해 보이더라도, 역시 깊은 상처는 아물고 양끝이 붙어 육체의 상처와 마찬가지로 안에서 솟아나는 생명력에 의해 비로소 낫는 법이다.

나타샤의 상처도 역시 그렇게 아물었다. 그녀는 자신의 삶이 끝났다고 생각했었다. 그런데 갑자기 어머니에 대한 사랑이, 그녀에게 삶의 본질인 사랑이 아직 자기 안에 살아 있음을 알게 했다. 사랑이 깨어나고, 삶도 눈을 떴다.

안드레이 공작의 마지막 날들은 나타샤와 공작영애 마리야를 결속시켰다. 새로운 불행은 그들을 더욱 가깝게 만들었다. 공작영애 마리야는 출발을 연기하고 삼 주 동안, 아픈 어린애에게 하듯 나타샤를 돌봐주었다. 어머니의 방에서 보낸 몇 주 사이 나타샤의 체력은 몹시 쇠약해졌다.

어느 오후, 공작영애 마리야는 나타샤가 열 때문에 오한으로 떨고 있는 것을 알아채고 그녀를 자기 방으로 데려가 침대에 눕혔다. 나타샤는 누웠지만 공작영애 마리야가 커튼을 치고 나가려 하자 그녀를 곁으로 불렀다.

"나는 자고 싶지 않아. 마리, 함께 있어줘요."

"당신은 지쳤으니까 자야 해요."

"아니요, 아니에요. 왜 나를 데려왔어요? 어머니가 부르실 거예요."

"어머님은 많이 좋아지셨어요. 오늘은 말씀도 곧잘 하셨잖아요." 공작영애 마리야는 말했다.

나타샤는 침대에 누워 방안의 어둠 속에서 공작영애 마리야의 얼굴을 물끄러미 바라보았다.

'이 사람은 그와 닮았을까?' 나타샤는 생각했다. '그래, 닮은 것 같기도 하고 그렇지 않은 것 같기도 하다. 하지만 그녀는 특별하고 낯선, 전혀 새로운 미지의 사람이다. 그리고 그녀는 나를 사랑한다. 그녀의 마음속에는 뭐가 있을까? 모두 다 좋은 것이겠지. 그런데 어떤 것일까? 어떻게 생각하고, 그녀는 어떤 생각을 할까? 그래, 그녀는 훌륭한 사람이다.'

"마샤," 그녀는 공작영애 마리야의 손을 잡으며 조심스럽게 말했다. "마샤, 나를 나쁜 여자라고 생각하지 말아줘요. 안 그럴 거죠? 마샤, 내 사랑. 나는 당신이 정말 좋아요. 우리 정말, 정말 친구가 돼요."

나타샤는 공작영애 마리야를 껴안고 손과 얼굴에 입을 맞추기 시작했다. 공작영애 마리야는 나타샤의 이런 감정 표현이 부끄러우면서도 기뻤다.

이날부터 공작영애 마리야와 나타샤 사이에는 여자들 사이에만 존재하는 열정적이고도 상냥한 우정이 싹텄다. 그들은 연신 키스하고, 서로 다정한 말을 주고받고, 대부분의 시간을 함께 보냈다. 한 사람이 나가면 다른 사람이 불안해하며 곧 뒤따라나가곤 했다. 두 사람은 떨어져 있을 때보다 함께 있을 때 더 서로의 조화를 느꼈다. 그들 사이에는 우정보다 강한 감정이, 서로의 존재가 있어야만 살아갈 수 있다고 느끼게 되는 특별한 감정이 있었다.

때로는 몇 시간 동안 말없이 있기도 하고, 때로는 잠자리에서 이야기하다 날이 새기도 했다. 그들은 주로 먼 과거를 이야기했다. 공작영애 마리야는 자기의 유년 시절과 부모님과 공상에 관해 말했고, 나타샤도 전에는 헌신과 경건한 삶과 그리스도교적인 자기희생 같은 시적 세계에 대해 외면하고 그런 것을 이해하지 못해도 개의치 않았지만, 지금은 공작영애 마리야와 사랑으로 결속되었다고 느끼고 있었기 때문에, 그녀의 과거까지도 사랑하게 되었고, 전에 이해하지 못했던 인생의 일면을 깨닫게 되었다. 나타샤는 그녀와 다른 기쁨을 추구하는데 익숙했기 때문에 그녀의 경건함과 자기희생을 자기 생활에 적용할 생각은 없었지만, 마리야 안에 있는 전에 이해하지 못했던 그 미덕을 이제는 이해하고 사랑하게 되었다. 공작영애 마리야도 나타샤의 유년 시절과 초기 청춘 시절의 이야기를 듣고 삶과 삶의 즐거움에 대한 신념, 전에 그녀가 이해하지 못했던 삶의 일면을 보게 되었다.

그들은 그들 마음속에 있는, 자신들이 숭고하다고 생각하는 감정을 말로 깨뜨리고 싶지 않았기 때문에 그에 대해서는 이야기하지 않았지만, 그런 침묵도 어느덧 그를 조금씩 잊게 하고 있었다.

나타샤는 여위고 창백하고, 육체적으로 몹시 쇠약해졌기 때문에 모두가 그녀의 건강에 대해 늘 이야기했고, 그녀는 그것이 좋았다. 그러나 때때로 문득 죽음의 공포뿐만 아니라 병과 쇠약과 아름다움을 잃는 것에 대해 두려움을 느꼈고, 자신의 여윈 모습에 놀라며 드러난 팔을 주의깊게 보기도 하고, 아침마다 거울 앞에서 길쭉해진, 자신의 눈에 가엾어 보이는 얼굴을 바라보기도 했다. 그녀는 그게 당연하다고 생각되면서도 동시에 무섭고 슬펐다.

한번은 급히 이층으로 뛰어올라갔다가 괴롭게 숨을 헐떡인 적이 있었다. 그녀는 문득 볼일이 생각나 아래층으로 내려갔는데, 다시 이층으로 뛰어올라가며 자신의 체력을 가늠해보았다.

또 한번은 두냐샤를 불렀는데 마치 금이 간 것 같은 목소리가 났다.

그녀는 두냐샤의 발소리가 들리는데도 다시 한번 불렀고, 전에 노래를 부를 때처럼 가슴속에서 나오는 목소리로 부르며 그 소리에 귀를 기울였다.

그녀는 그것을 몰랐고 또 믿지도 않았겠지만 그녀의 영혼을 뒤덮은 뚫을 수 없을 것만 같았던 진흙층 밑에서 어느새 가늘고 부드럽고 바늘 같은 어린싹이 돋아나고 있었고, 이 어린싹은 뿌리를 내리고 자라나 그녀를 짓눌렀던 슬픔을 보이지 않게, 눈에 띄지 않을 정도로 덮어줄 것이었다. 상처는 안에서 아물고 있었다.

1월 말에 공작영애 마리야는 모스크바로 떠났고, 백작은 나타샤에게 그녀와 함께 가 거기서 의사들의 진찰을 받아보라고 주장했다.

4

쿠투조프가 적군의 격멸과 차단 등등을 열망하는 휘하 군대를 억제하지 못하고 마침내 뱌지마에서 적군과 충돌한 후, 달아나는 프랑스군과 추격하는 러시아군의 행동은 크라스노예까지 여타의 전투 없이 이어졌다. 적의 패주가 무척 빨라 추격하는 러시아군은 도저히 뒤따라가지 못했고, 기병대와 포병대의 말들은 걸핏하면 멈췄고, 프랑스군의 이동에 관한 정보는 언제나 부정확했다.

하루 40베르스타라는 끝없는 행군에 러시아군 장병들도 지쳐 그 이상의 속도로는 나아가지 못했다.

러시아군이 어느 정도로 기진했는지 이해하기 위해서는, 타루티노에서부터 행군의 전 기간을 통해 사상으로 인한 손실이 5천을 넘지 않았고, 포로로 잃은 인원은 거의 없는데도 타루티노를 떠날 때 10만이던 병력이 5만으로 줄어 크라스노예에 도착했다는 사실이 뜻하는 바만 분명히 알아도 충분할 것이다.

프랑스군을 추격하는 러시아군의 기민한 행동은 프랑스군에게 패주가 그랬듯 러시아군에게도 파괴적인 영향을 미쳤다. 다만 차이가 있다면, 러시아군은 프랑스군 위에 걸려 있던 멸망의 위협 없이 임의로 움직였다는 것이고, 낙오된 프랑스군 부상자들은 적의 수중에 남겨졌지만 러시아군 낙오자들은 자기 집에 남겨졌다는 것 정도였다. 나폴레옹군 병력 감소의 주원인은 행동의 신속함이었고, 그 확실한 증거는 러시아군도 이에 대응해 감소했다는 것이다.

타루티노나 뱌지마에서와 마찬가지로 쿠투조프의 모든 활동은 그의 힘이 닿는 한 프랑스군의 자멸적인 이 행동을 막지 않는 것이었고(페테르부르크에서도 군대 내부에서도 장군들은 막길 바랐지만), 오히려 그것을 도우며 우군의 행동을 촉진하는 데 집중되었다.

그러나 군대의 급속한 행동이 불러온 피로와 대규모 손실을 목도한 후로 쿠투조프는 군대의 행동을 늦춰 시기를 기다리게 할 다른 한 가지 이유가 떠올랐다. 러시아군의 목적은 프랑스군을 추격하는 것이었다. 하지만 프랑스군의 퇴로가 분명하지 않았기 때문에 우군은 프랑스군의 발꿈치를 바싹 좇아 가까워질수록 더 많은 거리距離를 통과해야 했다. 약간의 거리를 두고 추격할 때만 프랑스군이 취한 지그재그의 길을 최단 경로로 가로지를 수 있었다. 장군들이 제출한 교묘한 계획은 모두 군의 이동과 행정을 늘리는 것이었으므로, 유일한 합리적인 목적은 이 행정을 단축하는 것이었다. 모스크바에서 빌나에 이르는 모든 전역에서 쿠투조프의 활동은 이 유일한 목적에 집중되었고, 그것도 우연이나 일시적인 것이 아니라 한 번도 이 목적에 어긋나지 않을 정도로 지속적으로 수행되었다.

쿠투조프는 모든 러시아 장병이 느끼고 있었던 것, 즉 프랑스군은 패주하고 있으므로 그들을 쫓아내야 한다는 것을 지혜와 과학으로서가 아니라 러시아인으로서의 자신의 전 존재로 알고 느끼고 있었고, 속도와 계절로 보아 유례없는 이 행군의 어려움을 병사들과 한 몸처럼 느끼고 있었다.

그러나 공을 세우고, 누군가를 놀라게 하고, 무슨 목적으로든 어느 공작과 왕을 포로로 사로잡길 바라던 장군들, 특히 러시아인이 아닌 장군들에게는 모든 전투가 혐오스럽고 무의미한 지금이야말로 전투를 해서 누군가를 정복할 호기라고 생각했다. 그래서 쿠투조프는 장군들이 병사를 동원하는 기동 계획을 잇달아 제출하자, 병사들이 다 해진 구두를 신고, 외투도 없고, 절반은 굶주리고, 전투가 없는데도 한 달 사이 반수로 줄어들고, 설령 적의 도주가 최상의 조건으로 계속된다 하더라도 지금까지 지나온 길 이상의 길을 거쳐 국경까지 걸어가야 했으므로 그저 어깨만 움츠렸다.

공을 세우고, 기동작전을 감행하고, 쳐부수고, 차단하려는 바람이 뚜렷이 나타나는 것은 러시아군이 프랑스군과 마주쳤을 때였다.

크라스노예 부근에서 바로 그런 일이 일어나, 프랑스군 3개 종대 중 1개 종대와 마주치리라 예상했지만 1만 6천 병사를 거느린 나폴레옹과 마주쳤다. 쿠투조프는 이 파멸적인 충돌을 피해 휘하 군대를 보호하려 온갖 수단을 강구했지만, 결국 크라스노예에서는 지친 러시아군 장병들이 프랑스 잔병들을 살육하는 일이 사흘 동안 계속되었다.

톨리는 *제1종대 진격* 등등 작전명령을 썼지만, 늘 그렇듯 모든 것은 명령대로 수행되지 않았다. 뷔르템베르크의 예브게니 대공은 달아나는 프랑스군 무리를 산에서 사격하고 증원을 요청했지만, 증원대는 오지 않았다. 프랑스군은 밤중에 러시아군을 우회하면서 흩어져 숲속에 숨고 가능한 한 앞으로 멀리 달아났다.

자기가 필요할 때 한 번도 볼 수 없었던 부대의 병참 사무 같은 것에 대해서는 전혀 알고 싶지 않다고 말하던 밀로라도비치는 자신을 "*공포와 비난을 모르는 기사*"라 호언하고 프랑스인들과의 대화를 좋아하는 인물이었는데, 그도 군사軍使들을 보내 항복을 요구하며 시간만 허비했을 뿐 명령은 실행하지 않았다.

"제군, 이 종대를 제군에게 주겠다." 그는 휘하의 기병대로 말을 몰고 가 프랑스병 무리를 가리키며 말했다. 누더기를 걸치고 간신히 움직이는 말들을 탄 기병들은 박차와 사브르로 말을 재촉하며 안간힘을 다한 끝에, 얼어서 곱고 허기진 프랑스병 무리로 다가갔고, 선물로 받은 그 종대는 이미 오래전부터 그들이 바라오던 대로 무기를 버리고 투항했다.

크라스노예 부근에서는 포로 2만 6천 명, 대포 수백 문, 원수의 홀이라 불리는 일종의 지팡이를 노획했고, 이 전투에서 누가 공을 세웠는가를 논쟁하며 만족스러워했지만, 나폴레옹은 고사하고 이름난 용사나 원수를 포로로 사로잡지 못한 것을 몹시 유감스러워하며 그 때문에 서로를 비난하고, 특히 쿠투조프를 비난했다.

자신의 욕망에만 사로잡힌 이들은 필연이라는 가장 슬픈 법칙의 맹목적인 실행자에 지나지 않았지만, 그들은 스스로를 영웅이라 생각하고, 자신들이 하는 일이 가장 가치 있고 훌륭한 일이라 생각했다. 그들은 쿠투조프에 대해 그가 전쟁 초기부터 나폴레옹을 정복하는 일을 방해했고, 자신의 욕망을 채우는 데 급급해 폴로트냐니예 자보디*에서 나오려 하지 않았고, 크라스노예에서 군대의 행동을 저지한 것도 나폴레옹의 존재를 알고 당황했기 때문이었고, 나폴레옹에게 매수되고 내통하는 자라고 생각될 수 있다는 등등의 비난을 했다.†

욕망에 사로잡혔던 당시의 사람들만 그렇게 말했던 것이 아니라 후세인들과 역사도 나폴레옹은 *위대하다*고 말하면서 쿠투조프에 대해서는, 외국인들은 그를 교활하고 음탕하고 무기력한 늙은 조신이라 단정하고, 러시아인들은 그를 어딘지 모르게 흐리멍덩한 인형 같은 존재이고 다만 러시아 이름을 가지고 있었기 때문에 덕을 본 인물이라 생각했다⋯⋯

5

1812년과 1813년의 전쟁에서 쿠투조프는 잘못에 대해 노골적으로 비난받았다. 황제도 그에게 불만이었다. 최근 폐하의 명령으로 쓰인 역사 기록에도 쿠투조프는 나폴레옹의 명성에 겁먹은 교활한 거짓말

---

* 칼루가 도의 한 마을로, 한때 사령부가 있었다.
† 윌슨의 수기[19]에서. (원주)

쟁이 조신이며, 그가 크라스노예와 베레지나에서 범한 과오 때문에 프랑스군 전멸이라는 러시아군의 영광을 잃었다고 기술되었다.†

이것이 러시아 지성들에게 인정받지 못하는 위대한 인간, *위인* 아닌 자의 운명이고, 신의 섭리를 깨닫고, 그것에 개인의 의지를 종속시킬 수 있는, 항상 외롭고 보기 드문 자의 운명이다. 이런 사람들은 지고의 법칙을 통찰한 대가로 대중의 증오와 경멸이라는 처벌을 받는다.

러시아 역사가들에게는—말하기조차 괴상하고 무섭지만—언제 어느 곳에서나, 추방의 땅에서조차 한 번도 인간다운 품위를 보인 일이 없는 역사의 보잘것없는 도구에 지나지 않는 나폴레옹이 찬미와 감격의 대상이고, *위대한* 사람이다. 한편 쿠투조프는 보로디노에서 빌나에 이르는 1812년 전쟁 때 활동은 시종일관하고, 한 번도 자신을 속이는 언행을 하지 않고 역사상 보기 드문 자기희생의 모범과 사건의 장래 의의를 현재 시점에서 통찰하는 실례를 보였지만, 그들에게는 어딘지 모르게 흐리멍덩한 가련한 존재로 비쳤고, 쿠투조프와 1812년 전쟁에 관해 이야기할 때면 그들은 언제나 약간의 수치를 느끼는 것처럼 보인다.

그러나 역사적 인물 가운데 그만큼 시종 변하지 않는 목적을 향해 꾸준히 집중했던 인물은 달리 떠올리기 어렵다. 그보다 더 훌륭하고, 그보다 더 전 국민의 의지와 일치하는 합당한 목적을 상상하기도 어렵다. 어떤 역사적 인물이 설정했던 목적이 1812년 전쟁에서 쿠투조프가 온 힘을 기울였던 목적만큼 완전하게 달성된 실례를 역사에서 발견하기는 더 어렵다.

---

† 보그다노비치의 『1812년 조국전쟁사』 중 쿠투조프의 성격과 크라스노예 전투의 만족스럽지 않은 결과에 대한 고찰. (원주)

쿠투조프는 피라미드 위에서 40세기가 굽어보고 있다*느니, 조국을 위해 희생을 했다느니, 무엇을 할 것이고 무엇을 했다느니 하는 이야기를 입에 올리지 않았는데, 원래부터 자신에 대해서는 말이 없고, 어떤 역할도 맡지 않고, 언제나 지극히 단순하고 평범한 인간으로 보이며 지극히 단순하고 평범한 말을 했다. 그는 자기 딸들과 마담 스탈에게 편지를 쓰고, 소설을 읽고, 아름다운 부인들과의 교제를 즐기고, 장군과 장교들, 병사들과 농담을 즐기고, 자기에게 뭔가를 증명하려는 사람들에게도 결코 반박하지 않았다. 라스톱친 백작이 모스크바 함락이 누구의 책임이냐며 개인적인 비난을 하기 위해 야우스스키 다리에 있던 쿠투조프에게 달려와 "왜 당신은 싸우지도 않고 모스크바를 포기하지는 않겠다고 약속했습니까?"라고 말했을 때, 이미 모스크바가 포기된 뒤인데도 불구하고 쿠투조프는 "나는 싸우지도 않고 모스크바를 포기하지는 않습니다"라고 대답했다. 황제의 명령으로 파견된 아락체예프가 예르몰로프를 포병 대장으로 임명해야 한다고 말했을 때는, 일 분 전까지 전혀 다른 말을 하고 있었음에도 "그렇소, 나도 방금 그 이야기를 하고 있었소"라고 대꾸했다. 주위를 둘러싼 우둔한 무리 속에서 홀로 당시 사건의 거대한 의미를 모두 깨닫고 있었던 그에게 라스톱친 백작이 수도의 재앙을 자기 책임으로 돌리든 쿠투조프의 책임으로 돌리든 그것이 무슨 상관이었겠는가? 포병 대장이 누가 되느냐 하는 것은 더욱 문제가 되지 않았다.

인생의 경험을 통해, 사상과 그것을 표현해주는 언어는 인간을 움직

---

* 나폴레옹이 이집트 원정 때 부하들에게 한 말.

이는 원동력이 아니라는 신념에 도달한 이 노인은 비단 그러한 경우뿐만 아니라 언제나 완전히 무의미한 말을, 그저 머리에 떠오른 대로 말했다.

그러나 자기 말을 그토록 가벼이 여기는 이 노인도 전쟁중 자신이 반드시 달성하고자 매진했던 유일한 목적에 합치되지 않는 말은 활동의 전 기간을 통틀어 단 한 번도 하지 않았다. 분명 그는 무의식적으로 아무도 자기를 이해해주지 않을 거라는 괴로운 확신을 품은 채 갖가지 상황에서 몇 번인가 자기 생각을 표명했다. 처음 그와 주위 사람들의 불화가 시작됐던 보로디노 전투 때부터 그 한 사람만이 보로디노 전투는 승리라고 말했고, 이 말을 구두로 했을 뿐만 아니라 보고와 상주서에서도 죽을 때까지 되풀이했다. 오직 그 한 사람만이 모스크바를 잃은 것은 러시아를 잃은 것이 아니다라고 말했다. 그는 로리스통의 강화 제안에 강화는 있을 수 없다, 그것이 국민의 의지이기 때문이다라고 대답했고, 프랑스군이 퇴각할 때도 오직 그 한 사람만이 아군의 작전은 모두 불필요하다, 모든 것은 우리가 원하는 것 이상으로 저절로 잘될 것이다, 적에게는 황금의 다리를 놓아주어야 한다, 타루티노에서도, 뱌지마에서도, 크라스노예에서도 전투는 불필요하다, 국경까지 가려면 어느 정도 병력이 필요하며, 열 명의 프랑스인을 잡는다 해도 한 명의 러시아인을 포기하지는 않을 것이다 하고 말했다.

황제에게 아부하기 위해 아락체예프에게 거짓말을 한 것으로 알려졌던 이 조신 한 사람만이 빌나에서 차르의 불만을 사면서까지 더이상 국경 밖에서 싸우는 것은 백해무익하다고 직언했다.

그러나 말만으로는 그가 당시 사건의 중요성을 이해하고 있었다고 증명하기 어렵다. 그의 모든 행위는 한 치의 예외도 없이 다음 세 가지 행위로 표현되는 하나의 목적에 집중되어 있었다. 1) 프랑스군과의 충돌에 대비해 전력을 다하고, 2) 그들에게 이기고, 3) 가능한 한 국민과 군대의 불행을 경감하며 적을 러시아에서 추방한다.

과단한 행동을 반대하고, 인내와 시간을 모토로 삼던 굼뜬 쿠투조프가 보로디노 전투에 임할 때는 전에 없던 엄숙함 속에서 준비를 했다. 아우스터리츠 전투 때는 싸우기도 전에 패배를 단언했던 쿠투조프가 보로디노에서는 장군들 모두가 패배라 단정하는데도, 또 승리 후 군대가 퇴각해야 했던 역사상 전례가 없던 일이 벌어졌는데도 그 한 사람만이 모두에게 반대하고 죽을 때까지 보로디노 전투는 승리라고 주장했다. 프랑스군이 퇴각하는 동안 그 한 사람만이 지금은 무익한 전투를 해서는 안 되며, 새로운 전쟁을 시작해서는 안 되며, 러시아 국경을 넘어서는 안 된다고 주장했다.

지금에 와서는 사건과 그 결과 전체가 우리 앞에 놓여 있기 때문에 당시 열 명쯤 되는 사람들의 머릿속에 있던 목적을 대중의 활동에 덧붙이지만 않는다면 사건의 의미는 쉽게 이해된다.

그러나 어떻게 이 노인만이 당시 여러 사람의 의견에 반대하며 이 사건의 국민적 의의를 정확하게 통찰하고, 자신의 모든 활동을 통해 처음부터 끝까지 그것을 저버리지 않을 수 있었을까?

현재 일어나는 현상의 의미에 대한 이 비범한 통찰력의 원천은, 그가 끝까지 순수하고 힘차게 자기 안에 품었던 국민적 감정 속에 있었다.

국민은 그의 안에 있었던 그 감정을 이해했기 때문에 황제의 불만을 샀던 이 노인을 그처럼 기묘한 방법으로 황제의 뜻을 거스르면서까지 국민 전쟁의 대표자로 선출했던 것이다. 그리고 오직 그 감정이 그를 인간으로서 최고 지위에 서게 했고, 또한 총사령관으로서의 모든 권력을 인간을 죽이고 파멸시키는 것이 아니라 그들을 구하고 불쌍히 여기는 데 집중하게 했다.

소박하고 겸손하고, 그렇기에 참으로 위대했던 이 인물은 역사가 만들어낸 유럽적 영웅, 즉 자신이 사람들을 지도한다고 착각하는 가짜 영웅의 형식에 넣을 수 없다.

종복에게 위대한 인간은 있을 수 없다. 종복은 위대함에 대해 자신만의 개념을 가지기 때문이다.

6

11월 5일은 이른바 크라스노예 전투 첫날이었다. 저녁 전에 이미 잘못된 방향으로 군대를 이끈 장군들의 많은 논쟁과 과실이 있었고, 엇갈린 명령을 가진 부관들이 여러 방면으로 파견된 끝에 적이 도처에서 패주중이고, 전투가 있을 리 없고, 또 앞으로도 없으리라는 것이 명백해졌을 때 쿠투조프는 크라스노예를 출발해 이날 황제의 사령부가 옮겨간 도브로예로 갔다.

날은 맑게 갰지만 몹시 추웠다. 쿠투조프는 그에게 불만을 품고 뒤에서 수군거리는 많은 장군 막료를 거느리고 작고 살찐 흰 말을 몰고 도브로예로 향했다. 가는 도중 이날 잡힌 프랑스군 포로 무리가 길가 곳곳에서 모닥불을 쬐며 모여 있는 것을 보았다(이날 잡힌 포로는 7천

명이었다). 도브로예 부근에서는 누더기가 된 옷을 있는 대로 몸에 두르거나 걸친 수많은 포로가 말을 풀고 긴 대열을 짓고 있는 프랑스 포병대 옆 길가에 서서 와자하게 떠들고 있었다. 총사령관이 접근하자 이야기 소리가 멈추고, 모두의 시선이 테두리가 빨간 하얀 군모를 쓰고 구부정한 어깨에 혹처럼 솜외투를 걸치고 천천히 길을 나아가는 그에게 쏠렸다. 한 장군이 대포와 포로를 획득한 장소를 쿠투조프에게 보고했다.

쿠투조프는 뭔가에 정신이 팔린 듯 장군의 말을 듣지 못한 것 같았다. 그는 불만스러운 듯 실눈을 뜨고 유달리 비참해 보이는 포로들을 주의깊게 바라보았다. 프랑스병들은 대부분 코와 뺨에 동상을 입어 몹시 흉했고, 대부분 눈도 빨갛게 부어오르고 곪아 있었다.

또 한 무리의 프랑스병들이 길가에 서 있었고, 그중 두 병사가—한 병사의 얼굴은 잔뜩 짓물러 있었다—날고기를 손으로 찢고 있었다. 옆을 지나가는 사람들에게 던진 그들의 시선에는 소름 끼치는 것 같은 동물적인 것이 있었고, 얼굴이 잔뜩 짓무른 병사는 쿠투조프를 보자 적의를 띤 표정으로 곧 외면하더니 하던 일을 계속했다.

쿠투조프는 두 병사를 오랫동안 주시하다가 미간을 더욱 찌푸리고 실눈을 뜬 채 생각에 잠겨 고개를 저었고, 또다른 곳에서 웃으며 프랑스병의 어깨를 두드리고 친절하게 말하고 있는 러시아병을 보았다. 쿠투조프는 같은 표정으로 다시 고개를 저었다.

"자네 뭐라고 했나? 뭐라고?" 그는 장군에게 물었고, 장군은 보고를 계속하면서 프레오브라젠스키 연대 앞에 세워져 있는 포획한 프랑스 군기들로 총사령관의 주의를 돌리려 했다.

"아, 군기인가!" 쿠투조프는 자기 마음을 차지한 대상에서 간신히 눈을 떼며 말했다. 그는 멍하니 사방을 둘러보았다. 수천 개의 눈이 그의 말을 기다리며 사방에서 보고 있었다.

그는 프레오브라젠스키 연대 앞에서 말을 세우자 무거운 한숨을 내쉬고 눈을 감았다. 한 막료가 군기를 들고 있는 병사들에게 더 앞으로 나와 총사령관 주위에 군기 자루를 세우라고 손으로 신호했다. 쿠투조프는 잠시 잠자코 있었지만, 자신의 지위 때문에 어쩔 수 없다는 듯 마지못해 얼굴을 들고 그제야 입을 열었다. 장교 무리가 그를 둘러쌌다. 그는 주의깊은 시선으로 그들을 둘러보고 그중 낯익은 얼굴들을 발견했다.

"여러분, 고맙소!" 그는 먼저 병사들을, 그리고 장교들을 향해 말했다. 주위를 지배하던 정적 속에서 그의 느린 말소리가 뚜렷이 들렸다. "여러분의 고생과 충실한 근무에 감사한다. 완전한 승리이며, 러시아는 절대 여러분을 잊지 않을 것이다. 여러분의 영예는 영원할 것이다." 그는 주위를 둘러보며 잠시 입을 다물었다.

"내려, 머리를 더 내려." 프랑스의 독수리 군기를 들고 있던 병사가 우연히 그것을 프레오브라젠스키 연대기 앞으로 숙인 것을 보고 쿠투조프는 말했다. "더 낮게, 더, 그래 됐어. 우라! 제군!" 그는 턱을 재빨리 움직여 병사들을 돌아보며 소리쳤다.

"우라-라-라!" 수천의 목소리가 포효했다.

병사들이 외치는 동안 쿠투조프는 안장에서 몸을 구부리고 고개를 숙였고 그러자 그의 외눈은 온화하게, 마치 비웃는 듯이 반짝였다.

"그런데 형제들." 외침 소리가 잠잠해졌을 때 그가 말했다……

갑자기 목소리와 표정이 변하면서 그는 총사령관의 이야기는 끝이 나고 소박한 노인이 자기 동지들에게 꼭 필요한 무언가를 전하고 싶은 듯이 이야기하기 시작했다.

장교 무리와 병사 대열 속에서 이제부터 그가 시작하려는 이야기를 분명히 들으려 하는 술렁임이 일었다.

"그런데 형제들, 자네들이 괴롭다는 것은 나도 알지만 어떻게 할 수가 없다! 조금만 더 참아라, 고난은 길지 않을 것이다. 우리는 손님들을 보낸 뒤에 편히 쉬기로 하자. 여러분의 노고는 차르께서도 잊지 않으실 것이다. 괴롭겠지만, 그래도 우리는 고국 땅에 있다. 하지만 저들을 봐라, 얼마나 딱한 모습인가." 그는 포로들을 가리키며 말했다. "거지 중에서도 상거지 꼴이다. 그들이 강했을 때는 우리는 우리 자신도 동정하지 않았지만, 이제 우리는 그들을 동정할 수 있다. 그들 역시 인간이니까 말이지. 그렇지, 제군들?"

그는 주위를 둘러보았고, 그에게 집중된 공손하면서도 미심쩍은 듯한 집요한 눈길에서 자기가 한 말에 대한 공감을 읽자, 그의 얼굴은 입가와 눈가에 별 모양의 잔주름이 잡힌 노인다운 온순한 미소로 더욱 밝아졌다. 그는 잠시 침묵하고, 뭔가 의아한 듯이 고개를 숙였다.

"그런데 대체 누가, 누가 그들을 우리한테로 불렀나? 자업자득이다, 음…… 멍청…… 한……" 그는 갑자기 고개를 쳐들며 외쳤다. 그리고 채찍을 한번 휘두르더니 기쁜 듯이 껄껄 웃고 대열을 흩뜨리며 우라를 외치는 병사들 앞을 이 전쟁을 통틀어 처음으로 구보로 말을 몰며 달려갔다.

병사들은 쿠투조프가 한 이야기를 거의 이해하지 못했다. 처음에는

294

엄숙했지만 나중에는 평범하고 사람 좋은 노인다운 말투가 되어버린 원수의 연설이 어떤 내용인지 전달할 수 있는 사람도 아마 없었겠지만, 그 연설의 참뜻은 이해되었을 뿐만 아니라, 노인다운 악의 없는 욕설로 표현된 적에 대한 동정과, 자신의 정의에 대한 의식, 하나로 결합된 위대한 승리감이라는 감정은 모든 병사의 마음에 스며들어 언제까지나 멈추지 않는 기쁨의 외침으로 표현되었다. 그후 한 장군이 총사령관에게 포장마차를 가져오라고 할지 물었을 때, 쿠투조프는 대답을 하며 분명 무척 감동한 듯 갑자기 울기 시작했다.

7

11월 8일, 크라스노예 전투 마지막 날 군대가 야영지에 도착하자 이미 황혼녘이었다. 하루종일 고요하고, 몹시 춥고, 가랑눈이 이따금 흩날렸다. 저녁때 날이 개기 시작했다. 흩날리는 눈송이 사이로 별이 총총한 검보랏빛 하늘이 보이고, 추위는 더욱 심해졌다.

타루티노를 출발할 때 3천 명이었던 소총병 연대가 지금은 900명으로 줄어든 채, 지정된 숙영지인 대로변 마을에 선발대의 일대로 도착했다. 연대를 맞은 숙영 담당자는 집은 모두 프랑스군 부상자와 사망자, 기병대, 사령부에 점령되었다고 보고했다. 연대장을 위해 겨우 농가 하나만 남겨두었을 뿐이었다.

연대장은 그 농가로 말을 몰았다. 연대는 마을을 통과해 마을 가장자리에 있는 농가 옆 노상에서 차총을 했다.

마치 방대한 수의 짐승떼처럼 연대는 잠자리와 음식 준비에 착수했다. 일부 병사는 무릎까지 눈 속에 파묻히며 마을 오른쪽 자작나무 숲으로 흩어졌고, 곧 숲속에서 도끼와 검으로 나무를 치는 소리, 나뭇가지를 꺾는 소리와 떠들썩한 말소리가 들려왔고, 또다른 무리는 한덩어리로 뒤섞인 연대 수송차들과 말들 사이에서 냄비와 건빵을 꺼내기도 하고 말에게 먹이를 주기도 하면서 분주하게 움직이고, 세번째 무리는 온 마을로 흩어져 사령부 사람들의 막사를 짓기도 하고, 농가에 뒹구는 프랑스병의 시체를 골라내기도 하고, 땔감으로 쓸 널빤지와 마른 장작과 지붕의 짚과 바람막이로 쓸 나무 울타리를 끌어내고 있었다.

열다섯 명쯤 되는 병사들이 마을 가장자리 농가 뒤에서 명랑한 소리로 외치며 지붕이 이미 뜯겨나간 헛간의 높은 울타리를 흔들고 있었다.

"그래, 그래, 한번에, 밀어!" 많은 목소리가 외치자 눈 덮인 커다란 나무 울타리 판이 쩍쩍 얼음 갈라지는 듯한 소리를 내며 밤의 어둠 속에서 휘청휘청했다. 아래의 말뚝이 점점 더 심하게 흔들리더니 이내 밀어대던 병사들과 함께 울타리가 쓰러졌다. 기쁨에 찬 거친 함성과 요란한 웃음이 일었다.

"두 사람씩 옮겨! 지렛대를 줘봐! 그래, 그렇지. 넌 어디로 끼어드는 거냐?"

"자, 한번에…… 아니 잠깐, 친구들!…… 기합을 넣어서!"

모두 조용해졌고, 누군가 벨벳처럼 부드럽고 유쾌한 목소리로 노래를 부르기 시작했다. 3절이 끝나고 마지막 소절이 끝나자마자 스무 명이 일제히 소리쳤다. "우우우우! 간다! 한번에! 덤벼들어, 얘들아!……" 힘을 합쳐 노력했지만 울타리는 별로 움직이지 않았고, 꾸준

한 침묵 속에 가쁜 숨소리만 들렸다.

"이봐, 6중대! 망할 자식들아! 좀 도와줘······ 우리도 도울 때가 있을 거야."

마을로 걸어가던 제6중대 소속 스무 명쯤 되는 병사들이 합류했다. 길이 5사젠, 폭 1사젠의 울타리는 헐떡이는 병사들의 어깨를 짓누르며 활처럼 휜 상태로 마을의 거리를 전진해 갔다.

"가, 왜 그래······ 쓰러지겠다, 이놈아······ 뭘 멍청히 섰어? 그렇지······"

유쾌하고 상스러운 욕설이 그치지 않았다.

"너희는 뭘 하는 거냐?" 갑자기 한 병사가 울타리를 끌고 가는 패에게 달려와 고압적인 말투로 말했다.

"장교들이 저기 계시고, 농가에 장군도 계신데 이런 빌어먹을 놈들, 망할 놈들, 상놈들. 내가 네놈들을!" 상사는 이렇게 외치고 바로 옆에 있던 병사의 등을 힘껏 때렸다. "조용히 못해?"

병사들은 입을 다물었다. 상사에게 얻어맞은 병사는 울타리에 부딪혀 피가 날 만큼 긁힌 얼굴을 투덜대며 문지르기 시작했다.

"좀 봐, 망할 놈, 낯짝이 온통 피야." 상사가 가버리자 병사는 겁먹은 목소리로 중얼거렸다.

"너 그거 좋아하지 않냐?" 누군가 키득대며 말했고, 병사들은 소리를 죽이고 다시 앞으로 끌고 갔다. 마을 가장자리까지 가자 그들은 아까와 마찬가지로 누구에게랄 것도 없는 욕설을 내뱉으며 큰 소리로 떠들기 시작했다.

병사들이 지나쳐온 농가에서는 수뇌들이 모여 차를 마시면서, 오늘의 경과며 앞으로 있을 행동에 대해 활발하게 논의하고 있었다. 그 행동이란 좌익으로 측면 행진을 해 부왕의 퇴로를 차단하고 그를 사로잡는 것이었다.

병사들이 울타리를 끌고 왔을 때는 이미 사방에서 취사중인 모닥불이 활활 타오르고 있었다. 장작이 튀고, 눈이 녹고, 짓밟아 다져진 눈밭의 숙영지에서 병사들의 검은 그림자가 분주히 움직였다.

도끼들과 단검들이 여기저기서 활약하고 있었다. 모든 것이 명령 없이 행해졌다. 밤을 대비해 장작이 운반되고, 상관들을 위한 임시 막사가 지어지고, 냄비가 끓고, 총과 무기 손질도 끝났다.

제8중대가 끌고 온 울타리는 북쪽에 반원형으로 세워져 말뚝이 박히고, 그 앞에서 모닥불이 피워졌다. 저녁 점호 나팔이 울리고, 점호를 하고, 저녁을 먹은 일동은 밤을 새우기 위해 모닥불 주위에 각기 자리를 잡았고, 구두를 수선하는 자도 있었고, 파이프를 빠는 자도 있었고, 발가벗고 이를 잡는 자도 있었다.

8

방한화도 없고, 모피 외투도 없고, 머리 위에 지붕도 없는 영하 18도의 추운 눈밭에서 충분한 식량도 없고 또한 그것이 늦지 않게 제때 군대에 도착하지도 않았던 상황, 당시 러시아군이 처했던 상상하기조차 어려운 괴로운 조건에서 분명 군대는 몹시 비참하고 침통한 모습이었을 거라 생각될 것이다.

그러나 사실은 정반대로. 물질적 조건이 더없이 좋은 상황에서도 군대가 그 이상 명랑하고 활기찬 광경을 보인 적은 없었다. 그것은 원기가 떨어지고 쇠약해진 모든 것은 매일같이 군대에서 열외로 버려졌기 때문이다. 육체적으로나 정신적으로 허약한 것은 모두 오래전에 후방에 남겨졌고, 남은 것은 정신적으로나 육체적으로나 군의 정수精粹뿐이었다.

나무 울타리를 둘러친 제8중대에는 가장 많은 사람이 모여 있었다. 두 상사가 그들 쪽으로 와서 앉았기 때문에 모닥불은 어느 부대의 것보다 한층 밝게 타올랐다. 그들은 울타리 안쪽에 앉고 싶으면 장작을 가져오라고 요구했다.

"이봐, 마케예프, 너 뭐야…… 어디 숨었나, 늑대에게 잡아먹혔나? 장작을 가져오라고." 연기 때문에 눈을 가늘게 뜨고 깜박거리면서도 불 옆을 떠나지 않는 얼굴도 빨갛고 머리도 빨간 병사가 소리쳤다. "이봐, 까마귀, 너라도 가서 장작을 가져와." 그는 다른 병사에게 말했다. 빨간 머리 병사는 하사관도 상등병도 아니지만 몸이 건강해 자기보다 약한 자를 부려먹고 있었다. 몸집이 작고 여윈, 코가 뾰족해 까마귀라 불린 병사가 고분고분하게 일어나 명령을 실행하러 갔다. 이때 장작을 한 아름 안고 온 호리호리하고 잘생긴 젊은 병사의 모습이 모닥불의 환한 불빛에 비쳤다.

"이리 줘. 이거 굉장한데!"

사람들은 땔나무를 부러뜨려 불속에 넣고 입으로 불고 외투 자락으로도 부치자, 불길이 타오르고 소리를 내며 불꽃이 튀기 시작했다. 병사들은 불 옆에 다가앉아 파이프에 불을 붙였다. 장작을 가져온 젊고 잘생긴 병사는 두 손을 허리에 댄 채 곱은 발로 빠르고 능숙하게 제자리에서 껑충거리기 시작했다.

"오, 어머니, 차가운 이슬이라도, 좋구나, 소총병에게……" 그는 모든 노랫구절을 딸꾹질하듯 불렀다.

"어이, 구두창 날아가겠다!" 춤추는 병사의 구두창이 덜렁거리는 것을 보고 빨간 머리 병사가 소리쳤다. "춤추면 안 돼!"

병사는 잠시 춤을 멈추고 덜렁거리는 가죽을 뜯어 불속에 던졌다.

"이럼 되지, 형제" 하고 말한 다음 그는 앉아 배낭에서 파란 프랑스제 나사천을 꺼내 다리에 감기 시작했다. "젖어서 못쓰게 됐어." 그는 두 다리를 불 쪽으로 뻗으며 덧붙였다.

"곧 새것이 지급될 거야. 완전히 다 쳐부수면 보급품이 모두에게 두 배씩 지급된다고 했어."

"페트로프 그 자식은 역시 낙오됐어." 상사가 말했다.

"나는 진작부터 알았어." 다른 한 사람이 말했다.

"할 수 없지, 약해진 병사는……"

"그런데 3중대에서는 어제 점호 때 아홉 명이 모자랐다던데."

"그럴 거야, 생각 좀 해봐, 발에 동상이 걸렸는데 어딜 갈 수 있겠어?"

"어이, 무슨 잡담들인가!" 상사가 말했다.

"너도 그렇게 되고 싶냐?" 한 노병이 발이 언다고 말한 병사를 비난하듯 말했다.

"너는 그걸 어떻게 생각해?" 까마귀라고 불린 코가 뾰족한 병사가 갑자기 모닥불 저쪽에서 몸을 일으키더니 새되고 떨리는 목소리로 말했다. "반질반질한 놈은 여위고, 여윈 놈은 죽지. 내가 바로 그래. 기운

이 다 빠져버렸어." 그는 갑자기 상사 쪽을 돌아보며 결연히 말했다. "병원으로 보내라고 명령해주십시오, 전 류머티즘에 시달리고 있고, 안 그러면 보나마나 낙오될 겁니다……"

"자 그만, 그만." 상사는 침착하게 말했다.

병사는 입을 다물었지만, 사람들의 대화는 계속되었다.

"오늘 프랑스병을 꽤 많이 잡았지만, 솔직히 말해서 제대로 된 장화를 신고 있는 놈은 하나도 없었어, 장화는 이름뿐이야." 한 병사가 새로운 화제를 꺼냈다.

"카자크들이 몽땅 벗겨 갔거든. 오늘도 연대장을 위해 농가를 치우려고 그놈들을 끌어냈는데, 참 보기 딱할 정도였어, 친구들." 춤을 잘 추는 병사가 말했다. "놈들을 굴리는데 산 놈이 하나 있지 않겠어, 저희 말로 뭐라고 중얼거리고 있었어."

"그래도 깨끗한 놈들이야, 친구들." 처음의 병사가 말했다. "하얘, 자작나무처럼 하얗고, 용감한 자도 있고, 점잖은 자도 있어."

"너는 어떻게 생각하냐? 거기서는 신분이 어떻든 소집된다던데."

"그런데 우리가 하는 말은 전혀 못 알아들어." 춤을 잘 추는 병사가 미심쩍은 미소를 지으며 말했다. "내가 '어느 종대냐?' 하고 물으니까, 저희 말로 지껄였어. 이상한 놈들이야!"

"그런데 이상한 일이 또 있어, 형제들." 프랑스인의 흰 피부에 놀랐던 병사가 말을 계속했다. "모자이스크에서 농부들한테 들었는데, 전투가 있었던 데서 전사자를 치울 때였는데, 글쎄 말이지, 한 달 가까이나 바닥에 내버려뒀던 그놈들의 시체가, 글쎄, 뭐라는 줄 아나, 세상에, 백지처럼 하얗고 깨끗하고 아무 냄새도 나지 않더라는 거야."

"그건 추위 때문 아닐까?" 다른 사람이 물었다.

"네놈 똑똑하구나! 추위 때문이라! 그런데 날씨는 더울 때였어. 만약 추위 때문이라면 이쪽 시체도 썩지 않았을 테지. 그런데 이쪽 시체 옆에 가보니 완전히 썩어 구더기가 들끓고 있더란 거야. 그래서 농부들은 수건으로 코를 싸쥐고 얼굴을 돌리고 끌고 갔어. 죽을힘을 다해서. 그런데 그들이 하는 말이, 적의 시체는 백지처럼 하얗고, 냄새도 전혀 나지 않더래."

모두 아무 말이 없었다.

"분명 음식 때문이야." 상사가 말했다. "놈들은 나리들 음식을 처먹었을 테니까."

아무도 토를 달지 않았다.

"이것도 그 농부가 한 말인데, 전투가 있었던 모자이스크 부근에서는 열 개 마을에서 농부들이 이십 일이나 시체를 운반했는데도 다 운반하지 못했대. 늑대들도 굉장했다는군……"

"그건 진짜 전투였어." 노병이 말했다. "이야깃거리가 될 만한 것들뿐이었지. 그후에는 모든 일이…… 그저 사람만 괴롭히는 것뿐이었지만."

"그래, 아저씨. 그저께도 우리는 뒤따라가서 잡으려고 했지만, 가까이 갈 것도 없었잖아. 총을 버리고 무릎 꿇고 파르돈pardon 했으니까. 뭐 이건 한 가지 예일 뿐이야. 그들은 플라토프가 폴리온*을 두 번이나 잡을 뻔했는데 놓쳤다고 하던데. 주문呪文을 몰라서. 아무리 잡아도 바로 새로 둔갑해서 날아가고 날아가고, 죽이려고 해도 죽일 수가 없었대."

---

* 나폴레옹을 가리킴.

"거짓말도 어지간히 잘한다, 키셀료프, 어디 좀 보자."

"거짓말이라니, 틀림없는 사실이야."

"만약 그놈을 잡으면 나는 내 식대로 땅속에 파묻어버릴 거야. 그것도 사시나무 말뚝에 꿰서. 많은 사람을 죽인 놈이니까."

"어쨌든 끝장내놓으면 그놈도 다시 오진 못할 거야." 노병은 하품하며 말했다.

대화가 끊기자 병사들은 잘 채비를 했다.

"이봐, 친구들, 별들 좀 봐봐, 대단한데, 불타는 것 같군! 여자들이 천을 펼친 것 같아." 한 병사가 은하수를 넋을 잃고 바라보며 말했다.

"저건 풍년이 들 징조야."

"장작이 더 있어야겠는데."

"등을 쬐면 배가 얼어붙는다. 이상한 노릇이야."

"오, 이런!"

"왜 밀어, 불이 네 것인 줄 아나? 저 봐라…… 누운 꼴을."

차차 깊어가는 침묵 속으로 잠든 병사들의 코고는 소리가 들리고, 나머지는 이따금 말을 주고받고, 몸을 뒤척이며 불을 쬐었다. 백 걸음쯤 떨어진 모닥불 쪽에서 즐겁고 명랑한 폭소가 일었다.

"저 봐라, 5중대에서 난리다." 한 병사가 말했다. "많기도 하군―대단하다!"

한 병사가 일어나 제5중대 쪽으로 갔다.

"정말 웃긴다." 그는 돌아와 말했다. "흐랑스인이 두 놈 끼여 있어. 하나는 완전히 얼어붙었지만, 다른 하나는 아주 팔팔해! 노래까지 부르는데."

"오오? 가볼까……" 병사 몇이 제5중대 쪽으로 갔다.

9

제5중대는 숲 옆에서 야영하고 있었다. 눈 속에서 활활 타오르는 커다란 모닥불이 고드름 때문에 축 늘어진 나뭇가지들을 밝게 비췄다.

한밤중에 제5중대 병사들은 숲속에서 눈을 밟는 소리와 나뭇가지가 부러지는 소리를 들었다.

"친구들, 곰이다" 하고 한 병사가 말했다. 모두 고개를 들어 귀기울였고, 숲속에서 밝은 모닥불 쪽으로 이상한 옷차림의 두 그림자가 서로 부축하며 나타났다.

숲속에 숨어 있던 프랑스 병사 두 명이었다. 그들은 목쉰 소리로 병사들이 알아들을 수 없는 말을 지껄이며 모닥불 쪽으로 다가왔다. 한 사람은 키가 좀 크고, 장교 모자를 쓰고, 기력이 다한 것 같았다. 그는 모닥불로 다가와 앉으려 하다가 땅에 쓰러졌다. 다른 하나는 키가 작고 땅딸막하고, 손수건으로 볼을 싸매고, 보다 기력이 있었다. 그는 동료를 안아 일으키더니 자기 입을 가리키며 뭐라고 중얼거렸다. 병사들은 프랑스 병사를 둘러싸고, 아픈 자에게 외투를 깔아주고, 두 사람에게 죽과 보드카를 가져다주었다.

기력이 다한 프랑스 장교는 랑발이었고, 손수건으로 볼을 싸맨 것은 그의 종졸 모렐이었다.

모렐은 보드카를 다 마시고 죽을 바닥까지 먹어치우더니 금세 이상하리만큼 명랑해져 말이 통하지 않는 병사들에게 끊임없이 지껄였다.
랑발은 식사를 거절하고 멍한 빨간 눈으로 러시아 병사들을 바라보며
모닥불 옆에 팔을 베고 말없이 누워 있었다. 그리고 이따금 길게 끄는
신음 소리를 내다 다시 침묵했다. 모렐은 랑발의 어깨를 가리키며 그
가 장교이고 그를 따뜻하게 해줘야 한다는 것을 러시아 병사들에게 이
해시키려고 했다. 모닥불 옆으로 간 러시아 장교는 연대장에게 사람을
보내 이 프랑스 장교를 데려가 몸을 녹여줄 수 있는지 물어보게 했고,
병사는 돌아와 장교를 데려오라는 연대장의 명령을 전하고 랑발에게
그쪽으로 옮기라고 했다. 그는 일어나서 걸으려고 했지만 비틀거렸고,
옆에 서 있던 병사가 잡아주지 않았다면 쓰러졌을 것이다.

"어때? 걸을 수 없겠나?" 한 병사가 비웃듯이 윙크하며 랑발에게 말
했다.

"쳇, 바보! 되도 않는 소릴 지껄이는군! 그러니까 농부 놈이지, 별수
없는 농부 놈." 농담한 병사를 비난하는 소리가 사방에서 들렸다. 사람
들은 랑발을 둘러쌌고, 두 사람이 두 팔로 껴안듯이 해서 농가로 데려
갔다. 랑발은 병사의 목을 끌어안고 옮겨지며 구슬픈 목소리로 말했다.

"오, 용사들, 오, 선량한 벗들! 이것이야말로 인간이다! 오, 나의 용
감하고 선량한 벗들이여!" 그러고는 어린애처럼 한 병사의 어깨에 머
리를 기댔다.

한편 모렐은 병사들에게 둘러싸여 가장 좋은 자리에 앉아 있었다.

몸집이 작고 땅딸막한 프랑스인 모렐은 부은 눈에 눈물을 머금은 채
여자처럼 손수건을 모자 위에서부터 잡아매고 여성용 모피 외투를 입
고 있었다. 그는 분명 취한 듯했고, 옆에 앉아 있는 병사들을 껴안고

거칠고 끊기는 목소리로 프랑스 노래를 불렀다. 병사들은 허리에 손을
짚고 그를 바라보았다.

"자, 자, 가르쳐주게, 어떻게? 나는 금세 배울 거야. 어떻게?……"
모렐에게 안겨 있던 익살꾼 가수가 말했다.

앙리 4세 만세,
용감한 왕 만세!

모렐은 윙크하며 노래를 불렀다.

악마도 두려워하는……

"비바리카! 비프 세루바루! 시댜블랴카……" 병사는 한 손을 흔들
며 곧잘 가락을 따라가며 되풀이했다.

"야, 잘하는데! 하-하-하-하-하!" 거칠고 유쾌한 웃음소리가 사방
에서 일었다. 모렐도 얼굴을 찡그리며 웃었다.

"자, 더 해봐, 더!"

세 가지 재능을 가진 사람,
마시고, 싸우고,
여색을 밝히는 그는……

"그것도 좋은데. 자, 자, 잘레타예프!……"

"큐……"잘레타예프는 간신히 발음했다. "키유-유-유……"그
는 열심히 입술을 내밀고 목소리를 길게 끌며 "레트립탈라, 데 부 데
바 이 데트라바갈라"하고 불렀다.

"와, 잘한다! 흐랑스인 같은데! 어이…… 하-하-하-하! ─어떤가,
좀더 먹겠나?"

"죽을 줘, 허기졌을 땐 배가 금방 차지 않지."

다시 죽을 주자 모렐은 웃으며 세번째 그릇에 손을 댔다. 모렐을 바
라보는 젊은 병사들 모두의 얼굴에 기쁜 미소가 피어올랐다. 이런 시
시한 일에 들러붙는 것이 점잖지 않다고 생각한 노병들은 모닥불 저쪽
에 누워 있었지만, 이따금 팔꿈치를 짚고 몸을 일으키고는 웃으며 모
렐을 바라보았다.

"역시 저들도 인간이군." 한 노병이 외투로 몸을 감싸며 말했다. "쑥
도 뿌리가 있어야 자라거든."

"오오! 세상에, 세상에! 별이 정말 대단하군! 추워지겠다……"이
윽고 모두 조용해졌다.

별들은 이제 아무도 자기들을 보지 않는다는 것을 아는 듯 어두운
밤하늘에서 마음껏 빛으로 뛰놀았다. 반짝이기도 하고, 사라지기도 하
고, 떨리기도 하면서 기쁘고도 신비로운 뭔가에 대해 서로 바삐 속삭
였다.

10

프랑스군은 수학의 정확한 급수처럼 일정한 비율로 줄어들었다. 그리고 지금까지 너무나 많이 기술되었던 베레지나 도강渡江도 프랑스군 멸망의 중간 단계의 하나였을 뿐 절대로 전쟁의 결정적 에피소드는 아니었다.[20] 베레지나 도강에 관해서는 너무나 많이 쓰였고 지금도 그렇지만, 그것은 프랑스측에서 보자면, 그때까지 프랑스군에게 조금씩 닥쳤던 재난이 베레지나 강의 파괴된 다리 위에서 갑자기 한순간에 집중돼 영원히 모든 사람의 기억에 남는 하나의 비극적 광경을 드러냈기 때문이다. 또 러시아측에서 베레지나에 관해 자주 말하고 쓰는 것은 전술적 함정으로 나폴레옹을 베레지나 강에서 사로잡는다는 계획이 전장에서 멀리 떨어진 페테르부르크에서 작성되었기(그 계획은 바로 풀이 작성했다) 때문이다. 사람들은 모든 일이 계획대로 실현되었다고 믿었기 때문에 베레지나 도강이 프랑스군을 멸망시켰다고 주장했다. 그러나 실제로 베레지나 도강의 결과는 수치가 보여주듯, 대포나 포로의 손실로 따진다면 프랑스군에게는 크라스노예 전투보다 훨씬 덜 치명적이었다.

베레지나 도강의 유일한 의미는, 모든 차단 계획은 잘못이었고, 쿠투조프와 전군(대중)이 요구했던 유일하게 가능성 있었던 행동, 즉 적을 추격하기만 하는 것은 옳았음을 의심의 여지 없이 확실히 증명했다는 것이다. 프랑스군 무리는 끊임없이 속도를 더하면서 목적 달성을 위해 전력을 기울여 달아났다. 그들은 상처 입은 짐승처럼 달렸고, 도중에 멈춰 설 수 없었다. 이는 도강을 위한 설비 작업보다 다리들 위에서의 행동으로 증명할 수 있다. 다리들이 파괴되자*, 무기가 없던 프랑스병과 프랑스군 수송대에 참가했던 모스크바 주민들, 여자들과 아이들은 모두 관성력의 영향 탓에 투항하지 않고 그대로 앞으로 달려 작은 배들과 얼어붙은 물속으로 뛰어들었다.

이 돌진은 당연했다. 도주자도 추격자도 상황은 똑같이 비참했다. 자기편과 있으면 재난 속에서도 동료의 도움을 받거나 자기 사람들 사이에 정해진 지위에 기대를 걸 수 있다. 러시아군에 투항한다면 불행한 상황은 똑같고, 생활필수품 배급에서는 최악의 취급을 받게 될 것이었다. 포로가 된 자기편의 절반이 굶주림과 추위 때문에 죽었다는 것은 프랑스군에게 확실한 정보를 기다릴 것도 없는 명백한 사실이었다. 러시아군으로서도 그들을 구제하고 싶은 마음은 충분했지만 어떻게 할 수가 없었고, 다른 수가 없다는 것을 그들 역시 느꼈다. 아무리 인정 많은 러시아 지휘관도, 프랑스에 친화적인 사람도, 또 러시아군에 근무하는 프랑스인도 포로를 위해서 할 수 있는 일은 아무것도 없었다. 러시아군이 처한 불행한 상황이 프랑스군을 파멸시켰던 것이다. 없어서는 안 될 병사들이 굶주리는데 그들에게서 빵과 옷을 빼앗아 비록 아무런 해도 주지 않고 밉지도 않고 죄도 없고 다만 불필요할 뿐인 프랑스병에게 줄 수는 없었다. 개중에는 그렇게 한 사람도 있지만, 그건 극히 예외였다.

뒤에는 확실한 죽음, 앞에는 희망이 있었다. 배는 불탔고, 그러자 총퇴각밖에 다른 구원은 없었으므로 프랑스군은 총퇴각에 전력을 기울

---

* 1월 17일 아침, 프랑스 에블레 장군의 명령으로 파괴되었다.

였다.

프랑스군이 멀리 달아날수록, 특히 페테르부르크에서 만든 계획의 결과로 특별한 희망을 걸었던 베레지나 도강 후 프랑스군 잔병들이 더욱 비참해질수록, 서로를 비난하고 특히 쿠투조프를 비난하는 러시아 지휘관들의 감정은 더욱 맹렬해졌다. 페테르부르크에서 계획된 베레지나 전투 실패의 책임은 응당 쿠투조프에게 있는 것으로 여겨졌으므로 그에 대한 불만과 경멸, 조소는 더욱 노골적이 되었다. 물론 조소와 경멸은 쿠투조프가 자신이 어떤 점에서 비난받는 것이냐고 물어볼 수도 없을 정도로 더없이 공손한 형식으로 표현되었다. 그들은 그와 진지하게 말하지 않았고, 그에게 보고를 하거나 허가를 청할 때는 슬픈 의식이라도 치르는 듯이 행동했으며, 그의 뒤에서 눈짓을 해가며 한걸음 내디딜 때마다 속이려 했다.

모두가 쿠투조프를 이해하지 못했기 때문에 그런 늙은이하고 말해봐야 소용없다느니, 자기들 계획의 심오함을 절대 알 리 없다느니, 그는 다만 황금의 다리가 어쩌고 부랑자를 데리고 외국으로 갈 수 없다는 등등 그가 그들에게 말했고, 그들이 그에게서 모두 이미 들어왔던 예의 말들만(그들에게는 한낱 문구에 불과했다) 늘어놓는다고 단정했다. 그리고 그가 하는 말은 전부가, 예를 들어 식량이 도착할 때까지 기다려야 한다는 둥, 병사는 구두를 신어야 한다는 둥 몹시 단순한 것뿐이지만, 자신들이 하는 제안은 전부 아주 복잡하고 현명한 것이라고 생각했기 때문에 그는 어리석은 늙은이이고, 자신들은 권력은 없지만 천재적인 사령관이라고 생각했다.

특히 혁혁한 명성의 제독이자 페테르부르크의 영웅인 비트겐슈타인의 군대와 합군한 후* 이런 분위기와 사령부 내 풍설은 극에 달했다. 쿠투조프도 이를 알았지만 한숨을 내쉬고 어깨를 으쓱하기만 했다. 딱 한 번, 베레지나 전투 뒤 그도 몹시 화가 나서, 황제에게 별도로 보고서를 보내는 베니히센에게 서한을 보냈다.

"각하는 발작이 일어나는 지병을 가졌으니, 이 서한을 받는 즉시 칼루가로 가 거기서 황제 폐하의 향후 명령과 임명을 기다리시오."

그러나 베니히센을 해임하자, 전쟁 초기에 활약하다 쿠투조프에 의해 군에서 쫓겨났던 콘스탄틴 파블로비치 대공이 곧 군에 도착했다. 도착한 대공은 아군의 기대에 어긋났던 전과戰果와 둔한 활동에 대한 황제의 불만을 전했다. 황제가 수일 내 몸소 군에 오려 한다 말했던 것이다.**

군사뿐만 아니라 궁정 일에도 경험이 있는 노인, 같은 해 8월 황제의 뜻에 반해 총사령관으로 선출된 쿠투조프, 황태자와 대공을 군에서 내보내고 황제의 뜻에 반해 모스크바 포기를 명령한 그 쿠투조프는 곧 이제 자기 시대는 끝났고, 자기 역할도 끝났으며, 가장되었던 권력도 이미 사라졌음을 깨달았다. 게다가 궁정 관계 일만으로 이를 깨달은 것은 아니었다. 한편으로는 자신이 역할을 담당해왔던 군사행동이 끝나 사명이 이루어졌다는 것을 느꼈고, 또 한편으로는 그의 노구가 때마침 육체적 피로로 휴식을 필요로 하고 있었다.

11월 29일 쿠투조프는 빌나로, 그가 그리워하는 빌나로 갔다. 쿠투조

---

* 1812년 11월 15일 보리소보 마을 부근에서 합쳐졌다.
** 쿠투조프는 1812년 11월 15일, 근위대 척탄병 군단, 흉갑기병 2개 사단을 파블로비치 대공에게 넘겨주어야 했다.

프는 지금까지 근무해오며 빌나에서 두 번 도지사를 지냈다. 전화戰禍를 입지 않은 풍요로운 도시 빌나에서 그는 오랫동안 잃어버렸던 생활의 안락함을 누렸고, 옛친구나 추억과도 마주했다. 그는 갑자기 모든 군사적, 정치적 심로心勞를 외면하고 마치 역사의 세계에서 지금 일어나는 일과 일어나려는 일들과는 전혀 관계가 없는 듯이 주위에서 들끓는 모든 것이 허용하는 범위에서 익숙하고 평온한 생활에 몰두했다.

가장 열성적인 차단 격멸파의 한 사람이던 치차고프, 처음에는 그리스로 다음에는 바르샤바로 견제 공격을 계획하고 자기가 명령받은 곳으로는 가려 하지 않았던 치차고프[21], 황제와의 대담한 담화로 유명했던 치차고프, 1811년 터키와 강화 체결을 하기 위해 쿠투조프와는 별도로 파견되었을 때, 강화는 이미 성립되었다고 확신하고 황제 앞에서 그 공은 쿠투조프의 것이라고 인정하여 스스로를 쿠투조프의 은인이라 생각하던 바로 그 치차고프가 빌나에서 쿠투조프가 묵을 예정이던 성城 옆에서 가장 먼저 그를 맞았다. 그는 해군 약식 제복에 단검을 차고, 군모를 겨드랑이에 끼고, 전투 보고서와 시市의 열쇠들을 쿠투조프에게 건넸다. 쿠투조프에게 집중되던 비난을 이미 알고 있었던 치차고프의 모든 태도 속에는 노인을 대하는 젊은이의 멸시 어린 공손함이 최고조로 나타났다.

쿠투조프는 치차고프와 대화하던 중 말하는 김에, 보리소보에서 적에게 탈취됐던 치차고프의 식기를 실은 짐마차는 되찾았으니 무사히 반환될 거라고 말했다.

"당신은 내가 밥 먹을 그릇도 없다고 말하고 싶으신가보군요……천만에요, 나는 당신이 만찬회를 열고 싶다고 하시더라도 모든 것을 갖춰 제공해드릴 수 있습니다" 하며 치차고프는 자기도 모르게 발끈했고, 그는 말끝마다 자신의 올바름을 증명하고자 하는 사람이었으므로 쿠투조프 역시 분명 그런 것을 신경쓸 거라고 생각했다. 쿠투조프는 상대방의 심중을 간파하는 듯한 예의 미소를 짓고 어깨를 으쓱하며 말했다. "나는 다만 그 말을 당신에게 해주고 싶었을 뿐입니다."

쿠투조프는 황제의 뜻을 어기고 군대의 대부분을 빌나에서 멈추게 했다. 측근의 말에 의하면, 쿠투조프는 빌나에 체류하는 동안 눈에 띄게 늙고 육체적으로도 쇠약해졌다. 그는 모든 일을 장군들에게 맡기고 자신은 마지못한 듯 군무를 보았고, 황제를 기다리며 느긋한 생활에 빠져 있었다.

황제는 톨스토이 백작, 볼콘스키 공작, 아락체예프, 그 밖의 막료들을 거느리고 12월 7일 페테르부르크를 떠나 12월 11일 빌나에 도착해, 곧 여행용 썰매를 타고 성으로 갔다. 혹한에도 성 앞에는 성장한 100명가량의 장군과 참모장교와 세묘놉스키 연대의 의장대가 도열해 있었다.

땀에 흠뻑 젖은 말들이 끄는 트로이카를 타고 성문으로 먼저 달려온 전령이 "오십니다!" 하고 외치자, 코노브니친은 조그마한 수위실에서 기다리던 쿠투조프에게 보고하러 현관으로 뛰어갔다.

일 분 뒤, 대례복 가슴에 가득 훈장을 달고, 허리에 장식띠를 졸라매 배가 튀어나온 뚱뚱한 노인이 비틀거리며 현관 층층대로 걸어나왔다. 쿠투조프는 모자를 똑바로 쓰고 장갑을 손에 쥔 채 옆으로 간신히 층층대를 딛고 내려가, 황제에게 바치기 위해 준비한 보고서를 집어들었다.

분주한 발소리, 속삭이는 소리, 마구 달려오는 트로이카, 모두의 눈이 점차 다가오는 한 썰매에 집중되고, 벌써 황제와 볼콘스키의 모습이 보였다.

이 모든 것은 오십 년의 습관 때문에 노장군에게 육체적인 불안감을 주어 그는 걱정스러운 듯이 몸을 매만지고 모자를 고쳐 쓰기도 했지만, 황제가 썰매에서 내려 그를 향해 눈을 치켜뜬 순간, 그는 갑자기 기운을 차려 몸을 곧추세우고 보고서를 바치고는 예의 그 리드미컬한, 아첨하는 듯한 목소리로 말하기 시작했다.

황제는 쿠투조프의 머리에서 발끝까지 재빨리 훑어보고 잠시 눈살을 찌푸렸지만, 곧 자신을 억제하고 노장군에게 다가가 두 팔 벌려 포옹했다. 그러자 오래된 습관적 인상과 진실한 생각이 작용해 이 포옹은 전처럼 쿠투조프를 움직였고, 그는 울기 시작했다.

황제는 장교들과 세묘놉스키 연대 의장병들에게 인사하고, 노장군의 손을 한번 쥐고는 함께 성안으로 들어갔다.

원수와 단둘이 남게 되자 황제는 추격이 너무 느리다는 것과 크라스노예와 베레지나에서의 실패에 대한 불만을 말하고, 장래의 국외 원정에 대한 자신의 생각을 말했다. 쿠투조프는 반박하지도 않고 의견을 말하지도 않았다. 칠 년 전 아우스터리츠 전장에서 황제의 명령을 들었을 때와 똑같이 순종적이고 무의미한 표정이 지금도 그 얼굴에 굳어 있었다.

쿠투조프가 서재에서 나와 고개를 숙인 채 묵직하고 물속으로 가라앉는 듯한 걸음걸이로 홀을 지나갈 때, 누군가의 목소리가 그를 불러 세웠다.

"각하." 누군가가 말했다.

쿠투조프는 고개를 들고 뭔가 작은 것을 얹은 은접시를 들고 앞에서 있는 톨스토이 백작의 눈을 한참 응시했다. 쿠투조프는 자신이 무슨 요구를 받는지 모르는 것 같았다.

그는 문득 생각난 것 같았고, 부석부석한 얼굴에 간신히 알아볼 정도의 미소가 스치더니, 정중하게 고개를 깊이 숙여 절하고 접시 위의 것을 받았다. 게오르기 일등 훈장이었다.

11

다음날 원수의 집에서 만찬회와 무도회가 열렸고, 황제도 무도회에 친히 참석했다. 쿠투조프는 황제로부터 최고의 명예인 게오르기 일등 훈장을 받았지만, 그리고 황제는 그에게 최고의 영광을 베풀었지만, 원수에 대한 황제의 불만은 모두가 알고 있었다. 예의를 따르고, 또 황제가 솔선해서 그 모범을 보였지만, 이 노인이 실수를 했고 쓸모없다는 것은 누구나가 알았다. 무도회에서 쿠투조프는 예카테리나 시대의 옛 관습대로 황제가 무도실에 들어설 때 노획한 군기를 발밑에 깔아두도록 명령했는데, 황제는 불쾌한 듯 눈살을 찌푸렸고, 몇몇은 그가 "늙은 어릿광대"라고 중얼거리는 것을 들었다.

쿠투조프에 대한 황제의 불만은 빌나에 온 후로 더욱 심해졌는데, 쿠투조프가 눈앞에 닥친 전투의 의미를 이해하려 하지 않고, 또 이해하지도 못하는 것 같았기 때문이다.

다음날 아침 황제가 모인 장교들에게 "여러분은 러시아뿐만 아니라 유럽을 구했습니다"라고 말했을 때, 일동은 아직 전쟁이 끝나지 않았다는 것을 깨달았다.

쿠투조프 한 사람만이 그것을 이해하려 들지 않으면서, 새로운 전쟁은 러시아 국정을 개선시키지도 국위를 선양하게 하지도 못할 뿐만 아니라 오히려 그 상태를 악화시키고, 자신이 생각하기에는 현재 러시아가 차지한 최고의 명예를 깎아내릴 뿐이라고 말했다. 그는 새로 군대를 소집할 수 없다는 것을 황제에게 증명하기 위해 애썼고, 국민이 처할 곤경과 패전 가능성 등을 언급했다.

이런 마음을 가진 이상, 이 원수는 당연히 앞으로 있을 전쟁의 장애물이자 걸림돌로 생각되었다.

이 노인과의 충돌을 피하기 위한 방법이 저절로 발견되었는데, 그것은 아우스터리츠 전투와 전쟁 당초 바르클라이에게 했던 것처럼 총사령관에게 알리지 않고, 불안감을 주지도 않으면서 그가 딛고 선 발밑에서 권력의 지반을 황제에게로 옮겨버리는 것이었다.

사령부는 이 목적으로 조금씩 재편되어 쿠투조프 사령부의 본질적인 힘은 모두 빠지며 황제에게로 옮겨졌다. 톨리, 코노브니친, 예르몰로프는 다른 임무를 맡았다.[22] 모두 원수가 몹시 쇠약해져 건강을 해쳤다고 떠들어댔다.

그는 자기 지위를 후임자에게 물려주기 위해 쇠약한 자가 되어야 했다. 그리고 실제로도 그는 쇠약해졌다.

터키에 있던 쿠투조프가 의용군 모집을 위해 페테르부르크 관청에 나타나고, 그후 군대로 갔던 것이 당시 필요한 인물이었던 그에게 자연스럽고 간단하고 당연한 순서였듯이, 그의 역할이 끝난 지금 새로운 요구에 응할 활동가가 그를 대신해 나타난 것 역시 자연스럽고 당연한 순서이고 간단한 것이었다.

1812년의 전쟁은 러시아인의 마음에 소중한 국민적 의의 외에도 또 다른, 유럽적인 의의를 지녀야만 했다.

서쪽에서 동쪽으로의 여러 민족의 이동 뒤에, 동쪽에서 서쪽으로의 이동이 있어야 했던 것이다. 이 새로운 전쟁을 위해 쿠투조프와는 다른 자질과 견해를 가진, 다른 동기에 의해 움직일 새 활동가가 필요했다.

러시아의 구원과 영광을 위해 쿠투조프가 필요했던 것처럼, 알렉산드르 1세는 여러 민족이 동쪽에서 서쪽으로 이동하기 위해, 또한 여러 민족이 자신들의 국경을 회복하기 위해 없어서는 안 될 인물이 되었다.

쿠투조프는 유럽과 세력 균형과 나폴레옹이 무엇을 의미하는지 이해하지 못했다. 그는 그것을 이해할 수 없었다. 적이 전멸하고 러시아가 해방되어 영광의 정점에 이르자, 러시아 민족의 대표자이자 가장 러시아인다운 러시아인이었던 그에게는 이제 아무 할 일이 없었다. 국민 전쟁의 대표자에게는 죽음밖에는 아무것도 남아 있지 않았다. 그리고 그는 죽었다.

12

피예르는 포로생활 동안 경험했던 육체적 고통과 긴장을, 흔히 그렇듯 그 육체적 고통과 긴장이 끝났을 때 비로소 느꼈다. 포로생활에서 해방된 그는 오룔로 갔고, 사흘째 날 키예프로 떠날 준비를 하다가 병이 나 석 달 동안 오룔에 있었다. 의사들은 쓸개의 발열이라고 말했다.

의사들이 치료를 하고, 사혈을 하고, 약을 주었는데도 불구하고* 그는 회복되었다.

풀려나서 병이 날 때까지 피예르에게 일어난 일들은 그에게 거의 아무런 인상도 남기지 않았다. 그는 잿빛의 우울한, 때로는 비, 때로는 눈이 내리던 날씨와, 내부의 생리적 우울, 발과 옆구리의 통증, 타인의 불행과 고통에 대한 전체적인 인상만 기억했고, 장교와 장군이 호기심 어린 질문으로 성가시게 굴었던 것도, 마차와 말을 찾기 위해 고생했던 것도 기억하긴 하지만 무엇보다 기억에 남아 있는 것은 당시 자신의 무력한 생각과 감정이었다. 풀려나던 날 그는 페탸 로스토프의 시체를 보았다. 안드레이 공작이 보로디노 전투 후 한 달 이상 살아 있다가 얼마 전 야로슬라블에 있는 로스토프의 집에서 죽었다는 것도 그날 알았다. 그리고 그날 피예르에게 그 소식을 전한 데니소프는 이야기중에 피예르도 이미 알고 있을 거라 생각하고 옐렌의 죽음을 언급했다. 그는 모든 일이 이상하게 여겨질 뿐이었고, 그 모든 소식의 의미를 이해할 힘이 없다고 느꼈다. 그때 그는 한시라도 빨리 사람들이 서로를 죽이던 곳을 떠나 조용한 은신처에서 휴식하고 정신을 회복해 여태까지 그가 알게 된 이상하고 새로운 일을 남김없이 생각해보려고 했다. 그러나 오룔에 도착하자마자 병이 들었다. 회복되어 눈을 떴을 때, 비로소 피예르는 모스크바에서 온 두 하인인 테렌티와 바시카, 그리고 피예르의 영지 옐레츠에서 살던 맨 손위의 공작영애가 옆에 있는 것을 보았는데, 그녀는 그가 풀려나 병에 걸렸다는 소식을 듣고 간병하러

---

* 톨스토이는 의사의 치료가 오히려 병을 악화시킨다고 생각했다.

온 것이었다.

피예르는 회복하는 지난 몇 달 동안 습관처럼 굳어졌던 인상에서 아주 조금씩 벗어나, 이제는 내일이 되어도 누구도 그를 내쫓지 않고, 따뜻한 잠자리를 빼앗지도 않으며, 점심도 차도 저녁도 틀림없이 나오는데 익숙해졌다. 그러나 그후에도 오랫동안 꿈에서는 여전히 포로 신세인 자신을 보았다. 그리고 포로에서 풀려난 뒤 알게 되었던 안드레이 공작의 죽음, 아내의 죽음, 프랑스군의 파멸도 조금씩 이해했다.

즐거움을 주는 자유―그가 모스크바를 출발한 후 첫 휴식 때 처음으로 의식했던 그 완전하고 빼앗을 수도 없는 인간 본래의 자유를 느끼는 즐거움이 회복기의 그의 마음을 가득 채우고 있었다. 그는 외면적 상황과는 무관한 내면적 자유에 마치 잉여처럼, 사치스러울 만큼 외면적 자유까지 갖춰져 있다는 데 놀랐다. 그는 아는 사람도 없는 낯선 도시에 홀로 있었다. 그에게 아무것도 요구하지 않고, 그를 어디로 쫓아내지도 않았다. 원하는 것은 뭐든 옆에 있었고, 전에 늘 그를 괴롭혔던 아내에 대한 상념도 그녀가 이제 존재하지 않기 때문에 더이상 없었다.

"아, 정말 좋다! 참으로 훌륭하다!" 그는 향기로운 국물과 함께 말끔하게 차려진 식탁이 운반돼 올 때, 밤에 부드럽고 깨끗한 침대에 몸을 누일 때, 혹은 이제 아내도 프랑스군도 없다는 생각이 떠오를 때 이렇게 중얼거렸다. "아아, 정말 좋다, 참으로 훌륭하다!" 그리고 그는 오랜 습관대로 자신에게 물었다. 자, 이제부터는 어떻게 될까? 나는 이제부터 무엇을 하게 될까? 그러고는 자신에게 대답했다. 별것 없다. 살아가면 된다. 아아, 정말 훌륭하다!

예전에 괴로워하며 끊임없이 찾았던 인생의 목적은 이제 존재하지 않았다. 그가 추구했던 인생의 목적은 현재 일시적으로 존재하지 않는 것이 아니라, 그런 것은 없고 있을 수도 없다고 느껴졌다. 목적이 없다는 것은 자유에 대한 완전하고 기쁜 의식을 주었고, 이것이 지금 그의 행복이었다.

그는 어떤 규칙이나 말이나 사상에 대한 신앙이 아니라, 살아 있고 항상 느낄 수 있는 신에 대한 신앙을 가지게 되었기 때문에 목적을 가질 수 없었다. 전에는 스스로 정한 목적들 속에서 신을 찾고 있었다. 이 목적의 탐구는 신의 탐구에 지나지 않았다. 그러나 포로생활중 문득, 아주 오래전 유모가 곧잘 들려주었던 말을 그저 말과 판단이 아니라 직감으로 깨달았다. 하느님은 여기 계신다, 여기, 모든 곳에. 포로생활중 그는 카라타예프 안에 있는 신이 프리메이슨들이 인정하는 우주의 건축가보다 더 위대하고 무한하고 심오하다는 것을 깨달았다. 그는 시선을 집중해 먼 곳을 바라보며 찾고 있었던 것을 문득 발밑에서 발견한 사람의 심정을 경험했다. 그는 지금까지 살아오며 주위 사람들 머리 너머로 어느 먼 곳만을 바라보았지만, 그렇게 시선을 집중하지 않아도 다만 자기 앞을 보면 되었던 것이다.

전에는 어떤 것 속에서도 위대하고, 무한하고, 포착할 수 없는 것을 볼 줄 몰랐다. 그는 다만 그런 것이 어딘가에 있으리라 생각하고 찾았다. 이해할 수 있고 가까이에 있는 것들 속에는 한정되고, 하찮고 세속적이고, 무의미한 것만 보였다. 그는 지성의 망원경을 들고 이 하찮고 세속적인 것이 안개 낀 원경 속에 잠겨 흐릿해서 마치 위대하고 무한한 것처럼 보이는 곳만 바라보았다. 유럽의 생활, 정치, 프리메이슨,

철학, 박애주의가 모두 그의 눈에 이렇게 비쳤다. 그러나 그때도, 그가 자신의 약점이라 생각하던 기분에 빠진 순간조차도 그의 지성은 이 원경 속으로 뚫고 들어가 여전히 그런 하찮고 세속적이고 무의미한 것만을 보았다. 그러나 지금 그는 모든 것 속에서 위대하고 영원하고 무한한 것을 보는 법을 배웠기 때문에 그것을 보기 위해, 그 사색을 즐기기 위해 그때까지 사람들 머리 너머로 들여다보던 망원경을 내던지고, 자기 주위에서 끝없이 변화하는 영원히 위대하고 포착하기 어려운 무한한 삶을 기꺼이 관찰했다. 가까이에서 볼수록 그는 더욱 안정되고 행복감을 느꼈다. 전에 그의 모든 지적인 구축을 파괴했던 왜? 라는 무서운 의문은 더이상 존재하지 않았다. 지금은 왜? 라는 의문에 대해 그의 마음속에는, 신이 있기 때문에, 그의 의지 없이는 머리카락 한 올도 사람의 머리에서 그냥 떨어지지 않는다는 신이 있기 때문이라는 단순한 대답이 준비되어 있었다.

13

피예르의 외면적인 태도에는 거의 변화가 없었다. 예전과 똑같아 보였다. 전과 마찬가지로 그는 산만하고 눈앞에 있는 것이 아니라 자기만의 특별한 것에 마음이 사로잡힌 듯했다. 그때와 지금의 차이라면 예전에는 눈앞에 있는 것이나 남이 말한 것을 잊어버렸을 때, 마치 멀어서 전혀 볼 수 없는 뭔가를 분별하려 애쓰지만 그럴 수 없는 사람처럼 자못 괴로운 듯 얼굴을 찌푸렸다. 지금도 그는 여전히 남이 말한 것도 눈앞에 있던 것도 잊어버렸지만, 지금은 살짝 미소를 띠고 분명 뭔가 다른 것을 보고 듣는 것 같긴 하지만 눈앞에 있는 것을 보고 남의 말에도 귀를 기울였다. 과거의 그는 선량하지만 불행한 사람이라 생각됐기 때문에 사람들은 무심결에 그를 멀리했다. 지금은 삶에 대한 기쁨의 미소가 늘 입가에 감돌고 두 눈은 사람들에 대한 관심, 즉 당신들도 나만큼 만족하고 있습니까? 라는 질문으로 빛났으며, 사람들은 그와 함께 있는 것을 즐거워했다.

전에 그는 말이 많고, 말할 때 잘 흥분해 남의 말에는 좀체 귀를 기울이지 않았지만, 지금은 자기 말에만 그리 열중하지 않고 남의 말도 잘 듣게 되어 사람들은 마음속 비밀도 기꺼이 그에게 털어놓을 수 있게 되었다.

공작영애는 지금까지 한 번도 피예르를 좋아해본 적이 없고, 노백작이 죽은 뒤 자신이 피예르에게 은혜를 입고 있다고 느낀 이래 그에게 유다른 적대감을 품었으나, 피예르는 은혜를 모르는 사람이지만 자신은 그의 간병을 의무로 느낀다는 것을 보여줄 작정으로 일부러 찾아온 오룔에서 잠시 머무는 동안 놀랍게도 자신이 그를 좋아하게 되었다는 것을 깨달았다. 피예르는 일부러 공작영애의 비위를 맞추지는 않았다. 다만 흥미를 가지고 지켜보았을 뿐이다. 공작영애는 전에는 자신을 바라보는 피예르의 눈빛에서 무관심과 냉소를 느끼고, 다른 사람들을 대할 때와 마찬가지로 그에게도 몸을 움츠리고 삶의 전투적인 측면만 드러냈지만, 지금은 반대로 피예르가 자기 생활의 친밀한 면까지 파고드는 것 같아 처음에는 반신반의했지만 나중에는 고마운 마음으로 자기 성격의 숨겨진 선량한 면까지도 보여주게 되었다.

아무리 교활한 인간이라도 그가 한 만큼 훌륭하게 공작영애의 마음에 청춘의 가장 좋았던 시절의 아름다운 추억을 상기시키고 그것에 동정을 표하며 그녀의 신뢰를 얻지는 못했을 것이다. 그 교활한 방법이라는 것도 다만 그가 스스로 만족을 구하면서 동시에, 적대적이고 메마르고 자기 본위인 공작영애의 마음에 인간적인 감정을 불러일으킨 것뿐이었다.

"그래, 그는 나쁜 사람들이 아니라 나 같은 사람들의 영향을 받는다면 정말, 정말 좋은 사람이야." 공작영애는 혼자 중얼거렸다.

피예르의 내면에서 일어난 변화는 테렌티와 바시카 같은 하인들도 나름대로 알아보았다. 그들은 그가 몹시 소탈해진 것을 알아챘다. 테렌티는 주인의 옷을 벗긴 뒤 장화와 옷을 든 채 편히 주무십시오 하고 인사하고 나서도 주인이 말을 걸어주지 않을까 기대하며 머뭇거렸다. 대개의 경우 피예르는 테렌티가 이야기하고 싶어하는 것을 알아채고 그를 불러세웠다.

"그래, 이야기해주게…… 너희는 대체 어떻게 먹을 것을 구했나?" 그는 물었다. 그러면 테렌티는 모스크바의 황폐와 죽은 백작 이야기를 시작하고, 옷을 든 채 오랫동안 서서 말하기도 하고 피예르의 이야기를 듣기도 하며 주인과 자신이 친하고, 또 자신이 주인에게 친밀감을 주었다는 것을 기분좋게 느끼면서 곁방으로 물러갔다.

피예르를 치료하러 매일 왕진을 오는 의사는 의사라는 직무상 고통을 겪는 사람을 위해 일 분도 소홀히 할 수 없다는 낯을 하는 것을 의무로 생각하는 사람이었는데, 그도 피예르에게 오면 몇 시간이나 앉아 자신이 좋아하는 일반 환자, 특히 여성 환자의 성격을 관찰한 이야기를 늘어놓았다.

"그래요, 그런 사람과 이야기하는 건 기분좋죠, 이 근방 시골 사람과는 다르니까요." 그는 말했다.

오룔에는 프랑스군 포로 장교 몇이 살고 있었고, 의사는 그중 젊은 이탈리아인 장교를 데려왔다.

장교는 피예르의 집에 드나들게 되었고, 공작영애는 이 이탈리아인이 피예르에게 보이는 부드러운 감정들을 비웃었다.

이탈리아인은 피예르를 찾아와 잡담도 하고, 자기 과거와 가정생활과 연애에 대해서도 이야기했는데, 프랑스인, 특히 나폴레옹에 대한 분개를 털어놓을 때만 행복해 보였다.

"만일 모든 러시아인이 조금이라도 당신을 닮았다면," 그는 피예르에게 말했다. "당신들 같은 국민과 싸우는 건 신을 모독하는 행위입니다. 당신은 프랑스인들에게 많은 고통을 당했는데도 그들에게 조금도 악의를 품지 않으니까요."

피예르가 이 이탈리아인의 열렬한 애정을 얻은 것은 그가 상대방의 내면에서 언제나 가장 훌륭한 면을 일깨워 그것을 도취된 듯 바라보았기 때문이었다.

피예르가 오룔에 머물렀던 끝 무렵에 옛 지인인 프리메이슨—빌라르스키 백작—이 찾아왔는데, 그는 1807년에 그를 조합에 가입시킨 사람이었다. 빌라르스키는 오룔 도에 광대한 영지를 가진 부유한 러시아 여자와 결혼해, 이 도시에서 식량 관련 직책을 맡고 있었다.

베주호프가 오룔에 있다는 것을 안 빌라르스키는 지금까지 그와 그리 친숙한 사이는 아니었지만 그를 찾아와, 광야에서 만난 사람들이 서로에게 드러내는 듯한 우정과 친밀감을 보였다. 빌라르스키는 오룔 생활이 지루했기 때문에 그가 생각하기에 자신과 같은 사회에 속하고 같은 관심사를 가진 사람을 만난 것이 무척 기뻤다.

하지만 곧 빌라르스키는 피예르가 실생활에서 완전히 동떨어져, 그가 보기에는 무력감과 이기심에 빠져 있다고 판단하고 깜짝 놀랐다.

"당신은 많이 무뎌진 것 같습니다, 백작." 그는 피예르에게 말했다. 그럼에도 불구하고 빌라르스키는 피예르와 함께 있는 것이 전보다 즐거웠으므로 매일 그를 찾아왔다. 빌라르스키를 바라보고 그의 이야기를 들으며 자신도 얼마 전까지 그와 똑같은 인간이었다고 생각하면 피예르는 이상하고 믿기지가 않았다.

빌라르스키는 결혼해서 가정이 있고, 아내의 영지 일과 근무와 가정일로 바빴다. 그는 자신과 가정의 개인적 행복이라는 목적을 가지고 있었기 때문에 이 활동들이 삶에 방해가 되며, 멸시할 일이라고 생각했다. 그의 관심은 언제나 군사와 행정, 정치, 프리메이슨에 관한 고려에 쏠려 있었다. 피예르는 그의 견해를 바꾸려 하지도 않고, 비난하지도 않고, 이제는 몸에 밴 것처럼 조용하고 기쁜 듯한 조소를 띠며 이 이상하지만 자신이 잘 아는 현상을 골똘히 바라보았다.

빌라르스키와 공작영애와 의사를 비롯해 최근 만난 모든 사람에 대한 피예르의 태도에는 모두에게 호감을 주는 새로운 특징이 있었는데, 그것은 인간은 누구나 자기 방식대로 생각하고 느끼고 볼 수 있다는 인식, 말로 사람의 신념을 바꿀 수는 없음을 인정하는 것이었다. 전에 피예르를 흥분시키고 초조하게 했던 이 당연한 만인의 독자성이 이제는 그가 사람들에게 느끼는 관심과 흥미의 기반이 되었다. 사람들의 견해와 그 생활, 서로의 차이 혹은 완전한 모순은 피예르를 기쁘게 하고, 조소와 온화한 웃음을 짓게 했다.

실생활에서도 피예르는 갑자기 전에 자신에게 없었던 중심을 가지게 되었다고 느꼈다. 전에는 모든 금전 문제, 특히 대부호인 그에게 아주 빈번했던 금전 요구가 그를 절망스러운 흥분과 의혹으로 몰아넣었었다. '줄까, 주지 말까?' 그는 자신에게 물었다. '나에게는 있고, 그에게는 필요하다. 그러나 그보다 더 필요한 사람이 있다. 누구에게 더 필요할까? 어쩌면 둘 다 사기꾼이지 않을까?' 예전에 했던 이런 모든 추측으로는 결국 아무 방법도 찾을 수 없었고, 그는 줄 수 있는 한 모두에게 주었다. 또 전에는 재산과 관련한 무슨 문제가 일어날 때마다 누구는 이렇게 해야 한다고 말하고, 누구는 전혀 다른 말을 했기 때문에 역시 똑같은 의혹에 빠졌었다.

놀랍게도, 그는 이 모든 문제에 대해 자신이 더이상 의심도 혼란도 느끼지 않는다는 것을 깨달았다. 지금은 그의 내부에 재판관이 나타나 그 자신도 모르는 법칙에 따라 무엇을 하고 무엇을 하지 말아야 하는지 결정해주었다.

그는 예전처럼 금전 문제에 무관심했지만, 이제는 해야 할 일과 하지 말아야 할 일을 명확히 알았다. 피예르가 이 새로운 재판관을 처음으로 적용한 것은 포로인 프랑스 대령이 찾아와 자기 공적을 잔뜩 자랑한 뒤 처자에게 보내줄 4천 프랑을 거의 달라는 듯이 부탁했을 때였다. 피예르는 조금의 곤란도 긴장도 없이 거절했고, 전에는 해결할 수도 없을 것처럼 어려웠던 일이 너무도 간단하고 쉽게 처리되자 나중에 자신도 놀랐다. 대령의 청을 즉시 거절한 한편, 그는 몹시 난처해 보이는 그 이탈리아 장교에게는 자신이 오룔을 출발할 때 그가 돈을 받을 수 있도록 방법을 강구해야겠다고 마음먹었다. 피예르가 현실의 문제에 대해 확고한 판단을 내리게 되었다는 새로운 증거는, 죽은 아내의 부채 문제와 모스크바의 저택들과 별장들을 재건하느냐 하지 않느냐라는 문제에 내린 결정이었다.

오룔에 있는 피예르를 만나기 위해 총지배인이 오자, 피예르는 그와 함께 크게 변해버린 자기 수입을 전체적으로 계산해보았다. 총지배인의 계산에 의하면, 모스크바 화재로 인해 피예르는 약 200만 루블의 손실을 보았다.

총지배인은 이 손실을 위로하듯, 만일 그가 갚을 의무도 없는 백작부인의 부채 변제를 거부하고, 또 매년 8만 루블이 들지만 아무 이익도 없는 모스크바 저택들과 교외 별장을 재건하지 않는다면 그의 수입은 줄기는커녕 오히려 늘 거라는 계산을 제시했다.

"그래, 그래, 그렇겠군." 피예르는 기쁘게 미소지으며 말했다. "그래, 그래, 나는 그런 건 전혀 필요 없네. 나는 집이 부서져서 오히려 전보다 더 부자가 된 셈이군."

그러나 1월 모스크바에서 사벨리치가 와서 모스크바의 상태, 저택과 교외 별장 재건에 관해 건축가의 견적을 받았다고 이미 다 결정한 듯한 어조로 말했다. 또 이즈음 피예르는 바실리 공작과 페테르부르크의 지인들에게서 편지를 받았다. 편지에는 아내의 부채에 대해 쓰여 있었다. 피예르는 자신이 그토록 좋아했던 그 재정 계획도 틀린 것이었음을 깨닫고, 아내 일을 해결하고 모스크바 저택 재건을 추진하기 위해 페테르부르크에 가기로 결정했다. 왜 그렇게 해야 하는지는 이해하지 못했지만, 그래야 한다는 것은 이제 분명히 알았다. 이 결정 때문에 그의 수입은 사분의 삼으로 줄었다. 그러나 필요한 일이었고, 그래야 한다고 느꼈다.

빌라르스키도 모스크바에 갈 예정이어서 두 사람은 함께 떠나기로 했다.

피예르는 오룔에서 건강을 회복하는 동안 기쁨과 자유와 살아 있다는 감각을 느꼈지만, 여행하며 자유로운 세계에서 수백 명의 새로운 사람을 보자 그 느낌은 한층 강렬해졌다. 그는 여행 내내 마치 방학중인 초등학생과 같은 기쁨을 경험했다. 마부, 역장, 길가와 마을에서 마주치는 농부, 모든 얼굴이 그에게는 새로운 의미가 있었다. 그의 옆에서 러시아의 빈곤과 무지, 유럽보다 뒤떨어진 것을 끝없이 탄식하는 빌라르스키의 이야기마저 피예르의 기쁨을 고조시켰다. 빌라르스키가 죽음을 보는 곳에서 피예르는 유난히 힘찬 삶의 힘을, 광막한 눈 속에서 완전하고 특수하고 통일적인 국민의 생활을 지탱하고 있는 힘을 보았다. 그는 빌라르스키에게 반대하지 않고 짐짓 동의하며 들으면서(동의하는 척하는 것은 무익한 토론을 피하는 가장 간단한 방법이므로) 행복하게 미소지었다.

14

망가진 개밋둑의 개미들이 쓰레기며 알이며 사체를 질질 끌며 도망치기도 하고 외려 그곳으로 돌아오기도 하는 이유를 설명하기 어려운 것과 마찬가지로—대체 왜 그리 서둘러 도망치고 서로 부딪치고 쫓고 싸우는지—프랑스군이 철수한 뒤 일찍이 모스크바라 불리던 장소로 러시아인이 모여든 이유를 설명하는 것도 어려울 것이다. 그러나 파괴된 개밋둑 주변에 흩어진 개미들을 보면, 완전히 파괴되었는데도 불구하고 꿈틀거리는 곤충의 끈질김과 에너지, 그리고 그 무수한 수로 보아 모든 것이 파괴되었어도 개밋둑의 힘이 되는 파괴될 수 없는 비물질적인 뭔가가 남아 있음을 알게 되는데, 10월의 모스크바 역시 관청과 교회와 성물, 재산, 집이 모두 파괴되었지만 8월의 모스크바와 똑같았다. 모든 것은 파괴되었는데, 단 비물질적이지만 강력하고 파괴될 수 없는 뭔가는 예외였다.

적이 철수한 후 온갖 방면에서 모스크바로 몰려들었던 사람들의 동기는 아주 다양하고 개인적인 것이었고, 처음 얼마 동안은 대부분 노골적이고 동물적인 것이었다. 다만 한 가지 공통된 동기라면, 전에 모스크바라 불리던 곳으로 가 활동해보려는 것이었다.

일주일이 지나자 모스크바 주민은 이미 1만 5천 명이었고, 이 주 뒤에 2만 5천 명 하는 식으로 차차 늘어 1813년 가을에는 1812년의 인구를 넘어섰다.*

가장 먼저 모스크바에 들어온 러시아인들은 빈친게로데 지대의 카자크들[23], 인근 마을의 농부들, 모스크바에서 달아나 교외에 숨었던 주민들이었다. 황폐화된 모스크바에 들어온 러시아인들은 완전히 약탈된 시가를 보자 자기들도 약탈하기 시작했다. 프랑스인이 했던 짓

---

* 1814년이 되자 약 16만 명이 되었다.

을 계속했던 것이다. 농부들의 짐마차는 파괴된 모스크바의 집집과 거리들에 흩어져 있는 것을 전부 자기 마을로 운반하기 위해 모스크바로 몰려들었다. 카자크들은 가져갈 수 있는 한 모든 것을 부대로 가져갔고, 집주인들은 남의 집에서 발견한 것을 전부 긁어모아 원래 제 것이라고 우기며 자기 집으로 가져갔다.

그러나 최초의 약탈자에 이어 제2, 제3의 약탈자들이 몰려와 수가 늘어나자 약탈은 점점 어려워지고 더욱 노골적인 모습을 띠었다.

프랑스군이 들어왔을 때 모스크바는 텅 비어 있었지만, 아직 유기적이고 정상적인 생활을 영위하는 도시의 형태들은 모두 갖추고 있었고 상업, 수공업, 호화로운 생활, 국가 통치 관리, 종교가 다양하게 기능하고 있었다. 이러한 형태들은 생명이 없었지만, 어쨌든 존재하고 있었다. 상가, 가게, 창고, 곡물 가게, 시장이 대부분 상품을 비축하고 있었고, 공장과 수공업 시설이 있고, 사치품으로 넘쳐나는 궁전과 부호의 저택이 있었고, 병원과 교도소, 관청, 교회, 대성당도 있었다. 프랑스군의 체재가 길어짐에 따라 이러한 도시 생활의 형태는 차츰 사라졌고, 마침내 모든 것이 뒤죽박죽되어 분간할 수 없고 생명도 없는 약탈장이 되어버렸다.

프랑스군의 약탈은 계속될수록 모스크바의 부와 약탈자 자신들의 힘을 점점 파괴했다. 수도에 다시 자리잡기 시작한 러시아인들의 약탈은 계속될수록, 약탈자 수가 많아질수록 더 빠르게 모스크바의 부와 도시의 정상적인 삶을 회복시켰다.

약탈자 이외에도 온갖 다양한 사람들—집주인, 사제, 고위 관리, 상인, 수공업자, 농부—이 누구는 호기심으로, 누구는 직무상으로, 누구는 타산에 이끌려 마치 심장으로 피가 흘러들어오듯 사방에서 모스크바로 흘러들었다.

　일주일 뒤에는, 물건을 실어내기 위해 빈 짐마차를 끌고 온 농부들이 당국에 붙잡혀, 도시에서 시체를 실어내라는 명령을 받았다. 다른 농부들은 동료의 실패를 듣자, 빵과 귀리와 건초를 싣고 와 서로 값을 다투어가며 전보다 싸게 팔았다. 목수 조합들은 비싼 임금을 기대하며 모스크바로 들어왔고, 사방에 새 집이 지어지고 불에 탄 집도 수리되었다. 상인들은 바라크에서 장사를 시작했다. 식당과 여관은 벽이 그을린 채 문을 열었다. 사제들은 전화를 면한 여러 교회에서 예배를 재개했다. 독지가들이 약탈된 교회 비품을 기증했다. 관리들은 나사천을 덮은 책상과 서류가 담긴 책장들을 작은 방에 배치했다. 고위 당국과 경찰은 프랑스군이 버리고 간 물자를 분배하라고 지시했다. 다른 집에서 반입된 가재가 많이 남아 있는 집주인들은 그것을 전부 그라노비타야 궁전*으로 옮기는 것은 부당하다고 불평하고, 또 어떤 사람들은 프랑스인들이 여러 집에서 가져와 한군데에 모아놓은 가재를 집주인에게 주는 것이 부당하다고 주장했다. 경찰을 욕하는 자도 있었고, 매수하는 자도 있었고, 국가와 관청의 소실된 물품 견적을 열 배로 부풀리는 자도 있었으며, 보조금을 요구하는 자도 있었다. 라스톱친 백작은 예의 선전문을 썼다.

---

* 크렘린에 있는 건물 중 하나. 다면체로 되어 있다.

15

1월 말에 피예르는 모스크바로 돌아와 무사히 남은 곁채에 들었다. 그는 라스톱친 백작을 비롯해 모스크바로 돌아온 몇몇 지인을 방문하고, 사흘 뒤 페테르부르크로 갈 예정이었다. 모두가 전승을 축하하고, 황폐화되었지만 다시 살아나는 수도는 모든 것이 생명력으로 들끓고 있었다. 피예르는 모두에게 환영받고, 모두 그를 만나고 싶어하고 그가 목격한 일에 대해 캐물었다. 피예르는 만나는 사람 모두에게 유달리 친근감을 느꼈지만, 이제는 뭔가로 자신을 속박하지 않기 위해 무의식적으로 모두에 대해 조심스러운 태도를 취했다. 앞으로 어디서 살 것인가? 집을 지을 것인가? 언제 페테르부르크로 가는가? 상자 하나를 가져가줄 수 있는가? 그는 그들이 하는 모든 질문에 대해―중요한 것이든 중요하지 않은 것이든―똑같이 모호하게 대답했다. 네, 아마도, 그렇게 생각합니다 등등.

로스토프가에 관해서는, 그들이 코스트로마에 있다는 이야기를 들었지만, 나타샤 생각은 거의 떠오르지 않았다. 생각했다 해도 먼 옛날의 즐거운 추억에 지나지 않았다. 그는 속세의 온갖 제약에서뿐만 아니라 전에 그가 자신에게 일부러 불러일으켰다고 생각되던 그 감정에서도 해방됐다고 느꼈다.

모스크바에 도착해 사흘째 되던 날, 그는 드루베츠코이가 사람들에게서 공작영애 마리야가 모스크바에 있다는 이야기를 들었다. 안드레이 공작의 죽음과 고통과 마지막 날의 일은 종종 피예르의 마음을 사로잡았던 문제였기 때문에, 그 이야기를 듣자 머릿속에서 다시금 그 문제가 생생하게 되살아났다. 저녁식사 때, 공작영애 마리야가 모스크바에 와 브즈드비젠카에 있는 전화를 면한 집에 살고 있다는 소식을 듣자, 그는 그날 밤 곧장 그녀를 찾아갔다.

공작영애 마리야에게 가는 길에 피예르는 안드레이 공작의 일, 그와의 우정, 다양한 상황에서의 만남, 특히 보로디노에서 마지막 만났던 일을 생각했다.

'그는 악의에 차 있던 그때 그 기분으로 죽었을까? 죽기 전 삶의 의의에 대한 계시를 받지 않았을까?' 피예르는 생각했다. 그는 카라타예프와 그의 죽음을 상기하며, 서로 너무나 다르지만 피예르가 두 사람에게 품었던 애정으로 보나, 전에 살았고, 지금은 죽었다는 점에서 너무나 흡사한 두 사람을 무심결에 비교하기 시작했다.

피예르는 아주 엄숙한 기분으로 노공작의 집에 마차를 타고 도착했다. 집은 무사했다. 파괴의 흔적이 있긴 했지만 풍격은 예전 그대로였다. 피예르를 맞은 늙은 하인은 공작이 없어도 집안의 질서는 무너지지 않았다는 것을 손님에게 느끼게 하려는 듯 자못 엄숙한 표정으로, 공작영애는 이미 방으로 들어가셨고, 손님을 만나는 것은 일요일뿐이라고 말했다.

"그래도 전해주게, 만나주실지 모르니까." 피예르는 말했다.

"알겠습니다, 나리." 하인이 대답했다. "초상이 있는 방으로 가십시오."

몇 분 후 하인과 데살이 피예르 앞에 나타났다. 데살은 피예르의 방문이 무척 기쁘며, 실례를 용서한다면 위층 자기 방으로 와주길 바란다는 공작영애의 말을 전했다.

공작영애는 촛불 하나만 켜놓은 천장이 낮은 방에 앉아 있었고, 검은 옷을 입은 사람이 함께 있었다. 피예르는 공작영애 옆에는 언제나 말동무들이 있었다는 것이 떠올랐다. 그 사람이 누구인지, 어떤 사람인지는 알지도 기억하지도 못했다. '말동무 중 하나겠지.' 그는 검은 옷의 여자를 보고 생각했다.

공작영애는 급히 일어나 그를 맞으며 손을 내밀었다.

"그래요," 피예르가 손에 키스하자 그녀는 그의 변한 얼굴을 찬찬히 바라보며 말했다. "이렇게 또 만나는군요. 오빠는 죽기 전 당신 이야기를 곧잘 했어요." 그녀는 피예르에게서 말동무 쪽으로 시선을 옮기며 말했고, 그 눈에 떠오른 부끄러운 듯한 기색에 피예르는 순간 놀랐다.

"당신이 구조됐다는 소식을 듣고 정말 기뻤어요. 그동안 우리가 들은 소식 중에 유일하게 기쁜 소식이었죠." 공작영애는 또다시 더욱 불안스럽게 말동무 쪽을 돌아보고 무엇인가 말하려 했으나 피예르가 가로막았다.

"상상이 가십니까, 나는 그의 소식을 전혀 몰랐습니다." 그는 말했다. "나는 그가 전사한 줄 알았습니다. 내가 들은 건 전부 제삼자를 통해 다시 전해들은 거였으니까요. 내가 아는 건, 그가 로스토프가 사람들을 만났다는 것뿐입니다…… 운명이었죠!"

피예르는 빠르고 활기차게 말했다. 그는 자신에게 집중하고 있는 주의깊고 부드러운 시선을 알아채고 말동무의 얼굴을 힐끔 보았는데, 대화할 때 흔히 그렇듯, 그는 왠지 이 검은 옷의 말동무가 귀엽고 선량하고 훌륭한 아가씨이고 자기와 공작영애 마리야의 성실한 대화를 방해하지 않을 거라고 느꼈다.

그러나 그가 마지막에 로스토프가 이야기를 꺼내자 공작영애 마리야의 얼굴에 당황한 기색이 한층 짙어졌다. 그녀는 다시금 피예르의 얼굴에서 검은 옷의 여성에게로 시선을 돌리며 말했다.

"정말 몰라보시겠어요?"

피예르는 검은 눈과 묘한 입매를 가진 창백하고 여윈 말동무의 얼굴을 다시 바라보았다. 왠지 친근하고, 아주 오랫동안 잊고 지낸 것 같은, 사랑스러움 이상의 뭔가가 있는 그녀의 두 눈이 주의깊게 그를 보고 있었다.

'그러나 아니야, 그럴 리가 없어.' 그는 생각했다. '이렇게 엄격하고, 야위고 창백한 늙은 얼굴이? 그녀일 리 없어. 이건 그저 기억일 뿐이야.' 그러나 이때 공작영애 마리야가 "나타샤예요"라고 말했다. 그러자 주의깊은 눈을 한 그 얼굴은 녹슨 문이 열리듯 어렵게 간신히 미소 지었고, 활짝 열린 그 문 안에서 오랫동안 잊고 있던, 특히 지금 생각지도 않았던 행복이 흘러나와 피예르를 감쌌다. 흘러나와 그를 감싸고 통째로 집어삼켰다. 그녀가 미소지었을 때는 의심할 것도 없이 나타샤였고, 그는 그녀를 사랑하고 있었다.

그 첫 순간 피예르는 자기도 모르게 나타샤에게, 공작영애 마리야에게, 특히나 자기 자신에게 그때까지 그 자신도 몰랐던 비밀을 털어놓고 말았다. 그는 기쁘면서도 고통스러울 만큼 얼굴을 붉혔다. 그는 자신의 동요를 감추려 했다. 그러나 감추려 할수록 더욱 뚜렷하게—어떤 명확한 말보다 더 뚜렷하게—그 자신과 그녀, 공작영애 마리야에게까지도 그녀를 사랑한다고 말하고 있었다.

'아니다, 너무 뜻밖이라서 이러는 것이다.' 피예르는 생각했다. 그는 공작영애 마리야와 하던 대화를 이어가고 싶었으나, 다시 나타샤를 힐 끔 보자 그의 얼굴은 더욱 짙은 홍조로 덮이고, 마음은 더욱 격렬한 기 쁨과 두려움의 물결에 휩싸였다. 그는 말을 더듬거리다 도중에 멈추고 말았다.

피예르가 나타샤를 알아보지 못한 것은 여기서 그녀를 만날 거라고 예상하지 못했기 때문이었지만, 그가 못 본 후로 그녀가 너무 많이 변 했기 때문이기도 했다. 그녀는 야위고 창백했다. 그러나 그것 때문이 아니라, 그가 들어선 순간 그녀를 알아볼 수 없었던 것은 전에는 늘 삶 의 기쁨을 감춘 미소로 눈을 반짝이던 얼굴에 미소의 그림자조차 없고, 다만 주의깊고 선량하고 묻는 듯한 슬픈 눈을 하고 있었기 때문이다.

피예르의 동요는 나타샤에게 동요로 반영되지 않았고, 다만 기쁨이 되어 희미하게 그녀의 얼굴 전체를 밝혔다.

16

"이분은 우리 손님으로 와 계세요." 공작영애 마리야가 말했다. "백 작과 백작부인도 조만간 오실 거예요. 백작부인도 너무 좋지 않은 상 태시지만, 나타샤를 의사에게 보이지 않을 수 없어 억지로 저와 함께 보내신 거예요."

"그렇죠, 슬픔이 없는 가정이 있겠습니까?" 피예르는 나타샤를 향 해 말했다. "아시겠지만, 우리가 해방된 바로 그날이었습니다. 나도 당 신의 동생을 보았습니다. 정말 귀여운 소년이었는데."

나타샤는 그를 바라보았고, 그에 대한 대답으로 그녀의 눈은 더욱 커지고 더욱 빛났다.

"무슨 말이, 어떤 생각이 위로가 되겠습니까?" 피예르는 말했다. "아무것도 없습니다. 그렇게도 훌륭하고 생기 넘치는 소년이 왜 죽어야 했을까요?"

"그래요, 이런 시대에 신앙 없이 살아가기는 어려워요……" 공작영애 마리야는 말했다.

"그래요, 그렇습니다. 정말 그렇습니다." 피예르는 급히 말을 가로막았다.

"왜죠?" 나타샤는 피예르의 눈을 주의깊게 바라보며 물었다.

"왜냐고요?" 공작영애 마리야가 말했다. "그곳에서 기다리고 있을 것을 생각하는 것만이……"

나타샤는 공작영애 마리야의 말을 끝까지 듣지 않고 다시 묻는 듯한 눈으로 피예르를 바라보았다.

"왜냐하면," 피예르는 말을 이었다. "우리를 지배하는 신이 있다고 믿는 인간만이 그런 상실을 견뎌낼 수 있으니까요, 그녀의…… 그리고 당신의……" 피예르는 말했다.

나타샤는 무슨 말을 하려다가 갑자기 입을 다물었다. 피예르는 급히 고개를 돌려 공작영애 마리야를 보며 친구의 마지막 모습에 대해 물었다. 피예르는 이제 당황스러움은 거의 사라졌지만, 동시에 이전의 자유롭던 기분도 완전히 사라져버린 것을 느꼈다. 그는 지금 자신의 모든 언행을 판결하는 재판관이 있고, 이 재판이 세상에서 가장 소중하다고 느꼈다. 그는 말을 하면서 그 말이 그녀에게 어떤 인상을 줄지 생각했다. 그는 그녀의 마음에 들 것 같은 말을 일부러 하진 않았지만, 무슨 말을 하더라도 그녀의 입장에서 자신을 판단했다.

공작영애 마리야는 늘 그랬듯 안드레이 공작의 마지막 순간에 대해 내키지 않은 듯이 이야기하기 시작했다. 그러나 피예르의 질문과 그의 활기차면서도 불안한 눈빛, 흥분에 떨리는 얼굴이 그녀가 상상 속에서도 되살리기 두려워하던 자세한 이야기까지 하도록 이끌었다.

"네, 네, 그랬군요, 그랬군요……" 피예르는 공작영애 마리야 쪽으로 온몸을 기울여 열심히 들으면서 말했다. "네, 네, 그래서 마음이 진정되었습니까? 평온해졌나요? 그는 언제나 안간힘을 다해 오직 한 가지, 완전히 훌륭한 인간이 되는 것만 탐구했기 때문에 죽음을 두려워했을 리 없습니다. 그의 결점은—만약 그런 것이 있다면—그 사람 자신에게서 나온 것이 아닙니다. 그럼 마음도 평온해졌겠군요?" 피예르는 말했다. "그는 당신과 함께 있어서 정말 행복했을 겁니다." 그는 갑자기 나타샤 쪽으로 돌아보고 눈물이 가득 고인 눈으로 말했다.

나타샤의 얼굴이 떨렸다. 그녀는 눈살을 찡그리며 잠시 눈을 떨구었다. 그녀는 말을 할까 말까 머뭇거렸다.

"네, 정말 행복했어요." 그녀는 가슴 깊은 곳에서 나오는 나직한 목소리로 말했다. "나에게는 분명히 행복이었어요." 그녀는 잠시 말을 멈췄다. "그리고 그도…… 그도…… 내가 옆에 갔을 때, 그도 그것을 기다리고 있다고 말했어요……" 나타샤의 목소리가 끊겼다. 그녀는 얼굴을 붉히며 무릎 위에서 두 손을 꼭 모아 쥐더니 애쓰면서 갑자기 얼굴을 들고 빠르게 말하기 시작했다.

"모스크바를 떠날 때 우리는 아무것도 몰랐어요. 나는 그 사람에 대해 물어볼 용기가 없었죠. 갑자기 소냐가 그가 우리와 함께 있다고 말했어요. 나는 아무 생각도 없었기 때문에 그가 어떤 상태인지 상상도 할 수 없었고, 다만 그를 만나 곁에 있고 싶은 마음뿐이었어요." 그녀는 몸을 떨고 숨을 헐떡이며 말했다. 그리고 그녀는 아무에게도 입을 열 틈을 주지 않고 아직까지 누구에게도 말하지 않았던, 삼 주에 걸친 여행과 야로슬라블에 머무는 동안 경험했던 일을 전부 이야기했다.

피예르는 입을 벌린 채 눈물 고인 눈을 그녀에게서 떼지 않고 듣고 있었다. 그녀의 이야기를 들으며 그는 안드레이 공작에 대해서도, 죽음에 대해서도, 또 그녀가 이야기하는 것에 대해서도 생각하지 않았다. 그는 이야기를 들으며 다만 그녀가 지금 이야기하면서 느끼는 고통을 생각하고, 그녀를 가엾게 여길 뿐이었다.

공작영애 마리야는 눈물을 참으려고 얼굴을 찌푸린 채 나타샤 옆에 앉아, 마지막 며칠 동안의 오빠와 나타샤의 사랑 이야기를 처음으로 들었다.

이 괴롭고도 기쁜 이야기는 분명 나타샤에게 꼭 필요한 것 같았다.

그녀는 아주 자질구레하고 사소한 일과 마음속 비밀을 섞어가며 끝도 없이 계속 이야기했다. 그녀는 똑같은 이야기를 여러 번 반복했다.

문밖에서 밤 인사를 하려는 니콜루시카를 들여보내도 되느냐고 묻는 데살의 목소리가 들렸다.

"네, 이게 전부, 전부예요……" 나타샤는 말했다. 그녀는 니콜루시카가 들어오자마자 급히 일어나 달리다시피 문가로 가더니 커튼에 가려 있던 문에 머리를 부딪치자 아픔도 슬픔도 아닌 신음 소리를 내며 방을 나가버렸다.

피예르는 그녀가 나간 문을 쳐다보며 왜 갑자기 자신이 세상에 홀로 남겨진 기분이 드는지 이해할 수 없었다.

공작영애 마리야가 방에 들어온 소년에게로 그의 주의를 돌려 방심 상태에서 깨웠다.

아버지를 닮은 니콜루시카의 얼굴은, 마음이 부드러워져 있던 순간 이었던 만큼 피예르의 마음을 흔들어서, 그는 니콜루시카에게 키스하고 급히 일어나 손수건을 꺼내 창가로 물러갔다. 그는 공작영애 마리야에게 작별 인사를 하려고 했지만, 그녀가 붙들었다.

"아니에요. 나와 나타샤는 두시 지나서까지 자지 않곤 해요. 제발, 앉으세요. 야식을 준비하라고 할게요. 내려가 계시면 우리도 곧 갈게요."

피예르가 나가기 전 공작영애는 말했다. "그녀가 오빠의 일을 이렇게 이야기한 건 처음이에요."

17

피예르는 불이 켜진 커다란 식당으로 안내되었고, 잠시 후 발소리가 들리고 공작영애와 나타샤가 들어왔다. 나타샤는 이미 진정되었지만, 또다시 미소 없는 엄격한 얼굴로 돌아가 있었다. 공작영애 마리야도 나타샤도 피예르도 모두가 진지하고 속 깊은 이야기를 털어놓은 뒤에 흔히 느끼는 어색함을 느꼈다. 이전의 이야기를 계속할 수는 없고, 사소한 이야기를 하는 것도 멋쩍고, 그렇다고 침묵하자니 말하고 싶으면서 아닌 척하는 것 같아 꺼림칙했다. 그들은 묵묵히 식탁으로 다가

갔다. 하인들이 의자를 빼서 밀어주었다. 피예르는 차가운 냅킨을 펼치고, 침묵을 깨기로 결심하고 나타샤와 공작영애 마리야를 흘끗 보았다. 두 사람도 동시에 같은 결심을 한 듯, 그들의 눈에는 삶에 만족과 슬픔 외에 기쁨도 있다는 것을 인정하는 듯한 빛이 반짝였다.

"보드카 드시겠어요, 백작?" 공작영애 마리야의 이 말이 갑자기 과거의 그림자를 쫓아버렸다.

"이번에는 당신 이야기를 들려주세요." 공작영애 마리야가 말했다. "사람들은 당신에 관해 믿기지 않는 기적 같은 이야기를 하고 있어요."

"그렇습니다." 그는 습관이 된 부드러운 조소를 지으며 대답했다. "나도 꿈에서도 보지 못한 기적을 사람들이 이야기하는 것을 들었습니다. 마리야 아브라모브나는 나를 초대해서, 내게 일어났던 일과 일어났어야 한다고 생각되는 일을 모두 들려주더군요. 스테판 스테파니치는 나에게 어떤 이야기를 해야 하는지 가르쳐주었고요. 어쨌든 나는 흥미로운 사람이 되는 것이 매우 쉽다는 걸 알았습니다(나는 지금 흥미로운 사람이죠), 모두 나를 불러다가 내 이야기를 하니까요."

나타샤는 미소지으며 무엇인가 말하려 했다.

"우리도 들었어요." 공작영애 마리야가 말을 가로막았다. "당신이 모스크바에서 200만 루블을 손해보셨다고요. 사실인가요?"

"하지만 나는 세 배나 더 부유해졌습니다." 피예르는 말했다. 아내의 부채와 건축의 필요가 상황을 바꿔버렸는데도 피예르는 계속 자신이 세 배나 부유해졌다고 말했다.

"내가 확실히 번 것은," 그는 말했다. "자유입니다……" 그는 정색하고 말하려다가 너무 자기중심적인 화제라는 것을 깨닫고 계속하지 않기로 했다.

"건축을 하시나요?"

"네, 사벨리치가 그러라고 해서."

"당신은 모스크바에 남아 있었을 때, 백작부인이 돌아가신 걸 모르셨어요?" 공작영애 마리야는 이렇게 묻고 갑자기 얼굴을 붉혔는데, 그가 자유를 말한 뒤 곧바로 이런 질문을 하는 것은 그의 말에 있지도 않은 의미를 덧붙이는 것이 될지 모른다고 생각했기 때문이다.

"네." 피예르는 공작영애 마리야가 그의 자유라는 말에 붙인 해석을 별로 쑥스럽게 생각하지 않는 듯이 대답했다. "나는 오룔에서 그 소식을 들었고, 내가 얼마나 놀랐는지 당신은 상상도 못하실 겁니다. 우리는 모범적인 부부는 아니었죠." 그는 나타샤를 힐끗 보고 그녀의 얼굴에서 그가 아내를 어떻게 평가하는지 궁금해하는 빛을 알아채고 재빨리 말했다. "하지만 아내의 죽음은 나에게 큰 충격이었습니다. 두 사람이 싸울 때는 언제나 양쪽 모두에게 잘못이 있습니다. 그런데 한쪽이 사라지면 자기 잘못이 갑자기 두려울 만큼 힘겹게 느껴지죠. 게다가 그런 죽음이다보니…… 친구도 없고, 위로도 없이. 나는 그녀가 너무나, 너무나 가엾습니다." 그는 이야기를 끝내고 나타샤의 얼굴에 떠오른 기쁜 동의의 빛을 확인하자 만족했다.

"그래요, 당신은 다시 독신이고 신랑감이 되셨네요." 공작영애 마리야는 말했다.

피예르는 갑자기 자줏빛이 될 만큼 얼굴을 붉혔고, 한참 동안 나타샤 쪽을 보지 않으려 애썼다. 그가 간신히 마음을 잡고 그녀를 힐끗 보았을 때, 그녀의 얼굴은 차갑고 엄격하고, 심지어 경멸하는 빛까지 띤 것 같았다.

"그런데 듣기로는, 당신이 나폴레옹과 만나 이야기도 나누셨다던데요?" 공작영애 마리야가 물었다.

피예르는 웃었다.

"천만에요, 결코 아닙니다. 사람들은 포로가 되는 것을 마치 나폴레옹을 손님으로 방문하는 것처럼 생각하더군요. 나는 나폴레옹을 보지 못했고, 그에 대한 이야기도 못 들었습니다. 나는 훨씬 낮은 인간들 틈에 있었으니까요."

야식은 끝나가고, 피예르는 처음 한동안은 포로생활에 대해 이야기하기를 꺼렸지만 차츰 그 이야기에 끌려들었다.

"하지만 당신이 나폴레옹을 죽이려고 모스크바에 남으셨다는 건 사실이잖아요?" 나타샤는 가볍게 미소지으며 물었다. "수하레프 탑 옆에서 마주쳤을 때 나는 짐작했어요, 기억나세요?"

피예르는 그건 사실이라고 인정했고, 이 질문에서 시작해 공작영애 마리야의 질문들, 특히 나타샤의 질문들에 이끌려 차츰 자신의 상세한 모험담으로 끌려들어갔다.

처음에는 요즘 그가 사람들을 대할 때, 특히 자기 자신에 대해 말할 때의 그 비웃는 듯한 부드러운 표정을 지으며 이야기했지만, 이윽고 자신이 목격한 공포와 고통에 대한 이야기에 미치자 자기도 모르는 사이에 열중해 회상 속에서 강렬한 인상을 되새기는 사람의 억누른 듯한 흥분을 띠며 말하기 시작했다.

공작영애 마리야는 온화한 미소를 띠고 피예르와 나타샤를 번갈아 보았다. 그녀는 이 모든 이야기에서 피예르와 그의 선량함만을 보았다. 나타샤는 팔꿈치를 괴고 이야기를 따라가며 줄곧 표정을 바꾸고 마치 그가 이야기하는 것을 자신도 체험하는 듯이 잠시도 그에게서 눈을 떼지 않았다. 그녀의 눈길뿐만 아니라 이따금 내뱉는 감탄사와 짧은 질문까지도 피예르가 이야기 속에서 전하고 싶어한 것을 그녀가 정확히 이해하고 있음을 보여주었다. 나타샤는 피예르가 이야기한 것뿐만 아니라, 이야기하고 싶지만 말로 표현할 수 없는 것까지도 분명 이해하는 듯했다. 아기와 부인을 보호해주려다 붙잡힌 에피소드에 이르자 피예르는 이렇게 말했다.

"무서운 광경이었죠, 아이들은 팽개쳐지고, 불속에 남은 아이도 있었습니다…… 내 눈앞에서 아이 하나가 끌려나왔는데…… 여자들은 자기 물건을 도둑맞고, 귀걸이까지 뜯긴데다……"

피예르는 얼굴을 붉히며 우물거렸다.

"거기에 기병 척후대가 와서 약탈을 하지 않은 자들까지 남자는 모두 체포해 갔습니다. 나도."

"당신은 분명 모든 걸 얘기하지 않고 있어요, 당신은 분명, 뭔가를 하셨겠죠……" 하고 나타샤는 말을 멈췄다. "훌륭한 행동을."

피예르는 계속해서 더 이야기했다. 처형에 대해 이야기할 때는 끔찍한 세부 내용은 피하려고 했지만, 나타샤는 하나도 빼놓지 말아달라고 요구했다.

피예르는 카라타예프에 대해 이야기하려다가(그는 이미 탁자 앞에서 일어나 걸어다니고 있었고, 나타샤는 눈으로 그를 좇고 있었다) 멈추었다.

"글쎄, 그 글도 모르는 남자에게, 바보 같은 그 사람에게 내가 무엇을 배웠는지 당신들은 이해 못하실 겁니다."

"아니에요, 그렇지 않아요, 이야기해줘요." 나타샤는 말했다. "그 사람은 어디 있어요?"

"거의 내 눈앞에서 사살되었습니다." 그리고 피예르는 적이 퇴각하던 최후의 일과 카라타예프의 병(그의 목소리는 줄곧 떨렸다), 그의 죽음에 대해 이야기하기 시작했다.

피예르는 자신이 체험한 것들을 마치 지금까지 누구에게도 말하지 않았던 것처럼, 그 자신도 결코 상기해본 적이 없었던 것처럼 이야기했다. 그는 지금 자기가 경험한 모든 것 속에서 새로운 의미를 발견하고 있었다. 지금 그는 모든 것을 나타샤에게 이야기하며, 여성이 남성이 하는 말을 들어줄 때 그 남성이 느끼는 드문 행복을 맛보았고, 그것도 자기 지식을 풍부하게 하려고 그 이야기를 듣고 기억하고, 어느 경우에는 그것을 그대로 말로 옮기기도 하고, 어느 경우에는 자기 이야기를 멋대로 덧붙여 자기의 빈약한 지성의 공장에서 만든 총명한 말을 되도록 빨리 꺼내보려고 애쓰는 현명한 여성이 아니라, 남자의 말 속에서 가능한 한 좋은 것을 모두 추려내 자기 안에 흡수하는 능력을 지닌 참된 여성만이 줄 수 있는 행복이었다. 나타샤 자신은 이것을 몰랐지만, 그녀는 온 주의를 기울여 피예르의 말 한마디 한마디, 목소리의 변화, 눈빛, 얼굴 근육의 떨림, 몸짓 하나 놓치지 않았다. 그녀는 말이 채 끝나기도 전에 바로 그것을 포착해 피예르의 영혼의 작업에 숨겨진 의미를 짐작하며 열린 마음으로 받아들였다.

공작영애 마리야도 그의 이야기를 이해하고 그에게 공감했지만, 지금 그녀는 다른 뭔가에 온통 주의를 빼앗기고 있었고, 그것은 나타샤와 피예르 사이에 보이는 사랑과 행복의 가능성이었다. 그리고 처음 마음에 떠오른 이 생각은 그녀의 마음을 기쁨으로 가득 채웠다.

새벽 세시였다. 하인들이 우울하고 심각한 얼굴로 초를 바꾸러 들어왔지만, 아무도 알아채지 못했다.

피예르는 이야기를 끝냈다. 나타샤는 반짝이는 활기찬 눈으로 피예르를 주의깊게 찬찬히 바라보았는데, 마치 아직 못다 한 이야기가 있다면 그것도 이해하고 싶어하는 것 같았다. 피예르는 쑥스럽고 행복한 혼란을 느끼며 이따금 그녀를 바라보면서, 지금 화제를 돌린다면 무슨 이야기를 해야 할지 생각했다. 공작영애 마리야는 말없이 있었다. 이미 새벽 세시라 자야 한다는 생각은 누구에게도 떠오르지 않았다.

"불행이다 고통이다 말하지만," 피예르는 말했다. "만약 이 순간 누군가 내게, 포로가 되기 전으로 돌아가고 싶은가, 처음부터 모든 것을 다시 한번 겪고 싶은가 묻는다면, 나는 다시 한번 포로와 말고기를 요구했을 겁니다. 우리는 익숙한 생활의 궤도에서 내던져지면 모든 것이 끝났다고 생각해버리지만, 사실은 거기서부터 새롭고 좋은 것이 시작됩니다. 살아 있는 동안은 행복이 있습니다. 앞길에는 많은 것이, 많은 것이 있습니다. 나는 특히 당신에게 말하는 겁니다." 피예르는 나타샤를 향해 말했다.

"네, 그래요," 그녀는 전혀 다른 것에 대해 대답했다. "나도 처음부터 모든 것을 다시 겪을 수만 있다면, 아무것도 바라지 않을 거예요."

피예르는 그녀를 골똘히 보았다.

"네, 그 이상은 아무것도요!" 나타샤는 확인하듯 말했다.

"아닙니다, 아닙니다." 피예르는 외쳤다. "내가 살아 있고 살고 싶다고 바라는 건 내 잘못이 아니에요. 당신도 마찬가지입니다."

나타샤는 갑자기 두 손에 얼굴을 묻고 울기 시작했다.

"왜 그래, 나타샤?" 공작영애 마리야가 물었다.

"아무것도 아니야, 아무것도 아니야." 나타샤는 눈물 속에서 피예르
에게 미소지었다. "안녕히 가세요, 잘 시간이군요."

피예르는 일어나 작별 인사를 했다.

공작영애 마리야와 나타샤는 언제나처럼 침실에 함께 있었다. 두 사
람은 피예르가 말한 것에 대해 이야기를 나누었다. 공작영애 마리야는
피예르에 관한 자신의 의견을 말하지 않았다. 나타샤도 그에 대해 말
하지 않았다.

"자, 잘 자, 마리." 나타샤가 말했다. "알다시피 우리는 자신의 감정
을 욕되게 하게 될까 두려워 그 사람(안드레이 공작) 이야기를 하지 않
지만, 그러는 동안 차츰 그를 잊어버리게 되지 않을까 두려워."

공작영애 마리야는 무거운 한숨을 내쉼으로써 나타샤의 말을 수긍
했지만, 말로써 동의하지는 않았다.

"어떻게 잊을 수 있겠어?" 그녀는 말했다.

"나는 오늘 모든 것을 이야기해버려서 정말 좋았어. 괴롭고, 아프고,
하지만 기뻐. 아주 기뻐." 나타샤는 말했다. "나는 그 사람도 분명 그
를 사랑했을 거라 믿어. 그래서 말했는데…… 그에게 말한 건 괜찮은
거지?" 나타샤는 갑자기 얼굴을 붉히며 물었다.

"피예르? 오, 괜찮고말고! 그는 정말 훌륭한 분이야." 공작영애 마
리야는 말했다.

"있잖아, 마리." 나타샤는 공작영애 마리야가 이미 오랫동안 보지 못했던 장난기 어린 미소를 띠며 말했다. "그는 마치 목욕탕에서 나온 사람처럼 산뜻하고 반질반질하고 생생해지셨어, 마리도 느꼈어?—정신적인 목욕탕에서, 그렇지?"

"맞아." 공작영애 마리야는 말했다. "그는 많은 것을 얻고 돌아오셨지."

"짧은 프록코트에 짧은 머리. 그래, 정말 꼭 목욕탕에서 나온 느낌이었어…… 아빠도 곧잘……"

"나는 그(안드레이 공작)가 누구보다 피예르를 좋아했다는 걸 잘 알아." 공작영애 마리야는 말했다.

"응, 게다가 피예르는 그와는 전혀 달라. 남자들은 전혀 다른 사람끼리 사이가 좋다고 하던데. 확실히 그럴 거야. 정말, 그와 닮은 데라고는 조금도 없지 않아?"

"응, 하지만 좋은 분이야."

"자, 잘 자." 나타샤는 대답했다. 그리고 잃어버린 것 같았던 장난기 어린 미소가 오랫동안 그녀의 얼굴에 남아 있었다.

18

그날 피예르는 오랫동안 잠을 이루지 못하고 방안을 걸어다니며 얼굴을 찡그리고 뭔가 어려운 일을 골똘히 생각하기도 하고, 어깨를 움츠리며 몸을 떨기도 하고, 행복하게 미소짓기도 했다.

그는 안드레이 공작과 나타샤의 사랑을 생각했고, 과거의 일에 질투를 느끼기도 하고, 그러는 자신을 비난하기도 하고 용서하기도 했다. 벌써 아침 여섯시였지만, 그는 계속 방안을 걸어다니고 있었다.

'하지만 어쩔 수 없다. 이렇게 될 수밖에 없는 일이라면! 어쩔 수 없다! 고로, 이럴 수밖에 없는 것이다.' 그는 혼잣말을 하고, 서둘러 옷을 벗고 행복한 흥분을 느끼며, 그러나 의심도 주저도 없이 잠자리에 들었다.

'그래야 한다. 이 행복이 아무리 이상하고 아무리 있을 수 없는 일이라 하더라도, 그녀와 부부가 되도록 모든 것을 해야 한다.' 그는 자신에게 말했다.

피예르는 며칠 전부터 페테르부르크에 가는 날을 금요일로 정해놓았었다. 그가 목요일에 눈을 떴을 때, 사벨리치가 여행 짐을 꾸리는 일에 대해 지시를 받으러 왔다.

'뭐, 페테르부르크? 페테르부르크가 뭐? 페테르부르크에 누가 있다고?' 그는 자기도 모르게 자문했다. '그렇다, 훨씬 전에, 아직 이런 일이 있기 전에, 나는 무슨 이유인가로 페테르부르크로 갈 생각을 했었다.' 그는 기억했다. '대체 왜? 어쩌면 나는 갈 수도 있으니까. 정말 선량하고 세심한 사람이군, 그런 걸 다 기억하다니!' 그는 사벨리치의 늙은 얼굴을 바라보며 생각했다. '그리고 정말 기분좋은 미소다!'

"어떤가, 자네는 지금도 자유의 몸이 되고 싶은 생각이 없나, 사벨리치?" 피예르는 물었다.

"각하, 제게 자유가 왜 필요하겠습니까? 돌아가신 백작 대부터 모셔왔고, 천국에서 편안하시길, 나리 대가 되어서도 단 한 번도 원망해본 일이 없습니다."

"그럼, 자식들은?"

"자식들도 쭉 모실 겁니다, 각하, 이런 주인을 섬길 수 있다는 건 행복한 일입니다."

"그럼, 내 후대는?" 피예르는 말했다. "갑자기 내가 결혼이라도 하면…… 있을 수 있는 일이니까." 그는 자기도 모르게 미소지으며 덧붙였다.

"주제넘은 말입니다만, 그건 참으로 좋은 일입니다, 각하."

'이 사람은 그걸 쉽게 생각하는군.' 피예르는 생각했다. '그것이 얼마나 무섭고, 얼마나 위험한 일인지 모르고 있어. 너무 빠른 일일까, 아니면 늦은 일일까…… 무섭다!'

"어떻게 하시겠습니까? 내일 떠나시겠습니까?" 사벨리치는 물었다.

"아니, 조금 연기하겠네. 그때 말하지. 수고를 끼쳐서 미안하군" 하고 말한 뒤 피예르는 사벨리치의 미소를 보며 생각했다. '그러나 지금 페테르부르크에 가는 것이 문제가 아니라 무엇보다 우선 그 일을 결정해야 한다는 것을 이 사람이 모른다는 게 이상하다. 분명 알고 있는데 모르는 척하는 것이다. 한번 이야기해볼까? 어떻게 생각하고 있을까?' 피예르는 생각했다. '아니다, 나중에 하자.'

아침식사 때 피예르는 공작영애에게, 어제 공작영애 마리야를 방문했는데 거기서 뜻밖의 사람을 만났다고—그게 누구인 줄 아십니까?—나타샤 로스토바입니다 하는 식으로 이야기했다.

공작영애는 그 소식에 별다른 의미를 못 느끼고 피예르가 안나 세묘노브나를 만났다는 것 정도로 생각했다.

"그녀를 알아요?" 피예르는 물었다.

"공작영애를 만난 적이 있어요." 그녀는 대답했다. "나는 그녀를 젊은 로스토프에게 중매한 사람이 있었다는 이야기를 들었어요. 로스토프가에게는 아주 좋은 일이죠. 그들은 완전히 파산했다니까요."

"그게 아니라, 로스토바를 알아요?"

"그때 그 이야기는 들었어요. 정말 가엾어요."

'아니, 이 사람은 모르고 있어, 아니면 모르는 척하는 걸까.' 피예르는 생각했다. '이 사람에게도 말하지 않는 편이 낫겠군.'

공작영애 역시 피예르의 여행용 식량을 준비하고 있었다.

'모두 친절한 사람들이다.' 피예르는 생각했다. '이런 일은 이미 재미도 없을 텐데 그들은 지금도 열심이고, 그것도 모두 나를 위해서라는 게 놀랍다.'

이날 경찰서장이 피예르를 방문해, 오늘 그라노비타야 궁전의 물건들이 소유자에게 반환될 예정이니 물건을 수령할 대리인을 보내라고 말했다.

'이 사람도 그렇다.' 피예르는 경찰서장의 얼굴을 보며 생각했다. '정말 훌륭하고 잘생긴 장교이고, 친절하다! 이런 시절에 그런 하찮은 일이나 하고 있다. 그런데 세상 사람들은 이 사람이 정직하지도 않고 뇌물을 받아먹는다고 이야기한다. 말도 안 되는 소리! 왜 이 남자가 뇌물을 받으면 안 된다는 거지? 그는 그렇게 배워왔다. 게다가 모두가 그렇게 하고 있다. 어쨌든 정말 기분좋고 선량한 얼굴로 나를 보며 미소 짓고 있다.'

피예르는 공작영애 마리야의 만찬에 초대되어 갔다.

불탄 집들 사이 거리를 마차로 달리며 그는 폐허의 아름다움에 놀랐다. 집집의 난로 굴뚝과 무너진 벽들이 라인 강과 콜로세움을 연상시키고, 아름답게 서로를 가로막으며 불타버린 구역들로 이어졌다. 마주치는 삯마차에 탄 마부와 승객, 주택의 목재를 자르는 목수, 소매상인과 장사치 아낙 등 모두 명랑하게 빛나는 얼굴로 피예르를 바라보며 마치 이렇게 말하는 것 같았다. '아, 저 사람이다! 그 일이 어떻게 되나 두고봅시다.'

공작영애 마리야의 집 입구에서 피예르는 문득 자신이 어제 여기에 와서 나타샤를 만나 이야기했던 것이 사실인지 의심스러워졌다. '어쩌면 내가 만든 망상일 것이다. 오늘 들어가면 아무도 못 만날지도 모른다.' 그러나 방에 들어가기도 전에 벌써 그는 일순간 자유를 잃어버린 듯한 느낌으로 그녀의 존재를 감지했다. 그녀는 어제와 같은 부드러운 주름이 있는 검은 옷을 입고 머리 모양도 어제와 같았지만, 표정은 완전히 달랐다. 만약 어제 그가 방에 들어갔을 때도 이런 표정이었다면 잠시나마 그녀를 알아보지 못하는 일은 없었을 것이다.

그녀는 그가 거의 아잇적부터 알았던, 그리고 나중에 안드레이 공작의 약혼녀로서 알았던 그때의 그녀였다. 눈은 쾌활하고 묻는 듯이 반짝이고, 얼굴에는 상냥하고 묘한 장난기가 있었다.

피예르는 저녁식사 후에도 밤새 앉아 있고 싶었지만, 공작영애 마리야가 밤 기도에 나갔으므로 피예르도 함께 나왔다.

다음날 피예르는 일찍부터 가서 식사를 하고 밤늦게까지 머물렀다. 공작영애 마리야와 나타샤는 분명 이 손님을 반기고, 또 피예르의 삶에 대한 모든 관심이 지금 이 집에 집중되고 있었는데도 저녁때가 되자

할 이야기는 모두 바닥이 났고, 화제는 줄곧 부질없는 것들로 옮겨다니다 종종 중단되었다. 이날 밤 피예르는 아주 늦게까지 머물렀는데, 공작영애 마리야와 나타샤는 그가 돌아가주길 기대하는 듯 서로 눈짓을 했다. 피예르는 눈치챘지만 떠날 수가 없었다. 그는 답답하고 어색해지기 시작했지만 일어나 돌아갈 수가 없었으므로 계속 앉아 있었다.

공작영애 마리야는 이래서는 끝이 없겠다고 생각하고, 먼저 일어나 편두통을 호소하며 작별 인사를 했다.

"당신은 내일 페테르부르크로 떠나시는 건가요?" 그녀는 물었다.

"아닙니다, 안 갑니다." 피예르는 놀라며 마치 모욕이라도 당한 듯이 급히 대답했다. "네, 아니, 페테르부르크 말입니까? 내일이지만, 작별 인사는 하지 않겠습니다. 당신의 부탁을 들어드리러 오겠습니다." 그는 공작영애 마리야 앞에 서서 얼굴을 붉힌 채, 여전히 갈 생각을 하지 않으며 말했다.

나타샤는 그에게 손을 내밀어주고는 나갔다. 공작영애 마리야는 나가지 않고 안락의자에 앉은 채 빛나는 깊은 눈길로 엄격하고 주의깊게 피예르를 바라보았다. 조금 전까지도 뚜렷이 보이던 피로의 빛은 이미 완전히 사라졌다. 그녀는 긴 이야기를 시작하려는 듯 무거운 한숨을 내쉬었다.

피예르의 난처함과 어색함은 나타샤가 나가자 곧 사라지고, 고무된 활기로 바뀌었다. 그는 공작영애 마리야에게 가깝게 안락의자를 재빨리 당겼다.

"네, 나도 당신에게 말하고 싶었습니다." 그는 마치 상대방에게 무슨 말을 들은 것처럼 그녀의 시선에 답했다. "공작영애, 나를 도와주십시오. 나는 어떻게 해야 할까요? 희망을 가져도 될까요? 공작영애, 나의 친구여, 내 말을 들어주십시오. 나는 모든 것을 알고 있습니다. 내가 그녀에게 어울리지 않는다는 것을 알고, 지금 이런 이야기를 할 수 없다는 것도 압니다. 하지만 나는 그녀의 오빠가 되고 싶습니다. 아니, 그걸 원하는 것이 아닙니다…… 그건 할 수 없습니다……"

그는 말을 멈추고 두 손으로 얼굴과 눈을 문질렀다.

"그러니까, 그건," 그는 조리 있게 말하려고 애쓰며 말했다. "그녀를 언제부터 사랑했는지는 나도 모르겠습니다. 하지만 나는 그녀만을, 계속 그녀만을 사랑해왔고, 지금도 그녀 없는 인생 같은 건 상상할 수도 없을 만큼 사랑합니다. 지금 그녀에게 청혼할 마음을 먹은 것은 아닙니다. 하지만 어쩌면, 그, 어쩌면 그녀가 내 사람이 되어줄지도 모르고, 내가 그 기회를…… 기회를…… 놓칠지도 모른다고 생각하니 두렵습니다. 말해주십시오, 희망을 가져도 될까요? 말해주십시오, 나는 어떻게 해야 합니까? 친애하는 공작영애." 그는 잠시 잠자코 있었으나, 대답이 없자 그녀의 손을 잡으며 말했다.

"나도 당신이 말씀하신 것을 생각하고 있었어요." 공작영애 마리야는 대답했다. "나는 이렇게 말할게요. 당신 말이 맞아요, 지금 그녀에게 사랑을 말하는 것은……" 공작영애는 말을 멈췄다. 지금 나타샤에게 사랑에 대해 말할 순 없다고 말하려다가 그녀가 말을 멈춘 것은, 이미 그저께부터 갑자기 변한 나타샤의 모습을 보고 피예르가 사랑을 고백하더라도 나타샤는 그것을 모욕으로 느끼지 않을 뿐만 아니라 오히려 오직 그것만 바랄지도 모른다는 것을 알아챘기 때문이다.

"지금 그녀에게 말하는 건…… 안 돼요." 공작영애 마리야는 결국

354

이렇게 말했다.

"그럼 나는 어떻게 해야 합니까?"

"나에게 맡겨주세요." 공작영애 마리야는 말했다. "나는 알고 있으니까요……"

피예르는 공작영애 마리야의 눈을 바라보았다.

"그러면, 그러면……" 그는 말했다.

"난 그녀가 당신을 사랑한다는 걸…… 사랑하게 될 거라는 걸 알아요." 공작영애 마리야는 고쳐 말했다.

그녀가 말을 끝내기도 전에 피예르는 벌떡 일어나 겁먹은 얼굴로 공작영애 마리야의 손을 잡았다.

"어떻게 그렇게 생각하죠? 당신은 내가 희망을 가져도 된다고 생각하는 겁니까? 그렇게 생각하십니까?!"

"네, 그렇게 생각해요." 공작영애 마리야는 미소지으며 말했다. "당신은 그녀의 부모님에게 편지를 쓰세요. 그리고 내게 맡겨요. 기회를 봐서 내가 그녀에게 말할게요. 나도 그걸 바라요. 그리고 그렇게 될 것 같은 예감이 들어요."

"아닙니다, 그럴 리가 없습니다! 너무나 행복합니다! 그러나 그럴 리가 없습니다…… 너무나 행복합니다! 아니요, 그럴 리가 없습니다!" 피예르는 공작영애 마리야의 두 손에 키스하며 말했다.

"당신은 페테르부르크에 가시는 게 낫겠어요. 내가 편지로 알려드릴게요." 그녀는 말했다.

"페테르부르크에? 가라고요? 좋습니다, 그러죠. 가겠습니다. 그런데 내일도 들러도 될까요?"

다음날 피예르는 작별 인사를 하러 왔다. 나타샤는 전날만큼 활기 있지는 않았지만, 이날 피예르는 이따금 그녀의 눈을 바라보며, 자신이 사라지는 느낌이, 자신도 그녀도 사라지고 행복감만 존재하는 느낌이 들었다. '정말일까? 아니, 그럴 리 없다.' 그는 자신의 영혼을 기쁨으로 가득 채워주는 그녀의 모든 눈짓과 몸짓과 말을 보고 들으며 자신에게 말했다.

그는 작별 인사를 하며 그녀의 가늘고 야윈 손을 잡았고, 자기도 모르게 그 손을 좀더 오래 쥐고 있었다.

'이 손, 이 얼굴, 이 눈, 나와 인연도 없었던 이 모든 여성미의 보물이 영원히 내 것이, 나 자신과도 같이 익숙한 것이 될까? 아니, 있을 수 없는 일이다!……'

"안녕히 가세요, 백작." 그녀는 큰 소리로 말했다. "나는 당신을 무척 기다릴 거예요." 그녀는 속삭이듯 덧붙였다.

이 단순한 말들, 뒤이은 그녀의 눈빛과 표정은 두 달 동안 피예르에게 무한한 회상과 설명과 행복한 공상의 대상이 되었다. '나는 당신을 무척 기다릴 거예요…… 그래, 그래, 그녀가 뭐라고 말했지? 그렇다, 나는 당신을 무척 기다릴 거예요. 아아, 참으로 행복하다! 대체 이게 어찌된 일일까, 내가 이렇게 행복하다니!' 피예르는 자신에게 말했다.

19

지금 피예르의 마음속에서는 옐렌에게 청혼할 때 일어났던 일은 전혀 일어나지 않았다.

그는 그때처럼 자기가 한 말을 병적이리만큼 수치심을 느끼며 되풀이하지 않았다. '왜 나는 그 말을 하지 않았을까, 왜 나는 그녀에게 당신을 사랑합니다라고 말했을까?'라는. 지금은 그때와는 반대로 그녀와 자신의 말 한마디 한마디, 표정과 미소 하나하나까지 머릿속에 떠올리고, 아무것도 빼거나 덧붙이지 않고 계속 되풀이하고 싶을 뿐이었다. 자기의 계획이 좋은가 나쁜가 하는 의심은 이제 그림자도 보이지 않았다. 다만 하나의 무서운 의심이 이따금 머리에 떠올랐다. 전부 다 꿈이 아닐까? 공작영애 마리야가 착각한 것이 아닐까? 내가 너무 자만하고 과신하는 건 아닐까? 나는 믿고 있는데, 그녀는 공작영애 마리야에게 이야기를 듣고 웃으면서 분명 이렇게 말할지도 모른다. '너무 이상해요! 그 사람이 분명 잘못 생각한 거예요. 그 사람은 인간이에요, 그냥 인간이요, 하지만 나는?…… 나는 완전히 달라요, 훨씬 숭고해요.'

이 의심만은 자주 피예르를 찾아들었다. 그는 지금 아무 계획도 세우지 않았다. 눈앞에 임박한 행복이 도저히 있을 수 없는 일처럼 생각되었기 때문에, 그것이 성취된다면 그뒤로는 아무것도 있을 수 없었다. 모든 것이 끝나는 것이었다.

피예르는 자신에게는 없다고 생각했던, 즐겁고 예기치 않았던 광기에 사로잡혔다. 인생의 모든 의미가 자기 한 사람에게만이 아니라 세상 모든 사람에게도, 그의 사랑과 그에 대한 그녀의 사랑의 가능성에 있는 것처럼 느껴졌다. 때로는 모든 사람이 오직 그의 미래의 행복에만 마음을 쓰는 것 같아 보이기도 했다. 또 때로는 사람들이 모두 그와 똑같이 기뻐하면서도 마치 다른 흥미가 있는 척 그 기쁨을 감추려 애쓰는 것 같아 보이기도 했다. 그는 사람들의 언동 하나하나에서 자기의 행복에 대한 암시를 보았다. 그는 곧잘 비밀스럽게 동의를 나타내는 듯한 행복하고 의미심장한 눈빛과 미소로 만난 사람들을 놀라게 했다. 그러나 그들이 자신의 행복을 모를 수도 있다고 깨닫자 진심으로 그들을 안타깝게 여기고, 그들이 골몰하는 일은 모두 일고의 가치도 없는 보잘것없고 시시한 일이라는 것을 어떻게든 설명해주고픈 충동을 느꼈다.

그에게 근무를 제안하거나, 또는 사람들이 어떤 일반적인 정치 문제나 전쟁에 대해 마치 그것의 해결 여하가 만인의 행복을 좌우한다고 생각하며 논쟁을 할 때면, 피예르는 온화하고 동정하는 미소를 띠며 듣다가 기묘한 의견으로 사람들을 놀라게 했다. 그러나 피예르가 인생의 참된 의미, 즉 그의 감정을 이해하고 있다고 생각한 사람들이나, 분명 그것을 이해하지 못하고 있다고 생각한 불행한 사람들이나 모두 이 시기의 피예르의 내부에서 반짝이는 감정의 밝은 빛 속에서 비쳤으므로, 그는 누구를 만나도 조금도 힘들이지 않고 곧 그 사람 안에서 좋은 것, 사랑할 만한 가치가 있는 것을 남김없이 발견할 수 있었다.

죽은 아내의 부채와 서류를 살펴볼 때도, 그는 지금 자기가 알게 된 이 행복을 그녀가 몰랐다는 것이 가엾을 뿐 아내의 기억에 관해서는 아무 감정도 들지 않았다. 이번에 새 지위와 훈장을 받고 유달리 득의만면한 바실리 공작도 그에게는 감동적이리만큼 선량하고 가엾은 노인으로만 생각되었다.

훗날 피예르는 이 행복했던 광기의 시간을 자주 회상했다. 이 시기에 그가 주위 사람들과 상황에 대해 내린 모든 판단은 그에게 영원히 옳은 것으로 남았다. 그는 그후에도 사람들과 사물에 대한 이와 같은 견해를 버리지 않았고, 오히려 내면의 의심과 모순을 느낄 때마다 이 광기의 시기에 품었던 견해에 의지했고, 그것은 항상 옳았다.

'나는 어쩌면,' 그는 생각했다. '그 무렵 괴상하고 우스꽝스러운 인간으로 보였겠지만, 그때 나는 사람들이 생각한 것처럼 미쳐 있지 않았다. 오히려 그때의 나는 어느 때보다 총명하고, 통찰력이 넘치고, 인생에서 이해할 가치가 있는 모든 것을 이해하고 있었고, 그것은…… 내가 행복했기 때문이다.'

피예르의 광기는 예전처럼 사람들을 사랑하기 위해 인간의 가치라고 부르는 것에서 개인적인 원인을 찾으려 하지 않고, 그의 마음을 가득 채운 사랑으로 이유 없이 사람들을 사랑하며, 언제나 그들을 사랑하기에 충분하고 명백한 이유를 발견했다는 데 있었다.

20

처음 만난 날 밤에 피예르가 돌아간 뒤, 나타샤가 기쁘면서도 비웃는 듯한 미소를 지으며 공작영애 마리야에게, 그는 짧은 프록코트에 짧은 머리, 정말 꼭 목욕탕에서 나온 느낌이었어, 라고 말했을 때부터, 나타샤의 마음속에 숨겨져 있던 어떤 것이, 자신도 모르지만 억제할 수 없는 뭔가가 갑자기 눈을 떴다.

얼굴, 걸음걸이, 눈빛, 목소리, 그녀의 모든 것이 갑자기 일변했다. 그녀 자신도 뜻하지 않았던 삶의 힘과 행복에 대한 희망이 표면으로 떠올라 만족을 요구했다. 처음 만난 저녁부터 나타샤는 과거에 있었던 모든 일을 다 잊어버린 것 같았다. 그때부터 그녀는 한 번도 자기 처지를 불평하지 않았고, 과거 일에 대해서는 한마디도 입에 올리지 않았으며, 이미 미래의 즐거운 계획을 세우는 것을 두려워하지 않았다. 그녀는 피예르에 대해 거의 이야기하지 않지만, 공작영애 마리야가 그의 이야기를 꺼내면, 오랫동안 사라져 보이지 않던 불꽃이 눈에서 반짝이고, 입술은 야릇한 미소로 주름이 잡혔다.

나타샤에게 일어난 변화는 처음에는 공작영애 마리야를 놀라게 했지만, 이윽고 그 뜻을 깨닫자 슬프게 했다. '그녀는 정말 오빠를 사랑했던 걸까, 이렇게 빨리 잊어버릴 수 있다니.' 그녀는 나타샤에게 생긴 변화를 혼자 곰곰이 생각했다. 그러나 나타샤와 함께 있을 때는 그녀에게 화를 내지도 않고 비난하지도 않았다. 나타샤를 사로잡은 각성된 삶의 힘은 분명 억제할 수 없는 것이고 그녀에게도 예기치 못했던 것이었기 때문에 공작영애 마리야는 마음속으로도 그녀를 비난할 권리가 없다고 느꼈다.

나타샤는 완전히 새로운 이 감정에 진심으로 충실했기 때문에 지금 자신이 슬프지 않으며, 오히려 기쁘고 즐겁다는 것을 감추지 않았다.

그날 밤늦게 피예르와 이야기를 나눈 공작영애 마리야가 방에 들어오자, 나타샤는 문가에서 그녀를 맞았다.

"그가 말했어? 그렇지? 그가 말했어?" 그녀는 되풀이했다. 나타샤의 얼굴에는 기쁨과 동시에 그 기쁨에 대해 용서를 구하는 듯한 애틋한 표정이 서려 있었다.

"나는 문가에서 듣고 싶었지만, 네가 말해주리란 걸 알았어."

공작영애 마리야는 자기를 바라보는 나타샤의 눈빛이 아무리 이해
가 가고 아무리 감동적이더라도, 또 그녀의 흥분한 모습을 보는 것이
아무리 안타깝더라도, 그 말을 들은 첫 순간에는 모욕을 느꼈다. 그녀
는 오빠와 그녀의 사랑을 상기했다.

'하지만 어쩔 수 없어! 그녀는 다른 생각을 할 수가 없는 거야.' 공작
영애 마리야는 이렇게 생각하고, 슬프고 조금은 심각한 얼굴로 피예르
가 한 말을 모두 그대로 나타샤에게 전했다. 피예르가 페테르부르크에
간다는 말을 듣자 나타샤는 깜짝 놀랐다.

"페테르부르크에!" 나타샤는 이해되지 않는 것처럼 되풀이했다. 그
러나 공작영애 마리야가 슬퍼하는 이유를 깨닫자 그녀는 갑자기 울음
을 터뜨렸다. "마리," 그녀는 말했다. "내가 어떻게 해야 하는지 가르
쳐줘. 나는 나쁜 여자가 되고 싶지 않아. 네가 말하는 대로 할게, 가르
쳐줘……"

"그를 사랑해?"

"응." 나타샤는 속삭였다.

"그럼 왜 우는 거지? 나는 네가 행복해서 기뻐." 공작영애 마리야는
그 눈물로 나타샤의 기쁨을 완전히 용서하며 말했다.

"곧 그렇게 되진 않을 거야, 때가 와야지. 내가 그의 아내가 되고, 네
가 니콜라에게 간다면 얼마나 행복할까."

"나타샤, 그 이야기는 하지 말아달라고 부탁했잖아. 우리, 네 이야기
나 하자."

두 사람은 잠시 침묵했다.

"왜 페테르부르크 같은 데를!" 나타샤는 불쑥 말을 꺼냈다가 당황해

급히 자신에게 대답했다. "아니, 아니야, 그래야만 하는 일이 있을 거야…… 그렇지, 마리? 그래야만 하는……"

에필로그

제1부

1

1812년에서 칠 년이 흘렀다. 유럽의 들끓던 역사의 바다도 그 해안에서 가라앉았다. 바다는 잠잠해진 것처럼 보였다. 그러나 인류를 움직이는 신비한 힘은(신비하다는 것은 그들의 운동을 결정하는 법칙을 우리는 모르기 때문이다) 그 운동을 계속하고 있었다.

역사의 바다 표면은 움직이지 않는 것처럼 보였지만 시간이 흐르는 것과 마찬가지로 끊임없이 움직이고 있었다. 사람들이 모인 다양한 집단은 합쳐지기도 하고 흩어지기도 하고, 국가들의 형성과 붕괴, 민족들의 이동 등의 원인이 준비되고 있었다.

역사의 바다는 이전처럼 이쪽 해안에서 저쪽 해안으로 돌풍에 따라 움직이지는 않고 깊은 밑바닥에서 들끓고 있었다. 역사상의 인물들도 이전처럼 이 해안에서 저 해안으로 파도에 실려가지 않고 한곳에서 맴도는 것처럼 보였다. 전에는 군의 수뇌로서 전쟁, 행군, 전투를 명령함으로써 집단의 운동을 반영하던 역사상의 인물들이 이제는 정치 외교상의 고려, 법률, 조약 등으로 들끓는 그 운동을 반영하고 있었다……

역사상 인물들의 이 같은 활동을 역사가들은 반동反動이라 부른다.

역사가들은 자신들이 이른바 반동이라고 부르는 것의 원인이 이러한 역사상 인물들의 활동이라고 생각하면서 역사상 인물들의 활동을 기술하며 그들을 통렬히 비난한다. 알렉산드르와 나폴레옹을 비롯해 마담 스탈, 포티*, 셸링**, 피히테***, 샤토브리앙**** 등에 이르기까지 당시 유명했던 자들이 모두 진보에 공헌했는가 혹은 반동을 도왔는가에 따라 역사가들의 준엄한 판결을 거쳐 무죄 또는 유죄 선고를 받고 있다.

역사가들의 기술에 의하면, 러시아에서도 이 시기에 반동이 일어났는데, 그 반동의 주범은 알렉산드르 1세, 즉 역시 그들의 기술에 의하면 자유주의적 치세의 시작과 러시아 구원의 장본인이었던 그 알렉산드르 1세였다.

현대 러시아 문학에서, 중학생에서부터 학식 있는 역사가에 이르기

---

* P. 스파스키(1792~1838). 러시아 종교가, 수도원장. 러시아 귀족층의 신비주의 심취와 프리메이슨에 반대하고, 아락체예프 등 권력층과 교류했다.
** F. W. J. 폰 셸링(1775~1854). 독일 철학자. 러시아 철학자 차다예프와 슬라브주의자들에게 영향을 주었고, 프랑스혁명 사상에 찬동하고, 프랑스 국가를 독일어로 번역하기도 했으나, 후에 돌아섰다.
*** J. G. 피히테(1762~1814). 독일 철학자. 1800년대 초까지는 프랑스혁명과 18세기 계몽주의에 호의적이었으나 나중에 견해를 바꾸었다.
**** F-R. 샤토브리앙(1768~1848). 프랑스 작가, 외교가. 1792년 왕정주의자들의 군에 들어갔으나 후에 『혁명에 대한 경험』(1797)에서 프랑스혁명을 정당화했다. 이후 부르봉 왕가의 추종자, 정통주의자로서 나폴레옹제국의 멸망을 반겼다.

까지 이 치세 때의 알렉산드르의 잘못된 행동에 대해 제각기 돌을 던지지 않는 사람은 없다.

'그는 마땅히 이렇게 저렇게 행동했어야 한다. 이런 경우 행동은 좋았지만, 저런 경우 행동은 잘못됐다. 치세 초기와 1812년경의 행동은 훌륭했지만, 폴란드에 헌법을 만들어주고*, 신성동맹을 맺고, 아락체예프에게 권력을 주고, 처음에 골리친과 신비주의를 장려하고 나중에 시시코프와 포티를 격려한 것은 잘못됐다. 군대에서 실전부대를 지휘한 것은 잘못이며, 세묘놉스키 연대를 해산한 것**은 잘못됐다 등등.'

역사가들이 그들이 가진 인류의 선에 대한 지식에 기초해 그에게 가한 모든 비난을 열거하자면 아마 열 페이지는 필요할 것이다.

이 비난들은 무엇을 의미할까?

역사가들이 칭찬하는 알렉산드르 1세의 행동, 가령 자유주의적 치세의 시작이나 나폴레옹과의 전쟁, 1812년 전쟁에서 보인 단호함, 1813년 원정 등은 알렉산드르의 인격을 그렇게 만든 혈통과 교육과 생활 등의 온갖 조건이라는 원천에서 비롯된 것은 아닐까, 신성동맹이나 폴란드 부흥이나 1820년대의 반동이라는 역사가들이 비난한 행동 역시 바로 그 하나의 원천에서 비롯된 것은 아닐까?

이 비난들의 본질은 무엇일까?

---

* 빈회의 후 오스트리아, 프로이센, 러시아 사이에는 폴란드에 대한 새로운 영토 분할로 러시아에 복속된 폴란드왕국이 생겨났다. 1815년 알렉산드르 1세는 폴란드왕국의 헌법에 서명했다.

** 1820년 10월, 가장 오래된 세묘놉스키 근위병 연대에서 병사 학대로 폭동이 일어나자, 폭동 주모자들은 처벌되고 연대는 해산되어 시베리아, 오렌부르크 연대와 대대, 캅카스로 보내졌다.

알렉산드르 1세와 같은 역사적 인물, 온갖 역사적 광선들이 집중되어 눈을 멀게 할 정도의 빛의 초점이 되어 인간 권력의 최고점에 서 있던 인물, 권력과 불가분의 관계인 음모와 기만과 아부와 자기망상의 영향을 세계에서 누구보다 강하게 받았던 인물, 유럽에서 일어나는 모든 것에 대해 평생 일신에 책임을 느꼈던 인물, 그것도 가상인물이 아니라 다른 인간들과 마찬가지로 자신의 개인적인 습관들과 욕망들과 진선미에 대한 열망들을 가진 살아 있는 인물—그 인물이 오십 년 전에 이미 덕이 높지 않았다는 것이 아니라(이 점에서는 역사가들도 비난하지 않는다), 오늘날 젊었을 때부터 학문에 매진하는 교수, 즉 책을 읽고 강의를 하고 그 책과 강의를 한 권의 노트에 베끼는 교수가 지닌 것 같은 인류의 선에 대한 견해를 지니고 있지 않았다는 데 비난의 본질이 있는 것이다.

그러나 만일 오십 년 전 알렉산드르 1세가 인류의 선에 대해 그릇된 견해를 가지고 있었다 하더라도, 알렉산드르를 비난하는 역사가의 인류의 선에 대한 견해 역시 어느 정도 시간이 흐른 뒤 그릇되었다고 판명될 수 있는 경우를 가정하지 않을 수 없다. 역사 발전의 발자취를 더듬어보면, 매년 새 저자가 나타날 때마다 인류의 선에 대한 견해가 달라져, 선이라 생각되었던 것이 십 년 후에는 악으로 간주되기도 하고, 혹은 그 반대가 되기도 한다는 것을 우리가 목격하는 이상, 이 가정은 자연스럽고 필요한 것이다. 그뿐만 아니라 우리는 역사 속에서 무엇이 선이고 무엇이 악이냐에 대해 정반대의 견해를 동시에 발견하게 되는데, 어떤 사람은 폴란드에 부여한 헌법과 신성동맹을 알렉산드르의 공적이라 하고, 어떤 사람은 그것을 비난의 대상으로 삼는다.

알렉산드르와 나폴레옹의 활동에 관해서는 유익하다거나 유해하다고 말할 수 없는데, 그것은 무엇에 유익하고 무엇에 유해한지 단언할 수 없기 때문이다. 만약 그 활동이 누군가의 마음에 들지 않는다면 그것은 그 활동과 선에 대한 그 사람의 한정된 이해가 일치하지 않는 데 불과하기 때문이다. 1812년 전쟁 때 모스크바에 있는 내 아버지의 집이 무사히 남은 것이, 러시아군의 영광이, 페테르부르크 대학과 그 밖의 대학들의 융성이, 폴란드의 자유가, 러시아의 국력이, 유럽의 세력 균형이, 일종의 유럽 문명—진보 등이 나에게는 선이라 생각되더라도, 모든 역사적 인물들의 활동이 이러한 목적들 외에도 보다 보편적인, 나에게는 이해되지 않는 다른 목적들을 품고 있었다는 것을 나는 인정해야만 한다.

그러나 이른바 과학이 모든 모순을 조정하는 가능성을 가지고 있고, 역사적 인물과 사건의 좋고 나쁨을 결정하는 불변의 척도를 가졌다고 가정해보자.

알렉산드르가 전혀 다른 행동을 취할 수 있었다고 가정해보자. 그가 자기를 비난하는 사람들, 인류 운동의 궁극적 목적을 안다고 공언한 사람들의 지도에 따라, 오늘날 비판자들이 부여하는 민족정신, 자유, 평등, 진보 같은 프로그램에 따라(이 밖의 것은 없으므로) 행동할 수 있었다고 가정해보자. 그런 프로그램이 가능하고, 작성이 되고, 알렉산드르가 그것에 따라 행동했다고 가정해보자. 그랬다면 당시 정부의 방향에 반대했던 모든 이의 행동, 역사가들이 좋고 유익했다고 판단한 행동은 어땠을까? 그 행동은 없었을 것이며, 생활도 없었을 것이며, 아무 일도 일어나지 않았을 것이다.

인간의 생활이 이성에 지배될 수 있는 거라면, 생활의 가능성은 없어질 것이다.

2

역사가들이 인정하듯, 러시아나 프랑스의 국위 선양, 유럽의 세력 균형, 혁명 사상의 전파, 사회 전체의 진보, 또는 그 밖의 무엇이든 어떤 목적을 달성하기 위해 인류를 인도하는 것이 위대한 인물들이라고 가정한다면, 우연이니 천재니 하는 개념 없이는 역사의 현상을 설명할 수 없다.

금세기 초 유럽 전쟁들의 목적이 러시아의 국위 선양이었다면, 이 목적은 그전의 많은 전쟁이나 침략 없이도 달성되었을 것이다. 목적이 프랑스의 국위 선양이었다면, 이 목적은 혁명과 제정帝政 없이도 달성되었을 것이다. 목적이 사상의 전파였다면, 도서 출판이 군인들보다 훨씬 훌륭하게 이 목적을 달성했을 것이다. 목적이 문명의 진보였다면, 인간과 그들의 부를 파괴하는 것 외에 문명의 보급에 더 합목적적인 방법이 얼마든지 있다는 것은 아주 쉽게 상상할 수 있을 것이다.

그렇다면 왜 그렇게 되었고, 다르게 되지 못했을까?

왜냐하면 그런 식으로 일이 일어났기 때문이다. '우연이 상황을 만들고, 천재는 그것을 이용했다'고 역사는 말한다.

그렇다면 우연이란 무엇인가? 천재란 무엇인가?

우연이니 천재니 하는 말은 실제로 존재하는 것을 의미하는 것이 아니므로 정의를 내릴 수 없다. 이 말들은 현상들을 이해하는 어느 단계를 의미할 뿐이다. 나는 어떠한 현상이 왜 일어나는지 모르면 도저히 알 수 없다고 생각하고, 그러면 알려고 하지 않고 그것을 우연이라고 말한다. 또 나는 일반적 인간의 속성과 동떨어진 행동에 작용하는 힘을 보았을 때, 그것이 왜 일어나는지는 모른 채 천재라고 말한다.

매일 밤 양치기가 특별한 우리에 넣고 특별한 먹이를 먹여 다른 양보다 두 배나 살이 찐 양은, 다른 양들에게는 천재로 보일 것이다. 그리고 매일 밤 바로 그 양이 공동의 우리가 아니라 특별한 우리에 갇혀 주어진 귀리를 먹고 살이 오를 무렵 고기를 위해 도살된다는 사정은 천재와 평범하지 않은 일련의 우연의 놀라운 결합이라 생각될 것이다.

그러나 만일 양떼가 그들에게 일어난 모든 일은 다만 그들의 목적을 달성하기 위해서만 일어난 거라는 생각에서 벗어나, 자기들이 모르는 목적이 있을 수 있다고 생각하기만 한다면, 그들은 특별한 사육을 받은 양에게 일어난 사건에서 곧 일관된 연관성을 발견할 것이다. 설령 어떤 목적으로 그 한 마리만 살찌게 사육했는지는 알 수 없다 해도, 적어도 그 양에게 일어난 모든 일이 결코 우연이 아니라는 것을 알 것이며, 따라서 그들에게 우연이니 천재니 하는 개념은 더이상 필요 없어질 것이다.

가깝고 알기 쉬운 목적만 알려는 태도에서 벗어나 궁극의 목적은 우리가 이해할 수 없는 것이라는 걸 인정할 때 우리는 비로소 역사적 인물의 삶에서 일관성과 합목적성을 발견할 수 있을 것이고, 그들이 취했던 보편적 인간의 속성과는 동떨어진 행동의 원인을 발견하게 될 것이며, 우연이니 천재니 하는 말은 불필요하게 될 것이다.

유럽 여러 국민이 동요를 일으킨 목적은 우리로서는 알 수 없지만, 처음에는 프랑스에서, 다음에는 이탈리아, 아프리카, 프로이센, 오스트리아, 스페인, 러시아 순으로 살인 행위를 했다는 것은 분명한 사실이며, 처음에는 서쪽에서 동쪽으로, 그뒤에는 동쪽에서 서쪽으로 향한 이동이 이 사건의 공통된 본질을 이룬다는 것을 인정하기만 한다면, 나폴레옹과 알렉산드르의 성격에서 특이성과 천재성을 볼 필요가 없어질 뿐만 아니라, 이 두 사람을 다른 모든 사람과 다른 인간으로 상상할 필요도, 이 사람들을 그런 인물로 만들어버린 수많은 사소한 사건을 우연으로 설명할 필요도 없어질 것이며, 그 사소한 사건들 전부가 필연적이었다는 것이 명백해진다.

궁극의 목적을 알려는 생각을 버릴 때 우리는 하나의 식물에 대해서도 실제로 그것이 만들어내는 꽃과 종자보다 더 알맞은 것을 생각해낼 수 없는 것과 마찬가지로, 그들이 실행하도록 그들 눈앞에 놓여 있던 그 사명에, 지극히 사소한 점에 이르기까지 부합했던 그들의 모든 과거를 떠올려본다면, 바로 그 두 사람 이외의 다른 이들은 생각해낼 수 없다.

3

금세기 초 유럽에서 일어난 여러 사건의 근본적이고 본질적인 의의는, 유럽 여러 국민 대집단의 서쪽에서 동쪽으로의, 뒤이어 동쪽에서 서쪽으로의 군사적 운동이다. 이 운동의 발단은 서쪽에서 동쪽으로의 운동이었다. 서쪽 여러 국민이 모스크바까지 가는 군사적 운동을 성취하기 위해서는 다음과 같은 것이 꼭 필요했다. 1) 동쪽 무장 집단과 충돌할 때 견딜 수 있는 규모의 무장 집단을 조직하는 것, 2) 종래의 전통과 습관을 모두 버리는 것, 3) 군사적 운동을 실행할 때 수반되는 기만, 약탈, 살인을 그들 자신을 위해서도, 그들을 위해서도 정당화할 수 있는 인물을 우두머리로 삼는 것.

이리하여 프랑스혁명을 시발로 별로 위대하지 않았던 오래된 집단이 붕괴되고, 낡은 습관과 전통이 파괴되고, 새 규모의 집단, 새 습관과 전통이 단계적으로 만들어지고, 장래 운동의 선두에서 성취할 사건의 모든 책임을 맡을 인물도 준비되었다.

신념도 없고, 습관도 전통도 이름도 없는데다 프랑스인도 아닌 인간*이 더없이 괴상해 보이는 우연에 의해 프랑스를 뒤흔들던 온갖 당파 사이에서 튀어나와, 어느 쪽에도 속하지 않고 가장 눈에 띄는 지위로 뛰어올랐다.

동료들의 무지, 적들의 무력과 빈약, 거짓에 대한 성실함, 화려하고 자신에 찬 좁은 시야가 그를 군의 수뇌까지 끌어올렸다. 이탈리아 군대의 화려한 부대들, 적의 전의戰意 상실, 유치한 무모함과 자신감은 그에게 군사적 명예를 주었다. 이른바 무수한 우연이 어디서나 그를 따라다녔다. 프랑스 위정자들의 총애를 잃은 것도 오히려 유리하게 작용했다. 운명의 길을 바꾸려던 시도는 성공하지 못했고**, 러시아군에

---

* 나폴레옹은 프랑스령 코르시카 섬의 도시 아작시오 출신으로 소봉지(小封地) 귀족의 아들이었다.
** 나폴레옹은 실총 후 하는 일 없이 있다가 1794년 8월 말, 공화국 군사위원회에 자신을 터키 군사고문으로 보내달라고 청원했다.

서 근무할 수도 없었으며, 터키에서 지위를 얻는 데도 실패했다. 이탈리아 전쟁중 몇 번이나 파멸의 위기에 처했지만 그때마다 예기치 않은 상황이 그를 구제했다. 러시아군은, 그의 명성을 파괴할 수 있었던 러시아군은, 온갖 외교적 고려 때문에 그가 유럽에 있는 동안은 그쪽으로 발을 돌리지 않았다.

이탈리아에서 돌아온 그는 파리 정부가 붕괴되고 있고, 이 정부에 가담한 사람들이 파멸을 피할 수 없으리라는 것을 간파했다. 그러자 이 위험한 상태에서 빠져나갈 길이 그의 앞에 갑자기 나타났는데, 그것은 의미도 이유도 없는 아프리카 원정*이었다. 여기서 또다시 이른바 우연이 그를 따랐다. 난공불락의 몰타는 총 한 발도 쏘지 않고 그에게 함락되고, 무모하기 그지없는 처사는 오히려 영광을 가져다주었다. 그 후 거룻배 한 척 놓치지 않게 될 적의 함대가 대군을 통과시키고 말았다.** 아프리카에서는 무방비 상태나 다름없던 주민들에 대한 온갖 잔학 행위가 있었다. 잔학 행위를 한 사람들, 특히 그 지도자들은 그것을 카이사르와 마케도니아의 알렉산드로스대왕의 위업에 버금가는 훌륭하고 명예로운 일이라 확신했다.

자신을 위해서는 무엇도 나쁜 것으로 보지 않을 뿐만 아니라, 자신의 모든 범행에 이해할 수 없는 초자연적인 의미를 붙여 오히려 그것을 과시하는 영광과 위대의 이상理想—나폴레옹과 그와 결부된 사람들

---

* 나폴레옹은 영국을 궤멸하기 위해서는 이집트를 점령해야 한다고 생각하고 1798년 5월 아프리카 원정을 시작했다.

** 넬슨 제독이 지휘한 영국 함대는 지중해에서 폭풍우 때문에 프랑스 함대가 툴롱에서 빠져나가는 것을 놓쳤다.

을 이끌게 될 이상이 광막한 아프리카에서 만들어졌던 것이다. 그는 무슨 일을 하든 성공했다. 페스트에도 걸리지 않았다. 포로 학살의 잔인함도 그의 죄가 되지 않았다. 동지를 불행 속에 내버려둔 채 유치하고 경솔하며 이유도 없이 아프리카를 떠난 것*도 공적으로 둔갑했고, 더구나 적의 함대는 두 번이나 그를 놓쳤다. 자신이 범한 행운의 범죄에 도취된 그가 아무 목적도 없이, 다만 자기가 할 역할만을 기대하며 파리에 도착했을 때, 일 년 전에는 그를 파멸시켰을지도 모르는 공화정부의 붕괴가 극으로 치닫고 있었기 때문에 어느 당파와도 관계가 없는 그는 오히려 지위를 높일 수 있었다.

그는 아무런 계획이 없었고 모든 것을 두려워했지만, 각 당파는 그에게 매달리며 협력을 구했다.

이탈리아와 이집트에서 만든 영광과 위대의 이상, 자기숭배의 광기, 범죄의 대담함, 거짓에 대한 성실함을 지닌 그만이 이제부터 일어나는 일을 정당화할 수 있었다.

그는 자신을 기다리던 곳에 꼭 필요한 존재였기 때문에 거의 그의 의지와는 관계없이, 우유부단함과 무계획과 그동안 범한 온갖 과오에도 불구하고 권력 획득을 목적으로 한 음모에 끌려들었고, 그 음모는 성공했다.**

---

* 1799년 8월 나폴레옹은 5집정관 정부의 명령 없이 위기에 빠진 자기 군대를 버리고 떠났다.
** 5집정관 체제에서 집정시대로 옮아갔던 1799년 11월 9~10일에 일어난 쿠데타를 말한다. 시에예스, 로제 뒤코, 나폴레옹이 집정이 되고, 1800년 초 나폴레옹은 제1집정이 되었다.

그는 통치자 회의에 끌려들어갔다.* 놀란 그는 자신의 파멸을 느끼고 달아나기 위해 졸도한 척하기도 하고, 자신을 망칠 미치광이 같은 말을 지껄이기도 했다. 그러나 전에는 신중하고 오만했던 프랑스의 통치자들이 이제 자신들의 역할은 끝났다고 느끼며 그보다 더 당황해, 자신들의 권력을 유지하고 그를 파멸시키기 위해 해야 할 말을 하지 않았다.

우연, 수백만의 우연이 그에게 권력을 주고, 모든 사람은 합의라도 한 것처럼 이 권력의 확립에 힘을 보탰다. 우연은 그에게 종속되도록 당시 프랑스 위정자의 성격을 만들었고, 우연은 그의 권력을 승인한 파벨 1세의 성격**을 만들었다. 우연은 그에게 해를 끼치지 않았을 뿐만 아니라 오히려 그의 권력을 확립해준, 그를 반대하는 음모를 만들어주었다.*** 우연은 앙기앵 공을 그의 수중에 던져 뜻하지 않게 그를 죽이게 함으로써, 그가 힘을 가졌기 때문에 옳다는 것을 다른 어떤 수단보다 더 강력하게 군중에게 납득시켰다. 우연은 그에게 분명 파멸을 초래했을 영국 원정에 전력을 쏟게 했지만, 결국은 그 계획을 실행시키지 않고 뜻밖에도 마크가 인솔한 오스트리아군을 공격하게 해 싸우지도 않고

---

* 11월 10일 나폴레옹은 상원과 오백인회의가 열린 파리 교외 생클루에 나타났다. 두 회의의 대의원들은 집정들이 기다리고 있는 새로운 정부 조직을 거부했다. 오백인회의는 공화제 헌법을 선서했고, 나폴레옹은 회의장에서 떠밀려나왔다. 처음에 망연자실했던 집정은 군의 협력을 구했고, 대의원들은 쫓겨났다.
** 파벨 1세(1751~1801)는 프랑스혁명의 성과가 나폴레옹에 의해 일소되리라 기대하며 영국, 프로이센과의 동맹을 파기하고 1800년에 그에게 접근하기 시작했다.
*** 방당 지방 농민들의 지도자 카두달, 모로 장군과 피슈그뤼 장군이 앞장섰던 1803년의 음모를 말한다. 영국이 교사한 이 음모의 목적은 부르봉왕조의 부흥이었다. 나폴레옹은 권력을 확립하기 위해 이 음모를 진압하고 1804년에 황제가 되었다.

항복시켰다. 우연과 천재성은 아우스터리츠 전투에서 그에게 승리를 안겼고, 우연히도 프랑스인뿐만 아니라 지금부터 일어나려는 사건에 참가하지 않은 영국을 제외한 전 유럽 모든 사람이 품었던 그의 범죄에 대한 과거의 공포와 혐오에도 불구하고 이제는 그에게 그의 권력, 그가 스스로에게 준 칭호, 위대와 영광이라는 그의 이상까지 승인해주었으며, 그 이상은 만인에게 무엇보다 훌륭하고 현명한 것으로 보였다.

마치 다가올 운동을 시험해보고 대비하는 것처럼, 서쪽의 군대는 1805년, 1806년, 1807년, 1809년에 몇 차례나 동쪽을 향해 군세를 강화하고 증대하며 돌진했다. 1811년 프랑스에서 결성된 사람들의 집단은 중부 여러 민족과 일대 집단으로 결합했다. 사람들의 집단이 증대되자 운동의 선두에 선 인물을 정당화하는 힘도 더 증대되었다. 대운동에 앞선 십 년에 걸친 준비기에 이 인물은 유럽에 있는 왕관을 쓴 자 모두와 우의를 맺는다. 정체가 노출된 세계의 통치자들은 아무 의미도 없는 영광과 위대라는 나폴레옹의 이상에 대항할 어떠한 합리적 이상도 내걸지 못한다. 그리고 앞다투듯 자신들의 무력함을 그에게 보이려 한다. 프로이센 왕은 위인의 총애를 얻으려고 자기의 아내를 보내고, 오스트리아 황제는 이 인물이 카이사르의 딸*을 자기 침소에서 맞아들이는 것을 은총으로 생각하고, 여러 민족의 성물의 수호자인 로마 교황은 자신의 종교를 위대한 인물을 더욱 높이는 데 이용했다. 나폴레옹 자신이 자기 역할을 수행하기 위해 스스로 준비했다기보다, 주위의 상황 전체가 그로 하여금 지금 일어나는 일과 이제부터 일어날 일의 모

---

* 당시 오스트리아 황제 프란츠는 신성로마제국의 황제이기도 했다.

든 책임을 받아들이도록 준비되었던 것이다. 어떠한 행위도, 악행도, 사소한 기만이라도 일단 그가 하면 곧 주위 사람들의 입에 오르내리고 위대한 행위로 비쳤다. 게르만인들이 그를 위해 생각해낸 최고의 축제는 예나와 아우어슈테트의 축하식이었다. 그만 위대한 것이 아니라 그의 조상, 형제, 의붓자식, 매부도 모두 위대한 것이었다. 모든 일이 그에게서 이성의 마지막 힘을 빼앗고, 무서운 역할을 준비시키기 위해 이루어졌다. 그리고 그의 준비가 끝나자 병력도 준비되었다.

침략군은 동쪽을 향해 궁극의 목적―모스크바에 이르렀다. 수도는 점령되고, 러시아군은 언젠가 아우스터리츠에서부터 바그람까지 과거의 전투에서 적군들이 궤멸되었던 것 이상으로 격파되었다. 그런데 갑자기 지금까지 계속된 성공으로 그를 예정된 목적에 다가가게 지속적으로 인도하던 우연과 천재성 대신, 보로디노에서 걸린 코감기에서부터 매서운 추위, 모스크바를 태운 불꽃에 이르기까지 무수한 정반대의 우연이 나타나 천재성은커녕 전례 없는 우매함과 야비함이 드러났다.

침략군은 달아나고, 다시 돌아오고, 다시 달아났지만, 이제는 모든 우연이 그를 편들지 않고 등을 돌려버렸다.

동쪽에서 서쪽으로의 반대 운동은 서쪽에서 동쪽으로 선행했던 운동과 흡사한 형태로 이루어졌다. 이 대운동에 앞서 1805년, 1807년, 1809년에 동쪽에서 서쪽으로 같은 시도가 있었다. 일대 집단이 결성된 것도, 중부의 여러 민족이 참가한 것도, 도중에 동요가 일어난 것도, 목적에 다가갈수록 속도가 붙었던 것도 모두 전과 같았다.

파리―궁극의 목적이 달성되었다. 나폴레옹 정부와 군대는 붕괴했다. 나폴레옹 자신은 이제 의미가 없어지고, 그의 모든 행동은 분명 비참하고 추악했지만, 또다시 설명하기 어려운 우연이 일어나는데, 동맹국들은 나폴레옹을 증오하고 불행의 원인을 그라 생각하고 있었으므로, 힘과 권위를 잃고 잔학함과 교활함이 간파된 그는 십 년 전, 그리고 일 년 후처럼 무법의 약탈자로 간주되어야 마땅했다. 그러나 어떤 이상한 우연에 따라 아무도 그를 그렇게 보지 않았다. 그의 역할은 아직 다 끝나지 않았던 것이다. 십 년 전, 그리고 일 년 후에 무법의 약탈자로 간주된 이 인물은 프랑스에서 겨우 이틀이면 갈 수 있는 섬으로 보내졌고*, 무엇 때문인지 그 섬은 수백만의 돈과 친위대와 함께 그의 영토로 주어졌다.

4

여러 민족의 움직임은 저마다의 해안에 자리잡기 시작했다. 대운동의 물결이 멀리 물러가자 잠잠해진 해면에는 많은 소용돌이가 생겼고, 외교가들은 파란을 가라앉힌 것이 자신들이라 상상하며 그 소용돌이 속을 떠돌아다녔다.

그러나 잠잠해진 해면이 갑자기 물결치기 시작했다. 외교가들은 자기들의 불화가 이 새로운 긴장의 원인이라 생각했는데, 그들은 각자의 황제들 사이의 전쟁을 기다렸고, 사태는 수습할 수 없을 것처럼 보였다. 그러나 그들이 물결치는 것을 느꼈던 파도는 그들이 기다리던 곳

---

* 동맹군의 파리 입성 뒤 나폴레옹은 1814년 4월 퇴위할 수밖에 없었다. 승리자인 동맹자들은 나폴레옹의 황제 칭호를 지켜주었고, 엘바 섬을 주었다.

에서 온 것이 아니었다. 같은 파도가 운동의 동일한 출발점—파리에서 일어났다. 서쪽에서 운동의 마지막 반동이 밀려왔고, 이것이 수습할 수 없을 것처럼 보이던 외교적 어려움을 해소하고 이 시기 군사행동에 종지부를 찍어야 했다.

프랑스를 황폐화시킨 인물은 음모도 없이, 병사도 거느리지 않고 혼자 프랑스로 돌아왔다.* 어떤 보초라도 그를 잡을 수 있었을 텐데, 이상한 우연에 의해 아무도 그를 잡지 않았을 뿐만 아니라, 하루 전에도 저주했고 한 달 후에도 저주하게 될 이 인물을 모두가 환영했다.

이 인물은 모두가 등장하는 대단원을 정당화시키기 위해 아직 필요했다.

대단원이 끝났다. 마지막 역할도 수행되었다. 배우는 의상을 벗고 안티몬**과 연지를 닦아내라는 명령을 받았고, 그는 이제 필요 없게 되었다.

그리고 몇 년, 이 인물은 홀로 자기 섬에서 비참한 희극을 연출하며 부정한 음모를 꾸미고, 이제 필요 없게 되었는데도 자기 행동을 정당화하고 거짓말을 하고, 보이지 않는 손이 그를 조종했을 때 사람들이 힘으로 생각했던 것이 과연 무엇이었는지를 온 세계에 보여주었다.

감독은 연극을 끝내고 배우의 의상을 벗기고는, 우리에게 그를 보여주었다.

"보십시오, 이것이 여러분이 믿었던 것입니다! 이 사람입니다! 이제

---

* 나폴레옹은 1815년 3월 1일 프랑스에 돌아와 권력을 잡고, 1815년 7월 22일 워털루에서 패전할 때까지 백 일 동안 다시 치세를 했다.
** 눈썹이나 수염 등을 그릴 때 사용했던 검은색 화학물질.

여러분을 움직인 것이 이자가 아니라 나라는 걸 알겠습니까?"

그러나 운동의 힘에 현혹되었던 사람들은 오랫동안 이것을 이해하지 못했다.

더 분명한 일관성과 필연성을 보여주는 것은 동쪽에서 서쪽으로의 반대 운동의 선두에 섰던 알렉산드르 1세의 일생이다.

다른 사람들을 가리며 동쪽에서 서쪽으로 향한 운동의 선두에 섰던 이 인물에게는 대체 무엇이 필요했을까?

정의감, 즉 유럽의 문제에 관심을 갖지만 사소한 이해에 눈이 어두워지지 않을 만큼 거리를 둔 관심이 필요했고, 다른 동료들—당시의 황제들보다 더 높은 도덕심, 겸손하고 매력적인 인격, 나폴레옹에 대한 개인적인 모욕감이 필요했다. 이 모든 것이 알렉산드르 1세에게 있었고, 이 모든 것이 과거 그의 삶 전체의, 이른바 무수한 우연에 의해, 즉 교육과 자유주의적인 시작, 주변의 고문顧問들, 아우스터리츠, 틸지트, 에르푸르트 등에 의해 준비되었던 것이다.

국민 전쟁 당시 이 인물은 필요가 없었기 때문에 활약하지 않았다. 그러나 유럽 전체의 전쟁이 필요해지자 적기에 그곳에 나타나 유럽 여러 민족을 통합하고 그들을 목적으로 인도했다.

목적이 달성되었다. 1815년 마지막 전쟁 뒤에 알렉산드르는 인간이 오를 수 있는 권력의 절정에 있었다. 그는 그 권력을 어떻게 사용했을까?

알렉산드르 1세, 유럽의 조정자이자 청년 시절부터 자국민의 복지만을 위해 노력하고 조국에 자유주의적 혁신을 시도했던 창시자, 최고의 권력을 가짐으로써 자국민의 행복을 구축할 기회를 가진 것으로 보이던 이때의 그는, 한편에서는 추방된 나폴레옹이 만일 자신에게 권력만 있다면 인류를 행복하게 해줄 수 있다는 유치하고 그릇된 계획을 세우고 있었지만, 알렉산드르 1세는 자기의 사명을 다하자 자신에게 닿는 신의 손길을 느끼고, 돌연 신기루 같은 권력의 무의미함을 깨닫자 그것에 등을 돌리고, 그 자신도 경멸하던 비천한 인간들의 손에 권력을 넘기고 다만 이렇게 말했다.

"'우리에게 돌리지 마소서, 우리에게 돌리지 마소서, 다만 당신의 이름을 영광되게 하소서*!' 나도 당신들과 같은 인간이오, 나를 인간으로서 살게 해주고, 내 영혼과 신에 대해 생각하게 해주시오."

태양과 에테르의 각 원자가 그 자체로 완전한 구球인 동시에, 인간은 도저히 이해할 수 없는 거대한 전체의 한 원자에 불과한 것처럼, 인간 개개인도 각기 목적은 가지고 있지만, 그들이 이해할 수 없는 전체의 목적에 봉사하기 위한 존재에 불과하다.

꽃에 앉았던 벌이 아이를 쏜다. 아이는 벌을 무서워하며 벌의 목적은 사람을 쏘는 거라고 말한다. 시인은 꽃받침에 달라붙어 꿀을 빠는 벌을 보고 감탄하며 벌의 목적은 꽃향기를 마시는 거라고 말한다. 양봉가는 꽃가루를 모아 벌집으로 가져오는 것을 보고 벌의 목적은 꿀을 모으는 거라고 말한다. 벌의 생태를 연구하는 또다른 양봉가는 벌은 새끼 벌을 기르고 여왕벌을 부화시키기 위해 꽃가루를 모으며, 따라서 벌의 목적은 종족의 지속이라고 말한다. 식물학자는 암수딴그루의 꽃

---

* 「시편」 115장 1절. 알렉산드르 1세의 요구로 1812년을 기념하는 메달에도 새겨졌다.

에서 꽃가루를 가지고 암술로 날아가 수정시키는 것을 보고 여기서 벌의 목적을 발견한다. 식물의 이동을 관찰하며 벌이 이 이동에 협력하는 모습을 본 또다른 새로운 관찰자는 이것이 벌의 목적이라고 말할지도 모른다. 그러나 벌의 궁극의 목적은 인간의 지혜가 발견할 수 있는 제1, 제2, 제3의 목적으로 끝나지 않는다. 이 목적들을 발견하는 인간의 지혜가 높아질수록, 궁극의 목적을 이해할 수 없다는 것이 더욱 명백해진다.

인간은 다만 벌의 생활과 그 밖의 생활 현상의 상관성을 관찰할 수 있을 뿐이다. 역사적 인물과 여러 민족의 목적도 이와 마찬가지다.

5

1813년 베주호프와 나타샤의 결혼식은 구가인 로스토프 집안의 마지막 행사였다. 이해에 일리야 안드레예비치 백작이 죽자, 흔히 있는 일이지만, 그의 죽음과 동시에 구가는 몰락했다.

모스크바 화재와 그곳으로부터의 피란, 안드레이 공작의 죽음과 나타샤의 절망, 페탸의 전사, 백작부인의 슬픔 같은 전년의 온갖 사건이 연달아 노백작을 덮쳤다. 그는 이 모든 사건의 뜻을 이해하지 못하고, 자신이 이해할 수도 없다고 느꼈기 때문에 마치 자신을 파멸시킬 새 타격을 기다리고 바라는 듯 늙은 머리를 정신적으로 수그리고 있었다. 때로는 두렵고 혼란스러워 보이고, 때로는 부자연스럽게 활기차고 적극적으로 보였다.

나타샤의 결혼은 일시나마 겉보기에 그의 마음을 채운 것 같았다. 그는 오찬과 만찬을 준비하고, 쾌활하게 보이려 했으나 그 쾌활함은 전처럼 다른 사람들에게 전해지지 않고 오히려 그를 알고 사랑하는 사람들에게 동정을 불러일으켰다.

피예르 부부가 출발하자, 그는 말이 없어지고 우울을 호소하기 시작했다. 며칠 뒤에는 병이 나 드러누웠다. 병에 걸린 첫날 그는 의사들의 위로에도 불구하고 자신이 두 번 다시 일어나지 못하리라는 것을 깨달았다. 백작부인은 옷도 갈아입지 않고 안락의자에 앉아 이 주일 동안 남편의 머리맡을 지켰다. 그녀가 약을 건넬 때마다 그는 흐느끼며 말없이 그녀의 손에 키스했다. 마지막 날에는 통곡을 하며 전부터 자기의 큰 죄라고 생각하던 파산에 대해 아내와 그곳에 없는 아들에게 용서를 구했다. 영성체를 하고 도유식을 끝내자 그는 조용히 숨을 거두었고, 이튿날 고인에게 마지막 인사를 하기 위해 모인 지인들이 로스토프가의 세든 아파트를 가득 메웠다. 그의 집에서 여러 번 식사를 하고, 춤을 추고, 그를 조소하기도 했던 지인들은 이제 모두 한결같이 속으로 가책과 감동을 느끼면서, 누군가에게 변명하듯 말했다. "그래요, 어쨌거나 정말 좋은 분이셨어요. 요즘 세상에 그런 사람은 드물지요……결점 없는 사람이 어디 있겠습니까?……"

백작은 재정이 완전히 파탄에 이르러, 만약 일 년 더 계속되면 어떻게 끝날지 상상도 할 수 없는 상태일 때 돌연 죽었다.

아버지의 부고를 받았을 때 니콜라이는 러시아 군대와 함께 파리에 있었고, 그는 곧바로 제대원을 냈으나 허가를 기다리지 않고 휴가를 얻어 모스크바로 왔다. 백작이 죽고 한 달 만에 재정 상태가 완전히 드러났는데, 아무도 예상치 못했던 다양한 소액의 빚이 막대하게 쌓인 것을 알고 모두 깜짝 놀랐다. 부채는 재산의 두 배였다.

친척들과 친구들은 니콜라이에게 상속을 포기하라고 권했다. 그러나 그는 상속 포기는 신성한 아버지의 기억을 비난하는 거라 생각했으므로 그 권유를 뿌리치고 부채 상환의 의무와 함께 유산을 상속받았다.

백작이 살아 있을 때는 그의 한없는 선량함이 지닌 막연하지만 강한 영향에 매여 오랫동안 잠자코 있던 채권자들이 갑자기 일제히 지불을 요구하기 시작했다. 이럴 때 흔히 그렇듯 사람들은 경쟁했고―서로 먼저 받으려고―미텐카와 몇몇 사람처럼 어음을 선물로 받았던 사람들이 이제 와서는 가장 까다로운 채권자가 되었다. 그들은 니콜라이에게 여유도 휴식도 주지 않았고, 자신들에게 손실을 끼친(만약 손실이 있었다면) 장본인인 노인을 동정하는 듯했던 사람들은 막상 그들에게 아무 책임이 없는데도 자진해서 상환을 떠맡은 젊은 상속인에게 인정사정없이 달려들었다.

니콜라이가 예상하던 자산 회전은 하나도 성공하지 못했고, 영지는 반값에 경매되어 매각했지만, 부채의 절반은 여전히 미지불로 남아 있었다. 니콜라이는 매제인 베주호프에게 받은 3만 루블로, 확실히 현금으로 빌렸다고 인정되는 진짜 부채의 일부를 갚았고, 나머지 채권자들이 부채를 갚지 않으면 감옥에 집어넣겠다고 위협하자, 다시 근무를 시작했다.

이제 어머니는 아들에게 인생의 마지막 희망을 걸고 매달렸기 때문에 그는 연대장 제1후보였던 군대로 되돌아갈 수 없었고, 그렇다고 전부터 알고 지내던 사람들 틈에 끼여 모스크바에 머물고 싶지도 않고 또 문관 직무도 싫었지만, 결국 모스크바에서 문관직을 얻게 되어 가장 좋아하는 제복을 벗고, 어머니와 소냐와 함께 십체프 브랴시크에 있는 작은 셋집으로 이사했다.

나타샤와 피예르는 이 무렵 니콜라이의 처지를 확실히 모르는 채 페테르부르크에 살고 있었다. 니콜라이는 매제에게 돈을 빌렸기 때문에 더더욱 자기의 군색한 처지를 감추려 애썼다. 니콜라이가 무엇보다 괴로웠던 것은 1200루블의 봉급으로 자기와 어머니와 소냐가 생활해야 할 뿐만 아니라, 어머니가 가난을 눈치채지 못하게 부양해야 한다는 것이었다. 어린 시절부터 사치스러운 생활이 몸에 밴 백작부인은 그런 생활을 하지 않고 살아갈 수 있다는 것을 상상도 하지 못했으므로, 그것이 아들에게 얼마나 괴로운 일일지 깨닫지 못하고, 아는 부인을 집으로 부르기 위해 자기 집에 있지도 않은 마차를 계속해서 요구하기도 하고, 자기를 위한 값비싼 음식과, 아들을 위한 와인을 요구하기도 하고, 나타샤와 소냐, 심지어 니콜라이에게까지 깜짝 선물을 하기 위해 니콜라이 본인에게 돈을 요구하기도 했다.

소냐는 집안일을 맡아 하고 백모를 돌보며 책을 읽어주기도 하고, 그녀의 변덕과 은밀한 혐오를 견뎌내고, 그들이 처한 궁핍한 처지를 노백작부인에게 감출 수 있도록 니콜라이를 도왔다. 니콜라이는 어머니를 위해 고생하는 소냐에게 갚을 수 없는 감사의 부채를 느끼고 그녀의 인내와 헌신에 감탄하면서도 되도록 그녀와 거리를 두려고 노력했다.

그는 그녀가 너무나 완벽하고 나무랄 데가 없기 때문에 오히려 비난하고 싶은 심정이 들었다. 그녀는 사람들이 가치 있게 여기는 모든 자질을 갖추었지만, 그에게 애정을 불러일으킬 만한 점은 거의 없었다. 그래서 그녀에게 존경을 느낄수록 애정은 줄어드는 것을 느꼈다. 그는 그녀가 편지에서 자신에게 자유를 주겠다고 쓴 것을 구실로, 두 사람 사이에 있었던 일은 전부 먼 옛날에 이미 잊힌 것이고, 무슨 일이 있어도 되돌아갈 수 없다는 듯이 행동했다.

　니콜라이의 사정은 갈수록 악화되었다. 봉급 일부를 저축한다는 생각은 꿈에 지나지 않는다는 것을 알았다. 저축은커녕 어머니의 요구를 들어주기 위해 조금씩 빚까지 졌다. 이 상황에서 벗어날 길은 전혀 없어 보였다. 친척 부인들이 권하듯 부유한 상속녀와 결혼하는 것도 싫었다. 이 상황에서 빠져나갈 또하나의 길—어머니의 죽음—은 머리에 떠오르지도 않았다. 그는 아무것도 원하지 않고, 아무것도 기대하지 않고, 마음속으로는 자신의 처지를 불평 없이 견디는 데 대해 어둡고 엄중한 기쁨을 느끼고 있었다. 그는 동정을 하거나 자존심이 상하는 원조를 제의하는 옛 지인들을 피했고, 어떤 기분 전환이나 유흥도 피하고, 집에 있을 때도 아무것도 하지 않고 다만 어머니와 카드놀이를 하거나, 말없이 방안을 거닐거나, 파이프를 연신 재워 피우거나 할 뿐이었다. 그는 자신의 처지를 견뎌낼 길은 어두운 기분밖에 없다고 생각한 듯 자기 안에서 그 기분을 열심히 지키려는 것 같았다.

6

　공작영애 마리야는 초겨울에 모스크바로 왔다. 시중의 소문을 듣고 그녀는 로스토프가의 사정과 '아들이 어머니를 위해 희생한다'는 것을 알게 되었다.

'나는 그라면 틀림없이 그럴 거라고 생각했어.' 공작영애 마리야는 그에 대한 자신의 사랑을 기쁜 듯이 확신하며 속으로 중얼거렸다. 그들 일가에 대한 친밀하고 거의 친척이나 다름없는 관계를 상기하며 그녀는 그들을 방문하는 것이 자신의 의무라고 생각했다. 그러나 보로네시에서의 자신과 니콜라이의 관계를 생각하자 방문이 두려워졌다. 하지만 도시에 도착하고 몇 주 후, 그녀는 마음을 굳게 먹고 로스토프가를 찾아갔다.

니콜라이가 먼저 그녀를 맞았는데, 백작부인한테 가려면 그의 방을 지나가야 했기 때문이다. 그녀를 본 순간 니콜라이는 공작영애 마리야가 기대했던 기쁜 표정이 아니라 그녀가 전에 보지 못했던 차갑고 무뚝뚝하고 오만한 표정을 띠었다. 니콜라이는 그녀의 건강을 묻고, 어머니에게로 안내하고는 오 분쯤 앉아 있다가 방을 나가버렸다.

공작영애가 백작부인의 방에서 나오자 니콜라이는 다시 그녀를 맞아 더 정중하고 무뚝뚝한 태도로 현관방으로 배웅했다. 그는 그녀가 백작부인의 건강에 대해 말했을 때도 대꾸하지 않았다. '그게 당신과 무슨 상관입니까? 내버려두십시오.' 그의 눈이 이렇게 말했다.

"대체 왜 어슬렁거리는 거야? 무슨 볼일이 있다는 거지? 난 저런 아가씨들이나 친절 따위는 다 싫어!" 공작영애의 유개마차가 집에서 멀어지자 언짢은 기분을 참지 못한 듯이 그는 소냐 앞에서 큰 소리로 말했다.

"아, 어떻게 그런 말을 할 수 있어요, *니콜라!*" 그녀는 간신히 기쁨을 감추며 말했다. "그녀는 정말 친절한 분이고, 어머니도 그녀를 아주 좋아하세요."

니콜라이는 아무 대답도 하지 않았고 공작영애에 대해 더는 말하고 싶지 않은 듯했다. 그러나 공작영애의 방문 이래 노백작부인은 하루에도 몇 번씩 그녀 이야기를 꺼냈다.

백작부인은 그녀를 칭찬하면서 아들에게 그 집에 방문해야 한다고 말하고, 더 자주 그녀를 보고 싶다는 바람도 피력했는데, 그녀 이야기를 할 때마다 백작부인은 늘 언짢은 기분을 느꼈다.

니콜라이는 어머니가 공작영애 이야기를 할 때면 되도록 침묵을 지키려고 했는데, 그의 침묵은 백작부인을 초조하게 했다.

"정말 훌륭하고 아름다운 아가씨야." 그녀는 말했다. "너도 그 댁을 방문해야 한다. 어쨌든 누구라도 만나게 될 거고, 여기서 우리하고만 있는 건 너도 지루할 거야."

"저는 전혀 만나고 싶지 않습니다, 어머니."

"만나고 싶다고 할 때는 언제고 이제는 싫다는 거니. 얘야, 난 정말 이해가 안 되는구나. 지루해하더니 갑자기 아무도 만나고 싶지 않다니."

"저는 지루하다고 말한 적 없습니다."

"어쩜, 네 입으로 그녀를 만나고 싶지 않다고 말했잖니. 그녀는 정말 훌륭한 아가씨고, 너도 전에는 그녀가 좋다더니 이제 와서 갑자기 이러쿵저러쿵 이유를 대고 있어. 모두들 나한테는 전부 숨기나보구나."

"그런 건 조금도 없어요, 어머니."

"내가 무슨 불쾌한 일을 부탁한 것도 아니고, 그저 방문하라고 부탁하는 거잖니. 예의상 그것이 당연하다고 생각하니까…… 난 네게 이미 부탁했으니, 어미에게 숨길 비밀이 있다면 더이상은 간섭하지 않으마."

"그래요, 원하시니 다녀오겠습니다."

"나는 아무래도 상관없다, 너를 생각해서 그런 거니까."

니콜라이는 콧수염을 씹고 한숨을 내쉬며 어머니의 주의를 다른 데로 돌리기 위해 카드를 늘어놓기 시작했다.

둘째 날도, 셋째 날도, 넷째 날도 여전히 똑같은 이야기가 되풀이되었다.

공작영애 마리야는 로스토프가를 방문했을 때 니콜라이에게 뜻밖의 냉랭한 응대를 받은 뒤, 자신이 먼저 로스토프가에 가지 않으려고 했던 것이 옳았음을 깨달았다.

'나는 다른 걸 기대한 건 아니었어.' 그녀는 자존심에 도움을 호소하며 속으로 말했다. '그에게 볼일이 있었던 게 아니라, 언제나 내게 친절하시고, 내가 많은 신세를 지고 있는 노부인을 뵈려 했을 뿐이야.'

그러나 그런 이유만으로는 진정할 수 없었고, 그 방문을 상기할 때마다 자책 비슷한 감정이 그녀를 괴롭혔다. 그녀는 다시는 로스토프가에 가지 않고 깨끗이 다 잊어버리자고 굳게 결심했지만, 자신이 끊임없이 불안정한 상태라는 것을 느꼈다. 그리고 그녀는 무엇이 자신을 괴롭히는 것인지 자문할 때마다, 그것은 자신과 로스토프의 관계라는 것을 인정하지 않을 수 없었다. 그의 차갑고 정중한 말투는 그녀에 대한 감정에서 나온 것이 아니며(그녀는 그것을 알고 있었다), 그는 뭔가를 감추고 있었다. 그녀는 그 뭔가를 분명히 알아내야 하고, 그러기 전에는 마음이 가라앉지 않을 것 같았다.

한겨울 무렵, 공부방에서 조카의 공부를 봐주고 있던 그녀는 로스토프가 찾아왔다는 말을 들었다. 그녀는 그에게 비밀을 내색하거나 당황하는 빛을 보이지 않겠다고 굳게 결심하고 부리엔 양을 불러 함께 객실로 갔다.

그녀는 니콜라이의 얼굴을 보자마자, 그가 예의상의 의무를 이행하기 위해 찾아왔다는 것을 알아챘고, 그녀도 그가 자신을 대하는 것과 똑같은 태도를 취하기로 마음먹었다.

그들은 백작부인의 건강과 공통의 지인들, 최근의 전쟁 소식에 대해 이야기했고, 예의가 요구하는 십 분이 지나 손님이 돌아가도 되는 때가 되자 니콜라이는 일어나 작별 인사를 했다.

공작영애는 부리엔 양의 도움으로 대화를 무사히 이어나갔지만, 마지막에 그가 일어났을 때는 자신과 아무 관계도 없는 이야기를 하는 데 너무 지친데다, 나에게는 왜 이렇게 인생의 기쁨이 조금도 없을까 하는 생각에 순간 멍한 상태가 되어, 예의 반짝이는 눈을 앞쪽에 고정한 채 그가 일어난 것도 알아채지 못하고 꼼짝도 않고 앉아 있었다.

니콜라이는 그녀를 바라보았고, 그녀가 멍한 상태라는 것을 눈치채지 못한 척하며 부리엔 양에게 몇 마디 하고 다시 공작영애를 보았다. 그녀는 여전히 꼼짝도 않고 앉아 있었고, 상냥한 얼굴에는 고뇌의 빛이 떠올라 있었다. 그는 갑자기 그녀가 측은한 생각이 들었고, 그 얼굴에 떠오른 슬픔이 어쩌면 자기 때문인지도 모른다고 막연히 생각했다. 그는 그녀를 도와주고 유쾌한 말을 해주고 싶어졌지만, 무슨 말을 해야 할지 생각나지 않았다.

"안녕히 계십시오, 공작영애." 그는 말했다. 그녀는 정신을 차리고 얼굴을 붉히며 무거운 한숨을 내쉬었다.

"아, 죄송해요." 그녀는 꿈에서 깬 듯이 말했다. "벌써 돌아가시려고요, 백작, 그럼 안녕히 가세요! 백작부인께 드릴 베개는요?"

"잠시만 계세요, 제가 금방 가져올게요." 부리엔 양이 말하고 방을 나갔다.

두 사람은 이따금 서로를 바라보며 말없이 있었다.

"저어, 공작영애." 쓸쓸한 미소를 지으며 니콜라이는 간신히 입을 열었다. "우리가 보구차로보에서 처음 만난 후로 오랜 시간이 흘렀지만, 바로 얼마 전 일만 같군요. 그때 우리는 모두가 불행에 빠졌다고 생각했지만, 나는 만일 이 시간을 되돌릴 수 있다면 어떤 희생도 마다하지 않을 겁니다…… 하지만 이미 되돌릴 수 없게 되었죠."

니콜라이가 이렇게 말할 때 공작영애는 반짝이는 눈으로 찬찬히 그의 눈을 바라보았다. 그녀는 이 말이 자신에 대한 상대방의 감정을 설명해줄 거라 생각하고 숨겨진 의미를 이해하려 애쓰는 것 같았다.

"네, 그래요." 그녀는 말했다. "하지만 과거를 아쉬워하실 건 조금도 없어요, 백작. 나는 지금 당신의 생활을 잘 알고 있지만, 분명 머지않아 지금의 생활을 늘 즐겁게 추억하게 되실 거고, 그건 지금 당신의 희생적인 생활이……"

"나는 당신의 칭찬을 받아들이지 않겠습니다." 그는 그녀의 말을 급히 가로막았다. "오히려 나는 줄곧 나 자신을 비난하고 있죠. 그러나 이건 조금도 흥미롭지도 즐겁지도 않은 이야기입니다."

그러고는 다시 이전의 무뚝뚝하고 차가운 눈빛으로 되돌아갔다. 그러나 공작영애는 이미 그에게서 자신이 알고 사랑했던 남자의 모습을 발견했고, 지금 그녀는 그 남자와 이야기하고 있었다.

"나는 당신이 내가 이런 이야기를 하는 것을 허락해주실 거라 믿었어요." 그녀는 말했다. "나는 당신과…… 당신의 가족과도 아주 가까워졌으니까, 이런 참견도 지나치다고 여기지 않으실 거라 생각했는데, 그러나 내가 잘못 생각했어요." 그녀의 목소리가 갑자기 떨렸다. "이유는 모르겠지만," 그녀는 마음을 다잡고 말을 이었다. "당신이 다른 사람이 되어버린 것 같고……"

"거기에는 수많은 이유가 있죠(그는 이유라는 말을 특히 강조했다). 고맙습니다, 공작영애." 그는 나직이 말했다. "때로는 괴로운 일도 있습니다."

'역시 그래서였구나! 그런 거였어!' 공작영애 마리야의 내면의 목소리가 말했다. '아니다, 나는 이 사람의 밝고 친절하고 열린 시선과 아름다운 외모만을 사랑한 것이 아니었다. 나는 이 사람의 고결하고 확고한 자기희생의 마음도 알고 있었다.' 그녀는 자신에게 말했다. '그렇다, 그는 지금 가난하고 나는 부자니까…… 그래, 그것만이 이유였어…… 그런데 만일 그런 것이 없었다면……' 그녀는 예전의 상냥했던 그를 상기하고 지금의 친절하고 슬퍼 보이는 얼굴을 바라보는 사이, 그가 냉담해진 이유를 문득 깨닫게 되었다.

"왜요, 백작, 무엇 때문이죠?" 그녀는 자기도 모르게 외치다시피 말하고 그에게 다가섰다. "무엇 때문이죠? 이야기해주셔야 해요." 그는 침묵했다. "나는 모르겠어요, 백작, 그 이유를." 그녀는 계속했다. "하지만 괴로워요, 나는…… 당신에게 털어놓을게요. 당신은 뭐 때문인지 나에게서 이전의 우정을 빼앗으려 해요. 나는 그것이 아파요." 그녀의 눈에도 목소리에도 눈물이 어렸다. "나는 지금까지 인생에서 행복을 누려본 적이 너무 없어서, 뭔가 잃는 것은 괴로워요…… 죄송해요, 안녕히 가세요." 그녀는 갑자기 울음을 터뜨리더니 방에서 나가버렸다.

"공작영애! 기다려요, 오 이런." 그는 그녀를 붙잡으려고 외쳤다. "공작영애!"

그녀는 돌아보았다. 몇 초간 두 사람은 말없이 서로의 눈을 응시했고, 멀고 불가능해 보이던 일이 갑자기 가까워지고, 가능하고, 피할 수 없는 것이 되었다…………………………………………………………
…………………………………………………………………………

7

1814년 가을에 니콜라이는 공작영애 마리야와 결혼하고, 아내와 어머니와 소냐와 함께 리시예 고리로 이사했다.

삼 년 만에 그는 아내의 영지를 팔지 않고도 남은 부채를 갚았고, 사촌누이가 죽자 약간의 유산을 상속받게 되어 피예르에게 빌렸던 돈도 갚았다.

그리고 또 삼 년 후인 1820년 무렵에는 집안의 재정이 완전히 정비되어 리시예 고리 근처의 작은 영지를 사들였고, 그의 숙원이던 대대로 내려온 오트라드노예를 되사는 교섭에도 착수했다.

농촌 경영은 필요 때문에 시작했지만 곧 열중하게 되어 그가 무엇보다 좋아하는 거의 유일한 일이 되었다. 니콜라이는 소박한 경영자였고, 새로운, 특히 당시 유행하던 영국식 시설을 좋아하지 않았고, 경영을 다룬 이론서를 비웃었으며, 공장도 고가의 제작품도 비싼 곡물의 파종도 좋아하지 않았고, 영지 경영의 어느 한 부분만 따로 파고들지도 않았다. 그의 안중에는 언제나 전체로서의 한 영지가 있을 뿐이었고, 그것은 부분으로 나뉘는 것이 아니었다. 영지에서 가장 중요한 것은 토양이나 공기에 포함된 질소와 산소도 아니고, 특수한 쟁기와 비료도 아니며, 질소와 산소와 쟁기와 비료를 움직이는 주요한 도구인 노동자—농민이었다. 농촌 경영에 착수해 다양한 부분을 탐구하게 되면서 특히 그의 주의를 끈 것은 농민이었고, 그에게 농민은 도구일 뿐만 아니라 목적이고 재판관이었다. 처음에 그는 농민에게 필요한 것이 무엇인지, 농민이 무엇을 좋고 나쁘게 여기는지 이해하려고 노력하며 그들을 관찰했고, 지시하고 명령하는 시늉을 하고 있었지만 사실은 농민들에게서 행동거지와 말과 무엇이 좋고 나쁜지 판단하는 법을 배우고 있었다. 농민의 취향과 욕망을 이해하고, 그들의 말로 이야기하고, 그 말의 숨은 의미를 이해하는 것을 배우고, 자신이 이미 그들과 동지가 되었다고 느꼈을 때 비로소 그는 대담하게 그들을 지배하기 시작했는데, 말하자면 농민들이 그에게 실행을 요구한 의무, 즉 농민들에 대한 자신의 의무를 실행하게 되었다. 그리하여 니콜라이의 경영은 아주 훌륭한 결과를 가져왔다.

영지 관리에서는 천부적인 통찰력으로 곧바로 오류 없이, 만일 농민들이 선거를 한다면 분명히 그들이 뽑았을 만한 사람을 관리인이나 촌장이나 대표자로 임명했고, 이들은 절대로 바뀌지 않았다. 비료의 화학적 성질을 연구하기 전에, '대차*'(니콜라이는 냉소하며 이 말을 즐겨 썼다)에 골몰하기 전에 우선 농가의 가축 수를 조사하고 온갖 가능한 수단을 동원해 그 수를 늘렸다. 그는 농민들의 대가족제도를 지지하고, 분가는 허용하지 않았다. 게으른 자, 방탕한 자, 허약한 자에게 똑같이 주의를 기울이고, 집단에서 그들을 추방하려고 했다.

파종과 건초와 곡물 수확 때는 자기 밭도 농민들 밭과 똑같이 감독했다. 그래서 니콜라이의 영지만큼 빠르고 훌륭하게 파종과 수확을 끝내고 많은 수입을 올린 곳이 드물었다.

그가 식충이라고 부르는 집안농노와는 일체의 관계도 갖기를 꺼렸고, 사람들은 그가 그들을 방치해 버릇없게 만든다고들 말했는데, 그는 그들에게 무슨 일을 지시해야 할 때나, 특히 처벌해야 할 일이 생길 때는 언제나 망설이며 온 집안사람들과 상의했지만, 농민 대신 그들을 군대에 보낼 때만큼은 조금도 망설이지 않고 실행했다. 농민에 관해서는 어떤 명령을 내리더라도 아무런 의심도 갖지 않았다. 어떤 명령이라도—그는 그것을 알고 있었다—한 명 혹은 몇 명을 제외한 모두가 찬성해주었다.

그는 자기가 그렇게 하고 싶다는 이유로 남을 괴롭히거나 처벌하는 것, 또한 자기 한 사람의 희망만으로 누군가를 편하게 해주거나 상을 주는 일은 절대 자신에게 허용하지 않았다. 해야 할 일과 해서는 안 될 일을 정하는 기준이 대체 무엇인가는 그 자신도 말할 수 없었지만, 이 기준은 그의 심중에 단단히 박혀 흔들리지 않았다.

그는 실패나 무질서에 관해 자주 못마땅한 듯이 "이 러시아 민중하고는 말이지"라고 말했고, 농민들을 참을 수 없다고 생각했다.

---

* 부기의 대변과 차변. 양변에 자산, 부채, 자본 및 수익비용의 발생과 증감, 소멸을 기록한다.

그러나 그는 진심으로 이 러시아 민중과 그들의 풍습을 사랑했고, 그가 경영의 유일한 수단과 방법을 이해하고 체득해 훌륭한 결과를 얻은 것도 그것 때문이었다.

마리야 백작부인은 남편의 일에 대한 이런 애착에 시기심을 느꼈고, 자신이 거기에 관여할 수 없는 것이 애석했는데, 그녀는 자기와 무관한 이 별세계가 남편에게 주는 기쁨과 슬픔을 이해할 수 없었다. 그녀는 그가 새벽같이 일어나 오전 내내 밭이나 타곡장에서 보내고, 파종이나 풀베기나 수확을 하다 차를 마시러 그녀에게 돌아올 때 왜 그토록 유난히 생기 있고 행복한지 이해하지 못했다. 또 유복한 농민 마트베이 예르미신이 밤새 가족과 함께 곡식 다발을 운반하고, 아직 어느 집에서도 수확하지 않았는데 그의 집에는 벌써 짚가리가 늘어서 있다는 이야기를 하며 왜 남편이 그토록 열정적인지 이해가 되지 않았다. 말라버린 귀리 싹 위로 따뜻한 가랑비가 촉촉이 내릴 때 왜 남편이 창문에서 발코니로 걸어나가며 콧수염 밑으로 기쁘게 미소짓고 윙크하는지, 풀베기나 수확 때 위협적이던 먹구름이 바람에 날려 흩어졌을 때, 빨갛게 햇볕에 타고 땀투성이가 된 남편이 머리에서 쑥과 여뀌 냄새를 풍기며 타곡장에서 나와 "자, 하루만 더 있으면 내 것도 농민들 것도 다 타곡장으로 들어가겠군" 하고 두 손을 비비며 행복해하는지 그녀는 이해가 되지 않았다.

무엇보다 가장 이해가 되지 않는 것은 평소에는 그녀가 바라는 것을 말하기도 전에 알아채는 친절한 마음씨의 남편이, 언제나 자상한 니콜라가, 밭일을 쉽게 해달라고 그녀에게 부탁한 남녀 농민들의 청원을 전하면 절망적이 되고 화를 내며 자기 일에 간섭하지 말라고 딱 잘라

거절해버린다는 것이었다. 그녀는 그가 자기로서는 이해할 수 없는 법칙이 있는, 열렬히 사랑하는 특별한 세계를 가졌다고 생각했다.

때로는 그녀가 그를 이해하려고 애쓰며 그가 농민들을 위해 한 공로를 말할라치면, 그는 화를 내며 받아쳤다. "전혀 그렇지 않아, 나는 한번도 그런 생각을 해본 적이 없어, 그 사람들 잘되라고 이러는 게 아니야. 이웃의 행복 같은 건 다 시詩 같은 소리, 아낙들의 잠꼬대 같은 소리지. 나는 내 아이들이 길거리에 나앉지 않도록 해야 하고, 내가 살아있는 동안 재산을 일궈야 해, 그것뿐이야. 그러기 위해 우리에게는 질서가 필요하고, 엄격함이 필요해…… 그렇고말고!" 그는 다혈질답게 주먹을 쥐며 말했다. "그리고 공평함도 물론." 그는 덧붙였다. "만일 농민이 헐벗고 굶주리거나 말이 한 마리밖에 없다면 자신은 물론 나를 위해서도 일할 수 없을 테니까."

니콜라이는 남을 위해서라거나 선행을 위해서 뭔가 한다는 생각을 스스로에게 허락하지 않았지만, 그 때문인지 그가 한 일은 전부 유익했고, 재산은 눈에 띄게 불어나 인근 농민들도 자기들을 사달라고 부탁하러 왔고, 그가 죽은 뒤에도 농민들은 오랫동안 그의 경영에 대한 경건한 기억을 지켰다. "주인님은…… 농민의 일을 먼저 하고 당신 일을 하셨어. 봐주는 일도 없었지. 한마디로―주인님이었어!"

8

영지 경영을 하면서 니콜라이를 괴롭혔던 한 가지는, 급한 성질과

툭하면 주먹부터 휘두르는 예전 경기병 시절의 습관이었다. 처음에는 그것이 별로 비난받을 일이라고 생각지 않았지만, 결혼하고 이 년째 해에 그는 이런 제재에 대한 생각이 돌연 바뀌었다.

어느 여름날, 죽은 드론의 뒤를 이은 촌장이 여러 가지 사기와 부정을 저지른 죄로 보구차로보에서 호출되어 왔다. 니콜라이는 그를 만나러 현관 층층대로 나갔고, 촌장의 첫 대답과 동시에 현관에서 비명과 구타하는 소리가 들렸다. 아침식사를 하러 집으로 들어온 니콜라이는 수틀 위로 나직이 고개를 숙인 아내에게 다가가 여느 때처럼 이날 아침 자신의 관심을 차지한 것을, 특히 보구차로보의 촌장에 대해 그녀에게 이야기하기 시작했다. 마리야 백작부인의 얼굴은 붉어지고 창백해졌고, 입술을 깨물며 여전히 고개를 숙이고 앉은 채 그녀는 남편의 말에 아무 대꾸도 하지 않았다.

"정말 뻔뻔한 놈이야." 그는 생각만 해도 열불이 나는 듯이 말했다. "취해서 몰랐다고 하면 또 모르지만…… 그런데 당신 왜 그래, 마리?" 그는 갑자기 물었다.

마리야 백작부인은 고개를 들고 무슨 말을 하려다 다시 급히 눈을 내리깔고 입술을 앙다물었다.

"왜 그래? 무슨 일이야, 내 사랑?……"

미모가 아닌 마리야 백작부인이지만 울 때면 늘 아름다웠다. 그녀는 고통과 분노로 우는 일은 없었지만, 언제나 슬픔과 연민 때문에 울었다. 그리고 그녀가 울면 그 반짝이는 눈은 물리칠 수 없는 매력을 띠었다.

니콜라이가 손을 잡자마자 그녀는 참지 못하고 울음을 터뜨렸다.

"니콜라, 난 봤어요…… 물론 그 사람이 나쁘겠죠, 하지만 당신은,

당신은 왜! 니콜라!……" 하고 그녀는 두 손으로 얼굴을 감쌌다.

니콜라이는 말을 멈추고 얼굴이 자줏빛이 된 채 그녀 옆에서 물러서서 묵묵히 방안을 걸어다녔다. 그는 그녀가 왜 우는지 깨달았지만, 어릴 때부터 익숙해서 당연한 것으로 생각했던 것을 나쁘다고 하는 그녀의 생각에는 순간 내심 동의할 수 없었다.

'그것이 허례지, 아낙들의 잠꼬대 같은, 아니, 아내의 말이 맞는 걸까?' 그는 자신에게 물었다. 그러나 혼자서는 이 질문을 해결할 수 없었으므로 또다시 고통과 사랑을 띤 그녀의 얼굴을 보았고, 그러자 갑자기 아내가 옳고, 오랫동안 자신이 죄를 짓고 있었다는 것을 깨달았다.

"마리," 그는 아내에게 다가가며 나직이 말했다. "이제 그런 일은 결코 없을 거야, 맹세할게. 다시는 하지 않겠어." 마치 용서를 구하는 소년처럼 그는 떨리는 목소리로 되풀이했다.

백작부인의 눈에서는 눈물이 더욱 흘러내렸다. 그녀는 남편의 손을 잡고 키스했다.

"니콜라, 언제 카메오*가 깨진 거예요?" 그녀는 화제를 돌리려고 라오콘**의 두상이 새겨진 반지를 낀 니콜라이의 손을 보며 말했다.

"오늘이야, 모두 그때. 아, 마리, 이제 그 일은 말하지 말아줘." 그는 다시 얼굴을 붉혔다. "앞으로 다시는 그러지 않겠다고 맹세할게. 그리고 이걸 영원히 기념으로 할게." 그는 부서진 반지를 가리키며 말했다.

그후로 니콜라이는 촌장이나 관리인과 이야기를 하다 화가 나 얼굴에 핏대를 세우고 주먹을 쥐는 일이 있을 때마다 손에 낀 부서진 반지

---

* 마노, 호박, 조개껍데기 등에 돋을새김으로 조각한 장신구.
** 그리스신화에 나오는 트로이의 왕자, 아폴론 신전의 사제.

를 돌리며 자신을 화나게 한 상대방 앞에서 눈을 내리깔았다. 그러나 일 년에 두 번쯤은 분별을 잊는 일이 있었고, 그런 때는 아내에게 가서 털어놓고 이번이 마지막이라고 다시 맹세했다.

"마리, 당신은, 당연히 날 경멸하겠지?" 그는 그녀에게 말했다. "나는 그래도 마땅해."

"당신이 피하면, 못 참을 것 같으면 얼른 자리를 피하면 돼요." 마리야 백작부인은 남편을 위로하려고 애쓰며 우울하게 말했다.

지방의 귀족 사회에서 니콜라이는 존경받았지만, 사랑받지는 못했다. 귀족 사회의 흥미에 그는 관심이 없었다. 그래서 어떤 사람은 그를 오만하다고 생각하고, 어떤 사람은 그를 바보 같다고 생각했다. 봄의 파종에서 수확 때까지 그는 여름 내내 농사 경영으로 시간을 보냈다. 가을에는 농사 경영을 할 때와 똑같이 업무적인 진지한 태도로 사냥에 빠져 자기 사냥개들과 사냥꾼들을 이끌고 한 달이고 두 달이고 집을 비웠다. 겨울에는 다른 마을을 둘러보기도 하고, 독서도 했다. 그가 읽는 책은 주로 역사서인데, 매년 일정 금액만큼 주문했다. 그 자신이 말했듯, 그는 자신을 위한 본격적인 서고를 만들어, 사들인 책은 전부 읽는다는 원칙을 세웠다. 그는 점잔뺀 얼굴로 서재에 앉아, 처음에는 독서를 자신에게 부과된 의무처럼 생각했지만, 나중에는 독서가 일종의 특별한 만족감과 더불어 자신이 진지한 일을 하고 있다는 의식을 심어주는 습관적인 일이 되었다. 볼일 때문에 떠나는 여행 외에는 겨울에는 대부분 집에서 가족과 함께 지냈고, 어머니와 아이들의 사소한 관계에까지 참견했다. 아내와는 더욱 친밀해졌고, 날마다 그녀 안에서 새로운 정신적인 보물을 발견하고 있었다.

소냐는 니콜라이가 결혼한 후에도 그의 집에서 살았다. 결혼 전 니콜라이는 자신을 비난하고 소냐를 칭찬하며 신부에게 자신과 소냐 사이에 있었던 일을 전부 이야기했다. 그는 공작영애 마리야에게 사촌누이에게도 상냥하고 친절하게 대해달라고 부탁했다. 마리야 백작부인은 소냐에 대한 남편의 잘못을 충분히 느끼는 동시에 자신도 그녀에게 죄책감을 느꼈고, 자신의 재산이 니콜라이의 선택에 영향을 미쳤다고 생각했으므로 어떤 면으로도 소냐를 비난할 수 없었으며, 그래서 그녀를 사랑하고 싶었지만, 왜 그런지 그럴 수 없었을 뿐만 아니라, 종종 마음속에서 일어나는 그녀에 대한 반감을 이겨내지 못했다.

언젠가 그녀는 친구 나타샤에게 소냐에 관해, 특히 소냐에 대한 자신의 옳지 못한 태도에 관해 이야기했다.

"너도 알 거야." 나타샤는 말했다. "복음서를 많이 읽었으니까. 거기 마치 소냐를 말하는 듯한 대목이 있어."

"뭔데?" 마리야 백작부인은 놀라서 물었다.

"'누구든지 있는 사람은 더 받겠고 없는 사람은 있는 것마저 빼앗길 것이다.'* 기억나? 소냐는 없는 사람이야, 왜냐고? 그건 나도 모르지만, 어쩌면 소냐에게는 이기심이 없는지도 몰라, 나는 잘 모르지만 아무튼 소냐는 빼앗기는 사람이고, 모든 것을 빼앗겼어. 나는 이따금 그녀가 너무 가엾고, 전에는 나도 *니콜라*와 소냐가 결혼하기를 바랐지만, 왠지 그런 일이 일어나지 않을 거라고 예감했었어. 그녀는 헛꽃이야, 왜 딸기가 그렇잖아? 때로 나는 소냐가 너무나 가엾지만, 그녀는

---

* 「누가복음」 19장 26절.

우리가 느끼는 것만큼은 느끼지 않는단 생각이 들어."

마리야 백작부인은 나타샤에게 복음서의 그 말은 다른 뜻으로 이해해야 한다고 말했지만, 소냐를 보는 동안 나타샤의 설명에 동의하지 않을 수 없었다. 실제로 소냐는 자신의 처지를 괴로워하지 않고 완전히 헛꽃이라는 자신의 운명을 따르는 것처럼 보였기 때문이다. 그녀는 가족 한 사람보다 가족 전체를 소중히 여기고, 마치 고양이처럼 사람이 아니라 집에 애착을 가졌다. 그녀는 노백작부인을 보살피기도 하고, 아이들을 귀여워해 응석둥이로 만들기도 하고, 또 그녀가 잘하는 소소한 봉사를 할 준비가 되어 있었지만 그것은 왠지 항상 너무나 작은 감사로만 받아들여졌다……

리시예 고리의 저택은 재건되었지만, 죽은 노공작 시절의 것과 같지 않았다.

여의치 않은 시기에 짓기 시작한 건물이라 지나치게 간소했다. 오래된 석재 기초 위에 세워진 거대한 목조 저택은 내부에만 회반죽이 칠해져 있었다. 마루에 칠하지 않은 널빤지를 깐 넓디넓은 집안에는 소파와 안락의자와 탁자와 의자에 이르기까지 집안 목수가 영지의 자작나무로 만든 아주 조잡하고 보기 흉한 가구들이 있었다. 하인 방과 손님용 별채도 있고 사람은 얼마든지 들일 수 있었다. 로스토프가와 볼콘스키가 친척들이 열여섯 마리 말을 끌고 오거나 수십 명의 하인을 데리고 리시예 고리에 손님으로 와 몇 달씩 묵곤 했다. 일 년에 네 번, 즉 부부의 본명 축일과 생일에는 하루나 이틀 예정으로 백 명이나 되는 손님들이 모여들었다. 그 나머지 날에는 평범한 일과, 차, 가정식 아침과 점심과 저녁이 되풀이되는, 깨뜨릴 수 없는 규칙적인 생활이 흘러갔다.

1820년 12월 5일, 겨울의 성 니콜라스 축일 전야였다. 나타샤는 아이들과 남편과 함께 이해 초가을부터 오빠 집에 머무르고 있었다. 피예르는 페테르부르크에 체류하고 있었는데, 특별한 볼일로 삼 주 예정으로 갔지만, 이미 칠 주나 되었다. 모두 그가 돌아오기를 매 순간 고대했다.

12월 5일에는 베주호프 일가 외에도 니콜라이의 옛친구인 퇴역 장군 바실리 표도로비치 데니소프도 이 집에 머물고 있었다.

6일은 손님들이 모이는 축일이므로 니콜라이도 베시메트*를 벗고 프록코트에 코가 좁고 가는 장화를 신고 자기가 신축한 교회로 마차를 타고 나가, 축하를 받고, 손님들에게 자쿠스카를 권하고, 귀족회 선거와 수확 이야기를 해야 한다는 것을 알았지만, 축일 전날은 당연히 평소처럼 지낼 권리가 있다고 생각했다. 점심때까지 니콜라이는 랴잔에서 영지 관리인이 가져온 처조카의 영지 계산서를 검토했고, 업무상 편지를 두 통 쓴 뒤 타곡장과 외양간과 마구간을 돌아보았다. 다음날이 교회 수호성인 축일이라 온 마을이 이를 핑계로 흥청망청할 거라고 우려한 니콜라이는 예방 대책을 강구하고 점심을 먹으러 돌아왔지만, 아내와 얼굴을 마주대고 이야기할 겨를도 없이 20인분의 식사가 준비된 긴 식탁 앞에 앉았다. 식탁에는 어머니와 그녀의 하녀 벨로바 노파, 아내, 세 아이와 그들의 남녀 교사, 조카와 그의 남자 가정교사, 소냐,

---

* 타타르인이나 캅카스 사람들이 입는 무릎까지 솜을 누빈 코트.

데니소프, 나타샤와 그녀의 세 아이와 그들의 여자 가정교사, 리시예 고리에서 조용히 여생을 보내고 있는 죽은 공작의 건축기사 미하일 이바니치 노인까지 온 집안 식구가 이미 모여 있었다.

마리야 백작부인은 식탁 맞은편 끝에 앉았다. 남편이 정해진 자기 자리에 앉아 곧 냅킨을 집고 앞에 놓인 컵과 잔을 빠르게 바꾸자, 마리야 백작부인은 이 제스처를 보고 남편의 기분이 좋지 않다는 것을 알아챘는데, 일에서 돌아와 바로 식사할 때, 특히 수프를 들기 전에 종종 있는 일이었다. 마리야 백작부인은 이럴 때 그의 기분을 잘 알기 때문에 그녀 자신이 기분이 좋을 때는 남편이 수프를 다 먹을 때까지 조용히 기다렸다가 말을 걸어 그가 이유도 없이 기분이 안 좋다는 것을 시인하게 만들었지만, 오늘은 이 관찰을 완전히 잊어버렸고, 남편이 이유도 없이 그녀에게 화를 내는 것이 슬프고 자신은 불행하다고 생각했다. 그녀는 그에게 어디에 갔었느냐고 물었다. 니콜라이는 대답했다. 그녀는 일이 다 잘되어가느냐고 물었다. 그는 그녀의 부자연스러운 어조가 못마땅한 듯 눈살을 찌푸리고 재빨리 대답했다.

'내가 잘못 생각한 게 아니야.' 마리야 백작부인은 생각했다. '이 사람은 왜 나에게 화를 낼까?' 마리야 백작부인은 대답하는 남편의 어조에서 자신에 대한 반감과 그만 말하고 싶은 마음을 읽었다. 그녀는 자신의 말이 부자연스럽다고 느꼈지만, 그대로 몇 가지 더 묻지 않을 수 없었다.

식사중의 대화는 데니소프 덕분에 이내 전체가 공통된 활기를 띠었으므로, 마리야 백작부인은 남편과 이야기하지 않을 수 있었다. 일동이 식탁에서 떠나며 노백작부인에게 인사하러 갔을 때, 마리야 백작부인은 손을 내밀며 남편에게 키스하고 왜 자기에게 화를 내느냐고 물었다.

"당신은 언제나 이상한 생각만 하는군. 화를 내다니, 난 그런 생각은 하지도 않았어." 그는 말했다.

그러나 언제나라는 말은 마리야 백작부인에게 이렇게 들렸다. 그래, 화가 났고 말하고 싶지 않아.

니콜라이는 아내와 무척 화목해서, 둘 사이를 질투해 그들의 불화를 바라던 소냐와 노백작부인도 흠잡을 구실을 찾지 못할 정도였지만, 그런 그들에게도 서로 적의를 느끼는 순간이 있었다. 때로는 더없이 행복한 시기 뒤에 갑자기 서먹한 적의가 그들을 엄습했고, 그 감정은 마리야 백작부인이 임신중일 때 가장 자주 나타났다. 두 사람은 지금 바로 그 시기에 있었다.

"자, *신사숙녀 여러분*," 니콜라이가 큰 소리로 유쾌하게 말했다(마리야 백작부인은 마치 자신을 모욕하기 위해 일부러 그러는 것같이 느껴졌다). "나는 여섯시부터 줄곧 서서 지냈습니다. 그리고 내일 또 고생해야 하니 오늘은 이만 쉬어야겠습니다." 그리고 그는 마리야 백작부인에게는 더이상 아무 말도 없이 소파가 있는 작은 방으로 가 소파에 누웠다.

'언제나 이렇지.' 마리야 백작부인은 생각했다. '그는 누구하고나 이야기하지만 나에게는 하지 않아. 알겠어, 알겠어, 그는 내가 싫은 거야. 특히나 이런 몸이니까.' 그녀는 부른 배를 내려다보고, 누렇고 창백하고 여윈 얼굴에 어느 때보다 커 보이는 눈을 거울에 비춰보았다.

그러자 데니소프의 외침과 요란한 웃음소리도, 나타샤의 말소리도, 특히 소냐의 힐끔거리는 재빠른 시선도 모두 불쾌했다.

소냐는 언제나 마리야 백작부인이 짜증이 날 때 선택하는 첫번째 구실이었다.

마리야 백작부인은 잠시 손님들과 함께 앉아 있었지만, 그들이 하는 이야기를 통 이해할 수가 없어 조용히 물러나 아이들 방으로 갔다.

아이들은 의자에 올라가 모스크바로 가는 놀이를 하고 있었는데, 그녀에게도 타라고 졸랐다. 그녀는 앉아서 잠시 함께 놀았지만, 남편과, 그가 이유도 없이 내는 화가 계속 마음에 걸렸다. 그녀는 일어나 소파가 있는 작은 방으로 어렵사리 발꿈치를 들고 걸어갔다.

'어쩌면 아직 잠들지 않았을 거야. 그와 이야기해봐야겠어.' 그녀는 속으로 말했다. 장남 안드류샤가 그녀를 흉내내며 발끝으로 뒤따라왔다. 마리야 백작부인은 눈치채지 못했다.

"마리, 그는 잠들었어요. *아주 피곤한가봐요.*" (마리야 백작부인에게는 어딜 가나 마주치는 것처럼 생각되는) 소냐가 소파가 있는 큰 방에서 말했다. "안드류샤가 깨우지 않게 하셔야 해요."

마리야 백작부인은 주위를 둘러보고 뒤따라온 안드류샤를 발견하자 소냐의 말이 옳다고 느끼면서도 그 말에 화가 났고, 간신히 심한 말이 나오려는 걸 참았다. 그녀는 아무 말도 하지 않았고, 일부러 소냐의 말을 거스르려는 듯, 안드류샤에게 떠들지 말고 따라오라고 손짓하고 문쪽으로 다가갔다. 소냐는 다른 문 쪽으로 갔다. 니콜라이가 잠든 방에서는 아내에게 아주 작은 기색도 익숙한, 남편의 고른 숨소리가 들려왔다. 그녀는 이 소리를 듣자, 깊은 밤 고요 속에서 자주 한참이나 들여다보곤 하던 그의 부드럽고 아름다운 이마와 콧수염과 얼굴이 눈앞에 보였다. 니콜라이는 갑자기 몸을 뒤척이며 소리를 냈다. 그 순간 안드류샤가 문 너머에서 소리쳤다.

"아빠, 엄마가 여기 있어."

마리야 백작부인은 깜짝 놀라 창백해지며 아들에게 손사래를 쳤다. 아이는 입을 다물었고, 마리야 백작부인에게는 일 분쯤 무서운 침묵이 흘렀다. 그녀는 니콜라이가 깨우면 싫어한다는 것을 알았다. 갑자기 문 저쪽에서 다시 앓는 듯한 소리와 뒤척이는 소리와 니콜라이의 불만스러운 목소리가 들렸다.

"잠시도 쉬게 해주질 않는군. 마리, 당신이야? 왜 아이를 데려왔어?"

"그냥 보러 왔죠, 몰랐으니까…… 미안해요……"

니콜라이는 기침을 하더니 입을 다물었다. 마리야 백작부인은 문에서 떠나 아들을 아이들 방으로 데려갔다. 오 분쯤 지나자 아버지가 귀여워하는 까만 눈의 세 살배기 막내 나타샤가 오빠한테 아빠는 자고 엄마는 소파가 있는 작은 방에 있다는 말을 듣고 엄마 몰래 아빠가 있는 곳으로 달려갔다. 까만 눈의 어린 딸은 대담하게 문소리를 내며 문을 열고 토실토실한 작은 발로 힘차게 소파로 다가가더니 등을 돌리고 자는 아빠 모습을 살핀 뒤 발돋움을 해서 머리를 괸 그의 손에 키스했다. 니콜라이는 기쁜 미소를 지으며 돌아누웠다.

"나타샤, 나타샤!" 문밖에서 마리야 백작부인이 놀라 속삭이는 소리가 들렸다. "아빠는 자고 싶대."

"아니야, 엄마, 아빠는 자고 싶지 않아." 작은 나타샤는 확신에 차서 대답했다. "아빠는 웃고 있어."

니콜라이는 두 발을 내리고 일어나 두 손으로 딸을 안아올렸다.

"들어와, 마샤." 그는 아내에게 말했다. 마리야 백작부인은 방에 들어와 남편 옆에 앉았다.

"나는 얘가 뒤에서 달려온 걸 못 봤어요." 그녀는 머뭇거리며 말했다. "나는……"

니콜라이는 한 팔로 딸을 안고 아내를 바라보았고, 그녀의 얼굴에 떠오른 미안해하는 표정을 보자 다른 팔로 그녀를 껴안고 머리카락에 키스했다.

"엄마한테 뽀뽀해도 되지?" 그는 나타샤에게 물었다.

나타샤는 수줍은 듯 방긋 웃었다.

"또 해." 니콜라이가 아내에게 키스한 자리를 손으로 가리키며 나타샤가 명령하듯이 말했다.

"왜 당신은 내가 기분이 나쁘다고 생각하는지 모르겠어." 니콜라이는 아내의 마음속에 있는 질문을 알아채고 대답했다.

"당신은 절대 상상할 수 없을 거예요, 당신이 그럴 때마다 내가 얼마나 속상하고, 혼자라는 기분이 드는지. 나는 언제나 그런……"

"마리, 그만해, 쓸데없는 소릴. 부끄럽지도 않아?" 그는 명랑하게 말했다.

"나는 당신이 날 사랑하지 않을 수도 있다는 생각이 들어요, 이렇게 못생기고…… 언제나…… 게다가 지금은…… 이런 몸이니……"

"아, 당신은 정말 이상해! 아름다워서 좋아하는 게 아니라 좋아하니까 아름다운 거야. 아름다워서 사랑받는 건 말비나 같은 여자들뿐이지만, 그런 여자가 내 아내가 되면 나는 그녀를 사랑할까? 그렇지 않아, 하지만 모르겠어, 당신에게 뭐라고 설명해야 좋을지. 나는 당신이 없거나, 우리 사이에 어떤 고양이 새끼가 지나간다면*, 나는 나락에 떨어진 것처럼 아무것도 할 수 없을 것 같아. 그럼 나는 내 손가락을 사랑할까? 그렇지 않아, 그러나 시험 삼아 잘라보면……"

"아니, 그게 아니에요, 하지만 무슨 뜻인지 알겠어요. 그럼 당신은 내게 화가 난 게 아니었어요?"

"크게 화났지." 그는 웃으며 말하고 일어나 머리를 매만지고는 방안을 걸어다녔다.

"마리, 당신은 내가 뭘 생각하는지 알아?" 그는 화해가 되자 이내 아내에게 자기가 생각하는 것을 큰 소리로 말하기 시작했다. 그는 아내가 그 이야기를 들을 준비가 되었는지 묻지 않았고, 그런 것을 개의치도 않았다. 자기에게 어떤 생각이 떠오르면 아내도 그럴 거라고 생각했다. 그는 피예르에게 봄까지 여기서 함께 지내자고 설득하려 한다는 계획을 이야기했다.

마리야 백작부인은 그 말을 듣고 의견을 말한 뒤, 이번에는 자기 생각을 말하기 시작했다. 그녀의 생각은 아이들에 관한 것이었다.

"여자애는 벌써 이렇게 달라요." 그녀는 나타샤를 가리키며 프랑스어로 말했다. "당신은 여자들이 비논리적이라고 비난하지만, 여기 이 애가 우리의 논리예요. 아빠는 자고 싶대, 라고 했을 때 이애는 아냐, 아빠는 웃고 있어, 라고 했잖아요. 그리고 이애 말이 맞았어요." 마리야 백작부인은 행복하게 미소지으며 말했다.

"그래, 그래!" 그리고 니콜라이는 힘센 팔로 딸을 안아 높이 추어올리고 어깨에 얹더니 작은 두 발을 꽉 잡고 방안을 걸어다녔다. 아빠와

---

* '사이가 나빠지다'는 뜻의 관용어.

딸이 다 같이 저절로 행복한 얼굴이 되었다.

"알겠지만, 당신은 좀 불공평한지도 몰라요. 너무 이애만 예뻐해요." 마리야 백작부인은 프랑스어로 속삭였다.

"그래, 그런데 어쩔 수가 없잖아?…… 그래도 티나지 않게 하고 있어……"

마차가 도착했는지 현관과 곁방에서 활차 소리와 발소리가 들렸다.

"누가 왔나본데."

"분명 피예르일 거예요. 내가 가서 볼게요" 하고 마리야 백작부인은 방에서 나갔다.

니콜라이는 그녀가 없는 동안 딸을 목말 태운 채 방안을 빠르게 뛰어다녔다. 숨이 찬 그는 깔깔거리는 딸을 재빨리 내려놓고 가슴에 껴안았다. 뛰다보니 그는 문득 무도가 떠올랐고, 딸의 둥글고 행복한 얼굴을 보며 자신이 나이들어 딸을 사교계에 데리고 나갈 무렵이 되면 이애가 어떤 아가씨가 되어 있을지 궁금했고, 죽은 아버지가 딸과 다닐로 쿠포르를 추었던 것처럼 자기도 이 딸과 마주르카를 추게 될 거라고 생각했다.

"그예요, 그예요, *니콜라*." 몇 분 뒤 마리야 백작부인이 방으로 돌아와 말했다. "이제 우리 나타샤도 생기를 찾았어요. 그녀가 얼마나 기뻐하는지, 그 사람에게 왜 이렇게 늦었냐고 야단치는 걸 당신이 봤어야 해요. 자, 어서 가요, 어서! 이제 그만해야지." 그녀는 아버지에게 꼭 달라붙은 딸을 보고 웃으면서 말했다. 니콜라이는 딸의 손을 잡고 나갔다.

마리야 백작부인은 소파가 있는 작은 방에 남았다.

"전혀, 전혀 꿈에도 생각 못했어." 그녀는 중얼거렸다. "이렇게 행복해질 거라고는." 그녀의 얼굴은 미소로 빛났지만, 동시에 그녀는 한숨을 내쉬었고 깊은 시선에는 조용한 슬픔이 서렸다. 그녀는 지금 느끼는 행복 이외에 이승에서는 다다를 수 없는 다른 행복이 있다는 것을 이 순간 문득 생각했다.

10

나타샤는 1813년 초봄에 결혼해 1820년에는 이미 딸 셋에 아들 하나를 두었는데, 간절히 바랐던 아들에게 직접 모유를 먹이기로 했다. 살이 찌고 몸집도 커진 이 튼튼한 어머니에게서 예전의 가녀리고 민첩한 나타샤의 모습은 찾아보기 어려웠다. 그녀의 얼굴은 윤곽이 잘 잡히고, 부드럽고 밝고 침착한 표정을 띠었다. 그 얼굴에는 전에 그녀의 매력이었던 끊임없이 타오르는 활기찬 불꽃이 보이지 않았다. 이제는 얼굴과 몸이 보일 뿐이고, 마음은 전혀 보이지 않았다. 강하고 아름다운 다산의 암컷이 보였다. 아주 드물게 예전 같은 불꽃이 타오를 때도 있었다. 이번처럼 남편이 돌아왔을 때나, 아프던 아이가 나았을 때나, 마리야 백작부인과 함께 안드레이 공작에 대한 추억에 잠길 때나(그녀는 남편이 그녀와 안드레이 공작의 추억을 질투한다고 생각했기 때문에 남편과는 그 이야기를 하지 않았다), 또 몹시 드물기는 하지만 결혼 후 완전히 그만뒀던 성악에 어쩌다가 열중할 때 그랬다. 성숙한 아름다운 몸에 예전의 불꽃이 타오르는 그런 드문 순간에는 전보다 한결 더 매력적이었다.

나타샤는 결혼 후 남편과 함께 모스크바와 페테르부르크, 모스크바 근교 마을, 어머니의 집, 즉 니콜라이의 집 등에서 살았다. 사교계에서 젊은 베주호바 백작부인을 보는 일은 거의 없었고, 만난 사람들은 그녀에게 불만을 느꼈다. 그녀는 사랑스럽지도 친절하지도 않았다. 나타샤는 고독을 좋아하는 편은 아니지만(그녀는 자신이 고독을 좋아하는지 좋아하지 않는지 몰랐지만, 좋아하지 않는다고 생각했다), 임신하고 출산하고 아이를 키우고 줄곧 남편의 생활을 챙기다보니 사교계를 단념하지 않고는 이 요구들을 만족시킬 수 없었다. 결혼 전의 나타샤를 아는 사람들은 모두 그녀의 특별한 변화에 놀라움을 금치 못했다. 노백작부인만은 어머니의 직감으로 나타샤의 이 모든 돌발적인 언행이, 그녀가 오트라드노예에서 농담이라기보다 진지하게 외치곤 했듯이, 가정과 남편을 갖고 싶은 바람에서 비롯된 것임을 알았기 때문에 오히려 나타샤를 이해하지 못하는 사람들이 놀라는 것을 의아해했고, 자신은 나타샤가 모범적인 아내이자 어머니가 되리란 것을 언제나 알고 있었다고 반복해서 말했다.

"그애는 다만 남편과 아이들에게 지극히 자기 사랑을 바칠 뿐이에요." 백작부인은 말했다. "어리석어 보일 만큼이요."

나타샤는 똑똑한 사람들이 말하는, 특히 프랑스인들이 퍼뜨리는 금과옥조를 지키지 않았는데, 그것은 여자는 결혼한 뒤에도 방심하면 안 된다, 자기 재능을 버리면 안 된다, 처녀 때보다 더 외모를 가꿔야 한다, 결혼 전에 남편 이외의 사람을 매혹시킨 것처럼 남편을 매혹시켜야 한다는 것이었다. 나타샤는 이와 반대로 자신의 모든 매력을 단번에 내던졌고, 그중 가장 강렬한 매력은 노래였다. 그 매력이 너무도 강했기 때문에 그녀는 노래를 내던졌다. 그녀는 흔히 말하듯 방심해버렸다. 나타샤는 몸가짐과 말투의 우아함도, 자신을 가장 돋보이게 하는 포즈를 남편에게 보이는 것도, 옷차림도, 잔소리로 남편을 괴롭히면 안 된다는 것도 신경쓰지 않았다. 그녀는 이 금과옥조에 모두 반대되는 행동을 했다. 예전에 그녀의 본능이 사용하라고 가르쳐주었던 매력도 지금 남편의 눈에는 우스꽝스럽게 보일 뿐이라 생각했고, 첫 순간부터 온 마음을 다해 자신을 내주었기 때문에, 그에게 보이지 않고 남겨둔 곳은 한구석도 없었다. 그녀는 자신과 남편의 관계는 전에 그녀가 그에게 끌렸던 낭만적인 감정으로 유지되는 것이 아니라, 막연하긴 하지만 마치 자신의 정신과 육체의 관계같이 굳건한 다른 뭔가로 유지된다고 생각했다.

남편의 마음을 끌기 위해 머리를 말고, 로브론*을 입고, 연가를 부르는 것은 마치 자기만족을 위해 자기를 치장하는 일처럼 그녀에게는 기묘하게 생각되었을 것이다. 다른 사람들의 마음에 들기 위해 꾸민다면 어쩌면 그녀도 기분이 좋았을 수도 있었겠지만―그녀는 그것을 몰랐다―그녀는 그럴 겨를이 전혀 없었다. 그녀가 노래를 부르지 않고, 화장을 하지 않고, 말투에 신경쓰지 않았던 주된 이유는 그런 일을 할 시간이 전혀 없었기 때문이다.

주지하다시피, 인간은 아무리 사소한 일이라도 그것에 몰입할 수 있는 능력을 지니고 있다. 그리고 주지하다시피, 인간은 아무리 사소한

---

* 철사나 고래 뼈를 넣어 부풀린 후프스커트의 일종.

일이라도 그것에 주의를 집중하기만 하면 무한히 성장할 수 있다.

나타샤가 완전히 몰입한 대상은 가족, 떼려야 뗄 수 없이 자신에게 속하도록 붙들어야 할 남편, 그리고 그녀가 배고 낳고 키우고 교육해야 할 아이들이었다.

그녀가 자기 마음을 사로잡은 대상에게 이성이 아니라 온 존재 온 마음으로 몰두할수록 이 대상은 그녀의 관심 아래서 점점 더 자라고, 그럴수록 자신의 힘은 약하고 미미한 것처럼 느껴졌기 때문에 그녀는 그 일에 더욱 전력을 다했지만 그래도 역시 필요하다고 생각한 것을 전부 해낼 수는 없었다.

여성의 권리와 부부 관계, 부부의 자유와 권리 등에 대한 논쟁과 고찰은 오늘날과 같이 아직 문제라고까지 불리지는 않았지만, 예나 지금이나 똑같았다. 그러나 이 문제들은 나타샤의 관심을 끌지 못했을 뿐만 아니라, 결정적으로 그녀는 그것들을 이해하지도 못했다.

이 문제는 당시도 오늘날과 마찬가지로 결혼생활 속에 부부가 서로에게 주는 만족, 즉 결혼의 단면만을 보고, 가정 속에 내포된 전체의 의미를 알지 못하는 사람들에게만 존재하는 것이었다.

이 같은 고찰과 오늘날의 문제들은 어떻게 하면 식사에서 보다 큰 만족을 얻을 수 있느냐라는 문제와 같은 것이며, 식사의 목적이 영양이고, 부부생활의 목적이 가정인 사람들에게는 예나 지금이나 존재하지 않았다.

식사의 목적이 육체의 영양이라면, 한 번에 이 인분을 먹은 사람은 더 큰 만족을 느낄지도 모르지만, 위는 이 인분을 소화하지 못하므로 식사의 목적은 달성할 수 없다.

결혼의 목적이 가정이라면, 아내나 남편이 많은 사람은 더 큰 만족을 느낄지도 모르지만, 어떠한 경우에도 가정을 가질 수는 없다.

식사의 목적이 영양이고 결혼의 목적이 가정이라면, 위의 소화력 이상을 먹지 않는 것, 가정을 이루는 데 필요한 일부 또는 일처 이상의 아내와 남편을 갖지 않는다면 모든 문제는 해결된다. 나타샤는 남편이 필요했다. 남편이 생겼다. 남편은 그녀에게 가족을 주었다. 그래서 그녀는 더 나은 남편의 필요성을 느끼지 않았을 뿐만 아니라 이 남편과 가정에 봉사하는 데 온 마음을 쏟았기 때문에, 만일 이렇게 되지 않았다면 어땠을까 하는 것을 상상할 수 없고 그런 상상에 흥미를 가질 수도 없었던 것이다.

나타샤는 대체로 사교를 좋아하지 않았고 그만큼 마리야 백작부인, 오빠, 어머니, 소냐 등 일가붙이들을 더 소중히 생각했다. 머리가 헝클어지고 잠옷을 입은 그녀가 유쾌한 얼굴로 아이 방에서 징검징검 걸어나와, 녹색이 아닌 노란색 얼룩이 진 기저귀를 보일 때, 이제 아이가 많이 나았구나 하며 위로의 말을 해주는 사람들이 소중했다.

나타샤는 자신을 너무 돌보지 않게 되어버려, 옷도 머리 모양도 예모 없는 말도 질투도—그녀는 소냐에게도 가정교사에게도, 예쁘거나 못생겼거나 모든 여자에게 질투를 느꼈다—평소 주변 사람들의 농담거리가 되었다. 사람들의 공통된 견해는 피예르가 자기 아내 구둣발 밑에서 산다였고, 사실이 그랬다. 나타샤는 신혼 초부터 자신의 요구 사항을 분명히 밝혔다. 피예르는 그의 생활 일분일초까지도 아내와 가족의 것이라고 생각하는, 그에게는 너무도 생경한 아내의 견해에 몹시 놀라고 그녀의 요구 사항들에도 놀랐지만, 그런 요구들이 오히려 좋았고 하자는 대로 따랐다.

아내에게 쥐여 사는 피예르는 다른 여자에게 한눈파는 것은 고사하고 웃는 낯으로 이야기해서도 안 되고, 그저 시간을 때우려고 클럽에 식사하러 가서도 안 되고, 충동적으로 지출해서도 안 되고, 일하는 시간 외에는, 그중에는 그녀가 잘 알지는 못하지만 큰 중요성을 부여하는 학문 연구도 포함되었는데, 이 시간 외에는 장기간 집을 비워서도 안 되었다. 그 대신 피예르에게는 집안에서 자신은 물론 가족 전체를 마음대로 할 수 있는 권한이 있었다. 나타샤는 집안에서는 남편의 노예 같은 위치를 자처했고, 피예르가 서재에서 독서를 하거나 글을 쓸 때는 온 식구가 발끝으로 걸어다닐 정도였다. 피예르가 뭔가 원하는 기색만 보여도 언제든 원하는 대로 되었다. 그가 원하는 것을 말하면 나타샤는 곧 일어나 그것을 해주기 위해 달려갔다.

온 집안이 남편의 명령이라고 생각되는 것, 요컨대 나타샤가 알아채려고 애쓰는 피예르의 희망만으로 움직였다. 생활 방식, 생활 장소, 교제, 연락, 나타샤의 일, 자녀 교육 등 모든 것이 피예르의 의사대로 되었을 뿐만 아니라, 나타샤는 대화중에 표현되는 피예르의 생각에서 그 결과가 무엇일지 추측하려 했다. 그리고 그녀는 그가 원하는 것의 본질이 무엇인지 정확히 알아채고, 일단 그 선택은 굳게 지키려 했다. 피예르 본인이 그것을 바꾸려고 하면 나타샤는 그의 무기로 그와 싸웠다.

피예르는 영원히 잊을 수 없을 것처럼 괴로웠던 언젠가, 즉 태어난 첫애가 허약해 유모를 세 번이나 바꿔야 했고 절망한 나타샤가 결국 병까지 났을 때 그녀에게 루소의 사상을 들려주었는데, 유모를 쓰는 것이 자연스럽지 않은 일이고 해롭다는 루소의 주장에 피예르는 완전히 동감했다.* 다음 아이가 태어났을 때는 어머니도 의사들도 남편도 전례 없는 해로운 일이라며 모유 수유를 반대했지만, 그녀는 자기 의견을 꺾지 않고 그후로 아이들 모두에게 자기 젖을 물렸다.

꽤 자주 신경이 곤두서서 곧잘 상당히 오래가는 부부싸움도 했지만, 부부싸움을 끝내고 나면 피예르는 아내의 말뿐만 아니라 행동에서도 전에 그녀가 그토록 반대해서 다투기까지 했던 그 자신의 의견을 발견하고는 기쁘기도 하고 놀라기도 했다. 그는 같은 의견을 찾았을 뿐만 아니라, 그녀의 표현에서 자신이 흥분해서 다투다가 쓸데없이 덧붙인 모든 것이 제거되어 의견이 정제된 것도 알아챘다.

결혼 후 칠 년이 흘렀을 때 피예르는 자신이 나쁜 사람이 아니라는 것을 기쁜 마음으로 확신하게 되었다. 그는 자기 안에 좋고 나쁜 모든 것이 뒤섞여 있고 하나가 다른 것을 가리고 있다고 생각했었다. 그런데 그는 자기 자신의 반영을 아내에게서 보았고, 그녀에게는 그가 가진 오직 진실로 좋은 것만 반영되어 있었고, 전혀 좋지 못한 모든 것은 버려져 있었다. 그리고 그 반영은 논리적인 사색이 아니라 다른 것에서, 신비하고 직접적인 반영에서 생긴 것이었다.

11

두 달 전, 로스토프의 집에 머물던 피예르는 페테르부르크로 와달라

---

* 루소의 이 사상은 학생 에밀을 주인공으로 이상적인 교육에 대해 탐구한 『에밀 또는 교육론』에 나타나 있다.

는 표도르 공작의 편지를 받았는데, 피예르도 주요 창립자 중 하나인 어느 결사의 회원들이 주목하고 있는 중요한 문제를 논의한다고 했다.

남편에게 온 편지를 모두 읽는 나타샤는 이 편지를 읽자 남편이 집을 비우게 되는 건 괴롭지만 페테르부르크로 가라고 권했다. 남편의 지적이고 추상적인 일에 대해 전혀 이해하지 못하지만 그 대단한 중요성은 인정했기 때문에 그녀는 남편의 활동에 자신이 방해가 될까봐 늘 염려했다. 그녀는 편지를 다 읽은 피예르의 머뭇거리고 묻는 듯한 눈길에 꼭 가라고 대답했지만, 돌아오는 날을 분명히 정하라고 조건을 달았다. 그렇게 사 주의 휴가가 주어졌다.

이 주 전 피예르의 휴가가 끝났을 때부터, 나타샤는 끊임없는 두려움과 우울과 초조 상태에 빠져 있었다.

이 주 전부터 이곳에 머물던 퇴역 장군 데니소프는 현재의 상태에 불만을 느끼며, 한때 사랑했던 사람의 전혀 다른 초상을 보듯 놀라움과 슬픔을 품고 나타샤를 바라보았다. 우울하고 지루한 표정, 동문서답, 아이 방 이야기, 이것이 전에 매혹적이었던 마술사 아가씨에게서 보고 들은 전부였다.

나타샤는 줄곧 침울하고 초조한 상태였는데, 특히 어머니와 오빠, 소냐, 마리야 백작부인이 그녀를 위로하고 피예르를 변호하기 위해 귀가가 늦는 이유를 생각해내려고 애쓸 때 더욱 그랬다.

"전부 어리석고, 쓸모없어요." 그녀는 말했다. "그가 하는 생각은 전부 아무 도움도 안 되는 것이고, 전부 쓸데없는 모임들이에요." 그녀는 자신이 대단한 중요성이 있다고 굳게 믿었던 것에 대해서도 이렇게 말했다. 그러고는 하나뿐인 아들 페탸*에게 젖을 먹이러 아이 방으로 가버렸다.

생후 석 달 된 이 아기보다 나타샤에게 마음이 가라앉고 지당한 말을 해주는 사람은 없었고, 그녀는 자기 품에서 아기가 쿵쿵대고 입을 오물거릴 때 그런 기분을 느꼈다. 이 작은 생명은 이렇게 말하는 것 같았다. '너는 화가 나고, 질투를 느끼고, 그에게 복수하고 싶어하고, 무서워해. 그런데 내가 바로 그야. 내가 그야……' 이에 대해서는 대답할 말이 없었다. 그것은 진실 이상의 것이었다.

나타샤가 불안한 이 주 동안 너무 자주 이 아기에게 위안을 구하며 지나치게 보살피다 젖을 너무 먹인 바람에 아기는 병이 나고 말았다. 나타샤는 아기가 아픈 것이 두려웠지만 그것은 그녀에게 필요한 일이기도 했다. 아기를 돌보는 동안은 남편에 대한 불안감을 참기 쉬웠기 때문이다.

피예르의 마차가 마차 대는 곳으로 다가오는 소리가 들렸을 때 나타샤는 아기에게 젖을 먹이고 있었는데, 부인을 기쁘게 하는 법을 아는 유모가 얼굴을 환히 빛내며 발소리를 죽여 빠르게 방으로 들어왔다.

"돌아오셨어?" 잠든 아기가 깰까봐 움직이지 않으려 조심하며 그녀는 재빨리 속삭였다.

"돌아오셨어요, 마님." 유모는 속삭였다.

나타샤의 얼굴에 핏기가 돌고 다리가 저절로 움직였지만, 벌떡 일어나 달려갈 수는 없었다. 아기가 눈을 뜨고 쳐다보았다. '너 여기 있지' 하고 말하듯 아기는 다시 나른하게 입술을 오물거렸다.

＊페탸는 표트르(피예르)의 애칭으로 아버지 피예르와 동명이다. 부자가 동명인 경우는 러시아에 흔하다.

나타샤는 천천히 젖을 떼고 아기를 흔들어주며 유모에게 건네고 바빠 문 쪽으로 걸어갔다. 그러나 기쁜 마음에 성급히 갓난애를 떼놓은 것이 마음에 걸린 듯 문가에서 걸음을 멈추고 돌아보았다. 유모는 두 팔꿈치를 추켜들어 침대 난간 안쪽에 아기를 내려놓고 있었다.

"어서 가보셔야죠, 가보세요, 마님, 염려 마시고요, 가보세요." 유모와 여주인 사이에 흔한 다정한 어조로 유모는 싱글거리며 말했다.

나타샤는 가벼운 걸음걸이로 현관으로 달려갔다.

파이프를 물고 서재에서 홀로 나온 데니소프는 이때 비로소 그 옛날의 나타샤를 보았다. 밝고 빛나는 기쁨의 빛이 완전히 달라진 그 얼굴에서 급류처럼 흘러나왔다.

"돌아왔어요!" 나타샤가 달려가며 말하자, 데니소프는 그리 좋아하지도 않는 피예르의 귀가에 자신도 기쁜 마음이 드는 것을 느꼈다. 현관으로 달려간 나타샤는 슈바를 입은 키 큰 남자가 목도리를 푸는 것을 보았다.

'그야! 그야! 정말 왔어! 그가 돌아왔어!' 그녀는 속으로 중얼거리며 달려들어 그를 껴안고 가슴에 머리를 파묻었고, 조금 몸을 떼고, 수염이 하얗게 언 빨갛고 행복한 피예르의 얼굴을 쳐다보았다. '그래, 이 사람이야, 행복하고 만족스러운……'

갑자기 지난 이 주 동안 사무치게 느꼈던 모든 괴로움이 떠올랐고, 그러자 그녀의 얼굴에서 기쁨의 빛이 사라지며 원망과 노여움의 말이 격류처럼 피예르에게 쏟아졌다.

"그래요, 당신은 좋았겠지! 아주 즐거워 보이네요, 재미있었을 테니까…… 나는 어땠겠어요? 아이들만이라도 가엾게 생각해주면 좋겠어요. 나는 젖을 먹이는데, 젖이 나빠졌다고요. 하마터면 페탸가 죽을 뻔했어요. 그런데 당신은 혼자 즐겁군요. 그래요, 당신만 즐거워."

피예르는 더 빨리 돌아올 수 없었기 때문에 자기에게 잘못이 없다는 것을 알고 있었고, 그녀의 이런 폭발이 어처구니없지만 이 분쯤 지나면 가라앉는다는 것도 알았으며, 그리고 무엇보다 그는 자신이 명랑하고 행복한 기분을 느끼고 있다는 것을 알고 있었다. 그는 미소지으려 했지만 차마 그럴 엄두도 못 냈다. 그는 짐짓 애처롭고 깜짝 놀란 얼굴로 고개를 숙였다.

"돌아올 수가 없었어, 정말! 그런데 페탸가 어떻다고?"

"지금은 괜찮아요, 자, 가요. 당신은 염치도 없어! 당신이 없는 동안 내가 얼마나 고생했는지 당신이 봤어야 하는데……"

"당신 건강은 괜찮아?"

"가요, 가." 나타샤는 남편의 손을 놓지 않고 말했다. 두 사람은 자기들 방으로 갔다.

니콜라이 부부가 찾아왔을 때 피예르는 아이들 방에서 잠에서 깬 갓난애를 큼직한 오른손바닥에 올려놓고 어르고 있었다. 아직 이가 나지 않은 갓난애의 넓적한 얼굴에 기쁜 미소가 사라지지 않았다. 폭풍우는 이미 오래전에 지나가고 감동한 듯 남편과 아기를 바라보는 나타샤의 얼굴에는 밝고 기쁜 태양이 빛나고 있었다.

"그런데 표도르 공작과 이야기한다던 것은 잘됐어요?" 나타샤는 말했다.

"응, 잘됐어."

"봐요, 잘 가누죠(나타샤는 갓난애의 머리에 대해 말했다). 그런데

요전엔 이애 때문에 얼마나 놀랐는지 몰라!"

"공작영애는 만났어요? 그녀가 연애하고 있다는 게 사실이에요?"

"응, 너무 놀랍지만……"

그때 니콜라이와 마리야 백작부인이 들어왔다. 피예르는 아들을 안은 채 몸을 구부려 니콜라이 부부에게 키스하고, 그들의 질문에 대답했다. 꼭 이야기해야 할 흥미로운 화제가 많았지만, 피예르는 실내모를 쓴 머리를 근들거리는 갓난애에게 온통 주의를 빼앗긴 듯했다.

"정말 귀여워!" 마리야 백작부인은 갓난애를 들여다보고 어르며 말했다. "난 정말 이해 못하겠어요, *니콜라.*" 그녀는 남편을 돌아보며 말했다. "당신은 어째서 이런 기적 같은 훌륭한 기쁨을 모르는지."

"모르겠어, 그렇게 생각되지가 않아." 니콜라이는 냉담한 눈으로 아기를 들여다보며 말했다. "그저 살덩이일 뿐. 가지, 피예르."

"그렇긴 하지만 자상한 아버지예요." 마리야 백작부인이 남편을 변호하듯 말했다. "다만 한 살은 지나야만……"

"오빠하고는 다르게 피예르는 정말 아이를 잘 돌봐요." 나타샤가 말했다. "자기 손은 갓난애 엉덩이 얹기에 좋다나. 좀 봐요."

"뭐, 그것만이 아니지." 피예르는 갑자기 껄껄대며 말하더니 아기를 고쳐 안아 유모에게 건넸다.

12

모든 착실한 가정이 그렇듯 리시예 고리의 집에서도 몇 개의 전혀 다른 세계가 저마다 고유의 개성을 지키고 서로 양보하며 조화된 하나의 전체에 융합되어 함께 살아가고 있었다. 집안에서 일어나는 사건은 이 모든 세계의 각자에게—기쁘거나 슬프거나—전부 중요했지만, 개개의 세계는 하나의 사건에 대해 기뻐하고 슬퍼하는 데 다른 사람들로부터 독립된 이유를 가지고 있었다.

그러므로 피예르의 귀가는 기쁘고 중요한 일이었고, 모든 가족들에게 영향을 주었다.

하인들은 말이나 감정 표현이 아니라 행동과 생활 방식으로 주인을 판단하기 때문에 주인에게 가장 정확한 재판관인 셈인데, 그들은 피예르가 있으면 백작이 매일같이 농사일을 둘러보러 나가지도 않고, 또 한층 쾌활하고 친절해진다는 것을 알았고, 게다가 축일에는 모두가 값비싼 선물을 받게 된다는 것을 알았기 때문에 그의 귀가를 기뻐했다.

아이들과 여자 가정교사들이 베주호프의 귀가를 기뻐했던 것은 피예르만큼 그들을 공동의 생활로 이끌어 누리도록 해주는 사람이 없었기 때문이다. 그가 말했듯 어떤 무도에도 맞는 에코세즈(그가 연주할 수 있는 유일한 곡)를 클라비코드로 칠 수 있는 사람도 피예르뿐이었고, 게다가 그는 모두의 선물을 가져왔을 것이었다.

올해 열다섯 살 소년이 된 황갈색 곱수머리에 아름다운 눈을 가진 야위고 병약하고 영리한 니콜렌카도 자신이 피예르 아저씨라 부르는 그가 열렬한 경애의 대상이었으므로 귀가를 기뻐했다. 니콜렌카에게 피예르에 대한 특별한 애정을 불어넣은 사람도 없었고, 둘은 만난 일도 별로 없었다. 다만 니콜렌카의 양육자인 마리야 백작부인이 자신이 남편을 사랑하는 만큼 니콜렌카도 그를 좋아하게 하려고 갖은 노력을 기울었고 또 그렇게 되었지만, 니콜렌카는 그렇게 사랑하는 방식에는 가벼운 멸시를 품었다. 니콜렌카는 피예르를 숭배했다. 니콜렌카는 니콜라이 숙부 같은 경기병이나 게오르기 훈장을 단 용사가 되기보다 피예르처럼 학자이며 지혜롭고 선량한 사람이 되고 싶었다. 피예르와 함께 있을 때면 니콜렌카의 얼굴은 언제나 기쁨으로 빛났고, 그가 말을 걸면 얼굴이 빨개지고 숨이 거칠어졌다. 니콜렌카는 피예르가 하는 말을 한 마디도 놓치지 않고 나중에 데살과 함께, 혹은 혼자서 한마디 한마디를 떠올리며 그 뜻을 이해하려고 했다. 피예르의 과거의 생활, 1812년까지의 불행(니콜렌카는 그에게 들은 말로 막연한 시적 상상을 했다), 모스크바에서의 모험, 포로생활, 플라톤 카라타예프(피예르에게 들은 적이 있었다), 나타샤에 대한 사랑(소년 또한 나타샤를 특별한 감정으로 사랑했다), 그리고 무엇보다 중요한, 니콜렌카는 기억하지 못하는 자기 아버지와의 우정—이 모든 것이 니콜렌카의 눈에 피예르를 영웅이자 성자처럼 비치게 했다.

죽은 아버지와 나타샤에 관한 단편적 이야기, 아버지에 대해 말할 때 피예르의 흥분한 모습, 또 아버지에 대해 말하는 나타샤의 신중하고 경건하고 상냥한 태도에서 겨우 사랑을 상상하기 시작한 소년은 아버지가 나타샤를 사랑했고 임종 때 친구에게 유언으로 그녀를 부탁하는 상상을 만들어냈다. 이 소년의 기억에 남아 있지 않은 아버지는 상상도 할 수 없으리만큼 신성한 존재, 가슴 두근거리고 슬픔과 기쁨의 눈물을 흘리지 않고는 생각할 수 없는 존재였다. 그래서 소년도 피예르의 귀가에 행복했다.

손님들은 언제나 어떠한 모임도 활기차게 해주고 모두를 융화시켜

주는 사람으로서 피예르의 귀가를 반겼다.

집안의 어른들은, 그의 아내는 두말할 것도 없이, 그들의 생활을 가볍고 평온하게 만들어주는 이 벗의 귀가를 반겼다.

노부인들은 그가 가져다준 선물에 기뻐했고, 무엇보다 나타샤가 다시 활기를 띠자 기뻐했다.

피예르는 자신에 대한 서로 다양한 세계들의 다양한 시각들을 알아채고, 각자가 기대하는 것을 주기 위해 안달했다.

주의가 몹시 산만하고 잘 잊어버리는 피예르가 이번에는 아내가 만들어준 목록대로, 어머니와 처남이 부탁한 것도, 벨로바에게 선물할 옷감도, 조카들의 장난감도 모두 잊지 않고 사왔다. 신혼 초 피예르는 그가 살 수 있는 것은 모두 잊지 말고 반드시 사와야 한다는 아내의 요구가 이상했는데, 결혼 후 그가 처음으로 여행을 갔다가 사오라고 한 물건을 까맣게 잊고 돌아오자 아내는 심각한 슬픔에 휩싸였다. 그러나 나중에는 그도 익숙해졌다. 나타샤가 자기 것은 아무것도 부탁하지 않고, 남을 위한 것도 피예르가 먼저 말을 꺼낼 때만 부탁한다는 것을 그는 알고 있었지만 지금은 온 집안사람을 위해 선물을 사는 일에서 자기도 모르게 어린애 같은 기쁨을 발견하게 되어 결코 한 사람도 잊지 않았다. 만약 그가 나타샤에게 비난받는 일이 있다면, 너무 비싼 것을 사거나 너무 많이 샀을 때뿐이었다. 대다수의 눈에 비치는 피예르의 몇 가지 단점, 그러나 그는 품성이라고 말하는 것들, 즉 몸가짐이 단정치 못한 것이나 옷매무새가 지저분한 것 외에 나타샤는 그에게 또 한 가지 인색이라는 것을 추가했다.

피예르는 막대한 지출을 요하는 가족을 거느리고 대저택에서 생활하기 시작한 이래, 오히려 생활비가 전에 비해 절반으로 줄어들고, 최근 특히 전처의 부채 때문에 심각했던 재정이 회복된 것을 알아채고 놀랐다.

생활비가 줄어든 것은 생활의 구속이 있었기 때문인데, 그는 언제든 바꿀 수 있는 방식의 몹시 사치스러운 생활을 이미 접었고, 그럴 마음도 없었다. 그는 자신의 생활 방식이 영구적으로 죽을 때까지 굳어졌고 자신의 힘으로 바꿀 수 없다고 느꼈으므로 생활에 별로 돈이 들지 않았다.

미소를 머금은 밝은 얼굴로 피예르는 자신이 사 온 물건을 정리했다.

"어때!" 그가 가게 주인처럼 꽃무늬 옷감을 펼치며 말했다. 나타샤는 맏딸을 무릎에 앉히고 반짝이는 눈을 빠르게 번갈아 옮기면서 그의 맞은편에 앉아 있었다.

"이건 벨로바 거죠? 훌륭해요." 그녀는 옷감을 만지며 품평했다.

"1루블씩은 할 텐데, 그렇죠?"

피예르는 가격을 말했다.

"비싸요." 그녀는 말했다. "아, 어머니들이 아이들처럼 기뻐하시겠네. 하지만 내 걸 사 올 필요는 없었는데." 나타샤는 요즘 유행하기 시작한 진주알을 박은 금제 빗을 감탄의 눈길로 미소를 참지 못하고 바라보며 말했다.

"아델에게 넘어갔어, 사라고 자꾸만 권해서." 피예르는 말했다.

"내가 이걸 언제 꽂겠어요?" 그녀는 땋은 머리에 빗을 꽂아보았다. "마셴카를 사교계에 데리고 나갈 때나 하겠지, 그때쯤 다시 유행할지도 몰라요. 자, 가요."

선물을 챙기자 그들은 아이들 방에 들렀다가 백작부인에게 갔다.

피예르와 나타샤가 꾸러미를 들고 객실로 들어갔을 때, 백작부인은 여느 때처럼 벨로바와 앉아 그랑 파시앙스*를 하고 있었다.

백작부인은 이미 예순이 넘었다. 머리는 완전히 하얗게 세고, 주름 잡힌 리본으로 얼굴 전체를 감싸는 실내모를 쓰고 있었다. 얼굴에는 주름이 가득하고, 입술은 처지고 눈은 흐릿했다.

그토록 급격히 아들과 남편을 잇달아 잃은 이래 그녀는 자신을 아무 목적도 의미도 없이 이 세상에서 불의에 망각된 존재라 느끼고 있었다. 그녀는 먹고 마시고 자고 깼지만, 살고 있지 않았다. 삶은 이제 그녀에게 아무런 인상도 주지 않았다. 그녀는 평안 외에 삶에서 아무것도 필요하지 않았고, 그것은 죽음으로 찾게 될 것이었다. 그러나 죽음이 찾아오기 전까지는 자신의 시간과 생명력을 쓰며 살아가야만 했다. 그녀에게서는 아주 어리거나 아주 늙은 사람에게서 보이는 것이 뚜렷이 보였다. 그녀의 삶에는 외적인 목표가 보이지 않았고, 다만 여러 가지 기호와 능력을 발산하려는 욕구만 보였다. 그녀는 먹고, 자고, 생각하고, 말하고, 울고, 일하고, 화를 내곤 했는데, 그것은 그녀에게 위와 뇌와 근육과 신경과 간장이 있어서일 뿐이었다. 생활력이 왕성한 사람들은 자신이 지향하는 목적을 위해 행동하며 힘을 쓰는 자체의 목적은 알아채지 못하는 법인데 그녀의 행동은 이와 달리 외적인 동기가 없었다. 그녀가 말을 하는 것은 폐와 혀를 움직이는 것이 생리적으로 필요하기 때문이었다. 어린애처럼 우는 것도 코를 풀 필요가 있기 때문이

---

* 파시앙스는 보통 혼자서 하는 카드점으로, 둘 이상일 때는 그랑 파시앙스라고 한다.

었고, 다른 것들도 그러했다. 생활력이 왕성한 사람에게 목적으로 생각되는 것이 그녀에게는 분명 하나의 구실에 지나지 않았다.

그래서 그녀는 매일 아침, 특히 전날 밤 기름진 음식을 먹었을 때는 화내고 싶은 욕구를 느꼈고, 그럴 때 벨로바의 귀가 잘 들리지 않는다는 가장 좋은 구실을 택했다.

그녀는 방 한구석에서 벨로바에게 나직한 목소리로 이야기하기 시작했다.

"오늘은 좀 따뜻한 것 같군요, 사랑하는 친구여." 그녀가 속삭였다. 그리고 벨로바가 "네, 돌아오셨네요" 하고 대답하자, 그녀는 화를 내며 말했다. "세상에, 어쩜 이렇게 귀머거리에 바보일까!"

또다른 구실은 코담배였는데 그녀에게 그것은 너무 말랐거나, 눅눅하거나, 잘 안 갈린 것이었다. 이렇게 화를 낸 뒤에는 얼굴까지 담즙이 퍼졌기 때문에, 하녀들은 언제 또 벨로바가 귀머거리가 될지, 언제 또 코담배가 눅눅할지, 언제 또 백작부인의 얼굴이 노래질지 알았다. 담즙을 처리할 필요가 있는 것과 마찬가지로 때로는 남아 있는 다른 능력을 써야 할 필요가 있었는데, 그 구실은 파시앙스였다. 울 필요가 있을 때는 죽은 백작이 구실이 되었다. 걱정할 필요가 있을 때는 니콜라이와 그의 건강이, 독설할 필요가 있을 때는 마리야 백작부인이 구실이 되었다. 발성기관을 움직일 필요가 있을 때는—대개는 어두운 방에서 식사를 마치고 소화시키기 위해 휴식을 취하는 여섯시 이후에—언제나 이야기도 똑같고 듣는 사람도 똑같은 이야기가 구실이 되었다.

노부인의 이러한 상태에 대해서는 결코 아무도 입 밖에 내지 못했지만 집안의 모두가 알았고, 그들은 그녀의 욕구를 만족시키기 위해 갖은 노력을 다했다. 이따금 니콜라이와 피예르와 나타샤와 마리야 사이에 주고받는 시선과 쓸쓸한 미소 속에 그녀의 상태에 대한 서로의 이해가 나타날 뿐이었다.

그러나 그 시선은 그 밖에도 그녀는 이미 이 세상에서 할 일을 다 한 사람이라는 것, 지금 눈앞에 보이는 그녀의 모습이 이미 그녀의 온전한 전부가 아니라는 것, 우리도 모두 언젠가는 저렇게 되리라는 것, 전에는 우리와 마찬가지로 소중하고 생명력에 차 있었지만 지금은 가엾은 존재가 되어버린 그녀를 위해 기꺼이 순종하고 되도록 자신들을 억제해야 한다고 말하고 있었다. 메멘토 모리―그들의 시선은 이렇게 말하고 있었다.

다만 온 집안사람 가운데 아주 성질이 못되거나 머리가 나쁜 사람, 혹은 아이들은 이것을 이해하지 못하고 그녀를 피했다.

13

피예르가 아내와 함께 객실에 왔을 때 백작부인은 그랑 파시앙스라는 지적 활동으로 마음을 채운다는 여느 때의 욕구 상태에 있었고, 그래서 그녀는 피예르와 아들이 돌아왔을 때도 언제나처럼 "늦었군, 늦었군, 이보게, 모두 기다렸어. 그래, 고맙네" 하고 말하고, 선물을 받을 때도 언제나처럼 "고마운 건 선물이 아니야, 이보게. 이런 늙은이에게도 주려는 마음이지……" 하고 판에 박힌 말을 하긴 했지만, 이때 백작부인은 막 시작한 그랑 파시앙스를 하는 데 방해가 되었기 때문에 분명 피예르의 귀가를 반기지 않는 듯했다. 그녀는 파시앙스가 끝나자 비로소 선물을 집어들었다. 선물은 멋진 세공이 있는 카드케이스와 양치는 여자가 그려진 뚜껑이 있는 선명한 파란색의 세브르산 찻잔, 피예르가 페테르부르크에서 세밀화가에게 주문 제작한 백작의 초상이 든 금제 코담뱃갑이었다. (백작부인은 전부터 이것을 원했다.) 그녀는 지금은 별로 울고 싶지 않았으므로 무심히 초상을 보기만 했고, 카드케이스에 더 관심을 가졌다.

"고맙네, 이보게, 날 위로해줘서." 그녀는 언제나처럼 말했다. "그러나 무엇보다 기쁜 건 무사히 돌아왔단 거야. 안 그랬으면 정말 어떻게 됐을지 몰라. 자네 아내를 혼내줘야겠어. 무슨 소리냐고? 자네가 없으니까 머리가 이상해진 것 같았거든. 눈에 들어오는 것도 없고, 머리에 들어오는 것도 없고." 그녀는 판에 박힌 말을 늘어놓았다. "봐요, 안나 티모페예브나" 하고 그녀는 덧붙였다. "이이가 이렇게 훌륭한 카드상자를 사다줬어요."

벨로바는 선물에 대해 칭찬하고 자기가 받은 옷감에도 감탄했다.

피예르도, 나타샤도, 마리야도, 데니소프도 할 이야기가 많아도 노백작부인 앞에서는 하지 않았는데, 백작부인에게 감추는 것이 아니라 그녀가 너무 뒤떨어져서 무슨 말을 시작했다가는 엉뚱한 때 꺼내는 질문에 일일이 답해야 하고, 이미 지금까지 수차례 되풀이했던 이야기를 또다시 하면서 누구누구는 죽었다, 누구누구는 결혼했다 등등 어차피 그녀가 새로 기억하지도 못할 이야기를 다시 해야 하기 때문이었지만, 그들은 여느 때처럼 객실 탁자의 사모바르를 둘러싸고 앉았고, 피예르는 노백작부인 자신에게조차 필요 없고 아무에게도 흥미가 없는 그녀

의 질문에 대답하며 바실리 공작은 늙었다, 마리야 알렉세예브나 백작
부인이 안부를 전해달라고 했다, 기타 등등을 기억하고 있다고 이야기
했다……

아무에게도 흥미가 없지만 말하지 않을 수 없는 이야기가 차를 마
시는 동안 계속되었다. 소냐가 시중드는 사모바르가 있는 탁자 둘레에
집안의 어른들이 모두 모여 있었다. 아이들과 남녀 가정교사들과 보모
들은 이미 차를 다 마셨고, 옆방인 소파가 있는 방에서 그들의 목소리
가 들려왔다. 모두가 다탁 앞 평소 앉던 자리에 앉았고, 니콜라이만 페
치카 옆 작은 탁자에 자리잡더니 그곳으로 차를 가져오게 했다. 얼굴
털이 완전히 하얘져 커다란 검은 눈이 더 두드러지는 늙은 첫번째 밀
카의 딸인 보르조이 암캐 밀카가 그의 옆 안락의자에 누워 있었다. 고
수머리도 콧수염도 구레나룻도 이미 반백이 된 데니소프는 장군복 단
추를 푼 채 마리야 백작부인 옆에 앉아 있었다. 피예르는 아내와 노백
작부인 사이에 자리잡고 있었다. 그는 노백작부인도 관심을 가지고 이
해할 만한 것을—그는 그것을 알았다—이야기했다. 외부 세상에서 일
어난 사건들과, 전에는 노백작부인과 동세대의 활동적이고 활기 있는
독립된 그룹을 이루었던, 그러나 지금은 대부분 사방으로 흩어져 그녀
처럼 과거에 뿌렸던 것의 이삭을 주우며 여생을 보내는 사람들 이야기
였다. 그녀는 이 동세대의 사람들만을 진실하고 참된 세계로 보았다.
피예르의 활기찬 태도로 미루어 나타샤는 그의 여행이 흥미로웠다는
것과, 그가 하고 싶은 이야기가 많지만 노백작부인 앞이라 말을 삼간
다는 것을 알아챘다. 가족이 아닌 데니소프는 피예르의 조심성을 이해
하지 못했고, 게다가 원래 그는 불평가인데다 페테르부르크에서 일어

나는 일에 비상한 흥미를 가지고 있었기 때문에 최근 세묘놉스키 연대
에서 일어난 사건과 아락체예프와 성서공회*에 관한 이야기로 피예르
를 계속 끌어들이려 했다. 피예르는 이따금 끌려들어 말을 했지만, 니
콜라이와 나타샤가 이반 공작과 마리야 안토노브나 백작부인의 건강
이야기로 그의 이야기를 되돌렸다.

"뭐, 모두 정신 나간 이야기지, 고스너**도 타타리노바***도." 데니소프
가 말했다. "정말 그런 것이 아직 계속되고 있나?"

"계속되고 있느냐고?" 피예르는 외쳤다. "전보다 더 맹렬하네. 성서
공회는 지금 정부 그 자체지."

"그게 무슨 말인가, *이보게?*" 차를 다 마시고 음식 섭취 이후 화낼
구실을 찾고 있었던 듯이 노백작부인이 물었다. "무슨 말인가, 정부라
니, 나는 모르겠는데."

"네, 그건 말입니다, *어머니*" 하고 어머니의 말을 어떻게 번역해야
하는지 잘 아는 니콜라이가 끼어들었다. "알렉산드르 니콜라예비치 골
리친 공작이 무슨 단체를 만들었는데, 지금 대단한 세력을 떨치고 있
다는 겁니다."

"아락체예프와 골리친" 하고 피예르는 부주의하게 말했다. "이것이

---

* 그리스도복음을 세계 각국에 전파하기 위해 각국어로 번역된 성서를 출판 배포하는 것
을 목적으로 하는 초교파적 기관. 러시아에서는 1812년에 창설되었고, 1820년 이후 탄압
받았다.
** J. E. 고스너(1773~1858). 독일 신학자이자 설교사. 1820~1824년 성서공회 회장을
지냈다.
*** E. F. 타타리노바(1783~1856). 러시아 신비주의자. 1817년 '정신동맹'을 창설했고,
이들의 집회는 광신적 경향을 띠었다.

지금은 정부 그 자체란 말이지. 그것도 대단한! 그들은 모든 것에서 음모를 보고, 모든 것을 두려워하고 있어."

"아니, 알렉산드르 니콜라예비치 공작이 무슨 나쁜 짓을 했다는 거지? 그는 훌륭한 사람이야. 나는 전에 마리야 안토노브나 댁에서 종종 그 사람을 만났었어." 노백작부인은 화가 나서 말했고, 모두 아무 말도 않자 더욱 화가 난 듯 말을 이었다. "요즘은 누구에 대해서나 평가를 하는구나. 성서공회가 대체 어디가 나쁘다는 거냐?" 그녀는 말하고 나서 일어섰고(모두가 일어섰다), 엄격한 얼굴로 소파가 있는 방의 자기 탁자 쪽으로 헤엄치듯 걸어갔다.

고인 듯한 침울한 침묵을 뚫고 옆방에서 아이들 웃는 소리와 말소리가 들려왔다. 아이들에게 분명 즐거운 소동이 일어난 듯했다.

"됐어, 됐어!" 작은 나타샤의 즐거운 외침 소리가 많은 목소리 속에서 들렸다. 피예르는 마리야 백작부인과 니콜라이와 눈짓을 주고받고 (그는 줄곧 나타샤를 보고 있었다) 행복하게 미소지었다.

"이것이야말로 훌륭한 음악이지!" 그는 말했다.

"안나 마카로브나가 양말을 다 떴나봐요." 마리야 백작부인이 말했다.

"오, 가볼까." 피예르가 일어서며 말했다. "그런데 말이야," 그는 문가에서 발을 멈추고 말했다. "내가 왜 저 음악을 특히 좋아하는지 아나? 내게 만사가 괜찮다고 가장 먼저 알려주는 게 저것이기 때문이야. 오늘 집에 돌아올 때 나는 집이 가까워질수록 점점 걱정이 됐어. 그런데 현관방에 들어서자마자 안드류샤의 떠들썩한 웃음소리가 들렸어. 그래, 만사가 다 괜찮구나, 이런 뜻이지……"

"나도 그 기분을 알아." 니콜라이가 맞장구쳤다. "하지만 내 양말은 깜짝 선물로 만드는 거라 난 갈 수 없어."

피예르가 아이들에게 가자, 웃음과 외침 소리가 한층 커졌다. "자, 안나 마카로브나" 하는 피예르의 목소리가 들렸다. "여기, 이 가운데, 내가 하나 둘 하고 호령할 테니까, 셋 하면 넌 여기 서는 거야. 너는 안 아주마. 자. 하나, 둘……" 피예르의 목소리가 들리고, 침묵이 흘렀다. "셋!" 그러자 방에서 아이들의 신난 함성이 들렸다.

"두 개다, 두 개다!" 아이들이 소리쳤다.

그것은 안나 마카로브나가 자기만의 비법으로 한 벌의 뜨개바늘로 동시에 뜬 양말 두 짝이었는데, 뜨개질이 끝난 안나 마카로브나가 아이들 앞에서 언제나처럼 뽐내는 모습으로 양말 한 짝 속에서 다른 한 짝을 꺼내 보였던 것이다.

14

그러고서 곧 아이들은 밤 인사를 하러 들어왔다. 아이들은 서로 모두 키스하고 남녀 가정교사들은 인사하고 나갔다. 데살과 그의 제자만 남자. 가정교사는 제자에게 아래층으로 내려가자고 말했다.

"아니요, 므시외 데살, 저는 고모에게 여기 있게 해달라고 부탁할 거예요." 니콜렌카 볼콘스키는 작은 목소리로 속삭였다.

"고모, 여기 있게 해주세요." 니콜렌카는 고모에게 다가가 말했다. 그의 얼굴은 애원과 흥분과 환희의 빛을 띠고 있었다. 마리야 백작부인은 그를 보더니 피예르 쪽으로 돌아섰다.

"당신이 여기 있으면 이애는 떨어지질 않아요……" 그녀는 피예르에게 말했다.

"내가 곧 데려가겠소, 므시외 데살. 잘 자요." 피예르는 스위스인에게 손을 내밀며 말하고, 미소를 머금은 얼굴을 니콜렌카에게 돌렸다. "너와는 정말 오랜만이구나. 마리, 꼭 닮아가는데." 그는 마리야 백작부인을 돌아보며 덧붙였다.

"아버지하고요?" 소년은 새빨개지며 말하고 환희에 빛나는 눈으로 피예르를 올려다보았다. 피예르는 고개를 끄덕여 보이고는 아이들 때문에 중단되었던 이야기를 계속했다. 마리야 백작부인은 수를 놓는 바탕천 위에서 손을 움직이고, 나타샤는 눈도 떼지 않고 남편을 바라보았다. 니콜라이와 데니소프는 파이프를 가져오라고 해 피우기도 하고, 사모바르 뒤에 쓸쓸한 듯 꼼짝도 않고 앉아 있는 소냐에게 차를 청하기도 하며 피예르에게 이것저것 물었다. 고수머리의 허약한 소년은 눈을 반짝이며 누구의 눈에도 띄지 않게 구석에 앉아, 이중 칼라 위로 빠져나온 가는 목 위의 고수머리를 피예르 쪽으로 돌리고는 새롭고 강렬한 감정을 경험하는 듯 이따금 몸을 떨기도 하고 혼자 중얼거리기도 했다.

대화는 대부분의 사람들이 국내 정치에서 가장 주요 관심사로 생각하는 당시 정계 수뇌들 사이의 소문에서 맴돌았다. 공직에서 실각해 정부에 불만을 품고 있던 데니소프는 자신이 생각하기에 지금 페테르부르크에서 일어나는 어리석은 일에 대해 기쁜 듯이 들으면서 신랄하고 거친 표현으로 피예르의 이야기에 의견을 달았다.

"전에는 독일인이 아니면 안 된다고 하더니, 지금은 타타리노바나 마담 크류드네르*와 춤을 춰야 하고** 에카르츠하우젠***인가 하는 패들의 것을 읽어야 한단 말이군. 오! 보나파르트를 다시 풀어주고 싶을 지경이야! 그자라면 이런 바보 같은 짓은 때려부술 텐데. 대체 시바르츠****같은 일개 병졸 출신에게 세묘높스키 연대를 맡긴다는 게 말이 되나?" 그는 소리쳤다.

니콜라이는 데니소프처럼 모든 것을 나쁘다고 할 마음은 없었지만 그래도 정부를 비판하는 것을 아주 가치 있고 중요한 일로 여겼고, A가 어느 성(省)의 대신에 임명되었다느니, B가 어느 도의 총독이 되었다느니, 황제가 무슨 말을 하고 대신이 무슨 말을 했다는 것을 아주 중요하게 생각했다. 그래서 그는 이 같은 일에 관심을 가질 필요가 있다고 생각하고 피예르에게 이것저것 묻고 있었다. 이 두 사람이 상대에게 하는 질문 때문에 화제는 정계 수뇌들 사이의 소문이라는 몹시 진부한 성격에서 벗어나지 못했다.

그러나 남편의 사상과 태도를 속속들이 아는 나타샤는 피예르가 일부러 페테르부르크까지 가서 새로운 벗인 표도르 공작과 상의했던 그의 마음속 사상에 관한 이야기로 화제를 돌리고 싶으면서도 그러지 못하고 있다는 것을 알아채고, 표도르 공작과의 이야기는 어떻게 되었느냐는 질문으로 남편을 거들었다.

---

* B. 크류드네르(1764~1825). 독일 신비주의자, 작가.
** 신비주의자 일파가 도취경과 예언력을 만들기 위해 맹렬한 춤을 춘 것을 빗댐.
*** K. 에카르츠하우젠(1752~1803). 독일 신비주의자, 작가.
**** F. E. 시바르츠(?~1869). 1797년 입대해 십 년 후에 대령, 1820년에 세묘높스키 연대장이 되었으나 부하들의 큰 반발을 샀고, 이는 1825년 데카브리스트(십이월당원) 혁명의 전조가 되었다.

"그게 무슨 말인가?" 니콜라이가 물었다.

"언제나 똑같은 이야기지." 피예르는 주위를 둘러보며 말했다. "이제 정말 사태는 내버려두지 못할 정도로 악화되었기 때문에 될 수 있는 한 저항하는 것이 정직한 사람들 모두의 의무라는 걸 누구나 알고 있어."

"정직한 사람들이 대체 무슨 일을 할 수 있다는 건가?" 니콜라이는 가볍게 찌푸리며 말했다. "무슨 일을 할 수 있지?"

"그것은……"

"서재로 갈까." 니콜라이가 말했다.

젖을 먹일 시간이라고 유모가 부르러 올 거라고 진작부터 생각하던 나타샤는 유모가 부르자 아이 방으로 갔다. 마리야 백작부인도 함께 갔다. 남자들은 서재로 갔고, 니콜렌카 볼콘스키는 고모부 눈에 띄지 않게 서재로 들어가 창가에 가까운 그늘진 책상 옆에 앉았다.

"그럼 자네는 어떻게 할 생각인가?" 데니소프가 말했다.

"영원한 환상이야." 니콜라이가 말했다.

"그건" 하고 피예르는 앉지도 않고 방안을 걸었다 멈췄다 하고 어눌한 발음으로 급한 손짓을 하며 말하기 시작했다. "그건 이런 거야. 페테르부르크의 상황을 말하자면, 폐하는 어떠한 것에도 관여하지 않고 계시네. 신비주의에 완전히 빠지셨지(지금 피예르는 누가 됐건 신비주의를 용서하지 않았다). 그는 다만 평안만을 찾지만, 폐하에게 평안을 줄 수 있는 건 모든 것을 베어버리고 목 졸라 죽이는 양심도 없고 *파렴치한 인간들*뿐이야. 마그니츠키, 아락체예프, *그런 인간들*…… 자네가 만일 직접 영지 경영을 하지 않고 안정만을 원한다면, 자네 관리인이 가혹할수록 자네 목적은 쉽게 이루게 될 거라는 데 동의하나?" 그는 니콜라이에게 얼굴을 돌리고 말했다.

"음, 그런데 왜 그런 말을 하지?" 니콜라이가 말했다.

"그래, 모든 것이 파멸하고 있어. 재판소에는 횡령, 군대에는 행진교련이다 둔전병*이다 하며 몽둥이가 있을 뿐이고, 국민을 괴롭히고, 계몽을 압살하고 있어. 젊은 사람은, 성실한 사람은 결국 파멸이야! 이 상태로 계속 갈 수 없다는 것은 모두가 알고 있어. 모든 게 지나치게 긴장되어 분명 끊어져버릴 거야." 피예르는 말했다(정부라는 것이 존재한 이래, 어떤 정부가 되었든 그 행동을 주시하며 사람들이 항상 하는 말이었다). "나는 페테르부르크에서 그들에게 한마디해줬어."

"누구에게?" 데니소프가 물었다.

"응, 자네들도 알 거야." 피예르는 의미심장하게 눈을 치켜뜨며 말했다. "표도르 공작과 그 일파지. 계몽과 자선을 경쟁하는 것**은 좋아. 목적도 훌륭하고 다 좋지만, 지금의 상황에 필요한 건 다른 거야."

이때 니콜라이는 조카의 존재를 알아챘다. 그는 표정이 어두워지며 그 옆으로 다가갔다.

"너는 왜 여기 있지?"

"왜 그러나? 놔두게." 피예르는 니콜라이의 손을 잡고 말한 후 이야기를 계속했다. "나는 그것만으로는 아직 충분하지 않다고, 지금 우리에게 필요한 건 다른 거라고 말했네. 멍하니 서서 팽팽히 당겨진 활이

* 변경에 머무르며 평상시에는 농사를 짓는 병사.
** 데카브리스트들의 비밀결사 '복지동맹'과 관련된 러시아문학자유애호가협회(1818~1825)의 월간지 『계몽과 자선의 경쟁자』의 주요 표어.

끊어지는 순간을 기다리는 동안, 모두가 피할 수 없는 격변이 닥치기를 기다리는 동안, 되도록 많은 사람이 단단히 손을 맞잡고 사회 전체의 파국을 막아야 한다고 말일세. 젊고 힘있는 자는 모두 그쪽으로 끌려들어 타락해가고 있어. 어떤 자는 여자에, 어떤 자는 명예에, 또 어떤 자는 허영과 돈에 유혹되어 그쪽 진영으로 향해 가고 있지. 자네나 나 같은 독립적이고 자립적인 인간은 남질 않았어. 나는 모임의 폭을 넓혀야 하고 모임의 슬로건도 덕행 하나가 아니라 독립과 활동이 추가되어야 한다고 말했네."

니콜라이는 조카의 곁을 떠나 화난 듯 안락의자를 끌어당겨 앉았고, 피예르의 이야기를 들으며 불만스러운 듯 기침을 하고 더욱 얼굴을 찌푸렸다.

"그런데 대체 그 활동의 목적이 뭐지?" 그는 소리쳤다. "그리고 자네들은 정부에 대해 어떤 입장에 서려는 건가?"

"그야 뻔하지! 보좌 역할이야. 정부가 허용한다면 비밀결사가 될 필요가 없어. 정부에 반대하는 것이 아니라 오히려 진짜 보수주의자들의 모임이니까. 완전한 의미의 신사들 모임이지. 우리는 다만 푸가쵸프*가 와서 나와 자네 아이들을 죽이지 못하게, 또 아락체예프가 나를 둔전병으로 끌고 가지 못하게, 공동의 복지와 안녕만을 목적으로 손을 맞잡았을 뿐이야."

"그렇긴 하지만 비밀결사인 이상, 적대적이고 해로운 것으로 여겨져 악을 낳게 될 뿐이야."

---

* E. I. 푸가쵸프(1742~1775). 1773~1775년 러시아 농민전쟁을 이끈 카자크 지도자. 1756~1763년 칠년전쟁과 1768~1770년의 러시아-터키 전쟁에 참가했다.

"왜지? 유럽을 구한 투겐트분트*가(당시로서는 러시아가 유럽을 구했다고 아무도 감히 생각하지 못했다) 무슨 해로운 일이라도 했나? 투겐트분트는 도덕연맹이고, 사랑과 상호부조야. 그건 그리스도가 십자가에서 말씀하신 걸세."

대화중에 방에 들어온 나타샤는 기쁜 듯이 남편을 바라보았다. 그녀는 남편의 말 때문에 기쁜 것이 아니었다. 그녀는 그런 이야기에 아무 관심이 없었고, 그런 이야기는 전부가 단순하기 짝이 없고 자신은 훨씬 오래전부터 다 아는 이야기처럼 생각되었다(그것은 그녀가 그 모든 이야기가 나오는 근원, 즉 피예르의 마음을 다 알았기 때문이다). 그보다는 남편의 생기 있고 감격에 찬 모습을 보는 것이 기뻤다.

그것보다 더 기쁜 듯이 감격 어린 눈으로 피예르를 보고 있었던 것은 이중 칼라 위로 가느다란 목을 내민, 모두에게 잊힌 소년이었다. 피예르의 한마디 한마디가 소년의 심장을 뜨겁게 했고, 소년은 손끝을 신경질적으로 움직이며, 자기도 모르게 고모부의 탁자 위에 있는 봉랍과 깃털 펜을 분지르고 있었다.

"자네가 생각하는 것과는 전혀 다르지, 독일의 투겐트분트는 그런 것이었고, 내가 제안하는 것도 바로 그거야."

"아니, 형제, 소시지들에게는 투겐트분트도 좋겠지. 하지만 난 모르겠어, 무엇보다 발음이 안 돼**." 데니소프의 우렁차고 단호한 목소리가

---

* Tugendbund. 1808년, 프로이센 해방을 위해 결성된 반나폴레옹 비밀결사. 이후에도 영향력을 미쳤다.
** 데니소프는 혀 짧은 소리처럼 p[r]음을 r[g]음으로 발음하고, 이 발음 습관은 작품 전반에 걸쳐 계속되고 있다.

들렸다. "모든 일이 추악하고 끔찍하다는 데는 나도 동의하지만, 투겐
트분트란 건 이해할 수도 없고 마음에 들지도 않아, 분트*라면 또 모를
까! 그러면 나도 자네에게 찬성하겠네!"

피예르는 미소짓고 나타샤는 소리내어 웃었지만, 니콜라이는 더욱
눈썹을 찌푸리고는 피예르가 말하는 정변政變은 절대 일어나지 않을 것
이며, 그가 말하는 위험은 전부 공상일 뿐이라는 것을 증명하기 시작
했다. 피예르는 반론을 폈고 그의 지적 능력이 더 뛰어나고 기발했기
때문에 니콜라이는 자신이 막다른 골목에 몰린 기분을 느꼈다. 이것이
그를 더욱 화나게 했는데, 그는 마음속으로 이론이 아니라 그것보다
더 강력한 뭔가로 자기 의견이 틀림없이 옳다고 믿기 때문이었다.

"나는 자네에게 말해두지만," 그는 일어나 신경질적인 동작으로 파
이프를 한쪽에 세우려고 하더니 결국 내동댕이치고 말했다. "나는 자
네에게 그걸 증명할 수는 없어. 자네는 모든 것이 추악하니까 정변이
일어날 거라고 하지만, 나는 그렇게 생각하지 않고, 또 자네는 맹세는
조건적인 거라고 말하지만, 자네에게 말해두지. 자네는 내 소중한 벗
이야, 자네도 알 거야, 그러나 자네들이 비밀결사를 조직해 반정부 행
동을 한다면, 나는 어떤 정부가 되었건 정부에 복종하는 것이 의무라
고 생각하는 사람이네. 그러니 만일 아락체예프가 나에게 기병 중대를
이끌고 가서 자네를 제거하라는 명령을 내린다면, 나는 잠시도 주저하
지 않고 갈 거야. 그때 가서 마음대로 비판하게나."

이 말이 끝나자 어색한 침묵이 흘렀다. 나타샤가 먼저 입을 열어 남

---

* 독일어 bund(결사)와 동음인 러시아어 6унт(폭동)로 농담한 것.

편을 변호하고 오빠를 공격했다. 빈약하고 옹색한 변호였지만 목적은
이루었다. 대화는 다시 시작되었지만 니콜라이가 마지막 말을 했을 때
와 같은 불쾌하고 적대적인 어조는 아니었다.

모두가 야식을 먹기 위해 일어섰을 때, 니콜렌카 볼콘스키는 창백한
얼굴에 눈을 밝게 빛내며 피예르에게 다가갔다.

"피예르 아저씨…… 아저씨가…… 아니…… 아버지가 살아 계셨
다면…… 아저씨에게 찬성하셨을까요?" 그는 물었다.

문득 피예르는 대화를 듣던 소년의 마음속에서 뭔가 특별하고 독립
적이며 복잡하고 강력한 사상과 감정의 작용이 일어났다는 것을 깨닫
고 자기가 한 말을 전부 돌이키며, 소년이 그것을 들었다는 데 화가 났
다. 그러나 대답하지 않을 수 없었다.

"그랬을 거다." 그는 마지못해 말하고 서재를 나갔다.

소년은 고개를 숙였고, 그러자 비로소 자기가 탁자 위에 해놓은 일
을 알아챈 것 같았다. 그는 얼굴을 붉히며 니콜라이에게 다가갔다.

"고모부, 죄송해요, 저도 모르게 하고 말았어요." 그는 깨진 봉랍과
깃털 펜을 가리키며 말했다.

니콜라이는 화난 듯 몸을 떨었다.

"괜찮아, 괜찮아." 그는 깨진 봉랍과 깃털 펜을 탁자 밑에 던지며 말
했다. 그리고 분명 치미는 화를 간신히 억누르는 듯 소년에게서 얼굴
을 돌렸다.

"너는 애당초 여기 오지 말았어야지." 그는 말했다.

15

야식 때 대화는 더이상 정치와 결사에는 미치지 않고 오히려 니콜라이에게 무엇보다 즐거운 화제인 1812년 전쟁의 회상으로 옮아갔는데, 이야기를 꺼낸 것은 데니소프였지만 피예르가 특히 즐겁게 이야기했다. 그리고 친척들 모두 무척 정다운 분위기로 흩어졌다.

야식 후 니콜라이는 서재에서 옷을 벗고, 대기하고 있던 관리인에게 지시를 한 뒤 잠옷을 입고 침실로 들어갔는데, 아내는 책상에서 뭔가 쓰고 있었다.

"뭘 쓰는 거야, 마리?" 니콜라이는 물었다. 마리야 백작부인은 얼굴을 붉혔다. 그녀는 자기가 쓴 것을 남편이 이해해주지도 찬성해주지도 않을 것 같아 두려웠다.

그녀는 자기가 쓴 것을 감추고 싶으면서도, 남편이 알아챈 이상 뭔가 말해야만 한다는 것이 기쁘기도 했다.

"일기예요, *니콜라.*" 그녀는 또렷하고 큰 필체로 쓴 파란색 작은 노트를 남편에게 건네며 말했다.

"일기라고?……" 니콜라이는 놀리듯 말하고 노트를 받았다. 프랑스어로 쓰여 있었다.

12월 4일

오늘 장남 안드류샤가 잠에서 깼는데도 옷을 갈아입지 않으려 한다고 루이즈 양이 나를 부르러 왔다. 아이는 변덕과 고집을 부렸다. 내가 야단치자 더 화를 냈다. 그래서 그 아이는 일단 내가 맡기로 해

446

서 놔두고 유모와 함께 다른 아이들을 깨우기 시작하며, 나는 아이에게 네가 싫다고 말했다. 아이는 놀란 듯 한동안 잠자코 있다가 마침내 셔츠만 걸치고 나에게 뛰어와 울기 시작했고, 나는 우는 아이를 한참이나 달랠 수 없었다. 아이는 나를 슬프게 한 것이 무엇보다 괴로운 것 같았고, 밤이 되어 내가 카드를 주자, 나에게 키스하며 또다시 구슬프게 울었다. 상냥하게만 대하면 어떻게든 할 수 있는 아이다.

"무슨 카드야?" 니콜라이가 물었다.
"나는 매일 밤 큰아이들에게 그날의 품행을 기록한 메모를 주기 시작했어요."
니콜라이는 자기를 바라보는 아내의 빛나는 눈을 힐끗 보고 다시 페이지를 넘겨 읽어나갔다. 일기의 내용은 전부 아이들의 생활에 관해 어머니로서 소중하다고 생각하는 것들이었고, 아이의 성격이나 교육 방법에 대한 일반적인 제안도 있었다. 대부분 아주 사소한 것이었지만, 어머니에게도, 또 지금 처음으로 육아 일기를 읽는 아버지에게도 그것은 그렇게 생각되지 않았다.
12월 5일 일기는 이렇게 쓰여 있었다.

미탸가 식사 때 장난을 쳤다. 아빠는 아이에게 과자를 주지 말라고 했다. 그래서 아이는 과자를 받지 못했다. 아이는 다른 모두가 먹는 동안 정말 서글프게 먹고 싶은 듯이 바라보았고, 나는 벌로 과자를 주지 않는 것은 아이의 탐욕만 키울 뿐이라고 생각한다. 니콜라에게 말해야겠다.

니콜라이는 노트를 내려놓고 아내를 바라보았다. 마리야의 빛나는 눈은 묻는 듯이(이 내용에 동의할까 어떨까) 그를 보고 있었다. 니콜라이가 아내의 의견에 동의할 뿐만 아니라 완전히 감동했다는 데는 의심의 여지가 없었다.

'이렇게까지 고민할 필요는 없을지도 모른다, 아니 어쩌면 이런 건 전혀 불필요할지도 모른다.' 니콜라이는 생각했다. 그러나 오직 아이들의 도덕적인 선善을 목적으로 하는 그녀의 끊임없는 정신적 긴장은 그를 감동시켰다. 만일 니콜라이가 자신의 감정을 의식할 수 있었다면, 아내에 대한 그의 확고하고 자상하고 자랑스러운 사랑의 근저에는 언제나 그녀의 정신력에 대한, 평소 아내가 살아가는, 그는 도저히 도달할 수 없는 높고 정신적인 세계에 대한 경이감이라는 감정을 발견했을 것이다.

그는 이토록 총명하고 아름다운 아내가 자랑스러웠고, 정신적인 세계에서 자신은 아내에 비해 보잘것없다는 것을 인정했으며, 이런 영혼을 지닌 아내가 그에게 속한 사람일 뿐만 아니라 그 자신의 일부라는 사실이 더더욱 기뻤다.

"아주, 아주 찬성이야, 여보." 그는 깊은 의미를 담은 표정으로 말했다. 그리고 잠시 후 덧붙였다. "그런데 나는 오늘 실수를 했어. 당신은 서재에 없었는데, 나는 피예르와 논쟁을 벌이다가 벌컥 화를 냈어. 어쩔 수가 없었어. 그는 정말 어린애 같아. 나타샤가 그의 고삐를 잡아주지 않았다면 어떻게 됐을지 몰라. 당신은 그가 뭐 때문에 페테르부르크에 갔었는지 모를 거야……그들은 뭔가 꾸미고 있어……"

"응, 알아요." 마리야 백작부인은 말했다. "나타샤에게 들었어요."

"그래, 그럼 알고 있겠군." 니콜라이는 논쟁을 상기한 것만으로도 흥분하며 말을 이었다. "그는 정부에 반대하는 것이 모든 정직한 인간의 의무라며 나를 설득하려고 했지만, 그렇다면 맹세니 의무니 하는 건 어떻게 되는 거지…… 당신이 그 자리에 없었던 게 유감이야. 그러니까 모두 나를 공격했어, 데니소프와 나타샤까지도…… 나타샤는 정말 이상해. 남편을 늘 구둣발 밑에 두고 살면서도 작은 논쟁이라도 벌어지면—그녀는 자기 의견이란 게 없어—그저 남편의 말을 그대로 옮길 뿐이거든." 니콜라이는 가장 소중하고 가까운 사람들을 비난하고 싶은 억누를 수 없는 충동에 사로잡혀 덧붙였다. 니콜라이는 자신이 지금 나타샤에 대해 말한 것이 자기 아내와 자신에게도 그대로 적용되는 말임을 잊고 있었다.

"응, 나도 그건 알아챘어요." 마리야 백작부인은 말했다.

"내가 의무와 맹세가 무엇보다 중요하다고 말하니까, 그는 정말 어처구니없는 논증을 시작하더군. 당신이 없었다는 게 정말 유감스러워. 당신이라면 뭐라고 말했을까?"

"나는 당신이 완전히 옳다고 생각해요. 나타샤에게도 그렇게 말했어요. 피예르 말대로 하면 모두가 고민하고, 괴로워하고, 타락하고 있으니 이웃을 구하는 것이 우리 의무라는 거죠. 물론 맞는 말이에요." 마리야 백작부인은 말했다. "하지만 그는 우리에게 하느님이 정하신 가장 가까운 다른 의무가 있다는 것을, 우리 자신을 위해서라면 위험에 뛰어들 수 있지만 아이들을 위해선 그렇게 할 수 없다는 걸 잊고 있어요."

"그래 그렇지, 그거야. 내가 그에게 말한 게 바로 그거야." 니콜라이는 자신이 정말 그렇게 말한 듯한 기분을 느끼며 말을 가로챘다. "그런데 그들은 이웃에 대한 사랑이니 그리스도교를 내세우며 의견을 고집하고, 게다가 니콜렌카 앞에서 그런 말을 하잖아. 그애는 몰래 서재에 들어와 죄다 부러뜨려놨어."

"아아, 알겠지만 *니콜라*, 나는 니콜렌카 때문에 언제나 고민이에요." 마리야 백작부인은 말했다. "그애는 정말 특이해요. 나는 우리 애 때문에 그애를 잊어버리게 될까봐 두려워요. 우리에게는 아이도 있고 가족도 있지만 그애에게는 아무도 없으니까. 그애는 언제나 혼자이고, 생각에 잠겨 있어요."

"아냐, 그렇다고 자신을 책망할 필요는 없어. 당신은 가장 자상한 어머니가 자기 자식에게 하는 것 못지않게 해줬고 지금도 그래. 물론 난 그걸 기쁘게 생각해. 그애는 정말 훌륭한 아이야. 오늘만 해도 그애는 피예르의 이야기를 열심히 듣고 있었어. 그리고 봐, 야식을 먹으러 가려다가 나는 그애가 탁자 위의 것을 죄다 부러뜨려놓은 걸 문득 보게 됐고, 그애는 곧바로 자기가 했다고 말했어. 나는 그애가 거짓말하는 걸 본 적이 없어. 정말 훌륭한 아이야!" 니콜라이는 이렇게 되풀이했고, 내심으로는 니콜렌카를 좋아하지 않았지만 그런 만큼 언제나 이 아이를 훌륭하다고 인정하려 했다.

"그러나 어쨌든 나는 어머니가 아니니까." 마리야 백작부인은 말했다. "어머니가 아니라고 생각하니까 너무 마음에 걸려요. 좋은 아이지만, 나는 그애가 몹시 걱정돼요. 그애는 사람들 속으로 나가는 게 좋을 것 같아요."

"글쎄, 이제 그것도 얼마 안 남았어, 올여름에 페테르부르크로 데리고 갈 거니까." 니콜라이는 말했다. "그래, 피예르는 언제나 공상가였지만 앞으로도 그럴 거야." 니콜라이는 다시 그를 흥분시키는 아까 서재의 논쟁으로 돌아가며 말을 이었다. "대체 그런 게 나와 무슨 관계라는 거지—아락체예프가 좋지 않다느니 뭐니 하는 것들 모두—나는 결혼했고, 당장 감옥에 끌려갈 만큼 빚을 지고 있고, 게다가 그런 것을 전혀 알지도 이해해주지도 않는 어머니까지 모시고 있어. 그리고 당신과 아이들, 일도 있어. 내가 아침부터 밤까지 일하면서 사무소를 지키는 게 내 만족을 위해서일까? 천만에, 내가 아는 건, 나는 어머니를 안심시키고, 당신한테 빚을 갚고, 아이들이 옛날의 나처럼 가난에 내몰리지 않도록 일해야만 한다는 것뿐이야."

마리야 백작부인은 그에게 인간은 빵만으로 배가 부르는 것은 아니라고, 그가 그 일을 지나치게 중요시한다고 말하고 싶었지만, 그런 말은 할 필요도 없고 해도 소용없다는 것을 알았다. 그녀는 다만 그의 손을 잡고 키스했다. 그는 아내의 동작을 그의 생각에 대한 찬성과 인정의 표시로 받아들였고, 잠시 생각에 잠겼다가 다시 자기 생각을 말하기 시작했다.

"이봐, 마리," 그는 말했다. "오늘 탐보프 마을에서 일리야 미트로파니치(그는 영지의 관리인이었다)가 와서 말하는데, 그 숲이 이제 8만 루블에 팔릴 거라는군." 그리고 니콜라이는 활기찬 얼굴로 머지않은 시일에 오트라드노예를 되살 가능성에 대해 이야기하기 시작했다. "십 년만 더 있으면, 나도 아이들에게 만 루블을 훌륭한 상태로 남겨줄 수 있을 거야."

마리야 백작부인은 남편의 말을 듣고, 그가 하는 모든 말을 이해했다. 그녀는 남편이 그렇게 자기 생각을 이야기할 때는 자기가 무슨 말을 했는지 아내에게 묻고, 만일 그녀가 다른 생각을 하고 있었다는 것을 알아채면 못마땅해한다는 것을 알았다. 하지만 그녀는 남편의 이야기에 전혀 관심을 느낄 수 없었기 때문에 그의 말을 경청하려면 애를 써야 했다. 지금 그녀는 남편을 바라보며 다른 것을 생각한다기보다, 다른 것을 느끼고 있었다. 그녀는 자신이 이해하는 모든 것을 결코 이해하지 못할 것 같은 이 남자에게 순종적인 부드러운 사랑을 느꼈고, 오히려 그렇기 때문에 더욱 강하고 열정적인 느낌으로 그를 사랑하는 것 같았다. 그녀를 완전히 사로잡고 남편의 세부 계획에 대한 이야기에 주의를 기울이는 것까지 방해하고 있던 이 감정 외에도 그녀의 머릿속에는 지금 하는 이야기와는 전혀 관련 없는 상념들이 스쳤다. 그녀는 조카에 대해 생각했고(피예르의 이야기에 조카가 흥분했다는 남편의 이야기를 듣고 그녀는 놀랐다), 조카의 부드럽고 민감한 성격의 면면이 떠올랐으며, 조카를 생각하며 자기 아이들도 생각했다. 그녀는 조카와 자기 아이들을 비교하지는 않았지만, 조카에 대한 감정과 자기 아이들에 대한 감정을 비교해보고 니콜렌카에 대한 그녀의 감정에 어딘가 부족한 데가 있다는 것을 슬픈 마음으로 발견했다.

때로는 이 차이가 나이 때문이 아닐까 하는 생각도 했지만, 그녀는 조카에게 미안함을 느꼈고, 마음속으로 자신의 태도를 고쳐 불가능한 일을, 즉 그리스도가 인류를 사랑한 것처럼 이 세상에서 남편과, 자기 아이들과, 니콜렌카와, 모든 이웃을 사랑하겠다고 다짐했다. 마리야 백작부인의 영혼은 언제나 무한하고 영원하고 완전한 것을 열망했으므로 잠시도 평안하지 못했다. 그녀의 얼굴에는 육체에 억눌린 영혼의 비밀스럽고 숭고한 고뇌를 띤 엄숙한 표정이 떠올라 있었다. 니콜라이는 그녀를 바라보았다.

'아아! 만일 아내가 죽는다면 우리는 어떻게 될까. 아내가 저런 얼굴을 할 때면 나는 항상 그런 생각이 든다.' 그는 이렇게 생각하고 성상 앞에 서서 저녁 기도를 드리기 시작했다.

16

나타샤도 남편과 단둘이 남게 되자마자 부부 사이에서만 할 수 있는 방식으로, 즉 판단과 추론과 귀결을 통하지 않고, 모든 논리의 법칙에도 어긋나는 완전히 특별한 방식으로 평소와 달리 빠르고 분명하게 서로의 생각을 파악하고 전달하며 이야기하기 시작했다. 나타샤는 이 방식으로 남편과 이야기하는 데 익숙했기 때문에, 피예르가 논리적으로 사고를 전개하면 그것은 오히려 두 사람 사이가 원만하지 않다는 것을 증명하는 가장 뚜렷한 신호가 되었다. 그가 논리적인 어조로 사려 깊고 침착하게 말하거나, 그녀가 남편에게 끌려들어 똑같은 방식으로 말하는 날은 반드시 말다툼을 하게 된다는 것을 그녀는 알았다.

단둘이 되자 나타샤는 기쁜 듯 눈을 크게 뜨고 가만히 그의 옆으로 가서 느닷없이 빠르게 그의 머리를 가슴에 껴안으며 말했다. "이제 당신은 완전히, 완전히 내 거야, 내 거! 도망칠 수 없어!" 이렇게 말한 순간부터 모든 논리의 법칙에 어긋나는 대화가 시작되었고, 일시에 전혀 다른 여러 가지 일을 이야기한다는 것만으로도 이미 확실히 비논리적이었다. 그러나 일시에 많은 일을 이야기하더라도 그것은 분명한 이해를 방해하지 않았을 뿐만 아니라, 오히려 두 사람이 서로를 완전하게 이해하고 있다는 가장 확실한 신호가 되었다.

꿈속에서는 꿈을 인도하는 감정 외에는 모든 것이 불확실하고 무의미하고 모순투성이인 것처럼, 모든 이성의 법칙에 위배되는 이 의사소통에서도 시종일관하고 분명한 것은 말이 아니라 말을 인도하는 감정이었다.

나타샤는 피예르에게 오빠의 일상생활 이야기, 남편이 없는 동안 자신은 산다는 생각이 들지 않을 정도로 괴로웠다는 것, 마리를 더욱더 좋아하게 되었고 그녀가 모든 점에서 자기보다 낫다는 이야기를 했다. 이런 이야기를 하며 나타샤는 진심으로 마리의 우월함을 인정한다고 고백했지만, 동시에 피예르에게는 마리는 물론이고 다른 어떤 여자들보다 자기를 좋아한다고 말해달라고 했는데, 그녀는 특히 그가 페테르부르크에 가서 많은 여자를 보고 온 뒤이니만큼 그 말을 다시 해주기를 바랐다.

피예르는 나타샤의 말에 응해, 페테르부르크에서 귀부인들과 동석한 야회와 만찬회가 얼마나 견디기 힘들었는가에 대해 말했다.

"숙녀들과 대화하는 방법을 완전히 잊어버려서." 그는 말했다. "그저 지루했어. 특히나 너무 바빴거든."

나타샤는 피예르를 골똘히 바라보고 말을 계속했다.

"마리는 정말 훌륭한 사람이에요!" 그녀는 말했다. "아이들을 어찌나 잘 이해하는지. 마치 아이들 마음을 들여다보는 것 같아요. 예를 들면, 어제는 미텐카가 고집을 부리니까⋯⋯"

"아, 그애는 아버지를 닮았어." 피예르가 가로막았다.

나타샤는 그가 왜 미텐카와 니콜라이가 닮았다는 말을 꺼냈는지 알아챘는데, 그는 처남과 했던 논쟁을 상기하는 것만으로도 불쾌했기 때문에 나타샤의 의견이 궁금한 것이었다.

"니콜라이는 무슨 일이든 모든 사람이 받아들이지 않는 것에 대해서는 찬성하지 않는 결점을 가지고 있어요. 하지만 난 알아요, 당신에게 중요한 건 새로운 길을 개척하는 것이잖아요." 그녀는 언젠가 피예르가 했던 말을 되풀이하며 말했다.

"아니, 그것보다 니콜라이에게는," 피예르는 말했다. "사상과 이론이 도락이고, 시간 때우기에 불과하다는 거야. 지금 그는 서고를 만들고 있지만, 전에 산 책을 읽기 전에는 새로운 책을 사지 않는다는 규칙을 정해놨잖아─시스몽디*건 루소건 몽테스키외건 간에." 피예르는 미소지으며 덧붙였다. "당신도 알다시피 내가 그를 얼마나⋯⋯" 그는 부드러운 어조로 입을 열었지만, 나타샤는 그럴 필요 없다고 느끼게 하려는 듯 그를 가로막았다.

"당신은 그에게 사상은 도락에 지나지 않는다고 말하는 거군요⋯⋯"

"응, 내게는 그 이외의 것이 모두 도락이야. 나는 페테르부르크에 있는 동안에도 꿈속에서 모든 사람을 보는 느낌이 들었어. 무슨 생각에 골몰할 때는 다른 건 모두 도락에 지나지 않아."

"아, 당신이 아이들과 인사하는 것을 못 본 게 정말 아쉬워요." 나타

---

* J. C. L. S. 시스몽디(1773~1842). 스위스 태생의 프랑스 경제학자, 역사학자. 대자본주의적 생산을 반대하고 공동체적 개량주의를 주장했다.

샤는 말했다. "누가 가장 기뻐했어요? 리자죠, 그렇죠?"

"응." 피예르는 대답하고, 자기 마음을 사로잡은 것으로 화제를 돌렸다. "니콜라이는 우리가 생각을 할 필요가 없다고 말했어. 하지만 나는 그럴 수 없어. 나는 페테르부르크에서도 나 없이 모든 것이 해체되고 말았다고 느꼈고(이건 단언할 수 있어), 모두들 제멋대로 떠들고 있었어. 아무튼 나는 그들 모두를 결합시킬 수 있었고, 내 생각은 지극히 단순하고 명료해. 나는 누구누구에게 반대해야 한다고 말하는 것이 아니야. 우리도 잘못은 할 수 있으니까. 나는 다만 이렇게 말하지. 선을 사랑하는 자는 서로 손을 잡아라, 실천적인 선을 유일한 기치로 세워라. 세르기 공작은 훌륭하고 총명한 사람이야."

나타샤는 피예르의 사상이 위대한 사상이라는 것을 조금도 의심하지 않았지만, 다만 한 가지 그녀를 당혹스럽게 하는 것이 있었다. 그가 자신의 남편이라는 사실이었다. '이렇게 훌륭하고 사회에 필요한 인물이 정말 내 남편일까? 어떻게 이렇게 되었을까?' 그녀는 남편에게 이 의심을 말하고 싶었다. '이 사람이 정말 누구보다 총명하다고 판단 내릴 수 있는 사람은 누구와 누구일까?' 나타샤는 자신에게 묻고, 피예르가 진심으로 존경하는 사람들을 머릿속에서 추려보았다. 그가 했던 말로 판단하건대, 플라톤 카라타예프만큼 그가 존경하는 사람은 없는 것 같았다.

"내가 무슨 생각 하는지 알아요?" 그녀는 말했다. "플라톤 카라타예프. 그는 어땠을까요? 당신에게 찬성했을까?"

피예르는 이 물음에 전혀 놀라지 않았다. 그는 아내의 사고의 과정을 이해했다.

"플라톤 카라타예프?" 그는 되묻고 이 문제에 대한 카라타예프의 판단을 상상하려고 애쓰는 듯 생각에 잠겼다. "그는 이해하지 못했을 거야, 그러나 어쩌면, 찬성해주었을지도."

"난 당신이 정말 좋아!" 나타샤가 느닷없이 말했다. "정말, 정말!"

"아니, 찬성하지 않았을 거야." 피예르는 잠시 생각한 후에 말했다. "그가 찬성하는 건, 우리의 가정생활이었을 거야. 그는 무슨 일에서도 단정함과 행복, 평안을 보고 싶어했거든. 지금이라면 나도 그에게 자랑스럽게 우리 가정을 보여줬을 텐데. 당신은 내게 우리가 떨어져 있는 것에 대해 종종 말하지만, 내가 당신과 떨어진 뒤 당신에 대해 얼마나 특별한 감정을 갖는지 당신은 말해도 믿지 못할 거야……"

"아아, 또 그런……" 나타샤는 말하기 시작했다.

"아니, 그게 아냐. 나는 당신에 대한 사랑을 멈추지 않을 거야. 그리고 이 이상 사랑할 수도 없지만, 이것은 특별한…… 응, 그래……" 그는 끝까지 말하지 않았는데, 마주친 두 사람의 시선이 남은 말을 해주었기 때문이었다.

"말도 안 돼," 나타샤는 갑자기 말했다. "밀월이나 행복은 처음 한동안뿐이다란 말. 나는 오히려 지금이 가장 좋아요. 당신이 떠나지만 않는다면. 우린 곧잘 말다툼을 했어요, 기억나요? 언제나 내가 나빴어. 언제나 내가. 그런데 무슨 일로 다퉜는지는 기억도 나지 않아."

"언제나 똑같았지." 피예르는 미소지으며 말했다. "질투……"

"말하지 마요, 난 싫어." 나타샤는 외쳤다. 그녀의 눈에서 차갑고 심술궂은 빛이 번득였다. "그 여자를 만났나요?" 그녀는 잠시 침묵한 뒤 덧붙였다.

"아니, 설사 만났더라도 몰라봤을 거야."

둘은 잠시 침묵했다.

"아, 알아요? 당신이 서재에서 이야기하고 있을 때 난 당신을 보고 있었어요." 그녀는 두 사람 위에 드리운 구름을 몰아내려는 듯 말했다. "그래요, 당신과 그 남자애는(그녀는 아들을 이렇게 불렀다) 정말 물방울 두 개처럼 닮았어. 아, 이제 그애한테 가봐야 해요…… 시간이 됐어요…… 가기 아쉽지만……"

둘은 몇 초 동안 침묵했다. 이윽고 그들은 갑자기 동시에 서로를 마주보며 이야기하기 시작했다. 피예르는 만족스럽고 열띤 어조로, 나타샤는 조용하고 행복한 미소를 띠고. 그리고 동시에 말하다 둘 다 입을 다물고 서로에게 양보했다.

"아니, 무슨 이야긴데? 말해, 말해봐."

"아니, 당신이 말해요, 나는 그냥 쓸데없는 말이에요." 나타샤는 말했다.

피예르는 자기가 시작한 이야기를 했다. 페테르부르크에서 거둔 성공에 관한 만족스러운 회상이 이어졌다. 그 순간 그는 자신에게 러시아 사회와 온 세상에 새로운 방향을 제시할 사명이 있는 듯한 기분이 들었다.

"나는 다만 위대한 결과를 낳는 사상은 모두 항상 단순한 거라고 말하고 싶었어. 내 사상의 요점은, 악한 인간들이 하나로 결합한다면 정직한 인간도 그와 똑같이 해야 한다는 거야. 참으로 단순하지."

"그래요."

"그런데 당신은 무슨 말을 하려고 했지?"

"나는 그냥, 쓸데없는 말이에요."

"글쎄, 그래도."

"정말 아무것도 아니에요." 나타샤는 한층 밝은 미소로 얼굴을 빛내며 말했다. "나는 다만 페탸 이야기를 하려 했어요. 오늘 유모가 아이를 데려가려고 내 옆으로 다가오니까 아이가 웃으면서 실눈을 뜨더니나에게 달라붙더라고요—제 딴에는 숨는다고 생각한 거야. 어찌나 귀엽던지. 이런, 그애가 우네요. 자, 가볼게요!" 그녀는 말하고 방에서 나갔다.

이때 아래층 니콜렌카 볼콘스키의 침실에는 여느 때처럼 불이 켜져있었다(소년은 어둠을 두려워했고, 이 결점은 고칠 수 없었다). 데살은 베개 네 개를 높이 포개어 베고, 로마인 같은 코를 규칙적으로 골며자고 있었다. 니콜렌카는 식은땀을 흘리며 막 잠에서 깼고, 눈을 부릅뜬 채 침대에 일어나 앉아 앞을 응시하고 있었다. 악몽에서 깼던 것이다. 그는 꿈속에서 피예르와 자신이 『플루타르코스 영웅전』의 삽화처럼 투구를 쓴 모습을 보았다. 그는 피예르 아저씨와 함께 대군의 선두에 서서 나아갔다. 군대는 가을에 주위를 가득 날아다니는, 데살이 성모의 실이라고 부르는 거미줄처럼 대기를 채운 하얀 사선으로 보였다. 앞쪽에는 명예가 있었고, 그것도 이 실과 같지만 좀더 튼튼했다. 그들—그와 피예르—은 가볍고 즐겁게 목표를 향해 전진했다. 그러나가까워지자 두 사람을 움직이고 있던 실이 갑자기 약해지고 엉키기 시작하고, 힘겨워졌다. 니콜라이 일리치 고모부가 무섭고 엄중한 모습으로 그들 앞을 가로막았다.

"너희가 한 짓이냐?" 그는 부러진 봉랍과 깃털 펜을 가리키며 말했다. "나는 너희를 사랑했지만, 아락체예프의 명령이니 나는 먼저 앞으로 나온 자를 죽일 것이다." 니콜렌카는 피예르 쪽을 돌아보았지만, 그는 이미 없었다. 피예르는 어느새 아버지 안드레이 공작이 되어 있었고, 니콜렌카는 모습도 형태도 없지만 거기 있는 아버지를 보자 애정에 마음이 약해지는 것을 느꼈고, 자신이 무력해지고 뼈가 사라져 유체가 되어버린 것 같았다. 아버지는 그를 어루만지고 가여워했다. 그러나 니콜라이 일리치 고모부는 더 가까이 다가왔다. 공포가 엄습했고, 니콜렌카는 눈을 떴다.

'아버지가,' 니콜렌카는 생각했다. '아버지가(집에는 안드레이 공작과 똑 닮은 초상화가 두 점 있었지만, 니콜렌카는 안드레이 공작을 인간의 모습으로 상상해본 일이 없었다), 아버지가 나와 함께 있었고, 날 어루만져줬다. 아버지는 날 인정해줬고, 피예르 아저씨도 인정해줬다. 아버지의 말이라면, 나는 그것이 무엇이든 꼭 할 것이다. 무키우스 스카이볼라는 자기 손을 태웠다.* 내 인생에 그런 일이 없다고 단언할 수 있을까? 지금은 모두 내가 공부하길 바란다는 걸 알고 있다. 그러므로 나는 공부할 것이다. 하지만 언젠가는 그만두고, 해내고 말 것이다. 나는 오직 하느님께 플루타르코스 사람들에게 일어났던 일 같은 것이 나에게도 일어나게 해달라고, 그것만을 빌 것이고, 나도 그렇게 해내고

---

* 로마 건국신화에 나오는 가이우스 무키우스는 로마를 포위한 에트루리아군의 진지에 잠입해 포르세나 왕을 죽이려다 붙잡혀 고문당했다. 그는 적의 눈앞에서 스스로 오른손을 불태웠고, 후에 왼손잡이라는 뜻의 '스카이볼라'라는 칭호를 얻었다. 무키우스에게 감명한 포르세나는 그를 놓아주고 로마의 포위를 풀었다.

말겠다. 더 훌륭하게 할 것이다. 모든 사람이 나를 알고, 모든 사람이 나를 사랑하고, 모든 사람이 나에게 감탄하게 만들겠다.' 그러자 갑자기 니콜렌카는 가슴이 죄며 울음이 복받치는 것을 느꼈고, 울기 시작했다.

"어디 불편하십니까?" 데살의 목소리가 들렸다.

"아니요." 니콜렌카는 대답하고 베개에 머리를 뉘었다. '친절하고 선량한 사람, 나는 그가 좋다.' 그는 데살에 대해 생각했다. '그리고 피예르 아저씨! 오, 정말 훌륭한 사람이지! 그리고 아버지는? 아버지! 아버지! 그래, 나는 아버지까지도 만족하실 일을 할 것이다……'

제2부

1

역사학의 대상은 여러 민족과 인류의 생활이다. 하지만 인류뿐만 아니라 한 민족의 생활을 직접적으로 파악하고 말로 포괄하는 것, 즉 묘사하는 것은 불가능하다.

고대의 역사가들은 파악하기 어려워 보이는 민족의 생활을 파악하고 묘사하기 위해 종종 똑같은 방법을 사용했다. 그들은 민족을 통치하는 특정 인간의 활동을 묘사했고, 이 활동은 그들에게는 민족 전체의 활동을 표현하는 것이었다.

대체 어떻게 특정 인간들이 자기 의지대로 민족을 움직였는가, 또이 인간들의 의지는 무엇에 의해 지배되었는가 하는 물음에 고대인들은 이렇게 대답했다. 첫째 물음에는—선택된 단 한 사람의 의지에 민족을 따르게 하려는 신의 뜻을 인정하는 것으로써, 둘째 물음에는—

선택된 한 사람의 의지를 예정된 목적으로 향하게 하는 바로 그 신을 인정함으로써.

고대인들에게 이러한 물음은 인류의 일에 신이 직접 관여한다는 신앙으로 해결되어왔다.

새로운 역사학은 이론상 이 두 가지 가설을 모두 거부했다.

새로운 역사학은 사람들이 신의 의지에 인도된다는 것과, 민족을 인도하는 특정 목적에 관한 고대인의 신앙을 거부하면서 응당 권력의 발현이 아니라 그것을 형성하는 원인을 연구해야 했다. 그러나 새로운 역사학은 그것을 하지 않았다. 이론상으로는 고대인들의 관점을 거부했지만 실제로는 그것을 따랐던 것이다.

새로운 역사학은 신이 권력을 부여하고 신의 의지에 직접 인도되는 사람들 대신 비범한 초인간적 능력을 가진 영웅, 혹은 위로는 군주에서부터 아래로는 저널리스트에 이르기까지 대중을 인도하는 온갖 성질의 인간을 선택했다. 이전에는 신의 뜻에 맞는 목적이라고 여겨졌던 민족들, 즉 인류 운동의 목적으로 여겨졌던 유대 민족, 그리스 민족, 로마 민족 대신에 새로운 역사학이 설정한 목적은, 프랑스와 독일과 영국 민족의 복지였으며, 가장 추상적인 의미에서의 전 인류 문명의 복지였지만, 이 인류란 대개 대륙 북서부의 작은 한구석을 차지한 민족들을 의미했다.

새로운 역사학은 고대인들의 신앙을 거부했지만 그것을 대체할 새로운 관점을 세우지 않았고, 이러한 입장의 논리 때문에 황제의 신권과 고대인들의 숙명을 표면적으로만 거부한 역사가들은 다른 길을 거쳐 같은 결과, 즉 다음과 같은 것들을 인정하기에 이르렀다. 1) 민족은 개개 인간에 의해 인도되며, 2) 각 민족과 인류에게는 목표로 삼아 나아가는 목적이 존재한다.

기번*을 비롯해 버클**에 이르기까지 근래 역사가들의 어느 저술을 보더라도, 겉으로는 의견들이 엇갈리고 참신해 보이지만 그 바탕에는 이 두 가지 낡고 피할 수 없는 논지가 깔려 있다.

첫째, 역사가는 인류를 인도한 것으로 보이는 특정 개인의 활동을 묘사한다(어떤 사람은 군주, 장군, 대신만을, 어떤 사람은 군주와 웅변가 외에 학자, 개혁자, 철학자, 시인도 포함한다). 둘째, 역사가는 인류가 인도되는 목적을 잘 알고 있다(어떤 역사가는 로마, 스페인, 프랑스 등 여러 국가의 번영을 목적이라고 하고, 또다른 역사가는 유럽이라 불리는 세계의 작은 한구석의 자유와 평등과 어떤 유의 문명을 목적이라고 한다).

1789년 파리에서 소요가 일어났고, 이것이 확대되고 퍼지며 마침내 서쪽에서 동쪽으로 향하는 민족 이동의 형태로 나타났다. 이 운동은 여러 번 동쪽을 향했고, 동쪽에서 서쪽으로 움직이는 반대 운동과 충돌하다 1812년 최극단의 한계 모스크바에 이르렀고, 놀라운 대칭을 이루며 동쪽에서 서쪽으로 가는 반대 운동이 일어나고 첫번째 운동과 마찬가지로 중간의 여러 민족을 끌어들였다. 이 반대 운동은 서쪽의 출발점―파리에 도달하자 가라앉았다.

---

* E. 기번(1737~1794). 영국 계몽주의 역사가. 로마제국 붕괴의 원인을 황제들의 전횡과 폭정, 제국 관료의 탄압 등으로 설명한 『로마제국 쇠망사』를 썼다.
** H. T. 버클(1821~1862). 영국 사회학자, 실증철학자. 정치와 경제 체제 변화의 원인은 지식의 축적에 있다고 주장한 『영국 문명사』를 썼다.

이 이십 년 동안 광대한 면적의 밭은 경작이 되지 않고, 집들은 불타고, 상업의 방향은 바뀌고, 수백만이 가난해지거나 부유해지거나 이주하고, 이웃에 대한 사랑의 계율을 신봉하는 수백만의 그리스도교도가 서로를 죽였다.

이 모든 것은 무엇을 의미할까? 왜 이런 일이 일어났을까? 무엇이 사람들에게 집을 불태우고 자기와 같은 인간을 죽이게 했을까? 이 사건들의 원인들은 무엇일까? 어떠한 힘이 사람들에게 그 같은 행동을 하게 만들었을까? 이것이야말로 운동이 이미 지나가버린 이 시대의 기념비들이나 구전들에 봉착했을 때 사람들이 무의식적으로 자신에게 던지게 되는 단순하고 너무나 당연한 의문들이다.

이러한 의문들을 해결하기 위해 인류의 상식은 여러 민족과 인류의 자기인식을 목적으로 하는 역사학에 의지한다.

만일 역사학이 고대인들의 관점을 견지했다면, 이렇게 말했을 것이다. 신은 자기 백성에게 상 또는 벌을 주기 위해 나폴레옹에게 권력을 주었고, 신성한 목적을 달성하기 위해 그의 의지를 인도했다. 그리고 이 대답은 완전하고도 명확했을 것이다. 나폴레옹의 신적인 의의는 믿을 수도 있고 믿지 않을 수도 있지만, 그것을 믿는 사람에게는 이 시대전全 역사의 모든 일이 이해될 것이며, 어떠한 모순도 없다고 느껴질 것이다.

그러나 새로운 역사학은 그렇게 대답할 수 없다. 과학은 신이 인류의 일에 직접 관여한다는 고대인들의 관점을 인정하지 않으므로, 다른 대답을 제시해야 한다.

새로운 역사학은 이러한 의문에 다음과 같이 대답한다. 당신은 이 운동이 무엇을 의미하는지, 왜 일어났는지, 이 사건을 일으킨 힘은 무엇인지 알고 싶은가? 그렇다면 들어보라.

'루이 14세는 몹시 오만하고 자기를 과신하는 사람이었고, 그에게는 모모 총회들과 모모 대신들이 있었고, 프랑스에 악정을 일삼았다. 루이의 후계자들 역시 무능하고, 프랑스에 악정을 폈다. 그들에게도 모모 총신들, 모모 총회들이 있었다. 게다가 당시 몇몇은 책을 썼다. 18세기 말 스무 명가량이 파리에 모여 만인은 평등하고 자유롭다고 이야기하기 시작했다. 그 결과, 프랑스 전역에서 사람들이 서로를 베고 물에 빠뜨리기 시작했다. 그들은 왕을 비롯해 수많은 사람을 죽였다. 마침 이때 프랑스에는 천재적인 사람—나폴레옹이 있었다. 그는 여러 곳에서 승리했고, 즉 많은 사람을 죽였는데, 왜냐하면 뛰어나게 천재적이었기 때문이다. 그리고 그는 무슨 이유에서인지 아프리카로 사람들을 죽이러 가서 참으로 교묘하고 영리하게 잘 죽이고 프랑스로 돌아와 모두 자기에게 복종하라고 명령했다. 그러자 모두 그에게 복종했다. 황제가 된 그는 다시 이탈리아, 오스트리아, 프로이센으로 사람들을 죽이러 갔다. 그리고 수많은 사람을 죽였다. 러시아에는 알렉산드르 황제가 있었고 그는 유럽의 질서를 되찾으려고 결심했기 때문에 나폴레옹과 싸웠다. 그러나 1807년 그는 별안간 나폴레옹과 벗이 되었고, 1811년에는 다시 싸움을 일으켜 그들은 또다시 많은 사람을 죽였다. 나폴레옹은 60만 군대를 이끌고 러시아에 들어가 모스크바를 정복했고, 그후 느닷없이 모스크바에서 달아났고, 그러자 알렉산드르 황제는 슈타인과 그 밖의 사람들의 조언에 따라 유럽의 평화를 파괴한 자에 대항해 민병대를 결성하고자 온 유럽을 규합했다. 나폴레옹의 동맹국들은 모두 갑자기 그의 적이 되고 민병대는 새로 집결된 나폴레옹 군에 대항했다. 민병대는 나폴레옹을 정복하고 파리에 입성해 나폴레옹을 퇴위시켰지만, 오 년 전에도 그랬듯 일 년 후만 해도 그들 모두가 무법의 약탈자로 생각한 그에게서 황제 칭호를 박탈하지도 않고 여전히 온갖 존경을 바치며 그를 엘바 섬으로 유배 보냈다. 그리고 그때까지 프랑스인들과 동맹국들로부터 그저 비웃음만 사던 루이 18세가 제위에 올랐다. 나폴레옹은 구 근위대 앞에서 눈물을 흘리며 퇴위해 유배지로 갔다. 그뒤 노련한 정치가들과 외교관들이(특히 누구보다 먼저 재빠르게 지위를 차지하고, 그것으로 프랑스 국경을 확장했던 탈레랑) 빈에서 회담을 하고, 이 회담은 여러 민족을 기쁘게도 하고 슬프게도 했다. 돌연 외교관들과 군주들이 논쟁을 시작하고 당장 자국 군대에 다시 서로를 죽이라는 명령을 내릴 것 같았지만, 바로 그때 나폴레옹이 1개 대대를 이끌고 프랑스에 오자, 그를 증오하던 프랑스인들은 금세 그에게 복종했다. 그러나 동맹국들의 군주들은 이에 화를 내고 다시 프랑스와의 전쟁으로 돌아갔다. 그리고 갑자기 사람들은 나폴레옹을 약탈자로 인정하고 천재 나폴레옹을 격퇴했고, 이번에는 헬레나 섬으로 유배 보냈다. 그리고 가까운 사람들과 사랑하는 프랑스와 떨어지게 된 이 유형수는 이 바위 절벽에서 천천히 죽어갔고, 자신의 위대한 업적을 후세에 전했다. 그리고 유럽에서는 반동이 일어나 모든 왕이 또다시 자기 국민들을 괴롭히기 시작했다.'

이것을 조롱이자, 역사를 묘사한 캐리커처라고 생각하는 것은 잘못이다. 반대로 이것은 회고록의 편집자들 및 개별 국가의 역사들부터 세계사에 이르는 역사들, 그리고 당시 문화에 대한 새로운 종류의 역사들 등 모든 역사가 여러 질문에 대해 내놓는 모순적이고 답이 되지 않는 대답들의 가장 온건한 표현이다.

이러한 대답들의 이상함과 우스꽝스러움은 새로운 역사학이 마치 아무도 하지 않은 질문들에 대답하는 귀가 먼 사람과 같다는 데서 나온다.

역사학의 목적이 인류와 여러 민족의 운동을 기술하는 것이라면, 이것에 대답하지 않으면 다른 모든 것을 이해할 수 없을 만큼 중요한 첫째 의문은 다음과 같다. 어떤 힘이 여러 민족을 움직이는가? 새로운 역사학은 이 의문에 대해 나폴레옹은 비상한 천재였다, 루이 14세는 몹시 오만한 인간이었다, 또는 모모 작가가 모모 책을 썼다는 것만 열심히 말하고 있다.

그 모든 것은 너무도 있을 수 있는 일이고, 인류도 그것을 인정할 마음이 있지만, 인류가 묻는 것은 그런 것이 아니다. 그 모든 것은 나폴레옹들이나 루이들이나 혹은 작가들을 통해 그 민족을 지배하는 신의 권능을 그 자체로, 그리고 언제나 변하지 않는 똑같은 것으로 인정한다면 흥미로울 수도 있지만, 우리는 그 힘을 인정하지 않으므로 나폴레옹들과 루이들과 작가들을 언급하기 전에 이런 인물들과 여러 민족의 운동 사이에 존재한 본질적 관계를 분명히 해둘 필요가 있다.

만일 신의 권능을 다른 힘으로 대치시킨다면 이 새로운 힘이 무엇인지 설명해야 하는데, 왜냐하면 역사의 모든 관심은 분명 이 힘에 있기 때문이다.

역사학은 이 힘을 자명하고 주지의 것이라 생각하는 것 같다. 그러나 이 새로운 힘을 주지의 것으로 인정하려는 희망에도 불구하고, 역사 저작을 많이 읽은 사람일수록 역사가들이 다른 방식으로 구구하게 이해하는 이 새로운 힘이 과연 모두에게 주지의 것인가를 자기도 모르게 의심하게 된다.

2

여러 민족을 움직이는 힘은 무엇일까?

일부 전기 작가나 각 민족의 역사가들[*]은 이 힘을 영웅과 군주의 고유한 권력으로 이해한다. 그들의 기술에 의하면, 모든 사건은 오직 나폴레옹들, 알렉산드르들, 혹은 대체로 그들이 다루는 인물의 의지에 따라서만 일어난 것이다. 사건들을 움직이는 힘이 무엇이냐는 물음에 대해 이 개별적인 역사가들이 주는 대답은 그것으로 충분하지만, 단 그것은 한 사건에 한 역사가가 존재할 때에 한해서다. 국적과 견해가 다른 많은 역사가가 같은 사건을 기술하기 시작하는 순간 그들이 주는 대답은, 그 힘에 대한 그들 개개인의 이해가 각양각색일 뿐만 아니라, 종종 정반대로 이해되기 때문에 이내 모든 의미를 잃고 만다. 한 역사가는 나폴레옹의 권력에 의해 사건이 야기되었다고 주장하고, 다른 역사가는 알렉산드르의 권력에 의해 생겼다고 주장하고, 세번째 역사가는 그 밖의 제삼자의 권력 때문이라고 주장한다. 그뿐만 아니라 이 개별적인 역사가들은 동일 인물의 권력의 기초가 되는 힘을 설명하는 데

---

* 이하 '개별적인 역사가들'이라 통칭함.

서도 서로 모순되는 주장을 한다. 보나파르트파인 티에르는 나폴레옹의 권력은 그의 선행과 천재성에 기초한다고 말하고, 공화주의자 랑프레*는 그의 사기성과 국민에 대한 기만에 기초한다고 말한다. 따라서 이 개별적인 역사가들은 서로의 견지를 파괴하는 동시에 사건을 일으키는 힘의 개념을 말살하므로, 역사의 본질적인 의문에 대해서는 아무런 대답도 주지 못한다.

모든 민족을 다루는 세계사가世界史家들은 사건을 일으키는 힘에 관한 개별적인 역사가의 관점이 불공평하다는 것을 인정하는 것 같다. 그들은 이 힘을 영웅과 군주의 고유한 권력이 아니라 다양한 방향을 가진 많은 힘의 결과로 인식한다. 세계사가들은 전쟁과 민족의 정복을 기술할 때 사건의 원인을 한 인물의 권력이 아니라 사건에 관계한 수많은 사람의 상호작용에서 찾는다.

이 관점에 의하면 역사적 인물의 권력은 수많은 힘의 산물이므로 그 자체가 사건을 일으키는 힘이라 할 수 없다. 그런데 세계사가들은 대개 권력이라는 개념을 그 자체가 사건을 일으키고 또한 사건에 대해 원인으로서 관계를 갖는 개념으로 취급한다. 그들의 기술에 의하면 역사적 인물은 시대의 산물이고, 권력은 온갖 힘의 산물에 지나지 않는 것이기도 하고 사건을 일으키는 힘이기도 하다. 이를테면 게르비누스**, 슐로서***, 그 밖의 사람들은 나폴레옹이 혁명과 1789년의 이상들이 낳은 산물이라 주장하고, 1812년 원정과 그 밖에 그들의 마음에 들지 않

---

* P. 랑프레(1828~1877). 프랑스 역사가. 『나폴레옹 1세』를 썼다.
** G. G. 게르비누스(1805~1871). 독일 역사가, 정치가.
*** F. C. 슐로서(1776~1861). 독일 역사가, 하이델베르크 대학 교수.

는 사건은 모두가 잘못된 방향으로 흐른 나폴레옹의 의지의 산물이며, 1789년의 바로 그 이상들도 그 발전 과정중에 나폴레옹의 자의 때문에 중단된 것이라고 뻔뻔하게 단언한다. 혁명의 사상들과 전반적인 분위기가 나폴레옹의 권력을 낳았다. 그러나 나폴레옹의 권력은 혁명의 사상들과 전반적인 분위기를 억눌러버렸다.

이 기괴한 모순은 우연한 것이 아니다. 그것은 모든 단계에서 생길 뿐만 아니라 세계사가들의 기술은 모두 이런 모순의 연속이다. 이 모순들은 세계사가들이 분석의 지반에 발을 들여놓은 뒤 중도에서 멈춰 서버리기 때문에 생긴다.

일정한 합성력이나 합력을 구성하는 분력들을 찾기 위해서는 이 분력들의 총합이 합력과 같아야 한다. 이 조건은 지금까지 어떤 세계사가도 지킨 일이 없으며, 따라서 합력을 설명하기 위해 그들은 불충분한 분력들 외에 합력에 따라 작용하는 설명되지 않는 힘의 존재를 가정할 수밖에 없다.

개별적인 역사가들은 1813년 원정이나 부르봉왕조의 부흥을 기술하며 이들 사건은 알렉산드르의 의지에 의해 일어났다고 단언한다. 그러나 세계사가인 게르비누스는 이 개별적인 역사가들의 견해를 뒤집어 1813년 원정이나 부르봉왕조의 부흥은 알렉산드르의 의지 외에 슈타인, 메테르니히, 마담 스탈, 탈레랑, 피히테, 샤토브리앙 등등의 활동이 원인이었다는 것을 보여주려 한다. 이 역사가는 분명 알렉산드르의 권력을 탈레랑과 샤토브리앙 등의 분력으로 분해한 것이지만, 이들 분력들의 총합, 즉 샤토브리앙과 탈레랑, 마담 스탈 등의 상호작용은 분명히 합력 전체, 즉 수백만 프랑스인이 부르봉왕조에 복종했다는 현상과 동등하지는 않다. 샤토브리앙, *마담 스탈* 등등이 서로 이러저러한 말을 나누었다는 사실에서는 그들의 상호관계가 나올 뿐이며, 수백만 인간의 복종은 나오지 않는다. 그러므로 그들의 관계에서 어떻게 수백만의 복종이라는 결과가 나왔는지, 즉 하나의 A와 동등한 분력들로부터 어떻게 천의 A와 같은 합력이 나왔는지를 설명하기 위해 역사가는 부득이 스스로 부정했던 권력의 힘을 다시 인정하고 그것을 다수의 힘의 결과라고 인정해야 하며, 다시 말해 합력에 따라 작용하는 아직 설명할 수 없는 힘을 인정해야 한다. 이것이 세계사가가 하는 일이며, 그 결과 개별적인 역사가에 대해서만이 아니라 자기 자신에 대해서도 모순되는 것이다.

시골 사람들은 비의 원인을 뚜렷이 알지 못하므로 비가 내리거나 맑거나 혹은 그들이 무엇을 원하느냐에 따라 바람이 비구름을 쫓아버렸다고도 하고 바람이 비구름을 몰고 왔다고도 말한다. 세계사가도 이것과 완전히 마찬가지로 그들의 이론에 잘 들어맞고 바라던 대로 되었을 때는 권력은 온갖 사건의 결과라고 말하지만, 다른 것을 입증할 필요가 있을 때는 권력이 사건을 일으킨다고 말한다.

문화사라고 불리는 제3의 부류의 역사가들은, 때로는 작가들과 귀부인들을 사건을 일으키는 힘이라고 보는 세계사가들이 만든 길을 따라가면서도 이 힘을 완전히 다르게 이해한다. 그들은 이 힘을 이른바 문화, 즉 지적 활동 속에서 본다.

문화사가는 자신의 시조인 세계사가의 뒤를 완전하게 따르는데, 왜냐하면 몇몇 사람이 서로 이러저러한 태도를 취했다는 것으로 역사적 사건이 설명되는 거라면, 이런저런 사람이 이런저런 책을 썼다는 것으로 설명되지 않을 이유가 무엇이겠는가? 이런 역사가들은 온갖 살아 있는 현상에 수반되는 무수한 징조 속에서 지적 활동의 징조를 추출해 그것이야말로 사건의 원인이라고 말한다. 그러나 사건의 원인이 지적 활동 속에 있음을 증명하려는 온갖 노력에도 불구하고, 상당한 양보를 하고서야 지적 활동과 여러 민족의 운동 사이에 뭔가 공통된 것이 있다고 인정할 수 있을 뿐이며, 지적 활동이 사람들의 활동을 지배한다는 것은 어떠한 경우에도 인정할 수 없는데, 왜냐하면 인간 평등을 외치며 일어난 프랑스혁명의 더없이 잔혹한 살인이나, 사랑을 주장하며 일어난 무자비한 전쟁 같은 현상은 이 가정에 대치되기 때문이다.

그러나 설령 이들 역사를 채우고 있는 복잡한 논쟁들이 전부 옳다고 하더라도, 또 민족이 관념이라고 불리는 막연한 힘에 지배되었다고 하더라도, 역사의 본질적인 의문은 여전히 대답 없이 방치되거나, 종래의 군주의 힘과 세계사가들이 도입한 고문들과 그 밖의 사람들의 영향력에 또하나의 관념이라는 새로운 힘이 더해져 이 힘과 대중의 관계에 대한 또하나의 설명이 요구될 뿐이다. 나폴레옹이 권력을 잡았고, 그 때문에 사건이 일어났다는 것은 이해할 수 있다. 또 얼마쯤 양보해서, 나폴레옹이 다른 세력과 더불어 사건의 원인이 되었다는 것도 이해할 수 있다. 그러나 『사회계약론』이라는 책 한 권이 어떻게 프랑스 국민들을 서로 물에 빠뜨리게 했는가 하는 의문은 이 새로운 힘과 사건의 인과관계에 대한 설명 없이는 이해할 수 없다.

같은 시간을 살아가는 모든 사람 사이에는 의심의 여지 없이 관계라는 것이 존재하고, 인류의 운동과 상업, 수공업, 원예, 그 밖의 어떤 것이든 서로가 원하는 것에서 관계를 찾을 수 있는 것과 마찬가지로 사람들의 지적 활동과 역사적 운동 사이에서도 일종의 관계를 발견할 수 있다. 그러나 문화사가들이 왜 사람들의 지적 활동을 역사적 운동 전체의 원인 혹은 표출로서 제시하는지는 이해하기 어렵다. 역사가가 이러한 결론에 도달할 수 있는 것은 다음과 같은 이유에서일 뿐이다. 1) 역사는 학자에 의해 쓰이는 것이므로 그들 계층의 활동이 전 인류 운동의 기초라고 생각하는 것은 그들에게 자연스럽고도 유쾌한 일이고, 상인이나 농민이나 병사의 경우도 마찬가지다(이것이 표명되지 않는 건 상인이나 병사는 역사를 쓰지 않기 때문이다). 그리고 2) 정신적 활동, 계몽, 문명, 문화, 사상 같은 것은 모두 불명료하고 불명확한 개념으로, 이런 개념의 기치 아래서는 더욱 불명료한, 그래서 어떤 이론에도 쉽게 적용할 수 있는 말들을 사용하는 것이 지극히 편리하기 때문이다.

그러나 이런 종류의 역사들이 갖는 본질적 가치는 말할 것도 없이(어쩌면 이런 역사가 누군가에게 또는 무엇인가에는 필요할지도 모르지만), 모든 세계사가 점차 흡수되어가는 문화사가 주목을 끄는 것은, 상세하고 진지하게 여러 가지 종교적, 철학적, 정치적 주장을 사건의 원인으로서 분석하면서도 일단 현실적인 역사적 사건, 예를 들어 1812년 원정을 기술해야 할 때는 자기도 모르게 그 원정은 나폴레옹의 의지의 산물이라 단언하며 권력의 산물로서 묘사하기 때문이다. 이런 식으로 기술함으로써 문화사가들은 본의 아니게 자기모순에 빠지거나 그들이 생각해낸 새로운 힘이 역사적 사건을 표현하고 있지 않다는 것과, 역사를 이해하는 유일한 수단은 그들이 언뜻 인정하지 않는 듯이 보이는 바로 그 권력이라는 것을 스스로에게 증명하고 있다.

3

기관차가 달린다. 저것은 어떻게 움직일까 하는 의문이 생긴다. 한 농민은 악마가 움직이고 있다고 말한다. 다른 이는 기관차의 바퀴가 움직이기 때문이라고 말한다. 또다른 이는 바람에 날리는 연기 속에 운동의 원인이 있다고 주장한다.

농민의 말은 반박하기 어렵다. 그에게 반박하려면 누군가 악마가 없다는 것을 증명하든지, 아니면 다른 농민이 기관차를 움직이는 것은 악마가 아니라 독일인이라고 설명해야 한다. 그래야만 모순 속에서 그들은 자신들이 모두 틀렸다는 것을 알게 될 것이다. 그러나 차바퀴의 운동이 원인이라고 말한 사람은 스스로 자기 주장을 뒤집게 될 것인데, 왜냐하면 일단 분석에 발을 들인 이상 그는 더 앞으로 앞으로 나아가야 하기 때문이다. 그는 차바퀴 운동의 원인을 설명해야 한다. 그리고 기관차를 움직이는 최후의 원인인 보일러에 압축된 증기에 도달할 때까지 그에게는 원인 규명을 멈출 권리가 없다. 또 뒤로 날리며 흘러가는 연기로 기관차의 운동을 설명했던 사람은 차바퀴로도 원인이 설명되지 않는다는 것을 깨닫고 닥치는 대로 특징을 포착해 자기 입장에서 그것을 마치 원인인 것처럼 말한 것에 지나지 않는다.

기관차의 운동을 설명할 수 있는 유일한 개념은 눈에 보이는 운동과 동등한 힘의 개념이다.

여러 민족의 운동을 설명할 수 있는 유일한 개념은 민족들의 운동 전체와 동등한 힘의 개념이다.

그런데 역사가들은 이 개념을 정말 다양하고, 눈에 보이는 운동과는 전혀 동동하지 않은 힘으로 파악한다. 어떤 사람은 기관차 안의 악마를 보는 농민처럼 이 개념을 영웅이 직접 가진 힘이라고 보고, 어떤 사람은 차바퀴의 운동처럼 몇 개의 다른 힘들에서 생긴 힘이라고 보고, 또 어떤 사람은 바람에 날리는 연기처럼 지적인 영향이라고 본다.

역사가 카이사르, 알렉산드로스, 루터, 볼테르 같은 특정 개인들의 역사이고 모든 사람의 역사가 아닌 한, 사건에 참가하는 모든 사람을 제외하지 않고는 사람들이 자신의 활동을 하나의 목적으로 향하게 만드는 힘이라고 하는 개념 없이 인류의 운동을 서술하기는 불가능하다. 그리고 역사가가 알고 있는 유일한 그런 개념이 바로 권력이다.

이 개념은 현재와 같은 서술 방법으로 역사의 자료를 다룰 수 있는 유일한 손잡이이며, 버클처럼 역사 자료를 취급하는 다른 방법을 발견하지 않고 이 손잡이를 부숴버린 자는 결국 역사를 다룰 수 있는 마지막 가능성을 잃어버린 것이나 다름없다. 역사의 현상을 설명하기 위해 권력이라는 개념이 불가결하다는 것을 증명하는 것은, 겉으로는 권력 개념을 거부하면서도 발걸음마다 이것을 이용하지 않을 수 없는 세계사가나 문화사가 자신들이다.

인류의 여러 문제에 관한 한 지금까지 역사학은 유통되는 화폐, 즉 지폐나 경화와 같은 것이다. 전기적 역사와 민족사는 지폐와 유사하다. 그 역사가 무엇에 의해 보증되는가라는 의문이 생기기 전까지는 누구에게도 해롭지 않고, 오히려 이익을 가져다주며 통용되고 유통될 수 있다. 어떻게 영웅의 의지가 여러 사건을 일으켰는가라는 의문을 잊어버리기만 한다면, 티에르들의 역사는 흥미롭고 교훈적일 뿐만 아니라 시적 뉘앙스까지 느끼게 한다. 그러나 지폐는 발행하기 쉬워 남발할 수 있고 게다가 금화로 교환하려 할 때 지폐의 실제 가치에 대한 의심이 생기는데, 이와 마찬가지로 이 같은 역사도 너무 남발되어 나타나거나 혹은 누군가가 단순한 마음에서 나폴레옹은 대체 어떤 힘으로 그런 일을 했는가? 하고 묻기라도 하면, 즉 유통 화폐를 실제 개념인 금화로 바꾸려고 할 때, 이러한 유의 역사들의 실제적 의의에 대한 의심이 생긴다.

세계사가나 문화사가는 지폐의 불편을 인정하고 지폐 대신 금만큼의 밀도는 없지만 다른 금속으로 경화를 만들기로 결심한 사람과 유사하다. 그래서 화폐는 경화가 되지만, 그것은 그저 쨍그랑거릴 뿐이다. 지폐로는 차라리 모르는 사람을 속일 수 있지만, 쨍그랑거리기만 하고 가치는 없는 경화로는 아무도 속일 수 없다. 금이 교환 때뿐만 아니라 사업에 쓰일 때 비로소 금인 것과 마찬가지로 세계사가도, 권력은 무엇인가? 라는 역사의 근본적 질문에 대답할 수 있을 때 비로소 금이 되는 것이다. 그러나 세계사가는 이 질문에 모순된 대답을 하고, 문화사가는 이 질문을 전적으로 피해 엉뚱한 대답을 내놓는다. 그리고 금화를 닮은 메달이 그것을 금화로 인정하자고 동의한 사람들과 금의 특성을 모르는 사람들 사이에서만 통화通貨로 사용되는 것과 마찬가지로, 인류의 근본적 질문에 대답하지 않는 세계사가나 문화사가는 자신들의 어떤 목적을 위해 대학이나 독자 대중, 이른바 그들이 말하는 진지한 애서가들 사이에서만 통화로서 쓸모가 있을 뿐이다.

4

민족의 의지는 선출된 한 사람에게 신적으로 종속되고, 그 의지는 신의 의지에 인도된다는 고대인들의 관점을 거부한 이상, 역사학은 인류의 일에 신이 직접 관여한다는 고대의 신앙으로 돌아가든가, 아니면 권력으로 불리는 힘, 즉 역사적 사건을 일으키는 힘의 의의를 명확히 설명하든가 어느 한쪽을 선택하지 않고는 모순 없이 한걸음도 내디딜 수 없다.

전자로 돌아간다는 것은 신앙이 붕괴되어 불가능하므로, 권력의 의의를 설명해야만 한다.

나폴레옹은 군대를 모아 전장에 가도록 명령했다. 이 견해는 우리에게 너무나 당연하고 익숙하기 때문에 나폴레옹이 그렇게 명령했을 때 왜 60만의 인간이 전장에 나갔느냐는 질문은 무의미하게 여겨질 정도다. 그는 권력을 지니고 있었으므로 그가 내린 명령은 실행되었다.

우리가 그의 권력이 신으로부터 주어진 거라고 믿는다면, 이 대답만으로도 충분하다. 그러나 만일 부정한다면, 다른 사람들에 대한 한 사람의 권력이 대체 무엇인지를 정의해야만 한다.

이 권력은 약자에 대한 강자의 육체적 우월, 즉 헤라클레스의 권력처럼 육체적 힘을 행사한다든가 행사하겠다고 위협하는 데 바탕을 둔 직접적 권력일 수 없으며, 또한 일부 역사가가 어느 역사적 인물을 영웅이자 특별한 정신력과 지력을 부여받은 천재라고 말할 때 생각할 수 있는 정신력의 우월에 바탕을 둔 것일 수도 없다. 이 권력이 정신력의 우월에 바탕을 둔 것일 수 없다는 것은, 나폴레옹들처럼 그 정신력에 대한 역사가들의 의견이 나뉘는 경우는 차치하더라도, 우리가 역사에서 보듯 수백만의 인간을 지배한 루이 11세들이나 메테르니히들은 모두 정신력이 뛰어난 사람이 전혀 아니었을 뿐만 아니라 오히려 대개는 그들이 지배했던 수백만의 인간 누구보다 정신적으로 약했기 때문이다.

권력의 근원이 그것을 가진 인물의 육체적 특성에도 정신적 특성에도 있지 않다면, 그것은 분명 그 인물의 바깥, 즉 권력을 가진 인물과 대중의 관계 속에 있을 것이다.

권력에 대한 역사적 이해를 순금으로 교환할 것을 약속하는, 역사의 화폐 교환소라 할 수 있는 법에 대한 과학도 바로 이와 같이 권력을 이해한다.

권력이란 대중에 의해 선출된 통치자들에게 명시적 혹은 암묵적 동의에 의해 표명된 대중 의지의 총화다.

국가와 권력을 어떻게 구성하느냐, 구성할 수 있다면 어떻게 해야 하느냐 하는 문제의 논의로 성립되는 법에 대한 과학 분야에서 이 모든 것은 아주 명백하다. 그렇지만 역사에 적용할 경우 권력의 정의에는 명확한 설명이 필요하다.

법에 대한 과학은 마치 고대인들이 불을 절대적으로 존재하는 것으로 고찰하던 것과 마찬가지로 국가와 권력을 고찰한다. 그런데 역사에서 국가와 권력은 마치 현대 물리학에서 불은 자연력이 아니라 현상인 것과 마찬가지로 한낱 현상일 뿐이다.

역사와 법에 대한 과학의 이 같은 근본적인 견해 차이의 결과, 법에 대한 과학은 그 논리에 의거해 권력을 어떻게 구성해야 하고, 시간을 초월해 부동으로 존재하는 권력은 대체 무엇인지를 상세히 이야기할 수 있지만, 시간 속에서 변모하는 권력의 의의에 관한 역사상의 의문에 대해서는 아무 대답도 할 수 없다.

권력이 통치자에게 옮겨진 대중 의지의 총화라면, 푸가쵸프는 과연 대중 의지의 대표자인가? 그렇지 않다면 나폴레옹 1세는 어째서 대표자인가? 나폴레옹 3세는 불로뉴에서 잡혔을 때*는 죄인이었는데, 왜 나중에는 그가 잡은 사람들이 죄인이 되었는가?

때로 두세 명이 참가하는 궁정 혁명의 경우에도 대중의 의지는 새 인물에게로 옮겨지는 것일까? 국제관계의 경우에도 대중의 의지는 정복자에게로 옮겨지는 것일까? 1808년 라인동맹의 의지는 과연 나폴레옹에게로 옮겨졌을까? 1809년 우군이 프랑스군과 동맹을 맺고 오스트리아와 싸웠을 때 러시아 대중의 의지는 나폴레옹에게로 옮겨졌을까?

이 질문들에 대해서는 세 가지로 대답할 수 있다.

1) 대중의 의지는 언제나 그들이 선택한 한 사람 혹은 수명의 통치자에게 무조건 맡겨지므로, 새로운 권력의 출현이나 일단 내맡긴 권력에 대한 반대 투쟁은 모두 현재의 권력에 대한 침범으로 간주하는 것을 인정한다.

2) 대중의 의지는 일정한 조건 아래 조건부로 통치자들에게 옮겨지며, 권력에 대한 압박과 충돌, 나아가 붕괴까지도 통치자가 권력이 옮겨질 때의 조건을 지키지 않은 결과로 발생한다는 것을 인정한다.

3) 대중의 의지는 조건부로 통치자에게 옮겨지지만 그 조건은 막연

---

* 나폴레옹 1세의 조카인 샤를 루이 나폴레옹 보나파르트(1808~1873)는 1840년 프랑스에서 두번째 정권 탈취를 시도했다가 불로뉴 숲에서 잡혀 종신형을 선고받았으나 벨기에로 도망쳤다. 이후 1851년 12월 2일의 반혁명 쿠데타로 프랑스 황제가 되었다.

하고 일정하지 않기 때문에, 많은 권력의 출현과 그 투쟁과 붕괴는 대중의 의지가 어떤 인물들에서 다른 인물들로 옮겨질 때 붙은 애매한 조건을 통치자가 어느 정도 지켰느냐는 데서 발생한다는 것을 인정한다.

역사가들은 대중과 통치자의 관계를 위와 같이 세 가지로 설명한다.

개별적인 역사가들, 즉 앞서 이야기한 부류의 전기 작가들은 사고가 단순하기 때문에 권력의 의의에 관한 문제를 이해하지 못하고 대중 의지의 총화가 역사적 인물에게 무조건적으로 옮겨진다고 인정하며, 그 결과 어떤 권력에 대해 기술할 때 그것이 유일한 절대적 권력이고, 현재의 이 권력에 반대하는 다른 모든 힘은 권력이 아니라 권력에 대한 침해―폭력이라고 추론한다.

그들의 이론은 원시적이고 평화롭던 역사의 시대에는 들어맞지만 온갖 권력이 동시에 발생해 서로 다투는 복잡하고 혼란스러운 민족 생활의 시대에 적용할 경우, 정통파 역사가는 국민공회*나 5인 집정정부와 보나파르트를 권력에 대한 침해에 지나지 않는다고 입증하고, 공화당과 보나파르트파는 국민공회 혹은 제국을 현재의 권력으로 인정하고 다른 건 모두 권력에 대한 침해라고 입증하는 식의 난처함이 생길 것이다. 이렇듯 이 역사가들의 권력에 대한 설명은 서로를 부정할 뿐이므로 그런 설명은 아주 어린 아이들에게나 적당하다는 데 의심의 여지가 없다.

다른 부류의 역사가들은 역사에 대한 이 견해의 허위를 인정하고, 권력이란 대중 의지의 총화가 통치자에게 조건부로 옮겨지는 것을 바

---

* 프랑스혁명 때의 최고 입법 및 집행 기관으로, 1792년 9월부터 1795년 10월까지 존속했다.

탕으로 하며, 역사적 인물은 민중의 의지가 암묵적 동의로 그들에게
지정한 프로그램을 수행한다는 조건 아래서만 비로소 권력을 가진다
고 말한다. 그러나 그 조건이 어떤 것인지 이 역사가들도 말해주지 않
고, 설령 말한다 해도 그들 서로의 말이 늘 모순된다.

민족 운동의 목적은 무엇인가 하는 문제에 대해 역사가들은 각자의
관점에 따라 그 조건들을 프랑스 또는 다른 나라 국민의 번영, 부, 자유,
계몽 등으로 설명한다. 그러나 이 조건들에 관한 역사가들의 모순은 차
치하더라도, 또 이러한 조건들과 관련해 모든 사람에게 공통된 한 가지
프로그램이 존재한다고 가정하더라도, 우리는 역사적 사실이 거의 언
제나 이 이론과 모순된다는 것을 알아챌 것이다. 만일 권력 이전의 조
건이 국민의 부, 자유, 계몽에 있다면, 왜 루이 14세들과 이반 4세*들은
무사히 치세를 끝마쳤는데, 루이 16세들과 샤를 1세**들은 국민에 의해
처형되었는가? 이 질문에 대해 이 역사가들은 프로그램에 위배된 루이
14세의 활동이 루이 16세에게 반영되었다고 답한다. 그렇다면 대체 왜
그 활동이 루이 14세나 15세에게 반영되지 않고 특히 16세에게 반영
되어야만 했는가? 또 반영된 기간은 얼마 동안인가? 이런 의문에 대해
서는 아무런 대답이 없고, 있을 리도 없다. 또 이 같은 견해로는 의지
의 총화가 수세기 동안 통치자와 그 후계자에게서 움직이지 않고 있다
가 갑자기 겨우 오십 년 사이에 국민공회와 5인 집정정부와 나폴레옹
과 알렉산드르와 루이 18세로, 그리고 다시 나폴레옹, 샤를 10세, 루이

---

* 16세기 러시아 황제로, 극단적 공포정치를 시행해 이반 뇌제라고도 불린다.
** 나폴리–시칠리아왕국 왕(재위 1266~1285)이 되어 지중해제국 건설을 꿈꿨지만 민중
반란으로 결국 죽음을 맞았다.

필리프*, 공화정부, 나폴레옹 3세로 옮겨진 이유가 거의 설명되지 않는다. 대중 의지의 총화가 한 인물에서 다른 인물로 급속히 옮겨진 것을 설명하기 위해, 특히 온갖 국제관계와 정복과 동맹에 얽혀 있는 경우, 이들 역사가는 본의 아니게 그 현상의 일부는 이미 의지의 올바른 이동이 아니라 외교관 혹은 군주 혹은 당 지도자의 책략, 오류, 간계, 약점 등에 좌우된 우연이라 인정하지 않을 수 없게 된다. 그러므로 역사적 현상의 대부분—내란, 혁명, 정복 등—은 이 역사가들의 말대로 하자면, 이미 자유의지 이전의 산물이 아니라 한 사람 혹은 몇 사람의 의지가 방향을 그르친 결과, 바꿔 말하면 다시금 권력에 대한 침해에 지나지 않는 것이다. 따라서 역사적 사건은 이 부류의 역사가들에게도 이론에서 일탈한 것으로 간주된다.

이 부류의 역사가들은 어떤 식물들이 발아해 두 장의 떡잎으로 갈라지는 것을 보고, 생장하는 식물은 모두 두 개의 잎으로 갈라진다고 주장하는 식물학자와 흡사하다. 그들은 종려나무나 버섯이나 떡갈나무가 완전히 자라 가지를 폈는데 두 개의 잎이 아닐 때 이론의 일탈이라고 주장한다.

세번째 또다른 역사가들은 대중의 의지가 역사적 인물로 옮겨지는 것은 조건부지만, 그 조건들이 우리에게 알려지지 않았다는 것을 인정한다. 그들은 역사적 인물은 자신에게 옮겨진 대중의 의지를 수행하는 경우에만 권력을 가질 뿐이라고 말한다.

그러나 이 경우 만일 민족들을 움직이는 힘이 역사적 인물이 아니라

---

* 1830년 7월혁명으로 샤를 10세가 퇴임한 후 왕위에 올랐다.

민족들 자신에게 있다면, 이 역사적 인물의 의의는 어디에 있을까?

이 역사가들은 역사적 인물 자체가 대중의 의지를 표현하고 있으며, 따라서 그의 활동도 대중의 활동을 대표한다고 말한다.

그러나 이 경우에도, 역사적 인물의 활동은 모두 대중 의지의 표현이 되는가, 아니면 어느 일면만 그러한가? 라는 의문이 생긴다. 만일 역사적 인물의 활동이 일부 사람들이 생각하듯 전부 대중 의지의 표현이라면, 나폴레옹들과 예카테리나들의 전기도 궁정 안의 온갖 가십을 담은 민중 생활의 표현이라는 말인데, 그것은 분명 무의미하고, 만일 다른 부류의 엉터리 역사철학가가 생각하듯 역사적 인물의 활동이 일면으로 민중 생활의 표현이라면, 역사적 인물의 어떤 면이 민중 생활을 표현하는가를 결정하기 위해서는 우선 민중 생활이 어떤 것인가를 알아야 한다.

이런 곤란에 부딪힌 이 부류의 역사가들은 가능한 한 많은 사건을 포괄할 수 있는 아주 막연하고 포착하기 어려운 일반적인 추상개념을 생각해내어, 이 추상개념 속에 인류 운동의 목적이 있다고 말한다. 거의 모든 역사가가 받아들인 극히 흔한 일반적인 추상개념은 자유, 평등, 계몽, 진보, 문명, 문화다. 어떤 추상개념을 인류 운동의 목적으로 정한 역사가들은 사후에 가장 많은 기념물을 남긴 사람들—차르, 대신, 사령관, 저술가, 개혁가, 교황, 저널리스트 등—을 그 인물이 어느 하나의 추상개념에 얼마나 기여했느냐 혹은 반대했느냐에 따라, 자신들의 의견대로 연구한다. 그러나 인류의 목적이 자유, 평등, 계몽 또는 문명에 있다는 것은 어떤 것으로도 증명되지 않으며, 대중과 통치자나 계몽자의 관계는, 대중 의지의 총화가 언제나 우리의 눈에 띄는 인물들에게 옮겨진다고 하는 자의적인 추측 위에 성립된 것에 지나지 않으므로, 주거를 옮기고 집을 태우고 농사를 내던지고 서로 죽인 수백만의 행동이 집을 태우지도 않고 농업에 종사하지도 않고 자기와 같은 인간을 죽이지도 않았던 열 명가량 되는 인간의 행동 속에 표현되는 일은 결코 없다.

역사는 한걸음마다 이것을 증명하고 있다. 지난 세기 말엽에 일어난 서방 여러 민족의 동요와 동방으로의 운동이 과연 루이 14세, 15세, 16세, 그들의 총희들과 대신들의 행동 혹은 나폴레옹, 루소, 디드로, 보마르셰*, 그 밖의 사람들의 생애에 의해 설명될 수 있을까?

러시아 민족이 카잔과 시베리아를 향해 동쪽으로 이동한 것이 이반 4세의 병적인 성격과, 그와 쿠릅스키** 사이에 오간 서한을 상세히 기술하는 것으로 표현될까?

십자군 때의 여러 민족의 운동은 고드프루아***들이나 루이들 같은 인물과 그들을 둘러싼 여성들을 연구하는 것으로 설명될 수 있을까? 아무런 목적도 지도자도 없이 부랑자 무리와 은자 피에르가 참가한 서쪽에서 동쪽으로의 여러 민족의 운동은 우리에게는 여전히 알 수 없는 것으로 남아 있다. 그보다 더 이해할 수 없는 것은, 역사적 인물들이 원정에 예루살렘 해방이라는 이치에 맞는 신성한 목적을 세운 그때 이 운동

----

* P. A. C. 보마르셰(1732~1799). 프랑스 극작가. 재치 넘치는 풍자로 귀족제도를 공격했다.
** A. M. 쿠릅스키(1528~1583). 러시아 정치가, 작가. 이반 4세의 최측근이었다. 1564년 리투아니아로 달아나 폴란드로 망명했고, 거기서 이반 4세와 서한을 주고받았다.
*** 고드프루아 드 부용(1060~1100). 제1차 십자군 최고사령관. 팔레스타인 점령 후 이스라엘왕국의 통치자가 되었다.

이 중단되었다는 것이다. 교황과 왕과 기사 등이 성지 해방을 설파하며 민중을 몰아세웠지만, 민중은 이전에 자신들을 움직이게 했던 그 알 수 없는 원인이 더이상 존재하지 않았으므로 가지 않았다. 고드프루아들과 미네쟁거*들의 역사는 분명 민중의 생활을 포괄할 수 없다. 고드프루아들과 미네쟁거들의 역사는 그들의 역사에 그쳤고, 여러 민족과 그들을 몰아세운 것의 역사는 여전히 알 수 없는 것으로 남아 있다.

작가들과 개혁가들의 역사는 더욱 조금밖에 우리에게 민중의 생활을 설명해주지 않는다.

문화사는 작가나 개혁가의 충동과 생활 조건, 사상 등을 설명해준다. 우리는 루터가 흥분하기 쉬운 성격을 지녔고 이러저러한 연설을 했다는 것을 알고, 루소는 의심이 많고 이러저러한 책을 썼다는 것을 알지만, 종교개혁 후에 왜 여러 민족이 서로를 죽였는지, 왜 프랑스혁명 때 서로를 처형했는지는 알지 못한다.

만일 근래 역사가들이 하듯 이들의 역사를 하나로 결합하더라도, 그것은 군주들과 작가들의 역사일 뿐이며 절대 여러 민족의 생활사는 될 수 없다.

5

여러 민족의 생활은 몇 사람의 생활의 틀에 끼워넣을 수 없는데, 그

---

* 중세 독일의 기사, 음유시인, 소리꾼. 주로 전쟁과 종교에 대해 노래했다.

것은 몇 사람과 여러 민족 사이의 결부를 찾을 수 없기 때문이다. 이 결부의 바탕이 대중 의지의 총화가 역사적 인물에게 옮겨진 데 있다는 이론은 역사의 경험이 뒷받침해주지 않는 가정에 불과하다.

대중 의지의 총화가 역사적 인물에게로 옮겨진다는 이론은 어쩌면 법에 대한 과학 분야라면 아주 많은 것을 설명해주고 또 목적을 위해 꼭 필요한 것일 수 있겠지만, 역사에 적용할 경우 일단 혁명과 정복, 내란 등이 나오면, 즉 역사가 시작되면 이 이론은 아무것도 해명해주지 못한다.

이 이론이 언뜻 논쟁의 여지가 없는 것처럼 생각되는 것은, 대중 의지의 이행이라는 행위가 존재한 적이 없어 검증할 수가 없기 때문이다.

그래서 어떤 사건이 일어나든, 누가 사건의 주모자든, 이 이론에 의하면 항상 어떤 인물이 사건의 주모자가 된 것은 의지의 총화가 그에게 옮겨진 때문이라고 말할 수 있다.

역사상의 의문에 대해 이 이론이 주는 해답은, 움직이는 가축 무리를 보며 들 여기저기의 목초의 성질이나 목동의 몰이 방법 같은 것은 아랑곳없이 어느 가축이 선두에 섰는가만 보고 전체 방향의 원인을 판단하는 사람이 주는 대답과 같다.

'가축 무리가 이 방향으로 움직이는 것은 선두의 동물이 그 방향으로 이끌기 때문이고, 다른 모든 동물의 의지의 총화가 이 무리의 통치자에게 옮겨진 것이다.' 권력이 무조건 통치자에게로 옮겨진다는 것을 인정하는 첫번째 범주의 역사가들은 이렇게 대답한다.

'만일 선두에 가는 동물들이 바뀐다면, 모든 동물의 의지의 총화가 하나의 통치자에서 다른 통치자로 옮겨졌기 때문인데, 그것은 이 동물

이 모든 가축이 선택한 방향으로 무리를 이끌고 있는지에 달려 있다.'
알려져 있다고 여겨지는 조건들 아래서 대중 의지의 총화가 통치자들
에게로 옮겨진다는 것을 인정하는 역사가들은 이렇게 대답한다. (이 같
은 관찰 태도에 의하면, 관찰자는 자신이 선택한 방향에 골몰한 나머
지 무리 전체의 방향 변화가 일어났을 때 이미 선두가 아니라 옆쪽, 때
로는 맨 뒤가 되어버린 존재를 지도자로 인정하는 경우도 흔히 있다.)

'만일 선두에 선 동물이 지속적으로 교체되고 무리 전체의 방향이
자주 바뀐다면, 그것은 우리에게 알려진 방향으로 가기 위해 동물들이
자기들의 의지를 우리의 눈에 띈 동물에게로 옮겼기 때문이며, 이 무
리의 운동을 연구하기 위해서는 온갖 방향에서 가고 있는, 우리 눈에
잘 띄는 동물 전체를 관찰해야만 한다.' 군주에서부터 저널리스트에
이르기까지 모든 역사적 인물을 시대의 표현이라고 인정하는 세번째
범주의 역사가들은 이렇게 말한다.

대중의 의지가 역사적 인물에게 옮겨진다는 이론은 질문의 말을 다
른 말로 표현한 것, 즉 패러프레이즈다.

역사적 사건의 원인은 무엇인가? ― 권력이다. 권력이란 무엇인
가? ― 권력은 어느 인물에게 옮겨진 대중 의지의 총화다. 대중의 의지
는 어떤 조건에서 한 인물에게로 옮겨지는가? ― 그 인물에 의해 모두
의 의지가 표현된다는 조건 아래서다. 고로 권력은 권력이다. 고로 권
력은 우리가 의미를 파악할 수 없는 말이다.

만일 인간 지식의 분야가 추상적 사고에만 국한되어 있다고 한다면,
인류는 과학이 주는 권력의 설명을 비판하며 권력은 다만 말에 지나지

않는 것이고 실제로 존재하지 않는다는 결론에 도달할 것이다. 그러나 현상을 인식하기 위해 인간은 추상적 사고 외에 그 사고의 결과를 검토하는 경험이라는 무기를 지니고 있다. 그리고 그 경험이 가르치는 바에 의하면, 권력은 말이 아니라 존재하는 현상이다.

권력이라는 개념 없이 인간의 총체적 활동을 기술할 수 없다는 것은 두말할 것도 없고, 권력의 존재는 역사에 의해, 또 현대 사건의 관찰에 의해 입증되고 있다.

사건이 일어날 때는 한 사람 혹은 몇 사람이 나타나고 그의 의지에 의해 사건이 완성되는 것처럼 보인다. 나폴레옹 3세가 명령하자 프랑스군은 멕시코로 간다.* 프로이센 왕과 비스마르크가 명령하자 군대는 보헤미아로 간다.** 나폴레옹 1세가 명령하자 군대는 러시아로 간다. 알렉산드르 1세가 명령하자 프랑스인들은 부르봉왕조에 복종한다. 경험은 어떤 사건이 일어나든 언제나 그것을 명령한 한 사람 혹은 몇 사람의 의지와 결부되어 있다는 것을 우리에게 가르쳐준다.

역사가들은 신이 인류의 일에 관여한다는 것을 인정하던 오랜 습관에 따라, 권력을 부여받은 인물의 의지 표현 속에서 사건의 원인을 보려 한다. 그러나 이 결론은 이론으로도 경험으로도 입증되지 않았다.

한편 논증은 우리에게 한 인간의 의지 표현—그의 말—은 전쟁이나 혁명 같은 사건 속에 나타나는 전체 활동의 일부에 지나지 않는다고 보여주며, 따라서 불가해한 초자연적인 힘—기적을 인정하지 않고는 한

---

* 1862~1867년, 프랑스의 멕시코 내정간섭 시기에 출정하나 소득 없이 돌아왔다.
** 1862년부터 O. 비스마르크(1815~1898)가 이끌던 프로이센 정부가 일으킨 침략 전쟁의 하나인 1866년의 프로이센-오스트리아 전쟁을 말함.

인간의 말이 수백만 인간을 움직인 직접 원인이 될 수 있다고 생각할 수 없고, 또 한편으로 설령 말이 사건의 원인이 될 수 있다고 가정하더라도, 역사적 인물의 의지 표현은 대개 아무런 효과도 가져오지 않았고, 다시 말해 그들의 명령은 거의 실행되지 않았을 뿐만 아니라, 때로는 명령과 정반대되는 일도 벌어졌다는 것을 역사가 보여주고 있다.

신이 인류의 일에 관여한다는 것을 인정하지 않는다면, 우리는 권력을 사건의 원인으로 인정할 수 없다.

권력은 경험의 관점에서 보면 한 사람의 의지 표현과 다른 사람들에 의한 그 의지의 실행 사이에 존재하는 의존관계일 뿐이다.

이 의존관계의 조건을 해명하기 위해 우리는 우선 의지 표현이라는 개념을 신이 아니라 사람에게 적용해 재구성해야 한다.

만일 고대인들의 역사가 보여주듯이, 신이 명령을 내리고 자신의 의지를 표현한다고 하면, 신은 사건과 아무 관계가 없으므로 이 의지의 표현은 시간에 구속되지 않는 것이고 어떤 동기로 유발된 것도 아닐 것이다. 그러나 시간 속에서 행동하고, 서로 결부되어 있는 사람들의 의지 표현인 명령에 관해 논하려면 명령과 사건의 관계를 해명하기 위해 우리는 다음과 같은 조건을 재구성해두어야 한다. 1) 일어나는 사건 전체의 조건, 즉 사건과 명령자의 시간 속 운동의 연속성, 2) 명령하는 자와 명령을 실행하는 자들의 필연적 결부의 조건.

6

시간에 제약받지 않는 신의 의지 표현만이 몇 년 혹은 수세기 후에 일어날 많은 사건과 관계를 가질 수 있으며, 아무런 동기도 없는 신만이 자기 의지만으로 인류 운동의 방향을 결정할 수 있다. 그러나 인간은 시간 속에서 행동하고, 사건에 직접 참가한다.

지금까지 간과된 첫째 조건, 즉 시간의 조건을 돌이켜보면, 하나의 명령은 어떤 것이든 간에 후속 명령을 가능하게 한 선행 명령 없이는 실행될 수 없는 것임을 알게 될 것이다.

하나의 명령이 제멋대로 나타나 그 속에 많은 사건을 포함하는 일은 없고, 어떠한 명령도 다른 명령으로부터 흘러나오는 것이며, 절대로 많은 사건에 관여하는 것이 아니라 언제나 사건의 어느 순간에만 관여한다.

예를 들어, 나폴레옹이 군대에 출정 명령을 내렸을 때, 사람들은 서로 관련된 맥락을 가진 몇 가지 일련의 명령을 어느 한 시점에 내린 하나의 명령과 결합했으나, 나폴레옹은 러시아 원정을 명령하지 못했고, 또 절대 그런 명령을 내리지도 않았다. 그가 명령한 것은 오늘은 빈, 베를린, 페테르부르크로 이런 서류를 발송하라, 내일은 군대와 함대와 경리부로 어떤 지시와 명령을 보내라는 것들뿐이었지만, 이 수백만의 명령에서 프랑스군을 러시아로 이끈 일련의 사건에 상당하는 일련의 명령들이 만들어졌던 것이다.

나폴레옹은 재위 기간 동안 끊임없이 영국 원정을 명령했고 그의 계획 중 이것만큼 노력과 시간을 들인 일이 없었는데도 재위중 단 한 번도 그 계획은 실행되지 못했고, 그러면서도 그 자신이 여러 차례 이 나라와는 동맹관계를 맺는 편이 유리하다고 언명했던 바로 그 러시아로 원정을 단행했는데, 그것은 처음의 명령들은 일련의 사건들에 부합하지 않았고, 후의 명령들은 사건에 부합했기 때문에 일어난 일이라 볼 수 있다.

명령이 확실히 실행되려면 실행 가능성이 있는 명령이라야 한다. 그런데 실행할 수 있는 것과 실행할 수 없는 것을 구별하는 것은 수백만이 관계한 나폴레옹의 러시아 원정뿐만 아니라 아무리 사소한 사건이라 할지라도 불가능한데, 왜냐하면 어떤 명령이든 실행할 때는 반드시 수많은 장애에 부딪히게 되기 때문이다. 모든 실행된 명령은 언제나 실행되지 못한 무수한 명령들 중 하나에 지나지 않는다. 불가능한 명령은 전부가 사건에 결부되지 않기 때문에 실행되지 않은 것이다. 가능한 명령만이 일련의 사건에 부합하는, 일관성 있는 일련의 명령들에 결부되고 실행될 뿐이다.

사건에 선행한 명령을 사건의 원인이라고 하는 그릇된 생각은, 사건이 일어나고 수천의 명령 가운데 사건과 결부된 것만 실행되었지만, 어떤 명령은 불가능하기 때문에 실행되지 않았다는 것을 우리가 잊기 때문에 생긴다. 또한 이런 의미에서 볼 때 우리의 그릇된 생각의 주된 원인은, 역사의 기술에서는 온갖 무수하고 소소한 일련의 사건, 예를 들어 프랑스군을 러시아로 이끈 모든 사건이 이 일련의 사건이 가져온 결과에 의해 하나의 사건으로 통합되어버리고, 이 통합에 따라 모든 명령도 하나의 의지의 표현에 통합되어버린다는 데 있다.

나폴레옹은 러시아 원정을 원하고 실행했다고 우리는 말한다. 그러나 실제로 나폴레옹의 활동 전체를 놓고 보면, 이런 의지 표현과 유사한 것은 발견할 수 없고, 다만 아주 잡다하고 막연한 방향으로 돌려진 일련의 명령 혹은 의지 표현만 보일 뿐이다. 실행되지 않았던 나폴레옹의 셀 수 없이 많은 명령 중에서 1812년 원정을 위해 실행된 일련의 명령이 생긴 것은, 이 명령들이 어떤 면에서 실행되지 않았던 다른 명령보다 훌륭했기 때문이 아니라, 다만 이 일련의 명령이 어쩌다가 프랑스군을 러시아로 이끈 일련의 사건에 부합되었기 때문이며, 그것은 마치 종이에 본을 떠 이러저러한 형태를 그릴 때 어느 방향에서 어떻게 색을 칠하느냐는 문제가 되지 않고 형태 전체에 색을 칠하면 되는 것과 마찬가지다.

따라서 우리는 명령과 사건의 관계를 시간 속에서 검토할 때, 명령은 어떠한 경우에도 사건의 원인이 될 수 없으며, 이 양자 사이에는 일정한 의존관계가 존재할 뿐이라는 사실을 발견할 것이다.

이 의존관계가 어떤 것인지 이해하기 위해서는 온갖 명령에 관해 지금까지 등한시했던 다른 조건, 즉 모든 명령은 신이 아니라 인간에게서 나온 것이며, 명령하는 사람 자신도 사건에 참여한다는 조건을 재구성할 필요가 있다.

명령하는 자와 명령받는 자의 관계야말로 권력이라 불리는 바로 그것이다. 그 관계는 다음과 같이 성립한다.

사람들은 공동의 행동을 위해 항상 일정한 결합을 이루고, 그 결합 속에서 공동 행동을 위해 세우는 목적은 다양하지만, 그 행동에 참여하는 사람들의 상호관계는 언제나 같다.

이런 결합에 가담한 사람들은 언제나, 결합의 목적인 공동의 행동에 대해서는 가장 다수의 사람들이 가장 직접적으로 참여하고, 가장 소수의 사람들이 가장 덜 직접적으로 참여한다.

공동의 행동을 위해 사람들이 형성한 모든 결합 중에서 가장 눈에 띄고 명백한 것 중 하나가 군대다.

군대는 모두 계급상으로는 가장 낮고 수로는 가장 많은 병사, 계급상으로 그 위인, 즉 전자보다 수가 적은 상등병, 하사관, 그리고 수가 더 적고 계급이 더 높은 상급자들 등등, 마지막으로 한 인물에게 집중되는 군의 최고 권력으로 구성된다.

군대 조직은 완전하고 정확한 원뿔형으로 표현할 수 있는데, 최대 지름을 가진 밑변은 병사들이고, 위로 좁아지며 더 높은 계급을 나타내다 마지막 원뿔의 꼭대기에서 정점을 이루는 것이 사령관이다.

가장 다수를 차지하는 병사는 원뿔형의 최하위, 즉 밑변을 형성한다. 병사는 직접 찌르고 베고 불태우고 약탈하지만, 그 행동에 대해서는 언제나 상관에게 명령을 받고 자신은 결코 명령하지 않는다. 하사관(병사보다 그 수가 훨씬 적다)은 병사에 비해 직접 행동하는 일이 드물지만 명령은 내린다. 장교는 직접 행동하는 일은 훨씬 더 드물고, 훨씬 더 자주 명령을 내린다. 장군은 목표를 지시하고 군대에 진격을 명령할 뿐이며, 무기는 거의 사용하지 않는다. 사령관은 이미 행동에는 전혀 직접 관계하지 않고 다만 대중의 운동에 관해 전반적인 지시만할 뿐이다. 이와 같은 인간 상호관계가 공동의 행동을 위해 만들어진 모든 결합—농업, 상업, 모든 종류의 관리 기구에 언제나 나타난다.

이렇듯 하나로 융합된 원뿔의 모든 점이나 군대 내 여러 계급, 모든 유의 관리 기구, 혹은 공동 사업의 계급이나 지위를 최하층부터 최고

층까지 인위적으로 떼어놓지만 않는다면, 공동의 행동을 위해 결합한 사람들 상호간에 언제나 생기는 관계의 법칙이 분명해지는데, 사람이 행동에 직접 참여할수록 명령을 하는 가능성은 적고 그 수는 많고, 행동 그 자체에 직접 참여하는 일이 적을수록 명령을 하는 가능성은 많아지고 그 수는 적으며, 이렇게 최하층에서부터 올라가, 사건에 직접 참여하는 일은 가장 적고 자신의 활동을 누구보다 명령하는 일에 쏟는 마지막 단 한 사람에 도달한다.

명령하는 자와 명령받는 자의 관계야말로 권력이라 불리는 개념의 본질을 형성하는 것이다.

모든 사건이 일어나는 시간적 여러 조건을 재구성해봄으로써 우리는 명령이 실행되는 것은 그것이 상응하는 일련의 사건에 결부될 때에 한한다는 것을 알게 되었다. 명령하는 자와 실행하는 자 사이의 결부라는 필연적 조건을 재구성해봄으로써 우리는 명령하는 자는 그 본질상 사건 그 자체에 가장 덜 참가하고, 그 활동은 오직 명령에 쓰인다는 것을 발견했다.

7

어떤 사건이 일어나면 사람들은 그것에 관해 의견과 희망을 표명하고, 사건은 많은 사람의 총합적 행동에서 생기는 것이므로 그들이 표명한 의견과 희망 중 하나는 대략적이기는 하나 반드시 실현된다. 표명된 의견 중 하나가 실현되면, 그 의견은 선행 명령으로서 우리 머릿속에서 그 사건에 결부된다.

사람들이 통나무를 끌고 있다. 어디로 어떻게 끌 것인지 제각기 의견을 표명한다. 통나무를 끌어놓고 보니, 그중 한 사람이 말한 대로였다. 그 사람이 명령한 것이다. 이것이 원초적 형태의 명령과 권력이다.

남보다 손을 더 많이 움직인 사람은 자기가 하는 일이나 전체의 행동에서 생기는 일에 대해 생각하거나 명령하는 일을 그만큼 할 수 없었다. 반대로 남보다 명령을 많이 한 사람은 말로써 활동하느라 당연히 손을 움직이는 일은 그만큼 적었다. 하나의 목적에 활동을 집중하는 집단에서는 자신의 활동을 명령하는 일에 더욱 많이 돌릴수록 공동의 활동에 직접 참가하는 일이 적은 사람들 그룹이 더욱 뚜렷이 드러난다.

인간은 혼자서 행동할 때는 언제나 자기 안에 자기 자신이 아는 일련의 판단을 지니고 있는데, 그것이 과거의 활동을 인도했고, 현재의 활동을 정당화하며, 미래의 활동을 예상할 때도 자신을 인도해줄 거라고 생각한다.

사람들의 집단도 이와 마찬가지로, 다만 행동에 참여하지 않은 사람들에게 자신들의 총합적 행동에 관한 판단과 정당화와 예상을 위임할 뿐이다.

우리가 알거나 알지 못하는 이유로 프랑스군은 서로를 물에 빠뜨리고 베어 죽였다. 그러자 그 사건에 상응해 프랑스의 복지와 자유와 평등을 위해 필요한 일이었다는 정당화가 몇몇 사람의 표명된 의지에서 드러났다. 사람들이 서로를 베어 죽이는 일을 그만두자, 권력 통일과 유럽에 대한 저항 등을 위해서라는 정당화가 따랐다. 사람들이 같은 인류를 죽이며 서쪽에서 동쪽으로 나아갔을 때는 프랑스의 영광이니 영국의 비열이니 하는 정당화가 따랐다. 역사가 말해주듯, 사건에 대한 이런 정당화들은 보편적인 의미를 전혀 갖지 못하며, 인간의 권리를 인정한 결과 살인을 했다거나, 영국을 모욕하기 위해 러시아에서 수백만을 죽였다는 등 자기모순에 차 있다. 그러나 이런 정당화는 동시대적 의미로는 필연적 의의를 갖는 것이다.

이런 정당화는 사건을 일으킨 사람들의 도덕적 책임을 제거해준다. 이런 한시적인 목적은 기차 앞에 달려 철로를 청소하는 솔과 같은 것으로, 인간의 도덕적 책임이라는 길을 청소해준다. 어떤 사건을 검토할 때 반드시 봉착하는 의문, 대체 어째서 수백만의 인간이 총합적 범죄, 전쟁, 살인을 범했을까? 라는 지극히 단순한 의문은 이런 정당화 없이는 도저히 설명할 수 없다.

현재의 유럽과 같은 복잡한 형태의 국가와 사회생활의 형식 아래서 황제와 대신, 의회, 신문 등이 지령하고 지시하고 명령하지 않는 사건이, 그 종류가 어떤 것이든 있다고 생각할 수 있을까? 국가적 통일, 민족성, 유럽의 균형, 문명에서 정당화를 발견할 수 없는 총합적 행동이 과연 있을까? 발생한 모든 사건은 필연적으로 표명된 희망 중 어느 것에라도 부합하고, 그 정당화를 얻고, 한 사람 또는 그 이상의 사람들의 의지의 산물로 여겨지게 된다.

움직이는 배는 어디를 향하고 있든 앞쪽에서는 항상 배가 헤치는 물결의 흐름이 보인다. 배를 탄 사람들에게는 그 흐름이 눈에 보이는 유일한 운동일 것이다.

우리는 그 흐름을 가까이에서 순간순간 보고 그것을 배의 운동과 비교할 때 비로소 흐름의 모든 순간이 배의 운동에 의해 결정된다는 것을 알게 되며, 우리가 알아채지 못하게 움직이고 있었기 때문에 착각에 빠졌다는 것을 확신하게 된다.

역사적 인물의 운동을 하나하나 보고(즉 모든 사건의 필연적 조건—시간 속에서의 운동의 연속성이라는 조건을 재구성해서) 역사적 인물과 대중의 필연적 관계를 놓치지 않는다면, 우리는 물결의 움직임에서 보았던 것과 같은 것을 발견할 것이다.

배가 일정한 방향으로 나아갈 때는 앞쪽에도 같은 흐름이 있고, 배가 빈번하게 방향을 바꾸면 그 앞의 달리는 흐름도 빈번하게 바뀐다. 그러나 배가 어느 쪽으로 방향을 바꾸든, 그 운동에 선행하는 흐름은 언제나 있다.

어떤 일이 일어나더라도, 그것은 항상 예견되고 명령된 것으로 판명될 것이다. 배가 어느 쪽을 향하든 물결의 흐름은 배의 운동을 인도하지도 강화하지도 않고 그 앞에서 움직일 뿐이지만, 멀리서 보면 제멋대로 움직이고 있을 뿐만 아니라 배의 운동을 인도하는 것처럼 보이는 것이다.

역사가들은 사건에 대해 명령으로써 관계를 갖는 역사적 인물의 의지 표현만을 검토해, 사건이 그 명령에 좌우되었다고 생각해왔다. 그러나 우리는 사건 자체와 역사적 인물을 포함한 대중과의 관계를 검토해 역사적 인물과 그의 명령은 사건에 달려 있다는 것을 발견했다. 이 결론에 대한 의심할 수 없는 증거는, 아무리 명령의 수가 많더라도 다른 원인이 없다면 사건은 일어나지 않지만, 일단 일어나면—어떤 사건이든—끊임없이 표명되는 다양한 인물들의 모든 의지들 가운데 의

미적으로나 시간적으로나 명령으로서 사건과 관계가 있는 것이 반드시 발견된다는 것이다.

이 결론에 이른 우리는 다음과 같은 두 가지 역사의 본질적 문제에 대해 단순명쾌하게 대답할 수 있다.

1) 권력이란 무엇인가?

2) 어떤 힘이 여러 민족의 운동을 일으키는가?

1) 권력이란, 어느 인물과 다른 사람들의 관계이며, 이 인물은 현재 행해지는 총합적 행동에 대한 의견, 예상, 정당화를 더 많이 표명할수록 행동에 덜 참여한다.

2) 여러 민족의 운동을 일으키는 것은 역사가들이 생각하듯 권력도, 지적 활동도, 양자의 결합도 아닌 사건에 직접 참가하는 모든 사람의 활동이며, 그들은 사건에 직접적으로 가장 많이 참가할수록 가장 적은 책임을 지고, 또 그 역도 성립하는 형태로 사건에 참가하며 결부되는 것이다.

정신적인 면에서는 사건의 원인은 권력이고, 육체적인 면에서는 권력에 복종하는 사람들이라고 생각된다. 그러나 육체적 활동을 수반하지 않는 정신적 활동은 생각할 수 없으므로, 사건의 원인은 어느 한쪽이 아니라 양자의 결합에 존재한다.

다시 말해 우리가 검토하는 현상에 대해서는 원인이라는 개념을 적용할 수 없는 것이다.

마지막 분석에서 우리는 인간의 지혜가 자신의 대상을 가지고 놀지 않는 한 모든 사고의 분야에서 봉착하는 극단의 경계, 즉 영원이라는 원에 도달한다. 전기는 열을 일으키고, 열은 전기를 일으킨다. 원자들은 서로 끌어당기기도 하고 밀어내기도 한다.

우리는 열과 전기, 원자의 상호작용이 왜 생기는지 설명하지 못하고, 달리 생각하지도 못하며, 당연히 그렇게 되어야 하니까 그렇다고, 그것이 법칙이라고 말한다. 역사적 현상들에 대해서도 마찬가지다. 왜 전쟁이나 혁명이 일어날까? 우리는 모른다. 우리는 어떤 행동을 하기 위해 사람들이 일정한 결합을 형성해 모두가 참가한다는 것을 알 뿐이며, 그것은 그러한 것이다, 그것은 법칙이다, 라고 말한다.

8

만일 역사가 외면적인 현상만을 다룬다면, 이 단순하고 분명한 법칙을 제시하는 것만으로 충분할 것이며, 우리도 이 논의를 끝낼 것이다. 그러나 역사의 법칙은 인간에게 관련되는 것이다. 물질의 입자들은 서로 끌어당기거나 밀어낼 필요를 전혀 느끼지 않고, 그것은 사실이 아니라고 우리에게 말할 수도 없지만, 역사의 대상인 인간은 분명하게 말한다. 나는 자유로우므로 법칙에 지배되지 않는다.

비록 명백히 표명되지는 않았지만, 인간의 자유의지라는 문제는 역사의 한걸음마다 느껴진다.

진지하게 사고하는 역사가들은 모두 이 문제에 어쩔 수 없이 봉착한다. 역사학의 모든 모순, 모호함, 이 학문이 걸어가는 잘못된 길은 전부 이 문제가 해결되지 않고 있기 때문에 비롯된 것이다.

만일 개개인의 의지가 자유라면, 즉 각자가 원하는 대로 행동할 수 있다면, 모든 역사는 어떠한 일관성도 없는 우연의 연속들에 지나지 않을 것이다.

가령 천 년 동안 수백만 중에 단 한 명이라도 자유롭게 자기가 바라는 대로 행동할 수 있는 가능성을 가지고 있었다면, 법칙에 위배되는 이 사람의 자유로운 행동 하나만으로도 모든 인류에게 적용되는 어떤 법칙이 존재한다는 가능성은 분명 파괴되었을 것이다.

그러나 만약 인간의 행동을 지배하는 법칙이 하나라도 존재한다면, 인간의 의지는 모두 이 법칙에 종속되어야 하기 때문에 자유의지는 있을 수 없다.

이 모순이야말로 인류 최고의 지성들을 사로잡고, 고대에서부터 그 거대한 의미 속에서 제기된 자유의지 문제의 핵심이다.

문제는 인간을 어떠한 관점으로든—신학적, 역사적, 윤리적, 철학적 관점—관찰의 대상으로서 바라볼 때, 다른 모든 존재하는 것과 마찬가지로 인간도 종속되는 보편적인 필연의 법칙이 발견된다는 것이다. 그러나 우리가 의식하는 것을 바라보듯 자기 내부에서부터 인간을 바라보면, 우리는 스스로를 자유롭다고 느낀다.

이 의식은 이성과는 완전히 별개인, 독립된 자기의식의 원천이다. 인간은 이성을 통해 자기 자신을 관찰한다. 그러나 인간은 의식을 통해서만 자기 자신을 알 수 있다.

자기에 대한 의식이 없다면 어떠한 관찰도, 이성의 적용도 생각할 수 없다.

이해하고, 관찰하고, 추론하기 위해 인간은 우선 자신을 살아 있는 것으로 의식해야 한다. 살아 있는 존재로 의식한다는 것은 곧 욕망하는 존재로서 자신을 아는 것이며, 즉 자신의 의지를 의식하는 것이다. 인간은 삶의 본질을 이루는 자신의 의지를 자유로운 것으로 의식하고 또한 다르게는 의식할 수 없다.

인간이 자신을 관찰해 자신의 의지가 언제나 정해진 법칙에 따라 방향이 정해져 있다는 것을 알게 된다면(음식 섭취의 필요나 뇌의 활동 등 무엇이든 관찰해), 그는 자신의 의지가 항상 같은 방향이라는 것을 의지의 제한이라고밖에는 이해하지 못한다. 자유롭지 않은 것은 제한될 리도 없다. 인간의 의지는 인간이 자신의 의지를 자유로운 것으로만 의식하기 때문에 제한된 것으로 여겨지는 것이다.

당신은 내가 자유롭지 않다고 말한다. 나는 손을 들었다가 내린다. 누구나 이 비논리적인 대답이 반박할 수 없는 자유의 증명이라는 것을 이해할 것이다.

이 대답은 이성에 속하지 않은 의식의 표현이다.

만일 자유에 대한 의식이 이성과는 별개의 독립된 자기의식의 원천이 아니라면, 그것은 추론이나 경험에 종속되겠지만, 실제로 그러한 종속은 결코 없고 생각할 수도 없다.

수많은 경험과 추론이 각자에게 제시하는 바에 따르면, 인간은 관찰의 대상으로서는 모두 일정한 법칙에 종속되고, 그것에 복종하며, 일단 인정된 인력의 법칙이나 불가침성*의 법칙과는 절대 다투려 하지 않는다. 그러나 바로 그 일련의 경험과 추론이 인간에게 알려주는 사실은, 인간이 자기 안에 의식하는 완전한 자유란 있을 수 없으며, 인간의

---

* 두 개의 물체가 같은 시간에 같은 공간을 차지하지 못한다는 성질.

모든 행동은 그의 조직과 성격과 그에게 작용하는 동기 등에 좌우되는
것이지만, 인간은 이 같은 경험과 추론의 결론에 절대 복종하지 않는
다는 것이다.

돌이 아래로 떨어진다는 것을 경험과 추론으로 안 사람은, 의심 없
이 그것을 믿고 어떠한 경우에도 일단 인정된 이 법칙의 실현을 예기
한다.

그러나 자신의 의지가 법칙에 종속된다는 것을 의심의 여지가 없을
만큼 알면서도 인간은 그것을 믿지 않고, 믿을 수도 없는 것이다.

전과 같은 성격, 전과 같은 조건에 놓일 때 인간은 전과 같은 행동을
한다는 것을 경험과 추론이 인간에게 몇 번을 보여준다 해도, 인간은
같은 성격, 같은 조건으로 항상 같은 결과로 끝나는 일에 착수할 때,
설령 그것이 천번째라 할지라도 역시 그 일을 경험하기 전과 마찬가지
로 자신은 원하는 대로 행동할 수 있다는 확신한다. 미개인이든 사상
가든 인간은 누구나 같은 조건 아래서 상이한 두 행위를 상상할 수 없
다는 것이 추론과 경험으로 반박할 수 없을 만큼 입증되었는데도, 이
(자유의 본질을 이루는) 무의미한 개념 없이는 생활을 상상할 수 없다
고 느끼는 것이다. 그것이 아무리 불가능한 것이라고 해도 있다고 느
끼는 것은, 인간은 자유의 개념 없이는 생활을 이해할 수 없을 뿐만 아
니라 한순간도 살아갈 수 없기 때문이다.

살아갈 수 없는 것은 인간의 모든 열망과 삶에 대한 모든 동기가 자
유를 증대하려는 열망에 지나지 않기 때문이다. 부―빈곤, 명성―무명,
권력―복종, 힘―무력, 건강―질병, 교양―무지, 노동―무위, 포식―기
아, 미덕―결점은 자유의 대소 차이일 뿐이다.

자유가 없는 인간은 생명을 빼앗긴 인간이라고밖에는 생각할 수 없다.

만일 자유의 개념이 동일한 시점에 두 가지 행위를 할 수 있는 가능성이나 원인 없는 행위와 같이 이성에게는 무의미한 모순으로 여겨진다면, 그것은 의식이 이성에 속하지 않는다는 증명에 불과하다.

경험이나 추론에 속하지 않는 흔들리지 않고 반박될 수 없는 자유의 의식, 모든 사상가에 의해 인정되고, 만인에게 예외 없이 느껴지고, 그것 없이는 인간에 대해 어떠한 것도 생각할 수 없는 의식이 문제의 또 다른 일면을 형성하고 있다.

인간은 전능하고 온전히 선하며 모든 것을 아는 신의 창조물이다. 그렇다면 죄, 즉 인간의 자유에 대한 의식에서 그 개념이 비롯되는 죄란 무엇일까? 이것은 신학의 문제다.

인간의 행위는 통계로 표현되는 일반적인 불변의 법칙에 지배받는다. 그렇다면 사회에 대한 인간의 책임, 즉 자유에 대한 의식에서 그 개념이 비롯되는 이 책임은 무엇일까? 이것은 법학의 문제다.

인간의 행위는 타고난 성격과 그 성격에 작용하는 여러 동기에 의해 일어난다. 그렇다면 인간의 자유에 대한 의식에서 그 개념이 비롯되는 양심과 행위에 대한 선악 의식은 무엇일까? 이것은 윤리학의 문제다.

인간은 인류 전체의 생활과 결부되어 있고, 이 생활을 규정하는 법칙에 종속된 것으로 여겨진다. 그러나 바로 그 인간이 이 결부에서 독립할 때는 자유로운 것으로 여겨진다. 여러 민족과 인류의 과거 생활은 어떻게 보아야 하는가—인간의 자유로운 활동의 산물로서 보아야 할까, 부자유한 활동의 산물로서 보아야 할까? 이것은 역사학의 문제다.

오늘날처럼 지식 대중화의 자부심이 강한 시대에는 무지의 최대 무기인 도서 인쇄의 보급으로 의지의 자유라는 문제가 문제 그 자체도 있을 수 없게 될지 모르는 기반으로 옮겨지고 말았다. 오늘날 이른바 진보적인 인사의 대다수, 즉 무지한 자들의 무리는 문제의 일면에 불과한 자연실험자들의 연구를 문제 전체의 해결로 잘못 받아들이고 있다.

인간의 생활은 근육운동으로 표현되고, 근육운동은 신경활동에 의해 규제되므로 영혼과 자유는 없다. 우리는 언제인지도 모르는 시대에 원숭이에서 발생한 존재이므로 영혼과 자유는 없다—그들은 이렇게 말하고, 쓰고, 인쇄하지만, 그들은 자기들이 생리학과 비교동물학을 동원해 증명하려고 안간힘 쓰는 그 필연의 법칙이 수천 년 전부터 모든 종교가와 사상가에 의해 인정되었을 뿐만 아니라 한 번도 부정된 일이 없다는 것을 전혀 생각해보지도 않는 것이다. 그들은 이 문제에서의 자연과학의 역할은 문제의 일면을 해명하는 도구에 불과하다는 것을 깨닫지 못한다. 왜냐하면 관찰의 견지에서 보면 이성이나 의지는 뇌의 분비작용(sécrétion)에 불과하고, 인간이 일반적 법칙에 따라 언제인지도 모르는 시기에 하등동물에서 발생했다는 것은 이성의 견지에서 볼 때 인간이 필연의 법칙에 종속된다는 수천 년 전부터 온갖 종교와 철학 이론이 인정해온 진리를 새로운 면에서 설명하는 데 지나지 않으며, 자유의 의식에 기반한 또다른 반대 면이 있는 이 문제의 해결을 머리카락 한 올만큼도 진전시키고 있지 않기 때문이다.

인간이 특정한 시기에 원숭이에서 발생했다는 것은, 인간이 특정한 시기에 한 줌의 흙에서 발생했다는 것과 마찬가지로 수긍할 만하지만(전자에서 X는 시간이고, 후자에서는 발생 자체다), 인간의 자유 의식이 어떻게 그를 지배하는 필연의 법칙과 결부되느냐 하는 문제는 비교

생리학으로도 동물학으로도 해결할 수가 없는데, 개구리와 토끼와 원숭이에게서 우리가 관찰할 수 있는 것은 근육과 신경활동뿐이지만, 인간에게는 근육과 신경활동, 그리고 의식이 있기 때문이다.

이 문제를 해결하려고 생각하는 자연실험자들과 그 추종자들은 마치 교회 벽 한 면에만 회반죽을 칠하라고 명령받은 미장이가 감독자가 없는 틈에 창과 성상과 발판과 아직 다 굳지도 않은 벽까지 모두 칠하고 미장이의 눈으로 바라보며 전부 반반하고 매끄럽게 칠해졌다고 기뻐하는 것과 흡사하다.

9

역사에서 자유와 필연 문제의 해결은—이 문제 해결을 시도해온 다른 지식 분야에 비해—역사학의 경우 이 문제가 인간 의지의 본질 그 자체가 아니라, 과거 일정한 조건 아래서 이 의지가 발현된 것에 대한 표상에 관련되어 있다는 한 가지 장점이 있다.

이 문제의 해결에서 역사학은 다른 과학에 대해, 실험과학이 이론과학을 대하는 것 같은 입장에 서 있다.

역사학의 대상은 인간의 의지 그 자체가 아니라 의지에 대한 우리의 표상이다.

그러므로 역사학에는 신학이나 윤리학이나 철학과 마찬가지로, 자유와 필연이라는 모순된 두 개의 결합에 대한 해결할 수 없는 비밀은 존재하지 않는다. 역사학은 모순된 두 개의 결합이 이미 그 안에서 발생한 인간의 생활에 대한 표상을 고찰한다.

어떤 역사적 사건도 일부분은 자유이고, 일부분은 필연이라 생각되지만, 현실의 생활에서는 모든 역사적 사건과 모든 인간의 행동이 조금의 모순도 느껴지지 않고 아주 분명하고 명확하게 이해된다.

자유와 필연이 어떻게 결합되고, 이 두 개념의 본질은 무엇인가라는 문제를 해결하기 위해 역사철학은 다른 과학이 걸어간 길과는 반대의 길을 갈 수 있고, 또 그렇게 해야만 한다. 자기 안에서 자유와 필연의 개념을 정의하고 이 정의에 생활의 현상을 적용하는 것이 아니라, 역사학은 항상 자유와 필연에 지배되는 것처럼 생각되는, 삶에 종속되는 수많은 현상 속에서 자유와 필연이라는 개념 그 자체의 정의를 이끌어내야 하는 것이다.

많은 사람 혹은 한 사람의 활동에 관한 어떤 표상을 검토하더라도, 우리는 그 활동을 일부분은 인간의 자유, 일부분은 필연의 법칙의 산물로밖에 이해할 수 없다.

민족들의 이동, 야만족의 침입, 나폴레옹 3세의 명령, 혹은 한 시간 전에 몇 개의 산책길 중 하나를 택한 인간의 행동 등에 대해 이야기할 때 우리는 조금의 모순도 느끼지 않는다. 이들의 행동을 인도한 자유와 필연의 기준이 우리에게 명확히 정해져 있기 때문이다.

우리가 현상을 고찰하는 시점의 차이에 따라 자유에 대한 표상은 종종 달라지지만, 그럼에도—항상 같은 것은—인간의 모든 행동은 언제나 우리에게는 자유와 필연의 일정한 결합으로 여겨진다. 어떤 행위를 검토하더라도 반드시 그 속에서 일정량의 자유와 필연을 발견하게 된다. 그리고 항상 어떤 행동이든 자유가 많을수록 필연의 양은 적어지고, 필연이 많을수록 자유의 양은 줄어든다.

자유와 필연의 비율은 행위를 고찰하는 관점에 따라 증감하지만, 이 비율은 항상 반비례한다.

물에 빠졌을 때 남을 붙잡아 같이 빠져 죽게 한 사람, 갓난애에게 젖을 먹이느라 지치고 굶주려 음식을 훔친 어머니, 대열 속에서 호령에 따라 무방비 상태의 인간을 죽인 규율에 익숙한 사람, 이들은 이들의 사정을 아는 사람에게는 비교적 죄가 가볍게, 즉 자유가 적고 보다 더 필연의 법칙에 지배된 것으로 보이지만, 그 자신이 물에 빠졌다는 것과 어머니가 굶주렸다는 것과 병사가 대열 속에 있었다는 사실 등등을 모르는 사람에게는 자유가 많은 것으로 보인다. 마찬가지로 이십 년 전에 살인을 저지르고 그후 해를 끼치지 않고 사회 속에서 조용히 살아온 사람은 비교적 죄가 가볍게 느껴진다고 할 때, 그의 행위는 이십 년의 세월이 지난 뒤에 그것을 검토하는 사람에게는 오히려 필연의 법칙에 더욱 종속된 것으로 보이지만, 범행 다음날 같은 행위를 검토하는 사람에게는 자유가 많은 것으로 보인다. 역시 마찬가지로 광인이나 취한, 극도로 흥분한 인간의 모든 행위는 그 사람의 심리 상태를 아는 사람에게는 비교적 자유가 적고 필연이 많다고 생각되고, 모르는 사람에게는 자유가 많고 필연이 적다고 생각된다. 이 모든 경우에 행위를 검토하는 관점의 차이에 따라 자유의 개념은 증가 혹은 감소하고, 그것에 따라 필연의 개념도 감소 혹은 증가한다. 따라서 필연이 크게 느껴질수록 자유가 작게 느껴진다. 역도 그렇다.

종교, 인류의 상식, 법에 대한 과학, 역사학 그 자체도 자유와 필연 사이의 이 관계를 이해한다.

자유와 필연에 관한 우리의 표상이 증가하거나 감소하는 경우는 모두 예외 없이 다음 세 가지 근거만 있다.

1) 행위를 한 인간과 외부 세계의 관계

2) 시간과의 관계

3) 행위를 유발한 원인과의 관계

첫번째 근거는 우리가 알 수 있을 정도로 차이가 있는 인간과 외부 세계의 관계이며, 인간이 자신과 동시에 존재하는 모든 것에 대해 차지하는 일정한 위치에 대한, 명백함의 정도에 차이가 있는 개념이다. 바로 이것이 물에 빠진 사람은 육지에 있는 사람보다 자유롭지 못하고 보다 더 필연에 지배된다는 명백한 근거다. 바로 이것이 인구밀도가 높은 지역에서 다른 사람들과 밀접한 관계를 맺고 생활하고, 또 가족이나 근무나 사업에 결부되어 있는 사람의 행위는 고독하고 격리된 사람보다 분명 자유롭지 못하고 보다 더 필연에 지배된다는 근거다.

만약 우리가 인간이 주변 모든 것과 맺는 관계를 배제하고 오로지 인간만을 관찰한다면, 그의 모든 행동은 자유로운 것처럼 보일 것이다. 그러나 그를 둘러싼 주위의 것—그와 이야기하는 사람, 그가 읽는 책, 그가 하는 일, 그를 둘러싼 공기, 그의 주변 물체들에 떨어지는 빛 등—과 그의 관계를 일부라도 인정하면, 그 조건 하나하나가 그에게 영향을 미쳐 행동의 일부라도 지배한다는 것을 알게 된다. 그리고 이런 영향을 알수록 그의 자유에 관한 우리의 표상은 감소하고, 그가 종속되는 필연의 표상은 증가한다.

2) 두번째 근거는, 우리가 알 수 있을 정도로 차이가 있는 인간과 세계의 시간적 관계이며, 인간의 행위가 시간 속에서 차지하는 일정한

위치에 대한, 명백함의 정도에 차이가 있는 개념이다. 바로 이것이 결과적으로 인간 종의 탄생을 낳은 최초의 인간의 타락은 현대인의 결혼보다도 분명 자유롭지 못한 것으로 보이는 것의 근거다. 그리고 수세기 전에 살았던 사람들의 생활과 활동, 즉 시간 속에서 나와 연결되는 생활과 활동은, 아직 결과를 알 수 없는 현대인의 생활만큼 자유롭지 않은 것으로 생각되는 것의 근거다.

이러한 점에서 자유와 필연의 대소에 관한 표상의 차이는, 행위의 실행에서부터 그에 대한 판단에까지 이르는 시간적 간격의 크고 작음에 좌우된다.

가령 내가 지금 처해 있는 조건과 거의 같은 조건으로 일 분 전에 했던 행위를 검토한다면, 그 행위는 분명 자유로운 것으로 생각될 것이다. 그러나 내가 한 달 전에 했던 행위를 검토한다면, 이제 다른 조건에 처해 있는 나는 만약 그때 그 행위를 하지 않았다면 그 행위로 인해 발생한 유익하고 유쾌하고 필요한 많은 것이 생길 수 없었을 거라는 것을 부득이 인정하게 될 것이다. 만일 내가 더 먼 과거, 십 년 혹은 그보다 더 먼 과거의 행위를 회상한다면, 내 행위의 결과는 더 명료하게 떠오를 것이고, 만일 그 행위가 없었다면 어떻게 되었을까 하는 것을 상상하기도 힘들 것이다. 회상을 따라 더 과거로 거슬러갈수록, 혹은 판단을 통해 더 먼 미래로 갈수록, 어느 쪽이나 결국 똑같지만, 행위의 자유에 관한 나의 고찰은 더욱 의심스러워질 것이다.

이와 마찬가지로 인류 전체의 사안에 우리의 자유의지가 관여하고 있다는 확신의 급수를 역사 속에서도 본다. 현대에 일어난 사건은 우리에게 의심의 여지 없이 모두 알려진 사람들의 일로 보이지만, 더 멀리 떨어진 사건에서는, 우리는 이미 피할 수 없는 결과, 즉 그것 없이는 우리가 다른 아무것도 떠올릴 수 없는 그런 결과를 본다. 그리고 우리가 사건을 검토하는 과정에서 먼 과거로 거슬러갈수록, 그것들은 덜 자유로운 것으로 생각된다.

오스트리아-프로이센 전쟁은 우리에게는 의심의 여지도 없이 교활한 비스마르크 등의 소행이라고 생각된다.

이미 의심스러우나 나폴레옹의 몇 차례에 걸친 전쟁은 그래도 아직 우리에게는 영웅들의 의지의 산물로 생각되지만, 십자군 원정은 이미 시간 속에서 뚜렷한 자리를 차지한 사건이자, 그것 없이는 유럽의 새 역사를 생각할 수 없다고 보는데도, 십자군 원정의 연대기 저자들에게는 이 사건 역시 몇 사람의 의지가 만든 산물로 인식되고 있다. 민족들의 이동에 관해서는 오늘날 그 누구도 유럽 세계의 갱신이 아틸라*의 임의에서 일어났다고 생각하지 않는다. 역사에서 관찰의 대상을 먼 과거에서 찾을수록, 사건을 일으킨 사람들의 자유는 더욱 의심스러워지고, 필연의 법칙은 더욱 명백해진다.

3) 세번째 근거는, 인과因果의 무한한 연결은 다소 차이는 있지만 우리에게 어느 정도 접근이 가능하다는 것인데, 이러한 인과의 연결은 이성의 필연적 요구이고, 그 안에는 모든 이해 가능한 현상이 있으므로 인간의 모든 행위는 선행한 것에 대해서는 결과로서, 후행하는 것에는 원인으로서 일정한 위치를 차지한다.

바로 이것이 한편으로는 관찰을 통해 도출된, 인간이 종속되는 생리

---

* 406~453. 훈족 최후의 왕. 유럽 훈족 중 가장 강력했던 왕으로 동로마제국을 정복하고 유럽 대다수 국가를 황폐화시켰다.

적, 심리적, 역사적 법칙이 우리에게 더 잘 알려질수록, 또 행동의 생리적, 심리적, 역사적 원인이 우리에게 올바르게 분별될수록, 또다른 한편으로는 관찰되는 행동 그 자체가 단순할수록, 우리가 고찰하는 행동을 한 인간의 성격과 두뇌가 단순할수록, 우리와 다른 사람들의 행동이 더 자유롭고 필연에 덜 종속된다고 여겨지는 근거다.

어떤 행위의 원인을 전혀 이해할 수 없을 때는 그것이 악행이건 선행이건, 선악을 구별할 수 없는 경우이건 간에 우리는 그 행위에 최대의 자유가 있다고 여긴다. 악행의 경우, 우리는 그 행위에 대해 무엇보다 처벌을 요구하고, 선행인 경우에는 무엇보다 그 행위를 존중한다. 선악을 구별할 수 없는 경우에는 최대의 개성, 독창성, 자유를 인정한다. 그러나 수많은 원인 중 하나라도 명백해지면, 우리는 이미 어느 정도의 필연을 인정해, 범죄에 대한 처벌 요구는 적어지고, 선행의 공적에 대한 인정도 적어지고, 독창적이라고 생각했던 행위의 자유도 더 적다고 생각한다. 범죄자가 악인들 속에서 자랐다는 것만으로도 이미 죄가 경감된다. 부모의 자기희생, 보답 가능성이 있는 자기희생은 이유가 없는 자기희생보다 잘 이해되고, 따라서 그만큼 공감의 가치도 적고 그만큼 자유도 더 적다고 여겨진다. 종파와 정당의 창립자, 혹은 발명가도, 그들의 활동이 무엇을 바탕으로 준비되었는가를 알게 되면, 우리의 놀라움도 줄어든다. 만일 우리에게 수많은 경험이 있거나, 우리의 관찰이 끊임없이 인간 행동 속에서 원인과 결과의 상호관계를 찾는 데 집중된다면, 우리가 결과를 원인에 올바르게 결부시킬수록 사람들의 행동은 한층 필연적이고, 한층 부자유한 것으로 생각될 것이다. 만일 관찰되는 행동이 단순하고, 우리가 관찰을 위해 그런 행동들을 많이 가지고 있다면, 그 행동들의 필연성에 대한 우리의 표상은 더욱 완전한 것이 될 것이다. 파렴치한 아버지를 둔 아들의 파렴치한 행위, 특정 환경에 빠져버린 여자의 나쁜 품행, 금주한 자가 다시 술꾼으로 돌아가는 행위 등등은 원인이 이해되는 만큼 자유가 적은 것으로 인식되는 것들이다. 관찰의 대상인 행위자가 만약 어린이, 광인, 백치 같은 지능발달의 최하 수준에 있는 경우라면, 우리는 행위의 원인과 성격과 지능의 단순함을 알기 때문에 곧 거기에 보다 많은 필연과 보다 적은 자유를 인정하고, 어떤 행위를 유발하는 명백한 원인을 알면 곧바로 그 행위를 예기할 수도 있다.

이 세 가지 근거에 의해서만 모든 법률에 존재하는 책임능력 부재와 정상참작이 성립된다. 책임능력은 심판을 받는 사람이 자신이 놓인 조건들에 대해 아는 것이 많은가 적은가에 따라, 범죄의 실행에서 재판까지의 시간의 간격이 큰가 작은가에 따라, 행위의 원인에 대한 이해도가 높은가 낮은가에 따라 크게 생각되기도 하고 작게 생각되기도 한다.

10

이렇듯 자유와 필연에 관한 우리의 표상은 외부 세계와의 관련이 많은가 적은가, 시간의 간격이 큰가 작은가, 인간의 생활 현상을 고찰할 때 근거가 되는 여러 원인과의 결부가 많은가 적은가에 따라 단계적으로 증감한다.

따라서 외부 세계와의 관련이 더없이 명백하고, 행위의 성립에서 재판까지의 시간이 가장 길고, 행위의 원인도 가장 이해하기 쉬운 인간의 상태를 검토한다면, 우리는 최대의 필연과 최소의 자유라는 표상을 얻을 것이다. 외적 조건에 좌우되는 일이 가장 적은 인간을 검토한다면, 즉 그 행위가 현재에서 가장 가까운 순간에 행해지고 행위의 원인도 이해할 수 없는 것이라면 우리는 최소의 필연과 최대의 자유라는 표상을 얻을 것이다.

그러나 이러한 경우든 저러한 경우든 우리가 아무리 관점을 바꾸고, 인간과 외부 세계가 놓여 있는 그 관계를 아무리 잘 이해해도, 그 관계가 우리에게 아무리 잘 이해되어도, 시간의 간격이 크든 작든, 원인을 이해하든 이해 못하든 간에 우리는 결코 완전한 자유도 완전한 필연도 상상할 수 없다.

1) 우리가 아무리 외부 세계의 영향에서 격리된 인간을 상상하더라도, 공간에서의 자유의 개념은 얻을 수 없다. 인간의 모든 행동은 인간을 둘러싼 것과 그 육체에 피할 수 없이 조건지어져 있다. 나는 손을 올렸다가 내린다. 나의 행동은 나에게는 자유로 생각되지만, 여러 방향으로 손을 올릴 수 있었는가를 나 자신에게 묻는다면, 나는 나를 둘러싼 주변의 물체들과 내 육체의 구조상 장애물이 가장 적은 쪽을 택해 손을 올렸다는 사실을 인정할 수밖에 없다. 만일 가능한 모든 방향 중에서 내가 한 방향을 택했다면, 그 방향에 가장 장애물이 적었기 때문이다. 나의 행동이 자유이기 위해서는 나의 행동이 그 어떤 장애물에도 맞닥뜨려져서는 안 된다. 완전한 자유를 상상하려면 인간을 공간 밖에 있다고 상정해야 하는데, 그것은 분명 불가능하다.

2) 우리가 아무리 판단의 시점을 행동 시점에 접근시킨다고 해도, 시

간에서 자유의 개념은 얻을 수 없다. 왜냐하면 일 초 전에 했던 행동도, 행동은 수행된 그 시점에 묶이는 것이므로 나는 그 행동이 자유가 아님을 인정할 수밖에 없다. 나는 손을 들 수 있을까? 나는 손을 들지만, 이미 지나가버린 그 순간에 나는 손을 들지 않을 수 있었을까? 하고 자문한다. 이것을 확인하기 위해 다음 순간 손을 들지 않는다. 그러나 내가 손을 들지 않았던 것은 내가 자유에 관해 자문했던 그 최초의 순간이 아니다. 내가 붙잡을 수 없는 시간은 이미 흘렀고, 내가 그때 들었던 손은 내가 지금 움직이지 않는 그 손이 아니고, 그 행동을 했을 때의 공기도 지금 내 주위를 둘러싼 공기가 아니다. 최초의 행동이 일어난 순간은 돌이킬 수 없고, 그 순간 나는 한 가지 행동만 할 수 있었고, 내가 어떤 행동을 했다면, 그것은 하나밖에 있을 수 없다. 내가 다음 순간에 손을 들지 않은 것이 내가 손을 들지 않을 수 있다는 증거가 되지는 않는다. 그리고 어느 순간의 나의 행동은 하나밖에 있을 수 없으므로, 그것은 동시에 다른 것이었을 수 없다. 그 행동을 자유로운 것으로 상상하기 위해서는 현재에서, 과거와 미래의 경계선에서, 즉 시간 밖에서 상상해야 하는데, 그것은 불가능하다. 그리고,

3) 원인을 이해하기가 아무리 어려워도, 우리는 결코 완전한 자유의 표상, 즉 원인이 없다는 생각에까지 이르지는 않는다. 자신 또는 타인의 행위에서 의지 표현의 원인이 우리에게 아무리 이해가 되지 않더라도 지성의 첫번째 요구는 원인을 상정하고, 그것을 탐구하는 일이며, 원인이 없으면 어떠한 현상도 생각할 수 없다. 내가 어떤 원인에도 지배되지 않는 행동을 하기 위해 손을 든다 해도, 원인을 갖지 않은 행위를 하고 싶다는 것이 바로 내 행위의 원인이 된다.

그러나 일체의 영향을 완전히 초월한 인간을 상상하고, 현재의 행위만을 검토해, 이것을 어떤 원인에 의해 유발된 것이 아니라고 가정하고 0에 가까운 필요의 무한히 작은 잔여물만 인정하더라도, 우리는 역시 인간의 완전한 자유라는 개념에는 도달하지 못할 것이다. 외부 세계의 영향을 받지 않고, 시간 밖에 서서, 어떤 원인에도 좌우되지 않는 존재자는 이미 인간이 아니기 때문이다.

이와 마찬가지로 우리는 자유가 전혀 없고 필연의 법칙에만 종속되는 인간의 행동도 결코 상상할 수 없다.

1) 인간이 놓인 공간적 조건에 대한 우리의 지식이 아무리 증가해도, 공간이 무한한 것과 마찬가지로 조건의 수도 무한하기 때문에 그 지식은 절대로 완전한 것이 될 수 없다. 따라서 인간에게 미치는 영향의 모든 조건이 해명되지 않는 한 완전한 필연성은 없고, 어느 정도 자유가 있게 된다.

2) 우리가 고찰하는 현상에서부터 판단까지의 시간을 아무리 연장하더라도, 그 기간은 유한하고 시간은 무한하며, 따라서 이 점에서도 완전한 필연성은 있을 수 없다.

3) 어떤 행동의 원인들의 사슬이 아무리 이해된다고 해도, 이 사슬은 무한하므로 우리는 결코 그것을 다 알지 못하며, 이 점에서도 완전한 필연성은 있을 수 없다.

그러나 그것만이 아니라, 가령 0에 가까운 가장 작은 자유의 잔여물을 가정하고, 죽어가는 인간이나 태아나 백치 같은 존재에게 자유가 완전히 없다고 상정한다면, 이로 인해 우리가 검토하는 대상인 인간에 대한 개념 그 자체를 잃어버리게 될 것인데, 왜냐하면 자유가 없어지면 인간도 존재하지 않기 때문이다. 그러므로 필연의 법칙에만 지배되어 최소한의 자유의 잔여물도 없는 인간의 행동을 상상하는 것은, 완전히 자유로운 행동을 상상하는 것과 마찬가지로 불가능하다.

따라서 필연의 법칙에만 종속되는 자유가 없는 인간의 행동을 상상하려면, 무한한 수의 공간적 조건들과 무한한 시간적 기간과 원인들의 무한한 행렬을 알고 있다고 가정해야 한다.

필연의 법칙에 종속되지 않는 절대자유의 인간을 상상하려면, 공간과 시간과 인과율 밖에 있는 유일한 한 사람을 상상해야 한다.

첫째의 경우, 만일 자유가 없는 필연이 있을 수 있다면, 우리는 그 필연에 의해 필연의 법칙을 정의하는 것에, 즉 내용이 없는 형식에만 도달할 것이다.

둘째의 경우, 만일 필연이 없는 자유가 있을 수 있다면, 우리는 공간과 시간과 원인 밖에 있는 무조건적인 자유에 도달하겠지만, 그 자유는 무조건적이고, 어디에도 제한되지 않는다는 사실 그 자체 때문에 무無가 되든가 형식이 없는 내용이 될 것이다.

우리는 일반적으로 인간의 세계관 전부를 형성하는 두 가지 근거, 즉 이해할 수 없는 삶의 본질과, 그 본질을 결정짓는 법칙에 도달할 것이다.

이성은 이렇게 말한다. 1)공간은 외관—물질—이 주는 모든 형태를 갖추고 있으나 무한하며, 그 외에는 생각할 수 없다. 2)시간은 한순간도 쉼이 없는 무한의 운동이며, 그 외에는 생각할 수 없다. 3)원인과 결과의 관계는 시작도 없고 끝도 가질 수 없다.

의식은 이렇게 말한다. 1)나는 하나이고, 존재하는 모든 것은 나뿐이고, 따라서 나는 공간을 포함하고, 2)나는 흐르는 시간을 현재라는 정지된 순간에 재고, 그 현재의 순간에만 살아 있다고 자신을 의식하므로, 나는 시간 밖에 있고, 3)나는 나를 내 생활의 온갖 현상의 원인이라고 느끼므로, 나는 원인 밖에 있다.

이성은 필연의 법칙을 표현한다. 의식은 자유의 본질을 표현한다.

아무것에도 제한되지 않는 자유는 인간의 의식 안에 있는 생의 본질이다. 내용을 갖지 않는 필연은 세 개의 형식을 갖춘 인간의 이성이다.

자유는 검토되는 것이다. 필연은 검토하는 것이다. 자유는 내용이다. 필연은 형식이다.

형식과 내용으로서 서로 관계를 갖는 인식의 두 근원을 분리했을 때 비로소 서로 배타적이고 불가해한 자유와 필연이라는 개념들이 개별적으로 생겨난다.

이것들을 결합했을 때 인간 생활에 대한 명확한 표상이 생긴다.

개념들의 결합 속에서—형식이 내용과 결합하듯—규정하는 두 개념 외에는 생활에 대한 그 어떤 표상도 불가능하다.

사람들의 생활에 대해 우리가 아는 것은 모두 자유와 필연, 즉 의식과 이성의 법칙이 갖는 일종의 관계일 뿐이다.

자연의 외부 세계에 대해 우리가 아는 것은 모두 자연의 힘과 필연성, 또는 삶의 본질과 이성의 법칙이 갖는 일종의 관계일 뿐이다.

자연의 삶의 힘은 우리의 외부에 있고 우리에게 의식되지 않기 때문에 우리는 그 힘을 인력, 타력, 전기력, 동물력 등으로 부르지만, 인간의 삶의 힘은 우리에게 의식되기 때문에 우리는 그 힘을 자유라고 부른다.

그러나 모든 인간이 느끼지만 그 자체는 이해하기 힘든 인력, 그것이 종속되는 필연의 법칙(모든 물체는 무게를 가지고 있다는 최초의 지식에서 뉴턴의 법칙에 이르기까지)을 우리가 아는 한도에서만 이해할 수 있는 것과 마찬가지로, 모두가 의식하지만 그 자체는 불가해한 자유의 힘도 그것을 지배하는 필연의 법칙(모든 인간은 죽는다는 것에서 더없이 복잡한 경제적, 역사적 지식에 이르기까지)을 우리가 아는 한도에서만 이해할 수 있다.

모든 지식은 삶의 본질을 이성의 법칙에 적용하는 데 불과하다.

인간의 자유는 그 힘이 인간에게 의식된다는 점에서 다른 모든 힘과 다르지만, 이성에게는 그 힘도 다른 힘과 다르지 않다. 인력, 전기력, 화학적 힘이 각기 다른 것은 이성이 그 힘을 여러 가지로 규정하기 때문이다. 이와 마찬가지로 인간의 자유의 힘도 이성이 그것에 부여한 정의 때문에 다른 자연의 힘과 구별될 뿐이다. 필연이 없는 자유, 즉 이것을 정의하는 이성의 법칙이 없는 자유는 인력이나 열이나 식물이 생장하는 힘과 조금도 다르지 않은데, 그것은 이성에게 정의할 수 없는 찰나적인 삶의 감각에 불과하기 때문이다.

천체를 움직이는 힘의 정의하기 어려운 본질이나 열, 전기력, 화학적 힘 혹은 생명력의 정의하기 어려운 본질이 천문학, 물리학, 화학, 식물학, 동물학 등등의 내용을 형성하는 것과 마찬가지로, 자유의 힘의 본질이 역사학의 내용을 형성한다. 그러나 모든 과학의 대상이 이미지의 삶이 지닌 본질의 발현이지만 그 본질 자체는 형이상학의 대상에 지나지 않는 것과 마찬가지로, 공간과 시간과 원인의 의존 속에 있는 인간들의 자유의 힘의 발현은 역사학의 대상이 되지만 자유 그 자체는 형이상학의 대상이다.

실험과학에서는 우리에게 알려진 것을 필연의 법칙이라 부르고, 알려지지 않은 것을 생명력이라고 부른다. 생명력은 우리가 삶의 본질에 관해 알고 있는 것 이외의 아직 알려지지 않은 남은 부분을 표현한 것에 지나지 않는다.

이와 마찬가지로 역사학에서도 우리는 알려진 것을 필연의 법칙이라 부르고, 알려지지 않은 것을 자유라고 부른다. 역사학에서 자유는 우리가 인간 생활의 법칙에 관해 알고 있는 것 이외의 아직 알려지지 않은 남은 부분을 표현한 것에 지나지 않는다.

11

역사는 인간의 자유의 발현을 시간과 원인의 의존 속에 있는 외부 세계와의 관련에서 고찰하고, 즉 자유를 이성의 법칙으로 규정하는데, 그렇기 때문에 역사학은 자유가 이성의 법칙에 의해 규정되는 범위 내에서만 과학이다.

역사학에서 인간의 자유를 역사적 사건에 영향을 미칠 수 있는 힘, 즉 법칙에 종속되지 않는 힘으로 인정하는 것은, 천문학에서 천체 운동의 자유로운 힘을 인정하는 것과 같다.

이것을 인정하는 것은 법칙의 존재, 즉 모든 종류의 지식의 가능성을 파괴해버리는 것이다. 만일 하나라도 자유로이 운동하는 천체가 존재한다면, 이미 케플러나 뉴턴의 법칙은 존재할 수 없고 천체 운동에 관한 어떤 표상도 존재하지 않을 것이다. 만일 하나라도 자유로이 행동하는 인간이 존재한다면 역사적 법칙도, 역사적 사건에 관한 어떤 표상도 일절 존재하지 않을 것이다.

역사에는 인간 의지들의 운동이라는 선들이 있고, 그 선의 한끝은 미지 속에 숨겨져 있고, 다른 한끝의 위쪽에는 공간과 시간과 원인의 의존 속에서 현대의 인간들의 자유 의식이 움직이고 있다.

우리의 눈앞에서 이 운동의 무대가 넓어질수록 그 법칙도 더 분명해진다. 이 법칙을 포착해 명확히 하는 것이 역사의 과제다.

오늘날 과학이 대상을 바라보는 관점으로는, 사람들의 자유의지에서 여러 현상의 원인을 찾는 방법으로 과학의 법칙을 표현하는 것은 불가능하며, 그것은 아무리 인간의 자유를 제한하더라도 그것을 법칙에 종속되지 않는 힘이라고 인정하는 이상 법칙은 존재할 수 없기 때문이다.

이 자유를 무한히 제한함으로써, 즉 그것을 무한소로 다룰 때에만 우리는 우리가 결코 원인을 알 수 없다는 것을 확신하게 될 것이며, 역사학은 원인을 발견하는 대신 법칙을 발견하는 일을 과제로 삼게 될 것이다.

이러한 법칙의 탐구는 이미 오래전에 시작되었고, 역사가 당연히 획득해야 할 새로운 사고방식이 개발되고 있는데, 동시에 옛날의 역사학은 아직도 현상들의 원인을 쪼개고 또 쪼개면서 자멸로 향하고 있다.

인류의 모든 과학은 이 길을 걸어왔다. 과학 중에서도 가장 정확한 수학은 무한소에 도달하자 세분화의 과정을 버리고 미지의 무한소를 모두 합하는 새로운 방법을 취했다. 원인이라는 개념에서 벗어난 수학은 또하나의 법칙, 즉 모든 미지의 무한소의 분자 전체에 공통된 특질을 찾고 있다.

형식은 다르지만 다른 과학들도 같은 사고의 길을 걸어왔다. 뉴턴은 인력의 법칙을 말했을 때, 태양이나 지구가 끌어당기는 성질을 가지고 있다고 하지 않았고, 모든 물체는 최대에서 최소의 것에 이르기까지 끌어당기는 성질을 가지고 있다고, 즉 물체 운동의 원인에 대한 문제는 제쳐두고, 무한대에서 무한소에 이르는 모든 물체에 공통된 성질을 표명했을 뿐이다. 자연과학들도 이와 마찬가지로, 원인의 문제를 제쳐두고 법칙을 탐구하고 있다. 역사학도 같은 길에 서 있다. 만일 역사학이 여러 민족과 인류의 운동을 대상으로 하고 있고, 사람들의 생활의 에피소드를 기술하는 것을 대상으로 하지 않는다면, 역사학은 원인의 개념을 제쳐두고, 동등하고 서로 굳게 결합된 자유의 무한소의 분자 전체에 공통된 법칙을 찾아내야 하는 것이다.

12

코페르니쿠스의 법칙이 발견되고 증명된 이래 움직이는 것은 태양이 아니라 지구라는 하나의 인정이 고대인들의 우주학을 모두 뒤엎어버렸다. 이 법칙을 논박할 수 있었다면 천체 운동에 대한 옛 견해도 유지되었겠지만, 이것이 반박되지 않았기 때문에 프톨레마이오스의 세계들에 대한 연구를 계속 이어가는 것은 불가능하다고 생각되었다. 그러나 코페르니쿠스의 법칙이 발견된 후에도 프톨레마이오스의 세계들에 대한 연구는 오랫동안 지속되었다.

출산과 범죄의 수는 수학의 법칙에 종속되고, 일정한 지리적, 정치 경제적 조건은 통치의 형태를 규정하고, 토지와 주민의 어떤 관계는 민족 이동을 초래한다는 등의 주장이 최초로 제창되고 증명된 이래, 지금까지 역사학이 서 있던 토대는 본질적으로 소멸되고 말았다.

새로운 법칙을 반박하고 종래의 역사관을 유지할 수도 있었을 테지만, 논쟁을 하지 않고 역사적 사건을 사람들의 자유의지의 산물로서 계속 연구하는 것은 불가능하다고 생각되었다. 만일 어떤 지리적, 민족지民族誌적, 경제적 조건 때문에 어떤 통치 형태가 확립되었거나 혹은 민족 이동이 일어났다면, 그러한 통치 형태를 만들거나 민족 이동을 일으킨 사람들의 의지는 이미 원인으로서 검토할 수 없기 때문이다.

그런데 종래의 역사학은 통계학, 지리학, 정치경제학, 비교문헌학, 지질학 등 낡은 역사학의 가정과는 완전히 모순되는 이들 법칙과 더불어 계속 연구되고 있다.

자연철학에서는 신구 두 견해 사이에 오랫동안 완강한 싸움이 계속되었다. 신학은 옛 견해를 옹호하고 새 견해를 계시의 파괴라고 공격했다. 그러나 진리가 승리를 거두자, 신학도 역시 새 기반에 확고한 위치를 구축했다.

역사에 대한 신구 두 견해 사이에 오랫동안 완강한 싸움이 계속되고 있고, 신학은 역시 옛 견해를 옹호하고 새 견해를 계시의 파괴라고 비난하고 있다.

어느 쪽의 싸움도 쌍방에 격정을 유발하고 진리를 흐려놓고 있다. 한쪽에서는 수세기에 걸쳐 건설된 모든 것에 대한 공포와 애석함의 투쟁이 일어나고, 다른 한쪽에서는 파괴를 바라는 격정의 투쟁이 일어난다.

진리로서 대두한 자연철학과 싸우던 사람들은 이 진리를 인정하면 신과 천지창조와 여호수아의 기적에 대한 신앙이 파괴된다고 생각했다. 코페르니쿠스와 뉴턴의 법칙의 옹호자들, 예를 들어 볼테르 같은 사람은 천문학의 법칙이 종교를 파괴한다고 생각하고 종교에 대한 무기로서 인력의 법칙을 사용했다.

현재도 이와 마찬가지로, 필연의 법칙을 인정하면 영혼과 선악의 개념, 그 개념 위에 세워진 모든 국가나 교회에 대한 개념들이 붕괴할 거라고 생각한다.

과거의 볼테르처럼 오늘날에도 인정받지 못하는 필연의 법칙의 옹호자들은 이 법칙을 종교에 대한 무기로서 사용하고 있지만, 코페르니쿠스 법칙이 천문학에서 그랬던 것과 마찬가지로 역사학에서의 필연의 법칙은 국가적 교회적 제도가 축조된 지반을 파괴시키기는커녕 오히려 강화시키고 있다.

당시 천문학의 문제에서와 같이 오늘날 역사학의 문제에서도 견해의 차이는 모두 가시적인 현상의 기준이 되는 절대적 단위를 인정하느냐 인정하지 않느냐는 점에 기초한다. 천문학에서 이 단위는 지구부동설이며, 역사학에서는 개인의 독립, 즉 자유다.

천문학에서 지동설의 인정을 어렵게 한 것이 지구의 부동不動과 행성 운동에 대한 직접적인 지각을 거부해야 한다는 데 있듯, 역사학에서도 개인이 공간과 시간과 원인의 법칙에 종속되고 있다는 것을 인정하기 어렵게 한 것은, 자기 인격의 독립성에 대한 직접적인 지각을 거부해야 한다는 데 있다. 그러나 천문학에서 새 견해가 '사실 우리는 지구의 운동을 느끼지 못하지만, 지구부동설을 인정하면 무의미한 결론에 도달하고, 우리가 느끼지 못하는 이 운동을 인정하면 법칙에 도달할 것이다'라고 말하듯, 역사학에서도 새 견해는 같은 말을 하고 있다. '사실 우리는 자신의 의존성을 느끼지 못하지만, 우리의 자유를 인정하면 무의미한 결론에 도달하고, 외부 세계와 시간과 원인에 의존한다고 인정하면 법칙에 도달할 것이다.'

첫째 경우에는 공간 내에 존재하지도 않는 부동성을 의식하는 것을 그만두고 우리가 감지할 수 없는 운동을 인정해야 하는 것이었고, 오늘날의 경우도 이와 마찬가지로, 존재하지도 않는 자유를 의식하는 것을 그만두고 우리에게 감지되지 않는 의존성을 인정해야만 하는 것이다.

4권

제2부

1) A. P. 예르몰로프는 측면 행진 아이디어를 베니히센 장군의 것으로 보았고, M. I. 보그다노비치는 K. 톨이 이 아이디어를 암시했다고 보았다. 다른 설도 있지만, 20세기 사가들은 쿠투조프에게서 비롯되었다는 결론에 이르렀다.

2) 쿠투조프는 맨 처음 랴잔 가도를 따라 퇴각하다가 1812년 9월 5일 랴잔 가도로 퇴각중이던 2개 카자크 연대를 남겨두고 툴라 가도로 방향을 바꾸었다. 이 양동 작전을 뮈라는 간파하지 못했다. 나폴레옹은 9월 중순 무렵에야 비로소 러시아군의 기본 병력이 주둔한 곳을 파악했다.

3) 러시아군이 이미 칼루가 가도의 크라스나야 파흐라 부근에 머물고 있을 때(1812년 9월 7일), 쿠투조프의 총사령부에 알렉산드르 1세가 파견한 시종무관 A. I. 체르니셰프(1785~1857)가 군사행동 계획을 가지고 도착했다. 계획의 요지는 '주요 전장의 측면에서 작전을 수행중인 러시아군은 증원 부대와 함께 공격 위치로 이동하고, 러시아군에 대항하는 적의 군단들을 러시아에서 몰아내고 나폴레옹군의 배후로 향한다……'였다.

4) 톨스토이의 주장은 역연히 논쟁적이다. 밀로라도비치 장군이 지휘하던 러시아군의 후위는 9월 14일 이후 뮈라 지휘하의 프랑스군과 끊임없이 접촉했다. 쿠투조프는 프랑스군의 재편성에 대해 알고 있었고, 필요한 대책을 받아들이고 있었다. 러시아군에게 '프랑스군의 위치'가 알려져 있었다는 것은 다음 장에서 인용된 1812년 10월 2일자 쿠투조프에게 보낸 알렉산드르 1세의 서한에도 나와 있다.

5) 1812년 9월 16일자 쿠투조프의 명령으로 제1서부군과 제2서부군이 통합된 뒤 바르클라이 드 톨리의 직무는 한정적인 것이 되었고, 그는 이내 병으로 퇴역했다. 알렉산드르 1세에게 보낸 서한에서 그는 그 이유에 관한 자신의 유감을 숨기지 않았다. "저는 제가 지휘하는 군과 함께 살고 죽기를 바랐습니다. 설령 제 병이 그것을 방해하지 않는다 해도 현 상황에서는 피로와 정신적 불안 때문에 군에 남

아 있을 수가 없습니다……"

6) 1812년 10월 3일, 베니히센이 쿠투조프에게 보낸 서한에 대해 말하고 있다. 베니히센은 이 서한에서 프랑스군은 대포 수가 적고 기병대 규모도 그리 크지 않으므로 뮈라군 전위에 대한 군사작전이 가능하다는 뜻을 비쳤다.

7) 사건은 바로 해결되지 않았다. 1812년 10월 5일, 쿠투조프는 예르몰로프에게 사건을 긴급히 조사하라고 명령했다. 그는 예르몰로프에게 보낸 문서에서 "귀관은 오늘 미명에 적을 공격한다는 우리 의도를 알고 있었습니다. 그것을 종결지으려고 나는 저녁 여덟시에 직접 타루티노로 갔습니다. 그러나 놀랍게도 거기 모여 있던 군단 지휘관들은 아무도, 심지어 저녁 여덟시까지도, 기병대 장군 베니히센 남작의 부대가 도착했을 뿐 아무도 명령을 받지 않은 상태였습니다…… 유감스럽게도 이 같은 여러 원인 때문에 미명에 예정한 공격은 늦어지게 되었습니다. 이 모든 것은 각 부대에 명령이 너무 늦게 하달되었기 때문입니다…… 나는 그 원인을 규명하지 않고 좌시할 수 없습니다. 직무 태만이 어떤 것인지 귀관에게 조사를 지시하며, 즉각적인 보고를 기다리겠습니다"라고 썼다.

8) 오를로프-데니소프가 지휘하던 부대는 부대 배치 계획에 따라 가장 우익에 있었다. 날이 밝기 전까지 그 왼쪽에 K. F. 바고부트(1761~1812) 장군의 제2군단이 배치되어야 했다. 그러나 그들은 오전 일곱시경에야 그곳에 도착했다.

9) 1798년 7월 20일, 이집트의 엠바베 마을과 피라미드 사이에서 전투가 있기 전날, 나폴레옹은 프랑스 병사들에게 "병사들이여! 4천 년의 역사가 오늘 이 피라미드의 정상에서 그대들을 응시하고 있다"고 호소했다.

10) 러시아군이 모스크바에서 퇴각한 후, I. S. 돌로호프는 쿠투조프의 지시로 대규모 유격대(약 2천 명)를 통솔했다. 그들은 적의 부대와 수송대를 성공적으로 섬멸했다. 1812년 9월 28일 돌로호프의 유격대는 프랑스군 배후 도시 베레야를 점령했다.

11) 포병대 이등대위 A. S. 피그네르(1787~1813)와 대위 A. N. 세슬라빈(1780~1858)의 부대는 모스크바 근교에서 군사작전을 수행했다. 프랑스군의 모스크바 점령 초기에 피그네르 대위는 자신을 농부 또는 프랑스인이라 속이고 시내에서 정보를 수집했다. 그는 나폴레옹을 살해할 기회를 노리고 있었다. 피그네르는 어느 정도 돌로호프의 실제 모델이기도 하다.

12) 쿠투조프와 베니히센 사이에는 1812년 전쟁의 전략과 전술에 관련한 묵은 불협화음이 있었다. 그들의 관계는 타루티노 전투 때 노골화되었다. 베니히센은 알렉산드르 1세에게 올린 상주문에 "타루티노 전투에서 우익의 자기 부대를 의도적으로 원호하지 않았을 뿐만 아니라, 대체로 군을 파멸적인 태만으로 이끌었

다"고 쿠투조프에 대해 참소했다. 또한 쿠투조프의 가정사를 소상히 늘어놓으며 그를 안일과 쾌락에 빠진 한량으로 몰아붙였다.

13) A. I. 미하일롭스키-다닐렙스키는『1812년 조국전쟁에 대한 기술』에서 이 에피소드를 이와 다르게 기술한다. "'21일 저녁, 밀로라도비치는 이튿날 아침 프랑스군을 공격하기로 마음먹고, 총사령관에게 이를 보고하며 적이 사방으로 흩어져 가고 있다'고 썼다. 그리고 그의 신중함을 알기 때문에 끝에 덧붙였다. '아군의 목전에 위험이 닥치지 않았다는 것을 공작 각하께 단언합니다.' 만일 수보로프가 쿠투조프의 자리에 있었다면 이런 말을 덧붙이지 않고 단도직입적으로 공격하러 간다고 썼을 것이다. 그러면 수보로프는 '잘해보게'라고 답했을 것이다. 그러나 쿠투조프에게는 달리 처신해야 했다. 보고서가 담긴 봉투가 총사령부에 전달되었다. 그러나 당직 장군 코노브니친은 봉투 속이 빈 것을 발견했다. 실수로 보고서를 넣는 것을 잊었던 것이다."

제3부

14) 나폴레옹은 이러한 불만을 자기의 군사(軍使)들인 로리스통(1812년 9월 23일)과 육군 대령 베르테미(1812년 10월 8일)를 통해 언명했다. 프랑스군 참모본부장 베르티에가 쿠투조프에게 보낸 서한에는 "전쟁의 일반적인 법칙에 합치되는 수단을 취해야 하며, 나폴레옹 황제가 애석해하듯 러시아에도 헛되고 해롭기만 한 황폐는 멈춰야 한다"고 쓰여 있었다(M. I. 보그다노비치, 『1812년 조국전쟁사 3』).

15) D. V. 다비도프(1784~1839)는 아흐티르 경기병 연대의 중령으로, 오 년 동안 바그라티온의 부관이었다. 그는 바그라티온을 찾아가 유격전의 이점을 설명했다. 보로디노 전투 며칠 전의 일이었다.

16) 실존 인물이다. D. V. 다비도프는『1812년 파르티잔 군사행동일기』에서 "프랑스 포로들 중 뱅상 보스라는 열다섯 살 난 친위대 고수가 있었다. 소년은 너무 일찍 피어버린 꽃송이처럼, 부모의 집에서 3천 베르스타 떨어진 러시아에서 칼날 아래 혹한 속으로 내몰렸다. 그 모습을 보자…… 내 가슴은 피투성이가 되었다……"고 썼다.

17) 톨스토이는 이 이야기를 바탕으로 단편 「신은 진실을 보지만 이내 말하지 않는다」(1872)를 썼다.

18) 러시아의 적극적인 군사행동이 있고 난 1812년 10월 28일에 나폴레옹은 서쪽

으로 퇴각하며 총사령부를 스몰렌스크로 옮겼다. 이때 기온은 영하 12도였고, 11월 1일에는 영하 17도로 내려갔다.

제4부

19) R. 윌슨(1777~1849) 장군은 러시아군에서 연합 영국군을 이끌었으며, 알렉산드르 1세와 페테르부르크 주재 영국 대사의 비밀정보원이었다. 그들에게 보낸 편지에서 윌슨은 쿠투조프를 태만한데다, 심지어 어떤 공격 계획에 대해서는 반발하기도 한다고 비난했다(N. 두브로빈, 『동시대인들의 서한 속 조국전쟁 1812~1815』, 상트페테르부르크, 1882). 이와 똑같은 비난이 윌슨의『1812년 나폴레옹 보나파르트의 러시아 침입과 프랑스군의 철수 시기의 사건에 대한 수기』(런던, 1860)에도 있다. 이 수기는『러시아통보』(1862)에 발표되었다.

20) M. I. 보그다노비치는 "베레지나 강에서 '위대한 군대'에게 한계가 닥쳤다. 그리고 위대한 군대의 잔존물들의 퇴각은 도주 외에 아무것도 아니었다"라고 썼다(『1812년 조국전쟁사 3』). 베레지나 강 도강에는 실제로 앞선 여러 전투 때처럼 어려운 전투가 따르지 않았다. 그러나 이곳에서 프랑스군은 큰 손실을 입었다. 베레지나 강으로 갔던 4만 중 포로, 전사자, 부상자는 약 3만에 이르렀다.

21) 치차고프가 차단 격파를 주장한 것은 도나우군을 거느리고 왈라키아에 주둔하고 있었을 때이며, 그의 군이 브레스트 근교에 있을 때 A. I. 체르니셰프가 지휘하는 경기병 부대가 바르샤바공국을 기습했다.

22) 톨리는 시종무관장 볼콘스키 공작의 사령부로 전속되었다. 코노브니친 중장은 보병 군단장으로, 예르몰로프 중장은 전(全) 야전군 포병대 사령관에 임명되었다.

23) F. F. 빈친게로데 장군은 1812년 10월 10일 당시 프랑스군이 점령중이었던 모스크바에서 포로로 잡혔고, 모르티에 부대가 떠난 뒤인 10월 11일 빈친게로데를 대신할 I. D. 일로바이스키(1767~1827)가 카자크대를 거느리고 모스크바에 들어왔다.

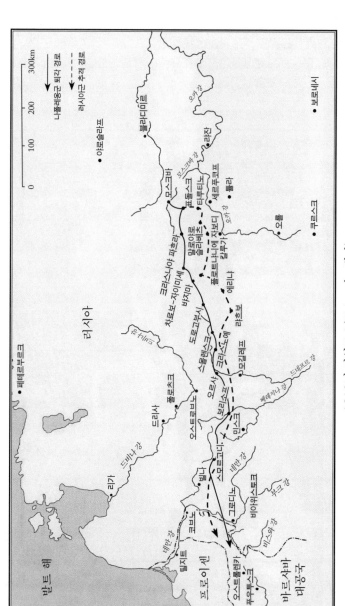

1812년 전역도 2 (모스크바 ~ 빌나)

나는 최상의 생활 조건 속에서 오 년 동안 쉬지 않고 이례적인 노력을 기울인 이 작품의 발표에 즈음해, 서문의 형식을 빌려 작품에 대한 나의 견해를 밝히고, 그것으로 혹시 발생할지도 모르는 독자들의 오해를 막고자 했다. 나는 독자들이 내 작품에서 내가 표현하기를 원하지 않았거나, 표현할 줄 몰랐던 것을 찾기보다 내가 표현하기를 원했지만 (작품의 제약으로) 그것에 구애되는 것이 적합하지 않다고 생각한 점에 주목해주기를 바란다. 시간과 능력 부족으로 내가 의도한 것을 충분히 실행할 수 없었기에, 특별한 잡지*의 따뜻한 배려에 힘입어, 이런 것에 흥미를 가질 독자를 위해 작품에 대한 저자의 견해를 부족하나마

---

* 『러시아의 기록』 1869년 제3호.

간략히 쓰려고 한다.

1)『전쟁과 평화』란 무엇인가? 이것은 장편소설도 아니고, 서사시도 아니고, 역사적 연대기는 더더욱 아니다. 『전쟁과 평화』는 저자가 표현하기 원했고, 표현할 수 있었던 형식으로 표현된 것이다. 산문 예술 작품의 기존 형식에 대한 경시를 이처럼 공언하는 것은, 만일 고의적이거나 전례가 없는 일이라면 자만으로 비칠 수도 있다. 푸시킨 이후 러시아문학의 역사를 보면, 유럽의 형식에서 탈피한 예가 많을 뿐만 아니라, 오히려 반대의 예가 하나도 없을 정도다. 고골의 『죽은 혼』에서부터 도스토옙스키의 『죽음의 집의 기록』에 이르기까지 러시아문학의 새 시기에는 평범함을 탈피한 산문 예술 작품이라면 장편소설, 서사시, 중편소설의 형식에 온전히 들어맞는 것은 하나도 없다.

2)1부가 출판되었을 때 일부 독자들이 내 작품에 시대의 성격이 명확히 드러나지 않는다고 했다. 나는 이 비난에 대해 다음과 같이 반론한다. 나는 내 소설에서 찾지 못하는 어려운 시대의 성격이 어떤 것인지 잘 알고, 그것은 농노제의 공포, 아내를 벽에 가두는 것, 장성한 아들에 대한 매질, 살티치하* 등인데, 나는 우리의 표상 속에 살아 있는 그 시대의 이러한 성격을 사실이라고 보지 않기 때문에 표현할 생각이 없었다. 당시의 편지, 일기, 구전을 검토하며 나는 이러한 폭력의 공포를 오늘날이나 다른 시대보다 많이 발견하지 못했다. 그 시대에도 사람들은 역시 사랑하고 질투하고 진리와 미덕을 추구하고 열정에 이끌렸고, 심지어 복잡한 지적 생활을 영위하고, 상류 계층의 생활은 오히

* D. N. 살티코바(1730~1801). 18세기 말 농노 139명을 학대해 죽음에 이르게 한 광포한 여지주로, 피소되어 평생 수녀원에 감금되었다.

려 지금보다 더 세련된 면이 있었다. 우리의 머릿속에 그 시대의 특성이 전횡과 난폭의 개념으로 형성되었다면, 그것은 다만 구전과 수기와 이야기와 소설 속에서 폭력과 난폭이 두드러진 경우만 전해졌기 때문이다. 그 시대의 중심적인 특성을 난폭이라고 결론짓는 것은, 산 뒤편에서 나무 우듬지밖에 보지 못한 사람이 이 땅에는 나무밖에 없다고 결론짓는 것처럼 잘못된 것이다. 그 시대의 특성은(어느 시대에나 특성이 있듯), 상류층이 다른 계층으로부터 대단히 유리되었다는 것, 당시 지배적이었던 철학이나 교육의 특징, 프랑스어를 쓰는 관습 등에서 비롯되었다. 그리고 나는 이러한 특성을 최대한 표현하고자 노력했다.

3) 러시아어 작품에 프랑스어를 쓰는 것. 왜 내 작품에서는 러시아인뿐만 아니라 프랑스인까지도 일부는 러시아어, 일부는 프랑스어로 말하는가? 러시아어 책에서 등장인물이 프랑스어를 말하거나 쓰는 것을 비난하는 것은, 그림을 보고는 거기에 현실에 없는 검은 얼룩(그림자)을 보았다고 비난하는 것과 같다. 화가가 그림 속 인물에 넣은 음영이 일부 사람들에게 현실에 없는 검은 얼룩으로 보인다 해도, 그것은 화가의 책임은 아니다. 그 음영이 부정확하고 서툴게 묘사되었다면, 화가는 그것에 대해서만 책임이 있을 뿐이다. 금세기 초 러시아에서 일어난 일대 사건을 파고들며, 나는 일부 러시아인들과 나폴레옹, 그리고 그 시대의 생활과 밀접한 관계를 가진 프랑스인들을 묘사하며 어느 틈에 프랑스적 사고의 표현 방법에 필요 이상 깊이 빠져들었다. 따라서 내가 그려넣은 음영이 다소 부정확하고 서툴다는 것은 부정하지 않지만, 나폴레옹이 때에 따라 러시아어를 쓰기도 하고 프랑스어를 쓰기도 하는 것이 우스꽝스럽다고 느껴지는 사람들은, 초상화를 보며 빛과

음영이 묘사된 얼굴이 아니라 코밑의 검은 얼룩에만 주목하기 때문에 그런 느낌이 들 뿐이라는 것을 이해해주기 바란다.

4) 볼콘스키, 드루베츠코이, 빌리빈, 쿠라긴 등과 같은 등장인물의 이름은 모두 유명 러시아인의 이름을 떠올리게 한다. 역사적 인물이 아닌 등장인물을 역사적 인물과 함께 등장시킬 때, 나는 라스톱친 백작과 프론스키 공작이나 스트렐스키, 그 밖에 머릿속에서 두 성을 복합한 혹은 그렇지 않은 성의 공작이나 백작의 대화가 왠지 귀에 거슬린다고 느꼈다. 볼콘스키Болконский나 드루베츠코이Друбецкой라면, 분명 실존한 볼콘스키Волконский나 트루베츠코이Трубецкой는 아니지만, 왠지 귀에 익고 러시아 상류층의 이미지에 어울릴 듯했다. 나는 내 귀에 낯설지 않은 베주히나 로스토프 같은 이름을 모든 인물에 대해 생각해낼 수 없었고 러시아인의 귀에 가장 익숙한 성을 무작위로 가져와 몇 글자를 바꾸는 방법 외에는 이 난국을 해결할 수 없었다. 내가 생각해낸 이름이 실제 이름과 비슷하다고 해서 누군가 실존 인물을 그리려 했다고 생각한다면, 나로서는 실로 유감스러울 것이며, 현존하거나 실존했던 인물을 그대로 베껴 그리는 것을 목적으로 하는 문학은 내가 종사하는 문학활동과 아무런 공통점이 없다는 점에서 특히 그러하다.

M. D. 아흐로시모바와 데니소프, 이 두 사람에게만은 나도 모르게 당시 사회에서 특히 전형적이고 사랑스러운 두 실제 인물에 가깝고, 어울리는 이름을 붙였다. 이 두 인물이 두드러진 특성을 가졌다는 데서 비롯된 나의 실수지만, 실수는 이 두 인물의 설정에만 한하고 독자들은 이 두 등장인물에게서 현실과 일치되는 사건은 전혀 일어나지 않

는다는 것을 알게 될 것이다. 나머지 인물들은 모두 가공이며, 나조차도 구전에서든 현실에서든 인물의 확실한 원형을 찾을 수 없다.

5) 역사적 사건의 묘사에서 역사가들과 나의 의견이 다른 것. 이는 우연이 아니라 피할 수 없는 것이다. 역사적 시대를 그릴 때 역사가와 예술가는 서로 완전히 다른 대상을 취한다. 역사가가 역사적 인물을 그릴 때 그의 생활의 모든 측면에 관련된 세부 사항까지 모두 표현하는 것이 잘못인 것처럼, 예술가가 역사적 인물을 역사적 의의라는 관점에서만 그리려 한다면 그는 자기 임무를 완수할 수 없다. 쿠투조프는 언제나 백마를 타고 망원경을 보며 적을 가리킨 것이 아니다. 라스톱친도 언제나 횃불을 들고 보로노보의 집에 불을 붙인 것이 아니며 (그는 한 번도 그런 적이 없었다), 황태후 마리야 페오도로브나도 언제나 담비가죽 망토를 입고 법전에 손을 얹고 서 있었던 것이 아니지만 대중은 그들을 언제나 그런 모습으로 상상한다.

역사가에게는 어떤 인물이 어떤 목적을 위해 얼마나 기여했는가라는 의미에서 영웅이 존재하지만, 예술가에게는 그 인물이 생활의 모든 측면과 관련된다는 의미에서, 영웅은 존재하지도 않고 존재해서도 안되며 오직 인간만이 존재해야 한다.

역사가는 때로 진실을 왜곡하면서까지 역사적 인물의 모든 행동을 자신이 그 인물에 부여한 하나의 사상에 들어맞도록 해야 한다. 반대로 예술가는 그 사상이 하나로 한정되는 것이 자신의 임무와 일치하지 않는 것임을 알고, 유명 인사가 아닌 한 인간을 이해하고 보여주려고 한다.

사건을 묘사하는 경우에는 이러한 차이는 한층 뚜렷해지고 본질적인 것이 된다.

역사가는 사건의 결과를 다루고, 예술가는 사건의 사실 자체를 다룬다. 전투를 묘사할 때 역사가는 어느 어느 부대의 좌익은 어느 어느 마을로 이동해 적을 격퇴했지만 어쩔 수 없이 후퇴했다, 그때 기병대가 공격에 착수해 적을 궤멸했다…… 등등 하고 쓴다. 역사가에게 이 이외의 표현 방법은 없다. 반면에 예술가는 이런 표현이 아무 의미도 없을 뿐만 아니라 사건 자체에 닿아 있지도 않다고 느낀다. 예술가는 자신의 경험, 편지나 수기나 이야기에서 일어난 사건에 대한 자신의 관념을 끌어내기 때문에, 예술가가 내리는 결론은 역사가가 완성한 (전투의 예에서) 어느 어느 군대의 활동에 관한 결론과 종종 상반된다. 결론의 차이는 양쪽이 정보를 구하는 원천이 다르다는 데 기인한다. 역사가에게 정보의 주요 원천은 (계속 전투의 예에서) 각 지휘관과 총사령관의 보고서다. 그러나 예술가는 그런 원천에서는 아무것도 얻을 수 없고, 그것 또한 예술가에게는 아무것도 말해주지 않고 설명해주지 않는다. 게다가 예술가는 거기서 필연적인 거짓을 발견하고 그것으로부터 눈길을 돌린다. 어떤 전투든 대적하는 양쪽은 언제나 상반된 형태로 그 전투를 묘사하며, 몇 베르스타에 걸쳐 늘어서서 공포와 치욕, 죽음의 영향 아래 놓인 정신적으로 극도로 흥분한 무수한 사람들의 행동을 몇 마디 말로 묘사해야 하기 때문에, 전투에 대한 기술에는 필연적으로 거짓이 포함된다.

전투에 대한 묘사는 보통 어느 어느 군대가 어느 어느 지점을 공격하기 위해 보내지고, 후퇴 명령을 받았다 등등의 방식으로 쓰이는데, 마치 연병장에서 한 사람의 의지에 수만 명을 따르게 하는 규율이 생

사의 문제가 걸린 곳에서도 통한다고 생각하는 듯하다. 전쟁에 참가해
본 자라면 이것이 얼마나 말도 안 되는 것인지 알 것이다.† 그러나 모
든 전투 보고는 이런 가정에 기초를 두고 이루어지며, 그 보고를 바탕
으로 전투가 기술된다. 보고가 쓰이기 전인 전투 직후, 아니면 다음날
이나 다음다음날 부대들을 돌아다니며 모든 병사와 상하급 지휘관들
에게 전투가 어떻게 되어가고 있는지 물어보라. 그들은 자신들이 경험
하고 목격한 것들을 말할 것이고 당신의 머릿속에는 장대하고 복잡하
고 무한히 다양하면서도 막막하고 모호한 인상이 그려질 것이다. 당신
은 총사령관은 물론이고 어느 누구에게서도 전체적인 전투 양상에 대
해서는 결코 들을 수 없을 것이다. 그러나 이삼 일이 지나면 전투 보고
가 시작되고, 수다쟁이들은 자기가 보지도 않은 것을 떠벌리기 시작하
고, 마지막으로 전체적인 보고서가 작성되고 이 보고서를 기초로 군의
공통된 의견이 형성된다. 모두가 안심하며 자신의 의심이나 의문을 이
거짓되나 명쾌하고 언제나 사탕발림하는 의견으로 쉽게 바꿔버린다.
한두 달 뒤, 전투에 참가했던 자에게 다시 물어보면, 이미 그들의 이야
기에서는 이전 같은 날것의 생생한 재료를 얻을 수 없으며, 그들은 보
고서대로 이야기할 것이다. 보로디노 전투에 참가했던 생존자 가운데
지혜로운 사람들이 내게 들려준 이야기들이 다 그러했다. 모두가 미하

† 내 소설 1권과 쇤그라벤 전투에 대한 묘사가 발표된 후, 니콜라이 니콜라예비치 무라
비요프-카르스키*에게서 이 묘사에 대한 내 신념을 뒷받침해주는 이야기가 전해졌다. 총
사령관 니콜라이 니콜라예비치 무라비요프는 이보다 더 정확한 전투 묘사를 읽은 적이
없으며, 전투중에 총사령관의 명령을 실행하는 것은 불가능하다는 것을 자신의 경험을
통해 확신했다고 말했다. (원주)
* 1794~1866. 러시아 장군. 1812년 전쟁에 참가했고, 1844~1855년 캅카스 총독이었다.

일롭스키-다닐렙스키*나 글린카 등의 부정확한 서술을 기초로 이야기했을 뿐만 아니라, 서로 몇 베르스타나 떨어져 있었는데도 그들이 하는 이야기는 세부까지 똑같았다.

세바스토폴 함락** 후 포병 대장 크리자놉스키가 모든 포대의 포병 장교들에게 받은 스무 개가 넘는 보고서들을 내게 넘겨주며 하나의 보고서로 작성하라고 했다. 나는 그 보고서들을 베껴두지 않은 것을 지금에 와서 후회한다. 그것은 전쟁을 서술하는 기초가 되는, 소박하지만 필연적인 군사적 거짓말의 가장 좋은 예였다. 그때 그 보고서를 작성한 많은 동료들은 지금 내 글을 읽고 상관의 명령에 따라 자기가 알지도 못하는 일을 썼던 기억을 떠올리며 쓴웃음을 지을 것이다. 전쟁을 경험한 사람이라면 누구나, 러시아인들이 전장에서 자기 임무를 수행하는 데 얼마나 유능한지, 그리고 이런 일에 따르기 마련인 허풍 섞인 거짓말로 그것을 표현하는 데는 얼마나 무능한지 알고 있다. 우리 군대에서 이 직무는, 즉 보고서와 상주문 작성은 대개 러시아인이 아닌 외국인들이 한다는 것을 누구나 알고 있다.

이러한 모든 것을 이야기하는 것은, 군사 역사가가 소재로 삼는 전쟁의 묘사에는 불가피하게 거짓이 있고, 그러므로 역사적 사건에 대한 예술가와 역사가의 해석이 종종 다를 수밖에 없다는 불가피함을 말하기 위해서다. 그러나 역사적 사건의 서술에 있는 거짓의 필연성과 더불어, 나는 내가 주목한 그 시대를 서술한 역사가들이 특별한 스타일

---

* A. I. 미하일롭스키-다닐렙스키(1790~1848). 러시아 군사 역사가. 『1812년 조국전쟁에 대한 기술』 등을 썼다.

** 1855년 크림전쟁 말기의 일로, 톨스토이는 이 전투에 참가했다.

의 과장된 언어를 사용한다는 것을(아마도 사건들을 그룹지어 정리하고, 그것을 간략히 표현해 사건의 비극적인 톤을 맞추려 하는 습관 때문에) 발견했는데, 그 언어 속에서 종종 거짓과 왜곡은 사건뿐만 아니라 사건의 의미 해석에까지 영향을 미쳤다. 이 시대의 중요한 두 역사서인 티에르와 미하일롭스키-다닐렙스키의 저서를 연구하던 중 나는 종종 이런 책이 어떻게 인쇄되어 읽힐 수 있었는지 당혹스러웠다. 더없이 진지하고 의미심장한 어조로 사료를 인용하며 같은 사건을 정반대로 기술한 것은 말할 것도 없고, 두 저서가 이 시대의 유일한 기념비적 저작이고 수백만의 독자가 있다는 것을 생각하면 웃어야 할지 울어야 할지 모를 그러한 서술을 발견했던 것이다. 유명한 역사가 티에르의 저서에서 한 가지 예를 들어본다. 나폴레옹이 위조지폐를 들여온 것에 대해 그는 이렇게 썼다. "그는 자신과 프랑스 군대에 어울리는 선행으로서 이러한 수단의 사용을 호소하며, 이재민들도 원조하라고 명령했다. 그러나 식량은 이국의 국민들, 그것도 아직 대부분 적의를 품고 있던 그들에게 나눠주기에는 너무도 귀중했으므로, 나폴레옹은 돈을 줘서 다른 곳에서 직접 식량을 구하도록 하는 것이 좋겠다고 생각하고 그들에게 루블 지폐를 지급하게 했다."

이 부분만 떼어놓고 보면 아연할 정도로 부도덕하다고까지 말할 수는 없지만, 그 무의미함이 놀라울 뿐인데, 이 책 전체를 볼 때 이것이 그리 놀랍지도 않은 것은, 직접적인 의미가 없는 지나치게 과장된 전체의 어조에 꼭 어울리기 때문이다.

이처럼 예술가와 역사가의 과제는 완전히 다르기 때문에 내 책에서 사건이나 인물 묘사가 역사가와 차이가 있더라도 독자들이 놀랄 필요는 없다.

하지만 예술가는 역사적 인물과 사건에 대해 대중 사이에 형성된 표상이 그저 공상이 아니라 역사가가 모을 수 있는 최대한의 역사적 기록에 기초한 것임을 잊어서는 안 되며, 따라서 그러한 인물과 사건을 달리 해석하거나 묘사할 때는 역사가와 마찬가지로 사료에 입각해야 한다. 내 소설에서 역사적 인물이 말하고 행동하는 모든 대목은 내가 만들어 낸 것이 아니라 여러 자료에서 나온 것이고, 집필하는 동안 나의 서재는 참고 자료들로 완전한 하나의 도서관을 이루었으며, 자료의 제목들을 여기에 열거할 필요는 없겠지만, 나는 언제라도 그것을 보여줄 수 있다.

6) 마지막 여섯번째이자 내가 가장 중요하게 생각하는 것은, 내가 판단하기에 역사적 사건에서 이른바 위대한 인물이 지닌 의미는 그리 크지 않다는 것이다.

실로 비극적이고 실로 거대한 사건들이 일어난 시대, 우리에게 그토록 가까워 다양한 구전이 아직 생생한 시대를 연구하며 나는 역사적 사건의 원인에 우리 지혜가 닿지 않는다는 것을 분명히 느꼈다. 1812년에 일어난 여러 사건의 원인을 나폴레옹의 정복욕과 알렉산드르 파블로비치 황제의 애국심이라고 말하는 것은(이는 모두가 간단히 생각하는 것이지만), 로마제국 몰락의 원인이 어느 야만인이 그 민족을 서쪽으로 이끌었기 때문이라든가, 어느 로마 황제의 통치가 나빴기 때문이라든가, 파내려가던 거대한 산이 무너진 것이 마지막 인부의 마지막 삽질 때문이라고 하는 것과 마찬가지로 무의미하다.

수백만의 사람이 서로를 죽이고 100만의 절반이 죽은 사건의 원인이 한 사람의 의지일 리 없고, 한 사람이 자기 혼자 산을 파서 무너뜨릴 수 없듯 한 사람이 50만을 죽일 수는 없다. 그렇다면 대체 무엇이 원인일까? 일부 역사가들은 프랑스인의 정복욕과 러시아인의 애국심이 그 원인이라고 말한다. 다른 역사가들은 나폴레옹의 대군이 퍼뜨린 민족주의적 요소나, 러시아가 유럽에 연대해야 했던 점 등등에 대해 말한다. 하지만 대체 왜 수백만이 서로를 죽이고, 누가 그들에게 그런 명령을 내렸는가? 모두가 좋아지기는커녕 더 나빠질 것이 분명했는데도 그들은 왜 그 일을 했을까? 이 무의미한 사건의 원인에 대해서는 무수한 회고적 추론이 가능하고 실제 이것을 하고 있지만, 방대한 수의 설명과 그 모든 것이 하나의 목적에 맞춰지고 있다는 것은, 그 원인이 한없이 많아서 그중 어느 하나도 원인이라고 꼽을 수 없다는 것을 반증한다.

왜 수백만이 서로를 죽였을까, 그것이 육체적으로나 정신적으로 악행이라는 것은 세상이 창조된 이래 누구나 알지 않았을까?

그것은 필연적이었기 때문이고, 가을의 꿀벌처럼 혹은 수컷 짐승들처럼 서로를 죽이는 자연의 동물학적 법칙을 인간들도 수행했기 때문이다. 이 두려운 물음에 다른 대답은 생각할 수 없다.

이러한 진리는 명백할 뿐만 아니라, 모든 사람에게 선천적으로 내재한 것이며, 만일 사람이 어떤 행위를 할 때마다 자신이 자유롭다고 믿도록 하는 또하나의 감정과 의식이 사람 안에 없다면, 이 진리는 새삼 증명할 필요도 없을 것이다.

전체적인 관점에서 역사를 고찰하면, 우리는 다양한 사건의 발생 원인인 태고의 법칙을 의심 없이 확신한다. 그러나 개인적인 관점에서 보면 우리는 그 반대를 확신한다.

타인을 죽이는 인간도, 네만 강 도하를 명령하는 나폴레옹도, 당신이나 나도 직원으로 채용해달라고 청원하거나, 손을 올리거나 내리면서 우리는 모두 그 행위 하나하나가 이성적인 원인과 자유의지에 기초한 것이고, 어떤 행동을 할지는 스스로가 결정한다고 의심 없이 확신하며, 이 확신은 누구에게나 아주 본질적이고도 소중한 것이기 때문에, 행위의 부자유성에 관한 역사의 논거나 범죄 통계 등이 있는데도 불구하고 우리는 우리의 자유에 대한 의식을 모든 행위로 확대시킨다.

이 모순은 해결할 수 없는 것처럼 보이며, 우리는 어떤 행위를 할 때 자신의 자유의지로 한다고 확신하지만, 그 행위를 전 인류의 생활에 참여하는 의미(역사적 의의)에서 고찰하면, 나는 그 행위가 예정된 것이고 피할 수 없는 것이었다고 확신한다. 어디에 잘못이 있을까?

이미 발생한 사건에, 상상 속에서만 자유롭다고 여겨지는 일련의 추론들을 한순간에 회고적으로 끌어다 붙이는 인간의 능력을 심리학적으로 관찰하면(이에 대해서는 다른 곳에서 더 자세히 설명할 것이다), 어떤 행위를 할 때의 인간의 자유 의식이 잘못되었다는 추측이 확실해진다. 그러나 역시 심리학적 관찰에 의하면, 또다른 종류의 행위들이 있는데, 그 안에서 자유 의식은 회고적인 것이 아니라 순간적이고 의심의 여지가 없는 것이다. 나는 의심의 여지 없이, 유물론자들이 뭐라고 하든 오직 나에게 관련된 행위라면 당장 그것을 할 수도 있고 하지 않을 수도 있다. 나는 의심의 여지 없이, 나의 의지만으로 방금 손을 올리고 내렸다. 지금 당장 글쓰기를 중단할 수 있다. 당신은 지금 당장 읽기를 중단할 수 있다. 의심의 여지 없이, 나는 나의 의지만으로 모든 장애를 넘어 지금 당장 머릿속으로 아메리카로도 수학 문제로도 옮아갈 수도 있다. 나는 나의 자유를 시험하며 한 손을 올렸다가 허공을 가르며 힘차게 내릴 수 있다. 나는 그것을 했다. 그런데 내 옆에는 아이가 서 있고, 나는 아이의 머리 위로 손을 치켜들고 아까처럼 내리려 한다. 그럴 수 없다. 아이에게 개가 달려든다면, 나는 그 개를 향해 손을 치켜들지 않을 수 없다. 내가 전선에 서 있다면 연대의 움직임에 따르지 않을 수 없다. 나는 전장에서 연대와 함께 공격에 나서지 않을 수 없고, 내 주위에서 모두가 도망치면 나도 도망치지 않을 수 없다. 만약 내가 피고의 변호인으로 법정에 선다면, 나는 말을 중단할 수도, 내가 뭘 말하게 될 것인지 알 수도 없다. 뭔가 내 눈을 칠 것 같으면, 눈을 깜빡이지 않을 수 없다.

이처럼 두 종류의 행위가 있다. 하나는 나의 의지에 지배를 받고, 다른 하나는 지배받지 않는 것이다. 그리고 모순을 야기하는 잘못이 생기는 것은, 내가 나의 자아, 즉 나의 존재에서 가장 고도로 추상화된 것과 관련된 모든 행위에 합법적으로 수반하는 자유 의식을, 다른 사람들과의 총체 안에서 발생하고, 나의 자의와 다른 사람들의 자의가 일치하는가에 달려 있는 나의 행위들에 잘못 옮겨놓기 때문이다. 자유와 의존의 경계를 정의하는 것은 매우 어렵고, 이 경계의 정의야말로 심리학의 본질적이고 유일한 과제이나, 우리의 최대 자유와 최대 의존의 조건을 관찰해보면, 우리의 행위가 추상적일수록, 즉 타인의 행위와 결부되지 않을수록 우리는 자유롭고, 반대로 타인과 결부될수록 우리의 행동은 부자유에 가까워진다는 사실을 인정할 수밖에 없다.

가장 강력하고, 떼어낼 수 없고, 갑갑하고 끊임없는 타인과의 결부는 이른바 타인에 대한 권력이라 불리는 것으로, 그 참된 의미는 타인에 대한 가장 큰 의존일 뿐이다.

집필하는 동안, 시비를 불문하고 나는 다음과 같은 충분한 확신을 얻었는데, 이에 이 예정된 법칙이 가장 뚜렷이 나타나는 1807년, 특히 1812년의 역사적인 사건들의 묘사에서[†] 사건을 지배하는 듯이 보였었지만 실상은 다른 관련자 누구보다 자유로운 활동을 보이지 못한 사람들의 행위에 의의를 부여할 수 없었다. 그들의 활동은, 내가 확신하건대, 역사를 지배하는 예정된 법칙의 예증이라는 의미에서, 또한 가장 자유롭지 못한 활동을 한 사람이 자신의 자유를 자기 자신에게 증명하기 위해 일련의 회고적 추론들을 상상 속에서 만들어내는 심리적 법칙의 예증이라는 의미에서만 나의 흥미를 끌었다.

레프 톨스토이

[†] 1812년을 다룬 작가 거의 대부분이 이 사건에서 무언가 특별하고 운명적인 것을 보았다는 것을 지적해두고 싶다. (원주)

서사시적 일대 장편소설 『전쟁과 평화』

1

『전쟁과 평화』는 예술적 천재 톨스토이가 이룬 최고의 성과 가운데 하나다. 이 작품은 작가에게 많은 노력을 요했다. 톨스토이는 1869년 '에필로그' 초고에서 1863년부터 칠 년 동안 이 작품의 집필에 매달리면서 경험했던 '괴롭고도 기쁜 불굴의 의지와 흥분'을 회상했다. 그는 이때를 "최상의 생활 조건 속에서" 계속된 예외적인 작업 시기였다고 토로했다.

그러나 실제로 창작은 그 훨씬 이전에 시작되었다. 1856년 톨스토이는 유형지에서 러시아로 돌아오고 있던 한 데카브리스트*에 대한 장편소설에 착수했다.

---

* 십이월당원. 1825년 12월 러시아에서 최초의 근대적 혁명을 꾀했던 혁명가들.

아내 S. A. 톨스타야와 처제 T. A. 베르스의 말에 의하면, 「데카브리스트」의 집필은 1863년, 즉 통상적으로 새로운 창작 시기라고 일컬어지는 『전쟁과 평화』의 창작이 시작된 바로 그해까지도 계속되고 있었다.

그리하여 그의 의식 속에서 데카브리스트에 대한 작품을 구상한 최초의 이데아와 관련된 새 장편소설의 윤곽은 차츰 뚜렷해졌다. 톨스토이는 자기 작업의 논리를 이렇게 설명했다. "1856년에 나는 가족과 함께 러시아로 돌아오고 있던 한 데카브리스트를 주인공으로 한 중편소설을 쓰기 시작했다. 그런데 나는 나도 모르는 사이에 현재에서 내 주인공의 오해와 불행의 시기인 1825년으로 옮아갔고, 시작했던 작업에서 손을 놓아버렸다. 1825년에도 나의 주인공은 이미 성인 남자였고 가정이 있는 사람이었다. 그를 이해하려면 그의 젊은 시절로 옮아갈 필요가 있었고, 그의 젊은 시절은 1812년의 러시아, 그 영광의 시대와 일치했다…… 그러나 세번째 시도에서도 나는 그것을 방치하고 말았다…… 만일 우리가 승리한 원인이 우연에 있는 것이 아니라 러시아 민중과 군대의 성격이라는 본질 속에 있다면, 그 성격은 한층 더 명확하게 실패와 패배의 시대 속에서 표현되어야 했다…… 내 과제는 1805년부터 1856년에 걸친 시기에 살았던 몇몇 인물의 삶과 충돌을 기술하는 것이었다."

톨스토이는 집필을 시작할 때의 구상대로 작품을 종결할 생각이었다. 그렇게 된다면 『전쟁과 평화』는 그 웅장한 규모에도 불구하고 러시아인들의 삶에서 가장 중요한 몇 시기를 다루는 거대하지만 온전히 실현되지 못한 구상의 일부가 되고 말았을 것이다.

소설의 처음이 최종적으로 확정되고 서술을 여는 장면들만을 찾는 것이 문제였을 때, 톨스토이는 「데카브리스트」의 주인공과 미래의 『전쟁과 평화』 사이의 관련을 설정하며 자신의 옛 구상으로 되돌아왔다.

구상의 시작에서나 집필의 초기 단계에서나 이 미래의 작품은 그에게 광대한 서사시적 화폭으로 그려지고 있었다. 톨스토이는 '반쯤 허구'의 주인공들과 '허구'의 주인공들을 창조하면서, 자신이 민중의 역사를 쓰고 '러시아 민중의 성격'을 예술적으로 이해할 수 있는 길을 찾고 있었다고 훗날 회상하기도 했다.

톨스토이는 이 작품을 빠르게 완성할 수 있을 거라는 기대에 부풀어 있었다. 그러나 1866년에도, 이듬해 가을까지도 완결하지 못했다. 1868년과 1869년에도 집필은 계속되었다. 그러나 그 사이인 1867년에 출판이 시작되었다. 아직 '전쟁과 평화'라는 제목을 달지는 않은 채, 당시 독자들의 손에는 이미, 나중에 작가의 엄격한 수정을 거치게 될 소설의 첫 두 장이 들어가 있었다.

초기 버전의 제목('세 시기')은 포기할 수밖에 없었다. 1812년의 사건들에서 시작된 이야기는 점차 위대한 역사적 시기의 전사前史로 깊이 들어갔고, '천팔백오년'은 장편소설 첫 부분일 뿐 작품 전체의 이름은 될 수 없었다. 1866년 또하나의 제목, 즉 플롯의 급전환에 어울리는 출구를 확정한 '끝이 좋으면 다 좋다'가 떠올랐다. 그리고 1867년 말에야 비로소 저자가 직접 기입한 제목 '전쟁과 평화'가 탄생하게 되었다.

서사시적 작품 창조의 첫 시도는 톨스토이에게 지극히 어려운 일이기도 했다. 인쇄되어 광범한 독자층의 재산이 된 『전쟁과 평화』의 텍스트를 가리키며 그가 자신의 장편소설들 중에서 밑그림과 여러 시도의 길을 거친 유일한 작품이라고 말했던 것도 결코 과언은 아니다. 그리하여 현저히 개정되고 많은 수정과 생략을 가한 「천팔백오년」은 장편소설 첫 판의 식자용 원고로 이용되었다.

1869년 12월에야 『전쟁과 평화』 마지막 권이 나왔다. 데카브리스트가 주인공인 중편소설 구상이 시작된 이래 십삼 년이 걸린 셈이었다. 이렇게 『전쟁과 평화』는 마침내 완결되었다.

1868~1869년에는 저자가 약간의 문체상의 수정을 가한 『전쟁과 평화』 제2판이 출간되었다. 그러나 1873년 제3판을 준비하면서 톨스토이는 본격적인 수정에 착수했다. 많은 부분을 '쓸데없다'고 여겼던 것이다. 그는 일련의 '군사적, 역사적, 철학적 고찰'을 들어내기로 마음먹었다. 그래서 삭제하거나 '1812년 전쟁에 대한 논문들'이라는 이름을 붙여 부록으로 분리했다.

이 장편소설에 대한 처음의 반향 중 작품에 프랑스어를 사용한 것이 적절한가에 대한 의혹이 있었다. 톨스토이는 「『전쟁과 평화』에 대한 몇 마디」에서 이렇게 썼다. "그것은 저자의 '변덕'이 아니라 의도적으로 사용한 예술적 기법이며, 나폴레옹이 때에 따라 러시아어를 쓰기도 하고 프랑스어를 쓰기도 하는 것이 우스꽝스럽다고 느껴지는 사람들은 초상화를 보며 빛과 음영이 묘사된 얼굴이 아니라 코밑의 검은 얼룩에만 주목하기 때문"이다. 그러나 『전쟁과 평화』 제3판을 준비하면서 그는 프랑스어 텍스트를 러시아어로 수정했고 "프랑스어를 삭제하는 것이 나로서는 이따금 아쉬웠다"고 망설임 없이 고백하기도 했다. 마침내 신판에서는 총 여섯 권이었던 것을 네 권으로 줄였다. 1886년, 벌써 5판이던 『전쟁과 평화』는 저자 생전 마지막으로 또 한번의 변화를 겪었다. 1868~1869년 판처럼, 즉 역사적, 철학적 단편들과 프랑스어 텍스트가 다시 도입됐던 것이다. 그러나 권수는 네 권 그대로였다. 그의 사후에 출판된 것은 모두(기념판에 이르기까지) 이 텍스트를 기초로 하고 있다.

2

잘 보관되어 있는 『전쟁과 평화』 원고는 초기의 개요와 계획에서부터 '마지막 각인刻印'의 순간까지 장편소설 창작 시기의 작가의 창조적 실험실을 연구할 수 있게 해준다. 소련* 문헌학자들이 정리 작업에 착수해 발표한, 실로 방대한 규모의 『전쟁과 평화』의 모든 원고는, 작가가 이 위대한 창작에 얼마나 큰 노력을 기울였는지를 여실히 보여준다. 그러나 이런 자료—가장 정직한 그의 작업의 연대기—는 톨스토이의 장편소설 창작활동과 관련된 약간의 전설, 이를테면 그가 일곱 차례 『전쟁과 평화』를 청서淸書했다는 것과 같은 설을 일거에 깨뜨려버렸다. 장편소설 창작 시기의 그의 작업량은 실로 엄청났다. 그러나 그는 텍스트를 청서한 적이 없었고, '청서된' 텍스트를 가지고, 즉 자필 원고나 이미 몇 차례 고쳐 쓰고 몇 차례 복사한 원고에서 미리 떠놓은 복사본을 사용했다(『전쟁과 평화』 초고들의 보존은 주요 필경자였던 아내 톨스타야의 공이 크다). 어떤 부분은 몇 벌의 복사가 필요했고, 그보다 덜한 부분도 있긴 했지만 드물게는 최종 순간에 수정이 이루어

---

* 이 해설은 말미에 밝혔듯이, 공식적인 소비에트 문학연구 방법론 및 사회주의리얼리즘 비평 원칙에 따라 쓰인 글을 발췌한 것이므로, 구 명칭 '소련'을 그대로 살린다.

지거나 심지어 최종 교정쇄에서 심각한 수정이 이루어지기도 했다. 톨스토이는 이미 『유년 시절』을 집필할 때부터 터득한 규칙을 철저히 지켰다. "수정 없이 쓰겠다는 생각은 영원히 버려라." "주요한 것을 쓰기 위해서는 서두르지 말고, 수정을 지겨워하지 말 것이며, 똑같은 것을 열 번이고 스무 번이고 고쳐 쓰는 것을 주저하지 말아야 한다."

톨스토이가 새로운 작품의 초고를 쓸 때 '밭을 깊이 가는 것과 같은 예비 작업'을 위해 얼마나 긴장된 노고를 치렀는지는 잘 알려져 있다. "백만분의 일을 골라내기 위해 수백만 개의 가능한 결합을 검토하는 것은 대단히 어려운 작업입니다." 그는 후에 A. A. 페트*에게 이렇게 고백했다. 이 같은 저작 과정에서 여러 주인공의 성격이 간결하게 소묘되고, 플롯이 다시금 면밀하게 검토됐다. 『전쟁과 평화』의 여러 등장인물에 대한 세부 정보 — '재정 상태' '사회적 상태' '연애' '시적인' '지적인' '가족적인' — 가 만들어지는 '항목'에도 견고한 시스템이 있었다.

이런 계획이 최종적으로 다시 면밀히 검토됐고, 다양한 관계 속에서 등장인물들이 서로 충돌하면서 자신을 드러내고, 다양한 장면과 에피소드를 가진 장章의 일상적인 묘사가 탄생했다. 그토록 많은 노고를 쏟아부은 것들이 자신의 눈앞에서 무너져도, 그는 자신의 의식 속에서 형성되어가는 인물들의 논리를 좇았고, 예비적으로 스케치했던 개요들과 계획들은 대수롭지 않게 여겼다. 집필 초기에는 초고가 갖는 의외의 독특한 특수성이라고 할 수 있는, 주인공들의 외모에 대한 섬세한 스케치에도 그는 주의를 기울였다.

---

* 1820~1892. 러시아 시인.

톨스토이가 『전쟁과 평화』의 교정쇄를 심혈을 기울여 손질했다는 것은 이미 유명한 이야기다. 소설의 교정을 담당했던 P. I. 바르테네프*는 톨스토이가 나름 최종적으로 다듬어진 텍스트를 무자비하게 '후벼파는' 것을 보고 섬뜩함을 느낄 정도였다. 그러나 톨스토이의 말에 의하면 그것은 작품을 '엄청나게 이롭게' 하기 위해 필요한 톨스토이식 '아주 조금'일 뿐이었다. "당신이 마음에 들어하는 그 원고는 만일 다섯 차례쯤 더럽혀지지 않았다면 아마 형편없었을 것입니다"라고 그는 대답했다. 이와 같이 최종 원고를 다시 고쳐 쓰고 쓸데없는 것을 삭제하기로 유명했던 '톨스토이의 썼던 것 삭제하기 기술'은 특히 중요했다. 톨스토이는 독자 한 사람 한 사람이 묘사된 것에 '감정이입'을 할 수 있길 바라면서 독자의 상상력을 활성화하려고 했다. 슈테판 츠바이크는 "이 소설을 읽으면 아무것도 하지 않고 열린 창문 너머로 현실 세계를 보고 있는 느낌이 든다"고 말했고, 고리키는 그의 형상들은 지극히 조형적이고 "거의 육체적으로 느껴져서" 그것들을 "만지려고" 자기도 모르게 손가락을 뻗을 만큼 감각적이고 실제로 우리를 흥분시킨다고 평했다.

톨스토이는 훗날 러시아의 또다른 천재인 A. P. 체호프에 대해 "삶의 예술가"라고 말한 적이 있는데, 이러한 정의를 그에게 적용해 그 역시도 자신의 소설에서 진정한 '삶의 예술가'였다고 말할 수 있을 것이다.

그는 언제나 현실에서 관찰한 사실, 또는 다양한 실제 기록에 있는 목격자들의 증언에서, 자기가 알고 있는 사실에서 출발했다. 그러나

---

* 1828~1912. 러시아 역사학자, 고문헌학자.

『전쟁과 평화』에서 창조적 상상력의 가장 중요한 버팀목 중 하나가 된 것은 그가 받은 직접적 인상이었다. 그런 점에서『전쟁과 평화』는 유일무이한 현상이다. 섬세한 세부 묘사와 장편소설 전체의 사상적 개념이라고 할 모든 것에 그의 생활 경험이 배어 있다. 포병 장교였던 레프 톨스토이 백작은 캅카스와 세바스토폴 전투에서 자기의 병사들을 관찰했고, 그 자신도 끊임없이 죽음의 위기에 처했는데, 1850년대의 창작 활동에서 그때의 인상들을 다 소모하지는 않았다. 놀랄 만큼 정확했던 기억력으로 그 인상들을 자기 안에 오랜 세월 동안 간직했던 것이다.

　『전쟁과 평화』의 집필이 한창인 1864년, 그의 의식에는 먼 과거의 젊은 시절이 불쑥 떠오르곤 했다. 그 옛날 시련의 과정을 거치고 경험한 것들은 젊은이 특유의 즉각적인 감성으로 새롭게 채색되고 구체적이고 섬세함으로 가득찬 살아 있는 그림과도 같이 놀라울 정도로 정확한 디테일과 함께 기억 속에서 되살아났다. 특히 톨스토이의 일기는 그가 받은 인상과, 고찰 끝에 얻은 이념과 사상을 저장해두는 특별한 공간이었다.『전쟁과 평화』를 집필하며 톨스토이는 인물 묘사와 세부적인 심리 묘사, 플롯과 관련된 상황의 창조를 위해 1860년대와 1850년대뿐만 아니라 그의 젊은 시절인 1840년대에 쓴 일기로까지 되돌아갔다. 이때의 그에게는 예술과 작가의 창작에 대한 생각들, 즉 주인공들의 살과 피로 다시 구현되는 생각들에 이르기까지 모든 것이 관심의 대상이었다.

3

톨스토이 앞에는 이 장편소설의 집필을 위해 역사적 저작과 회고록 등의 방대한 자료를 정리하는 일이 놓여 있었다.

여기저기 흩어져 있는 회상들, 사건 목격자들의 지리멸렬한 증언, 역사적 인물의 발자취를 편향적으로 기술한 논문과 연구서, 바로 이런 것들이 톨스토이가 미래의 주인공들에 대해 정보를 얻었던 기본 자료들이었다. 나폴레옹에 대해 숨길 수 없는 증오를 드러내는 노골적인 왕당파들의 회고록이나 역사적 인물에게 지나칠 정도의 위대함과 미덕을 부여하는 이른바 '영웅주의 학파'의 순진하고 열광적인 어조를 떠올려보면, 이 자료들이 의식적 혹은 무의식적으로 실제 인물과 실제 사건들에 대한 왜곡된 상을 제공한다는 것을 쉽게 확신할 수 있다.

톨스토이는 역사적 인물들을 묘사할 때 러시아와 프랑스의 문헌, 공문서와 사문서, 실제 사건 관련자들의 대화록, 그 시기의 잡지 등을 참조했다. 그리고 이 경우에도 대부분의 지식은 『전쟁과 평화』의 구상이 성립되기 훨씬 전의 역사에서 집중적으로 얻고 있었다. 이미 1852년 7월의 일기에 "미하일롭스키-다닐렙스키를 읽고 있다. 평범하다"라는 메모가 있었다.

사실 톨스토이는 1812년에 대해 기록한 러시아 공식 사료의 견해를 믿지 않는다는 원칙을 세워두고 있었다.

그러나 역사 문헌에서 실제 성격들과 사건들의 왜곡이 있다는 것 외에도 작가 앞에는 또 한 가지 어려움이 놓여 있었다. 톨스토이는 일찍이 그것에 대해, "역사가가 역사적인 인물을 전일성 속에서, 삶의 복잡한 모든 측면의 관계 속에서 제시하려 하는 것이 옳지 않은 것과 마찬가지로, 예술가가 인물을 역사적 의미 속에 가두어놓는 것 역시 자신의 본분을 다하지 못하는 것이다……"라고 썼다.

역사는 사실을 제공하고, 예술가의 과제는 이 같은 옹색하고 때로는 모순된 지리멸렬한 정보를 인간의 성격이라는 살아 있는 형태로 표현하는 것이다. 행위의 심리적 동기, 인간의 의식활동의 숨은 의미, 사상과 감정의 발생 과정, 바로 이런 것들이 예술가의 관심을 끄는 것이고, 역사가에게는 역사적 행위들의 '역사적 의미'에 대한 광범한 일반화와 결론을 위한 일종의 보조로서 부차적 흥미를 제공하는 것이다.

1850년대에 톨스토이가 이미 이처럼 완전히 정당화된 역사 연구의 일면성에 대해 깊이 생각하고 있었다는 것은 주목할 만하다. 그는 1853년 12월 17일자 일기에 이렇게 적었다. "각각의 역사적 사실을 인간적으로 설명할 수 있어야 한다." 이보다 앞선 일기도 똑같은 테마에 대해 이야기하고 있다. "1813년 전쟁사*를 읽었다. 오직 나태한 자나 무능력한 인간만이 자신이 할 일을 찾지 못했다고 말할 수 있다. 금세기의 진실하고 정직한 유럽사를 편찬하는 것이야말로 필생의 과업이다. (…) 내가 쓰기로 마음먹기도 전에 내가 미처 생각지 못했던 아름다움의 조건, 즉 날카로움, 전형적 형상의 명확함이 머릿속에 떠올랐다." 그는 1852년 9월 22일자 일기에 이렇게 썼다.

바로 이런 것이 역사가들의 저작에 결여된 것이기도 했다. M. I. 드라고미로프**는 「장편소설 『전쟁과 평화』의 분석」에서 이렇게 썼다. "투

---

* 미하일롭스키-다닐렙스키의 저서.
** 1830~1905. 러시아 군사학자.

신이나 티모힌 같은 인물은 실제로는 존재하지 않았던 허구의 인물에 지나지 않는다. 우리가 알다시피, 그들은 작가의 머리에서 태어나고 곪아갔던 존재들이다. 우리는 이 점에 동의해야 하지만, 다음에 대해서도 동의해야 한다. 역사적 기술이라고 해서 모두 사실은 아니다. 우리 앞에 형상도 없는 인물들이 어른거리지만, 나폴레옹이니 다부니 네니 하는 이름보다, 한 치의 누락도 없이 숫자나 단어를 늘어놓는 전쟁에 관한 수많은 기술보다 실제로 존재하지는 않았던 이 인물들이 더한층 훌륭하게 전쟁의 내면을 잘 설명하고 있다는 데 우리는 동의하지 않을 수 없다."

톨스토이는 그 자신이 말했던 것처럼, 역사적 인물의 '성격의 열쇠를 자기 것으로 만들려고' 애쓰면서 과거 사건의 생생한 면모를 재현하고 한 단어 한 단어를 생각하고 한 문장 한 문장의 억양에 귀를 기울였다. 이 같은 저자의 고백은 어느 정도 예술가의 창작 과제로 조건지어진 원칙, 즉 『전쟁과 평화』에서 그가 취한 역사 자료의 선별 원칙을 밝히고 있다. 그는 때때로 곧바로 두드러지지 않는 디테일을 선호한다. 그는 한 인간이 지닌 성격의 살아 있는 특징이 확실히 보이기 시작하는 세부를 자신의 기억 속에서 굳히려 했다. "이탈리아 전쟁에서 그림과 조각상을 실어가고 있다." 그는 이렇게 나폴레옹에 대한 노트를 만든다. "말을 타고 전장을 돌아보기를 좋아한다. 시체와 부상자들은 그의 기쁨이다. 조제핀과의 결혼은 사교계에서의 성공이다. 리볼리 전투의 전황 보고를 세 차례나 고쳤다, 다 거짓말이다……" 심지어 황제 알렉산드르 1세의 인격이 다소 미화된 곳에서도 "하지만 진정한 군인으로서의 기질은 권모술수와 엄격함이다"라고 자신의 의견을 밝히고 있었다.

그러나 톨스토이는 역사가들이 쓴 것을 면밀히 연구하고 그것을 회고록의 전거典據와 비교하면서 우선적으로 수많은 역사적 인물과 사건에 대해 완전한 개념을 만들려고 애썼다. 그것은 톨스토이가 역사적 사실에 손을 대면서 그들의 해석을 결코 액면 그대로 믿지 않았기 때문이다. "예술가는 자신의 경험에서, 또는 편지, 메모, 이야기들에 의거해 일어난 사건에 대한 자신의 표상을 이끌어낸다." 그는 자신과 역사가들의 잦은 의견 차이를 설명하면서 말했다. 공식 기록들에 보이는 광적인 환희, 나폴레옹 자신의 거만한 대사들이 작가의 분석적 사고를 거친다는 점을 떠올리기만 해도 이 점은 충분히 알 수 있다. 대부분의 사람들이 관대함에서 비롯된 위업으로 보는 것을, 톨스토이는 속물적인 우쭐거림으로 보았다. 또다른 사람들이 위대함을 발견한 행위에서 톨스토이는 오히려, 순화해 표현하자면, 박탈되지 않는 성격, 즉 그의 약점을 발견한다.

같은 방식으로 톨스토이는 얼토당토않은 추측, 왜곡, 회고록이나 역사적 저작이나 사회에서 떠돌던 구전 속에서 쿠투조프라는 위대한 사령관을 둘러싸고 고착됐던 편견을 내던지고 그의 인격에 대한 자기의 표상을 형상화했다. 그의 초기 원고에서 쿠투조프에 대한 작가의 직접적이고 부정적인 성격 묘사를 만나게 되는 것은 매우 흥미롭다.

그와 비슷한 것이 물론 반대 방향으로 알렉산드르 1세의 묘사에서도 보인다. 자신의 의식 속에서 자라나는 형상에서 점차 '덮개를 걷어내면서' 톨스토이는 푸시킨의 솜씨와 같은 초상이 느껴지는 특징을 지닌 인물 형상을 소설에서 제시했다. 『전쟁과 평화』의 독자들 앞에는 '어쩌다 보니 영광으로 훈훈해진' 모습으로 알렉산드르 1세가 나타나지만, 이러한 인물 형상은 '현명하고 사랑스럽고 감상적인' 황제에 대한 최초의 표상들과는 매우 거리가 멀다.

'진짜' 나폴레옹, '진짜' 쿠투조프, 또는 '진짜' 알렉산드르는 톨스토이 앞에 없었다. 그는 모두에게 가장 가까이에 있었던 것을 이용했다. 그런데 톨스토이가 '행간을 통해 읽을' 수 있는 무언가, 사건 목격자들의 편파적이고 모순적인 판단들 아래 있는 무언가를 여러 회고록과 서류들로부터 종종 이끌어냈다고 해도 과장은 아닐 것이다. 그렇기 때문에 역사적 인물의 형상들과 역사적 사실에 대한 그의 설명은 그가 이용한 전거와 정면으로 배치되기도 한다.

아주 오래된 역사적 사건의 객관적 의미를 통찰하는 능력은 톨스토이가 엄청난 노력으로 얻은 것이었다. 1868년에 그는 역사가 M. P. 포고딘*에게 썼다. "자유와 의존의 경계에 대한 나의 생각과 역사관은 한때 내 관심을 끌었던 우연한 역설이 아닙니다. 이 같은 나의 생각들은 내 삶의 모든 지적 활동의 결실이며 어떠한 노력과 고통을 치르고 나의 내부에서 자랐는지 오직 신만이 아시는, 나의 세계관의 결코 나누어지지 않는 부분을 이루고 있습니다."

18세기 말에서 19세기 초라는 시대에 대한 톨스토이의 깊은 이해는 비단 구체적인 역사적 인물들, 역사적 장면들, 전쟁 에피소드들의 묘사뿐만 아니라 '허구적인' 이야기에서도 그 힘을 발휘했다. 장편소설의 등장인물들은 나폴레옹과 프랑스혁명, 쿠투조프, '경애하는' 황제

---

* 1800~1875. 러시아 역사학자, 작가.

등에 대해 마치 동시대인들이 살면서 느끼고 논했을 법한 모습으로 토론한다. 이처럼 『전쟁과 평화』에 나타난 톨스토이의 높은 예술적 객관성은 권위 있는 소련 역사가들의 저작에서 복잡한 일련의 사건의 필연성을 파악하고 그것을 이해하는 위대한 작가의 경이로운 능력으로 빈번히 언급되어왔다. 여러 전형적 형상의 진실은 역사의 진실과 손을 맞잡고 나아갔다.

4

"『전쟁과 평화』란 무엇인가?" 톨스토이는 처음 이 작품의 독자들에게 이 같은 질문을 던졌다. "이것은 장편소설도 아니고, 서사시도 아니고, 역사적 연대기는 더더욱 아니다. 『전쟁과 평화』는 저자가 표현하기 원했고, 표현할 수 있었던 형식으로 표현된 것이다." 톨스토이는 산문 장르로서 규범화된, 잘 알려진 '유럽의 형식들'에 자신의 창작을 뚜렷이 대치시키고 있다. 그는 『전쟁과 평화』를 장편소설로 정의하는 데 대해 끊임없이 반대했다. 그래서 그는 『러시아통보』의 편집자 카트코프에게 잡지 광고나 차례에서 자신의 작품을 '장편소설'로 일컫지 말 것을 당부했다. 통상적인 연애 이야기를 다루거나 모든 사건을 완결짓는 대단원이 따르는 전통적인 장편소설은 작가의 의도에 결코 답을 주지 못했다.

구상이 범상치 않은데다가 그 아무리 광범위한 하나의 테마로도 환원될 수 없는 작품이 만들어지고 있었다. 1812년 조국전쟁 당시 러시아 민중들에게서 고무된 애국심, 주인공들 간에 복잡하게 얽힌 개인적인 운명과 범국민적 의의를 갖는 사건, 서민층과 상류층의 뚜렷한 전형들, 다양한 세대들과 시대들 간의 예술적 상호관계, 그 중심에 민중 운동이 타오르는 역사 과정의 묘사, 우연성과 법칙성, 자유와 필연과 같은 철학적 개념들의 형상적 활용, 이런 모든 것—물론 이것뿐만이 아니지만—은 『전쟁과 평화』라는 새로운 시대의 서사시 속에서 심오하게 이해되고 천재적으로 구현되었다.

1865년, 처음 몇 개의 장을 가칭 '천팔백오년'이라 불렸던 작품의 속편을 작업하고 있었을 때 그는, 그의 표현을 빌리자면, "소설가의 시"를 구성하는 예술적 원칙들을 추출하려고 시도했으며 그 문학적 예를 들었다. '사건을 조합하는 흥미에서 톨스토이의 중편소설 「카자크들」, 영국의 여성 작가 메리 브래든의 소설들', '역사적 사건을 토대로 세워진 풍습도에서 『오딧세이』『일리아드』「천팔백오년」', '상황의 아름다움과 쾌활함에서 디킨스의 『피크위크 클럽의 기록』, 톨스토이의 미완성 소설 「사냥터」', '사람들의 성격에서 『햄릿』'. 톨스토이는 마지막 항목의 문학적 예로 다음을 추가하기도 했다. '나의 미래의 작품들'.

『전쟁과 평화』에서 "소설가의 시"는 역사적 장면과 풍속도의 놀라운 일체성 속에서 그리고 비극적 또는 서정적 모티프들, 엄격한 서사시적 서술, 분노와 아이러니로 가득한 저자의 주석, 이른바 철학적 일탈 등 이 모든 것의 불가분성 속에 나타나고 있다. "얼마나 거대한 건조물이며 얼마나 놀라운 정연함인가!" N. N. 스트라호프*는 『전쟁과

---

* 1828~1896, 러시아 사회정치평론가, 문학평론가.

평화』의 마지막 권이 발행되자 이처럼 감탄했다. "어떤 문학도 우리에게 그와 비슷한 어떤 것도 제시하지 못한다. 수천의 인물, 수천의 장면, 국가 및 개인 생활의 모든 영역, 역사, 전쟁, 땅 위에 있는 온갖 공포, 모든 열정, 신생아의 고고성에서부터 죽어가는 노인의 마지막 감정 폭발에 이르기까지 인간 생활의 모든 순간, 동료에게서 지폐를 훔친 도둑의 감정에서부터 영웅주의의 고상한 움직임, 그리고 내적 깨달음에 대한 생각들에 이르는, 인간이 이해할 수 있는 모든 기쁨과 슬픔, 이 모든 것이 이 그림 속에 구현되어 있다. 그럼에도 불구하고 실제로 어느 한 인물도 다른 인물을 가리지 않고, 어느 장면, 한 인상이 다른 장면과 인상을 방해하지도 않을 뿐만 아니라, 모든 것이 적재적소에 배치되고, 모든 것이 명확하고, 모든 것이 독립되어 있으며, 모든 것이 서로서로 그리고 전체와 조화를 이룬다."

톨스토이의 작품이 지닌 모든 예술적 다양성을 설명하고 작품을 적절한 분석적 '질서'로 정돈하는 것은 매우 어려운 일이다. 그러나 문학평론, 문학사는 톨스토이라는 현상과 그것이 러시아 및 세계문화사에서 지니는 뛰어난 의의를 이해하는 데 도움이 되는 적지 않은 지식을 축적했다. 명작에 대한 주석은 예술 현상의 기본 문제와 그 현상의 형상적 시스템과 관련된 몇 가지 일반적 진리들을 어떻게든 독자의 시각에 맞추어 설명하지 않을 수 없다. 「『전쟁과 평화』에 대한 몇 마디」에서나, 여러 사람에게 부친 편지에서나, 원고에 남아 있는 『전쟁과 평화』에 대한 톨스토이의 설명이 일반 독자의 지각이나 취향, 요구에 입각하고 있는 것은 결코 우연이 아니다. 톨스토이의 설명은 독자에게 부분적인 것에서 전체적인 것으로 옮아가도록 하고, 작품의 주요한 미학적 좌표나 주요 플롯의 모티프들의 움직임이 드러나도록 돕고 있다.

역사적 사건과 그와 관련된 인물들을 새롭게 묘사하려는 시도는 사료를 유다르게 선택하게 했고, 새로운 예술적 전형들, 특이한 작품의 구성을 낳았다.

예술가 톨스토이의 발전은 언제나 생활과 역사적 사건과의 밀접한 관계 속에서 이루어졌다. 과거로의 침잠은 작가를 현대의 문제로부터 떼어놓는 것이 아니라 그의 역사적 시각을 연마시키고 철학적 고찰을 강화시켰다. 『전쟁과 평화』는 열성적인 교육 사업 이후, 그의 생활을 바꾼 결혼 이후, '그날의 걱정거리들'(희곡 『감염된 가정』)에 대한 언제나 성공적이라고만 할 수 없는 작가적 논평들을 내놓은 이후, 중편 「카자크들」의 속편을 쓰고 싶었지만 그러지 못했던 이후, 즉 그의 생애에서 가장 중요했던 시기를 차지하는 작품이다. 그는 이렇게 창작에 온 힘을 쏟고 있었다.

이 시기 톨스토이의 광범위한 내면활동에 대해 아내 톨스타야는 1865년 3월 23일자 일기에 이렇게 썼다. "그는 늘 생각에 잠겨 있다. 대체 그것은 언제 쓰려는 걸까?" 장편소설 집필이 한창이던 1867년 1월 12일자 일기에는 이렇게 썼다. "레보치카*는 겨울 내내 초조해하고 있다. 눈물과 흥분을 반복하며 글을 쓰고 있다." 특별한 영감과 고양감으로 안달이 나 있었던 것이다.

영웅들은 예술가가 묘사하는 목적이 될 수도 없고 되어서도 안 되며, 그 목적은 오직 '인간이어야 한다'고 했던 톨스토이의 철학과 미학

---

* 레프의 애칭.

사상은 본질적으로 새로운 것이었다. 톨스토이를 열중하게 했던 것은 '주인공들'이나 전쟁이나 전투의 시화詩化가 아니었다. 그것은 민족적 분기와 타국적他國的인 것에 대한 민중의 '반격'의 시화, 전쟁이라는 참혹한 상황에서의 인간성의 시화였다.

'전쟁과 평화'라는 제목은 전쟁에 대립되는 상태로서의 평화, 인간적 공동성으로서의 평화, 세계로서의 평화를 다면적으로 포함하고 있다. 모든 의미에서 평화는 전쟁, 폭력, 반목에 대한 저항으로 귀결된다. 프랑스의 파괴적 침략, 모스크바의 화재는 전쟁의 결과다. 민중들은 흔히 이렇게 말한다. '전쟁과 불로는 장난치지 마라.' 러시아의 부흥은 러시아의 민족적 본질을 이루고 있는 러시아인들의 평화적 활동의 결과다.

5

이 작품의 구조와 서술에는 '세 시기', 즉 1805년과 1806~1807년의 러시아-프로이센-프랑스의 전쟁, 1812년의 대나폴레옹 조국전쟁, 그리고 '에필로그'에서 달력 날짜로 명시된 1820년 12월 5일로 명확히 구분되어 있다. 또한 그 사이에 일어난 사건도 다루어진다. 2권에는 알렉산드르 1세와 나폴레옹의 에르푸르트 회견(1808년), 스페란스키의 부상浮上(1809년), 나폴레옹의 올덴부르크공국 점령(1810년) 등이 기술되어 있다. 그래도 이 시기는 다른 세 시기의 주변에 응축되어 기술된다. 톨스토이는 주석을 달아 미리 양해를 얻은 것과 같이, 사건의 순서를 의도적으로 깨뜨리기도 한다. 이를테면 많은 풍문을 일으켰던 혜성의 출현은 1811년이 아니라 1812년이었다. 또한 톨스토이는 이해에 쿠투조프가 사망한 것으로 쓰고 있다.

사실과 에피소드의 응집은 시대의 충돌과 맞물려 인간의 운명에 반영된 그 '시대의 성격'을 한층 더 명확하게 표현하기 위해 필요한 것이다. 이것은 톨스토이의 중요한 창작 예술 원칙 중 하나다.

톨스토이는 내적인 여러 문제와 외적인 여러 문제가 서로 복잡하게 얽혀 있는 군사적, 정치적, 경제적, 정신적 격동기의 러시아와 러시아 사회를 보여준다. 그의 작품의 특징은 바로 전 민족적이면서 개인적인 의의를 갖는 사건이 등장하고 자연스러운 삶의 과정, 위기 상황, 다양한 계층, 사회와 개인의 감정과 여러 감정의 굴절, 즉 거시적 세계와 미시적 세계가 동시에 엿보이는 묘사의 웅대함이다.

시대의 성격은 일반 민중과 국정에 참여하는 사람들의 사고방식과 행동양식으로 만들어진다. 또한 타인과 접촉하며 살아가는 한 인간의 삶은 시대 전체를 잘 보여줄 수 있다. 톨스토이가 주목한 각각의 시기는 각기 성격을 지니고 있었다. 1805년은 계층의 단절이라는 성격을 보여주는데, 그가 소설 첫 부분에 그린 것처럼 상류사회 그룹에 '군림'하던 철학 속에, 계층의 습관 속에, 러시아어가 프랑스어로 대체되는 것 속에 표현되고 있듯 '최상위 그룹은 다른 계층으로부터 소외'되어 있었다.

바로 그러한 역사적 시기에 새로운 젊은 세대, 러시아 미래의 희망이 자라고 있었다. 톨스토이는 자신의 주인공들을 그들의 통상적인 환경, 그들의 그룹, 그들의 세계 속에서 그려나간다. 로스토프가의 영지 장면에서 그는 젊은이들—열세 살의 나타샤, 앳된 장교 보리스, 대학생 니콜라이, 열다섯 살의 소냐, 어린 페트루샤—에게 주된 주의를 돌리고 있다. 톨스토이는 젊은 주인공을 한 사람씩 그리면서 그들의 자유분방함, 거짓 없는 활발함에 매혹되고 있다. "그들이 이리로 곧장 뛰어오기 전에 안쪽 방에서 주고받았던 이야기는 틀림없이 이 객실에서 했던 시중의 유언비어며 날씨며 아프락신 백작부인에 대한 이야기보다 훨씬 유쾌한 것이었을 것이다."

그들만의 기쁨과 슬픔("복도에 있는 궤짝은 로스토프가의 젊은 처녀들이 하소연하는 장소였다"), 순진한 어른 흉내("외교가라는 말은 당시 아이들 사이에서 특별한 의미가 부여되어 유행하고 있었다"), 아이들의 거칢, 장난스러운 아이들의 세계는 로스토프가의 분위기에 한층 생기를 주는 활력소이며, 자연스러운 것이다. 동심, 따스함, 발랄함, 명쾌함은 『전쟁과 평화』의 저자에게 공감을 불러일으키는 긍정적인 원천이 됐다.

심지어 그들의 명백히 '잘못된 생각'이나 과거의 과오도 그 성실함으로 인해 독자들에게는 동정을 불러일으킨다. 톨스토이는 피예르의 러시아 사회에서의 첫걸음, 상류사회의 다듬어진 예절의 시각으로 보면 무람한 그의 행동, 그가 결혼에 대해 가진 두려움, 논쟁으로 빚어지는 건강한 감정의 말다툼을 상세히 묘사하고, 저자 또한 이런 사건의 과정에 끌려들어간다. "좌중을 결합시켰던 이 같은 부질없고 경박하고 인위적인 흥미 속에 아름답고 건강한 젊은 남녀의 서로에 대한 소박한 갈망이 섞여들었던 것이다. 이 인간적인 감정은 모든 것을 압도하고 그들의 온갖 인위적인 요설 위를 높이 날았다."

나타샤는 첫 입맞춤 뒤에 피예르, 나중에는 이탈리아인 성악 교사에게 비로소 낭만적인 연정을 느낄 수 있었다. 시정, 연정은 인생에서 새로운 길을 찾고 있는 젊은이들만의 특별한 감정이다. 젊음의 힘, 인생의 자연스러운 압력이 최상층 그룹의 소외에 대치되고 있다. "그 시대에도 사람들은 역시 사랑하고 질투하고 진리와 미덕을 추구하고 열정에 이끌렸고," 하고 톨스토이는 자기 작품의 평론가들에게 대답했다. "심지어 복잡한 지적 정신생활을 영위하고, 상류 계층의 생활은 오히려 지금보다 더 세련된 면이 있었다."

6

『전쟁과 평화』1권에서 '풍속도'는 이미 '역사적 사건들' 위에 짜여 있다. 역사적 사건들이 묘사되고 의미를 부여받는 가운데 시대의 성격이 드러나는데, 주로 사건에 참가한 평범한 사람들, 즉 러시아인들의 관점에서 그러하다.

예술가로서의 톨스토이가 관심을 가졌던 것은 군대들이 접촉하는 전선이 아니었고, 피비린내 나는 전투와 군대의 사기였다. 전투의 성패는 병사들의 사기에 달려 있는 것이지 군의 공간적 이동이나 위치의 교체 등에 달린 것이 아니다. 톨스토이는 전투를 준비하고 있는 사람들의 기분과 감정 상태를 그린다. 브라우나우 근처의 보병 연대는 "전날 밤 행군 때처럼 축 늘어진 무질서한 무리가 아니라 (…) 2천 명의 질서정연한 대군을 이루고 있었다".

러시아 병사들은 전쟁터에서도 과거의 평화로운 삶에서의 습관과 전통을 따르고, 서두르거나 쓸데없이 조바심내지 않고 맡은 임무를 잘 수행한다. 예를 들어 쇤그라벤 전장에서의 티모힌의 중대, 투신의 포병 중대는 자기들의 책임을 십분 이해하며 전투에 임한다. 그들의 행동은 외적인 규율과 관련된 군대의 조건들이 아니라 '러시아 민중과 군대가 갖는 성격의 본질'을 보여준다. 안드레이 공작은 바그라티온 총사령관의 행동을 유심히 관찰하는데, 놀랍게도 그는 어떠한 명령도 내리지 않고, 하는 척하려 애쓸 뿐이었으며, 전투의 모든 것은 필요와 우연, 부대장의 지시대로 움직였다. 하지만 전투의 모든 것은, 비록 그의 명령에 따른 것은 아니지만 결과적으로는 그의 의도대로 행해진 것이 되고 있다. 투신 대위 또한 그렇게 행동하고, 쿠투조프 또한 보로디노 전투 때 그렇게 행동한다.

전쟁 장면에서 무엇보다 흥미로운 것은 톨스토이가 서로 다른 계층, 다양한 근무 환경의 등장인물들을 모두 전쟁에 참가하고 있다는 것만으로 연결짓고 민족적 이해로 단합시킨다는 것이다. 안드레이 공작은 첫 사격 때 병사들 모두의 얼굴에서 "그가 느끼고 있는 것과 똑같은 활기찬 감정"을 알아본다. 쇤그라벤 전투 묘사의 초기 버전에서 투신 대위는 볼콘스키의 시야 밖에서 모습을 나타낸다. 톨스토이는 나중에 투신과 안드레이 공작을 밀착시키는데, 이 두 인물의 만남으로 쇤그라벤의 묘사를 시작하고 또한 완성한다.

쇤그라벤과 아우스터리츠 전투 장면에서는 안드레이 공작과 함께 니콜라이 로스토프도 등장한다. 그들의 형상들은 끊임없이 서로 관계를 맺는다. 안드레이 공작은 시니컬하고, 견습사관 로스토프는 날이

서 있으며 상류사회의 교활함을 싫어한다. 안드레이 공작은 아직도 나폴레옹의 '천재성'을 믿고 있고, 로스토프는 알렉산드르 1세에 대한 환희에 빠져 있다. 그러나 두 사람 다 조국에 이바지하고 있으며, 참모부의 알랑쇠들을 경멸한다. 러시아인과 프랑스인의 초기 전투는 그들 각자에게 정신력의 힘겨운 시험대이자, 공포와 공명심의 극복이었다. 부상당한 안드레이 볼콘스키가 아우스터리츠 들판에서 경험한 정신적 드라마는 특히 잊을 수 없다. "안드레이 공작은 나폴레옹의 눈을 보면서 위대함의 부질없음, 누구도 이해할 수 없는 삶의 부질없음, 살아 있는 자는 누구도 그 뜻을 이해할 수도 설명할 수도 없는 죽음의 더한 부질없음에 대해 생각하고 있었다." 여기서, 거짓된 것은 사라지지만 동시에 삶의 진실이 무엇인가 하는 의혹이 제기된다.

톨스토이 장편소설 주인공들의 '고난의 여정'은 그렇게 시작된다. 그들은 어려운 운명을 짊어지고 저마다 제 갈길을 가지만, 자신만을 위해 진리를 찾고 있지는 않다. '팔다리가 잘린 사람들이나 전사자들은 대체 뭐 때문에 그렇게 된 것일까?' 틸지트에서 니콜라이 로스토프의 마음속에 일어난 의문에 대한 대답은 사실상 보로디노 전날 안드레이 공작과 피예르의 대화에서 주어지고 있다. "왜 우리가 아우스터리츠에서 패했을까?" 안드레이 공작은 말한다. "아군과 프랑스군의 손실이 거의 비슷했는데도 우리는 너무 성급히 우리가 졌다고 말했고, 그래서 진 거야. (…) 그러나 내일 우리는 그런 말을 하지 않을걸세."

톨스토이의 삶의 철학은 행해진 것, 선한 것 혹은 악한 것, 도덕적인 것 혹은 비도덕적인 것에 대한 인간의 최대 책임의 고백에 바탕을 두고 있다. 톨스토이는 『전쟁과 평화』 집필 시기에 자의, '공동 범죄', 폭력을 정당화하는 것을 염두에 두면서, 그의 표현을 빌리자면, '동양인의 운명론'에 '빠진' 사람들을 신랄하게 비판하고 있었다. "동양인들의 운명론은 무엇인가? 그것은 필연성의 법칙을 인정하는 것이 아니라, 모든 것이 예정되어 있다면 나의 삶은 높은 곳에서부터 예정되어 있으므로 나는 행동할 필요가 없다는 논증에서 성립하는 것이다. 이러한 논증은 이성의 결론이 아니라 민족의 성격이라는 이름 아래 꾸며진 것이다. 왜냐하면 그런 논증이 가능하다면, 민족의 삶은 중단될 것이기 때문이다. 하지만 우리는 동양의 여러 민족들이 살며 활동하고 있는 것을 본다. 이러한 논증은 단지 몇 가지 행동들을 정당화하는 것일 뿐이다. 또한 이러한 논증은 서양의 민족들이 내세우는, 시간의 제약을 받지 않는 자신의 자유에 대한 논증과 마찬가지로 (다른 극단에서) 온당치 못하다." 『전쟁과 평화』의 주인공들은 '동양인' 혹은 '서양인'의 운명론으로부터 자유롭다. 그들은 지상에서 자신의 이해가 달린 영역에서 살아가고 있다. 그들은 삶의 가치, 인간의 권리, 인간의 의무를 알고 있다.

이것은 다른 시기, 특히 1812년 조국전쟁 시기에 나타났다. 1812년은 적과의 싸움을 위해 대다수 러시아 사람들의 노력을 하나로 결집한, 러시아 사회에서 의미심장한 시대다. "스몰렌스크를 비롯한 러시아 모든 도시와 마을에서는 라스톱친 백작과 그의 포고와는 관계없이, 모스크바에서와 똑같은 일이 일어나고 있었다. 민중은 태평하게 적을 기다리고, 폭동을 일으키거나 동요하지 않고, 누구를 찢어밟기는 일도 없이, 가장 어려운 순간에 자신이 해야 할 일을 찾을 수 있는 힘을 스스로 느끼며 조용히 운명을 기다렸다"라고 톨스토이는 쓰고 있다.

나폴레옹은 포화와 총칼에 기대어 잔혹하게 어디에서나 자기의 권위주의적 체제를 확립하고자 했다. 러시아가 모스크바를 포기하자 정신적 충격으로 망연자실한 피예르를 묘사하며 톨스토이는 이렇게 썼다. "러시아인의 보금자리는 분명 파괴되고 황폐화되었지만, 피예르는 러시아인의 생활 질서가 파괴된 그 황폐해진 보금자리 위에 전혀 다르지만 독자적이고 견고한 프랑스인의 생활 질서가 세워지고 있다는 것을 무의식중에 느꼈다." 그리고 『전쟁과 평화』 마지막 부분을 집필하며 톨스토이는 피예르에 대해 "그는 자신을 지배하고 있던 프랑스 체제의 의심할 나위 없는 붕괴의 조짐을" 보게 된다. 그리고 "이 체제는 그 자신을 멸망시킬 수 있었고, 거의 멸망시킬 뻔했다"고 생각하게 된다고 썼다.

작품의 모든 형상적 시스템 속에는 전쟁에서 평화로의 이행이라는 그의 주된 예술적 이념이 분명히 드러나 있다. 그것의 직접적 표현은 틸지트의 평화와 두 황제의 평화에서 여러 민족의 평화와 상호 적대하지 않는 평화로 이어지는 기본적 플롯의 움직임에 있다. 이런 관점에서 볼 때 4권에 나오는, 러시아군 안에서 프랑스 병사들과 장교들을 보여주는 장면은 대단히 의미가 크다고 하겠다.

주인공들(안드레이 공작, 피예르, 나타샤, 쿠투조프)을 포함해 대부분의 인물들은 전쟁과 평화의 경계에 서 있다. 이는 전쟁 상황에 처해 있는 평화의 주인공(피예르, 나타샤)이기도 하고, 평화의 이념으로 오고 있는 전쟁의 주인공(쿠투조프, 돌로호프)이기도 하다. 적을 눈앞에 두었을 때 '전쟁의 감정'을 품고 있는 니콜라이 로스토프의 형상은 심리적으로 복잡하다. 한 사람은 연대에 있고, 다른 한 사람은 가족의 품 안에 있다. 파르티잔 무리에서 가장 유능한 티혼 셰르바티도 그렇다. 이는 인격의 분열이 아니라, 그 표현의 미적 통일이다. 주인공은 '전쟁'과 '평화'를 경험하고 나서야 새로운 생활의 잠재력을 얻게 되는 것이다.

안드레이 공작과의 대화중, 러시아에 이로운 터키와의 부쿠레슈티 조약으로 종결된 도나우 군대에서의 근무를 회상하면서 쿠투조프는 암시적인 고백을 한다. "그래, 많은 사람이 비판했지. (…) 전쟁을 하건 강화를 하건…… 하지만 모든 일이 알맞은 때였어. *기다릴 줄 아는 자에게는 모든 일에 알맞은 때가 찾아온다.*" 1812년에도 똑같은 일이 있었다. 느긋함에 대한 비난, 전략에 대한 비판, 밀고 등등. 그러나 결국 이겼고 러시아 땅에서 프랑스군을 몰아냈다. 쿠투조프가 말하고 있는 '전쟁'과 '평화'는 서로 연결된 개념들이기도 하고, 민중이 겪은 전쟁의 최고조기의 모든 중요한 파란곡절을 종합하는 단일한 예술적 형상이기도 하다.

이 형상에는 장래의 결정적 전투, 침략군의 패잔병들을 궤주시킨 현명하고도 참을성 있는 전술이 따른 1812년이라는 한 해 전체가 있다. 이 형상에는 비극적 순간들('대체 언제, 대체 언제 모스크바 포기가 최종적으로 결정되었을까?')과 확실한 결말이 있다. "어림도 없지! 그놈들도 터키 놈들처럼 말고기를 먹게 될 거야." 쿠투조프가 예견가나 신탁이 아닌 것은 말할 것도 없다. 톨스토이가 묘사한 쿠투조프는 삶의 모순을 보고 있었고, 각자의 영역에서 그 모순들을 극복하기 위한 힘을 자기 자신과 다른 사람들에게서 찾으려 했던 인물이다. 작가는 민족적 영웅인 쿠투조프의 성격 묘사를 '진정으로 장대한 인물'로 마무리지었다.

7

규모가 방대하고 내용과 형식이 더없이 독창적인 『전쟁과 평화』는 첫 몇 권이 출간된 후 곧, 그리고 잇따라 매권이 출간될 때마다 열렬한 반응이 있었지만, 그럼에도 1860년대의 평론에서는 완전하고 합당한 평가를 발견할 수 없었다. 소설은 독자들 사이에서 큰 성공을 거두었고 톨스토이와 동시대의 유수한 작가들에 의해 러시아문학에서 전대미문의 작품으로 받아들여졌다. 톨스토이는 『전쟁과 평화』로 러시아문학의 레프(사자)가 됐다고 말한 I. 곤차로프*의 비평이 이런 높은 평가의 보편성을 뒷받침한다.

이 소설에 쏟아진 평론은 수백 편에 이른다. D. I. 피사레프**의 「옛 지주귀족」, P. V. 안넨코프***의 「L. N. 톨스토이의 장편소설 『전쟁과 평화』의 역사적·미학적 제 문제」, 드라고미로프, 스트라호프의 논문 등등이다. 그러나 대체로 1860년대 러시아문학계는 톨스토이의 가장 위대한 창작을 바르고 깊이 있게 선별할 수 있는 상황이 아니었다. 그 같

---

* 1812~1891. 러시아 작가. 『오블로모프』 등을 썼다.
** 1810~1868. 러시아 사회평론가, 문학평론가. 공상적 사회주의자이자 혁명적 민주주의자였다. 『미학의 파괴』 등을 썼다.
*** 1813~1887. 러시아 문학평론가. 미학비평의 대표적 인물.

은 기이한 현상의 원인 가운데 하나는 톨스토이 작품의 예사롭지 않은 예술적 혁신에 있었다.

「천팔백오년」의 첫 몇 부가 발표되기가 무섭게 많은 신문과 잡지에 서평이 쏟아졌다. 『책소식』(1865년 제13호)은 작가의 지난날 인기를 회복시킬 새로운 장편소설의 출현을 알렸다. 한편 어느 서평가는 "톨스토이의 최신 작품은 첫 작품에 포상으로 주어졌던 감명의 십분의 일도 주지 못한다"고 특필했다. 〈상트페테르부르크신문〉(1865년 제178호)은 톨스토이의 성공을 예고했다. 그러나 의심쩍어하는 당혹의 목소리도 들렸다. "중편이라고도, 장편소설이라고도, 수기라고도, 회고록이라고도 할 수 없는" 새로운 작품의 혁신적 장르는 이해받지 못했다.(『목소리』, 1865년 제93호 4월 3일자) 똑같은 견해가 『책소식』에서도 표명됐다. "저자도 자기의 작품을 어떻게 정의해야 할지 모르는 것 같다. 제목도 레프 톨스토이 백작의 「천팔백오년」이라고 되어 있을 뿐이다. 이것은 장편소설이나 중편소설이라기보다 오히려 과거에 대한 군사적-귀족적 연대기를 시도한 무엇 같다."(『책소식』, 1866년 제16~17호, 347쪽)

1867년에야 비로소 평론가 N. 아흐샤루모프에 의해 처음으로 신중한 평론이 출현했다. 그는 「천팔백오년」을 예술의 힘을 보여주는 보기 드문 러시아 문학작품으로 평가했으나, 톨스토이가 "어느 가족의 연대기 또는 개인의 일기를 중심으로 그룹지어진" 이야기들과 회상들이 무작위로 쌓인 창고에 제한받는 것 같다는 의견을 표명했다.(『전 세계의 노동』, 1867년 제6호, 132, 134쪽) 안넨코프는 이 작품에 대해 "우리 사회 일부에 관한 문화사, 대체로 금세기 초 우리의 정치 및 사회의 역사다"라고 말함으로써 한결 더 광범하게, 그러나 역시 진실에서는 한참 동떨어지게 『전쟁과 평화』의 장르를 정의했다. 그러나 1875년 투르게네프는 프랑스 신문 〈르탕Le Temps〉에 실린 『두 경기병』 번역의 서문에서 서사시, 장편소설, 풍속 기록문학을 아우른 듯한 톨스토이의 독창적이고도 다면적인 작품의 특징적 기술에 대해 언급했다.

1867년에서 1870년 사이, 『전쟁과 평화』가 출간되고 독자들의 호응으로 비로소 그 성공이 점점 더 명백해지기 시작했다.

1867년 12월에 출간된 첫 세 권은 이내 신문 잡지에서 대단한 호평을 받았다. N. A. 네크라소프*의 『조국의 기록』지에서는 피사레프의 논문 「옛 지주귀족」(1868년 제2호)을 실음으로써 이 소설에 대한 반응을 나타냈다. 피사레프는 무엇보다도 먼저 이 작품의 설득력, 선명성, 다양성, '탁월한 마무리'로 반박할 수 없는 형상들과 장면들에서 '살아 있는 샘처럼 솟아오르는 진실'을 거론하고, 이 소설을 "러시아 사회의 병리학이라는 점에서 완전무결한 작품"이라 극찬했다. 또한 예술적 묘사의 객관성에서 톨스토이 작품이 지닌 거대한 폭로의 힘을 보았다. 그러나 유감스럽게도 그가 1868년 7월 4일 사망하는 바람에 이 논문은 완성되지 못했다. 그의 비평은 여성 회고록 작가에 의해 전해진 M. E. 살티코프 셰드린**의 조금 더 이른 반응과 일치하고 있다. "백작은 이른바 우리의 '상류사회'를 이토록 대담하게 후려갈겼다."

안넨코프는 1868년 자유주의적 잡지 『유럽통보』 제2호에 발표된 논

---

* 1821~1877. 러시아 시인. 잡지 『동시대인』 발행인. 서사시 「러시아의 아내들」 등을 썼다.
** 1826~1889. 러시아 풍자 작가. 『어느 도시의 역사』 『골로블료프가의 사람들』 등을 썼다.

문 「L. N. 톨스토이의 장편소설 『전쟁과 평화』의 역사적·미학적 제 문제」에서 장편소설의 첫 세 권을 상반되게 해석했다. 그는 '새로운 러시아'의 풍속도며 큰 역사적 사건이며 위정자들의 초상과 풍속 묘사 등을 모두 포괄하는 『전쟁과 평화』의 다면적 구성에 관심을 기울였다. '무엇과도 비교할 수 없는' 전쟁 장면은 안넨코프의 유다른 감탄을 자아냈다. 그러나 그의 비판적 소견은 지극히 주관적인 것이었다. 그는 '연애 이야기'에 충분한 배려가 없고 주인공들의 '발전 과정'이 나타나지 않는데다가 그들의 묘사에 시대정신과의 완전한 융합이 보이지 않으며, 더욱이 '어떤 장편소설에서든' '뒷전'으로 물러나지 않으면 안 되는 역사적 사실이 이 작품에서 지나치게 큰 자리를 차지하고 있다는 등의 자신이 생각하는 예술적 오류를 언급했다.

안넨코프가 주로 전통적인 문학 규범과 기준의 견지에서 평가했다면, N. N. 스트라호프와 N. S. 레스코프*는 1869~1870년대에 발표된 논문들에서 무엇보다 우선 문학의 새로운 언어로서 『전쟁과 평화』의 의의를 정의하려 했다. 『전쟁과 평화』의 마지막 권이 나온 뒤 잡지 『여명』에 논문을 발표한 스트라호프는 때때로 소설의 형상들의 시스템을 슬라브주의적 이론 아래로 '몰아넣고', 그 사상적-예술적 중심을 '가족관계'의 묘사에서 보았지만, 톨스토이의 작품을 "러시아문학이 낳은 최고의 작품들에 견줄 수 있는 천재적" 작품이라고 평했다.

그러나 이 소설은 1860년대 급진적인 비평계의 마음을 사지는 못했다. D. D. 미나예프**, N. 플레롭스키***, N. V. 셸구노프****, 『불꽃』

---

* 1831~1895. 러시아 작가. 『봉인된 천사』 『왼손잡이』 『성직자들』 등을 썼다.
** 1835~1889. 러시아 시인. 1860년대 민주적 간행물 『불꽃』의 발행인.

은 톨스토이 작품에서 선명한 폭로적 경향을 보지 못하고 "지주귀족을 옹호한다"는 말로 그를 준엄하게 비판했다.

보수적 성향의 문인들은 『전쟁과 평화』에 대해 정면으로 부정적인 견해를 견지했다. 학술원 회원이자 교육대신을 지냈으며 1812년 조국전쟁 참전자이기도 한 A. S. 노로프는 톨스토이의 장편소설로 자기의 "애국주의적인 감정"에 상처를 입었다고 주장했다.(『군사문집』, 1868년 제11호) 젊은 시절 자유를 추구하던 열정을 잊어버린 P. A. 뱌젬스키***** 공작은 충성스러운 신민의 분노를 폭발시키며 이 소설을 "1812년에 대한 항의"라고 지적했으며, 회원들이 서로를 향해 목을 쳤던 구교의 한 분파의 이름을 빌려 "무사제파 교도"라는 별명까지 붙였다. 뱌젬스키에 따르면, 톨스토이는 러시아 삶의 위대한 시기의 목을 치려 한 것이었다.(『러시아 문서고』 제7년(1869), 모스크바, 1870년, 186쪽) 노로프, 뱌젬스키, 그 밖의 사람들은 1812년이라는 역사적 시대를 왜곡하고, 조상의 애국심을 모독하고 귀족 사회 최상층을 우롱했다고 톨스토이를 비난했다.

『전쟁과 평화』에 대한 비평 가운데 전쟁 묘사에서의 톨스토이의 혁신을 제대로 평가했던 몇몇 전쟁 작가의 글이 표차롭다. N. A. 라치노프******는 〈러시아신체장애인신문〉 1868년 4월 10일자에, 전쟁 장면에 두드러진 톨스토이의 예술적 기량을 높이 평가하면서 쉰그라벤 전투

*** 1829~1918. 러시아 사회주의적 사회정치평론가, 경제학자.
**** 1824~1891. 러시아의 혁명적 민주당원, 사회정치평론가, 문학평론가.
***** 1792~1878. 러시아 시인, 문학평론가.
****** 1834~1917. 러시아 군사학자. 〈러시아신체장애인신문〉과 『군사문집』의 편집자.

묘사를 역사적, 예술적 진실을 보여주는 최고의 묘사라 평했으며, 또한 톨스토이의 보로디노 전투에 대한 해석에 찬성했다.

1868~1870년대 『병기문집』에 글을 싣던 유명한 군사학자 드라고미로프의 논문은 함축적이다. 드라고미로프는 "『전쟁과 평화』는 개개 군인의 지침이 되어야 한다. 전쟁과 군대생활의 묘사는 모방할 수조차 없을 정도로 실제적이고, 군사기술 이론 항목에 추가해도 될 만큼 유용하다"고 평했다. 드라고미로프는 허구의, 그러나 살아 있는 인물들에 대해 이야기하면서 전투의 내부를 전달하는 솜씨를 특히 높이 평가했다. 전쟁의 자연발생성에 관해, 그리고 전투 과정에서 사령관의 지휘 등에 관해 톨스토이와 논쟁을 하면서도 그는 톨스토이가 부대의 사기를 북돋고, 같은 전투 상황에서 가장 훌륭한 방법으로 병사들을 관리하는 진정한 사령관의 능력을 실감나게 그려 보였다고(이를테면 쉰그라벤 전투 전 바그라티온 부대의 출발) 말했다.

대체로 『전쟁과 평화』는 톨스토이와 동시대에 활약한 뛰어난 러시아 작가들에게서 가장 심오한 평가를 받았다. 곤차로프, 투르게네프, 레스코프, 도스토옙스키, 페트 등은 『전쟁과 평화』를 예사롭지 않은 위대한 하나의 문학적 사건으로 받아들였다.

1870년 1월 1일자 톨스토이에게 부친 편지에서 페트는 장편소설을 열광적으로 칭찬하면서 가장 본질적인 것들 중 하나를 꼽았다. "당신은 영웅적인 찬란한 편린이 생활 위에서 유기적으로 자라나는 것을 끊임없이 가리키면서도 그것의 일상적인 이면을 우리에게 보여주었습니다."

곤차로프는 1878년 7월 17일자 P. E. 한센*에게 부친 편지에서 이

소설을 덴마크어로 번역할 것을 권하면서 이렇게 썼다. "거대한 시대, 거대한 사건을 포괄하고, 붓끝으로 그려낸 위대한 역사적 인물들의 화랑과 같은, 살아 있는 거장이 쓴 러시아판 『일리아드』입니다!" 1879년 한센이 『안나 카레니나』를 번역하기로 결정한 데 반대하며 곤차로프는 그에게 이렇게 썼다. "『전쟁과 평화』는 내용과 구성의 훌륭함으로 볼 때 희유의 서사시적 장편소설입니다. 또한 러시아의 영광스러운 시대를 담은 기념비적 이야기입니다. 그리고 이 소설의 인물들은 역사적 거인, 청동으로 주조된 조각상입니다. 주변적인 인물들에 이르기까지 러시아 민중 생활의 특성이 구현되어 있습니다." 그리고 1885년에는 톨스토이 작품이 덴마크어로 번역되는 것에 만족을 표하면서 "톨스토이 백작은 우리 모두를 합친 것보다 훨씬 뛰어나다"고 말했다.

도스토옙스키는 『전쟁과 평화』를 '지주 문학'의 장려한 종언이라고 일컬었는데, 이는 귀족계급의 대표적 인물들이 이 소설의 주인공이라는 데 기인한 것이다. 그는 자기의 장편소설 『미성년』에서 톨스토이를 '귀족계급'의, 혹은 더 나은 표현으로 하자면 '문화 계층'의 수사가修史家라 명명하면서 자신의 생각을 이렇게 펼쳤다. "정경 묘사의 불편파성과 현실성이 놀랄 만한 매력을 부여하고 있다. 여기에 명예, 의무의 대표적 인물들이 나타나고, 무뢰한, 우스꽝스러움과 하찮음, 바보들이 수없이 등장한다." 또한 1876년에는 이렇게 썼다. "작가는 예술적인 사람이지만, 서사 밖의 현실까지도 지극히 섬세하고 정확하게(역사적인, 현재적인) 알지 않으면 안 된다. 내가 알기로는 오직 한 사람이, 레

---

* 1846~1930. 덴마크 작가, 문학평론가. 『요나탄의 여행』『뱀과 황소』 등을 썼다.

프 톨스토이 백작만이 그것을 할 수 있는 비범한 능력을 가지고 있다."

『전쟁과 평화』에 대한 아주 신뢰할 만한 많은 견해가 1869~1870년 사이에 〈거래소소식〉이라는 신문에 서명 없이 실렸던 레스코프의 여러 논문에서 발견되고 있다.

레스코프는 『전쟁과 평화』를 "가장 훌륭한 장편 역사소설" "현대문학의 자랑"이라고 역설했다. 그는 또한 장편소설의 예술적 진실과 간결성을 높이 평가하면서 특히 '민중의 정신'을 그것에 상응하는 높은 위치까지 끌어올리기 위해 "어떤 사람보다 더 많은 일을 한" 작가의 공적을 강조했다. "다양한 개인의 성격 외에도 모든 사람을 위한 톨스토이의 예술적 연구는 민중 전체의 성격에 투영됐으며, 그 모든 정신력은 나폴레옹과 싸운 군대에서 집중적으로 나타났다. 그런 의미에서 톨스토이의 장편소설은 자기의 역사가들을 가지고 있으나 찬미자는 가지지 않은 위대한 민중전쟁의 서사시로 간주될 수 있다. (…) 그는 자기 노작의 방대하고 찬연한 페이지를 통해 진정한 서사시에 필요한 자질을 발휘했다."

투르게네프는 이 소설에 대한, 특히 그 역사적 군사적 측면에 대한, 그리고 톨스토이식 심리 분석 기법에 대한 당초의 수많은 비판적 견해를 부정했는데, 프랑스 〈19세기 Le XIX-e Siècle〉 신문의 편집자 에드몽 아부에게 편지 형식으로 쓴 『전쟁과 평화』에 대한 1880년의 단평에서 "톨스토이는 현대 러시아 작가 가운데 가장 인기 있는 작가"이며 "『전쟁과 평화』는 우리 시대에 가장 주목해야 할 책 가운데 하나"라고 평했다. "이 중대한 작품은 서사시적 정신에 둘러싸여 있다. 금세기 초 러시아 개인 및 사회의 생활이 거장의 손을 통해 생생하게 그려져 있다.

독자 앞에서 위대한 사건과 거물들로 가득찬 한 시대 전체가 웅글게 지나간다. (…) 생활에서 직접 취한 사회 모든 계층의 수많은 전형과 함께 웅근 세계가 펼쳐진다. 작가가 자신의 테마를 새롭게, 또한 독특하게 완성해준 것에 감사한다. (…) 위대한 작가의 위대한 작품인 동시에 이것이야말로 진정한 러시아다."

1879년 I. 파스케비치가 번역한 『전쟁과 평화』의 프랑스어판이 나왔다. 뒤이어 독일, 덴마크, 미국, 영국, 헝가리, 네덜란드, 체코, 스웨덴, 불가리아, 세르비아, 이탈리아, 스페인에서 잇달아 번역 출간됨으로써 레프 톨스토이의 세계적 명성의 기초를 놓았다. 이처럼 유럽의 독자층 사이에서 『전쟁과 평화』를 보급하고 대중화한 데는 투르게네프의 공이 크다.

『전쟁과 평화』는 전4권, 15부 361장, 에필로그 2부 28장의 장면과 559명의 인물이 등장하는 일대 서사시적 장편 역사소설로, 각각의 장은 완전한 단편의 형식을 갖추어 한 편 한 편이 독립된 단편소설을 이루는, 어떤 장르에도 맞출 수 없는 독특한 구성을 지닌 작품이다. 이같은 한 편 한 편의 단편은 내적 관계의 고리로 각각 연결되어 하나의 거대한 장편소설을 완성한다.

원작에는 대화와 지문에 프랑스어(아주 드물게는 독일어)가 자주 등장한다. 저자는 『전쟁과 평화』를 완결한 뒤인 1868년 3월에 쓴 「『전쟁과 평화』에 대한 몇 마디」에서 "왜 내 작품에서는 러시아인뿐만 아니라 프랑스인까지도 일부는 러시아어, 일부는 프랑스어로 말하는가? 러시아어 책에서 등장인물이 프랑스어를 말하거나 쓰는 것을 비난하는 것은, 그림을 보고는 거기에 현실에 없는 검은 얼룩(그림자)을 보았다고 비난하는 것과 같다. 화가가 그림 속 인물에 넣은 음영이 일부 사람들에게 현실에 없는 검은 얼룩으로 보인다 해도, 그것이 화가의 책임은 아니다. 화가는 그 음영이 부정확하고 서툴게 묘사되었다면 그것에 대해서만 책임이 있을 뿐이다"라고 말한 바 있다. 따라서 저자의 의도대로 『전쟁과 평화』라는 거대한 그림의 화면에 담긴 명암을 제대로 살리려면 마땅히 원작 그대로의 대화와 지문의 프랑스어를 살려야 하지만 편집상의 어려움과 지면이 늘어나는 것 등을 감안해 부득이 그 원문을 생략하고 그 역문을 이탤릭체로 표기했다.

또한 이 작품에는 다른 번역서에 비해 다소 많은 양의 역주를 달았다. 이 작품이 1812년 러시아의 대나폴레옹 조국전쟁을 전후하여 유럽 전체 규모의 여러 나라가 서로 인류사상 미증유의 일대 침략적 제국주의 전쟁의 소용돌이 속에 휘말렸던 역사적 시기를 시대 배경으로 하고 있기 때문에 거기에 등장하는 많은 역사적 인물 혹은 가공의 인물들, 지명, 사건, 그리고 톨스토이가 이 작품을 집필하면서 이용한, 완전한 도서관을 이룰 만큼의 많은 자료와 이해를 한층 넓히고 이 작품을 읽는 독자들로 하여금 이 작품을 읽는 흥미를 한층 배가시키는 것을 도우려는 데 그 뜻이 있다.

끝으로 번역 대본으로는 1979~1981년 모스크바 예술문학출판사 톨스토이 저작집 전22권 중 4~7권을 사용했으며, 여기에 실린 주석을 선택적으로 차용하고 해설의 많은 부분을 발췌하여 작품의 이해를 돕고자 했다.

또한 1960년대 초판이 출간된 이래 지금까지 많은 독자에게 읽혀왔

으나 문학동네 세계문학전집에 수록 발간되기에 앞서 전편에 걸쳐 개
찬함으로써 구역舊譯의 면모를 새롭게 하려 노력했다.

박형규

1828년   8월 28일, 툴라 도 야스나야 폴랴나에서 니콜라이 일리치 톨
        스토이 백작과 마리야 니콜라예브나 톨스타야의 넷째아들
        (레프)로 태어남. 형은 니콜라이, 세르게이, 드미트리.

1830년   8월, 어머니가 막내딸 마리야를 낳고 곧 사망.

1833년   형 니콜라이에게서 모든 이에게 행복을 주는 비밀의 '푸른
        지팡이'가 숲에 묻혀 있다는 이야기를 들음. 푸시킨의 시 「바
        다에게 К морю」와 「나폴레옹 Наполеон」을 암송해 아버지
        가 감동함.

1837년   1월, 가족이 모스크바로 이주. 6월, 아버지가 툴라로 가던 도
        중 뇌졸중으로 사망. 고모 A. I. 오스텐-사켄이 아이들의 후
        견인이 됨.

1841년   8월, 후견인 고모 사망. 세 형과 함께 또다른 고모 P. I. 유시
        코바의 집이 있는 카잔으로 이주.

1844년   9월, 카잔 대학교 동양학부 아랍-터키문학과 입학. 사교계
        에 출입하며 방탕한 생활을 함. 이듬해 진급 시험에 떨어져
        법학과로 전과.

1847년   일기를 쓰기 시작함. 루소, 고골, 괴테를 읽고, 몽테스키외의
        『법의 정신』과 예카테리나 여제의 「훈령 Наказа」을 비교 연
        구함. 4월, 카잔 대학교 중퇴. 고향 야스나야 폴랴나에 돌아
        와 진보적 지주로서 새로운 농사 경영, 농민들의 계몽과 생
        활개선에 노력하나 농노제 사회에서 그의 이상은 실현되지
        못함.

1848년	10월부터 이듬해 1월까지 모스크바에서 방탕한 생활을 이어감.
1849년	4월, 페테르부르크 대학교에서 법학사자격 검정시험을 치러 두 과목에 합격했으나 중도 포기하고 귀향. 가을, 농민 자제들을 위한 학교를 엶.
1850년	6월, '방탕하게 지낸 3년'을 반성함.
1851년	3월, 「어제 이야기 Историей вчерашнего дня」 집필. 4월, 맏형 니콜라이가 있는 캅카스로 가 군대 복무.
1852년	1월, 사관후보생 시험을 치러 4급 포병 하사관으로 현역 편입. 5~8월, 퍄티고르스크에서 요양하며 「유년 시절 Детство」 「습격 Набег」 집필. 9월, 네크라소프 추천으로 그가 주재하는 잡지 『동시대인 Современник』에 중편 「유년 시절」 게재. 작가로서 첫발을 디딤. 중편 「지주의 아침 Утро помещика」 집필 시작. 11월, 「소년 시절 Отрочество」 집필 시작. 12월, 「습격」 탈고.
1853년	체첸인 토벌 참가. 전쟁의 부정과 죄악에 대해 일기에서 비판. 3월, 『동시대인』에 「습격」 발표. 7~10월, 중편 「소년 시절」 「카자크들 Казаки」, 단편 「득점기록원의 수기 Записки маркёра」 집필.
1854년	1월, 산민 토벌의 공으로 소위보로 임관. 3월, 다뉴브 파견군으로 종군하고, 크림 방면 군대로 전속. 10월, 『동시대인』에 「소년 시절」 발표. 11월, 세바스토폴 도착.
1855년	3월, 「청년 시절 Юность」 집필 시작. 6월, 『동시대인』에 단편 「12월의 세바스토폴 Севастополь в декабре」 발표. 9월, 『동시대인』에 「삼림 벌채 Рубка леса」 발표. 11월, 페테르부르크로 돌아가 『동시대인』 동인들의 환영을 받음.
1856년	1월, 셋째형 드미트리 사망. 퇴역. 1~5월, 「1855년 8월

의 세바스토폴Севастополь в августе 1855 года」「눈보라
Метель」「두 경기병Два гусара」 탈고, 『동시대인』에 발표.
7월, 발레리야 아르세니예바와 3년간 사귀었으나 헤어짐.
11월, 「강등병Разжалованный」 집필.

1857년   1월, 『동시대인』에 「청년 시절」 발표. 첫 유럽 여행을 떠나 7월
에 귀국. 야스나야 폴랴나에서 농사 경영. 「루체른Люцерн」
탈고, 『동시대인』에 발표. 「알베르트Альберт」 집필.

1858년   농사 경영에 전념. 농부農婦 악시니야와 관계.

1859년   잡지 『독서를 위한 도서관Библиотека для чтения』에 「세
죽음Три смерти」 발표. 러시아문학애호가협회 회원이 됨.
농민의 아이들을 위해 야스나야 폴랴나에 학교를 세우고 교
육함. 「결혼의 행복Семейное счастие」 집필.

1860년   3월, 최초의 교육 논문인 「아동교육에 관한 메모와 자료
Педагогические заметки и материалы」 집필. 7월, 외국의
민중교육 제도를 돌아보기 위해 서유럽 여행. 9월, 맏형 니
콜라이 결핵으로 사망.

1861년   4월, 약 9개월간 유럽 교육시설을 돌아보고 귀국. 교육잡지
『야스나야 폴랴나Ясная Поляна』 간행. 5월, 투르게네프와
불화가 심해짐. 이듬해까지 농지조정원으로 활동하지만, 지
주들의 반감을 사 사임.

1862년   1월, 톨스토이의 교육사업에 대해 관헌의 비밀 조사가 시작
됨. 5월, 바시키르의 초원에서 마유주馬乳酒로 요양. 논문 「훈
육과 교육Воспитание и образование」 집필. 7월, 부재중
가택수색을 당함. 「국민교육의 중요성에 대하여О значении
народного образования」 집필. 시의侍醫인 베르스의 둘째딸
소피야 안드레예브나(당시 18세)와 결혼.

1863년   1월, 『모스크바통보Московских ведомостях』에 잡지 『야

스나야 폴랴나』 정간 공고. 2~3월, 『러시아통보Русский вестник』에 「카자크들」 「폴리쿠시카Поликушка」 발표. 6월, 맏아들 세르게이 출생. 9월, 『전쟁과 평화Война и мир』 집필을 위한 자료 수집.

1864년 8월, 『L. N. 톨스토이 백작 전집Сочинений гр. Л. Н. Толстого』 1권 간행. 9월, 맏딸 타티야나 출생. 사냥중 낙마로 오른손을 다쳐 모스크바에서 수술.

1865년 1~2월, 『전쟁과 평화』 첫 부분이 「천팔백오년1805 год」이라는 제목으로 『러시아통보』에 실림.

1866년 5월, 둘째아들 일리야 출생. 봄, 『러시아통보』에 「천팔백오년」 2부 발표.

1867년 3월, M. N. 카트코프와 소설 자비출판 계약을 맺음. 이때 처음으로 '전쟁과 평화'라는 제목 사용. 가을, 『전쟁과 평화』 집필을 위해 보로디노 옛 전장을 돌아봄. 12월, 『모스크바통보』에 『전쟁과 평화』 1~3권 출간 광고 게재.

1868년 3월, 『러시아문서고Русский архив』에 「『전쟁과 평화』에 대한 몇 마디Несколько слов по поводу книги 『Война и мир』」 발표.

1869년 셋째아들 레프 출생.

1871년 2월, 둘째딸 마리야 출생. 『알파벳Азбуки』(초등교과서) 1부 간행.

1872년 넷째아들 표트르 출생.

1873년 3월, 『안나 카레니나Анна Каренина』 집필 시작. 7월, 아내와 함께 사마라 지방에서 빈민 구제 활동. 읽고 쓰기 교육법, 사마라 지방 기근에 대한 글을 『모스크바통보』에 기고. 9월, 화가 크람스코이가 그의 첫 초상 두 점을 그림. 11월, 『L. N. 톨스토이 백작 전집』 전8권 간행. 넷째아들 표트르 사망. 12월,

과학아카데미 준회원이 됨.

1874년 4월, 다섯째아들 니콜라이 출생. 5월, 「국민교육에 대하여 O народном образовании」 집필. 6월, 맏딸 타티야나 사망. 『새 알파벳Новая азбука』(새 초등교과서) 편집.

1875년 1월, 『안나 카레니나』 『러시아통보』에 연재 시작. 2월, 다섯째아들 니콜라이 사망. 6월, 『새 알파벳』 간행. 10월, 딸(바르바라) 태어나자마자 사망. 「신은 진실을 보지만 이내 말하지 않는다Бог правду видит, да не скоро скажет」 「표트르 1세Пётр I」 집필. 『새 알파벳』 보충 자료인 『러시아어 읽기 Русская книга для чтения』 전4권 출판.

1876년 전년에 이어 아동교육에 전념. 12월, 차이콥스키와 알게 됨.

1877년 5월, 『러시아통보』에 『안나 카레니나』 제8부 단독 발표. 12월, 여섯째아들 안드레이 출생.

1878년 1월, 『안나 카레니나』 단행본 출판. 데카브리스트 연구를 위해 모스크바와 페테르부르크에 감. 4월, 투르게네프에게 화해의 편지를 보냄. 8월, 투르게네프가 야스나야 폴랴나를 방문. 「데카브리스트Декабристы」 집필 시작.

1879년 7월, 야스나야 폴랴나에 이야기꾼 V. P. 셰골료노크 방문, 훗날 그의 이야기를 토대로 「사람은 무엇으로 사는가Чем люди живы?」 「두 노인Два старика」 「기도Молитвы」 등 민화 집필 구상. 10월부터 「참회록Исповедь」 「요약복음서 Краткое Изложение Евангелия」 등 집필 구상. 일곱째아들 미하일 출생.

1880년 1월, 「교의신학 비판Критика догматического богословия」 집필. 3월, 「4대 복음서의 통합, 번역, 연구Соединение, перевод и исследование четырех Евангелий」 집필 시작. V. M. 가르신이 방문함. 종교 문제로 페트와 사이가 멀어짐.

I. E. 레핀과 알게 됨.

1881년　　2월, 도스토옙스키의 부고를 접하고 슬퍼함. 4월, 「요약복음서」 완성. 7월, 「사람은 무엇으로 사는가」 어린이 잡지에 발표. 9월, 가족과 모스크바로 이주. 10월, 여덟째아들 알렉세이 출생.

1882년　　모스크바의 인구조사 참가. 논문 「그러면 우리는 무엇을 해야 하는가Так что же нам делать?」 기고. 5월, 「참회록」을 완성해 『러시아사상Русская мчсль』에 발표하나 발행 금지됨. 7월, 돌고하모브니체스키 골목의 주택 구매(후에 톨스토이박물관). 10월, 히브리어를 배워 구약성경을 읽음. 12월, 톨스토이의 종교적 저작을 위험시하는 포베도노스체프의 검열 강화. 중편 「이반 일리치의 죽음Смерть Ивана Ильича」 기고.

1883년　　4월, 야스나야 폴랴나 저택 화재. 5월, 아내에게 재산 관리를 맡김. 7월, 파리의 잡지에 「요약복음서」 게재. 10월, 죽을 때까지 가까운 벗이자 사상의 동지로 남게 되는 V. G. 체르트코프와 알게 됨. 「나의 신앙은 무엇인가В чем моя вера?」 집필.

1884년　　1월, 화가 게(Ге)가 「나의 신앙은 무엇인가」에 쓸 초상을 그림. 「나의 신앙은 무엇인가」 탈고, 당국에 압수당하나 사고로 유통됨. 2월, 공자와 노자를 읽음. 3월, 「한 미치광이의 수기Записок несумасшедшего」 기고. 5월, 금연함. 6월, 아내와 불화로 가출을 시도. 셋째딸 알렉산드라 출생. 11월, 비류코프가 찾아와 체르트코프와 함께 민중을 위한 출판사 '중개자Посредник' 설립.

1885년　　1월, 『러시아사상』 제1호에 게재된 「그러면 우리는 무엇을 해야 하는가」가 검열로 발매 금지됨. 2월, 키시뇨프에서 톨스토이의 사상에 촉발된 최초의 병역 거부자 나옴. 헨리 조지의 『진보와 빈곤Progress and Poverty』에 감명받아 사유 재산을 부정하며 아내와 불화가 심해짐. 이후 모든 저작권을 아내에게 양도함. 2월 말, '중개자'를 위한 민화 다수 집필, 「두 형제와 황금Два брата и золото」「소녀는 노인보다 지혜롭다Девчонки умнее стариков」「불을 놓아두면 끄지 못한다Упустишь огонь - не потушишь」「사랑이 있는 곳에 신이 있다Где любовь, там и Бог」「촛불Свечка」「두 노인」「바보 이반Сказка об Иване - дураке…」「사람에게는 많은 땅이 필요한가Много ли человеку земли нужно?」「캅카스의 포로Кавказский пленник」 등. 10월, 「참회록」「요약복음서」「나의 신앙은 무엇인가」 체르트코프 영역으로 런던에서 출판. 11월, 중편「홀스토메르Холстомер」 발표. 12월, 아내와 불화가 심해지자 헤어지기로 결심.

1886년   1월, 아들 알렉세이 사망. 2월, 코롤렌코가 찾아옴. 3월, 「이반 일리치의 죽음」 탈고. 5월, 희곡 『최초의 양조자 Первый винокур』 발표. 11월, 희곡 『계몽의 열매Плоды просвещения』 집필 시작.

1887년   1월, 동서고금 성현의 가르침을 모은 『일력Календарь с пословицами на 1887 год』 발행, 수백만 부 판매됨. 이후 『독서의 고리Круг чтения』(인생독본)의 토대가 됨. '중개자'에서 희곡 『어둠의 힘Власть тьмы』 간행. 이 희곡의 무대 상연이 검열로 금지됨. 3월부터 육식을 금함. 4월, 로맹 롤랑의 첫 편지 도착. 레스코프가 찾아옴. 9월, 은혼식 올림. 10월, 「크로이체르 소나타Крейцерова соната」 구상. 민화 발행 금지 처분. 12월, 『인생에 대하여О жизни』 탈고. 술과 담배를 끊으려고 노력함. 「빛이 있는 동안 빛 속을 걸어라Ходите в свете, пока есть свет」, 민화「빵조각을 보상한 작은 악마 이야기Как чертенок краюшку выкупал」「뉘우친 죄인Кающийся грешник」「세 현인Три старца」「달걀만한 씨앗Зерно с куриное яйцо」「일꾼 예멜리얀과 빈 북 Работник Емельян и пустой барабан」「세 아들Три сына」 집필.

1888년	1월,「고골에 대하여О Гоголе」집필 시작. 코롤렌코가 찾아옴. 2월, 금연함. 아들 일리야 결혼. 막내아들 이반 출생. 파리의 극장에서『어둠의 힘』첫 상연. 4월, 종무원『인생에 대하여』발행 금지.『최초의 양조자』상연 금지. 5월,『일력』판매 금지.
1889년	3월,『인생에 대하여』소피야 부인의 프랑스어역으로 출판.『계몽의 열매』집필. 4월,『예술이란 무엇인가Что такое искусство?』「크로이체르 소나타」집필 시작. 8월,「크로이체르 소나타」탈고. 11월, 중편「악마Дьявол」기고. 12월,「크로이체르 소나타」후기 완성. 법률가 A. F. 코니의 이야기를 쓰기 시작, 후에『부활Воскресение』로 완성됨. 야스나야 폴랴나 저택에서『계몽의 열매』상연.
1890년	1월, 연극 애호가의 노력으로『어둠의 힘』러시아 초연, 베를린 초연. 2월,「세르기 신부Отец Сергий」집필. 7월,「신의 왕국은 당신 안에 있다Царство Божие внутри вас」집필.「무저항주의론Статья о непротивлении」집필. 10월,「빛이 있는 동안 빛 속을 걸어라」영역 출판.
1891년	1월,「왜 사람들은 취하는가Для чего люди одурманиваются?」영국 초역. 저작권 포기 문제로 아내와 대립. 4월, 아내가 페테르부르크로 가 알렉산드르 3세를 알현하고 발행 금지되었던「크로이체르 소나타」를 전집에만 싣는다는 조건으로 공

594

표 허가를 얻어냄.「니콜라이 팔킨Николай Палкин」제네바에서 출판. 6월, 재산 문제로 처자와 대립, 가출을 고려함. 7월, 1881년 이후의 저작권 포기를 톨스토이가 신문에 공표하려 하자 아내가 철도에서 자살 기도. 8월, 채식주의를 옹호하는「첫 단계Первая ступень」집필. 9월, 중부와 동남부 21개 도에서 기근이 일어나자 농민 구제 활동.

1892년 1월,『데일리 텔레그래프Daily Telegraph』에「기근에 대하여О голоде」가 영역으로 실려 큰 반향을 일으키고 정부가 기근 대책에 나섬. 5월,「첫 단계」발표. 7월, 아내와 자식들의 재산 분쟁.

1893년 1월,『계몽의 열매』로 러시아극작가상 수상. 상금은 구제 기금으로 기부. 8월,「종교와 도덕Религия и нравственность」집필. 10월,「그리스도교와 애국심Христианство и патриотизм」「부끄러워라Стыдно」「태형 반대론Против смертной казни」「노동자 대중에게К рабочему народу」등 집필.

1894년 1월, 모스크바심리학회 명예회원으로 추대. 헨리 조지의「당혹한 철학자A Perplexed Philosopher」를 읽고 토지사유제도의 악을 확인. 슬로베니아 의사 마코비츠키와 알게 됨. 9월,「주인과 머슴Хозяин и работник」집필을 이어감. 11월,「종교와 과학Религия и наука」탈고. 12월,「종교와 도덕」완성.「복음서 해석Изложение Евангелия」발표. 두호보르교도와 처음 알게 됨.

1895년 2월, 아홉째아들 이반 사망. 3월,『북방 수기Северном вестнике』에「주인과 머슴」발표. 6월, 4천 명 두호보르교도의 병역거부 운동이 일어나자 그 지도자로 지목되어 당국의 탄압이 심해짐. 8월, 체호프에게『부활』초고를 건넴. 농민

체벌에 반대하는 논문「부끄러워라」발표.

1896년   5~11월,「애국심인가 평화인가Патриотизм или мир?」
「가까운 종말Приближение конца」집필.「그리스도교
의 가르침Христианское учение」집필. 8월,『하지 무라트
Хаджи-Мурат』착수. 10월, 두호보르교도에게 원조금을
보냄.

1897년   여전히 가출과 죽음을 바람. 2월, 호소문「도와주시오
Помогите!」를 작성했다는 이유로 국외로 추방된 V. G. 체
르트코프, P. I. 비류코프, I. M. 트레구보프를 전송하기 위해
페테르부르크로 감. 이듬해까지『예술이란 무엇인가』집필.
3월, 병상에 있는 모스크바의 체호프를 방문.『하지 무라트』
「헨리 조지의 사상О проекте Генри Джорджа」「국가와의
관계Об отношении к государству」집필. 6월, 시베리아에
유형되는 두호보르교도를 모스크바 이송 감옥으로 찾아감.
8월, 스위스의 신문에 편지를 보내 병역을 거부하는 두호보
르교도의 투쟁에 노벨평화상을 줄 것을 제안. 10월,『예술이
란 무엇인가』를 탈고하지만 검열 허가의 가망이 없음. 11월,
영문판을 위해 서문을 씀.

1898년   툴라 도와 오룔 도에서 기아 구제사업. 1월, '중개자'에서
『예술이란 무엇인가』출판. 7월, 두호보르교도의 해외 이주
자금을 얻기 위해『부활』탈고에 전념. 8월 28일, 일흔번째
생일을 맞음. 10월,『부활』을 연재하기로「니바Нива」지와
협의, 결정.「세르기 신부」완성.「기근인가, 기근이 아닌가
Голод или не голод?」「두 전쟁Две войны」「카르타고는 파
괴되어야 한다Карфаген должен быть разрушен」등 집필,
탈고. 12월 19일, 모스크바 코르시 극장에서 톨스토이 탄생
70주년 기념회가 열림.

1899년	1월, 체호프의 「귀여운 여인Душечка」을 낭독하고 감동함. 3월, 『니바』에 『부활』 연재 시작. 4월, 체호프가 찾아옴. 12월 18일, 일기에 "『부활』을 마쳤다"고 썼지만 계속 집필.
1900년	1월, 학술원 문학 부문 명예회원이 됨. 고리키가 찾아옴. 가을, 희곡 『산송장Живой труп』 착수. 「죽이지 말라He убий」 집필. 논문 「우리 시대의 노예Рабство нашего времени」 기고.
1901년	정교회에서 파문됨. 광범한 대중의 분노를 삼. 4월, 파문 명령에 대한 「종무원 결정에 대한 대답」 집필, 발행 금지. 레오니드 파스테르나크가 초상을 그림. 9월, 고리키가 찾아옴. 체호프가 찾아옴. 크림으로 요양을 떠남.
1902년	전제정치의 폐기, 이주와 교육과 신앙의 자유, 토지사유제 폐지를 요구한 「니콜라이 1세에게 부치는 편지」를 보냄. 1월 하순~2월 초순, 폐렴으로 위독. 2~4월 폐렴과 장티푸스로 위독. 정부는 톨스토이가 죽더라도 보도하지 말라는 통제 명령을 언론사에 전달. 포베도노스체프는 성직자에게 톨스토이가 죽으면 곧바로 사람들에게 그가 죽음 직전 정교회로 개종했다고 거짓 보고를 하라고 지시. 5월, 코롤렌코가 찾아옴. 6월, 야스나야 폴랴나로 돌아옴. 가을~겨울, 논문 「일하는 민중에게К рабочему народу」 집필. 『하지 무라트』 재검토. 9월, 『하지 무라트』 집필. 「성직자에게К духовенству」 착수.
1903년	연초부터 심부전과 심근경색으로 쇠약해지나 『하지 무라트』를 쓰기 위해 니콜라이 1세 관계자료 조사. 8월, 단편 「무도회 뒤После бала」 집필. 「아시리아 왕 아사르하돈Ассирийский царь Ассархадон」 「세 가지 의문Три вопроса」 착수. 8월 28일, 톨스토이 탄생 75주년 기념회가 열림. 9월, 「셰익스피어와 드라마에 대하여О Шекспире и о драме」 집필. 12월, 「위조지폐Фальшивый купон」 「신의 것과 사람의 것Божеское

и человеческое」집필.

1904년	러일전쟁 반대론「깊이 생각하라Одумайтесь!」기고. 둘째 형 세르게이 사망. 10월, 『하지 무라트』완성. 11월, 「나는 누구인가Кто я?」집필. 12월, 마코비츠키가 주치의로 입주.
1905년	1월, 체호프「귀여운 여인」후기 집필. 2월, 「알료샤 고르쇼크Алеша Горшок」「코르네이 바실리예프Корней Васильев」집필. 「딸기Ягоды」「세기의 종말Конец века」「푸른 지팡이Зеленая палочка」집필.
1906년	2월, 「내가 꿈속에서 본 것Что я видел во сне…」집필. 4월, 단편「무엇 때문인가За что?」「두 길Две дороги」집필. 11월, 딸 마리야 사망.
1907년	2월, 야스나야 폴랴나 학교를 다시 엶. 9~10월, 새『독서의 고리』에 전념.
1908년	7월, 사형 반대를 주장한「침묵할 수 없다Не могу молчать!」를 국내외에서 발표. 9월, 『어린이를 위해 쓴 그리스도의 가르침Учением Христа, изложенным для детей』출판. 톨스토이 탄생 80주년이 되어 연초부터 축전을 조직하는 발기인회가 생겼으나 정부, 종무원, 시당국이 방해. 그러나 9개월에 걸쳐 세계 각국 단체들, 개인들, 심지어 블라디보스토크 감옥의 죄수들까지 축하 편지, 전보를 보내옴.
1909년	탄생 80주년 기념 톨스토이 박람회 페테르부르크에서 개최. 1월, 툴라의 사제가 교회와 경찰의 요청으로 소피야 부인을 찾아와, 톨스토이가 죽기 전 참회했다고 민중에게 거짓으로 알리기 위해 그의 죽음이 임박하면 알려줄 것을 강요. 3월, 「의식의 혁명Революция сознания」착수. 「고골에 대하여」발표. 4월, 일기에서 베르댜예프, 불가코프 등의 논집『도표Вехи』에 대해 비판. 5월, 「혁명은 피할 수 없다

Неизбежный переворот」 집필을 이어감. 스톡홀름 평화국
제회의에서 초대장을 보냄. 아내와의 저작권 및 재산관리권
문제의 갈등으로 출석하지 못함.

1910년   1월, 문집 『인생의 길 Путь жизни』 편집, 완성. 2월, 단편
「호딘카 Ходынка」 집필. 28일, 새벽 4시, 마코비츠키를 데
리고 가출. 수녀인 여동생이 있는 샤모르디노의 옵티나수도
원에 머묾. 31일, 샤모르디노에서 기차로 남쪽으로 향함. 도
중 오한으로 아스타포보 역에 하차, 역장의 숙사에 누움. 11
월, 자식들이 찾아옴. 폐렴 진단. 7일(신력 20일) 오전 6시 5
분 영면. 9일 이른 아침 야스나야 폴랴나로 운구되어 고별식
뒤 형 니콜라이가 '푸른 지팡이'가 있다고 이야기를 지어냈
던 숲에 묻힘.

문학동네 세계문학전집 발간에 부쳐

세계문학은 국민문학 혹은 지역문학을 떠나 존재하는 문학이 아니지만 그것들의 총합도 아니다. 세계문학이라는 용어에는 그 나름의 언어와 전통을 갖고 있는 국민문학이나 지역문학의 존재를 인정하면서 그것을 넘어서는 문학의 보편적 질서에 대한 관념이 새겨져 있다. 그 용어를 처음 고안한 19세기 유럽인들은 유럽문학을 중심으로 그 질서를 구축했지만 풍부한 국민문학의 전통을 가지고 있는 현대의 문학 강국들은 나름의 방식으로 세계문학을 이해하면서 정전(正典)의 목록을 작성하고 또 수정한다.

한국에서도 세계문학 관념은 우리 사회와 문화의 변화 속에서 거듭 수정돼왔다. 어느 시기에는 제국 일본의 교양주의를 반영한 세계문학 관념이, 어느 시기에는 제3세계 민족주의에 동조한 세계문학 관념이 출현했고, 그러한 관념을 실천한 전집물이 출판됐다. 21세기 한국에 새로운 세계문학전집이 필요하다는 것은 명백하다. 우리의 지성과 감성의 기준에 부합하는 세계문학을 다시 구상할 때가 되었다.

문학동네 세계문학전집은 범세계적으로 통용되는 고전에 대한 상식을 존중하면서도 지난 반세기 동안 해외 주요 언어권에서 창작과 연구의 진전에 따라 일어난 정전의 변동을 고려하여 편성되었다. 그래서 불멸의 명작은 물론 동시대 세계의 중요한 정치·문화적 실천에 영감을 준 새로운 작품들을 두루 포함시켰다.

창립 이후 지금까지 한국문학 및 번역문학 출판에서 가장 전문적이고 생산적인 그룹을 대표해온 문학동네가 그간 축적한 문학 출판 경험을 바탕으로 새로운 세계문학전집을 펴낸다. 인류가 무지와 몽매의 어둠 속을 방황하면서도 끝내 길을 잃지 않은 것은 세계문학사의 하늘에 떠 있는 빛나는 별들이 길잡이가 되어주었기 때문이다. 우리가 자부심과 사명감 속에서 그리게 될 이 새로운 별자리가 독자들의 관심과 애정에 힘입어 우리 모두의 뿌듯한 자산이 되기를 소망한다.

문학동네 세계문학전집 편집위원
민은경, 박유하, 변현태, 송병선, 이재룡, 홍길표, 남진우, 황종연

세계문학전집 148
전쟁과 평화 4
ⓒ 박형규 2017

1판 1쇄 2017년 11월 24일
1판 9쇄 2024년 12월 30일

지은이 레프 톨스토이 | 옮긴이 박형규

책임편집 김혜정 | 편집 원예지 황정숙 이종현 오동규 | 모니터링 이희연
디자인 김현우 이원경 | 저작권 박지영 형소진 최은진 서연주 오서영
마케팅 정민호 서지화 한민아 이민경 왕지경 정유진 정경주 김수인 김혜원 김예진
브랜딩 함유지 함근아 박민재 김희숙 이송이 김하연 박다솔 조다현 배진성
제작 강신은 김동욱 이순호 | 제작처 영신사

펴낸곳 (주)문학동네 | 펴낸이 김소영
출판등록 1993년 10월 22일 제2003-000045호
주소 10881 경기도 파주시 회동길 210
전자우편 editor@munhak.com | 대표전화 031) 955-8888 | 팩스 031) 955-8855
문의전화 031) 955-1927(마케팅) 031) 955-1904(편집)
문학동네카페 http://cafe.naver.com/mhdn
인스타그램 @munhakdongne | 트위터 @munhakdongne
북클럽문학동네 http://bookclubmunhak.com

ISBN 978-89-546-4893-6 04890
       978-89-546-0901-2 (세트)

잘못된 책은 구입하신 서점에서 교환해드립니다.
기타 교환 문의 031) 955-2661, 3580

www.munhak.com

1, 2, 3 안나 카레니나 레프 톨스토이 | 박형규 옮김

4 판탈레온과 특별봉사대 마리오 바르가스 요사 | 송병선 옮김

5 황금 물고기 J. M. G. 르 클레지오 | 최수철 옮김

6 템페스트 윌리엄 셰익스피어 | 이경식 옮김

7 위대한 개츠비 F. 스콧 피츠제럴드 | 김영하 옮김

8 아름다운 애너벨 리 싸늘하게 죽다 오에 겐자부로 | 박유하 옮김

9, 10 파우스트 요한 볼프강 폰 괴테 | 이인웅 옮김

11 가면의 고백 미시마 유키오 | 양윤옥 옮김

12 킴 러디어드 키플링 | 하창수 옮김

13 나귀 가죽 오노레 드 발자크 | 이철의 옮김

14 피아노 치는 여자 엘프리데 옐리네크 | 이병애 옮김

15 1984 조지 오웰 | 김기혁 옮김

16 벤야멘타 하인학교 - 야콥 폰 군텐 이야기 로베르트 발저 | 홍길표 옮김

17, 18 적과 흑 스탕달 | 이규식 옮김

19, 20 휴먼 스테인 필립 로스 | 박범수 옮김

21 체스 이야기·낯선 여인의 편지 슈테판 츠바이크 | 김연수 옮김

22 왼손잡이 니콜라이 레스코프 | 이상훈 옮김

23 소송 프란츠 카프카 | 권혁준 옮김

24 마크롤 가비에로의 모험 알바로 무티스 | 송병선 옮김

25 파계 시마자키 도손 | 노영희 옮김

26 내 생명 앗아가주오 앙헬레스 마스트레타 | 강성식 옮김

27 여명 시도니가브리엘 콜레트 | 송기정 옮김

28 한때 흑인이었던 남자의 자서전 제임스 웰든 존슨 | 천승걸 옮김

29 슬픈 짐승 모니카 마론 | 김미선 옮김

30 피로 물든 방 앤절라 카터 | 이귀우 옮김

31 숨그네 헤르타 뮐러 | 박경희 옮김

32 우리 시대의 영웅 미하일 레르몬토프 | 김연경 옮김

33, 34 실낙원 존 밀턴 | 조신권 옮김

35 복낙원 존 밀턴 | 조신권 옮김

36 포로기 오오카 쇼헤이 | 허호 옮김

37 동물농장·파리와 런던의 따라지 인생 조지 오웰 | 김기혁 옮김

38 루이 랑베르 오노레 드 발자크 | 송기정 옮김

39 코틀로반 안드레이 플라토노프 | 김철균 옮김

40 어두운 상점들의 거리 파트릭 모디아노 | 김화영 옮김

41 순교자 김은국 | 도정일 옮김

42 젊은 베르테르의 슬픔 요한 볼프강 폰 괴테 | 안장혁 옮김

43 더블린 사람들 제임스 조이스 | 진선주 옮김

44 설득 제인 오스틴 | 원영선, 전신화 옮김

45 인공호흡 리카르도 피글리아 | 엄지영 옮김

46 정글북 러디어드 키플링 | 손향숙 옮김

47 외로운 남자 외젠 이오네스코 | 이재룡 옮김

48 에피 브리스트 테오도어 폰타네 | 한미희 옮김

49 둔황 이노우에 야스시 | 임용택 옮김

50 미크로메가스·캉디드 혹은 낙관주의 볼테르 | 이병애 옮김

51, 52 염소의 축제 마리오 바르가스 요사 | 송병선 옮김

53 고야산 스님·초롱불 노래 이즈미 교카 | 임태균 옮김

54 다니엘서 E. L. 닥터로 | 정상준 옮김

55 이날을 위한 우산 빌헬름 게나치노 | 박교진 옮김

56 톰 소여의 모험 마크 트웨인 | 강미경 옮김

57 카사노바의 귀향·꿈의 노벨레 아르투어 슈니츨러 | 모명숙 옮김

58 바보들을 위한 학교 사샤 소콜로프 | 권정임 옮김

59 어느 어릿광대의 견해 하인리히 뵐 | 신동도 옮김

60 웃는 늑대 쓰시마 유코 | 김훈아 옮김

61 팔코너 존 치버 | 박영원 옮김

62 한눈팔기 나쓰메 소세키 | 조영석 옮김

63, 64 톰 아저씨의 오두막 해리엇 비처 스토 | 이종인 옮김

65 아버지와 아들 이반 투르게네프 | 이항재 옮김

66 베니스의 상인 윌리엄 셰익스피어 | 이경식 옮김

67 해부학자 페데리코 안다이시 | 조구호 옮김

68 긴 이별을 위한 짧은 편지 페터 한트케 | 안장혁 옮김

69 호텔 뒤락 애니타 브루크너 | 김정 옮김

70 잔해 쥘리앵 그린 | 김종우 옮김

71 절망 블라디미르 나보코프 | 최종술 옮김

72 더버빌가의 테스 토머스 하디 | 유명숙 옮김

73 감상소설 미하일 조센코 | 백용식 옮김

74 빙하와 어둠의 공포 크리스토프 란스마이어 | 진일상 옮김

75 쓰가루·석별·옛날이야기 다자이 오사무 | 서재곤 옮김

76 이인 알베르 카뮈 | 이기언 옮김

77 달려라, 토끼 존 업다이크 | 정영목 옮김

78 몰락하는 자 토마스 베른하르트 | 박인원 옮김

79, 80 한밤의 아이들 살만 루슈디 | 김진준 옮김

81 죽은 군대의 장군 이스마일 카다레 | 이창실 옮김

82 페레이라가 주장하다 안토니오 타부키 | 이승수 옮김

83, 84 목로주점 에밀 졸라 | 박명숙 옮김

85 아베 일족 모리 오가이 | 권태민 옮김

86 폭풍의 언덕 에밀리 브론테 | 김정아 옮김

87, 88 늦여름 아달베르트 슈티프터 | 박종대 옮김

89 클레브 공작부인 라파예트 부인 | 류재화 옮김

90 P세대 빅토르 펠레빈 | 박혜경 옮김

91 노인과 바다 어니스트 헤밍웨이 | 이인규 옮김

92 물방울 메도루마 슌 | 유은경 옮김

93 도깨비불 피에르 드리외라로셸 | 이재룡 옮김

94 프랑켄슈타인 메리 셸리 | 김선형 옮김

95 래그타임 E. L. 닥터로 | 최용준 옮김

96 캔터빌의 유령 오스카 와일드 | 김미나 옮김

97 만(卍)·시게모토 소장의 어머니 다니자키 준이치로 | 김춘미, 이호철 옮김

98 맨해튼 트랜스퍼 존 더스패서스 | 박경희 옮김

99 단순한 열정 아니 에르노 | 최정수 옮김

100 열세 걸음 모옌 | 임홍빈 옮김

101 데미안 헤르만 헤세 | 안인희 옮김

102 수레바퀴 아래서 헤르만 헤세 | 한미희 옮김

103 소리와 분노 윌리엄 포크너 | 공신호 옮김

104 곰 윌리엄 포크너 | 민은영 옮김

105 롤리타 블라디미르 나보코프 | 김진준 옮김

106, 107 부활 레프 톨스토이 | 박형규 옮김

108, 109 모래그릇 마쓰모토 세이초 | 이병진 옮김

110 은둔자 막심 고리키 | 이강은 옮김

111 불타버린 지도 아베 고보 | 이영미 옮김

112 말라볼리아가의 사람들 조반니 베르가 | 김운찬 옮김

113 디어 라이프 앨리스 먼로 | 정연희 옮김

114 돈 카를로스 프리드리히 실러 | 안인희 옮김

115 인간 짐승 에밀 졸라 | 이철의 옮김

116 빌러비드 토니 모리슨 | 최인자 옮김

117, 118 미국의 목가 필립 로스 | 정영목 옮김

119 대성당 레이먼드 카버 | 김연수 옮김

120 나나 에밀 졸라 | 김치수 옮김

121, 122 제르미날 에밀 졸라 | 박명숙 옮김

123 현기증. 감정들 W. G. 제발트 | 배수아 옮김

124 강 동쪽의 기담 나가이 가후 | 정병호 옮김

125 붉은 밤의 도시들 윌리엄 버로스 | 박인찬 옮김

126 수고양이 무어의 인생관 E. T. A. 호프만 | 박은경 옮김

127 맘브루 R. H. 모레노 두란 | 송병선 옮김

128 익사 오에 겐자부로 | 박유하 옮김

129 땅의 혜택 크누트 함순 | 안미란 옮김

130 불안의 책 페르난두 페소아 | 오진영 옮김

131, 132 사랑과 어둠의 이야기 아모스 오즈 | 최창모 옮김

133 페스트 알베르 카뮈 | 유호식 옮김

134 다마세누 몬테이루의 잃어버린 머리 안토니오 타부키 | 이현경 옮김

135 작은 것들의 신 아룬다티 로이 | 박찬원 옮김

136 시스터 캐리 시어도어 드라이저 | 송은주 옮김

137 고독한 산책자의 몽상 장자크 루소 | 문경자 옮김

138 용의자의 야간열차 다와다 요코 | 이영미 옮김

139 세기아의 고백 알프레드 드 뮈세 | 김미성 옮김

140 햄릿 윌리엄 셰익스피어 | 이경식 옮김

141 카산드라 크리스타 볼프 | 한미희 옮김

142 이 글을 읽는 사람에게 영원한 저주를 마누엘 푸익 | 송병선 옮김

143 마음 나쓰메 소세키 | 유은경 옮김

144 바다 존 밴빌 | 정영목 옮김

145, 146, 147, 148 전쟁과 평화 레프 톨스토이 | 박형규 옮김

149 세 가지 이야기 귀스타브 플로베르 | 고봉만 옮김

150 제5도살장 커트 보니것 | 정영목 옮김

151 알렉시·은총의 일격 마르그리트 유르스나르 | 윤진 옮김

152 말라 온다 알베르토 푸겟 | 엄지영 옮김

153 아르세니예프의 인생 이반 부닌 | 이항재 옮김

154 오만과 편견 제인 오스틴 | 류경희 옮김

155 돈 에밀 졸라 | 유기환 옮김

156 젊은 예술가의 초상 제임스 조이스 | 진선주 옮김

157, 158, 159 카라마조프가의 형제들 표도르 도스토옙스키 | 김희숙 옮김

160 진 브로디 선생의 전성기 뮤리얼 스파크 | 서정은 옮김

161 13인당 이야기 오노레 드 발자크 | 송기정 옮김

162 하지 무라트 레프 톨스토이 | 박형규 옮김

163 희망 앙드레 말로 | 김웅권 옮김

164 임멘 호수·백마의 기사·피시케 테오도어 슈투름 | 배정희 옮김

165 밤은 부드러워라 F. 스콧 피츠제럴드 | 정영목 옮김

166 야간비행 앙투안 드 생텍쥐페리 | 용경식 옮김

167 나이트우드 주나 반스 | 이예원 옮김

168 소년들 앙리 드 몽테를랑 | 유정애 옮김

169, 170 독립기념일 리처드 포드 | 박영원 옮김

171, 172 닥터 지바고 보리스 파스테르나크 | 박형규 옮김

173 싯다르타 헤르만 헤세 | 권혁준 옮김

174 야만인을 기다리며 J. M. 쿳시 | 왕은철 옮김

175 철학편지 볼테르 | 이봉지 옮김

176 거지 소녀 앨리스 먼로 | 민은영 옮김

177 창백한 불꽃 블라디미르 나보코프 | 김윤아 옮김

178 슈틸러 막스 프리슈 | 김인순 옮김

179 시핑 뉴스 애니 프루 | 민승남 옮김

180 이 세상의 왕국 알레호 카르펜티에르 | 조구호 옮김

181 철의 시대 J. M. 쿳시 | 왕은철 옮김

182 카시지 조이스 캐럴 오츠 | 공경희 옮김

183, 184 모비 딕 허먼 멜빌 | 황유원 옮김

185 솔로몬의 노래 토니 모리슨 | 김선형 옮김

186 무기여 잘 있거라 어니스트 헤밍웨이 | 권진아 옮김

187 컬러 퍼플 앨리스 워커 | 고정아 옮김

188, 189 죄와 벌 표도르 도스토옙스키 | 이문영 옮김

190 사랑 광기 그리고 죽음의 이야기 오라시오 키로가 | 엄지영 옮김

191 빅 슬립 레이먼드 챈들러 | 김진준 옮김

192 시간은 밤 류드밀라 페트루솁스카야 | 김혜란 옮김

193 타타르인의 사막 디노 부차티 | 한리나 옮김

194 고양이와 쥐 귄터 그라스 | 박경희 옮김

195 펠리시아의 여정 윌리엄 트레버 | 박찬원 옮김

196 마이클 K의 삶과 시대 J. M. 쿳시 | 왕은철 옮김

197, 198 오스카와 루신다 피터 케리 | 김시현 옮김

199 패싱 넬라 라슨 | 박경희 옮김

200 마담 보바리 귀스타브 플로베르 | 김남주 옮김

201 패주 에밀 졸라 | 유기환 옮김

202 도시와 개들 마리오 바르가스 요사 | 송병선 옮김

203 루시 저메이카 킨케이드 | 정소영 옮김

204 대지 에밀 졸라 | 조성애 옮김

205, 206 백치 표도르 도스토옙스키 | 김희숙 옮김

207 백야 표도르 도스토옙스키 | 박은정 옮김

208 순수의 시대 이디스 워턴 | 손영미 옮김

209 단순한 이야기 엘리자베스 인치볼드 | 이혜수 옮김

210 바닷가에서 압둘라자크 구르나 | 황유원 옮김

211 낙원 압둘라자크 구르나 | 왕은철 옮김

212 피라미드 이스마일 카다레 | 이창실 옮김

213 애니 존 저메이카 킨케이드 | 정소영 옮김

214 지고 말 것을 가와바타 야스나리 | 박혜성 옮김

215 부서진 사월 이스마일 카다레 | 유정희 옮김

216 사람은 무엇으로 사는가 레프 톨스토이 | 이항재 옮김

217, 218 악마의 시 살만 루슈디 | 김진준 옮김

219 오늘을 잡아라 솔 벨로 | 김진준 옮김

220 배반 압둘라자크 구르나 | 황가한 옮김

221 어두운 밤 나는 적막한 집을 나섰다 페터 한트케 | 윤시향 옮김

222 무어의 마지막 한숨 살만 루슈디 | 김진준 옮김

223 속죄 이언 매큐언 | 한정아 옮김

224 암스테르담 이언 매큐언 | 박경희 옮김

225, 226, 227 특성 없는 남자 로베르트 무질 | 박종대 옮김

228 앨프리드와 에밀리 도리스 레싱 | 민은영 옮김

229 북과 남 엘리자베스 개스켈 | 민승남 옮김

230 마지막 이야기들 윌리엄 트레버 | 민승남 옮김

231 벤저민 프랭클린 자서전 벤저민 프랭클린 | 이종인 옮김

232 만년양식집 오에 겐자부로 | 박유하 옮김

233 이상한 나라의 앨리스 루이스 캐럴 | 존 테니얼 그림 | 김희진 옮김

234 소네치카·스페이드의 여왕 류드밀라 울리츠카야 | 박종소 옮김

235 메데야와 그녀의 아이들 류드밀라 울리츠카야 | 최종술 옮김

236 실종자 프란츠 카프카 | 이재황 옮김

237 진 알랭 로브그리예 | 성귀수 옮김

238 말테의 수기 라이너 마리아 릴케 | 홍사현 옮김

239, 240 율리시스 제임스 조이스 | 이종일 옮김

241 지도와 영토 미셸 우엘벡 | 장소미 옮김

242 사막 J. M. G. 르 클레지오 | 홍상희 옮김

243 사냥꾼의 수기 이반 투르게네프 | 이종현 옮김

244 훔볼트의 선물 솔 벨로 | 전수용 옮김

245 바베트의 만찬 이자크 디네센 | 추미옥 옮김

246 나르치스와 골드문트 헤르만 헤세 | 안인희 옮김

247 변신·단식 광대 프란츠 카프카 | 이재황 옮김

248 상자 속의 사나이 안톤 체호프 | 박현섭 옮김

249 가장 파란 눈 토니 모리슨 | 정소영 옮김

250 꽃피는 노트르담 장 주네 | 성귀수 옮김

251, 252 울프홀 힐러리 맨틀 | 강아름 옮김

253 시체들을 끌어내라 힐러리 맨틀 | 김선형 옮김

254 샌프란시스코에서 온 신사 이반 부닌 | 최진희 옮김

255 포화 앙리 바르뷔스 | 김웅권 옮김

● 문학동네 세계문학전집은 계속 출간됩니다